HEYNE BÜCHER

W0380180

SCIENCE FICTION

Herausgegeben
von Wolfgang Jeschke

Von **Iain Banks** erschien in der Reihe
HEYNE SCIENCE FICTION & FANTASY:

Die Brücke · 06/4643; auch ➶ 01/10478
Die Wespenfabrik · 06/4783; auch ➶ 01/10270
Barfuß über Glas · 06/4852; auch ➶ 01/10625 (in Vorb.)
Vor einem dunklen Hintergrund · 06/5640
Träume vom Kanal · 06/5658
Förchtbar Maschien · (in Vorb.)

DER CULTURE-ZYKLUS:

Bedenke Phlebas · 06/4609
Das Spiel Azad · 06/4693
Einsatz der Waffen · 06/4903
Ein Geschenk der Kultur · 06/4904

Die Spur der toten Sonne · Hardcover

IAIN BANKS

VOR EINEM DUNKLEN HINTERGRUND

Roman

Aus dem Englischen von
HORST PUKALLUS

Deutsche Erstausgabe

WILHELM HEYNE VERLAG
MÜNCHEN

HEYNE SCIENCE FICTION & FANTASY
Band 06/5640

Besuchen Sie uns im Internet:
http://www.heyne.de

Titel der englischen Originalausgabe
AGAINST A DARK BACKGROUND
Deutsche Übersetzung von Horst Pukallus
Das Umschlagbild ist eine Collage von Jan Heinecke

Umwelthinweis:
Dieses Buch wurde auf chlor- und
säurefreiem Papier gedruckt

Redaktion: Wolfgang Jeschke
Copyright © 1993 by Iain Banks
Erstausgabe by Orbit,
a Division of Little, Brown and Company, London
Mit freundlicher Genehmigung des Autors
und The Marsh Agency, London
Copyright © 1998 der deutschen Ausgabe und der Übersetzung
by Wilhelm Heyne Verlag GmbH & Co. KG, München
Printed in Germany Juni 1998
Umschlaggestaltung: Atelier Ingrid Schütz, München
Technische Betreuung: M. Spinola
Satz: Schaber Datentechnik, Wels
Druck und Bindung: Presse-Druck, Augsburg

ISBN 3-453-11892-8

INHALT

Für Dave McCartney

PROLOG

Sie stützte das Kinn auf den Holzrahmen des Fensters. Das kalte Holz glänzte und hatte einen eigentümlichen Geruch. Sie kniete auf dem Sitz; er roch auch, aber anders. Der Sitz war breit und rot wie ein Sonnenaufgang und hatte kleine Knöpfe, die ihm tiefe Falten machten, so daß er wie jemandes Bauch aussah. Draußen war es düster, so daß in der Seilbahnkabine das Licht brannte. Auf den steilen Hängen unter der Seilbahn fuhren Leute Ski. Sie sah, wie im Fensterglas ihr eigenes Gesicht sie anguckte; sie schnitt sich selbst Fratzen.

Nach einem Weilchen beschlug sich das Glas vor ihrer Nase. Sie hob die Hand und wischte es sauber. Fremde in einer anderen Seilbahnkabine, die sich auf dem Weg nach unten befand, winkten ihr zu. Sie achtete nicht auf sie. Die Anhöhen und die weißen Bäume schienen langsam hin- und herzuzuckeln.

Sanft schaukelte die Seilbahn, während sie durch die Gebirgsluft wolkenwärts emporstieg. Die Bäume und Pisten an den Abhängen hatten dasselbe Weiß; frischer Schneefall und kalter Nebel, der über Nacht aus dem Tal heraufgeweht war, hatten die Zweige und Nadeln der Bäume in rauhe Schichten weißer Flocken gehüllt. Skifahrer sausten und fegten durch die Wehen des Neuschnees, schrieben auf dem üppig-jungfräulichen Blatt des Schnees einen Text blauweißer Zeilen.

Einen Moment lang musterte sie das Kind. Es kniete auf der mit Knöpfen garnierten Ledersitzbank und schaute hinaus. Das Mädchen trug einen fellbesetzten Skianzug in grellem Pink. An den Handgelenken baumelten Handschuhe in knalliger Malvenfarbe. Die kleinen Stiefel waren orange. Diese Kombination sah gräßlich aus (vor allem mußte sie hier in Frelle so wirken, Nord-Caltasps angeblich exklusivstem, auf alle Fälle jedoch snobistischstem Skiparadies), aber schädigte wahrscheinlich, wie sie annahm, das Gemüt des Kinds weniger als der Zank und die Schmollerei, zu denen es unweigerlich gekommen wäre, hätte sie ihrer Tochter nicht erlaubt, ihre Skikleidung selbst zusammenzustellen. Das Mädchen wischte mit trübsinniger Miene das Fenster.

Sie fragte sich nach dem Grund und drehte den Kopf, sah eine andere Seilbahnkabine, etwa zwanzig Meter entfernt, sie in Abwärtsrichtung passieren. Sie hob die Hand und strich dem Mädchen durchs schwarze Haar, ein paar Strähnen aus dem Gesicht. Man hätte meinen können, es bemerkte gar nichts; es blickte nur unverwandt aus dem Fenster. Für ein so kleines Mädchen zog es ein sehr ernstes Gesicht.

Sie lächelte, erinnerte sich daran, wie sie gewesen war in dem Alter. Sie konnte sich darauf besinnen, fünf gewesen zu sein; manche Erinnerungen reichten zurück bis ins Alter von drei Jahren, aber blieben verschwommen und unvollständig; lediglich flüchtige Schlaglichter in der dunklen Landschaft einer vergessenen Vergangenheit.

Doch mit fünf ein bewußt denkender Mensch gewesen zu sein, daran entsann sie sich; erinnerte sich sogar an ihre Feier zum fünften Geburtstag und das Feuerwerk überm See.

Wie sehnlich sie es sich damals gewünscht hatte, älter zu sein: eine Erwachsene, die tanzen und spät ins Bett gehen durfte. Sie hatte es verabscheut, jung zu sein, es hatte sie angewidert, daß man ihr andauernd sagte, was sie tun sollte, und ihr war die Art und Weise verhaßt gewesen, wie Erwachsene ihr alles vorschrieben. Und auch einige der blöden Redensarten, die sie von sich gaben, hatten sie enorm angeödet, zum Beispiel: »Jetzt ist die schönste Zeit deines Lebens.« Sie hatte einfach nicht glauben können, daß Erwachsene irgendeinen Schimmer davon hatten – außer sie verulkten sie –, wovon sie quasselten. Man mußte erst Erwachsener sein, mitsamt all den Sorgen und Pflichten, die damit auftraten, bevor man die mühevolle Unwissenheit richtig einzuschätzen verstand, die Erwachsene als Unschuld bezeichneten, indem sie gleichzeitig – und dabei vergaßen sie meistens, wie sie sich einmal gefühlt hatten – das vielleicht fürsorglich gestaltete, aber allemal beschränkte Gefangenendasein der Kindheit Freiheit nannten.

Eine ganz alltägliche Tragödie, vermutete sie, allerdings wegen ihrer Verbreitetheit kein geringerer Anlaß zum Kummer. So wie ein Vorzeichen, ein Vorgeschmack der Trauer, bedeutete sie für jeden, der sie durchlebte, eine authentische, ja einmalige Erfahrung, egal wie häufig sie in der Vergangenheit schon von anderen Menschen erlebt worden sein mochte.

Und wodurch *vermied* man so etwas? Sie hatte sich sehr angestrengt, um an ihrer Tochter nicht die gleichen Fehler zu begehen, die ihren Eltern, wie sie glaubte, bei ihr unterlaufen waren, doch manchmal dachte sie, wenn sie das Mädchen schalt: *Genauso hat meine Mutter mit mir geredet.*

Ihr Mann nahm einen anderen Standpunkt ein, aber schließlich war er auch in anderen Verhältnissen herangewachsen, und zudem hatte er mit der Kindererziehung kaum zu schaffen. Diese alten Familien ... Sie stammte aus einer wohlhabenden, einflußreichen und in ihrem Machtwahn wohl ziemlich unerträglichen Familie, doch trotzdem hatte sie nie das Maß nahezu mutwilliger Exzentrizität an den Tag gelegt, deren sich im Laufe der Generationen die Verwandten Kryfs befleißigt hatten.

Sie schaute auf den Armbandmonitor und verminderte die Beheizung ihrer Stiefel, die ihre Beine inzwischen behaglich wärmten. Mittag. Wahrscheinlich stand Kryf gerade auf, läutete nach dem Frühstück und ließ sich vom Butler die Nachrichten vorlesen, während ein Lakai ihm eine Auswahl von Kleidungsstücken zeigte, damit er sich seine Nachmittagsgarderobe zusammensuchen konnte. Sie lächelte, als sie an Kryf dachte, und plötzlich fiel ihr auf, daß sie dabei Xellpher ansah, der auf der anderen Seite der Seilbahnkabine saß. Der Leibwächter – der einzige weitere Fahrgast in dieser Kabine – glich in seiner Stämmigkeit und wegen seines dunklen Typs einem altmodischen Ofen und lächelte gleichfalls ein wenig.

Sie lachte gedämpft auf und legte die Hand an den Mund.

»Madame?« fragte Xellpher.

Sie schüttelte den Kopf. Hinter Xellpher ragte im Freien ein Felsrücken über die Bäume empor, ein Ausläufer des Gebirges, zuckerweiß vom Schnee, aber durchzogen von Streifen kahlen, schwarzen Gesteins, einem dunklen, fremden Leib inmitten der Laken und Kissen des Schnees ähnlich. Die Seilbahnkabine erreichte die Wolken und wurde von ihnen umhüllt.

Ein grauer Pfeiler schien vor dem Fenster rasch vorüberzuwandern, das Laufwerk der Seilbahnkabine surrte und holperte für etwa eine Sekunde, dann setzte sie das lautlose, geschmeidig-schnurrende Hinaufschweben fort, und man hatte den Eindruck, als nickte sie vor sich hin, während der Zugseilantrieb sie an Reihen von Bäumen, die den Geistern eines großen, im Herabsteigen vom Berg begriffenen Heers glichen, nach oben zog.

Die Aussicht wurde ganz grau. Ein grauer Mast glitt vorbei, und die Fahrgastkabine wackelte. Die Aussicht blieb grau. Ein paar Bäume und die andere Seilbahngondel konnte sie sehen, aber mehr nicht. Verdrossen blickte sie sich um. Xellpher lächelte ihr zu. Sie lächelte nicht zurück. Hinter ihm stand ein Kliff, das aussah, als hätte jemand schwarze Löcher in den weißen Schnee gebissen.

Sie drehte sich dem Fenster zu, rieb an der Scheibe und hoffte, anschließend wieder besser sehen zu können. Aus dem Dunst in der Höhe erschien eine weitere Gondel, schwebte ihnen am benachbarten Zugseil abwärts entgegen.

Die Kabine bewegte sich langsamer.

Die Fahrgastgondel verlangsamte das Tempo und stoppte.

»Ach je«, sagte sie, hob den Blick an die lackierte Decke der Kabine.

Finsteren Gesichts schwang Xellpher vom Sitz hoch. Er spähte zu der Gondel hinüber, die ihnen von oben entgegengekommen war und auf beinahe gleicher Höhe ebenfalls angehalten hatte. Auch sie sah sich die andere Seilbahnkabine an. Sie hing unterm Zugseil und schaukelte leicht, genau wie diese Gondel. Anscheinend war sie leer. Xellpher wandte sich um und beobachtete das auf der anderen Seite, dreißig oder vierzig Meter entfernt, durch die Nebelschwaden sichtbare Kliff. Sie sah, wie er die Lider verkniff, und als ihre Augen seinem Blick in die Richtung der Felswand folgten, spürte sie eine erste, schwache Regung der Furcht.

Sie hatte den Eindruck – bildete es sich vielleicht nur ein –, daß sich zwischen den Bäumen auf dem Kamm des Felsrückens etwas bewegte. Xellpher schaute sich nach der Seilbahngondel um, die neben ihnen hing, und holte ein Multiskop aus der Skijacke. Aber er behielt, so wie sie, hauptsächlich das Kliff im Augenmerk. Es rührte sich tatsächlich etwas zwischen den Bäumen, und zwar ungefähr in gleicher Höhe mit den beiden Gondeln. Xellpher justierte die Kontrollen an der Seite des Multiskops.

Sie preßte die Nase ans Fenster. Die Scheibe war sehr kalt. Mami hatte ihr einmal erzählt, eines Tages hätte ein unartiges kleines Mädchen die Nase an ein sehr kaltes Fenster gepreßt und hätte sie nicht mehr wegziehen können; sie sei festgefroren. So ein dummes Mädchen. Die andere Gondel hatte zu schaukeln aufgehört. Sie war nicht leer, denn jetzt linsten Leute über den Unterrand des Fensters, hatten lange, dunkle Gegenstände in den Fäusten; dann duckten sie sich wieder, so daß sie sie nicht mehr sehen konnte.

Xellpher ging in die Hocke, steckte das Multiskop ein, faßte sie an beiden Händen und nötigte sie zu sich herab. »Ich bin sicher, daß kein Grund zur Beunruhigung besteht, Madame«, sagte er, betrachtete währenddessen das Kind, »aber es könnte empfehlenswert sein, wir setzen uns für eine Weile auf den Boden.«

Sie kauerte sich auf den verschlissenen Bretterboden der Seilbahngondel, hielt den Kopf unterhalb der Fensterrahmen. Indem sie die Arme ausstreckte, zog sie das Kind behutsam vom Sitz. *»Nicht, Mami …«*, sagte es mit der Quengelstimme, wehrte sich eine Sekunde lang.

»Pscht«, machte sie, drückte das Kind an die Brust.

Im Entengang watschelte Xellpher zur Kabinentür, zückte unterwegs aus der Tasche den Kommunikator.

Sämtliche Fenster zersprangen gleichzeitig, überschütteten sie mit Glasscherben. Die Fahrgastgondel erbebte.

Sie hörte sich schreien, fiel der Länge nach, das Kind umklammert, auf den Boden der Kabine. Sie erstickte den Schrei. Die Gondel zitterte, als noch mehr Schüsse sie trafen. In unvermittelter Stille raunte Xellpher etwas; dann folgte mehrmaliges scharfes Knallen. Sie blickte auf und sah, daß Xellpher aus seiner Handfeuerwaffe durchs zerschmetterte Fenster in die Richtung der Steilwand feuerte. Neue Geschosse schlugen in die Gondel, so daß Holzsplitter durch die Luft spritzten, Staub und kleine Stückchen Schaumstoff aus den Sitzbezügen stoben.

Xellpher duckte sich, sprang auf, schoß einige Augenblicke lang und warf sich dann zu Boden, um das Magazin der Waffe zu wechseln. Wieder hagelte es Projektile in die Gondel, sie schmetterten gegen das Metall und brachten es zum Klingen. Sie konnte im Gaumen den Geruch schmecken, den Xellphers Waffe verströmte, die Schärfe brannte bis tief in die Kehle. Sie sah das Kind an, das mit weit aufgerissenen Augen, aber unverletzt, unter ihr lag.

»Code Null, ich wiederhole, Code Null«, sagte Xellpher während einer kurzen Feuerpause in den Kommunikator. Er schob den Apparat in die Tasche zurück. »Ich öffne die Tür an der Innenseite«, kündete er mit lauter, aber ruhiger Stimme durch den Lärm der Treffer an, die ins Metall krachten, das Jaulen der Querschläger. »Hinunter zum Schnee sind es nur zehn Meter. Abzuspringen dürfte sicherer sein, als hier zu bleiben.« Beschuß prasselte in die Gondel, schüttelte sie. Xellpher senkte den Kopf und verzog das Gesicht, als neben einem zerborstenen Fenster eine Wolke von Holzsplittern aus der Kabinenwand sprühte. »Wenn die Tür offen ist«, fügte er hinzu, »werfen sie zuerst das Kind hinaus und springen dann hinterdrein. Haben Sie verstanden?«

Sie nickte, hatte zuviel Furcht, um zu sprechen. Der Geschmack in der Kehle stammte nicht vom Qualm der Waffe; vielmehr erzeugte ihn ihre Furcht.

Xellpher robbte über die Holzdielen zur Tür; das Feuer hielt an, eine unregelmäßige Folge heftiger Einschläge erschütterte die Passagiergondel. Der Leibwächter zerdrosch etwas, packte zu, zerrte; die Tür schwang einwärts zur Wand. Sie erkannte in den Halterungen an der Außenseite der Gondel die Skier, Geschosse hatten sie in Fensterhöhe gekappt. Xellpher blickte hinaus.

Sein Schädel platzte; es schien, als träfe eine unsichtbare Kanonenkugel seinen Körper, würfe ihn von der offenen Kabinentür zurück und gegen die Seitenwand.

Sie konnte nicht mehr richtig sehen. Doch sie schrie erst, als sie begriff, die warme, klebrige Flüssigkeit in ihren Augen war Blut.

Ein weiterer Schuß aus der gleichen Richtung zertrümmerte mehrere Sitze, kippte sie auf den Boden; die ganze Gondel bebte und schwankte. Sie barg das Kind in den Armen, hörte es und auch sich selbst schreien. Dann hob sie ruckartig den Kopf, als ein neuer Einschlag die Gondel nochmals zum Schlingern brachte. Sie kroch zur Tür.

Die Wucht des Treffers war erstaunlich, geradezu unfaßbar. Als hätte eine Lokomotive sie gerammt, ein Dampfhammer sie getroffen, ein Komet. Irgendwo unterhalb der Brust, wo genau, davon hatte sie keine Vorstellung. Sie vermochte sich nicht mehr zu regen. Sie wußte sofort, das war der Tod; sie hätte glauben können, sie wäre entzweigerissen worden.

Unter ihr schrie das Kind. Fast an der Tür. Sie hörte nichts mehr, aber sah an Gesicht und Mund, daß das Mädchen schrie. Ringsum schien alles sehr düster zu werden. So nah war die Tür, und sie konnte sich nicht rühren. Das Kind krauchte unter ihr hervor, und es kostete sie alle Mühe, den Kopf hochzuhalten, sich mit einem Arm abzustützen.

Das Kind stand da und schrie irgend etwas, das Gesicht aus Erregung gerötet und voller Tränen. So dicht an der Tür, und ihr war keine Bewegung mehr möglich. Das Ende kam. Das war nun wirklich keine Weise, wie man ein Kind aufzog. Was für einfältige, dumme, grausame Menschen: wie Kinder, armselige Kinder. Man mußte ihnen verzeihen. Keine Ahnung, was werden soll. Und die anderen auch nicht. Arme Kinder. Wir alle sind arme, furchtsame Kinder. Schicksal. Nichts in euren schmierigen Weltanschauungen rechtfertigt so etwas …

Die Granate flog zur offenen Tür herein, plumpste auf Xellphers Leichnam und fiel mit einem Klacken hinter dem Kind auf den Bretterboden. Das Kind hatte sie nicht bemerkt. Sie wollte dem Mädchen zurufen, die Granate zu nehmen und hinauszuwerfen, doch ihr Mund gehorchte nicht. Fortgesetzt schrie das Kind, vorgebeugt schrie es auf sie ein.

Mit letzter Kraft streckte sie den Arm und schubste das Kind trotz allen Geschreis zur Tür hinaus – eine Sekunde, bevor die Granate explodierte.

Mit lautem Geheul stürzte Sharrow hinab in den Schnee.

Erster Teil

VON GLÄSERNEM GESTADE

1

Ouvertüre

La la la la-la
Kannst du von gläsernem Gestade besser seeehn?
Hmm hmm hmm hmm-hmm ...

Nur an diese eine Zeile erinnerte sie sich. Sie stand mit verschränkten Armen an einem Schmelzglasstrand, ihre Stiefelabsätze schabten die körnige, durch Verkratzen stumpfe Oberfläche, ihr Blick schweifte am flachen Horizont entlang, und halb sang, halb flüsterte sie die einzige im Gedächtnis gebliebene Zeile.

Gegenwärtig herrschte die Flautenphase der Atmosphäre, die Zeitspanne, nachdem der Tagwind, der übers Land wehte, verebbt war, und der Nachtwind, dessen Aufkommen der warme Deckel der Wolkenschicht verzögerte, erst noch aus der Trägheit der Luftmassen des Archipels entstehen mußte.

Auf dem Meer, am Rande des dunklen Baldachins der Wolkendecke, sank die Sonne. Rötlich verfärbte Wogen wallten auf den Glasstrand zu, Gischt schäumte gegen die zerscheuerte Böschung und wurde längs des krummschwertförmigen Verlaufs der Küste auf die fernen Umrisse mattglänzender Dünen zugeweht. Schwefelgeruch durchzog die Luft. Sie atmete tief ein, dann trat sie eine Strandwanderung an.

Sie hatte eine leicht überdurchschnittliche Körpergröße. Die Beine in der Hose, die sie zu dem dünnen Jäckchen trug, wirkten schlank; schwarzes Haar fiel ihr dicht und üppig auf den Rücken. Als sie ein wenig den Kopf drehte, sah die eine Hälfte ihres Gesichts im roten

Sonnenschein errötet aus. Ihre schweren, kniehohen Stiefel verursachten beim Laufen Scharrgeräusche. Und sie hinkte beim Gehen; ihr Gang litt unter einer leichten Behinderung, als hätte sie eine Muskelschwäche.

»... besser seeehn ...« Leise sang sie vor sich hin, während sie an Issiers Glasufer entlangspazierte, sich fragte, warum sie herbestellt worden war, weshalb sie sich darauf eingelassen hatte.

Sie holte eine antiquarische Uhr hervor und sah nach der Uhrzeit, dann gab sie ein Tz-tz-tz von sich und schob die Uhr zurück in die Tasche. Warten war ihr zuwider.

Sie blieb in Bewegung, strebte schließlich über den abschüssigen Küstenstreifen aus verschmolzenem Sand zurück zum Tragflügel-Motorboot. Zirka hundert Schritte entfernt hatte sie das alternde Gebrauchtgefährt an einem unkenntlichen Stück Schrott dieses beispiellosen Strands festgebunden – eine eventuell etwas unzuverlässige Methode des Festmachens, befand sie, als sie jetzt daran dachte. Das Tragflügelboot, dessen Pfeilspitzendesign in der Trübnis nur einem Klecks glich, glitzerte plötzlich, als es in den flachen Wellen, die an den Strand schwallten, zu dümpeln anfing, die Chromkonturen spiegelten das rötliche Leuchten des letzten Tageslichts wider.

Sie blieb stehen und betrachtete die fleckige, rotbraune Glasfläche, fragte sich, wie dick die Schicht verbackener Silikate sein mochte. Mit einer Stiefelspitze versetzte sie dem Untergrund einen Tritt. Die Zehen schmerzten, das Glas sah unverändert aus. Sie zuckte die Achseln, wandte sich um und schlenderte wieder in die andere Richtung.

Aus einigem Abstand erweckte ihr Gesicht einen ruhigen Eindruck: nur jemand, der sie gut kannte, hätte an dieser Gelassenheit eine gewisse unheilschwangere Erwartung bemerken können. Abgesehen vom Widerschein des Sonnenlichts war ihre Haut blaß. Ihre

Brauen saßen als schwarze Halbrundungen unter einer breiten Stirn und dem fülligen Ansatz des nach hinten gebürsteten Haars, die Augen waren groß und dunkel, die Nase ragte lang und gerade aus dem Gesicht, als wäre sie eine Säule, die die düsteren Wölbungen der Brauen stützte. Ihr Mund, zu einem straffen Strich zusammengepreßt, war schmal. Starke Wangenknochen bildeten einen Gegenpart zu dem ausgeprägten Kinn.

Sie seufzte abermals und sang die Zeile des Lieds verhalten noch einmal. Dabei lockerte sich die straffe Linie ihres Munds, die kleinen Lippen wurden voller.

Voraus konnte sie in einer Entfernung von mehreren Hundert Schritten die große Kastenform eines alten, automatischen Strandsäuberers erkennen. Sie spazierte darauf zu und musterte den altmodischen Apparat argwöhnisch. Still und finster stand er auf seinen Gummiraupen, wartete darauf, anscheinend mangels Treibgut auf Sparbetrieb geschaltet, daß die nächste Flut ihm neue Anreize zur Aktivität bot. Kot von Seevögeln hatte das verbeulte, klapprige Gehäuse bekleckert, das in der Helligkeit des Sonnenuntergangs rosa schimmerte. Kurz ließ sich, sah sie, ein gischtweißer Vogel auf der flachen Oberseite der Maschine nieder, flatterte jedoch gleich darauf empor und flog landeinwärts.

Noch einmal holte sie die alte Uhr heraus, warf einen Blick darauf und stieß tief aus der Kehle ein gedämpftes mißmutiges Brummen aus. Die Wellen brandeten gegen die Küstenlinie des Festlands, fauchten wie Statik.

Sie faßte den Vorsatz, bis zu dem Strandsäuberer zu wandern, dann kehrtzumachen, das Tragflügelboot zu besteigen und zu verschwinden. Voraussichtlich erschien derjenige, der dieses Treffen mit ihr verabredet hatte, nicht mehr. Es könnte sogar eine Falle sein, überlegte sie, spähte in die Dünen, gepackt von alter Furcht. Oder ein Jux; womöglich erachtete irgend jemand dergleichen als spaßig.

Bis auf zwanzig Schritt näherte sie sich dem Strandsäuberungsautomaten, dann drehte sie um und machte sich mit ihrem leicht behinderten Gang auf den Rückweg, sang unterdessen die eintönig-schlichte Melodie, ein Relikt dieser oder jener postatomaren Ära.

Fünfzig Meter rechts von ihr erreichte unversehens ein Reiter die Höhe einer Düne. Sie blieb stehen und blickte hinüber.

An den breiten, muskulösen Schultern hatte das sandfarbene Reittier die Höhe eines Menschen; um die schmale Taille war ein glänzender Sattel geschnallt, der wuchtige Rumpf mit silbrigem Stoff bekleidet. Es bog den großen, gelbbräunlichen Kopf zurück, das Zaumzeug klirrte; es schnaubte und stampfte mit den Vorderpfoten. Der Reiter, der sich grau-in-grau gegen die dumpfe Schwere des Wolkenhimmels abzeichnete, trieb das riesige Tier vorwärts. Es senkte den Schädel und schnaubte ein zweites Mal, betastete das Gelände an dem schartigen Rand, wo auf dem Scheitel der Düne der Sand in Glas überging. Das Tier wackelte mit dem Kopf, ehe es vorsichtig, angetrieben vom Reiter, längs der Glasschicht in die Mulde zwischen zwei Dünen hinabstapfte; hinter dem Mann blähte sich sein Mantel im Wind, als wäre er kaum schwerer als die Luft, durch die er sich bewegte.

Unterdrückt brummelte der Mann etwas, trat dem Reittier die Fersen in die Flanken; es zuckte zusammen, als die Sporenelektroden kontaktierten und in seinen großen Hinterkeulen unwillkürliches Muskelzittern hervorriefen. Achtsam setzte es eine breite Pranke aufs Glas, dann eine zweite Pfote; der Reiter stieß Laute der Ermunterung aus. Während es nervös vor sich hinschnaubte, tat das Tier ein paar Schritte auf die schräge Kruste des Strands, geriet jedoch plötzlich ins Rutschen, winselte laut, torkelte, sackte schwerfällig auf den Bauch und warf den Reiter beinahe aus dem Sattel. Es reckte den Kopf empor und brüllte.

Behende sprang der Mann ab; sein langer Mantel verfing sich kurz an dem hohen Sattel, so daß er recht ungünstig auf der harten Glasfläche aufkam, fast stürzte. Sein Reittier unternahm krampfhafte Anstrengungen zum Aufstehen, die Pfoten aber glitten auf der schlüpfrigen Böschung aus. Der Mann raffte den Mantel um sich und hielt zielstrebig auf die Frau zu, die eine Hand in die Achselhöhle der anderen Körperseite geschoben, die andere Hand an die Stirn gelegt hatte, als überschattete sie, während sie das Ufer beobachtete, die Augen. Sie schüttelte den Kopf.

Unter der Reithose und dem engen Jackett hatte der Ankömmling eine hochaufgeschossene, hagere Statur, sein Gesicht war schmal und blaß, gekrönt von schwarzen Locken und umrahmt mit einem adrett gestutzten, schwarzen Bart. Er näherte sich. Dem Aussehen nach mochte er einige Jahre älter als die Frau sein.

»Sharrow, liebe Kusine«, sagte er und lächelte, »ich danke dir für dein Erscheinen.« Er sprach mit kultivierter Gebildetenstimme, mit ruhigem, selbstsicherem Klang. Er ergriff ihre Hände und drückte sie für einen Augenblick, ließ sie los.

»Geis«, fragte sie, indem sie sich über die Schulter nach dem Reittier umblickte, dem es endlich gelungen war, sich zittrig wieder auf die Beine hochzuraffen, aber das noch immer laut vor sich hinblökte, »was stellst du denn mit dem Vieh da an?«

Geis schaute sich nach dem Tier um. »Ich zähme es«, antwortete er mit einem Grinsen, das nur langsam aus seiner Miene wich. »Eigentlich brauchte ich es bloß, um herzugelangen und dich zu informieren …« Er hob die Schultern, lachte leise und versonnen auf. »Mensch, Sharrow, ich habe eine wahrlich melodramatische Neuigkeit für dich. Du schwebst in Gefahr.«

»Also hättest du mich vielleicht mit einem Anruf schneller warnen können.«

»Ich mußte mich mit dir treffen, Sharrow, das war mir wichtiger als Telefonate.«

Sharrow betrachtete das gesattelte Tier, das versuchsweise am Strandgras rings um die benachbarte Düne schnupperte. »Dann hättest du ein Taxi nehmen sollen«, meinte sie. Ihre leise Stimme war von außerordentlicher Geschmeidigkeit.

Geis lächelte. »Taxis sind so ... so vulgär, findest du nicht?« entgegnete er mit einer Andeutung von Ironie.

»Hmm, aber warum muß es ausgerechnet dieses ...« Sharrow deutete auf das Tier.

»Das ist ein Bandamyion. Tolles Tier.«

»Na schön, und warum ausgerechnet so ein Bandamyion?«

Geis hob die Schultern. »Ich habe es eben erst gekauft. Wie erwähnt, ich bin noch dabei, es zu zähmen.« Seine mit einem Handschuh bekleidete Rechte winkte ab. »Hör zu, reden wir nicht über das Tier. Die Sache ist ziemlich dringend.«

Sharrow seufzte. »Na gut. Worum geht's?«

Geis schöpfte tief Atem. »Um die Huhsz«, gab er halblaut zur Antwort.

Für einen Moment schwieg Sharrow, dann zuckte sie die Achseln und lenkte den Blick zur Seite. »Ach, um die.« Mit der Stiefelspitze schabte sie auf dem gläsernen Strand.

»Ja, um sie«, bekräftigte Geis in gefaßtem Ton. »Meine Leute beim Globalen Tribunal sagen, es ist eine Mauschelei in Gang, die ihnen zu ... zu Freibrief-Pässen verhelfen soll, und wahrscheinlich sehr bald. Vielleicht binnen weniger Tage.«

Ohne ihren Verwandten anzuschauen, nickte Sharrow. Sie verschränkte die Arme und schlenderte langsam ein paar Schritte am Strand entlang. Geis zog die Handschuhe aus, und nachdem er dem inzwischen zum Mampfen übergegangenen Bandamyion nochmals einen Blick zugeworfen hatte, schloß er sich ihr an.

»Es tut mir leid, daß ich es bin, der es dir erzählen muß, Sharrow.«

»Schon gut«, sagte sie. »Macht nichts.«

»Ich bezweifle, daß wir noch etwas ändern können. Ich habe die Familienanwälte mit der Einlegung einer Rechtsbeschwerde beauftragt, und mein Firmenpersonal hilft, so gut es kann – es besteht eine gewisse Aussicht, daß ein Verbotsantrag wegen unterbliebener Vorankündigung des Antrags auf Freibrief-Pässe bei Gericht Erfolg hat –, aber allem Anschein nach haben die Stehrins ihre Einwände zurückgezogen, und wie es heißt, hat der Nul-Kirchenrat seine Verzögerungstaktik aufgegeben. Gerüchten zufolge sollen die Huhsz in Stehrin Land erworben, Grundbesitz gekauft haben, und dabei soll die Kirche von ihnen bestochen worden sein, entweder glattweg mit Kredits oder durchs Anbieten eines Relikts.«

Sharrow schwieg; gesenkten Blicks spazierte sie am Ufer entlang. Geis vollführte mit der Hand eine resignierte Gebärde. »Mit einem Schlag holt das ganze Unheil uns ein. Ich dachte, wir hätten dafür gesorgt, daß diese Arschlöcher jahrelang beschäftigt bleiben, aber das Gericht hat die Angelegenheit beschleunigt aufgearbeitet, seit Generationen anhängige Nebenklagen.« Er stöhnte auf. »Und natürlich ist gerade jetzt Llocaran damit an der Reihe, in dieser Legislaturperiode den Gerichtspräsidenten zu stellen. Obendrein stammt ihr Kandidat aus Lip City.«

»Ach ja, Lip City«, äußerte Sharrow. »Ich kann mir denken, daß sie dort wegen der Chaoswaffe noch heute sauer sind.« Sie spähte voraus, in die Richtung des Tragflügel-Motorboots, das weiter hinten am Ufer schwach glänzte.

(Und in Gedanken sah sie wieder die Reihe von Wüstenhügeln vor sich, wie sie sich ihrem Blick durchs Steingeländer des Hotelbalkons dargeboten hatten – mit einem schwachen Vorglühen der Morgenfrühe auf den Kuppen – und urplötzlich von stoßweisem Pulsieren lautlosen Feuers von jenseits des Horizonts erstrahlt waren; verblüfft und benommen, außer sich vor Entgeisterung, hatte sie hinübergestarrt, während das ferne Eruptieren zerstörerischer Kräfte die Miene ihres Liebhabers erhellte.)

»Meines Erachtens müssen die Huhsz tatsächlich einen der Richter auf ihre Seite gezogen haben.« Geis' Stimme klang müde. »Es wird darüber gemunkelt, man hätte vor einigen Tagen einen dieser alten Knaben in einer Schnüffelhöhle aufgefunden. Die Huhsz stehen bestimmt nicht darüber, so etwas planmäßig zu inszenieren, um einen Richter unter Druck zu setzen.«

»Du meine Güte«, sagte Sharrow, strich sich mit der Hand durchs dichte Haar. Geis beobachtete die Geste, sah den weißen Fingern zu, während sie das schwarze Feld pflügten. »Was für einen Aufwand und welche Umstände diese Huhsz-Typen betreiben.«

Geis nickte. »Hinsichtlich ihrer Personalpolitik und der Investitionen haben sie in letzter Zeit auch Glück gehabt«, erklärte er. »Bei ihnen läuft es bestens. Wahrscheinlich sind sie zur Zeit Golters profitabelster Orden. Das alles hat ihnen zu einer gutgefüllten Kriegskasse verholfen.« Er furchte die Stirn. »Ich bedaure die Situation sehr, Sharrow. Ich kann mich nicht des Gefühls erwehren, dich im Stich gelassen zu haben.«

Sharrow zuckte die Achseln. »Früher oder später mußte es ohnehin so kommen. Du hast getan, was in deiner Macht stand. Danke.« Nun blickte sie ihn an, faßte mit einer Hand kurz seinen Unterarm. »Ich weiß es zu schätzen, Geis.«

»Gestatte mir, dich zu verstecken, Sharrow«, schlug er unvermittelt vor.

Sharrow schüttelte den Kopf. »Geis …«

»Ich habe Beteiligungen, von denen sie unmöglich …«

»Nein, Geis. Ich …«

»Nicht doch, hör erst einmal zu. Ich kann dir Verstecke bieten, die sie auf gar keinen Fall …«

»Ausgeschlossen, Geis, ich …«

»Sichere Häuser, Büros, ganze Liegenschaften da und dort auf anderen Planeten, die in keiner Bilanz verzeichnet stehen. Ableger von Tochterfirmen, von denen selbst meine Geschäftsführer nichts ahnen …«

»Ich weiß dein Angebot zu würdigen, Geis, aber …«

»Habitate, komplette Asteroiden, Minen auf Fian und Speyr. Schwimminseln auf Trontsephori …«

»Geis«, unterbrach sie ihn, blieb stehen und wandte sich ihm zu, ergriff für einen Moment seine Hände. »Geis, darauf kann ich nicht eingehen.« Sie rang sich ein Lächeln ab. »Dir muß einfach klar sein, daß sie mich irgendwann doch aufspürten, und dann bekämst du Ärger wegen Schutzgewährung. Sie werden ihre Freibrief-Pässe verwenden. Wenn sie es wollten – falls sie es zum Vorwand nähmen, daß sie Anlaß zu dem Verdacht sähen, du deckst mich –, könnten sie dich in die Knie zwingen, Geis.«

»Ich bin durchaus dazu imstande, auf mich achtzugeben.«

»Dich persönlich meine ich nicht, Geis. Ich spreche von dem Wirtschaftsimperium, an dessen Aufbau du derartig emsig arbeitest. Ich verfolge die Nachrichten. Du wirst schon von Anti-Kartell-Inspektoren umlauert.«

Mit einem Wink tat Geis die Warnung ab. »Das sind nur Bürokraten. Mit denen werde ich fertig.«

»Nicht wenn die Huhsz die Freibrief-Pässe benutzen, um deine Datenbanken zu knacken und die Dateien zu durchstöbern. Dann könnten diese sämtlichen wertvollen Firmen, diese ganzen Beteiligungen … Alles könnte dir genommen werden.«

Geis blieb stehen, musterte sie. »Das würde ich riskieren«, lautete seine ruhige Antwort.

Erneut schüttelte Sharrow den Kopf.

»Doch, dazu bin ich bereit«, beharrte Geis auf seiner Zusicherung. »Deinetwegen. Wenn du mich läßt, tu ich für dich alles, was ich …«

»Geis, bitte«, ermahnte Sharrow ihn, drehte sich um und strebte in Gegenrichtung, auf die in einigem Abstand sichtbaren Umrisse des alten Strandsäuberers zu. Geis folgte ihr.

»Sharrow, du weißt, was ich für dich empfinde. Laß mich doch einfach …«

»Geis!« fuhr sie ihn in scharfem Ton an, wandte ruckartig und nur kurz den Kopf.

Er hielt an, senkte den Blick auf die Füße; dann eilte er ihr schnell nach.

»Also gut«, sagte er, sobald er aufgeholt hatte. »Entschuldige, ich hätte davon nicht reden sollen. Ich hatte nicht die Absicht, dich in Verlegenheit zu bringen.« Er atmete durch. »Aber ich werde nicht zusehen, während man dich hetzt und in die Enge treibt. Ich kann auch mit schmutzigen Methoden arbeiten. Ich habe Leute, wo du sie nie erwarten würdest, wo niemand damit rechnet. Auf keinen Fall dulde ich, daß diese religiösen Fanatiker dich erwischen.«

»*Ich* gedenke nicht zuzulassen, daß sie mich erwischen«, beteuerte Sharrow. »Mach dir keine Sorge.«

Geis lachte bitter. »Wie könnte ich mir keine Sorgen machen?«

Sharrow verhielt und blickte ihm ins Gesicht. »Versuch's einfach. Und unternimm nichts, was uns beide in zusätzliche Scherereien bringen könnte.« Sie neigte den Kopf, betrachtete Geis.

Zu guter Letzt schaute er zur Seite. »Gut, wie du willst«, antwortete er.

Gemeinsam setzten sie den Weg fort.

»So, und wie wirst du dich verhalten?« erkundigte sich Geis.

Sharrow hob die Schultern. »Ich gehe stiften«, sagte sie. »Sie haben bloß ein Jahr lang Zeit, und …«

»Ein Jahr und einen Tag, um genau zu sein.«

»Ja. Na, ich muß mich eben bemühen, ihnen ein Jahr und einen Tag hindurch immer um ein, zwei Schritte voraus zu bleiben ...« Sie trampelte auf die Glasfläche unter ihren Füßen. »Und wahrscheinlich muß ich auch versuchen, die letzte Chaoswaffe zu finden. Das Exemplar, das die Huhsz haben wollen. Um einen Schlußstrich zu ziehen, ist das die einzige andere Alternative.«

»Hast du vor«, fragte Geis mit neutraler Stimme, »das SNA-Team wieder zusammenzustellen?«

»Wenn ich diese verfluchte Chaoswaffe ausfindig machen will, brauche ich Unterstützung«, räumte Sharrow ein. »Außerdem muß ich es auf alle Fälle versuchen. Sollten die Huhsz jemanden vom Team zu packen kriegen ... Es fiele ihnen dann leichter, mich aufzuspüren.«

»Aha. Dann schwindet der Effekt wirklich nicht?«

»Die SNA? Nein, Geis, sie wird nicht schwächer. Wie gewisse exotische Krankheiten und im Gegensatz zur Liebe ist die Synchroneuroassoziation eine Sache fürs Leben.«

Geis schaute auf den Glasuntergrund hinab. »Du bist in bezug auf Liebe nicht immer so zynisch gewesen.«

»Es heißt ja auch, daß man für Dummheit büßen muß.«

Geis wirkte, als hätte er die Neigung, darauf etwas zu erwidern, doch schließlich schüttelte er den Kopf. »Jedenfalls brauchst du Geld«, konstatierte er. »Du mußt mir erlauben, dir ...«

»Ich bin keineswegs mittellos, Geis«, fiel Sharrow ihm von neuem ins Wort. »Und wer weiß, vielleicht stehen noch Antiquitätenbeschaffungsverträge an.« Sie faltete die Hände, knetete sie, ohne sich dessen bewußt zu werden. »Wenn die Überlieferung der Familie zutrifft, muß man, um an die Chaoswaffe zu gelangen, erst die *Universellen Prinzipien* finden.«

»Ja, *falls* die Überlieferung stimmt«, meinte Geis

skeptisch. »Diesem Gerücht bin ich selbst schon nachgegangen, und niemand weiß, wie es überhaupt entstanden ist.«

»Es ist der einzige Anhaltspunkt, Geis.«

»Tja, wenn du bei der Suche nach den übrigen Teamangehörigen irgendwie Beistand brauchst …«

»Meinen letzten Informationen zufolge soll Miz unternehmerisch in Schwimmstadt tätig sein, die Francks züchten angeblich in Regioner Sarflet-Welpen, und Cenuij soll sich irgendwo in Caltasp Minor niedergelassen haben, kann sein, in Udeste. Ich stöbere ihn schon auf.«

Geis holte tief Atem. »Tja, nach meinen Informationsquellen *ist* Cenuij Mu in Caltasp, ja, aber ein Stück weiter nördlich als Udeste.«

Sharrow blickte auf und hob die Brauen. »Mmhmm?«

Bekümmert lächelte Geis. »Er dürfte wohl in Lip City stecken, liebe Cousine.«

Sharrow nickte, knirschte beim Weitergehen mit den Zähnen. Sie schaute hinaus aufs Meer, wo der letzte Glanz der Sonne rasch hinterm kahlen Rund des Horizonts verschwand. »Oh, prachtvoll«, sagte sie.

Geis betrachtete seine Handrücken. »Ich habe eine Wachdienstfirma, die Schutzverträge mit Kunden über die Beaufsichtigung von Einrichtungen in Lip City unterhält. Es wäre nicht unvorstellbar, daß Mu … eine unbeabsichtigte Reise aus der Stadt unternimmt …«

»Nein, Geis«, erwiderte Sharrow. »Das ginge nicht gut. Eine Entführung würde ihn bloß feindselig stimmen. Ich finde Cenuij. Eventuell kann ich meine liebe Halbschwester dazu überreden, mir behilflich zu sein. Ich glaube, die beiden stehen noch in Kontakt.«

»Breyguhn?« Geis' Gesichtsausdruck bezeugte Zweifel. »Ich bin nicht sicher, ob sie überhaupt mit dir spricht.«

»Einen Versuch ist es wert.« Sharrow schnitt eine nachdenkliche Miene. »Es *könnte* sogar sein, daß sie eine Ahnung hat, wo die *Universellen Prinzipien* abgeblieben sind.«

Geis forschte in Sharrows Gesicht. »Das war es, wonach sie im Strandhaus gesucht hat, nicht wahr?«

Sharrow nickte. »Vergangenes Jahr hatte sie mir einen völlig konfusen Brief mit dem Inhalt geschickt, sie hätte zu klären vor, wie man das Buch finden kann.«

Geis wirkte überrascht. »Wahrhaftig?« fragte er.

Sharrow wölbte die Brauen. »Ja, und außerdem hat sie behauptet, wenn ich mich recht erinnere, den Sinn des Lebens entdeckt zu haben.«

»Ach«, machte Geis.

Beide blieben sie unweit der dunklen Konturen des alten Strandsäuberungsautomaten stehen. Sharrow atmete tief ein, ließ den Blick an der schwachen Biegung des Strands entlangschweifen: mittlerweile war es dunkel genug, so daß die Phosphoreszenz in den Wellen sich als geisterhaft grünes Gekräusel zeigte, das strandwärts heranflimmerte. »So, Geis, hast du noch mehr erfreuliche Neuigkeiten für mich, oder war's das?«

»Oh, ich glaube, fürs erste reicht es, oder?« meinte er mit andeutungsweisem, traurigem Lächeln im Gesicht.

»Ja, ich bin dir sehr dafür verbunden, daß du mich gewarnt hast, Geis. Aber von nun an muß ich in ziemlich zügiger Bewegung bleiben. Es dürfte für dich und die übrige Familie am günstigsten sein, ihr haltet im Laufe des nächsten Jahres von mir Abstand. Ich benötige Handlungsspielraum. Verstehst du, was ich sagen will?«

»Wenn es dein Wunsch ist ...« Geis' Tonfall hörte sich an, als wäre er gekränkt.

»Es wird schon gutgehen«, versicherte Sharrow, reichte ihm die Hand. Er sah die Hand an, dann schüttelte er sie. »Wirklich, Geis, ich komme zurecht. Ich weiß, wie ich mich zu verhalten habe. Nochmals vielen Dank.« Sie beugte sich vor und küßte ihn flüchtig auf die Wange.

Sie trat zurück und ließ seine Hand los. Geis' Lächeln fiel fahl aus. Er nickte, schluckte.

»Wie stets bin ich dein treuer Diener, liebe Cousine.«

Geis schaffte es, der gestelzten Äußerung einen sowohl aufrichtigen wie auch kummervollen Klang zu verleihen. Er tat gleichfalls einen Schritt rückwärts, geriet näher ans Wasser; eine Welle spülte über einen seiner Stiefel, und aus der Sporenelektrode schoß ein schwacher, blauer Blitz, als sie einen Kurzschluß erlitt. Geis zuckte zusammen und wich den Wellen flink aus. Sharrow mußte halblaut lachen.

Versonnen schmunzelte Geis und kratzte sich seitlich am Kopf. »In deiner Gegenwart gelingen mir anscheinend keine dramatischen Abgänge«, sagte er mit einem Seufzer. »Tja, falls du mich brauchst, ich irgendwann noch etwas für dich tun kann ... Dann gib mir einfach Bescheid.«

»Mach ich. Leb wohl.«

»Auf Wiedersehen, Sharrow.« Ruckartig wandte Geis sich ab und kehrte raschen Schritts zurück zu dem Bandamyion.

Sharrow blickte ihm nach, während er die Dünen erklomm. sie hörte ihn das Reittier rufen und lachte gedämpft, als sie ihn dem Geschöpf hinterdreinlaufen sah, das über den Kamm einer Düne landeinwärts stapfte.

Schließlich schüttelte sie ein letztes Mal den Kopf und drehte sich in der Absicht um, zu dem hundert Meter entfernt am menschenleeren Ufer vertäuten Tragflügelboot umzukehren.

»Hallo«, ertönte plötzlich unmittelbar hinter ihr eine Stimme.

Sharrow verharrte, dann wirbelte sie gelenkig herum, ihre Linke huschte in die Jackentasche.

An dem zehn Meter entfernten Strandsäuberer glommen jetzt hoch oben an der Vorderseite zwei kleine rote

Lämpchen; langsam blinkten sie, gingen aus und an. Vor einigen Augenblicken waren sie noch nicht in Betrieb gewesen.

»Ja?« stieß Sharrow hervor.

»Spreche ich mit Lady Sharrow?« fragte die Maschine. Sie hatte eine tiefe Stimme mit dem charakteristischen melodischen Anklang am Anfang jedes Worts, der sicherstellen sollte, daß die Leute merkten, sie führten eine Unterhaltung mit einer Apparatur.

Sharrow kniff die Lider zusammen. Zweifellos bemerkte der Automat die Muskelspannung ihres linken Arms. »Ich glaube«, sagte sie, »du weißt, wer ich bin.«

»Es ist mir tatsächlich bekannt. Erlauben Sie mir, mich vorzustellen ...« Aus der Maschine drang ein Brummen, sie fuhr an und walzte auf Sharrow zu, die linke Gummiraupe spritzte durch die flachen Wellen.

Sharrow wich um zwei schnelle, große Schritte zurück. Sofort hielt der Automat an. »Verzeihen Sie bitte, ich wollte Sie nicht erschrecken. Einen Moment.« Die Maschine zuckelte einige Meter weit rückwärts an ihren vorherigen Standort. »So. Wie ich schon sagte: Erlauben Sie mir, mich vorzustellen. Ich bin ein ...«

»Wer du bist, ist mir schnuppe. Ich will wissen, wieso du mich und meinen Vetter ausspionierst.«

»Das Erfordernis meiner Tarnung war unumgänglich, Madame, um zu gewährleisten, daß ich die relevanten Personen, namentlich Sie und Graf Geis, richtig identifiziere. Und da ich unabsichtlich in unmittelbarer Nähe zum Zeugen Ihrer Erörterungen geworden bin, erachtete ich es als lediglich höflich und angebracht, mit meiner Annäherung zu warten, bis der besagte Gentleman sich von Ihnen verabschiedet hatte, zumal meine Instruktionen, abgesehen von der Frage der guten Manieren, mir vorschreiben, mich ausschließlich Ihnen allein zu erkennen zu geben, das heißt, wenigstens bei der ersten Kontaktaufnahme.«

»Für einen Strandsäuberer bist du ganz schön beredt.«

»Lassen Sie sich bitte durch mein rohes Äußeres nicht täuschen, Madame. Unter meiner schäbigen Verkleidung verbergen sich mehrere brand- und nagelneue Komponenten eines bezüglich dieser Bezeichnung gesetzlich geschützten Suprotektor-Personeneskortgarnitur Typ drei, Klasse fünf, mit amtlicher Einsatzgenehmigung im Zivilkosmos, ausgenommen einige wenige Jurisdiktion-Geltungsbereiche, und mit Einsatzbeschränkung auf Gefechtsfeldzonen im übrigen Kosmos. Und ich – also vorerwähntes System als Gesamtheit, kombiniert mit der Tüchtigkeit diverser hochqualifiziert ausgebildeter menschlicher Mitarbeiter – stehe vollkommen zu Ihren Diensten, Madame, solange Sie es wünschen.«

»Wahrhaftig?« Sharrow fühlte sich leicht belustigt.

»Wirklich und wahrhaftig«, bekräftigte das Suprotektor-System. »Ein gewöhnlicher Strandsäuberungsautomat wäre nicht dazu fähig, um ein beweiskräftiges Beispiel anzuführen, Ihnen zu sagen, daß die Schußwaffe, die Sie gegenwärtig in der linken Tasche Ihrer Jacke in der Faust halten – den linken Zeigefinger am Abzug, den Daumen bereit zum Umlegen des Sicherungshebels – eine Zehn-Millimeter-HandBalliste der Frint-Ballistik mit Schalldämpfer sowie elf koaxial angeordneten Vollmantel-Uran-Quecksilber-Allzweckprojektilen der Marke zehn sieben im Magazin sowie einem weiteren derartigen Projektil im Lauf ist, und daß Sie ein beidseitig einführbares Ersatzmagazin, in dem sich fünf Stück panzerbrechende Munition und sechs Funklenk-Explosivgeschosse befinden, in der anderen Jackentasche haben.«

Sharrow lachte schallend, nahm die Hand aus der Tasche und macht auf dem Absatz kehrt. Die Maschine rollte ihr den Strand entlang nach, wobei sie einige Schritte Abstand von ihr hielt.

»Ich bin der Ansicht«, fügte der Automat hinzu, »Sie darauf hinweisen zu müssen, daß die FrintBallistik AG nachdrücklich davon abrät, ihre Faustfeuerwaffen mit einem Geschoß im Lauf zu führen.«

»Die Pistole hat eine Sicherungsvorrichtung«, sagte Sharrow patzig, schaute sich beim Gehen um.

»Ja, aber ich glaube, wenn Sie die Gebrauchsanweisung lesen ...«

»So«, unterbrach Sharrow den Automaten, »du stehst mir zu Diensten, ja?«

»Vollkommen.«

»Wunderbar. Und für wen bist du tätig?«

»Selbstverständlich für Sie, Madame.«

»Ja, aber wer hat dich eingestellt?«

»Ach, Madame, es bereitet mir die größte Verlegenheit, daß ich Ihnen hinsichtlich dieser Frage gestehen muß – mit so tiefem Kummer, daß Sie mir seine nähere Beschreibung kaum glauben könnten –, meine vollkommene Unterwerfung unter Ihre Wünsche ist leider doch ein ganz klein wenig eingeschränkt. Kurz und klar ausgesprochen, es steht mir nicht frei, Ihnen diese Information zu nennen. So, jetzt ist es gesagt. Lassen Sie uns rasch von diesem unglückseligen Quentchen der Dissonanz in die grundsätzliche Stimmung der Harmonie überwechseln, die nach meiner Überzeugung unsere künftige Beziehung prägen wird.«

»Du verrätst es mir also nicht.« Sharrow nickte.

»Ehrenwerte Lady«, antwortete die Maschine, die ihr beharrlich folgte, »um uns lange Diskussionen zu ersparen, muß ich sagen ... Sie haben recht.«

»Na gut ...«

»Darf ich davon ausgehen, daß Sie meine Dienste wünschen?«

»Danke, aber um auf mich achtzugeben, brauche ich eigentlich keine Hilfe.«

»Indessen trifft es zu«, entgegnete der Automat mit einem Anklang robotischer Belustigung in der Stimme,

»daß Sie bei Ihrem letzten Aufenthalt in der Stadt Arkosseur einen *Eskortdroiden* gemietet hatten und einen Vertrag mit einem *Kontraktmilitär-Konzern* unterhalten, der Ihren Wohnsitz auf Jorve bewacht.«

Ein zweites Mal blickte sich Sharrow nach dem Apparat um. »Na, sind *wir* nicht gut informiert.«

»Vielen Dank. Ich bin gerne stolz auf mein Gutinformiertsein.«

»Was ist denn meine Lieblingsfarbe?«

»Ultraviolett, haben Sie einmal einem Ihrer Lehrer gesagt.«

Sharrow blieb stehen; der Automat ebenfalls. Sie drehte sich um und besah sich das beulige Gehäuse des Strandsäuberers. Dann schüttelte sie den Kopf. »Scheiße, ich selbst hatte *vergessen,* daß ich so etwas dahergeredet habe.« Sie betrachtete den Glasstrand. »Ultraviolett, hm? Ja, ich hab's gesagt.« Sie hob die Schultern. »Beinahe geistreich.«

Sie wandte dem Automaten wieder den Rücken zu und ging weiter. Der Strandsäuberer schloß sich von neuem an. »Man könnte meinen, du kennst mich besser, als ich mich kenne, Suprotektor«, äußerte sie. »Gibt es sonst irgendwelche Informationen über mich, die ich auch wissen sollte? Nur für den Fall, daß ich noch mehr vergessen habe.«

»Ihr Name lautet Sharrow ...«

»Na, das vergesse ich selten.«

»... vom Ersten Hause zu Dascen Major, Golterian. Sie sind neuntausendneunhundertfünfundsechzig in der Villa Tzant auf dem Besitztum gleichen Namens geboren. Selbiges ist schon vor langem mit dem Großteil der Dascen-Major-Besitztümer im Rahmen des Vergleichs verkauft worden, den das Globale Tribunal nach der Zerschlagung und Abwicklung des bedauerlicherweise gesetzwidrigen Trusts Ihres Großvaters Gorko, den Gerüchten zufolge des größten Wirtschaftsimperiums seiner Zeit, angeordnet hatte.«

»Als Familie haben wir immer in großem Maßstab gedacht. Vor allem, was unsere Pleiten betrifft.«

»Nach dem traurigen Ableben Ihrer Mutter …«

»So etwas nennt man Mord, glaube ich.« Sharrow verlangsamte ihre Schritte und faltete die Hände auf dem Rücken.

»… das heißt, ihrer Ermordung durch Huhsz-Zeloten, wurden Sie von Ihrem Vater unter … unsteten Verhältnissen aufgezogen, wie man wohl gerechtfertigt behaupten kann.«

»Wenn wir uns nicht bei reichen Verwandten unbeliebt gemacht haben, sind wir in der restlichen Zeit zu gleichen Teilen entweder in Spielkasinos oder auf Rennplätzen gewesen. Vater war von der Idee besessen, bei einem davon einmal eine Riesensumme einzuheimsen. Aber meistens hat er sein Geld bei ihnen gelassen.«

»Sie hatten … eine Reihe von Lehrern …«

»Alle zeichneten sich durch die gemeinsame Eigenschaft vollständiger Humorlosigkeit aus.«

»… und durchliefen an den Schulen eine Entwicklung, die man wohlwollend als wechselhaft einstufen könnte.«

»Überwiegend kann man den Schulakten eigentlich gar nicht trauen.«

»Ja, es ist eine recht bemerkenswerte Diskrepanz zwischen den schriftlichen Aufzeichnungen und der Mehrzahl aller korrespondierenden Computerdateien festzustellen. An mehreren der von Ihnen besuchten Lehrinstituten hatte man anscheinend den Eindruck, es bestünde ein ursächlicher Zusammenhang zwischen diesem Phänomen und Ihrem ungewöhnlichen Eifer auf dem Gebiet der Computerkunde.«

»Purer Zufall. Mir war überhaupt nichts nachzuweisen.«

»Ich glaube, ich habe nie vorher davon erfahren, daß jemand gegen das Jahrbuch einer Schule geklagt hätte.«

»Lediglich eine Sache des Prinzips. Die Familienehre stand auf dem Spiel. Unsere Familie war seit jeher prozeßfreudig. Gorko hat als Fünfjähriger eine Klage gegen seinen Vater um höheres Taschengeld erhoben, und Geis hätte mehrmals fast gegen sich selbst prozessiert.«

»Nach dem Abgang von der Schule in Claäv zeigten Sie Interesse an Politik und ... fanden bei den örtlichen jungen Männern beträchtlichen Anklang.«

Sharrow zuckte die Achseln. »Ich bin ein schwieriges Kind gewesen, zum Ausgleich wurde ich eine sorglose Jugendliche.«

»Zum allgemeinen, außer offenbar Ihrem eigenen Erstaunen erlangten Sie Zulassung zur Diplomatischen Fakultät der Universität Yadayeypon, verließen sie jedoch vorzeitig, nämlich zwei Jahre später, zu dem Zeitpunkt, als der Fünfprozentkrieg ausbrach.«

»Auch bloß Zufall. Der Professor, mit dem ich gebumst habe, um mir gute Noten zu sichern, starb auf mir, und ich hatte keine Lust, wieder von vorn anzufangen.«

»Anschließend heuerten Sie als Crewmitglied auf einem Raumkreuzer der AntiFiskusUnion an, der von TP einhundertfünf aus operierte, einem Mond Roavals, dann zählten Sie – gemeinsam mit einer Gruppe anderer junger Offizierinnen und Offiziere – zu einem der ersten Menschen seit dreihundert Jahren, die sich das damals ganz neu freigegebene Symbiovirus SNAv drei inkorporierten. Mit Ihnen als Staffelkapitänin flogen Sie und die übrigen Synchroneuroassoziierten eine auf Etappe, einem militärkommerziellen Habitat in engem Miykenns-Orbit, stationierte Einheit modifizierter, einsitziger Präventivschlag-InterplanetJabos, und diese Staffel stieg zur erfolgreichsten aller im Mittelsystem eingesetzten Einheiten auf.«

»Ich bitte dich, bei soviel Lob werde ich ja rot.«

»Drei Mitglieder Ihres SNA-Teams fielen beim letzten

Einsatz gegen Kriegsende, während man schon die Kapitulationsbedingungen aushandelte. Ihr Präventivschlag-InterplanetJabo wurde schwer beschädigt, so daß Sie zur Bruchlandung auf Nachtels Geist gezwungen waren und dabei über schon im vorangegangenen Gefecht davongetragene, ernste Verwundungen und eine erhebliche Verstrahlung hinaus lebensbedrohliche Verletzungen erlitten.«

»Keine halben Sachen, hätte die Devise unserer Familie sein können.«

»Sie sind aus dem Wrack geborgen und nach Maßgabe der Kriegsinternierungsregelung auf Nachtels Geist in der steuerneutralen Klinik eines Bergbaukonzerns behandelt worden …«

»Der Fraß war abscheulich.«

»… wo Sie bei dieser Gelegenheit auch den Fötus des Kindes verloren, das Sie zusammen mit einem Angehörigen Ihres Teams, Miz Gattse Ensil Kuma, gezeugt hatten.«

Für einen Moment hielt Sharrow an und sah, als sie aufblickte, das nur noch zwanzig Meter entfernte Tragflügelboot. Sie spitzte die Lippen, atmete tief durch und strebte langsam weiter. »Ja, ein schrecklich umständliches Vorgehen, um eine Abtreibung vorzunehmen. Aber man hat mich gleichzeitig sterilisiert, also war es an sich ein gutes Geschäft.«

»Die ersten Nachkriegsmonate haben Sie im Tenaus-Gefängnislazarett auf Nachtel zugebracht. An Ihrem zwanzigsten Geburtstag erfolgte gemäß der Vorschriften des sogenannten Imbißstuben-Abkommens Ihre Entlassung aus der Kriegsgefangenschaft. Sie und die vier anderen Überlebenden des SNA-Teams gründeten eine Gesellschaft mit beschränkter Haftung und führten gelegentlich legale kommerzielle Überwachungs- und Industriespionageaufträge aus. Zum Schluß haben Sie die geschäftlichen Aktivitäten auf die Antiquitätenrecherche und -beschaffung ausgeweitet, eine Erwerbstätigkeit, die Sie gemeinschaftlich mit Ihrer Schwester Breyguhn ausübten.«

»Halbschwester. Und *wir* sind nie ertappt worden.«

»Der letzte erfolgreich erledigte Auftrag Ihres Teams betraf das Auffinden und die Beseitigung der mutmaßlich vorletzten Chaoswaffe, dessen Ergebnis aus der Autoannihilation der Chaoswaffe im Laufe ihrer Demontage in der Physikabteilung der Universität Lip City bestand.«

»Deren Methoden schon jahrelang als fragwürdig gegolten hatten.«

»Die daraus resultierende Detonation zerstörte schätzungsweise zwanzig Prozent der Stadt und führte zum Tod von nahezu einer halben Million Menschen.«

Sharrow blieb stehen. Sie waren an dem grob walzenförmigen Stück Schrott angelangt, das aus den verschmolzenen Silikaten der Küste aufragte; daran lag das Tragflügel-Motorboot vertäut. Sharrow starrte den dunklen Brocken halb zerlaufenen Metalls an.

»Unmittelbar im Anschluß an diesen Vorfall hat Ihr Team sich getrennt«, kam der Strandsäuberer zum Ende der Litanei. »Gegenwärtig gehört Ihnen ein Drittel einer Zucht- und Vertriebsfirma für tropische Fische auf der Insel Jorve.«

»Hmm, das letzte klingt aber banal«, kommentierte Sharrow versonnen. »Nach Älterwerden. Als schwände mir der Drang zum Höheren.«

Mit einem Achselzucken watete sie ins Wasser. Wellen umplätscherten ihre Stiefel. Sie löste die Fangleine des Tragflügelboots und ließ sie in ihren Stauraum innerhalb des Vorderstevens zurückschnellen.

»Tja, also vielen Dank.« Sie musterte den Strandsäuberer. »Aber ich halte davon nichts.«

»Wovon halten Sie nichts?«

Sharrow schwang sich ins Tragflügelboot, schob die Beine unter die Armaturen und klappte das Steuerrad herab. »Ich glaube, mir liegt nichts an deinen Diensten, Suprotektor.«

»Bitte warten Sie einen Moment, Lady Sharrow ...«

Sie kippte mehrere Schalter; die Bordsysteme des Tragflügelboots nahmen den Betrieb auf, Lichter leuchteten auf, Signalgeber piepsten. »Nein danke.«

»Haben Sie doch bitte etwas Geduld.« Die Stimme des Automaten hörte sich beinahe nach Verärgerung an.

»Also nein«, sagte Sharrow, startete den Motor des Boots und ließ ihn aufheulen. »Sag Geis herzlichen Dank ... Aber ich halte davon einfach nichts.«

»Geis? Hören Sie, Madame, offenbar ziehen Sie gewisse voreilige Schlußfolgerungen in bezug auf die Identität meines ...«

»Ach, nun laß das Gesabber und stoß mich ab, ja?« Sharrow warf den Motor zum zweitenmal an, so daß am Heck des kleinen Boots Gischt aufschäumte. Am Bug senkten sich die Schwimmkufen, teilten die Brandung.

Der Strandsäuberungsautomat bugsierte das Tragflügelboot ins Wasser. »Madame, ich muß Ihnen etwas gestehen ...«

»So genügt es.« Flüchtig lächelte Sharrow dem Apparat zu. »Besten Dank.« Sie schaltete die Scheinwerfer an und schuf auf den Wellen eine Art von glitzernd-heller Fahrrinne.

»Warten Sie! Können Sie denn nicht wenigstens einen Augenblick lang *warten*?!«

Irgend etwas am Tonfall der Maschine bewog Sharrow zum Umschauen.

Am Strandsäuberer öffnete sich an der Vorderseite des beuligen Gehäuses eine Klappe und gab den Blick in ein rötlich beleuchtetes Inneres mit Monitoren und Anzeigen frei. Sharrow zog eine böse Miene; ihre Hand fuhr wieder in die Jackentasche, als ein Mann Kopf und Schultern aus dem Innenraum beugte.

Er trug ein dunkles T-Shirt und sah ziemlich muskulös aus, war jung, aber gänzlich kahl; die rote Innenbeleuchtung hinterließ in seinem Gesicht und auf den Augen, die im Zwielicht goldgelb wirkten, dunkle Schatten. Seine glatte, spiegelblanke Kopfhaut glänzte kupferrot.

»Wir müssen ...«, fing er einen Satz an, und Sharrow hörte gleichzeitig seine Stimme und die mechanische Stimme des Strandsäuberers.

Er riß sich eine kleine Kugel von der Oberlippe.

»Wir müssen uns unterhalten«, sagte er. Er hatte eine gefällige Baßstimme, und Sharrow merkte sofort, daß sie sie in jüngeren Jahren als ungeheuer attraktiv empfunden hätte.

»Verdammt noch mal, wer sind Sie denn überhaupt?« fragte sie, betätigte einige weitere Schalter an den Armaturen des Boots, ohne den Blick von dem Mann zu wenden oder die andere Hand von der Schußwaffe in der Jackentasche zu nehmen.

»Ich bin jemand, der mit Ihnen reden muß«, erklärte der junge Mann nochmals und entblößte die Zähne zu einem sogenannten gewinnenden Lächeln. Er deutete auf das Gehäuse des Strandsäuberungsautomaten. »Ich bedaure diese Tarnung«, sagte er mit einer Gebärde leichter Verlegenheit und Unterwürfigkeit. »Aber man hatte den Eindruck, daß ...«

»Nein«, stellte Sharrow klar, indem sie den Kopf schüttelte. »Nein, ich mag nicht mit Ihnen reden. Leben Sie wohl.«

Sie justierte die Kontrollen, wendete das Tragflügelboot auf einem Schaumschwall und überschüttete die Frontseite des Strandsäuberers mit Wasser; Nässe spritzte durch die Lukenöffnung ins Innere des Automaten.

»Vorsicht!« schrie der junge Mann, sprang zurück und schaute zu Boden. »Aber Lady Sharrow«, rief er verzweifelt, »ich habe Ihnen ein Angebot zu ...«

Sharrow drückte den Antriebshebel durch; der Tragflügelboot-Motor röhrte auf, das kleine Wasserfahrzeug sauste fort vom Glasstrand. »So?« rief sie zurück. »Ach, stecken Sie sich's doch in …«

Das Rauschen der Fluten und das Jaulen der Turbine übertönten ihre unfeine Empfehlung. Das Boot brummte hinaus aufs Meer, erhob sich rasch auf die Tragflächen und raste davon.

2

Die Kettengalerie

Issier war die Hauptinsel des Mittmeer-Archipels, der rund eintausend Kilometer abseits jedes anderen Lands fast in der Mitte Phirars lag, Golters drittgrößtem Ozean.

Das kleine, pfeilförmige Tragflügel-Motorboot kurvte vom westlichen Glasstrand der Insel weg und bog nordwärts ab, in Richtung Jorve, des nächsten Eilands der Inselgruppe. Eine halbe Stunde später machte es in einem Jachthafen bei Lokation Issier II fest, der größten Stadt mit dem Verwaltungszentrum des Archipels.

Sharrow weckte im Yachthafenbüro einen Nachtwächter, der sich für seine Dösigkeit entschuldigte, und hinterließ für den Hafenmeister einen Zettel, auf dem sie ihm mitteilte, er sollte das Tragflügelboot zum Verkauf ausschreiben. Dann bestieg sie ihr Motorrad und fuhr auf der Ostküstenstraße nach Norden. Den Helm setzte sie nicht auf, trug lediglich die schlichte Schutzbrille und ließ sich vom Wind wild das Haar zausen; die Wolkendecke zerfranste, Mondschein und Schrottlicht drangen durch, breiteten graublauen Helligkeitsschein über die Felder und Obstgärten außerhalb der Stadt.

Sharrow schaltete den Scheinwerfer ab, fuhr trotzdem schnell und legte sich steil in die offenen, gewundenen Kurven der allmählich ansteigenden Straße, deren Belag vor ihr einem schwach sichtbaren, stahlblauen Geschlängel glich. Abgründe hinter den Leitplanken boten kurze Ausblicke auf die zerklüftete Felsküste, vor der man die See als glänzendweißes Strichmuster gischtiger Brandung erkennen konnte. Sharrow machte den Scheinwerfer nur an, wenn ihr andere Fahrzeuge begegneten, und jedesmal, wenn sie die Lichter des alten Motorrads wieder abschaltete, erlebte sie in der folgenden Sekunde den atemberaubenden Nervenkitzel vollständiger Dunkelheit.

Eine Stunde, nachdem sie Issiers Glasstrand verlassen hatte, erreichte sie das abgelegene, mit einem Turm gekrönte Haus auf dem Kliff, in dem sie wohnte.

»Sharrow, das kannst du doch niemandem antun!«

»Du meinst«, sagte sie halblaut, »ich könnte es *dir* nicht antun.«

»Was?«

»Nichts.« Aus der Schublade einer Frisierkommode nahm Sharrow eine Kamera von der Größe ihres kleinen Fingers und steckte sie in ein Innenfach der Reisetasche, die sie gepackt hatte.

»Sharrow!«

Sie runzelte die Stirn, wandte sich von der Reisetasche ab, die offen auf dem großen, runden Bett des großen, runden Meerblick-Schlafzimmers stand. »Hmm?« brummte sie.

Jyr sah ziemlich aufgewühlt aus; er hatte geweint. »Wie kannst du einfach fortgehen?« Er warf die Arme nach den Seiten auseinander. »Ich liebe dich doch.«

Sharrow musterte ihn. Die hellen Flächen seines Gesichts waren gerötet; die diesjährige Sommermode der Insel hatte einem Tarnmuster ähnliche, schwarzweiße Haut verlangt, und Jyr war wohl, vielleicht aufgrund der Überzeugung, es stünde ihm besonders gut, der Auffassung, er könnte das ganze Jahr lang so herumlaufen.

Sharrow ging an ihm vorüber ins Ankleidezimmer, holte ein Paar langer Handschuhe und stopfte sie zu den Kleidungsstücken in der längst übervollen Reisetasche.

»Sharrow!« schrie Jyr, der hartnäckig hinter ihr blieb.

»Was denn?« fragte sie, während sie, tief in Gedanken, die Miene ernst, mit an den Mund gehobenen Fingern gegen die Zähne trommelte. Sie hatte ein Ticket für einen westwärtigen Flug am frühen Morgen des nächsten Tags gebucht, mit ihrem Anwalt und ihren Geschäftspartnern eine Zusammenkunft verabredet und die Bank mit der Neuordnung ihrer Finanzen beauftragt. Dennoch war sie sich ganz sicher, irgend etwas vergessen zu haben.

»Geh nicht fort«, rief Jyr. »Hast du nicht gehört, was ich gesagt habe? Ich liebe dich.«

»Aha«, erwiderte Sharrow, kniete sich aufs Bett, um die Reisetasche zu schließen.

»Sharrow«, sagte Jyr dicht hinter ihr mit beherrschter, halb erstickter Stimme. »Bitte …« Er legte die Hände an ihre Hüften. Sie schlug ihn auf die Finger, knurrte vor sich hin, während sie sich mit den Verschlüssen der Tasche abmühte.

Nachdem sie die Tasche mit etwas gewaltsamem Nachdruck geschlossen hatte, richtete sie sich auf. Jyr ergriff ihre Schultern, riß sie herum, schüttelte sie. »Laß das sein!« schrie er. »Du kannst mich doch nicht einfach so mißachten.«

»Hör auf, an mir herumzuzerren!« schnauzte sie zurück.

Er ließ von ihr ab, zitterte am ganzen Leib, die Augen verquollen. Sein rein weißes Haar war zerwühlt. »Dann erklär's mir wenigstens«, forderte er. »Warum tust du das? *Weshalb* mußt du jetzt auf einmal fort?«

»Das ist eine lange Geschichte.«

»*Erzähl* sie mir!«

»Na gut«, maulte Sharrow ihn an. »Aus folgendem Grund.« Sie sprach schnell. »Es war einmal vor langer Zeit an einem fernen Ort ein junges Mädchen, das die Eltern einem großen Tempel versprochen hatten. Das Mädchen lernte einen Mann kennen – einen Herzog –, und die beiden verliebten sich ineinander. Sie schworen, sich durch nichts trennen zu lassen, aber man überlistete sie, und das Mädchen wurde dem Tempel übergeben. Der Herzog kam zur Befreiung der Geliebten, sie floh und entwendete den wertvollsten Schatz des Tempels. Sie heirateten und hatten Zwillinge, einen Jungen und ein Mädchen. Bei dem Versuch, den Schatz zurückzuerlangen, töteten Agenten des Tempels den Herzog und seinen Sohn. Die Herzogin verbarg den Schatz in einem Versteck – niemand weiß wo – und schwor, den Tod ihres Gatten und des Sohns mit allen Mitteln zu rächen und den Tempel mitsamt seinem Glauben auf jede nur erdenkliche Weise zu bekämpfen. Sie ließ den überlebenden Zwilling, ihre Tochter, den gleichen Eid schwören, und verpflichtete sie, auch allen *ihren* Kindern diesen Eid abzunehmen. Der Tempel reagierte ähnlich, ein Prophet hatte eine Vision und verkündete, der Messias könnte nicht geboren werden, bevor die Gläubigen wieder ihren Schatz in Besitz hätten oder die weibliche Linie der Herzogsfamilie ausgestorben sei, je nachdem, was zuerst passierte. Und egal wie, auf jeden Fall müßte es bis zum Ende des Dekamilleniums geschehen.«

Kurz betrachtete sie Jyrs tränenfeuchte, ratlose Miene, ehe sie den Kopf schüttelte. »Tja«, meinte sie gereizt, »du hast ja danach gefragt.«

»Nimm mich mit«, bat Jyr leise.

»Was? – Nein.«

»Nimm mich mit«, wiederholte er, faßte ihre Hand. »Ich tu alles für dich. Bitte …«

Sie entzog ihm die Hand. »Jyr«, sagte sie, blickte ihm geradeaus in die Augen. »Der Sommer war schön, und ich hatte eine Menge Spaß. Ich hoffe, dir ging's genauso. Aber nun muß ich fort. Wenn du magst, bleib im Haus, bis der Mietvertrag abläuft.«

Er schlug sie.

Sie starrte ihn an, während ihr die Ohren klingelten

und sie die Wucht des Hiebs wie ein Echo im Gesicht spürte. Noch nie hatte er sie geschlagen. Sie wußte nicht, was sie als erstaunlicher empfand: die Tatsache, daß es ihm gelungen war, sie zu überraschen, oder daß er überhaupt auf die Idee verfallen war, sich so etwas zu erlauben.

Mit weit aufgerissenen Augen stand er vor ihr.

Sie schüttelte den Kopf und lächelte freundlich. »Ach nein«, sagte sie und versetzte ihm einen knallharten Kinnhaken. Jyrs Head kippte rückwärts, mit einem Krachen stürzte er gegen die Frisierkommode, verstreute Fläschchen, Töpfchen, Krüglein und Pinsel nach allen Seiten. Er sackte auf den Fußboden; aus zerbrochenen Flaschen flossen Parfüms und Lotionen, bildeten rings um ihn trübe Lachen auf den Fliesen.

Sharrow drehte sich um, packte die Reisetasche und schwang sie sich auf die Schulter. Neben dem Bett stand eine kleine Handtasche; sie nahm sie und schlang sie über die andere Schulter. Jyr lag mit dem Gesicht nach unten auf dem Fußboden und stöhnte. Überstarker Geruch teurer Parfüms verbreitete sich im Schlafzimmer.

Düsteren Gesichts besah sich Sharrow die Knöchel der Linken. »Verschwinde aus meinem Haus«, sagte sie. »Telefon?« wandte sie sich an das Zimmer.

»Aktiv«, säuselte eine Stimme.

»Anrufbereitschaft«, befahl Sharrow.

»Anrufbereitschaft hergestellt.«

Mit der Stiefelspitze stieß Sharrow gegen Jyrs Rücken. »Du hast zwei Minuten Zeit, um abzuhauen. Sonst rufe ich die Polizei an und melde einen Einbruch.«

»O Götter, mein Kiefer«, wimmerte Jyr, raffte sich auf die Knie hoch, hielt sich das Kinn. Sein Hinterkopf blutete. Scherben rieselten von ihm herab, während er wacklig aufstand. Sharrow tat zwei Schritte rückwärts und beobachtete ihn achtsam. Fast fiel er wieder um, stemmte dann eine Hand auf die Frisierkommode, um sich zu stützen. »Du hast mir den Kiefer gebrochen.«

»Das glaube ich kaum«, entgegnete Sharrow. »Mit einem Aufwärtshaken ist so etwas nahezu ausgeschlossen.« Ihr Blick streifte die Nachttischuhr. »Von nun an sind es bloß noch neunzig Sekunden, würde ich sagen.«

Er stierte sie an. »Widerliche herzlose Hexe.« Jetzt hatte seine Stimme einen ziemlich festen Klang.

Sharrow schüttelte den Kopf. »Also wirklich, Jyr, ich konnte es noch nie leiden, wenn du garstige Reden führst.« Sie schaute fort. »Telefon?«

»In Anrufbereitschaft.«

»Bitte rufe das benachbarte Polizeirevier an und ...«

»Schon gut!« brüllte Jyr, zuckte jedoch als nächstes zusammen, hielt sich wieder das Kinn, während er zur Tür wankte. »Ich gehe. Ich gehe ja schon. Du hast mich das *letzte Mal* gesehen!« Er riß die Schlafzimmertür auf und warf sie hinter sich zu; Sharrow lauschte auf das Getrampel seiner Füße, das von der Treppe herauftönte, hörte anschließend die Haustür dermaßen zudonnern, daß ringsum der Turm leicht erbebte. Der letzte Knall stammte von seiner Wagentür, und ihm folgte das Rumoren des Fahrzeugmotors, das in der Nacht rasch zu einem Winseln abschwoll.

Für ein Weilchen stand Sharrow ganz still da; schließlich sanken ihre Schultern ein wenig herab, und sie schloß die Lider.

Sie schwankte kaum merklich, schluckte und atmete aus, öffnete die Augen und schniefte. Nachdem sie sich die Augen gewischt hatte, atmete sie nochmals gründlich durch und kehrte dem Bett ein für allemal den Rücken zu. Vor der Frisierkommode blieb sie noch einmal kurz stehen, stellte einige Fläschchen wieder hin.

»In Anrufbereitschaft«, erinnerte sie das Schlafzimmer.

Sharrow sah sich im Spiegel der Frisierkommode ihr Abbild an. »Stornieren«, sagte sie, strich mit einem Finger durch einen größeren Klecks Parfüm auf der Holzfläche der Kommode und tupfte sich den Duft, während sie zur Tür schritt, hinter die Ohren.

Mit dem Motorrad fuhr sie in die Stadt zurück, diesmal den Helm auf dem Kopf, das Nachsichtgerät aktiviert und sämtliche Fahrzeuglampen auf volle Leuchtkraft eingestellt.

Rechtzeitig traf sie an dem hohen Stadthaus ein, das die Bassidges bewohnten, das Paar, dem die restlichen zwei Drittel der Fischzuchtfirma gehörten. Sharrows Anwalt war schon da; sie unterschrieb die zum Verkauf ihres Aktienanteils an die Bassidges erforderlichen Dokumente. Ihr TaschenFon hatte sie im Kliffhaus zurückgelassen, weil sie wußte, sie wäre dadurch allzu leicht aufzuspüren. Nachdem ihr Anwalt sich verabschiedet hatte und die Bassidges ins Bett gegangen waren, setzte Sharrow sich an den antiquarischen Terminaltisch des Hauses und blieb da sitzen, bis der Morgen dämmerte, schluckte zwei Zing-Tabletten, um sich wachzuhalten, während sie acht Jahre an Antiquitätenneuigkeiten und Datenklatsch aufzuarbeiten versuchte.

Für die *Universellen Prinzipien* standen etliche außergewöhnliche Gesuche ausgeschrieben: mehrere von Universitäten, einige seitens diverser Großfirmen, die dafür bekannt waren, daß sie gern in hochwertige Antiquitäten investierten, ein paar von wohlhabenden, auf verschollene Einzelbücher spezialisierten Privatsammlern sowie eine anonyme Anfrage. Letztere umfaßte das höchste Honorar, allerdings ausschließlich für Antiquitätenbeschaffer, die einen lückenlosen Recherchennachweis erbringen konnten. Fast fühlte sich Sharrow verlockt, der namenlosen Mailboxnummer eine Offerte zu schicken, aber ehe sie sich mit so etwas abgeben konnte, mußte sie noch zu vieles erledigen.

Es lief so oder so alles darauf hinaus, daß sie das Buch ausfindig machen mußte. Einem der dauerhafteren Gerüchte zufolge, die während der chaotischen Zeiten nach Großvater Gorkos Niedergang in der Dascen-Familie und der näheren Sippschaft kursierten, sollten Gorkos Agenten den Verbleib der letzten Chaoswaffe erfahren – des Stücks, das die Herzogin vor sieben Generationen den Huhsz gestohlen und nach dem Tod des Herzogs versteckt hatte – und das Versteck irgendwie in dem Einzelbuch mit dem Titel *Universelle Prinzipien,* das wiederum schon viel länger verschollen war, vermerkt haben.

Für Sharrows Begriffe hatte das Gerücht stets verrückt genug geklungen, um auf Wahrheit zu beruhen, obwohl sie ebensowenig wie jeder andere durchschaute, wie jemand eine Mitteilung in etwas hinterlassen können sollte, das nach allgemeiner Überzeugung schon seit Jahrhunderten als verschwunden galt.

Im Laufe der Nacht rief sie – an passenden Uhrzeiten, um den Zeitunterschied zu berücksichtigen – die Francks in Regioner an, versandte nach Schwimmstadt eine Nachricht für Miz, entdeckte in der schludrig sortierten Datenbank, die als Einwohnerverzeichnis Lip Citys herhielt, niemanden mit Namen Cenuij Mu und reichte einen Besuchsantrag beim Wahrheitsfindungsdienst der Traurigen Brüder von der Schweren Bürde zur Marinabtei im Seehaus ein, gelegen in der Caltasper Provinz Udeste.

Rein interessehalber informierte sie sich zudem über den offiziellen Antiquitätenstatus der Chaoswaffe. In dieser Beziehung war natürlich nur noch die Fahndungsseite des Globalen Tribunals vorhanden, der einen abgestuften Belohnungskatalog für Hinweise aufgestellt hatte, die zur Sicherstellung der Waffe führten, ferner mit einer gleichartig beeindruckenden Liste hoher Geldbußen und schwerer Strafen allen drohte, die entsprechende Kenntnisse verschwiegen, anstatt sie dem Globalen Tribunal mitzuteilen.

Vor neun Jahren hatte es Dutzende von Nachfragen

gegeben; eine speziell von den Huhsz, die dieselbe Chaoswaffe zurückhaben wollten, die ihnen Sharrows Familie zweihundert Jahre zuvor stibitzt hatte, dazu zahlreiche Gesuche von Leuten, die sich ganz einfach eine Chaoswaffe wünschten. Sharrow und ihr SNA-Team hatten einen der lukrativsten anonymen Aufträge übernommen, der die Herbeischaffung oder Vernichtung jeder auftreibbaren Chaoswaffe forderte. Sie hatten den Vertrag erfüllt, doch bis heute wußte keiner von ihnen, von wem sie eigentlich bezahlt worden waren (bezahlt mit einer Ausnahme: nachdem die Chaoswaffe einen beträchtlichen Teil Lip Citys ausradiert hatte, verzichtete Cenuij Mu auf seinen Honoraranteil).

Kurz nach der Explosion in Lip City hatte das Globale Tribunal per Gesetz jedem außer sich selbst die Inbesitznahme der letzten verbliebenen Chaoswaffe verboten, obwohl natürlich jeder Antiquitätenexperte und jede Antiquitätenbeschaffungsfirma im gesamten Sonnensystem wußte, daß die Huhsz, wenngleich sie es nicht öffentlich aussprechen durften, dazu bereit waren, jede vom Globalen Tribunal für die sagenhafte Waffe gebotene Belohnung zu überbieten.

Sharrow sah die Auflistung der unkorrigierbaren Zwangsamputationen durch, mit denen das Globale Tribunal jedem drohte, der die gesetzmäßige Einziehung der letzten Chaoswaffe behinderte, dann verließ sie die Antiquitätenszene und versuchte auf andere Weise, Cenuij Mu in Lip City aufzuspüren, aber auch dieses Mal ohne Erfolg.

Tansil Bassidge stand früh auf und bereitete ein Frühstück zu; die beiden Frauen aßen gemeinsam vor dem Küchen-TV und schauten sich die stündliche Nachrichtensendung an, und Tansil begleitete schließlich Sharrow zum Flugplatz und dem morgendlichen Stratoclipper.

Während des Flugs legte Sharrow ein Nickerchen ein; als sie auf dem Interkontinental-Flughafen Udeste Citys landete, war sie der Morgendämmerung immer noch ein wenig voraus.

Die Region Udeste lag im Süden der gemäßigten Zone Golters, ragte im Osten in den Phirar hinein und grenzte im Westen an Farvel, Golters größtem Ozean; nördlich säumte das Seproh-Plateau die Region, während die Südgrenze aus der schmalen Demarkationslinie der Zollpatrouille bestand, die die Wälder und Fjorde der Embargo-Gebiete sowie die Berge, Tundren und Eiswüsten der seit historischen Zeitaltern stets rebellischen Provinz Lantskaar bewachten, die sich bis hinab zum Packeis erstreckte.

Die Marinabtei stand an der äußersten Spitze der letzten Landzunge der Farvel-Bucht, eines Golfs, dessen nahezu ununterbrochene Krümmung fast zweitausend Kilometer weit verlief, von den Embargo-Gebieten bis zur Abtei.

Sharrow nahm einen Mietwagen und umfuhr auf der Fernstraße die Stadtstaaten, Bischofsdomänen, Konzernlatifundien, Enklaven und Familiengüter ZentralUdestes, durchquerte auf einer Interroute die Dörfer und landwirtschaftlichen Gegenden im Westen NiederUdestes und anschließend das sumpfige Marschland in Richtung Küste. Unterwegs verschlechterte sich das Wetter ständig, immer dichtere Wolken trübten den Sonnenaufgang, so daß Sharrow den Eindruck hatte, andauernd nur durch grau-bräunliches Zwielicht zu fahren. Ab und zu fiel ein Regenschauer. Ein hoher Maschendrahtzaun umgab das Marinabtei-Gelände, und die Landstraße, die zur Einfahrt führte, endete an einer Ansammlung baufälliger Wachstuben an der Innen- sowie einem buntscheckigen Durcheinander alter, deprimierend schäbiger Zelte an der Außenseite. Über den zerschrundenen Hügeln im Norden tobte ein Gewitter, und niedrige Wolken umwallten die Sandsteinfelsen, die sich hinter dem Zufahrtstor erhoben.

Vor dem Tor stand eine kurze Warteschlange: die üblichen hoffnungsvollen Bittsteller. Sharrow lenkte den Wagen nach vorn, betätigte die Hupe, um die abgehärmten, hohläugigen Männer und Frauen aus dem Weg zu scheuchen. Grimmigen Gesichts stapfte ein Kontraktmilitär-Söldner in triefendnassem Tarnponcho heran und richtete einen Karabiner auf Sharrow.

»Also, sagen Sie mir mal als erstes Ihren *Namen*«, murrte er; sein Tonfall deutete Verdruß an. Er betrachtete das vom Regen glänzende Turbinenauto von vorn bis hinten.

»Sharrow«, gab sie Auskunft.

»Den *vollständigen* Namen«, raunzte der Wächter.

»Sharrow«, wiederholte sie und lächelte. »Ich glaube, ich werde erwartet.«

Der Wächter wirkte verunsichert. Er trat einen Schritt zurück.

»Einen Moment bitte«, sagte er. »Madame ...«, fügte er nach flüchtigem Zögern hinzu. Er verschwand in eine Wachstube.

Gleich darauf kam ein Hauptmann heraus, schloß den Mantel und drückte sich eine Mütze auf den Kopf; der Wächter, mit dem Sharrow gesprochen hatte, hielt ihm einen Regenschirm. Der Hauptmann rang die Hände, als er sich vorbeugte und sie durchs Seitenfenster anblickte. »Verzeihen Sie, ehrenwerte Lady, wir sehen hier so wenig Aristokraten ... Es tut mir überaus leid ... Einfachnamen sind hier etwas Überraschendes ... Denken Sie an das ganze Lumpenpack, mit dem wir uns abgeben müssen ... Dürfte ich Sie vielleicht um eine Identifikation bitten? Ja natürlich, ein Aristo-Paß. Vielen Dank, tiefsten Dank. Ich bin beglückt. Danke, nochmals vielen Dank. Ihr Besuch bedeutet für uns, wenn Sie die Bemerkung gestatten, eine große Ehre ... Mann, stehen Sie da nicht so dumm rum! Das Tor öffnen!«

Es beanspruchte eine weitere halbe Stunde, die Sandsteinklippe zu überwinden, aus deren Wolkenkränzen in die Tiefe des ebenen Marschlands mit seinen unbewohnten, verfallenen Weilern hinabzufahren und danach durch die von Kanälen zergliederten Polder vor dem Geröllstrand zur Großen Bucht zu gelangen. Unerklärlicherweise besserte sich das Wetter, während Sharrow die letzte Wegstrecke zurücklegte, den Abschnitt, wo die gelb-weißliche Lehmpiste sich verbreiterte und in eine spatelflächige Auffahrt überging, deren seewärtiger Rand zu moosigen Klumpen bröseligen Betons zerbröckelt war, die den sandigen Untergrund wie dicke Blätter sprenkelten. Dort lag der Kiesbusen, eine grob halbkreisförmige Einbuchtung der Küste, halbiert vom Flachbogen eines langen, steinernen Damms, halb ausgefüllt von der umfänglichen Klotzigkeit der Marinabtei. In den oberen Bereichen zeigten die Böschungen des Kiesbusens auf dem Grau des Ufergerölls braune und cremefarbene Tönungen, wo faulender Tang und abgelagerter Schaum gischtiger Brandung, verlottert und zerfasert wie Lumpen, die Steine garnierten.

Mit ihrer Handtasche stieg Sharrow aus dem Fahrzeug; kalter Wind zauste ihr die Haare, brachte ihren Hosenrock zum Flattern. Sie knöpfte das alte Reitjackett zu und zog die langen Handschuhe an.

Am Anfang des Zugangsdamms flankierten zwei hohe Obelisken aus Granit die künstliche Landenge der Marinabtei; dazwischen hing eine dicke, rostige Eisenkette, die jede Fortsetzung der Fahrt unmöglich gemacht hätte, selbst wenn ein Auto von der betonierten Auffahrt auf die uralten, vom Laufe der Zeit geglätteten Steinplatten des Dammwegs hätte überwechseln können. Eine kühle Bö wehte Sharrow den Gestank fauligen Tangs und modrigen Strandguts zu, der ihr beinahe Brechreiz verursachte.

Sie blickte nach oben. Über den höchsten Türmen, Türmchen und Antennen der Marinabtei flimmerte ein kleines Elmsfeuer. Die dunkelgraue, geschlossene Wolkendecke schwebte unmittelbar über den Dächern. Sharrow war hier erst zweimal gewesen, und beide Male hatten Regen und Nebel es ihr verwehrt, mehr als ungefähr die unteren fünfzig Meter der kolossalen Marinabtei zu sehen. Heute waren alle dreihundert Meter sichtbar, ragten düster zu den Wolken empor.

Sharrow schlang sich einen Blumenduft-Schal um Mund und Nase, schwang die Handtasche über die Schulter, stakste durch die Stümpfe brüchigen Betons, stieg über die schwere Eisenkette und betrat – obwohl sie leicht hinkte, schritt sie zügig aus – den zerfurchten, leicht gewölbten Dammweg.

Wenigstens hatte es, tröstete sie sich, zu regnen aufgehört.

Wahrscheinlich war das Seehaus so alt wie Golters Zivilisation; man behauptete, irgendwo ruhten ihre längst überbauten, ursprünglichen Kasematten auf den Überresten eines alten Bollwerks oder Tempels, die noch aus der Zeit vor dem Nulljahr des Ersten Krieges stammen sollten. Im Verlauf der Jahrtausende war das Gebäude gewachsen, um neue Mauern, Innenhöfe, Türme, Zinnen, Hallen, Türmchen, Hangars, Piers und Schornsteine erweitert worden.

Auf der emporgeschichteten Riesenlast der Steine stand die Historie des Planeten geschrieben, ja dieses Sonnensystems; hier hatte die Ära Verteidigungsmaßnahmen erfordert, Festungswälle und Brustwehren hinterlassen; dort hatte der Schwerpunkt dem Lobpreisen der Gottheiten gegolten, und zurückgeblieben waren spiralig beschriftete Säulen, verstümmelte Idole und hundert sonstige, in Stein gehauene, aus Metall geschmiedete religiöse Symbole, von denen die Mehrzahl seit Jahrhunderten jede Bedeutung verloren hatten; da war es von den Bewohnern der Hausanlage als richtig erachtet worden, politische Gönner zu ehren, und als

Ergebnis ließen sich noch heute Standbilder, Reliefs sowie über ummauerte Wege errichtete Triumphbogen besichtigen; andernorts hatte Handel den Vorrang gehabt, so daß man noch immer Kräne und Molen, Landerampen, Trockendocks und Hellinggerüste wie Strandgut rings um die abgestuften Mauern der Marinabtei sehen konnte; gelegentlich hatten Information und Kommunikation im Vordergrund gestanden und ein Gewirr rostiger Antennen, zertrümmerter Parabolschüsseln und zerlöcherter Kuppeln vererbt, das die unregelmäßig verteilten Höhen des ausgedehnten Baus wie eine Verkrustung bedeckte.

Die gegenwärtigen Bewohner des Seehauses – deren Behauptung, seit Anbeginn in dem Gebäude daheim zu sein, zahllosen gegenteiligen Beweisen widersprach, die allerdings seit mindestens fünfhundert Jahren dort ihr Zuhause hatten – waren die Traurigen Brüder von der Schweren Bürde, einer von Golters vielen religiösen Orden mit alter Überlieferung und arkanen Überzeugungen. Der Orden hatte ausschließlich männliche Mitglieder und sagte sich nach, gemäß göttlichen Willens in Enthaltsamkeit, Mäßigkeit und Duldsamkeit zu leben.

Nach den Standards Golters verhielten sie sich hilfsbereit und aufgeschlossen, gingen sogar so weit, weltlichen Studenten die Benutzung der etlichen Bibliotheken, Archive und Sammlungen zu erlauben, die man während der Jahrtausende im Seehaus etabliert hatte. Ihre Fassade des Ökumenikalismus gestattete Besuche von Mönchen anderer Orden, und eine beträchtliche Anzahl von Häftlingen aus dem ganzen Sonnensystem, die man anhand einer Vielfalt religiöser Gesetze abgeurteilt hatte, saß in der Marinabtei ihre Haftstrafen ab. Andere Gäste sah man weniger gern.

Sharrow genoß Zutritt zur Marinabtei, weil sich vor sechs Jahren ihre Halbschwester Breyguhn in das Haus eingeschlichen und versucht hatte, die *Universellen*

Prinzipien zu finden und zu stehlen, eines der vielen sagenumwobenen, verschollenen Einzelbücher des Sonnensystems. Breyguhns Aktion war gescheitert; sie war ertappt und in der Marinabtei eingesperrt worden, und weil Sharrow ihre nächste Verwandte war, durfte sie sie besuchen.

Man konnte es, auch wenn einiges dagegen sprach, als seltenes Zeichen eines gewissen Sinns für Ironie bewerten, daß die Traurigen Brüder die Beibringung der *Universellen Prinzipien* zur Bedingung für Breyguhns Freilassung gemacht hatten. Ob das bedeutete, daß ihnen das Buch fehlte und sie es haben wollten, oder daß sie es hatten und daher wußten, die Bedingung blieb unerfüllbar, mußte als strittig gelten.

Am anderen Ende des Zugangsdamms stieg der gepflasterte Weg zu einem mittig errichteten, großen, verwitterten Torgebäude an, das in der kahlen, aus Granit erbauten, von Seetang umsäumten Blendwand der Marinabtei den einzigen landseitigen Eingang bot. Die mit wuchtigen Pechnasen bewehrte Dachbrüstung überspannte wie eine Reihe farbloser Hauer den Schlund des Torbogens, den ein rostiges, zehn Quadratmeter messendes Portal aus massivem Eisen verschloß. Das enorme Portal – das ganze Torgebäude – beugte sich auf eine Weise über den Dammweg, die entweder auf tiefer Unterwürfigkeit oder der Absicht des Einschüchterns beruhte.

Sharrow hob vom rissigen Pflaster des von Spurrillen zerkerbten Dammwegs einen Stein auf und schlug ihn mit voller Kraft mehrmals gegen das unnachgiebige Eisen des Portals. Die Schläge klangen dumpf und tonlos. Im Wind wehten Steinstaub und Rostflocken davon. Sharrow warf den Stein beiseite; vom Zuhauen schmerzte ihr der Arm.

Nach ungefähr einer Minute hörte sie hinter dem Portal Metall schleifen und kratzen. Gleich darauf verstummten die Geräusche. Eine weitere Minute verstrich, bevor Sharrow mißmutig ein Fauchen durch die Zähne ausstieß, den Stein wieder aufhob und nochmals mehrere Male ans Portal klopfte. Während sie sich den Arm rieb, spähte sie in die finsteren Wölbungen des Torbogens, suchte nach Gesichtern, Kameras oder Gucklöchern. Nach einer Weile hörte sie erneut das Klirren und Schrammen.

Plötzlich öffnete sich im Portal in Brusthöhe ein Gitterfensterchen; wieder rieselte Rost. Sharrow neigte sich vornüber.

»Ja?« schrillte eine hohe, kratzige Stimme.

»Lassen Sie mich ein«, sagte Sharrow in das Dunkel hinter dem in Eisen gerahmten Gitterfenster.

»Ach! ›Lassen Sie mich ein‹, sieh mal an. Wie ist dein Name, Weib?«

Sharrow entfernte den Schal vom Gesicht. »Sharrow.«

»Ich will den *vollständigen* Na …«

»Das *ist* mein vollständiger Name. Ich bin eine Aristo. Und nun lassen Sie mich ein, Sie Arsch.«

»Was?!« kreischte die Stimme. Sharrow tat ein paar Schritte rückwärts und schob die Hände in die Taschen, während ein Knirschen und Knacken, nachdem das Gitterfenster zugeknallt worden war, das gesamte Portal zu erschüttern schien. Schließlich zeigten sich unter der Rostschicht die Umrisse einer wesentlich kleineren Pforte, dann schwang die Tür mit einem Knarren auf; sie war gerade so groß, daß ein Mensch gesenkten Kopfs eintreten konnte. Ein kleiner Kerl in schmuddliger Kapuzensoutane spähte Sharrow entgegen. Sie hatte ihren Paß schon in der Rechten und hielt ihn dem Mann vor die graue, ungesund aussehende Visage, ehe er ein Wort herausbrachte. Er glotzte das Dokument an.

»Sparen Sie sich sämtliches Gesabber«, sagte Sharrow. »Ich habe schon letztes Mal alles zu hören gekriegt. Ich möchte Seigneur Jalistre sprechen.«

»So, möchtest du? Na, da wirst du wohl noch 'ne

Zeitlang warten müssen. Er …« Der kleinwüchsige Mönch machte Anstalten, mit angeketteter Hand die Pforte zu schließen.

Sharrow sprang vor und stellte einen Fuß auf die Schwelle.

Der Bruder sperrte die Augen auf und stierte auf Sharrows Fuß hinab.

»Entferne sofort … deinen … dreckigen *Weiber*fuß aus meiner …« Als er den Blick hob, schaute er direkt in den Lauf einer großkalibrigen Schußwaffe. Sharrow setzte ihm die Mündung auf die Nase. Seine Augen schielten auf den kurzen Schalldämpfer.

Langsam öffnete er die Tür ganz; seine Kette klimperte. »Tritt ein«, krächzte er.

Die Schalldämpfermündung hinterließ einen kleinen, weißlichen Kreis auf der grauen Haut seiner Nasenspitze.

»Aber Sir, sie hat mich bedroht.«

»Mag sein. Trotzdem bist du unversehrt, Bruder. Dieser Zustand muß nicht ewig währen, und das solltest du berücksichtigen, falls es dir je wieder einfällt, dir mir gegenüber derartig patzige Widerworte herauszunehmen. Du nimmst nun sofort Lady Sharrows Waffe in Verwahrung, händigst ihr eine Quittung aus, begleitest unseren ehrenwerten Gast zur Kettengalerie und legst ihr eine Besucherkette an.« Seigneur Jalistres Brustbild-Holowiedergabe, dessen Projektion in der düsteren, muffigen Pförtnerzelle hell leuchtete, wandte sich Sharrow zu. Andeutungsweise lächelte das breite, geölte Gesicht des Seigneurs.

»Lady Sharrow, Ihre Schwester empfängt Sie im Atrium Dolorosus. Sie hat Ihren Besuch erwartet.«

»Halbschwester«, berichtigte Sharrow. »Dankeschön.« Das Holo erlosch.

Sie drehte sich um und reichte die Waffe dem Pförtner. Er nahm sie, die Miene bitterböse, schmiß sie in eine Schublade, kritzelte etwas auf einen Streifen Plastik, warf ihn Sharrow zu und kehrte ihr mit vehementer Schroffheit den Rücken zu. »Hier entlang, Weib«, schnob er. »Ich glaube, für dich finden wir eine schöne, *schwere* Kette. O ja.« Während er losschlurfte, grummelte er vor sich hin; seine Kette schrammte durch die Wandschiene zur Tür. Sharrow folgte dem Bruder.

Der Mönch ließ die Eisenschelle um Sharrows rechtes Handgelenk zuschnappen und riß roh an der gewichtigen Kette, so daß sie rasselte, straffte sie mehrmals längs der Wand, zerrte dabei an Sharows Arm.

»So«, sagte er gehässig. »Diese Kette hilft dir, auf dem rechten Weg zu bleiben, hä, *Madame*?«

Seelenruhig betrachtete Sharrow die starke, blauschwarze Eisenschelle und strich mit den Fingern sachte über die Kettenglieder. »Weißt du«, antwortete sie, senkte die Stimme und lächelte dem Mönch zu, »manche Leute zahlen für diese Art von Behandlung eine Menge Geld.« Anzüglich wölbte sie die Brauen.

Der Bruder machte große Augen; er zupfte an beiden Seiten der Kapuze und zog sie sich über die Augen, dann deutete er mit dürrer, zittriger Hand ans andere Ende des langen, ungenügend beleuchteten Korridors. »Hinaus! Fort aus meiner Nähe! Zum Atrium Dolorosus mit dir, und ich wünschte, dir würden dort die Flausen ausgetrieben!«

Die Marinabtei war ein Gefängnis ohne Kerkertüren. Ohne ein Zuchthaus zu sein, hatte sie doch alle Eigenschaften einer solchen Institution.

Jeder in der Marinabtei, von den obersten Äbten und Seigneurs bis zu den eingeschränktesten, schwergestraftesten Gefangenen, trug Ketten. Jede Kette war mit einem Radgestell verbunden; eine Kombination von vier Rädern rollte durch geflanschte Schienen, die durch sämtliche Flure, Räume und Innenhöfe führten.

Diese Schienen, meistens in die Mauern eingelassen, häufig in die Fußböden integriert, bisweilen unter der Decke verlegt – gelegentlich verliefen sie, auf niedrige, Geländern ähnliche Gleisgestänge gestützt, durchs Freie –, konstituierten das Bewegungsprofil des Kettensystems.

Die unterste Schiene war schmaler als ein Finger; sie band die Oberbrüder mittels kunstvoll mit Juwelen verzierter Gelenke und aus unterschiedlichen Edelmetallen gefertigter, dünner Kettchen an die Marinabtei; die verwendeten Metalle kennzeichneten zusätzliche Unterteilungen der Hierarchie.

Dagegen war die äußerste Schiene Besuchern sowie Laien und Ehrenarrestanten vorbehalten; sie hatte ein schweres Radgestell aus Eisen und eine eiserne Kette aus Gliedern, die dicker waren als ein Daumen.

Die zwischenliegenden Schienen wurden von zwei niedrigeren Graden der Ordensbrüder, den Novizen der Abtei sowie den Hausbediensteten benutzt. Härterer Bestrafung unterworfene Häftlinge trugen zudem Fußketten, die durch zusätzliche, nachhaltiger gesicherte Schienen schleiften; die Elendsten der Elenden blieben schlichtweg an Zellenwände gekettet.

Der Fama zufolge sollten geheime Räumlichkeiten vorhanden sein – in unteren, uralten Gemäuern, oder in hochgelegenen und (nach den Maßstäben des Seehauses) vergleichsweise modernen Gebäudeteilen –, in denen das Kettensystem keine Anwendung fand und wo die Oberhirten des Ordens hinter angeblich nichtexistenten Türen ein Leben in beispielloser Völlerei auskosteten … Doch die Marinabtei im allgemeinen und das Kettensystem im besonderen eigneten sich kaum, um irgendwen zur Untersuchung derartiger Gerüchte zu ermutigen.

An Sharrows schienengeleiteter Kette klackerten die Räder, während sie einen dunklen Korridor durchquerte, der – falls sie sich richtig entsann – in die Richtung der Haupthalle hinaufführte.

Unterwegs begegnete sie nur einer einzigen Person: ein Diener, der ein gewaltiges Bündel Wäsche schleppte, kam ihr entgegen, benutzte dieselbe Schiene wie sie. Bei einer Wandweiche blieb er stehen, lenkte das Radgestell seiner Kette durch eine Reihe mit Keramik verkleideter Umleitungsnischen und wartete – tappte dabei ungeduldig mit dem Fuß –, bis Sharrow ihn fast erreicht hatte, dann hob er, als Sharrow sich duckte, die Kette über ihren Kopf, schob sie in die vorherige Schiene zurück und setzte den Weg fort, brabbelte vor sich hin.

Eine schmutzige Socke war auf den Fußboden des Korridors gefallen; Sharrow wandte den Kopf, um dem Mönch etwas zuzurufen, aber er war in den Schatten schon außer Sicht.

Das Atrium Dolorosus war geräumig, düster und kannte keine Echos. Im Dunkeln blieb die Decke des Saals unsichtbar, große Fahnen mit stumpfen Farben und verblichene Banner verhüllten die Wände, schienen in undeutlichen Fernen zu verschwimmen; es war bitterlich kalt in dem Riesensaal und roch nach Krematorium. Sharrow schauderte es, und sie hielt sich wieder den parfümierten Schal vor die Nase, während sie die Weite des Saals durchmaß; ihre Kette klickerte durch die Bodenschiene, als folgte ihr mit Gezwitscher ein übergroßes Insekt.

Breyguhn saß in einem steinernen Stuhl mit hoher Rückenlehne an einem immensen Granittisch, der wirkte, als könnte er einem kleinen Haus als Stützpfeiler dienen. Ein gleicher Stuhl stand am anderen Ende des sieben Meter langen Tisches. Über Breyguhn glitzerte in den Schatten unter der unersichtlichen Decke ein Kristall, größer als der Tisch. Das nach innen geneigte, von Dreck schlierige Fenster warf gruselig-gelbes Licht auf die Granittischplatte.

Breyguhns ernstes Gesicht sah noch bleicher aus, als Sharrow es in Erinnerung hatte; ihr Haar war straff nach hinten gekämmt und zu einem Knoten verknüpft, und als Kleidung hatte sie ein loses, schiefergraues Kleid aus rauhem, dickem Stoff am Leib.

Sharrow nahm auf dem freien Steinstuhl Platz, ließ die Beine baumeln. Breyguhn musterte sie mit trübem Blick.

»Sharrow«, sagte sie mit ausdrucksloser, leiser Stimme, die sich anhörte, als schliffe die erdrückende Stille des Saals ihr alle Individualität ab.

»Breyguhn …« Sharrow nickte. »Wie geht es dir?«

»Ich bin *hier.*«

»Davon abgesehen«, antwortete Sharrow beherrscht.

»›Davon abgesehen‹ gibt es in meinem Dasein nichts mehr.«

Breyguhn hob die Hände vom Schoß und legte die Unterarme mit nach oben gekehrten Handtellern auf die kalte, polierte Tischplatte. »Was wolltest du doch gleich wieder? Ich glaube, es ist mir gesagt worden, aber ich hab's vergessen.«

Breyguhn war zwei Jahre jünger als Sharrow. Sie hatte eine stämmigere Statur und war etwas kleiner, die Augen saßen tief in einem Gesicht, das einmal den Eindruck innerer Kraft vermittelt hatte, jetzt jedoch spitz und matt aussah.

»Ich muß Cenuij finden«, sagte Sharrow. »Und … vielleicht kannst du mir bei der Suche nach einem Gegenstand behilflich sein. Einer Antiquität.«

»Was willst du von Cenuij?« In Breyguhns Tonfall klang Argwohn an.

»Die Huhsz haben ihre Pässe erhalten und sind gegenwärtig dabei, sich auf die Hatz nach mir zu machen. Ich benötige Cenuij zu meinem Beistand.«

Breyguhn prustete. »Da müßtest du aber Glück haben.«

»Wenn er nicht freiwillig mit mir kommt, zwingen

die Huhsz ihn, mit ihnen zusammenzuarbeiten. Sie werden ihn ausnutzen, um mich aufzuspüren.«

Breyguhns Augen weiteten sich. »Möglicherweise hätte er daran seinen *Spaß*.«

Sharrow zuckte mit den Schultern. »Vielleicht«, meinte sie, »vielleicht nicht. Aber auf alle Fälle muß ich ihn davor warnen, daß die Huhsz, wenn sie merken, daß ich abgetaucht bin, sich voraussichtlich an ihn halten.« Sie wies mit dem Kinn auf Breyguhn. »Du bist der einzige Mensch, habe ich das Gefühl, der genau weiß, wo er steckt.«

Breyguhn hob die Schultern. »Ich habe Cenuij sechs Jahre lang nicht gesehen«, gab sie zur Antwort. »Liebhaber duldet man hier nicht als Besucher. Man läßt nur Besucher vor, die man gar nicht sehen will ... Besucher, die garantiert Quälgeister sind.« Freudlos verzog sie den Mund.

»Du stehst doch mit ihm in Kontakt«, stellte Sharrow fest. »Er schreibt dir.«

Breyguhn lächelte, als fiele es ihr schwer, wäre sie aus der Übung. »Ja, er schreibt. Richtige Briefe schreibt er. Auf Papier. Weil es romantischer sei ...« Ihr Lächeln wurde breiter, und Sharrow bekam eine Gänsehaut. »Die Briefe kommen aus Lip City.«

»Aber wohnt er auch dort?«

»Ja. Ich dachte, du wüßtest es.«

»Und wo in der Stadt?«

»Ist er im Einwohnerregister nicht verzeichnet?« Breyguhn schmunzelte.

Sharrow schnitt eine mürrische Miene. »Die Stadt ist ein Sauladen, Breyguhn, das weißt du doch selbst, verflucht noch mal. Es gibt ganze Stadtviertel, die nicht einmal Strom haben.«

Jetzt glich Breyguhns Schmunzeln einem Frosthauch. »Und wer hat daran Schuld, Sharrow?«

»Sag mir schlicht und einfach, wo Cenuij ist, Breyguhn.«

Nochmals reagierte Breyguhn mit einem Achselzucken. »Ich habe keine Ahnung. Meine Briefe muß ich postlagernd schicken.« Sie betrachtete die Tischplatte. Rasch wich das Lächeln aus ihren Gesichtszügen. »Seine Briefe lesen sich, als ob er einsam wäre«, sagte sie mit leiser Stimme. »Ich glaube, er hat jetzt andere Geliebte, aber seine Briefe lesen sich immer, als ob er sich einsam fühlte.«

»Steht nicht noch etwas anderes in seinen Schreiben, das …«

Breyguhn schaute Sharrow mit scharfem Blick ins Gesicht. »Echostraße«, sagte sie plötzlich.

»Echostraße.«

»Erzähl ihm nicht, daß du's von mir weißt.«

»Gut.«

Breyguhn erschauderte. Sie nahm die Arme von der Granittischplatte und senkte die Hände zurück in den Schoß. Für einen Moment wirkte sie unsicher. »Um was ging's dir noch?«

»Um Informationen über eine Antiquität.«

»Redest du von etwas Bestimmtem?«

»Den *UP*.«

Sharrows Halbschwester warf den Kopf in den Nacken und lachte; Sekunden später hörte man aus der Höhe des Saals einen schwachen Widerhall. Breyguhn verzog betroffen die Miene und legte eine Hand auf den Mund. »O je, dafür muß ich nachher büßen.« Verkniffen sah sie Sharrow an. »Du hast vor, die *Universellen Prinzipien* zu suchen?«

»Ja.«

»Na so was«, sagte Breyguhn. »Genau das ist der Preis, den die Traurigen Brüder für meine Freilassung fordern. Du bist doch nicht etwa für mich so aktiv geworden, Sharrow?« Ihr Ton strotzte von Sarkasmus. »Wie lieb von dir.«

»Ich tu es für uns beide«, antwortete Sharrow. Sie merkte, daß sie sich leise zu reden bemühte, obwohl dergleichen keinen Sinn hatte, wenn die Herren der Marinabtei das Gespräch belauschten. »Ich brauche nur ... einen gewissen Hinweis, der in dem Buch enthalten sein soll, eine Spur zu etwas anderem. Sobald ich sie kenne, übergebe ich das Buch den Traurigen Brüdern, und du kommst frei, darauf gebe ich dir mein Wort.«

Breyguhn breitete sich eine Hand mit gespreizten Fingern auf den Busen und zwinkerte dramatisch. »Und wieso bist du der Ansicht«, fragte sie mit unnatürlich heller Stimme, »ich könnte dir behilflich sein?«

Sharrow biß die Zähne zusammen. »Weil du das letzte Mal, als ich hier bei dir gewesen bin, erwähnt hast, du dürftest die Bibliotheken benutzen«, sagte sie. »Du bist zumindest der Auffassung gewesen, auf der richtigen Fährte zu sein. Und ...«

»Ja.« Breyguhns Augen wurden schmal. »*Und* ich habe dir einen *Brief* geschickt«, zischte sie. Ruckhaft blickte sie sich um, ehe sie sich vorbeugte. »Ich habe dir *geschrieben*«, flüsterte sie, »daß ich bei den Ermittlungen entscheidende Fortschritte gemacht hatte ... daß ich einen *Weg* weiß, um das Buch zu entdecken.«

Sharrow seufzte. Sie erinnerte sich an Breyguhns Brief; er war handschriftlich verfaßt und kaum leserlich gewesen, konfus und voller wilder Anschuldigungen, hochgradig abwegiger, zusammenhangloser politischer Tiraden sowie unbegreiflicher, schwülstiger pseudoreligiöser Schwafeleien. Breyguhns darin gemachte Aussage, sie wüßte, wie das verschollene Werk gefunden werden könnte, hatte inmitten ihrer geradezu manischleidenschaftlichen rhetorischen Attacke gegen das herrschende politische System als Ganzes und speziell das Globale Tribunal kaum mehr als eine beiläufige Randbemerkung abgegeben. Damals hatte Sharrow diese Marginalie als buchstäblich unglaubwürdig verworfen. »Ja, Breyguhn, du hast es mir geschrieben«, bestätigte sie. »Und ich habe dir mitgeteilt, daß ich nicht mehr im Antiquitätenhandel tätig bin.«

»Aber ich habe doch ganz unmißverständlich zum Ausdruck gebracht«, fauchte Breyguhn, »daß nur *du* es finden kannst!«

Sharrow nickte bedächtig, schaute zur Seite. »Ja, hast du.«

»Bloß hast du mir nicht geglaubt.«

»Du warst diejenige« – Sharrow zuckte die Achseln – »die dachte, *hier* sei an das Buch zu gelangen.«

»Kann sein, es ist wirklich hier«, spekulierte Breyguhn mit verkniffenem Blick. »Vielleicht sind sie alle hier, die *Universellen Prinzipien,* die *Gnostik,* die *Analyse der großen Expeditionen,* alle-alle, sämtliche Scheißbücher, die es auf Golter je gab und im Laufe von zehntausend Jahren verloren gegangen sind. Es ist denkbar, daß sie allesamt hier sind, eine Million Einzelbücher, eine Million Kostbarkeiten, ausnahmslos hier verborgen, begraben, in die Senkgrube geworfen, die dieser Schweinestall ist.« Sie schenkte Sharrow ein knappes, verhaltenes Lächeln. »Gestoßen bin ich nicht auf sie, aber daß sie trotzdem hier sind, ist nicht ausgeschlossen. Nicht einmal die Brüder wissen über alles Bescheid. Das Haus hat Geheimnisse, von denen nicht mal sie was ahnen.«

»Sicher, sicher«, sagte Sharrow, trommelte mit den Fingern auf dem Granittisch. »Also, es ...«

»Wir sind doch beide darüber informiert, was das Buch dir verschaffen soll.« Breyguhn starrte Sharrow unverwandt an. »Und was hast du *damit* vor?«

»Ich gebe es den Huhsz«, erklärte Sharrow. Sie lachte gedämpft auf; ihr Blick schweifte durch die tiefen Schatten ringsum im Saal. »Wir haben beide ... exzentrische Kulte auszubezahlen.« Sie heftete den Blick wieder auf Breyguhn. »Also, was kannst du mir erzählen? Was ist dir bekannt, das mir ...?«

»Blutbund«, stieß Breyguhn unvermittelt hervor.

Sharrow runzelte die Stirn. »Was?«

»Blutbund«, wiederholte Breyguhn. »Großvaters engster Dunstkreis, seine wichtigsten Mitarbeiter und Diener, standen zu ihm in genetischer Abhängigkeit. Er hatte ihnen Verhaltensmuster einprogrammieren lassen.«

»Ich weiß. Das war einer der Gründe, warum das Globale Tribunal auf seinen Sturz hingewirkt hat.«

»Hm-hmm«, brummte Breyguhn; einen Moment lang glänzten ihre Augen. »Tja, hätte er ein paar Richter am Gängelband gehabt, oder Konzernchefs mit genügend Macht und Einfluß ...« Sie schüttelte den Kopf.

Sharrow gab einen Seufzer von sich. »Seinetwegen ist es per Gesetz verboten worden.«

»Ja, gesetzlich verboten.« Breyguhn nickte. »Vollkommen geächtet. Nicht einmal im Kriegsfall darf darauf zurückgegriffen werden.« Inzwischen sprach sie schneller, die einzelnen Wörter überschlugen sich nachgerade. »Aber das wesentliche ist, der alte Räuber hat mit dieser Methode Informationen versteckt.« Ihre Augen funkelten. »Sobald er wußte, daß die Büttel des Globalen Tribunals ihn umlauerten, brachte er seinen wertvollsten Besitz an Orten unter, die ausschließlich seine Nachfahrinnen finden können. Es ist wahr. So einen Trick hat er ausgeheckt. Ich habe die Aufzeichnungen des Familienlaboratoriums gesehen. Sie sind hier archiviert.«

Sie lehnte sich auf dem großen Stuhl vornüber, stützte die Arme auf die Tischplatte, senkte die Stimme zum Flüsterton. »Vieles von dem, was unser Großvater in der Antiquitätenbeschaffung geleistet hat, ist von den Traurigen Brüdern bewahrt worden, Sharrow. Aus purem Instinkt haben sie gehandelt, genau wie Aasvögel. Sie fangen *nichts* damit an, offenbar scheren sie sich überhaupt nicht um die Außenwelt, sie kramen nur um des Selbstzwecks willen alles zusammen ... Seit fünfzig

Jahren gammeln sie hier, und erst *meine* Nachforschungen haben sie zu Tage gefördert.«

Sharrow beugte sich vor. »*Was* denn?« fragte sie, versuchte ruhig zu bleiben.

»Die Geheimnisse! All die Geheimnisse. Über sämtliche Sachen, die er gefunden hat, die Antiquitäten ... Seine Sammlung, die vielen Gegenstände, die er aufgespürt, aber sich nie hat bringen lassen ... die noch heute in Verstecken sind, die er seinen Dienern so einprogrammiert hat, daß *wir* sie erfahren können.«

Sharrow lehnte sich zurück. »Bist du dir sicher?«

»Natürlich.« Breyguhns bläßliches, verzerrtes Gesicht war bis fast auf die Tischplatte gesunken; sie hatte die Fäuste geballt und hämmerte, um ihren Worten Nachdruck zu verleihen, auf den spiegelglatten Granit, so daß ihre Eisenkette klirrte und rasselte. »Es ist die ›weibliche Linie‹, die auf diese Geheiminformationen Zugriff hat«, zischelte sie. »Das ist alles, was ich weiß, mir ist nicht einmal bekannt, ob's auch für mich gilt. Ich bin nach seinem Sturz geboren, während er auf den Prozeß wartete, also hatte er wahrscheinlich keine Möglichkeit, um seinen Klinikärzten Instruktionen zu erteilen, aber du mußt die Schlüsselgene von deiner Mutter geerbt haben ... Man kann bloß hoffen, daß die Verstrahlung und deine hochgeschätzte SNA sie nicht geschädigt haben.«

Sharrow hatte keine solche Befürchtung und winkte ab. »Da sehe ich kein Problem. Aber was muß ich *tun*?«

Unversehens wirkte Breyguhn wieder mißtrauisch, sie straffte sich, setzte sich aufrecht hin, blickte rasch rundum. »Versprichst du mir, das Buch den Traurigen Brüdern auszuhändigen, sobald du damit erreicht hast, was du willst?«

»Ja.«

»Du versprichst es wirklich? Ich schreibe Cenuij, daß du's zugesagt hast.«

Sharrow hob die Hand. »Sieh her, ich schwöre es dir.«

Breyguhn neigte sich nach vorn, die Augen weit aufgesperrt, ihr Kinn berührte den Granittisch. »Für die *UP*«, flüsterte sie, »brauchst du Bencil Dornay.«

»Wen?« fragte Sharrow, die den Namen nicht richtig verstanden hatte. »Tansil ...?«

»Nein, nicht Tansil. Ich rede von 'm Mann, Bencil, Bencil Dornay aus Vernasayal.«

»Aha, ja,«, sagte Sharrow und nickte. »Und ich frage ihn einfach, oder was?«

Unvermutet kicherte Breyguhn, hob die angekettete Hand zu einer bestürzend kindlichen Geste an den Mund. »Nein, Sharrow«, entgegnete sie und grinste. »Nein, einfach fragen kannst du ihn nicht.«

»Sondern?«

»Du mußt mit ihm Körperflüssigkeiten austauschen.«

Sharrow stutzte. »Wie bitte?«

Breyguhn kicherte ein zweites Mal, schaute sich dabei nervös um. »Ach, ein Kuß dürfte genügen.« Sie winkte ab, das Grinsen wich aus ihrer Miene. »Aber du mußt ihn beißen. Oder ihn mit frischer Spucke unter deinem Fingernagel kratzen. Ihn irgendwie zum Bluten bringen, ihn infizieren.« Sie unterdrückte ein weiteres Gekicher. »Und ich *glaube,* die Bedingung ist, daß du's in der Öffentlichkeit tust. Ist das nicht *zu* köstlich?«

Voller Zweifel furchte Sharrow die Stirn. »Ist das dein Ernst?«

Die Augen geweitet zuckte Breyguhn die Achseln. »Vollständig. Aber was hast du denn schon zu verlieren, Sharrow? Du hast doch immer einen Hang zu rauhbeinigem voyeuristischem Umgang mit der Domestikenkaste gehabt, oder nicht?«

»Verdammt wahr. Oder ihren Liebchen.«

»Bencil Dornay«, raunte Breyguhn. »Vergiß den Namen nicht!«

»Ich schwör's. Bei meiner vielgeschmähten Ehre.«

»Sharrow, die Angelegenheit ist nicht komisch. Erkennst du nicht, wessen die Welt bedarf? Ist dir nicht klar, auf was unsere Familie seit Generationen hinarbeitet? Was Opa Gorko errungen hatte, und was Geis, falls er eine Chance erhält, genug Spielraum zu erkämpfen, noch einmal aufbauen kann?«

Sharrow schloß die Augen.

»Was für eine egoistische Witzfigur du bist, Sharrow! Du siehst es nicht. Genau wie alle anderen bist du, du hast Gras in den Ohren, das gemäht werden muß. Wie lange soll es denn noch so wie jetzt weitergehen? Mit diesem andauernden Kreislauf, Aufschwung und Niedergang, Prasserei und Verarmung, während die Konzerne und Universitäten, die Kirchen und das Globale Tribunal an der Kurbel drehen? Das ist doch nichts als Stagnation! Völlig ohne Sinn!« Breyguhn verfiel in Geschrei. »Wir haben eine höhere Bestimmung! Wir *benötigen* Antiquitäten. Als Panier, als unsere Feldzeichen, als Mittel zur Bestechung, wenn's sein muß, als Waffen, falls sie dazu taugen. Der Kreislauf muß durchbrochen werden! Wir brauchen Soldaten, keine Rechtsanwälte! Einen starken Mann oder eine starke Frau mit unbeugsamem *Willen,* nicht der Neigung zum kleinsten gemeinsamen Nenner und immerzu schäbigen Kompromissen!«

»Breyguhn ...«, sagte Sharrow, schlug die Augen auf; sie fühlte sich auf einmal ziemlich abgeschlafft.

»Wie lange haben wir Raumfahrt betrieben?« kreischte Breyguhn, hieb die Faust auf die Tischplatte; die Kette klirrte auf den Granit, daß winzige Splitter davonstoben. Allem Anschein nach bemerkte Breyguhn es nicht. »Siebentausend Jahre lang!« heulte sie, sprang auf, warf die Arme nach den Seiten. Jetzt hallte ihre Stimme von der Decke wider. »Siebentausend Jahre!« Von irgendwoher hörte Sharrow eine Klingel läuten.

»Siebzig Jahrhunderte, Sharrow! Sieben Jahrtausende des Umherschleichens in ein und demselben jämmerlichen Sonnensystem, von Felsbrocken zu Felsbrocken, *zweimal* haben wir im Laufe dieser Zeitspanne die Raumfahrttechnik vergessen, und heute kommt uns die Hälfte all dessen, was wir einmal wußten und beherrschten, wie Zauberei vor!«

Speichelflöckchen sprühten von Bresguhns Lippen in kleinen Bogen auf den Tisch, schimmerten im schwachen, gelblichen Licht, ehe sie auf der großflächigen Granitplatte Flecken bildeten. »Die Evolution ist zum Stillstand gelangt. Die Schwachen und Lahmen vermehren sich, verwässern das Erbgut der Spezies, ziehen uns hinab in den Schlamm. Wir müssen uns daraus befreien!«

Sharrow bemerkte in der Düsternis hinter dem Rücken ihrer Halbschwester Regungen und hörte lebhaftes Geklimper.

»Breyguhn ...«, sagte sie und machte beschwichtigende Gebärden, um Breyguhn zum Hinsetzen zu veranlassen.

»*Verstehst* du denn nicht?!« schrie Breyguhn. »Der gesamte Sternhaufen könnte unser sein, statt dessen hocken wir hier im Dreck! Wir müssen alles hinwegfegen. Jawohl, *hinwegfegen*! Das Haus ist voll, wir müssen es räumen und von vorn anfangen! Das Dekamillenium rückt heran. Die Spreu muß verbrannt werden!«

Sharrow schwang sich vom Stuhl hoch, als hinter ihrer Halbschwester zwei kräftig gebaute Mönche in schmierig-weißen Kitteln erschienen; der eine packte Breyguhns Kette, hob sie mit geübter Bewegung über ihren Kopf und schlang sie ihr um die Oberarme, zog daran und zerrte sie von dem großen Steinstuhl. Sie schloß die Lider, hatte plötzlich einen Ausdruck der Freude im blassen Gesicht. Der zweite Mönch stülpte ihr eine glitterige Haube über den Kopf; ein Geräusch ertönte, das einem Ächzen ähnelte, die Haube blähte sich auf und sank ein, wurde von Breyguhns Kopf entfernt, während sie zusammensackte, dem anderen Bruder ermattet und haltlos in die Arme kippte. Die beiden

Mönche hüllten sie in eine Zwangsjacke, die einem dünnen, mit zahlreichen Gurten versehenen Schlafsack glich, dann schleiften sie sie zum Gerassel der Ketten über den Fußboden davon.

Die ganze Maßnahme hatte nicht einmal zwölf Herzschläge lang gedauert, und die zwei Ordensbrüder hatten Sharrow unterdessen keines Blicks gewürdigt.

Mit einem Gefühl der Benommenheit schaute Sharrow ihnen nach.

Das Trio entschwand in die Schatten, und das Rattern der Ketten verklang, bis Sharrow nur noch das leise Stöhnen des Winds in irgendeinem hochgelegenen Rauchfang hören konnte. Sie schüttelte sich vor Grausen, griff sich ihre Handtasche und strebte durch die leere Weite des dunklen Saals zum Ausgang.

Auf dem Holo-Bildschirm lächelte Seigneur Jalistre wohlwollend in die Düsternis des Pförtnerbüros. »Hmm, die *Universellen Prinzipien* gegen angemessene Unkostenerstattung und die Freilassung Ihrer Schwester …«

»Halbschwester.«

»Aha, aha, ach so«, brummte der Seigneur, rieb sich bedächtig das glatte, feiste Kinn. »Also gut, ich unterbreite Ihren Vorschlag meinen Brüdern, Lady Sharrow.«

»Vielen Dank«, antwortete Sharrow.

»Natürlich müssen Sie sich darüber im klaren sein, daß aufgrund dieser Ankündigung keineswegs eine zwangsläufige Annahme Ihres Ansinnens zu erwarten ist. Normalerweise geben wir kein Geld für Antiquitätenbeschaffung aus, die Unterhaltung dieses prachtvollen, aber sehr alten Bauwerks kommt uns teuer genug, und wir sind, wie Sie bestimmt wissen, kein reicher Orden. Ich bin jedoch der Überzeugung, daß man fair über Ihren Vorschlag berät. Wir bleiben zweifelsfrei in Verbindung.«

»Es dürfte besser sein«, sagte Sharrow zu dem Holo-Abbild, »ich rufe Sie an.«

»Wie Sie wünschen. Kann ich davon ausgehen, daß Sie uns ein paar Tage Frist zur Erörterung Ihres Angebots einräumen?«

»Ich kontaktiere Sie in drei, vier Tagen. Reicht diese Zeitspanne aus?«

»Ohne weiteres, Lady Sharrow. Ich bedaure nur, daß Ihre unverzichtbare Eile uns kein persönliches Treffen erlaubt.«

»Vielleicht haben wir ein anderes Mal dazu Gelegenheit.«

»Aha, aha, ach ja.« Versonnen nickte der Seigneur. »Hmm, nun ja, dann einen schönen, guten Tag, Lady Sharrow. Bitte richten Sie dem Bruder Pförtner aus, er darf zurück in sein Büro.«

»Na klar. Auf Wiedersehen.«

Sharrow öffnete die Tür; der zwergige Pförtner stand mit grimmiger Miene an der Pforte des Tors, hielt in einer unsauberen Faust die HandBalliste am Lauf. Im Büro wurde der Holo-Monitor grau, während Sharrow die Stufen hinabstieg und sich dem Tor näherte, wo der kleine Mönch wartete. Sie gab ihm den schmalen Plastikstreifen, den er ihr ausgehändigt hatte.

»Die Quittung«, sagte sie.

»Die Pistole«, antwortete der Pförtner. »Nimm sie, Weib, und scher dich fort.«

Der Ordensbruder drückte die Pforte auf und wies mit einem Wink hinaus in die Außenwelt; eine Bö und ein Regenschwall wehten herein, so daß sein Gewand flatterte. »Beeil dich, Weib, schaff deine schmutzige Kloake hinaus!«

Sharrow machte einen Schritt auf die Pforte zu, blieb dann jedoch stehen und senkte den Blick auf den kleinen Kerl. »Weißt du«, meinte sie, »für einen Grüßaugust hast du ziemlich fragwürdige Manieren. Ich werde dem Udestener Hotelführer eine geharnischte Beschwerde schicken.«

»Steck dir deine supergescheiten Redensarten hin, wo nur eine Frau dafür Platz hat, Schlampe.«

»Und eine dermaßen vulgäre Sprache ist *wahrhaftig* überflüssig.«

»Hinaus, Menstruatorin!«

Sharrow zögerte auf der Schwelle der Pforte. Sie schüttelte den Kopf. »Ich menstruiere nicht.« Freundlich lächelte sie. »Bist du Kastrat?«

Entrüstet riß der Pförtner die Glubscher auf. »Nein«, schnauzte er.

Sharrow holte aus und trat ihn in den Unterleib, erzielte trotz der dicken, schwarzen Soutane einen Volltreffer; er krümmte sich, fiel auf die Fliesen des Vorhofs, wimmerte vor sich hin, rings um ihn klirrte seine Kette.

»Ja«, sagte Sharrow, trat durch die Pforte hinaus in Kälte und Regen. »Den Eindruck habe ich irgendwie auch.«

Sie schritt die breite, graue Krümmung des Zugangsdamms entlang, der Regen prasselte ihr ins Gesicht, während der übelriechende Wind ihre Haare peitschte; da kam ihr mit gelinder Überraschung zu Bewußtsein, daß sie nach beinahe acht Jahren des Lebens in friedlicher Banalität innerhalb von weniger als zwanzig Stunden zwei Männer niedergestreckt hatte.

Das Dasein nahm wieder interessante Züge an.

3

Echostraße

Auf ungefähr zehn Prozent der Landmasse Golters gab es autonome Staatsgebilde; herkömmliche Nationen. Der Rest umfaßte praktisch Freiland in Form von Stadtstaaten, Handels- und Industrieparks, Landwirtschaftskollektiven, Kirchengütern, Bankliegenschaften, Stammesreservaten, freien Erbpacht-Familienländereien, Mietdiplomatenservice-Konsulatsenklaven, Antiquarsgenossenschaftsclaims, Lobbyistenprotektoraten, Wohltätigkeitsdomänen, Gewerkschaftssanatorien, Timesharing-Zonen, Kanal-, Eisenbahn- und Fernstraßenkorridoren sowie Patronat-Zufahrtsarealen; Supranationalitätsenklaven mit einem Dutzend verschiedener Bekenntnisse, Klinik-, Universitäts- und Internatsimmobilien, privaten und öffentlichen Übungsplätzen zur militärischen Ausbildung und zumeist von Besetzern bewohnten, seit Jahrhunderten umstrittenen, im Effekt im Besitz der zuständigen Gerichte befindlichen Landparzellen.

Die Bewohner dieser mannigfaltigen Territorien schuldeten keiner landschaftlich definierten Autorität oder Regierung Treue, sondern den Zünften, Ordensgemeinschaften, Wissenschaftlerverbänden, Sprachgruppen, Konzernen, Clans oder anderen Organisationen, die an ihrem Wohnsitz dominierten.

Als Resultat dieser Verhältnisse bestand eine geografische Karte Golters aus einer relativ einfachen Beschreibung der abwechslungsreichen, aber keineswegs ungewöhnlichen natürlichen Gegebenheiten Golters, wogegen eine politische Karte eher einem schier unüberschaubaren Wirrwarr an Klecksen glich, das nach einer Explosion in einer Farbenfabrik zurückbleiben mochte.

Dadurch war es erklärlich, daß in Udeste, obwohl es eine anerkannte, gesonderte Region war und die gleichnamige Stadt im Grunde genommen als Hauptstadt der Provinz galt, zwischen der Stadt und dem umliegenden Gebiet keine zwangsläufigen eigentumsrechtlichen, administrativen oder judikatorischen Zusammenhänge existierten. Ebensowenig hatte die Provinz Udeste Obliegenheiten gegenüber irgendwelchen Körperschaften des Kontinents Caltasp Minor oder der Globalsphäre Caltasp Omnis – mit Ausnahme des Kontinentalen AutobahnSowjets.

Der KAS unterhielt ein beeindruckendes, allerdings kostspieliges und daher mautpflichtiges Straßennetz, das von der Zollpatrouillen-Demarkationslinie im Süden bis nach Pol-City im hohen Norden reichte. Während der Fahrt von der Marinabtei benutzte Sharrow das Head-up-Display des Turbinenautos, um sich über die aktuellen Preise der Plätze in den Stratoclippern zu informieren, die am Nachmittag und Abend flogen, und entschied, doch weiter mit dem Mietwagen zu fahren.

Indem sie erbittert auf den teuflisch komplizierten Rechtsstreit schimpfte, der zur Folge hatte, daß in Süd-Caltasp seit dem vergangenen Monat alle Charterflugzeuge wegen Startverbots am Boden stillstanden, den KAS, weil er den Kampf gegen die Eisenbahnergilde schon vor zwei Jahrtausenden gewonnen hatte, sowie gegen die Vergnügungsreisenden im allgemeinen und besonders auf die zu Konferenzen fahrenden Anwälte wetterte, verließ Sharrow Udeste City auf der Route 5.

Die Fernstraße umrundete auf einer Länge von achthundert Kilometern das Seproh-Plateau; die Anzahl der Fahrspuren wuchs, während aus den Städten an Caltasps Ostküste immer mehr Omnibusgespanne,

Busse und Privatfahrzeuge zuströmten und die Höhe des nördlich gelegenen Steilwand-Gebirgszugs von neun auf zwei Kilometer abnahm.

Sie schaltete den Wagen auf Autopilotsteuerung und verwendete das Terminal, um sämtliche Datenspeicher des Systems zu sichten; sie brachte sich hinsichtlich der Nachrichten auf den neuesten Kenntnisstand und verschaffte sich an Informationen alles über das Vermögen der Huhsz sowie über die verstreuten Überbleibsel von Großvater Gorkos Erbmasse, was sich in Erfahrung bringen ließ. Eine Stunde lang döste sie zu geruhsamer Musik vor sich hin, und für ein Weilchen guckte sie TV-Sendungen.

Per Autotelefon verabredete sie ein Pistenrendezvous mit einem Raststättenmobil, ratterte die Rampe empor aufs von Hall durchdröhnte Parkdeck des Luftkissenfahrzeugs und ließ den Wagen auftanken, während sie die Beine ausstreckte. Danach stellte sie sich auf einem verglasten Aussichtsdeck hoch oben im LKF an die Scheibe und sah zu, wie die fernere Umgebung langsam vorüberzugleiten schien und der nordwärtige Verkehr überholte, Omnibuszüge langsam, Privatwagen hingegen so schnell, daß man den Eindruck hatte, das hohe Luftkissenfahrzeug hätte geparkt.

Nachdem sie mit dem Mietwagen auf die Straße zurückgekehrt war, schaltete sie ihn ab und zu auf manuelle Lenkung, übernahm das Steuern und jagte den Motor bis zur maximalen Leistung hoch, so daß das Auto wie ein Blitz dahinraste, die Schatten der Wolken unter den Rädern des Turbinenautos nur so davonflitzten.

Am Spätnachmittag verminderte sich die Zahl der Fahrspuren wieder, weil die Autobahn in den Seproh-Tunnel mündete. Die zweistündige Durchquerung des Tunnels erfolgte in tagheller Beleuchtung. Als die Straße bei den Regenwäldern von Waist ins Freie zurückführte, war es draußen dunkel geworden. Sharrow buchte telefonisch bei einem anderen Raststättenmobil ein Stück weit voraus eine Kabine und holte das Luftkissenfahrzeug eine Stunde später ein, manövrierte das Auto in dem engen Zwischenraum, den die beiden angekuppelten Omnibuszüge, die das LKF zog, am Heck bildeten, zur Rampe.

Sie fühlte sich ein klein wenig zu müde, um sich auf die Annäherungsversuche eines umwerfend gutaussehenden Omnibuszugfahrers einzulassen, dem sie in der Bordbar begegnete; statt dessen schlief sie allein und fest in einer kleinen, von leisen Summen der Fahrtschwingungen durchdrungenen Kabine an der LKF-Außenseite.

Beim Frühstück sah sie Wüstengegend sich längs der Fernstraße dehnen. Über dem Band der Straße entschwanden Lentikulariswolken in der blauen Weite wie Stränge zergliederter Kondensstreifen.

Hinter der Wüste und den Callis-Bergen folgten eine Gestrüpplandschaft und anschließend bewässerte Farmen; an der Großen Bucht war die Gegend wieder üppig grün. Am späten Nachmittag erblickte Sharrow auf der Fahrbahn die bunten, von Reifen zerschrammten Begrüßungstexte, die die Fernstraßenbenutzer in Regioner willkommen hießen.

Wie seine Hauptstadt Capitaller verdankte Regioner seinen erstaunlich einfallslosen Namen einem besonders blutigen Sprachenstreit, der vor so langer Zeit stattfand, daß die eine Sprache sich bis zur Unkenntlichkeit verändert hatte und die andere gänzlich ausgestorben war (außer in den Datenspeichern der linguistischen Abteilungen an den Universitäten).

Gegen Sonnenuntergang fuhr Sharrow von der Fernstraße auf eine zweispurige, laserstrahlgerade Landstraße ab, die durch inzwischen für die zweite Ernte reifes Prärieland verlief, sauste durch die warme Dunkelheit zwischen den kopflastigen Pflanzen, das Radio laut aufgedreht, und sang aus vollem Hals, während sich voraus der Küstengebirgszug über die Ebene erhob.

Eine Stunde auf eingeweideartig gewundenen Serpentinen, durch düstere Tunnel und über schmale Brücken, vorbei an früchteprallen Obstgärten sowie etlichen Städtchen und kleineren Ortschaften, beförderte sie endlich zu einem winzigen, ein paar Täler von Capitaller entfernten, bescheidenen Hügeldorf, dessen Bauten allerdings hübsch verwaschene Farben aufwiesen.

Zefla Franck, die Miz Gattse Kuma einmal als zwei Meter Sinnlichkeit mit Gehirn beschrieben hatte, spazierte vom Uferabhang die Dorfstraße zwischen den flachen, weiß gestrichenen Häusern nah an der Hügelkuppe entlang, hatte das lange, goldblonde Haar gelöst, so daß es bis zur Hüfte des hautengen Kleids fiel, die Schuhe ausgezogen und über die Schulter geworfen. Den Kopf hatte sie in den Nacken gelegt, den langen Hals nach hinten gebogen.

Der Abend war warm. Der leise Wind wehte aus den Obstgärten im Tal süßlichen Duft heran.

Zefla pfiff vor sich hin und betrachtete das Gefunkel am Himmel. Über dem Horizont leuchtete in blaugrauer Fülligkeit Hellerhur, Golters zweiter Mond; sie sah eine große Steinkugel und ein silbernes Raumschiff, umgeben von einem Schwarm flackrig-glitzriger Lichtchen: Habitaten und Orbitalfabriken, Satelliten und Spiegelantennen, Raumschiffe beim Eintreffen und Abfliegen.

Die Raumschiffe glichen flinken, spitzen Lichtpunkten, hinterließen gelegentlich einen Schweif; die Satelliten und Habitate in engerem Orbit zogen gleichmäßig ihre Bahn, manche mäßig schnell, andere sehr langsam, erregten den Eindruck, an konzentrisch angeordneten, unsichtbaren Schichten rotierender Sphären befestigte Lämpchen zu sein; die großen Spiegelantennen und entfernteren Industrieanlagen und Habitate schwebten reglos, als stille Lichtlein, am Abendhimmel.

Ein wirklich sehr schöner Anblick, dachte Zefla. Die Helligkeit, die die verschiedenerlei Trabanten warfen – sowohl natürliche wie auch von Menschen geschaffene Himmelskörper –, wirkte weich und verführerisch, trotz der eisigen, polarblauen Färbung sogar irgendwie warm. Mondlicht und Schrottlicht. Schrottlicht … Was für eine herzlose, schäbige Bezeichnung für etwas so Schönes; und sie stimmte nicht einmal. Kein einziges Stück Orbitalschrott war groß genug, um von der Planetenoberfläche aus gesehen werden zu können, und zudem war kaum noch welcher übrig; längst war Golters Umkreis gesäubert, weitgehend vom Schrott freigemacht worden. Man hatte sein Umlauftempo verlangsamt und ihn in die Atmosphäre gestoßen, so daß er verglühte.

Sie beobachtete das Blinken eines Satelliten, der mit vollkommener Majestät seine regelmäßige Bahn übers Himmelsgewölbe zog. Bis er hinterm Dach eines Gebäudes an der Westseite der Straße verschwand, wo hinter pastellfarbenen Rollos sanftes Licht glomm und ruhige Musik spielte, behielt sie ihn im Augenmerk. Sie erkannte die Melodie und pfiff gedämpft mit, während sie die Treppe zu einem höheren Abschnitt der Dorfstraße erklomm. Dabei hatte sie den Blick gesenkt, um nicht zu stolpern.

Plötzlich bekam sie Schluckauf. »Scheiße«, entfuhr es ihr.

Vielleicht war das Hinunterschauen die Ursache. Sie hob den Blick wieder an den Nachthimmel. Der Schluckauf setzte sich fort. »Scheiße, Scheiße, Scheiße …«

Zefla entdeckte einen anderen, ebenfalls langsamen Satelliten und beschloß, den blöden Schluckauf zu mißachten und sich darauf zu konzentrieren, das Lichtpünktchen auf seiner Bahn über den Himmel zu beobachten. Dennoch nahm der Schluckauf keine Ende. »Scheiße!«

Sie war fast daheim, und sie verabscheute es, mit Schluckauf ins Haus zu gehen; wenn sie Schluckauf hatte, machte Dloan sich jedesmal über sie lustig.

Unaufhörlicher Schluckauf. Sie gab ein unmutiges Brummen von sich und schenkte ihre geballte Aufmerksamkeit dem Satelliten.

Ihr Schienbein rammte etwas Hartes. »Au *verdammt*!«

Auf einem Bein hüpfte Zefla umher, hielt sich das Schienbein. »Au-au-au«, jammerte sie. Ihr Blick fiel auf das Hindernis; in Mondschein und Schrottlicht sowie dem angenehmen Glanz der Blätter der biolumineszenten Sträucher beiderseits der Haustür sah sie ein großes, helles Auto, das beinahe die ganze Zufahrt zum Haus in Beschlag nahm. Zefla besah sich den mit Insektenresten übersäten Bug des Wagens und schimpfte unterdrückt vor sich hin.

Sie ließ die Schuhe aus den Fingern aufs Kopfsteinpflaster fallen und stellte die Füße auf die Schuhe, rutschte ab und plumpste mit einem Aufschrei ins glänzende Gesträuch.

Die Äste, die ihren Sturz auffingen, knarrten unter ihr, während sie im sanft leuchtenden Laub hing. Aufgeschreckte Insekten umsirrten sie, kitzelten ihre nackten Beine und Unterarme.

»Ach Scheißdreck«, ächzte Zefla, als die Tür geöffnet wurde und ihr Bruder aus dem Haus lugte. Neben ihm schob sich ein zweiter Kopf zur Tür heraus, drehte sich, spähte herüber, dann zur anderen Seite, danach nochmals in ihre Richtung.

»Zefla?« fragte eine Frauenstimme.

»Höllische Karies«, stöhnte Zefla, »ich hätt's mir ja denken können. Vermutlich ist das dein Auto?«

»Freut mich, dich zu sehen, Zefla«, sagte Sharrow

und lächelte, während Dloan Franck aus dem Haus kam und seiner Schwester eine Hand bot, um ihr beim Aufstehen zu helfen. Zefla packte sie, wurde hochgezogen, schwankte nur geringfügig, sobald sie vor Sharrow stand, die die Arme verschränkte und sie angrinste.

Dloan klopfte Zefla ab und zupfte ein paar Leuchtblätter aus ihrem zerzausten Blondhaar.

»Hübscher Wagen«, meinte sie zu Sharrow, während Dloan sie fürsorglich reinigte, ein Zweiglein aus ihrem Ärmel zerrte. Auf ihren Bruder gestützt, stand sie auf einem Bein da, rieb sich das geprellte Schienbein. »Ich dachte, diese Karren hätten 'n Antikollisionsradar.«

»Es ist abgeschaltet«, antwortete Sharrow, bückte sich und nahm Zeflas Schuhe vom Kopfsteinpflaster.

Zeflas seufzte. »Meins leider auch.«

Sharrow hielt ihr die Schuhe hin, aber sie schob sie beiseite und schloß die Besucherin in die Arme.

»Tut mir leid, daß dein Schienbein was abgekriegt hat«, beteuerte Sharrow und drückte Zefla an sich.

»Macht nichts, dadurch ist mein … *Hick!* Ach nein, Scheiße!«

Geduscht, getrocknet, gepudert und parfümiert ruhte Zefla Francks Prachterscheinung auf einem Relaxer, ihre rotbraune Haut glänzte, wo das Badetuch sie nicht bedeckte; ein zweites Handtuch hatte sie um ihr emporgetürmtes Haar gebunden. Aus einem hohen Glas trank sie ein Stärkungsgebräu, blickte über das vom Schrottlicht erhellte Tal sowie die Lichter benachbarter Häuser und Dörfer; im Glas des alten Wintergartens sah man ihr, Sharrows und Dloans Spiegelbild.

Sharrow lehnte an der Glaswand, ein Getränk in der Hand, und schaute hinaus.

Dloan saß in einem Hängesessel, die Hände tief im Nackenpelz eines Sarlets, kraulte dem Tier, das mit einem Ausdruck schläfriger Seligkeit im breiten, schwarzmäuligen Gesicht bei ihm hockte, das lohgelbe Fell.

Zefla schüttelte den Kopf. »Ich glaube nicht, Sharrow. Sie könnten sich darauf verlegen, Geis mit ihren Freibrief-Pässen zu drangsalieren, aber das würde sie reichlich Zeit kosten. Dein Vetter hat so viele Anwälte, wie andere Leute Sommersprossen haben, und er kann sich echte *Koryphäen* leisten, erstklassige Rechtsverdreher mit Hirnen wie Neutronengranaten. Wenn er ein paar von den Burschen auf die Sache ansetzt, hält er die Huhsz jahrzehntelang auf, dann haben sie derartige Schwierigkeiten, daß sie nicht einmal ohne vorherigen Gerichtstermin pinkeln gehen können ...« Ein Schluckauf schüttelte Zefla. »Verflucht!« Sie trank aus dem Glas. »Entschuldige. Ich hoffe, daß das Gesöff bald hilft.«

Nochmals nahm sie einen langen Zug aus dem hohen Glas. »Mensch, selbst wenn sie Blankovollmachten bekämen, könnte Geis ihnen durch neue Firmengründungen ständig voraus bleiben, indem er Geschäftsführungen hin- und herüberträgt, anonyme Strohmänner vorschiebt und andauernd die Inhaberschaft umstaffelt, sie würden sich im Interpretationslabyrinth des Wirtschaftsrechts auf Nimmerwiedersehen verirren, daß ihnen die Stinkfüße qualmen ... Monate hätten sie damit zu tun, bloß aufzuklären, was er *hat*, gar nicht davon zu reden, was er aufbauen kann, wenn er wirklich etwas verschleiern will. Du darfst nicht vergessen, daß sie nur ein Jahr Zeit haben. Angesichts dieser strengen Fristsetzung dürfte Geis' öffentliches Ansehen kaum leiden, sobald ... *Hick!* Scheiße! Ich meine, sobald die Aktionäre merken, daß das Treiben der Hushz nichts anderes als 'ne glorifizierte Vendetta ist, die verpufft wie 'n Furz im Hurrikan, wenn der Termin abläuft.«

Zefla trank einen weiteren Schluck. »Weshalb grinst du?« fragte sie.

Während Zefla sprach, hatte Sharrow der Aussicht den Rücken zugekehrt. Sie lächelte ihrer Gastgeberin zu. »Du hast mir gefehlt, Zefla.«

»Vielen Dank« sagte Zefla, streckte das lädierte Bein aus und betrachtete den Bluterguß. »Ich wünschte, ich hätte dein Auto *ver*fehlt.«

Sharow senkte den Blick und strich mit dem Finger über den Rand ihres Glases. »Du bist also der Ansicht, ich sollte mich an Geis halten?«

»I wo, nein. Ich sage lediglich, sollte es *je* soweit kommen, daß du dich um Beistand an ihn wenden mußt – eventuell als letzte Rettung, nachdem du die Huhsz etliche Monate lang an der Nase herumgeführt hast und die Chaoswaffe dir noch nicht greifbar ist –, brauchst du dich nicht mit der Sorge zu plagen, du könntest ihm in rechtlicher Beziehung irgendwie Schaden zufügen.«

»Und wenn schon«, gab Sharrow zur Antwort, starrte mit gerunzelter Stirn in ihr Glas. »Aber gerade darum ... wäre es vielleicht vernünftiger, ich nehme sein Angebot jetzt an.«

»Möchtest du ... *hick!* ... dich denn darauf einlassen?«

»Nein«, gestand Sharrow, heftete den Blick auf Zefla.

»Dann tu's einfach nicht«, sagte von der anderen Seite des Wintergartens herüber voller Verständnis eine vollklingend-dunkle Stimme.

Sharrow sah Dloan ins Gesicht. Er war noch größer als Zefla und von erheblich breiterem Wuchs. Sein sorgsam kurzgeschnittenes Blondhaar ging unauffällig in den ebenso sorgfältig gestutzten, blonden Bart über; er trug einen zerknitterten Trainingsanzug und zeichnete sich durch ein Flair radikaler Fitness aus. Fortgesetzt wuschelte er dem Sarflet das Fell, hob nur kurz den Blick in Sharrows Richtung, lächelte schüchtern und schaute wieder fort.

»Und wir sollten nicht übersehen, daß Rechtsmittel für die Huhsz nur eine Methode sind, um ihr Ziel zu erreichen«, gab Zefla zu bedenken. »Nach meiner Meinung müßte sich Geis, wenn er dich versteckt, eigentlich um keine juristischen Schritte den Kopf zerbrechen, sondern schlicht und einfach wegen etwaigen Verrats. Ein unzufriedener Angestellter, ein Industriespion, ein verkappter Huhsz-Zelot in der falschen Position, und alle Gesetze der Welt brächten keine Rettung mehr, dann könnten sie dich erwischen und Geis ruinieren.«

Sharrow nickte. »Gut und schön, aber die Alternative wäre, wieder eine regelrechte Odyssee anzutreten und euch zu bitten, mich zu begleiten.«

»Sharrow, Liebchen«, sagte Zefla, »dich im Stich zu lassen, käme für uns überhaupt nie in Frage.«

»Aber ich habe das Empfinden, egoistisch zu sein, zumal ich einfach zu Geis flüchten könnte, und alles wäre in Ordnung.«

Zefla seufzte verdrießlich. »Geis ist eine Nervensäge, Sharrow, der Kerl hat 'ne charmante Fassade, in Wahrheit ist er aber ein verhaltensgestörter Blödmann, dessen eigentliche Rolle im Leben darauf hinausläuft, Rentner zu berauben, seine Freundinnen zu bescheißen und zu schlagen, und hätte er zwei Namen mehr und wäre in einer Mietskaserne in Megapolis aufgewachsen statt in 'm Kinderzimmer der Familie Tzant, wäre er genau damit und mit nichts anderem beschäftigt. Statt dessen lungert er jetzt eben im kommerziellen Äquivalent dunkler Gassen herum, liquidiert Firmen, plündert ihre Pensionskassen und fickt die Sekretärinnen. Von der Arbeit, die normale Menschen leisten, hat er gar keine Vorstellung, nur darum ist der Markt sein Tummelplatz, er ist ein Reichenkind, das sich einbildet, die Banken, Gerichte und Konzerne seien seine Bauklötzchen, mit denen er niemand anderes spielen lassen mag. Er will dich, so wie er nach der Übernahme einer attraktiven Firma giert, als Spielzeug, als Trophäe. Solchen Leuten darf man *niemals* nachgeben, sie pissen dich an und schicken dir anschließend 'ne Wasserrechnung. Wenn du unter die Fittiche dieses Drecksacks kriechst, rede ich mit dir kein Wort mehr.«

Sharrow schmunzelte und setzte sich an der Glaswand auf einen kleinen Stuhl. »Dann heißt es also, wir fahren wieder die alte Tour?«

Erneut trank Zefla einen Schluck und nickte. »Du mußt uns nur die Auffahrt zeigen, Liebchen.«

»Bestimmt?«

Zefla schnitt eine gequälte Miene. »Sharrow, ich habe in den letzten fünf Jahren in Capitaller Jura unterrichtet und im Laufe der Zeit alles referiert, was man zu dem Thema erzählen kann, und noch immer stellt man mir die gleichen dämlichen Fragen. Dann und wann taucht mal 'n wirklich pfiffiger Student auf, aber es fällt mir zusehends schwerer, die öde Zwischenzeit durchzustehen. Man muß schon von einem aufregenden Tag sprechen, wenn ein guter Student 'n Aussetzer hat oder ein Dozent sich plötzlich 'n Bart wachsen läßt. Allmählich kriege ich Gehirnerweichung. Ich brauche mal wieder 'n bißchen Rummel.«

Sharrow sah Dloan an, der in dem leicht schaukelnden Hängesessel kauerte und von seinem Drink nippte; der Sarflet lag zu seinen Füßen und schnarchte leise. »Und wie stehst du dazu, Dloan?« erkundigte sie sich.

Einen Moment lang saß Dloan nur da und musterte sie. Schließlich atmete er tief durch. »Vor einigen Tagen habe ich mir einen TV-Thriller angeguckt«, sagte er, räusperte sich. »Eine Serie mit vielen Folgen. Die Bösen verfeuerten dualpropellante Explosivgeschosse aus mit Schalldämpfern ausgestatteten FA-Dreihundert.«

Dloan verstummte.

Sharrow blickte Zefla an, die die Augen verdrehte.

»Mir stockt der Atem, Dloan«, scherzte Sharrow.

Dloan betrachtete das Tier zu seinen Füßen. »Na, es ist doch offensichtlich sinnlos, bei der Benutzung von dualpropellanten Geschossen Schalldämpfer zu verwenden. Die Raketenstufe so eines Projektils verursacht … einen Heidenlärm.«

»Ach ja«, äußerte Sharrow. »Natürlich.«

»Nun komm schon zur Sache«, murrte Zefla. »Du ärgerst dich ja jedesmal über solche Kleinigkeiten. Na und?«

»Tja«, antwortete Dloan, »ich hab's erst beim dritten Teil gemerkt.« Er saugte die Lippen nach innen und schüttelte den Kopf.

Zefla und Sharrow wechselten Blicke. Dloan streckte die Hand aus und streichelte den eingeschlafenen Sarflet.

»Ich glaube«, erklärte Zefla, »er will damit andeuten, daß er mittlerweile beträchtlich eingerostet ist und … *hick!* … es höchste Zeit für ein kleines Abenteuer ist, bevor er vergißt, welches Ende der Knarre an die Schulter gehört.«

Sharrow schaute zu Dloan hinüber, der zur Bestätigung nur den blonden Kopf neigte.

»Also gut«, sagte Sharrow.

Zefla trank noch einen tüchtigen Schluck. »So, durch das Buch gelangen wir also an die Chaoswaffe. Bist du der Auffassung, die Huhsz blasen die Hatz ab, wenn du ihnen die Chaoswaffe zuschanzt?«

»So steht es geschrieben«, antwortete Sharrow mit sarkastisch nachdrücklicher Betonung.

»Und Breyguhns Hinweis soll dabei, egal wie, nützlich sein?«

»Jedenfalls klingt er halbwegs plausibel«, versicherte Sharrow achselzuckend. »Eine vielversprechendere Spur habe ich gegenwärtig nicht.«

»Die *Universellen Prinzipen*«, sagte Zefla gedämpft und mit nachdenklicher Miene, »sollen irgendwo mitten im Sonnensystem versteckt sein, wenn man tausend Jahre alten Gerüchten glauben will. Dient die Schwarte dir bloß als Vorwand, um zwischen dich und die Huhsz einiges an Vakuum zu bringen?«

Sharrow schüttelte den Kopf. »Wie gesagt, ich habe einen Hinweis.« Ihr Blick streifte Dloan, der noch den Sarflet streichelte. »Die scheußlichen Umstände, unter denen ich ihn erfahren habe«, sagte sie zu Zefla, »werde ich dir noch schildern.«

»Ich kann's kaum erwarten«, räumte Zefla ein; ihre dunkelblonden Brauen zuckten auf und ab, während sie die makellosen Zehen krümmte und entspannte.

Sharrow hob das Glas. »Auf unseren Teamgeist«, rief sie.

Zefla hob ihr Glas gleichfalls. »Auf das Team.«

Dloan tat das gleiche. »Ich schließe mich an«, sagte er.

Mit trübsinnigem Gesicht blickte Zefla in ihr Trinkgefäß, als enthielte es etwas Widerliches. »Der heutige Anlaß schreit regelrecht nach einem stärkeren Getränk«, behauptete sie. »Außerdem werde ich langsam viel zu nüchtern.« Sie stellte das Glas unter den Relaxer, tastete umher und zog mit einem Ausdruck triumphaler Erwartung in der Miene einen Inhalatorschlauch hervor. »Wir brauchen nun etwas *mentale Aufrüstung.*«

Die Asphalteuse stand unter der Tür und schaute schlotternd, hinaus in die Nacht. Es regnete, und der Wind fegte durch die schlecht beleuchtete Straße, jagte Papierfetzen durch die Luft, als ob ein Schwarm bleicher, verletzter Vögel umherflatterte. Schwarzes Wasser durchfloß dicklich die Gosse und roch widerwärtig, war von einigen der höher an Abhängen betriebenen Bergkegel-Minen heruntergespült worden.

Sie war mittelgroß und billig-grell gekleidet: hohe Absätze, ein Miniminiröckchen und ein Oberteil, das die Figur betonte. In einer Hand preßte sie ein winziges, schwarzglänzendes Handtäschchen aus Kunstleder an die Brust, und auf ihrem Kopf saß ein kleiner Pillbox-Hut mit schwarzem Spitzenschleier; doch nicht einmal der Schleier und die dicke Schminke gemeinsam konnten die Schicht hornigen Narbengewebes vertuschen, das ihre linke Gesichtshälfte entstellte. Über den Kopf hielt sie sich einen nicht sonderlich großen, transparenten Regenschirm; allerdings waren einige Streben gebrochen, und der Wind blies wiederholt mit kräftigen Böen, sprühte ihr ab und zu Regen ins Gesicht. Die Tür stank, als wäre sie erst an diesem Abend, kurz zuvor, von jemand angepinkelt worden.

Für diese Abendzeit herrschte auf der Straße ziemliche Ruhe. Gelegentlich schlich ein Auto mit verspiegelten Fenstern vorüber. Eine Anzahl von Fußgängern tappte, in Mänteln und unter Schirmen zusammengeduckt, durch die Nässe des Bürgersteigs. Potentielle Freier zeigten sich kaum. Die Mehrzahl der Männer, die in dieser Gegend umgingen, kannte die Asphalteuse längst; Neue erkannte sie sofort daran, daß sie beim Passieren der Haustür, vor der sie stand, zweimal herschauten – oder sie anstierten –, dann näher traten, sie von oben bis unten begafften und das breite Grinsen aufsetzten, das ihren Gedanken offenbarte: Heute ist mein Glückstag.

Erst nachdem sie unter den Schleier geblickt hatten, wichen sie verlegen zurück, entschuldigten sich bei ihr, als trügen irgendwie sie die Schuld an der Verunstaltung ihres Gesichts ... Heute jedoch hatten sich bisher lediglich zwei Neue an sie herangemacht.

Der Wind schüttelte an den dünnen, zwischen den flachen Siedlungbauten gespannten Drähten, erzeugte ein Pfeifen, brachte die trüben Straßenlampen zum Schaukeln und Flackern.

Ein Trolleybus ratterte die Straße herauf, seine peitschenartige Stromabnehmerstange schrammte an der Oberleitung entlang, so daß blaue Funken herabknisterten. Ans Heck geklammert, machten zwei Jungs eine spätabendliche Schwarzfahrt; sie mußten sich ruhig verhalten, damit der Fahrer sie nicht bemerkte, doch wenn sie im bläulichen Funkenschein ein Mädchen in einem Hauseingang stehen oder mit einem Freier eine Gasse betreten sahen, zeigten sie mit dem Finger und vollführten mit dem Unterleib stoßende Bewegungen.

Die Asphalteuse hoffte, daß der Trolleybus keine Funken abriß, wenn er an ihr vorüberfuhr, aber es sprühten Funken. Bei dem grellen Leuchten und scharfen Knistern zuckte sie unwillkürlich zusammen. Sie erwartete irgendeine obszöne Geste seitens der Jungs, doch sie blickten zu jemandem hinüber, der genau gegenüber in einer Seitenstraße stand. Nochmals schossen Funken aus der Oberleitung, und sie konnte die Gestalt für eine flüchtige Sekunde noch einmal erkennen. Die Person trug einen langen, dunklen Mantel. Im ersten Augenblick hatte die Asphalteuse das Gefühl, beobachtet zu werden. Ihr Herz schlug schneller. O nein, bloß keine Polizei, nicht heute abend!

Da verließ die Gestalt – durchschnittliche Körpergröße, das Gesicht verborgen durch Hut und Filtermaske – die Nebenstraße und entfernte sich auf der anderen Straßenseite mit leicht auffälligem Gang, so steif, als versuchte sie ein Humpeln zu verheimlichen.

Genau in diesem Moment kamen zwei Polizisten an der Haustür vorbei, ihre langen Capes troffen von Feuchtigkeit. Die Asphalteuse schrak zurück, aber der Polizei stand heute, bei diesem Wetter, wohl nicht der Sinn nach einer Razzia. Wahrscheinlich hatten die beiden nichts dringender vor, als ins Polizeirevier zurückzukehren und sich in der Kantine aufzuwärmen. Gleich regte die Asphalteuse sich ab.

Plötzlich trat jemand in ihr Blickfeld.

Sie schnappte nach Luft.

»Hallo«, grüßte der Mann und zog die Filtermaske vom Gesicht.

Die Asphalteuse atmete auf. Er war nicht der Mann von der anderen Straßenseite, sondern ein Stammkunde; genau der, auf dessen Erscheinen sie gehofft hatte. Der kleine, magere Mann trug einen kurzen, hellen Mantel und einen Schlapphut. Seine Haut hatte eine lehmige Färbung, aber gleichzeitig so ausdrucksstarke, blaue Augen, daß man nicht lange hineinschauen konnte.

»Ach du bist's«, sagte die Asphalteuse und lächelte. Sie hatte leicht vorstehende, etwas von Karies angefressene Zähne. »Hallo. Schätzchen.«

»Schätzchen …«, wiederholte er im Ton gelinder Belustigung. Er schob eine Hand unter ihren Schleier, streichelte die rauhen Narben der alten Strahlenverbrennung. Er hatte schlanke, zärtliche Finger. Die Asphalteuse gab sich alle Mühe, um stillzuhalten.

»Du riechst heute abend anders«, sagte er. Seine Stimme klang, wie seine Augen dreinblickten: scharf und anspruchsvoll.

»Neues Parfüm. Gefällt's dir?«

»Ist schon recht«, gab er zur Antwort. Er senkte die Hand von ihrem verunstalteten Gesicht und seufzte. »Gehen wir?«

»Von mir aus.«

Sie verließen den Hauseingang und strebten nebeneinander, ohne sich zu berühren, die Straße hinab; die Asphalteuse mußte schnell gehen, obwohl sie auf den hohen Absätzen schwankte, um seinem Tempo gewachsen zu sein. Mehrmals hatte sie den Eindruck, wenn sie in Schaufenstern ihr und sein Spiegelbild gewahrte, wieder die Gestalt zu bemerken, die sie vorher in der Seitenstraße gegenüber erspäht hatte, glaubte zu sehen, daß sie ihnen mit ihrer sonderbar steifen Gangart folgte.

»Hier entlang«, sagte er, bog in ein enges Sträßchen ab. Die Gasse war düster, und die Asphalteuse rutschte fast auf dem Abfall aus, der auf den dunklen, unebenen Pflastersteinen lag.

»Aber Schatzi«, meinte sie, schloß sich ihm an und

fragte sich, was los sein mochte. »Hier ist doch nicht deine ...«

»Sei still«, unterbrach er sie. Er erklomm eine Treppe aus wackeligen Holzstufen. Als die Asphalteuse sich umblickte, sah sie die lahme Gestalt hinter ihnen in das Gäßchen kommen, sie hob sich kurz gegen die etwas hellere Hauptstraßenbeleuchtung ab, verschwand jedoch sofort in den Schatten. »Beeil dich!« raunte der Kunde vom oberen Treppenabsatz herunter. Die Asphalteuse warf einen letzten Blick in die Dunkelheit, mit der die Gestalt verschmolzen war, dann erkletterte sie, so schnell ihre hochhackigen Schuhe es zuließen, die knarrenden Holzstufen.

Die Treppe mündete auf einen breiten, hölzernen, in Abständen mit Giebeln überdachten Vorbau, der sich längs der ganzen, geschwungenen Fassade des niedrigen, dumpfen Gebäudes erstreckte; kurze Stiegen führten weiter aufwärts. Sehen konnte die Asphalteuse ihren Begleiter nicht mehr, doch plötzlich griff aus dem Dunkeln eine Hand zu und zog sie in die Deckung einer kleinen Dachgaube. Eine Hand verschloß ihr den Mund. Sie ließ zu, daß er sie an sich drückte, spürte seinen Atem warm im Nacken. In seiner anderen Faust glänzte etwas, er hielt den Gegenstand auf den Treppenabsatz gerichtet. Mit geweiteten Augen starrte sie in die Dunkelheit, ihr Herz wummerte. Das Hurentäschchen umkrallte sie vor der Brust, als hoffte sie, es könnte ihr Schutz gewähren.

Sie hörte ein Knarren, dann langsame Schritte. Die Hand preßte sich fester auf ihren Mund.

Die Gestalt in dem langen, dunklen Mantel kam ins Blickfeld, schlurfte in unverändert schiefer Haltung näher; schließlich blieb der Fremde direkt vor der Dachgaube stehen. Er faßte unter den Mantel und zückte, vermutlich aus einem Oberschenkelhalfter, eine sehr lange Schußwaffe mit einer schmalen Zielvorrichtung auf dem Lauf. Der Mann, der die Asphalteuse umklammerte, verkrampfte sich.

Hinter ihr ertönte ein Knarren.

Die Gestalt fuhr herum, riß die Waffe hoch.

Der Mann hinter der Asphalteuse brüllte etwas und schoß, ein Aufblitzen erhellte jede dreckige Ritze der Umgebung, der Knall hallte schrecklich laut durch die gesamte Gasse. Der Treffer warf die Gestalt mit dem Gewehr rückwärts, sie klappte zusammen, aus der schweren, langen Knarre drang ein verhaltenes Rumsen, während der Fremde das Geländer des hölzernen Vorbaus durchbrach und brennend aufs Steinpflaster des Gäßchens hinabstürzte.

Der Blick der Asphalteuse ruckte empor; an einem spitzen Knick in der stellenweise defekten Dachrinne baumelte ein kleines Netz. Es schwang im Wind, prasselte und zischte und gloste in gespenstisch grünlichem Licht.

Der Mann schaute in dieselbe Richtung.

»Beim Blute des Propheten, das ist ja bloß 'n Stunningnetz«, konstatierte er gedämpft.

Die Asphalteuse wankte zum geborstenen Geländer und schaute hinab, sah den Fremden, fast entzweigerissen, auf der andere Seite der Gasse zwischen Frachtkisten und Unrat liegen, noch schwelen. Von der Leiche wehte der Geruch verbrannten Fleischs herauf, bereitete ihr Übelkeit.

Der Mann packte ihre Hand. »Komm mit!« forderte er sie auf. Gemeinsam suchten sie das Weite.

»Gott steh mir bei, beinahe hat dieses kleine Abenteuer mir Spaß gemacht«, sagte der Freier, während er in den Lieferanteneingang eines stillen Wohnblocks stolperte. Er kramte seinen Schlüssel heraus, verharrte und atmete angestrengt, sah die Asphalteuse an. »Du bist noch scharf drauf, nehme ich an, ja? Oder?«

»Zu einem Mann mit 'm Schießeisen sagt man nicht

nein«, antwortete sie, versuchte aus der hellen Beleuchtung im Umkreis der Wäschecontainer fernzubleiben.

Der Mann schmunzelte und zog mit schwungvoller Gebärde den kurzen Regenmantel aus. »Am besten fahren wir mit dem Lastenaufzug.«

Im Lift beschäftigte sich die Asphalteuse, der Ecke zugekehrt, mit der Erneuerung ihres Make-ups, blinzelte in den kleinen Spiegel, ließ den Schleier gesenkt, während sie sich darunter mit einer Hand schminkte. Im Spiegel bemerkte sie die Miene des Freiers; er wirkte amüsiert.

Sie betraten seine überraschend luxuriöse Wohnung; das gedämpfte Licht teurer Wandleuchtflächen erhellte die Zimmer, überall waren Kunstantiquitäten und modisch konzipierte Einrichtungsgegenstände. Das hochflorige Gewebe des Wohnzimmerteppichs, dessen Muster man nach der Struktur eines alten Elektronikchips gestaltet hatte, hatte eine weiche, flauschige Beschaffenheit. Der Mann zündete sich einen Stumpen an und setzte sich auf eine große Couch. »Zieh dich aus«, verlangte er.

Die Asphalteuse stellte sich vor ihn, zog langsam, während sie noch entschlossen das Täschchen umklammerte, den Schleier vom Gesicht, ließ ihn auf den Fußboden sinken. Selbst unter dem Make-up hatte die Strahlenverbrennung noch ein wundes, entzündetes Aussehen. Der Mann auf der Couch schluckte, atmete tiefer. Er saugte an dem Stumpen, behielt ihn im Mund und verschränkte die Arme auf der Brust.

Als nächstes nahm die Asphalteuse den Pillbox-Hut und entfernte ihn ebenfalls vom Kopf. Das Haar war unter dem Hut hochgetürmt gewesen; nun fiel es herab und auf ihren Rücken.

Der Mann war verdutzt. »Wann hast du denn …?« wollte er stirnrunzelnd fragen.

Mit erhobener Hand wehrte die Asphalteuse ab und schüttelte den Schopf, dann legte sie die Hand an die

Seite ihres Gesichts. Sie zupfte am oberen Rand der Strahlenverbrennungsnarbe und pellte sie sich behutsam ab; sie löste sich mit einem klebrigen Schmatzgeräusch vollends.

Dem Freier sank das Kinn herab, er riß die Augen auf. Der Stumpen fiel ihm aus dem Mund auf die Hemdbrust.

Das schwarze Täschchen flog aus der anderen Hand der Asphalteuse, in der sie plötzlich eine kleine, kurze Pistole ohne Mündungsloch hielt. Sie spuckte die falschen Zähne aus, die über das Schaltkreismuster des Teppichs rollten.

»Hallo, Cenuij«, sagte sie.

»Sha ...!« konnte der Mann noch schnaufen, ehe die Waffe in der Faust der Asphalteuse summte. Seine Augen schlossen sich; er erschlaffte und rutschte langsam von dem Sofa auf den Boden.

Die Frau schnupperte, fragte sich, was da brennen mochte, dann sprang sie mit zwei raschen Schritten zu dem Mann und schnappte sich den Stumpen aus dem Loch im Hemd des Freiers, ehe ihm noch mehr Brusthaare weggeschmort wurden.

Er erwachte vom Rauschen starken Regens, zusammengesunken auf der Rückbank eines hohen Allterrainmobils lehnend; draußen war es dunkel. Ihm gegenüber hockte Sharrow. Sein ganzer Körper kribbelte, der Kopf tat ihm weh, und für eine Weile erachtete er es als unklug, den Mund aufzumachen; statt dessen schielte er nur benommen umher.

Durch die Regenrinnsale am Wagenfenster unterschied er rechts ein riesenhaft ausgedehntes, von Bogenlampen, deren Schein das Wetter auf Lichtpunkte reduzierte, aufgehelltes Tagebaugelände. Der Abbau hatte bereits die Hälfte eines sehr hohen, kegelförmigen Hügels abgetragen und trug nun die andere Hälfte ab. Wenn er genau hinschaute, konnte er ein vielfältiges, lebhaftes Durcheinander von LKWs, Förderbändern und reihenweise Leute mit Schaufeln erkennen, die am steilen, grauen Hang der zerteilten, durch Flutlicht beleuchteten Erhebung schufteten. Wenigstens war er deutlich zu sehen imstande.

»Cenuij?« sprach Sharrow ihn an.

Er heftete den Blick auf sie und beschloß, es mit Sprechen zu versuchen.

»Was denn?« fragte er. Auch sein Mund, so hatte es den Anschein, hatte keinen Schaden erlitten. Ein günstiges Zeichen. Er spannte die kribbelnden Muskeln in seinem Gesicht.

Sharrow wölbte die Brauen. »Geht es dir gut?«

»Du röstest mir die Nerven mit 'm Neurostunner, dessen Sicherheitsgarantie ungefähr zur Zeit des Stratosphärentubus abgelaufen sein muß«, entgegnete Cenuij, »und dann willst du wissen, ob es mir gut geht?« Er versuchte zu lachen, bekam aber statt dessen einen Hustenanfall.

Aus einem Flachmann goß Sharrow eine braune, wohlriechende Flüssigkeit in einen Becher; Cenuji nahm ihn, roch Alkohol; erst nippte er vorsichtig, dann kippte er das Getränk hinunter, schmatzte mit den Lippen. Fast hätte er es sofort erbrochen, doch es gelang ihm, es bei sich zu behalten, und gleich darauf spürte er, wie es ihn innerlich erwärmte.

»Du hast einmal erwähnt«, erwiderte Sharrow, »wenn dir die Besinnung geraubt wird, dann hättest du es am liebsten auf diese Weise, mit so einem Ding.«

»Ich entsinne mich«, gab Cenuij zu. »Das war an dem Morgen, nachdem Miz beinahe den FiskusAllianz-Zerstörer gerammt hätte. Wir saßen in 'ner Taverne in Malishu, und du hast über deinen Kater gejammert. Du hattest 'n kurzes, grünes Kleid mit Schalkragen an, und Miz hatte auf dir 'ne Reihe von Liebesbissen hinterlassen, die wie Fußabdrücke zu deiner linken Titte hinabführten. Aber ich hätte nie damit gerechnet, daß du 'ne beiläufige Bemerkung als Aufforderung zu konkretem Handeln auffaßt.«

»Wie man sieht« – Sharrow grinste – »hat der Stunner dein sonst so perfektes Gedächtnis verwirrt.«

»War bloß 'n Test«, erwiderte Cenuij.

Er dehnte die Gliedmaßen. Anscheinend war er im Besitz der vollen Bewegungsfähigkeit und -freiheit, und ebensowenig hatte Sharrow noch die Stunnerpistole in der Hand.

»Na, auf jeden Fall tut's mir leid«, sagte Sharrow.

»Wahrhaftig, wie ich sehe, fließt du nur so über vor Zerknirschung.«

Sharrow nickte hinüber zu dem Tagebergbau. »Weißt du, wo wir sind?«

»Mine Sieben. Etwas westlich der städtischen Ringstraße.« Cenuij massierte sich die Beinmuskeln; die Beine fühlten sich noch empfindlich und schwach an.

»Wir parken genau auf der Stadtgrenze«, teilte Sharrow ihm mit. Mit dem Kinn wies sie zur Seite. »Steige ich hier aus, befinde ich mich außerhalb der lokalen Jurisdiktion. Steigst du auf deiner Seite aus, bist du wieder in Lip City.«

»Auf was hast du's abgesehen, Sharrow? Mich mit deinem Orientierungsvermögen zu beeindrucken?«

»Ich stelle dich vor eine Wahl. Ich bitte dich, mich zu begleiten ... Aber wenn du ablehnst, kannst du gehen.«

»Erst entführst du mich, *dann* fragst du?« Cenuij schüttelte den Kopf. »Der Ruhestand hat dir das Gehirn verdreht.«

»Verdammt, Cenuij! Ich hatte gar nicht vor, dich zu *verschleppen.* Aber daß dieser Fänger mit dem Stunnernetz aufgekreuzt ist, hat mir die Ruhe geraubt. Ich wollte, daß wir beide irgendwohin verschwinden, wo wir in Sicherheit sind.«

»Also, da kann ich nur gratulieren«, spöttelte Cenuij. »Wirklich ein toller Plan.«

»Na gut, nicht gerade genial«, gestand Sharrow in

lauterem Ton. »Was hätte ich denn anfangen sollen?« sie beherrschte sich und sprach wieder leiser. »Hättest du mir etwa zugehört? Wärst du von mir angerufen worden, hättest du mir überhaupt die Gelegenheit gegeben, irgend etwas zu sagen?«

»Nein. Das Gespräch wäre beendet gewesen, sobald ich gewußt hätte, daß du's bist.«

»Und hätte ich dir geschrieben?«

»Dann wär's nicht anders gekommen. Ich hätte den Monitor abgeschaltet oder den Brief zerrissen, je nachdem.« Mit Nachdruck nickte Cenuij. »Und hättest du mich auf der Straße angesprochen, ich hätte dich stehen lassen, ich wäre fortgelaufen, hätte ein Taxi angehalten, ich wäre in einen Trolleybus gesprungen, oder ich hätte einem Polizisten verraten, wer du bist, oder wer weiß was angestellt. Und ich habe noch immer dergleichen vor, das heißt, auf alle Fälle, sobald ich das Empfinden habe, daß mir die Beine wieder gehorchen.«

»Und was hätte ich also tun sollen, du blöder Hund?« schrie Sharrow, indem sie sich vorbeugte.

»Mich in Frieden lassen, verflucht noch mal!« brüllte Cenuij ihr ins Gesicht.

Nase an Nase starrten sie sich wütend an. Endlich lehnte Sharrow sich in den Sitz zurück, blickte seitlich in die Finsternis hinaus, die das Fahrzeug umgab. Auch Cenuij lehnte sich zurück.

»Die Huhsz sind hinter mir her«, sagte Sharrow ruhig, ohne ihn anzusehen. »Oder werden es recht bald sein. Ausgestattet mit Freibrief-Pässen. Rechtmäßigen Lynchgenehmigungen …«

»Ich weiß, was 'n Freibrief-Paß ist«, schnauzte Cenuij.

»Sie könnten versuchen, Cenuij, über dich eine Spur zu mir zu finden.«

»Sharrow, geht es eigentlich nicht durch diese kunstvollen, üppigen Locken in deinen Schädel, daß ich mit dir nichts zu tun haben will? Ich weigere mich, an einer kläglichen, nostalgischen Bemühung mitzuwirken, unser SNA-Team wiederzuvereinen, alte Kameraden zu spielen und vorzutäuschen, es sei nie was Mieses passiert – falls es das ist, was dir vorschwebt –, aber ich sichere dir zu, ich habe genausowenig die Absicht, den Huhsz dabei zu helfen, deine Handlungen zu erraten, denn das wäre tatsächlich fast so schlimm, als müßte ich mich mit dir abgeben.«

Sharrow erweckte den Eindruck, als müßte sie sich sehr zusammenreißen; dann beugte sie sich ruckartig wieder vor. »Du willst dich nicht mit mir abgeben? Warum bumst du dann mit der einzigen Nutte in ganz Lip City, die als mein Klon durchgehen könnte?«

»Ich *bumse* nicht mit ihr, Sharrow«, erwiderte Cenuij, schaute ehrlich verdutzt drein. »Ich habe bloß Spaß daran, sie zu *erniedrigen.*« Er lachte. »Und außerdem sieht sie erheblich besser aus als du.« Er lächelte. »Abgesehen von der nachteiligen, acht Jahre alten Strahlenverbrennungsnarbe. Woher das arme Mädchen *die* wohl hat?«

»Cenuij …«

»Und wo *ist* sie überhaupt? Das richtige Mädchen? Was hast du mit ihr angestellt?«

Sharrow winkte ab. »Teel geht's gut. Sie ist auf Zonk untergebracht und guckt in einer Hotelsuite vom Whirlpool aus TV. *Sie* macht sich einen schönen Abend.«

»Ich hoffe«, sagte Cenuij, »du sprichst die Wahrheit.«

»Ach!« schnob Sharrow. »Du hast dein Vergnügen daran, sie zu demütigen, aber gleichzeitig interessierst du dich für ihr Wohlergehen? Das ist doch Unsinn, Cenuij.«

Er schmunzelte. »Keineswegs. Du verstehst's bloß nicht.«

»Und was für eine Art von miesem Nervenkitzel bereitet es dir, sie zu erniedrigen?«

Lasch hob Cenuij die Schultern. »Man könnt's als Befriedigung eines Vergeltungsdrangs bezeichnen.«

Sharrow lehnte sich zurück, schüttelte den Kopf. »Scheiße, du bist ja völlig kaputt.«

»Ich und kaputt?« Cenuij lachte. Er verschränkte die Arme und blickte hinauf an die Verkleidung der Fahrzeugdecke. »Du massakrierst vierhundertundachtundsechzigtausend Menschen und nennst *mich* kaputt?«

»Ach verflucht, zum letztenmal«, schrie Sharrow, »ich wußte doch gar nicht, daß sie die Chaoswaffe mitten in der Scheiß*stadt* demontieren!«

»Du hättest es wissen müssen!« brüllte Cenuij zurück. »Dort hatten sie eben ihre Laboratorien. Sie hatten *angekündigt,* daß sie das Mistding demontieren wollten.«

»Ich dachte, sie meinten das Labor in der Wüste. Auf die Idee, daß sie es in der Stadt durchführen, bin ich nie gekommen!«

»Du hättest es dir *denken* können!«

»Ich hätte nie geglaubt, daß sie so blöde sind.«

»Wann waren Leute denn je *anders*?« tobte Cenuij. »Du hättest damit *rechnen* müssen.«

»Na, ich habe aber so etwas nicht erwartet!« schnauzte Sharrow. Sie schniefte laut.

Cenuij gab keine Antwort. Er massierte sich die Beine.

»Der Kerl mit dem Netz, der uns am Abend aufgelauert hat, war wahrscheinlich ein Mietfänger«, meinte Sharrow schließlich. Hätte er Erfolg gehabt, würdest du in der Morgenfrühe in einer Huhsz-Satrapie aufwachen, vollgepumpt mit Drogen und mit Elektroden gespickt, und dir bliebe gar keine andere *Wahl,* als ihnen auszuplaudern, was ich als nächstes beabsichtige.«

»Dann werde ich eben keine Fremden mehr in meine Nähe lassen«, antwortete Cenuij. Er bewegte ein Bein, beugte es mehrmals. Plötzlich beugte er sich vor. »Wo sind meine Schuhe?« fragte er.

Sharrow kramte unter ihrem Sitz, warf sie ihm zu. Er schob die Füße hinein und schloß die Schuhe.

»Hast du in letzter Zeit etwas von Breyguhn gehört?« erkundigte sich Sharrow.

Cenuij verhielt beim Schließen einer Fersenschnalle und schaute Sharrow an. »Nein. Die lieben Brüder haben, gelinde gesagt, einen etwas verspielten Umgang mit Post. Ich gehe davon aus, daß mich erst in ungefähr einem Monat wieder ein Brief erreicht.«

»Vor vier Tagen habe ich mit ihr gesprochen.«

Cenuijs Miene spiegelte argwöhnische Zurückhaltung wider. »Mm-hmm«, brummte er und lehnte sich zurück. »Und ... wie steht's um sie?«

Sharrow blickte zur Seite. »Nicht allzu gut. Ich meine, körperlich hält sie durch, aber im übrigen ...«

»Sie hat dir nichts für mich mitgegeben?« wollte Cenuij wissen. »Einen Brief oder so was ...?«

»Nein.« Sharrow schüttelte den Kopf. »Hör mal«, fügte sie hinzu, »wenn wir die *Universellen Prinzipien* auftreiben, erwirken wir damit ihre Freilassung. Ich benötige nur die Mitteilung, die darin versteckt ist. Das Buch können wir den Brüdern überlassen.«

Cenuij zog eine kummervolle Miene, dann grinste er höhnisch. »Was du nicht sagst«, sagte er. Sein Mantel lag neben ihm auf der Sitzbank; er streifte ihn über die Schultern und knöpfte ihn zu, lachte halblaut vor sich hin. »Nach einer bezüglich des Wahrheitsgehalts vollständig ungeklärten Anekdote, die die Familie Dascen in die Welt gesetzt hat, soll dein Großvater irgendwie einen Hinweis in ein Buch geschrieben haben, das seit einem Jahrtausend niemand mehr gesehen hat, ohne daß überhaupt bewiesen ist, er hat je danach gesucht, und du *glaubst* es?« Er schüttelte den Kopf.

»Verdammt noch mal, wir haben keinen besseren Anhaltspunkt.«

»Und was, wenn dieses Gerücht nur halb falsch ist, was schon 'n Wunder wäre, und du brauchst das Buch doch selbst?« fragte Cenuij.

»Wir werden tun, was wir können«, sagte Sharrow seufzend. »Das habe ich Breyguhn versprochen.«

»So, versprochen hast du's.« Eine Zeitlang saß Cenuij nur stumm da und bewegte versuchsweise die Beine. »Na gut«, meinte er, »ich überleg's mir.« Er faßte den Türgriff des Fahrzeugs.

Sharrow legte ihre Hand auf seine. Er sah ihr in die Augen, aber sie nahm die Hand nicht fort. »Cenuij«, sagte sie, »bitte komm gleich mit mir. Wenn du bleibst, schnappen sie dich. Ich spreche die Wahrheit, ich schwör's.«

Er senkte den Blick auf ihre Hand. Sie zog sie zurück. Er öffnete die Tür und stieg aus dem Allterrainmobil. Für einen Moment behielt er den Türgriff in der Hand, während er prüfte, ob die Beine ihn trugen, wenn er zu gehen versuchte.

»Sharrow«, antwortete er, und sah ihr wieder ins Gesicht. »Erst jetzt neige ich ein wenig zu der Ansicht, daß du vielleicht wirklich die Wahrheit über das gesagt hast, was mit der Chaoswaffe und Lip City passiert ist.« Er stieß ein halbherziges Lachen aus. »Aber das hat acht Jahre gedauert. Also wollen wir nun nichts überstürzen, oder?«

Regelrecht flehentlich beugte sich Sharrow vor. »Cenuij, wir brauchen dich. *Bitte …* Im Namen …« Ihre Stimme verklang.

»Ja, Sharrow, im Namen von was?« Cenuij lächelte. Wortlos blickte Sharrow ihn an. Er schüttelte nochmals den Kopf. »In Wirklichkeit gibt's nämlich überhaupt nichts, das dir so wichtig wäre oder bei dir solche Hochachtung genösse, daß du darauf schwören könntest.« Sein Lächeln verbreiterte sich zum Grinsen. »Außer eventuell dich selbst, und bei deinem Egoismus zu schwören, würde wohl 'n schlechten Eindruck hinterlassen, was?« Er tat einen Schritt rückwärts und nahm die Hand von der Tür. »Wie gesagt, ich überleg's mir.« Er zog den Mantel zurecht. »Wo kann ich dich kontaktieren?«

Mit einer Miene der Verzweiflung schloß Sharrow die Augen. »In Schwimmstadt«, gab sie Auskunft. »Bei Miz.«

»Ja natürlich.« Genuij wandte sich zum Gehen, kehrte sich der riesigen, offenen Abbaugrube am dunklen Abhang des Hügels zu. Er blieb stehen, umstoben vom Regen, und drehte sich um. Mit einer Kopfbewegung deutete er auf die Tagebaustätte. »Siehst du das, Sharrow? Diese Grube? Man durchwühlt eine alte Müllkippe, durchsucht Fortgeworfenes, forscht in einem Sammelsurium, das früher als Gerümpel galt, nach Schätzen … Und vielleicht nicht zum erstenmal. Wir leben im Staub unserer Ahnen, geradeso wie Insekten, die durch ihren Dung krabbeln. Prächtig, was?«

Er wandte sich ein zweites Mal ab und strebte am Rand einer alten Senke voller Erzabfälle davon. Nur wenige Schritte war er gegangen, als er sich noch einmal umdrehte. »Übrigens«, rief er, »in gewisser Hinsicht bist du sehr überzeugend gewesen … bis du die falsche Narbe abgenommen hast.«

Er lachte und entfernte sich in die Richtung der halb abgetragenen Mülldeponie.

4

Schwimmstadt

Wie viele Eigentümlichkeiten Golters mußte Schwimmstadt im wesentlichen als Steuerparadies eingestuft werden.

Jonolrey, Golters zweitgrößter Kontinent, lag gegenüber Caltasps am Phirar. Dieselbe Wortwurzel einer längst vergessenen Sprache hatte sowohl dem Ozean Phirar wie auch der Region Piphram ihren Namen gegeben. Auf Piphrams Boden hatte einmal ein machtvolles Staatsgebilde existiert, die größte Handelsnation des Planeten, die praktisch die gesamte planetare Handelsflotte betrieb. Seitdem jedoch war viel Zeit verstrichen; heute gab Piphram lediglich einen halbautonomen Freistaatsklecks auf der Landkarte ab, war nicht reicher oder glücklicher als andere Teile der Welt.

Schwimmstadt war Piphrams Hauptstadt und lag durch puren Zufall tatsächlich innerhalb des im Steuerschutzabkommen erwähnten Gebiets.

Von Sonnenschein erleuchtetes Land glitt unter dem kleinen Düsenflugzeug dahin, ein grün-braunes Fleckenmuster strudelte unter den vorgesetzten, V-förmigen Flügeln, während die Maschine die Geschwindigkeit drosselte und ihre Flugbahn wieder in die Mitte der kegelförmigen Flugschneise verlegte.

Sharrow beobachtete Dloan, der im Pilotensitz des Mietflugszeugs an den Steuerungsarmaturen saß, die Instrumentenblätter im Auge behielt. Seit dem Start in Regioner hatte er die Maschine manuell geflogen und die Absicht gehabt, sie auch selbst zu landen, doch

Schwimmstadt hatte schon zu oft schlechte Erfahrungen mit Fliegern gemacht, die auf dem Träger-Flugfeld zu landen versuchten, und bestand auf Automatiklandungen. Dloan brauchte nur darauf zu achten, daß alles korrekt ablief.

Zefla saß in der kleinen Kabine Sharrow gegenüber und betätigte die TV-Bedienung; der ständige Senderwechsel erzeugte eine wirre Folge von Bildern und abgehacktem Ton.

Sharrow blickte aus dem Fenster auf das mit Wolken getupfte Land, das jetzt mit rüttelfreier Gleichmäßigkeit unter den Schwingen der Düsenmaschine zurückblieb.

»… spräch mit Dr. Fretis Braäst, Dozent des Huhsz-Kolleges an der Ekklesiastischen Hochschule Yadayeypon.«

»Aha, *ja,* da«, sagte Zefla, erhöhte die Lautstärke. Sharrow schaute auf die Mattscheibe und sah einen adrett gekämmten Moderator frontal zu den Zuschauern reden; hinter ihm konnte man an der Studiowand ein übergroßes, leicht körniges Hologramm ihres Gesichts erkennen. »Du bist zum Medienstar geworden, Liebchen«, fügte Zefla hinzu und schenkte ihr ein umwerfendes Lächeln.

Sharrow zog eine mürrische Miene. »Ist das etwa das beste Foto, das sie von mir auftreiben konnten? Es muß zehn Jahre alt sein. Sieh dir bloß meine Haare an, puh …«

An die Stelle von Sharrows Abbild trat das liveübertragene Holo eines anscheinend rüstigen, älteren Manns mit weißem Haar und weißem Rauschebart. Er hatte nette Glitzeräugelchen und ein verständnisvolles Lächeln. Am Stehkragen der hellgrauen Akademikerkombination gab es diskrete, allerdings zahlreiche Qualifikationsstreifen zu sehen.

»Dr. Braäst«, eröffnete der Moderator das Gespräch, »erblicken wir hier nicht einen erschreckenden Vorgang? Das zweite Dekamillenium rückt näher, und Ihre

Glaubensgemeinschaft hat sich vorgenommen, Jagd auf eine Frau zu machen und sie zu töten – vorzugsweise rituell hinzurichten, um genau zu sein –, die nie wegen eines Verbrechens verurteilt worden ist und deren einzige Schandtat offenbar darin besteht, geboren worden, und zwar als Frau geboren worden zu sein.«

Flüchtig schmunzelte Dr. Braäst. »In Wirklichkeit verhält es sich so, Keldon, daß Sie bei sorgfältiger Nachprüfung feststellen werden, Lady Sharrow *hat* ein längeres Sündenregister. Wegen einer ganzen Reihe von Gesetzesverstößen ist sie in Malishu – auf Miykenns – zur Rechenschaft gezogen worden, angefangen im Jahre ...«

»Dr. Braäst ...« Gequält lächelte der Moderator und senkte den Blick kurz auf ein Monitor-Klemmbrett, das er auf den Knien balancierte. »Das waren nur geringfügige Vergehen. Ich glaube, Sie können vor fünfzehn Jahren verhängte Geldbußen wegen Randalierens und Beleidigung eines Polizeibeamten doch unmöglich zum Vorwand nehmen, um ...«

»Entschuldigen Sie, Keldon, darum geht es in der Tat nicht.« Gutmütig erwiderte der Weißhaarige das Lächeln. »Mir kam es ausschließlich darauf an, daß die Sachlage gänzlich akkurat dargestellt wird.«

»Nun gut, dann widmen wir uns ...«

»Und ich möchte daran erinnern, daß die Möglichkeit des legalen Gebrauchs solcher Freibrief-Pässe keine Erfindung von uns Huhsz ist, sondern eine auf wohlerwogenen historischen Grundlagen fußende, seit über zwei Jahrtausenden übliche zivilrechtliche Regelung. Das Gesetz sagt – und deshalb müssen wir es glauben –, daß der Freibrief durchaus eine zivilisierte Antwort auf das Problem des Mordanschlags und die damit verbundenen Zumutungen sein kann.«

»Mag sein, allerdings bin ich der Ansicht, viele Leute vertreten den Standpunkt, es sollte grundsätzlich jeder Mord verboten sein.«

»Vielleicht haben Sie recht, nur sind die Gesetzgeber einst zu der weisen Einschätzung gelangt, daß bestimmte Tötungsmaßnahmen bei gesetzmäßiger Kodifizierung die öffentliche Ordnung weniger als außergesetzliche Vergeltungshandlungen stören.«

»Eigentlich sind wir aber nicht hier, um … um Rechtsgeschichte zu diskutieren, Dr. Braäst. Wir sprechen über das Schicksal einer Frau, die Sie offensichtlich zu jagen und zu Tode zu hetzen entschlossen sind – unter Aufbietung des gesamten Einflusses und Vermögens, auf die Ihre außergewöhnlich finanzkräftige Religionsgemeinschaft sich stützt.«

»Also sehen Sie, ich will ohne weiteres einräumen, daß es sich um eine für Lady Sharrow sicherlich sehr traurige Angelegenheit handelt …«

»Ich denke mir, die meisten Leute hätten dafür deutlichere Worte …«

»… doch gleichzeitig sollte nicht in Vergessenheit geraten, daß die Lady im allgemeinen mit der vor acht Jahren in Lip City geschehenen Katastrophe in Zusammenhang gebracht wird.«

»Aber das sind doch alles nur Gerüchte, oder etwa nicht, Dr. Braäst? Sie betreiben eine Verleumdungsstrategie. Lady Sharrow ist keines Verbrechens überführt worden … Sie hat sogar mit vollem Erfolg gegen zwei TV-Sender geklagt, die sie mit der Lip City-Katastrophe in Verbindung …«

»Ich kann Ihre Sorge verstehen, daß sie Ihnen die gleichen Schwierigkeiten verursachen könnte.«

»All das ändert ja nun überhaupt nichts an der Tatsache, daß Sie den Tod dieser Frau wünschen und herbeizuführen beabsichtigen, Dr. Braäst. Warum?«

(»*So* ist's schon besser«, kommentierte Zefla und nickte vor sich hin.)

»Der Ursprung dieses unglücklichen Konflikts liegt viele Generationen zurück, Keldon. Er ist durch einen Akt der Gewalttätigkeit, Heiligtumsentweihung und

Vergewaltigung entstanden, den ein Vorfahre der Lady verübt …«

»Diese Schilderung des damaligen Vorfalls ist zu jeder Zeit nachdrücklich dementiert …«

»Natürlich ist dementiert worden, Keldon«, erwiderte der kleine Hushz-Dozent verärgert. »Wenn Sie mich bitte ausreden lassen würden …«

»Verzeihen Sie. Sprechen Sie ruhig weiter.«

»Bei dem erwähnten Gewaltakt wurden mehrere Ordensmitglieder durch Söldner des Dascen-Clans schwer verletzt sowie zahlreiche Handlungen überaus roher, zerstörerischer Heiligtumsentweihung begangen, einige davon von so abstoßender und depravierter Natur, daß ich sie hier nicht näher beschreiben könnte, und eine Tempeljungfrau verschleppt …«

»Aber auch das wird alles dementiert …«

»Bitte lassen Sie mich ausreden. Das unglückselige Kind ist anschließend von Herzog Chlea vergewaltigt, sittlich verdorben, zur Heirat und zum Kindergebären gezwungen worden. Als dieses arme, herabgewürdigte und eingeschüchterte Wesen mit ihren Zwillingen in den Schutz und die Sicherheit des Tempels zu fliehen versuchte, in dem sie als Kind …«

»Ich bitte Sie, Dr. Braäst, die historischen Dokumente, die sich mit diesem Vorfall befassen, machen eine ganz andere Aussage. Die Huhsz – oder Huhsz-Anhänger, sollte ich wohl sagen – haben schlichtweg einen Überfall auf …«

»Geschichtsüberlieferung wird durch Menschen, von Menschen geschriebenen Aufzeichnungen und dem menschlichen Gedächtnis konstituiert, Keldon, und deshalb kann sie nie unfehlbar sein. *Wir* dagegen richten uns nach göttlicher Führung, und sie *ist* unfehlbar.«

»Trotzdem gibt es doch keinen Anlaß, Dr. Braäst, ganz egal, wessen Version der tragischen Ereignisse man glaubt, die Blutrache bis in die Gegenwart auszudehnen.«

»*Wir* haben sie *nicht* bis auf den heutigen Tag verlängert«, entgegnete der Weißhaarige freundlich. »Die vom Unglück umnachtete und unglückliche Frau war es, die unserem Orden ewige Feindschaft geschworen hat, ja sogar, daß sie den nächsten Inkarnierten Propheten ermorden wolle, würde er zu ihren Lebzeiten geboren, und außerdem ihren sämtlichen Nachkommen den gleichen Eid auferlegt. Daß sie vergewaltigt und durch die Familie Dascen in einer Atmosphäre des Hasses und atheistischer Lügen indoktriniert wurde, mag dazu beitragen, etwas dermaßen Schauderhaftes zu erklären, aber entschuldigt werden kann es dadurch nicht. Anfangs neigte unser Patriarch entschieden dazu, diese Greuel lediglich mit Verachtung zu strafen, aber in einer Vision, wie sie längst nicht in jeder Generation vorkommt, erschien ihm Gott selbst, sprach zu ihm und erläuterte dem so gesegneten Patriarchen, daß er keine Alternative als aktives Handeln hätte, daß Blut mit Blut zu vergelten sei. Toleranz kann man sehr wohl mit Toleranz erwidern, doch genauso gilt, daß man auf Intoleranz mit Unduldsamkeit reagieren muß. Der Messias kann *nicht* geboren werden, bevor die Bedrohung unseres Ordens beseitigt oder die Entweihung wiedergutgemacht worden ist. Der Racheschwur ist geleistet, die Vendetta eingeleitet worden, und alles ging von der weiblichen Seite des Dascen-Clans aus. Dort mag gewähnt werden, man könnte den unbesonnenen und gotteslästerlichen Rachefeldzug zu Ende führen – tatsächlich ist mir bekannt, daß man gegenwärtig darauf abzielt –, allerdings ist mit Gottes Wort keineswegs zu spaßen. Was getan werden muß, muß getan werden. Selbst wenn wir die Freibrief-Pässe *nicht* erhalten sollten – obwohl ich in dieser Beziehung außerordentlich zuversichtlich bin –, bleibt uns keinerlei Spielraum für Kompromisse.«

»Indessen könnten Zyniker einwenden, Dr. Braäst, der wahre Streitgegenstand des Zwists sei die Wiedererlangung der heute allerletzten Chaoswaffe, des Exemplars, das damals einer der bedeutendsten Schätze war, die aus dem Tempel ...«

»Die genaue Beschaffenheit der geraubten Schätze ist unerheblich, Keldon, doch darf man es als Gnadenakt bewerten, daß Gott durch den Patriarchen verkünden ließ, die Zurückgabe dieser Gerätschaft – die von uns Huhsz, das möchte ich ausdrücklich klarstellen, nie benutzt worden ist, sondern stets rein zeremoniellen Charakter hatte – solle es erlauben, unter die tragische Fehde einen Schlußstrich zu ziehen, wenigstens von unserer Seite.«

»Im Grunde genommen läuft aber doch alles auf eine Frage hinaus, Dr. Braäst: Können *irgendwelche* derartigen Überlegungen, streuen Sie nun historische oder sonstige Begründungen aus, wirklich in unserem heutigen Zeitalter derartig barbarische Praktiken rechtfertigen? Bitte fassen Sie sich mit der Antwort kurz.«

»Barbarei begleitet uns durch alle Zeiten, Keldon. Vor acht Jahren hat Lip City einen Akt beispielloser Barbarei erlitten. Was wir zu tun haben, zwangsläufig tun müssen, ist nicht barbarisch, es beruht auf der Gnade und dem Willen Gottes. Wir können diese Pflicht so wenig mißachten, wie wir von seiner Anbetung ablassen können. Lady Sharrow, auch wenn wir auf menschlicher Ebene mit ihr Bedauern haben mögen, verkörpert eine leibhaftige Schmähung aller, die dem Wahren und Segensreichen Glauben folgen. Ihr Schicksal steht für uns nicht zur Debatte. Sie ist die Letzte ihrer weiblichen Abstammungslinie, eine traurige, armselige, verkrüppelte Gestalt, deren Elend schon zu lange dauert. Wenn ihre Seele sich zu guter Letzt in die Freiheit entschwingt, wird sie aus Frohlocken darüber jauchzen, daß wir es waren, die sie aus der Not erlöst haben. Ich freue mich auf jenen Moment der Ewigkeit, wenn ihre Stimme sich zum Chor der Seligen gesellt, deren Bekehrung nach dem Tode erfolgt. Ihre Seligkeit wird verhalten sein, aber Seligkeit, und sie wird ewig währen. Und das sollten gewiß wir alle ihr gönnen.«

»Dr. Braäst, unsere Zeit ist um. Vielen Dank für Ihre Darlegungen.«

»Ich danke *Ihnen*, Keldon.«

»Und nun«, sagte der Moderator, indem er – mit gewölbten Brauen und der kaum merklichen Andeutung eines Kopfschüttelns – wieder in die Kamera blickte, »beschäftigen wir uns mit dem Krieg in Imthaid …«

Zefla schaltete den Apparat ab. Dloan widmete seine Aufmerksamkeit wieder der Steuerungsabläufen des Düsenflugzeugs. Inzwischen war Schwimmstadt als großer, metallischer Eiskristall zu erkennen, der in der Ferne, an der Grenze zwischen Land und Meer, hell schimmerte.

Zefla drehte sich Sharrow zu, schwang ein langes Bein über die Armlehne. »Was für 'ne Bande frömmlerischer Klugscheißer …« Sie schüttelte den Kopf, so daß ihr blondes Haar hin- und herbaumelte. »Wenn die Sache ausgestanden ist, feiert man dich als Heldin, Sharrow, und sie sind als humorlose, hysterische Korinthenkacker entlarvt.«

Beunruhigt betrachtete Sharrow den dunkel gewordenen TV-Schirm. Sie nickte. »Nur wenn sie mich nicht erwischen«, schränkte sie Zeflas Verheißung ein und schaute hinaus, wo die äußeren Segmente Schwimmstadts sich dem im Sinkflug befindlichen Flugzeug entgegenstreckten wie eine Anzahl glänzender Riesenfinger.

Das Flugzeug vollführte seine Landung auf dem Träger-Flugfeld ohne Komplikationen.

Während der Staat Piphram vor Jahrhunderten nach der Epoche der Pracht und Herrlichkeit und des Reichtums seinen Niedergang durchlebte, hatte er viele der Hochseeschiffe verkauft, aus denen die Handelsflotte bestand, eine noch größere Zahl verschrottet und Hunderte von Schiffen aus dem Verkehr gezogen. Diese letzteren Schiffe – von Megatonnen-Massengutfrachtern bis zu zierlichen, luxuriösen, der Pfändung verfallenen Privatjachten – hatte man mehrheitlich in der Heimat, in einer breiten Lagune an der Küste der piphramischen Provinz Phirarian, auf Reede gelegt, um günstigere ökonomische Bedingungen abzuwarten.

In der Folgezeit hatte ein bescheidener wirtschaftlicher Boom an Land, im benachbarten Küstenstreifen zwischen den Schneebergen und dem von etlichen Lagunen eingebuchteten Phirarian, die Grundstückspreise in die Höhe getrieben, und Piphrams traditionell beträchtliche Grundeigentumssteuern hatten den Teuerungseffekt verstärkt. Da kam jemand, der in den Steuergesetzen in bezug auf die Lagunen eine Lücke entdeckt hatte, auf den Gedanken, zwei alte Autofähren zeitweilig als schwimmende Hotels zu verwenden.

Die beiden Bug an Bug vertäuten Fähren – oder vielmehr der juristische Grenzfall, den sie bildeten – erwiesen sich als Keimzelle einer weitergehenden Entwicklung; in der Anarchie der unerhört komplizierten Wirtschaftswelt Golters tendierte das Geld dahin, sich mitsamt seiner relevanten materiellen Manifestationen fast unverzüglich in jeder Region zu konzentrieren, wo die Voraussetzung zur Gewinnerzielung nur um ein weniges vorteilhafter waren als andernorts.

Dadurch wuchs Schwimmstadt in nicht einmal hundert Jahren von einem Paar rostiger Kähne zu einer regelrechten Metropole an; in der Anfangszeit vertäute man Schiffe gruppenweise, und die Menschen bewegten sich auf kleinen Barkassen zwischen ihnen umher, schon bald jedoch ging man dazu über, sämtliche Pötte zusammenzulegen. Manche schweißte man aneinander und errichtete auf ihnen Zusatz- und Anbauten, horizontal über mehrere Decks reichende Büro- und Fabrikgebäude, bis sich bei den meisten Schiffen das ursprüngliche Aussehen nicht mehr erkennen ließ und sie mit der immer deutlicher sichtbar werdenden Topografie der konglomerativen Stadt verschmolzen.

Heute umfaßte Schwimmstadt viele tausend Schiffe, und alle paar Wochen kam ein neues dazu; sie hatte sich bis an die Ränder der ersten Lagune ausgedehnt, danach auf See ausgeweitet und war längs der Küste in drei andere Lagunen hineingewachsen, dabei zur Heimat von über zwei Millionen Menschen geworden. Zwecks Konstruktion des Großflughafens – er konnte als Ganzes verlegt werden, so daß man die Möglichkeit hatte, ihn stets am Stadtrand zu halten – hatte man vierzig alte Öltanker Seite an Seite zusammengefügt, die Deckaufbauten demontiert sowie die Deckplatten nicht nur nivelliert und geglättet, sondern auch verstärkt, damit Stratoclipper und Frachtflugzeuge landen konnten. Den wenig frenquentierten Raumhafen hatte man aus ebenso alten Ölplattformen errichtet, die am südlichsten Zipfel der Stadt emporragten. An maritimen Hafenanlagen waren einige Dutzend Trockendocks, mit Kränen ausgestattete Frachter und veraltete Kriegsmarinen-Versorgungsschiffe vorhanden.

Acht unnütze Flugzeugträger, Überbleibsel der Flotte, bildeten das Träger-Flugfeld, und dort landete das V-flügelige Mietflugzeug.

Mit einer Zugmaschine schleppte man den kleinen Jet umgehend von der Landebahn und beförderte sie per Lift in den Rumpf des nebenliegenden Ex-Supertankers, der jetzt als Zusatzhangar der ehemaligen Flugzeugträger diente.

Sharrow, Zefla und Dloan schauten sich auf dem Deck des überalteten Schiffs um, während ein hochgewachsener, inzwischen aber gebeugter Steward mit Vollbart ihr Gepäck auf einen leise summenden Elektrokarren stapelte. Es herrschte feuchtwarmes Wetter, die Sonne stand hoch am leicht diesigen Himmel.

»'n angenehmen Morgen winsch ich«, nuschelte der

Steward und nickte ihnen zu. »Sind Se 's erschte Mal in Schwimmstadt, hm?«

»Nein«, stellte Sharrow klar, Abweisung in der Miene.

»Was mich betrifft, ja«, gab Zefla fröhlich zu.

»Fascht 'ne Schande, daß 'ne so hibsche Dame wie Ihnen noch nie in Schwimmstadt war, wenn Se die Bemerkung gestatten, Gnädigste«, meinte der Steward zu Zefla. Er ergriff die Lenkvorrichtung am Vorderende des Elektrokarrens und entfernte sich; das Gefährt winselte ihm hinterdrein. »Ischt schon 'n paar Jährchen oder länger her, daß wir hier im guten, alten Schwimmstadt die Ehre hatten, zwee so nette Dämchen wie Ihnen zu begrißen. Sowieso ischt's 'n scheener Tag heute, aber er wird noch wunnebarer, sieht man zwee so charmante Angehörge des scheenen Geschlechts, würklich wahr. Se verscheenern den Tach, meine entzickenden Dämchen, glaaben Se mir. Es isch, wie ich sach, ganz beschdimmt.«

»Sie sind ja ein richtig freundlicher Zeitgenosse.« Zefla lachte.

»Und schwatzhaft«, murmelte Sharrow.

»Wie beliehm, Gnädigste?«

»Nichts«, sagte Sharrow.

Sie folgten dem hünenhaften Steward übers Flugfeld zu dem Aufbau, der früher die Kommandobrücke des Flugzeugträgers gewesen war, jetzt hingegen die Eingangshalle abgab. Eine Reihe hochauf beladener Elektrokarren versperrte ihnen den Weg ins Foyer. Argwöhnisch beobachtete Dloan die Gefährte.

Stirnrunzelnd blickte Zefla sich um. »Ich dachte, Miz hätte gesagt, daß er ...«

Hinter den Gepäckwagen erscholl ein dunkler Ton aus einem Blasinstrument; kaum hallte er über Deck, flatterte ein Schwarm weißer Meeresvögel, die die Ankunft der Düsenmaschine nicht gestört hatte, unter durchdringendem Geschrei vom Gebäude in die Luft.

Ruckartig fuhren die aneinandergekoppelten Wagen an, als sich vorn eine kleine Zugmaschine anschickte, sie zur Seite zu befördern; daraufhin wurde der Blick auf eine zwanzigköpfige Musikkapelle in knallrot-goldenen Uniformen frei, die dahinter saß und glänzende, extrem lautstarke Instrumente blies.

Sharrow erkannte die Melodie, nur fiel ihr der Name nicht ein. Sie sah Zefla an, die die Achseln zuckte. Dloan war in die Knie gegangen, hatte eine schwere Pistole in der Faust, doch zeigte ihr Lauf zu Boden, während er rumdumspähte. Die Musikkapelle stand auf und schritt, indem sie ununterbrochen weiterspielte, auf das Trio zu. Dloans Beachtung galt jetzt dem großen, bärtigen Steward, der inzwischen keine gebeugte Haltung mehr hatte und gerade das Jackett abstreifte. Er zerrte die Mütze herunter und riß sich den falschen Bart ab.

Dann trat er vor, sank vor Lady Sharrow aufs Knie und haschte nach ihrer Hand.

»Meine Lady«, rief er. »Unsere Kommandantin!« Er küßte ihr die Hände.

Die Musikkapelle marschierte rund um die drei Ankömmlinge und den vermeintlichen Steward, schwenkte die Instrumente hin und her, auf und ab. Dloan hatte sich aufgerichtet und steckte die Pistole ins Halfter. Zefla lachte, hielt sich die Ohren zu. Sharrow lächelte und schüttelte den Kopf, als Miz unter sein Hemd langte, einen Blumenstrauß zum Vorschein brachte und ihr überreichte. Sie nahm ihn und hob die Blüten an die Nase, während Miz aufsprang.

Außer durch seine Körpergröße fiel bei ihm die gelenkige Lockerheit seiner Gliedmaßen auf, und sein leicht gebräuntes Gesicht, gerahmt durch langes, glattes, helles Haar, wirkte jünger, als es seinem Alter entsprach, und zeichnete sich durch eine beinahe wildentschlossene Unbekümmertheit aus. Seine Augen funkelten inmitten eines Gespinsts feiner Fältchen. Er hatte eine schmale Hakennase und unregelmäßige Zähne, dazu einen breiten Mund mit dicklichen Lippen, die anscheinend immerzu zum Lächeln neigten.

»Du bist doch ein Idiot!« schrie Sharrow ihm zu, aber lachte dabei; unentwegt spielte die Musikkapelle und umkreiste das Grüppchen.

Er streckte die Arme aus, in der Miene einen Ausdruck stummer Aufforderung. Sharrow schob sich die Blumenstengel zwischen die Lippen, hielt den Strauß mit den Zähnen fest und eilte auf Miz zu, umarmte ihn.

»Hallo, meine Schönste«, rief er durch den Lärm der Musikkapelle und hob Sharrow von den Füßen. Er wirbelte sie einmal um die Achse, zwinkerte dabei Zefla und Dloan mit breitem Grinsen zu. Sein Lächeln strahlte im Sonnenschein und schien an Breite mit dem Flugzeugträgerdeck zu konkurrieren.

Er stellte Sharrow auf die Füße, behielt sie jedoch in den Armen; Sharrow neigte den Kopf vornüber, um mit einer sonderbar tierhaften Geste, die in Miz' Gesicht ein flüchtiges Zittern hervorrief – einen plötzlichen Ausdruck, der zwischen Begehren und Verzweiflung schwankte –, die Blumen gegen seine Schulter zu lehnen. Die seltsame Miene wich sofort, und nur Zefla bemerkte sie. Die Blumen kippten zwischen Miz und Sharrow, sanken zwischen ihre Oberkörper.

»Wie schön, dich wiedersehen, Kindchen«, rief Miz.

»Ich bin längst kein Kindchen mehr«, widersprach Sharrow.

»Ich wußte, daß du das sagst.«

»Tja, ich konnte dir noch nie irgend etwas so ganz verheimlichen.«

»So manches wolltest du gar nicht vor mir geheimhalten«, entgegnete Miz anzüglich; seine Brauen schwuppten auf und nieder.

»Ach du«, schalt Sharrow, schob ihn von sich. Die Blumen fielen aufs Deck; flink raffte Miz sie auf und drückte sie mit einem Gesichtsausdruck gespielter Gekränktheit an die Brust. Er schloß die Lider, dann vollführte er eine halbe Drehung, verbeugte sich förmlich vor Zefla und gab ihr die Blumen. Zefla nahm sie und warf sie Sharrow zu, und während Miz' Blick den Bogen verfolgte, den der Strauß durch die Luft beschrieb, trat sie auf Miz zu, zog ihn an sich, packte ihn um die Hüfte und wirbelte ihn inmitten der an Glitter reichen Musikkapelle, die unermüdlich rundherummarschierte und laut spielte, im Kreis.

»Waaaah!« heulte Miz, während Zefla sich immer schneller drehte.

Dloan schmunzelte; Sharrow lachte.

»Ah, Sie sind es, Lady Sharrow.«

»Bruder Seigneur ...«

»Bestimmt möchten Sie wissen, welches Ergebnis unsere Beratung über Ihren Vorschlag hatte.«

»Ja bitte.«

»Es freut mich, Ihnen mitteilen zu können, daß die Brüder eingewilligt haben. Sobald der bewußte Gegenstand geliefert ist, wird Ihre Schwester freigelassen.«

»Halbschwester. Und wie steht es mit den Spesen?«

»Werden in dem Umfang übernommen, den die Kommerz-Spesentabelle Zwo festlegt. Sind Sie damit einverstanden?«

»Ich glaube, das genügt.«

»Dann beauftragen wir eine Kommerz-Agentur mit der Ausarbeitung des Kontrakts, sie diskutiert die Einzelheiten mit Ihnen oder Ihren Anwälten. Die Rufnummer der Agentur finden Sie am Schluß der Gesprächsaufzeichnung.«

»Vielen Dank, ich setze mich unverzüglich mit der Agentur in Verbindung.«

»Sehr gut. Stets Ihr Diener, Madame.«

Das breite Holo-Gesicht lächelte unaufrichtig.

Lauer, aber frischer Wind wehte, brachte die farbenfrohen Reihen der aufgestellten Flaggen vor der Weite des wolkenlos blauen Himmels zum Flattern und Knattern. Das Meer wogte und leuchtete, und auf den glitzrigen, scharfen Wellenkämmen flitzten die kleinen Jachten dahin wie übers Wasser geschleuderte, flache Steine, die Segel gefüllt, deren grellbunte Muster die Augen der Zuschauermassen fast blendeten, und zudem wallten lebhaft Wimpel an den Mastspitzen. Die Menschenmenge, die die Reling der Schiffe säumten oder auf Barkassen saßen, schrie in den Wind, schwenkte Mützen und Tücher, zündete Raketen und veranstaltete ein geräuschvolles Feuerwerk.

Die Jachten umrundeten die Wendeboje, neigten sich beim Krängen auf die Fluten hinab, bis das Dollbord das Wasser berührte, dann richteten sie sich auf, korrigierten für die nächste Strecke die Segelstellung und sausten, den Wind direkt im Rücken, auf die nächste Wendeboje zu. Einer nach dem anderen blähten sich Spinnaker, wölbten sich wie die Brust exotischer Vögel bei der Balz. Einige Mitglieder der Jachtbesatzungen fanden genug Zeit, um dem Publikum zurückzuwinken; die Leute jubelten lauter, als hätten sie vor, die farbenprächtigen Segel mit ihrem Atem vorwärtszutreiben.

Miz führte Sharrow durch die Zuschauergruppen, die an Bord der Barkasse durcheinanderschnatterten, nickte den Gesichtern zu, die er kannte, grüßte gelegentlich jemanden, blieb jedoch nicht stehen, um Sharrow vorzustellen. Er trug eine blendend-helle Shorts und ein kurzärmeliges Hemd, das fast solche Unruhe verbreitete wie das Johlen der Schaulustigen auf den Schiffen und Kähnen. Sharrow hatte ein langes, nahezu durchsichtiges Kleid in Hellgrün angezogen; außer mit der Sonnenbrille war sie lediglich mit einem Sonnenschirm belastet; ihre Tasche hatte sich Miz umgehängt.

Mehrere Leute, an denen sie vorbeigingen, drehten

sich um und guckten ihnen nach, fragten sich wohl, wer Miz' neue Begleiterin sein mochte. Anscheinend wußte niemand, wer sie war, obwohl einige Personen eine Miene aufsetzten, als käme sie ihnen vage bekannt vor. Miz nahm zwei Getränke vom Tablett eines Kellners, legte dafür eine Münze darauf, und wies mit dem Kinn in Richtung einer Ponton-Barriere, an der kleine, muschelförmige Boote wie Knospen am Zweig dümpelten; er zahlte ein Entgelt und strebte den Laufsteg zum Liegeplatz hinab – nickte unterwegs wieder Zuschauern zu, die in anderen Muschelbooten hockten –, stellte die Drinks auf den in der Mitte des von ihm ausgesuchten Boots montierten Tisch und half Sharrow beim Einsteigen.

Eine Zeitlang saßen sie beisammen, beobachteten das Treiben der Regatta, tranken ihre Gläser leer, probierten die Süßigkeiten und Leckerbissen, die die Kellner anboten; zwischen den Muschelbooten glitten Frischwarenhändler in Segelkanus und Sampans umher, verkauften ein eigenes Sortiment an Delikatessen.

Sharrow hatte Miz am vergangenen Abend, beim Essen im Hotel, die Situation erläutert und gebeten, sich ihr Ansinnen bis zum nächsten Tag zu überlegen. Sie beide und die Francks hatten das Abendessen im runden, in einen Schornstein gebauten Restaurant eines ehemaligen Kreuzfahrtschiffs eingenommen und dabei eine hervorragende Aussicht über Schwimmstadts Lichtermeer gehabt, das unter ihnen zu kreiseln schien.

Sie hatten getanzt und sich für ein paar abschließende Drinks und Inhalationen in Miz' eindrucksvoll geräumige Behausung zurückgezogen, die Ausblick über ein von Flutlicht erhelltes Hafenbecken bot; danach begleitete er Sharrow, während die Francks einen Spaziergang an Deck machten, zu ihrem Zimmer, hatte sie auf die Wange geküßt und sich verabschiedet, sich beim Gehen noch ein paarmal umgeschaut und ihr

Kußhände zugeworfen. Halb hatte sie erwartet gehabt, daß er zu bleiben versuchte, oder sie bat, doch in seiner Wohnung zu übernachten; doch nichts dergleichen war geschehen.

Sharrow wandte den Blick von der fröhlich-munteren Regatta und heftete ihn in Miz' braunes, grinsendes Gesicht, spielte mit dem Sonnenschirm.

»Also, Miz, wie hast du dich entschieden? Kommst du mit uns?«

»Ja«, antwortete er, nickte schnell. Er verstellte die Markise des Muschelboots, setzte die Sonnenbrille ab. »*Allerdings* habe ich hier vorher noch 'ne Kleinigkeit zu erledigen.« Er lächelte breit, seine stahlblauen Augen schillerten.

Sharrow mußte über seine Miene lachen; er sah so kindlich-schelmisch aus.

Er wirkte tatsächlich, dachte sie sich, so jung, gesund und attraktiv wie eh und je. In ihm war eine Energie, als hätte sein Leben ganz einfach mehr Schwung als das Dasein anderer Menschen; der arme Junge aus den Proletensiedlungen Speyrs war aus dem Nichts aufgestiegen und strebte noch immer nach Höherem, in seinem Kopf wimmelte es von Ideen, halbgaren Plänen und allgemeiner Lausbubenhaftigkeit.

»Was für eine Kleinigkeit?« fragte Sharrow. »Dauert es lange?« Sie drehte den Schirm, betrachtete das Muster aus Licht und Schatten, die die Bewegung auf sein offenes, eifriges Mienenspiel warf.

Er kaute auf der Lippe, senkte eine Hand übers Dollbord des kleinen Boots und tauchte die Finger ins Wasser. »Ich möchte mir bloß was an Land ziehen«, sagte er und schaute Sharrow an. »Es könnte möglich sein, daß jetzt, weil ihr hier seid, der geeignete Zeitpunkt da ist, um die Abwicklung der Angelegenheit zu beschleunigen, das heißt, wenn ihr mir helft.«

Die Stirn gefurcht blickte Sharrow ins Wasser, in dem seine Hand baumelte. »An Land ziehen?« wiederholte sie. »Betreibst du ein Bergungsunternehmen?« Man hörte ihr die Verwirrung an.

Miz lachte. »Nein, so meine ich's nicht«, entgegnete er in einem Ton, als wäre ihm die Unterhaltung auf einmal peinlich.

»Ach so ...« Sharrow nickte. »Du meinst *diese* Art, sich etwas an Land zu ziehen.«

»Ja genau«, bestätigte Miz.

»Und auf was hast du es abgesehen?«

Miz rutschte auf der runden Sitzbank an Sharrows Seite, so daß das Muschelboot ins Schwanken geriet. Er lehnte das Kinn auf ihre Schulter und flüsterte ihr die Antwort ins Ohr, das unter dem Schopf zurückgekämmten schwarzen Haars hervorlugte. Währenddessen schnupperte er ihr Parfüm, schloß die Lider; Sharrow rückte ein wenig von ihm ab. Er seufzte und öffnete die Augen. Zurückgelehnt sah sie ihn über Sonnenbrille und Tischchen hinweg aus großen Augen entgeistert an.

»Sag das noch mal«, verlangte sie. Miz lenkte den Blick an ihr vorbei, bildete die Wörter nur mit den Lippen, ohne sie laut auszusprechen.

Ebenso lautlos wiederholte sie die Auskunft, und Miz beobachtete dabei ihre Lippen.

Das Kronenstern-Gehänge? fragte ihr Mund stumm. Sie sperrte die Augen noch weiter auf. Er nickte. Sharrow zeigte auf seine Brust und sagte lautlos: Du bist vollkommen übergeschnappt.

Miz hob die Schultern und lehnte sich in die Sitzbank.

Sharrow legte den Sonnenschirm auf den Sitz und die Sonnenbrille auf den Tisch, dann schob sie eine Hand in die Achselhöhle und beschattete mit der anderen die Augen. »Wir haben wohl eine Sauregurkenzeit«, mutmaßte sie halblaut, »was Antiquitäten betrifft.«

»Bewunderst du meinen Ehrgeiz nicht?« Miz lachte.

Sie musterte ihn. »Ich dachte, *wir* haben uns etwas Heikles vorgenommen. Und ich war der Auffassung, der … der Gegenstand, von dem du sprichst, sei unstehlbar.«

»Das letzte Wort solltest du nur flüstern«, empfahl Miz leise, beäugte benachbarte Muschelboote. »Es wird hier ausschließlich für einen einzigen Zweck verwendet.«

»Und was willst du damit anfangen, wenn du es hast?«

»Na, ursprünglich hat mich ein anonymer Auftraggeber kontaktiert«, gab Miz forsch zur Antwort. »Aber ich glaube, ich lasse es lieber von den zuständigen Behörden zurückkaufen. Das dürfte sicherer sein.«

»Sicherer?!« Sharrow prustete. Miz blickte beleidigt drein. »Und wozu?« wollte Sharrow wissen. »Weshalb bist du daran interessiert, so ein Ding zu drehen? Ich hatte den Eindruck gewonnen, du kämst hier gut zurecht.«

»Das ist auch der Fall«, beteuerte Miz, wirkte unvermindert gekränkt. Er winkte rundum. »Ich bin reich. *Nötig* habe ich's nicht.«

»Dann laß davon die Finger«, warnte Sharrow ihn durch die Zähne.

»Es ist schon zu spät, um 'n Rückzieher zu machen«, erklärte Miz. »Ich habe mir da 'n korrupten Beamten geangelt. Er findet das Vorhaben total aufregend.«

»Ach du meine Güte«, stöhnte Sharrow.

»Eigentlich ist es nämlich *leicht*«, behauptete Miz und beugte sich vor. »Zuerst dachte ich auch, als mir der Vorschlag angetragen wurde, es wäre 'ne Verrücktheit, aber je eingehender ich mich damit beschäftigte und nachdem ich ermittelt hatte, wo es steckt und wie's bewacht wird, um so klarer konnte ich erkennen, daß es in Wahrheit ein Kinderspiel ist. Es wäre *verrückt*, es nicht zu tun.«

»Mit anderen Worten«, sagte Sharrow, »du hast Langeweile.«

»Aber nein«, erwiderte Miz, winkte mit einer Hand ab und wirkte geschmeichelt.

»Und wie willst du«, erkundigte sich Sharrow, »diese wahrscheinlich selbstmörderische Aktion anpacken?«

»Mensch, Kindchen«, antwortete Miz mit wonnigem Lächeln und spreizte die Arme. »Bin ich der Tech-Kaiser, oder nicht?«

»Natürlich bist du immerhin der Tech-Kaiser, Miz«, gab Sharrow zu, ohne daß er ihre Bedenken ausgeräumt hätte. »Aber ...«

»Hör zu, es ist alles vorbereitet.« Er senkte wieder die Stimme und rückte näher. »Die technischen Aspekte sind gelöst, ich mußte nur noch die personelle Seite klären.« Aufmerksam beobachtete er Sharrow, um zu sehen, wie sie seine Darlegungen aufnahm. »Schau mal«, sagte er, indem er sein gewinnendstes Lächeln aufsetzte, »es klappt alles bestens. Das ist mein Ernst. Verflixt noch mal, 's wird nicht einmal Aufsehen geben. Niemand merkt überhaupt, daß das Ding weg ist, bevor *ich* es mitteile. Ich habe einen wirklich bildschönen Plan, und du wirst mir später dafür danken, daß du bei etwas mitwirken durftest, das an sich gar kein Diebstahl ist, sondern in Wahrheit eine kunstvolle Performance. Ehrlich. Und wie erwähnt, da ihr jetzt hier seid, kann ich endlich an die konkrete Durchführung gehen, dann ist die Angelegenheit gelaufen, noch ehe wir das Wettrennen gegen die Huhsz antreten müssen. *Falls* ihr mir behilflich seid. – Helft ihr mir?«

Sharrow empfand tiefe Zweifel. »Wenn du mich davon überzeugen kannst, daß dein Plan etwas taugt und wir nicht den Rest des Lebens in einem Gefängnisschiff an Handpumpen zubringen und Plankton futtern müssen, ja.«

»Ach ...!« Miz lachte, tatschte ihr das Knie. »Diese Gefahr besteht nicht.«

»Nicht?«

»Niemals.« Nachdrücklich schüttelte Miz den Kopf.

»Dich liefern sie wegen der Belohnung an die Huhsz aus, und wir anderen werden *hingerichtet.*«

»O danke, das sind ja wundervolle Aussichten.«

Zerknirscht ließ Miz sich augenblicklich Beklommenheit anmerken. »Huch, tut mir leid. Das war nicht besonders lustig, was?«

»Lache ich mich vielleicht tot?« Sharrow setzte die Sonnenbrille wieder auf und nippte an ihrem Getränk.

Miz spitzte die Lippen. »Dieser Zank mit den Huhsz ...«, sagte er. »Gibt's da keinen anderen Ausweg?«

»Ich muß ihnen ein Jahr lang aus der Quere bleiben oder ihnen die Chaoswaffe besorgen.« Sharrow zuckte die Achseln. »So und nicht anders verhält es sich.«

»Kann man sie nicht irgendwie ausbezahlen?«

»Selbstverständlich, indem man ihnen die Chaoswaffe überläßt.«

»Aber nicht mit ... Beispielsweise mit Geld?«

»Nein, Miz. Für sie ist es ein dogmatischer Vorgang. Eine Glaubensfrage.«

»Aha, so«, sagte Miz. »Na und?« Man sah ihm aufrichtige Ratlosigkeit an.

»Die Antwort heißt nein«, bekräftigte Sharrow geduldig. »Mit Geld sind sie nicht zu beschwichtigen.«

»Egal«, meinte Miz, tippte ihr mit pfiffiger Miene mit dem Finger auf die Schulter. »Der Tech-Kaiser hat sich was überlegt, um den Bösen Sand ins Getriebe zu streuen.« Er zwinkerte ihr zu.

»Ja wirklich?«

»Bist du je in der K'lel-Wüste gewesen?«

Mit einem Kopfschütteln verneinte Sharrow.

»Oder in Aïs City?« fragte Miz mit unverwandtem Grinsen.

»Für meinen Geschmack ist es dort zu trocken.« Sharrow schmunzelte, fuhr mit den Fingern am Stiel ihres Glases auf und ab. »Ein Mädchen wie ich neigt innerlich mehr zum Feuchten.«

Miz verdrehte die Augen. »Also bitte«, sagte er, seufzte theatralisch. Dann stieß er ein Räuspern aus. »Ich spreche im Ernst.« Er beugte sich dicht zu Sharrow herüber. »Die Freibrief-Pässe sind doch diese extra-supertollen Identifikationen des Globalen Tribunals, oder nicht? Unverlierbare Pässe mit dieser komischen Art von Zeitschleifenlochdingsda drin?«

Sharrows Brauen ruckten nach oben. »Mit so einem technischen Jargon überforderst du mich, Tech-Kaiser.«

Sachte tätschelte Miz ihr Knie. »Du weißt, was ich meine ... Diese Nano-Ereignislöcher, die nach der AIT-Katastrophe übriggeblieben sind. Jedem der Pässe ist eines eingearbeitet, oder?«

»Ja«, stimmte Sharrow zu.

»Und die Paßinhaber reisen von Yada ab, um sich am Huhsz-Weltschrein weihen zu lassen?«

»Ich glaube ja, aber ...«

In den Sitz geflätzt wies Miz mit dem Finger auf seine Schläfe. »Ich habe einen teuflischen Plan, Kommandantin.«

Seufzend schüttelte Sharrow den Kopf. »Und ich hatte erwartet, du wärst in deinem Alter vernünftig geworden.«

»Eine völlig verfehlte Erwartung.« Er schnitt Sharrow eine Fratze. »Außerdem bist *du* diejenige, die sich ohne den Vorteil eines honorarträchtigen Auftrags, nur in der Hoffnung, daß es dir wer weiß wie zu der Chaoswaffe verhilft, auf die Suche nach einem Buch machen will, das seit einem Jahrtausend niemand mehr gesehen hat.«

»Ja«, gab sie ihm recht, senkte die Stimme und neigte das Gesicht an sein Ohr. »Aber das Buch ist nur verschollen, nicht das am schärfsten bewachte Schmuckstück des gesamten Scheißplaneten.«

Miz tat diesen Einwand mit einem Wink ab, als verscheuchte er eine lästige Fliege. »Hast du wenigstens inzwischen den Kontrakt mit den Traurigen Brüdern im Seehaus abgeschlossen?«

»Heute früh habe ich mit ihnen gesprochen. Kommerz-Spesentabelle Zwo.«

»Hm-hm. Treten sie selbst als Vertragspartner auf?«

Sharrow schüttelte den Kopf. »Eine Agentur Bastion.«

»Agentur Bastion?« Miz wölbte die Brauen. »Nie gehört.«

»Ich auch nicht. Muß neu sein. Aber mein Eindruck ist, daß dort kompetente Leute tätig sind.«

»Was ist das überhaupt für ein verdammtes Buch, diese *Universellen Prinzipien*?« fragte Miz mit leichtem Anklang zum Überdruß in der Stimme. »Was steht drin?«

Sharrow hob die Schultern. »Der einzige bekannte Teil ist die Widmungsseite, die vom Inhalt nur eine grobe Vorstellung vermittelt, aber der Sinn an dieser Mode der Aristokratenfamilien, Einzelbücher schreiben zu lassen, war ja eben, daß der Text ein Geheimnis blieb. Geht man nach den Namen, die sich um dieses Einzelbuch ranken, soweit sie etwas aussagen, müßte es eines der herausragendsten Werke seiner Art sein.«

»Hmmm. Vielleicht warte ich einfach mal die Holo-Ausgabe ab.« Miz deutete ein Achselzucken an. »Und wieso bist du der Überzeugung, es aufspüren zu können, obwohl es bisher niemand anderes geschafft hat?«

»Wegen Gorko«, lautete Sharrows Antwort. »Und Breyguhn.«

»Was, wegen deines Opas?«

»Ja. Nach Breyguhns Darstellung hatte Gorko erfahren, wo das Buch steckt, aber sich nie darum bemüht, es zu beschaffen. Er soll irgendwo notiert haben, wo es ist, oder war. Breyguhn behauptet zu wissen, wie ich an diese Information gelangen kann.«

Miz dachte nach. »Scheiße, ja, das Buch«, sagte er schließlich. »Auf diesen Schinken hatte sie's ja schon abgesehen, als sie in die Marinabtei eingebrochen ist, oder nicht?«

»Doch. Und sie glaubt, daß sie auf der richtigen Spur ist.« Sharrow zuckte nochmals die Achseln. »Oder sie hat sich auf meine Kosten einen Jux erlaubt.«

»Einen Jux?« fragte Miz verblüfft.

»Du solltest erst einmal hören«, sagte Sharrow mit einem Kopfschütteln, »auf welche *Weise* ich nach Breyguhns Angaben die Information erhalten kann.«

»Erzähl's mir. Ich bleibe ungern im ungewissen.«

»Nein.«

»Verrat's mir!« forderte Miz, rutschte näher und kitzelte Sharrow an der Taille.

Sie unterdrückte ein Aufkreischen, wich zurück und schlug ihm auf die Hand. »Hör auf! Benimm dich!« Sie hielt ihm ihr Glas vors Gesicht. »Da, sieh dir lieber das an … Es ist leer.«

Miz unterließ seinen Versuch, sie mit Kitzeln zu traktieren, um sie zum Reden zu bringen, und spähte, ein bereites Grinsen auf dem Gesicht, nach einem Kellner umher. Sein Gesichtsausdruck veränderte sich, als sein Blick den Laufsteg streifte, der die Barkasse mit dem Liegeplatz der Muschelboote verband. »Ach, da ist jemand, den ich dir vorstellen möchte«, sagte er. »Ich bin im Nu zurück.« Er sprang aus dem Muschelboot, versetzte es erneut ins Schaukeln.

Sharrow schaute ihm nach, während er an den Anlegestellen vorbeieilte, unterwegs ein paar Leuten in einem anderen Muschelboot zuwinkte.

Sie lehnte sich wieder zurück, ließ ihren Blick in mittlere Fernen schweifen, wo ein weiterer Ausläufer Schwimmstadts im Sonnenschein gleißte, Helligkeit sich in den Fenstern eines schwimmenden Wohnblocks spiegelte. Das Kronenstern-Gehänge, dachte sie. Ach du lieber Himmel. Sie hatte das besorgniserregende Gefühl, daß es mit ihnen allen den Bach hinabging; Miz wollte sich die Jugend bewahren, indem er den in lächerlichem Maß abstrusen Fischzug ausheckte, einen der am stärksten gesicherten Schätze des Sonnensystems zu klauen; Cenuij lief in Lip City Narbenmädchen nach; Zefla betrank sich allabendlich, und Dloan hatte einen Hang zur TV-Sucht. Und sie selbst, sie wurde ganz einfach alt, lebte festgefahren in Banalitäten.

Ein Kellner servierte ihr auf einem Tablett einen Drink. Sharrow blickte sich um und sah Miz am anderen Ende des Laufstegs mit einem großen, beleibten Mann in langem Festgewand reden; es war in Blau und Gold gehalten, den Farben Schwimmstadts. Nun schlenderten beide Männer zu den Muschelbooten herüber; tolerant wackelte der Würdenträger, als Miz einen Witz riß, mit dem Kopf. Eine kleine Eskorte rangniedrigerer Beamter folgte dem Paar. Sharrow trank aus ihrem Glas, während sich die Gruppe näherte. Der Bonze vollführte mit der behandschuhten, mit Ringen geschmückten Rechten eine kaum merkliche Geste; sofort blieben seine Untergebenen stehen, warteten einige Meter entfernt am Zugang zum Liegeplatz im Sonnenschein und gaben sich alle Mühe um eine imposante Aura, während ihr Chef mit Miz auf das Muschelboot zuhielt, in dem Sharrow kauerte.

»Lady Sharrow«, machte Miz bekannt. »Der verehrte Vize-Invigilator Ethce Lebmellin.«

Bedächtig verneigte sich der Funktionär mit genau der Nuance von Umständlichkeit, die anzeigte, ihm war das Buckeln ungewohnt. Sharrow nickte.

»Es ist mir ein großes Vergnügen, Madame«, sagte der Vize-Invigilator. Er hatte eine hohe, weiche Stimme; sein Gesicht war hagerer, als man noch der Gestalt unter dem formellen Festgewand hätte glauben mögen. In seinen Augen standen Düsternis und Kälte.

»Wie geht's?« fragte Sharrow.

»Darf ich Sie in unserer bescheidenen Stadt willkommen heißen?«

»Dürfen Sie«, antwortete Sharrow. »Möchten Sie sich zu uns setzen, Sir?«

»Nichts wäre mir lieber, Madame, aber leider erfordern dienstliche Angelegenheiten andernorts meine Anwesenheit. Vielleicht ein anderes Mal.«

»Ja vielleicht«, meinte Sharrow und lächelte.

»Mr. Kuma ...«, wandte Lebmellin sich an Miz.

»Triplikat, Mr. Lebmellin«, sagte er leise.

Sharrow verzog die Miene, fragte sich, ob sie richtig gehört hatte. *Triplikat?* dachte sie. Hätte Miz das Wort nicht so betont deutlich ausgesprochen, wäre es ihr möglicherweise völlig entgangen.

Der festlich gekleidete Funktionär wirkte nicht im geringsten verdutzt; er sah Miz nur eine Sekunde lang an. »Triplikat«, wiederholte er dann, und zwar ebenfalls sehr gedämpft. Miz lächelte.

Der Funktionär drehte sich Sharrow zu, verneigte sich ein zweites Mal und kehrte über den Laufsteg auf die Barkasse zurück. Seine Begleiter folgten ihm wie Küken dem Huhn.

Miz nahm wieder im Muschelboot Platz, machte den Eindruck stiller Selbstzufriedenheit.

»Ist das dein korrupter Beamter?« fragte Sharrow halblaut.

Miz nickte. »Ein ganz falscher Patron. Ich traue ihm nicht von hier bis da. Aber er ist der Kerl, der zum passenden Zeitpunkt am richtigen Ort sein kann, und er ist 'n gieriger Raffzahn.«

»Du willst wirklich Nägel mit Köpfen machen, wie?«

»Verdammt wahr, ja.«

»Und dieses Wort da eben ... das mit T anfing. War das eine Parole?«

Miz lachte unterdrückt. »Gewissermaßen.« Er sah Sharrow an. »Tihihihi«, kicherte er.

»Du bist wahrhaftig verrückt«, hielt Sharrow ihm vor.

»Unsinn. Es wird alles tadellos abgehen.«

»Was für einen grenzenlosen Optimismus du an den Tag legst, Miz«, staunte Sharrow, schüttelte den Kopf.

»Na, wieso denn nicht?« Miz hob die Schultern. Plötzlich jedoch brachte seine Miene leichte Verunsicherung zum Ausdruck. »Es gibt seit ganz kurzem nur *eine* etwas beunruhigende Entwicklung. Nun ja, während der letzten Wochen hat sie sich ergeben.« Mit den Fingern zupfte er an der Unterlippe. »Es ist nicht sicher, ob es sich um einen Fall regelrechten Verrats handelt, aber irgendwie macht's mir ein wenig Sorgen.«

»Was denn?« fragte Sharrow.

Er drehte sich zur Seite, betrachtete Sharrow. »Du weißt über die Sial-Rennen unten in Tile Bescheid?«

»Ja«, bestätigte Sharrow ihm. »Man nimmt den Tieren das Gehirn heraus und implantiert ihnen Menschenhirne.«

»Ja, da drunten sind sie ein bißchen unzivilisiert, aber wenigstens verwenden sie ausschließlich Kriminellengehirne. Auf alle Fälle ...« Er hüstelte. »Es hat den Anschein, jemand benennt dort Tiere nach Unannehmlichkeiten, die mir zustoßen.«

»Was?«

»Zum Beispiel, vor drei Wochen hatte ich eine ... ähm ... nach gesetzlichen Maßstäben eventuell etwas fragwürdige Ladung antiker elektronischer Schaltkreise unterwegs. Der Transport erfolgte per Kombipendler von Deblissav nach Meridian. Als er einen Gebirgspaß namens Zahn passierte, fuhr er auf eine Mine, wurde überfallen und ausgeraubt. Die Banditen konnten spurlos entkommen.« Miz zuckte die Achseln. »Zwei Tage später habe ich erfahren, der ein Sieger des Tiler Rennens *Elektrozahn* hieß.«

Sharrow überlegte. »Ist das nicht an den Haaren herbeigezogen?« gab sie belustigt zu bedenken.

»Es sind noch mehr solche Eigenartigkeiten vorgefallen«, entgegnete Miz. Inzwischen wirkte er ehrlich besorgt. »Mein Agent hat dort nach dem rechten gesehen, aber wir konnten bisher nicht aufdecken, wie's getrieben wird. Die Ställe halten die Namen bis zum Rennen geheim und vergeben sie erst am Veranstaltungstag. Damit beugen sie gegen Betrug vor. Irgend jemand stiftet die Besitzer dazu an, Tiere nach für mich nachteiligen Ereignissen zu nennen. Und ich kann nicht ermitteln, aus welchem Grund.«

Sharrow tätschelte seine Schulter. »Mein Lieber«, sagte sie, »du bist überarbeitet.«

»Ich hätt's dir lieber nicht erzählen sollen«, sinnierte Miz, leerte sein Glas, wies mit dem Kinn auf Sharrows Getränk. »Komm, nimm deinen Drink mit, wir gehen uns den Schluß der Regatta ansehen.«

Sie stiegen aus dem Muschelboot, das anschließend leer auf den Wellen dümpelte. Sharrow drehte den Sonnenschirm in den Händen, während sie auf die Barkasse umkehrten; die Fluten unter dem Liegeplatz gluckerten, klatschten gegen die Pontons, die Bretter des Laufstegs und die runden Rümpfe der Muschelboote.

Die Sonne hieß Thrial. Rafe bestand aus kaum mehr als einem Klumpen Schmelzmasse, wogegen M'hlyr zumindest auf seiner immer nach außen gewandten Seite eine feste Kruste hatte. Im Umkreis seiner festen Pole war Fian ausreichend kalt, um die Existenz von Eis zu ermöglichen, obwohl an seinem Äquator die meisten Metalle dünn wie Wasser flossen. Trontsephori war kleiner als Golter, eine wolkige Wasserwelt mit dermaßen klassisch simplen klimatischen Verhältnissen, daß sie beinahe einer einfachen Simulation ähnelten. Speyr, terraformt vor fünf Jahrtausenden, hatte fast Golters Größe. Dann kam Golter mit seinen drei Monden, dahinter ein Asteroidengürtel; jenseits des Asteroidengürtels folgten Miykenns, der noch früher als Speyr besiedelt worden war, und die Riesen des Sonnensystems: Roaval mit seinen Ringen und Monden; und Phrastesis, den noch, weil seine Monde im Laufe des Zweiten Interplanetaren Krieges unter rätselhaften Umständen zerstört worden waren, Unmassen von

Trümmern umgaben. Dann ein dritter, allerdings nicht ganz so gewaltiger Riesenplanet, Nachtel, der einen kühlen, gerade noch bewohnbaren Mond hatte, Nachtels Geist. Plesk, Vio und Prenstaleraf bildeten, einer kälter, felsiger und winziger als der vorherige, die äußeren Planeten, glichen den Schlußworten einer langen Rede. Verschiedenerlei kosmischer Schutt sowie Kometen rundeten das Sonnensystem ab.

Am Kronenstern-Gehänge gab ein Ring puren Weißgolds mit Plantineinlagen Thrial ab; an der einzigen Öffnung des Rings war ein verstecktes Scharnier vorhanden, das man anscheinend aus stranggepreßtem Diamant 13 angefertigt hatte. Die Planeten hingen an Ösen˙ ähnlich unwahrscheinlich allotropischen Quecksilbers, jeder repräsentiert durch ein makelloses Exemplar des korrespondierenden Geburtstagsjuwels der Piphramischen Astrologie; alle Edelsteine waren gemäß logarithmischer Skala zur exakten proportionalen Größenrelation zugeschliffen worden. Sämtliche Monde waren aus rote Diamanten, die Asteroiden aus Smaragdstaub; die Kometen konstituierte ein durch winzige Perlen zusammengehaltener Saum von Kohlefasern, deren jede an der Spitze verziert war mit einer mikroskopisch kleinen Weißgoldkugel. Irgendwie in die obskuren Quecksilberösen geätzte, molekülfeine Linien maßen die jeweilige Entfernung von Thrial.

Das Kronenstern-Gehänge, wie man das Collier seit vier- oder fünftausend Jahren nannte, war ohne Zweifel das kostbarste einzelne Schmuckstück im ganzen Sonnensystem, sowohl in bezug auf greifbaren wie auch verschollenen Schmuck. Gänzlich allein lieferte das Kronenstern-Gehänge dank seiner schieren Unbezahlbarkeit die grundlegende materielle Sicherheit für Schwimmstadts Währung, Handelsbürgschaften und Versicherungswertpapiere. Wäre es auseinandergenommen und sein Metall eingeschmolzen worden, hätte der Verkaufserlös insgesamt hingereicht, um einer durchschnittlich extravaganten Aristokratenfamilie ein Jahrhundert lang ein saloppes Lotterleben zu gestatten; ebenso hätte man den Namen einer kleineren Aristokratensippe erwerben können. Doch diese Aspekte seines Werts blieben unerheblich im Vergleich zu der ideellen Bedeutung als einem Gegenstand, der dank irgendwelcher Umstände Golters chaotisch-wilde, stürmische Geschichte überstanden hatte – von der es, soweit Pretiosen dergleichen überhaupt möglich sein konnte, ein Teil gewesen sein mochte.

Wer es wann und weshalb für wen hergestellt hatte – oder wie –, wußte niemand.

Genausowenig war bekannt, was der Kronenstern, falls es denn so etwas je gegeben hatte, gewesen sein könnte. Auf Golter mußte es als gleichermaßen wahrscheinlich gelten, daß der Kronenstern, falls er je existiert hatte, irgendwo versteckt worden war, zerteilt oder schlichtweg verschwunden.

Doch egal was der Kronenstern gewesen und wo er abgeblieben war, in der Frage, wo sich das Kronenstern-Gehänge befand, durfte man jeden Zweifel ausschließen: man bewahrte es in einer besonderen Tresorkammer tief im Innern eines Schlachtschiffs auf, das im Zentrum Schwimmstadts lag. Hervorgeholt wurde es – unter enormen Sicherheitsvorkehrungen – nur sehr selten und zu höchst besonderen Anlässen; und niemals legte irgend jemand es an. Die Unbezwingbarkeit der Tresorkammer, im Effekt ein riesiger, drehbarer, aus 3000 t Panzerplatten gebauter Safe, hatte in letzter Zeit einen fast so gelegendären Ruf wie das famose Collier erlangt.

Von seinem todschick dekorierten Platz auf der Ehrentribüne behielt Ethce Lebmellin die zwei siegreichen Sportsegler im Auge, die der jubelnden Menschenmenge immer wieder zuwinkten, während sie zu ihm herauf die Treppe emporstiegen. Als Regatta-Siegespreis verlieh man einen alten, ornamentierten Silberpokal; er stand vor Lebmellin und schimmerte in der Helligkeit, die die Wogen zurückwarfen. Das bunt gestreifte Sonnendach über der Tribüne schlackerte und ratterte im Wind.

Lebmellin heftete den Blick auf den Siegespokal, betrachtete die Lichtspiegelung auf dem blankpolierten Rund. Eine ziemlich uninteressante Auszeichnung für einen reichlich albernen Zeitvertreib, dachte er. Genau das Getue, mit dem die mittleren Kasten gerne ihre Lebenszeit vergeudeten und sich einredeten, sie hätten damit etwas geleistet.

Erneut regte sich sein eingefleischtes Gefühl des Selbstabscheus und der Verbitterung. Ausgenutzt und herabgesetzt fühlte er sich; er hatte Ähnlichkeit mit diesem etwas bombastischen Ziergefäß. So wie den Pokal zog man ihn lediglich für gewisse zeremonielle Pflichten heran, verschliß ihn, bewunderte ihn flüchtig und stellte ihn zuletzt wieder in den Hintergrund, ohne sich weiter über ihn Gedanken zu machen. Beide waren sie übertrieben ausstaffiert, hatten kaum einen erkennbaren praktischen Zweck, und sie waren beide hohl. War es das, wofür er geschuftet hatte?

Jahrelang hatte er an den diplomatischen Hochschulen Yadayeypons studiert, schonungslos intensiv studiert, während arglistig-raffinierte Studentlein aus der Unterkaste in seinen beharrlichen Anstrengungen nur Grund zur Heiterkeit sahen und die schleimig-mondänen Sprößlinge einflußreicher Familien – und weniger einflußreicher Elternhäuser, die allerdings besser als seine Eltern situiert gewesen waren – über seine unmodische Kleidung gespottet hatten.

Und was war der Lohn der vielen langen Abende und Wochenenden des Lernens, der Verhöhnung und schiefen Blicke gewesen? Eine unprätentiöse Qualifikation, obwohl andere, im Gegensatz zu ihm, gehurt und gesoffen, sich den Weg zu herausragendem Erfolg erschnarcht hatten, andere sich einfach um nichts hatten scheren müssen, weil ihr Name ihnen so oder so Positionen im Familienbetrieb oder Clan-Konzern garantierte.

Er bezweifelte, daß jemand von diesen Leuten sich überhaupt noch seiner entsann.

Einen Ruheposten hatte er erhalten; eine Stellung völliger Sinn- und Nutzlosigkeit in einem kleinen, ebenso beschränkten wie überkandidelten Stadtstaat. Wahrscheinlich genau die Art von Laufbahn, die seine brillanten Mitschüler von ihm erwartet hatten.

Er stand auf und verlieh den zwei mit geröteten, schweißigen Gesichtern vor ihm angekommenen Sportlern den Pokal, ließ sie seine Hände ergreifen und die Ringe küssen, die er zwar überm Handschuh trug, aber trotzdem hätte er am liebsten die Hand zurückgezogen und abgewischt, und ihn ärgerte die Vorstellung, was für einen bescheuerten Anblick er bieten mußte. Er sprach ein paar routinemäßige, für die beiden Männer wahrscheinlich bedeutungslose Lobesworte, dann überreichte er ihnen den leeren Pokal. Sie hielten ihn in die Höhe, und neuer Jubel erscholl. Lebmellin blickte voller insgeheimen Widerwillens über das Publikum hinweg.

Eines Tages, dachte er, jubelt ihr mir zu.

Er merkte, daß er lächelte, gelangte jedoch zu der Einsicht, in Anbetracht des allgemeinen Frohsinns müßte es durchaus richtig sein zu lächeln.

Seine Überlegungen schweiften ab zu dem emporgekommenen Antiquitätendieb Miz Gattse Kuma und der schnoddrigen Aristokratin mit dem amüsiert-arroganten Blick. Ihr wollt mich benutzen, um euch unseren Schatz zu klemmen? dachte er, während er unablässig lächelte. Das Herz schlug ihm schneller. Glaubt ihr, ihr könnt euch meiner Fassade und meiner Komplizenschaft bedienen, ohne den Menschen selbst zu kaufen, der eigene Wünsche, Ziele und Pläne hat? Nun, wenn es so ist, sann er, steht euch eine kleine *Überraschung* bevor, liebe Freunde.

5

Fischzug

Eine Sekunde vor Mitternacht nahm das abyssalische Blütenknötchenverarbeitungsmaschinen-ReparaturModul den Betrieb auf; rasch ermittelten die Schaltkreise und Sensoren seine Position, den internen Status sowie die äußere Situation, informierte sich über die einprogrammierten Instruktionen.

Es befand sich auf Golter in einer flachen Lagune an der Küste Piphrams, unter dem maritimen Schiffskonglomerat namens Schwimmstadt; es war voll funktionstüchtig, neu gewartet, alle Reservoirs, Batterien und Magazine hatten eine neunundneunzigprozentige oder höhere Kapazität; eine Extragruppe von Instruktionen informierte es über die ebenfalls schon einsatzfähigen zusätzlichen Werkzeuge und Waffen, mit denen man es ausgerüstet hatte.

Momentan arbeitete der Dachsensor des Moduls in einer Tiefe von genau 27,1 m; zwei Meter darunter waren seine Raupenketten vierzig Zentimeter weit in weichen Schlick eingesunken. Unter der Voraussetzung, daß sein Chronometer richtig funktionierte, mußte die Tide gegenwärtig auf Ebbe-Halbzeit stehen. Acht Meter über dem Modul ragte der Kiel eines großen, unbeweglichen Wasserfahrzeugs herab. Licht war knapp, fiel lediglich durch Lücken zwischen entfernteren Schiffen in Form trüber Lichtkegel auf den Grund der Lagune, erhellte den Schlamm der Umgebung kaum; den Lichtspezifikationen zufolge war es künstlicher Herkunft. Eine schwache Strömung von nur wenigen Millimetern pro Sekunde herrschte. Der Meeresboden war still; ein ununterbrochenes Rumoren, ein Gemisch von Tönen, die gedämpft-dumpfe Geräuschkulisse der Schiffe, die sich kilometerweit in alle Kompaßrichtungen erstreckten, erfüllte die Fluten.

Trotz seiner relativen Durchsichtigkeit war das Wasser brackig, sauerstoffarm und durch ein breites Spektrum an Kontaminanten mittelstark verunreinigt. Unter dem Schlamm ruhte in Tiefen zwischen wenigen Zentimetern bis zu neun Metern ein wirres Durcheinander von Müll und Trümmern überwiegend metallischer Zusammensetzung. Überall ließen sich die Statikmuster von Magnetfeldern erkennen; entlegene Fluktuationen gingen von Motoren aus. In den Schiffen an der Oberfläche der Lagune konnte weitverstreut Elektrizität der mannigfaltigsten Natur gemessen werden.

Für Golters Verhältnisse hatte die Strahlung Normalwerte.

Die Instruktionen des Moduls zeichneten sich durch vollständige Klarheit aus. Es traf einleitende Vorbereitungen, dann adjustierte es sein Auftriebsvermögen, indem es von den Seiten zwei große Ballastgewichte abwarf; sie sanken ein paar Zentimeter tief und plumpsten, ohne die Fläche mehr als geringfügig aufzuwühlen, in den Schlick. Noch hatte der Matsch das Modul im Griff, doch waren die Motoren dieser Anforderung vollauf gewachsen. Das Modul vollführte den leisestmöglichen Start und fuhr die Motoren schubweise hoch, so daß es sich zunächst langsamer als die Strömung bewegte; wiederholte Male walzten die Raupenketten aus dem Morast und sackten zurück, bevor der Auftrieb die Ketten endgültig aus dem Meeresboden befreite.

Unter Anwendung der Raupenketten und Impellatoren steigerte das Modul seine Geschwindigkeit stufenlos und beinahe lautlos zu gemächlichem Kriechtempo und schlug einen weiten Bogen zu seinem Fahrtziel ein, den es schon orten konnte: den Kiel eines langen

Schiffs, dessen Ausmaße, die zwischen Heck, Vorschiff und Vordersteven einheitliche Verjüngung des Rumpfs sowie die Wasserverdrängung gemeinsam darauf verwiesen, daß es ein großes Dickschiff war – oder einst gewesen sein mußte –, vermutlich ein Schlachtschiff.

Hoch in den Aufbauten eines 500 m langen Hochseefrachters, das einmal die lukrativen Handelsrouten zwischen Jonolrey und Caltasp befahren hatte, betrat Ethce Lebmellin den Veranstaltungssaal, wo der Empfang sich inzwischen lautstark zu vollem Schwung hochschaukelte. Er trug die komplette Festkleidung: hinderliche, protzige Kleidungsstücke in Rot, Gold und Blau, gemustert mit Darstellungen ausgestorbener oder mythischer Meereslebewesen, die jeden seiner Schritte in ein Ringen farbenprächtiger Ungetüme verwandelten.

Lebmellins Mitarbeiter machten ihn mit den Gästen bekannt. Während er die ritualisierten Bewegungsabläufe des Begrüßens, Nachfragens und Dankens vollzog, hörte er sich willenlos die entsprechenden Floskeln dahersäuseln. Zwei Dekaden der Teilnahme an Empfängen, Banketten und Parties, erst an den Akademien und Hochschulen Yadayeypons und später in Schwimmstadt, hatten Lebmellin in hinreichendem Umfang mit genau der ebenso tadel- wie geistlosen Höflichkeit ausgestattet, die solche Anlässe verlangten.

Auf der anderen Seite des Saals sah er Kuma, der gerade irgendwelche Leute der Aristokratin und seinen zwei anderen neuen Freunden vorstellte; dem Mann mit Namen Dloan, der sich so muskulös und schweigsam verhielt wie ein hochgradig tüchtiger Leibwächter, und seiner zauberhaft attraktiven Schwester.

Anscheinend lechzten die Gäste auf bemitleidenswerte Weise danach, mit der Aristokratin Bekanntschaft zu schließen, die voraussichtlich bald, in vielleicht nur wenigen Tagen, vor den Huhsz um ihr Leben fliehen mußte. Die Lady stand in der hellen Beleuchtung nahe der Saalmitte und hatte die Schuhe ausgezogen; ihre nackten Füße waren halb ins dicke Gewebe des dort ausgelegten, prunkvoll gemusterten Teppichs eingesunken. Derartige aristokratische Affektiertheit war Lebmellin ein Greuel. Er mußte ein hämisches Feixen unterdrücken, während er sich mit einer beliebten, tonangebenden Kurtisane, die zu verdrießen unklug gewesen wäre, über einen Scherz erheiterte.

Scheinbar unbekümmert lachte er, bog den Kopf in den Nacken. Soeben stellte Kuma die Franck-Schwester dem General-Invigilator vor. Gut.

Wenige Minuten nach Mitternacht ereignete sich mehrere Schiffe weiter bei im Rahmen der regulären Wartung durchgeführten Reparaturarbeiten an Bord der *Devestator,* dem ehemaligen Flaggschiff der früheren Kaiserlichen Tilianischen Kriegsmarine, das heute als Fabrik herhielt, in der Pneumatik der Pumpenanlagen eine schwächere Explosion.

Das Modul spürte eine minimale Veränderung im düsteren Rumpf des tief in den Wassern liegenden, noch entfernten Fabrikschiffs, bemerkte dann die Erschütterung, die oben die miteinander vertäuten oder verschweißten Rümpfe durchbebte, hörte als letztes die Schallwellen der Explosion durch die Fluten der Lagune hallen, während es still und leise durch den Schlamm auf das alte Schlachtschiff zurollte.

Die Gasexplosion zerbarst eine Anzahl von Rumpfplatten des Fabrikschiffs und beschädigte die Isolierung des Hauptstromkabels, so daß es, als durch das Leck Wasser in den Rumpf schoß, zu einem Kurzschluß kam, der auf mehreren Dutzend Schiffen im Zentrum Schwimmstadts zum Stromausfall führte. Schlagartig sank dieser Bereich der Metropole in Dunkelheit.

Rund um das Modul, das diesen Vorgang beobachtete, verflimmerten und erloschen die Elektrofelder, und nur die magnetischen Signaturen der Fabrik und des Schiffs blieben noch feststellbar.

Ein paar Sekunden lang glomm auf den betroffenen Schiffen lediglich Punktbeleuchtung, bis die Notgeneratoren einsprangen und die Lichter auf einem Schiff nach dem anderen wieder angingen. Die Energiezentrale Schwimmstadts, die die Reaktoren etlicher Dutzend alter U-Boote sowie von vieren der acht vormaligen atomgetriebenen Ex-Flugzeugträger, die man zum Träger-Flugfeld zusammengefügt hatte, anzapfen konnte, veranlaßte elektronische Checks, um herauszufinden, wo die Unterbrechung der Kabel vorlag, ehe sie den dunkel gewordenen Teilen der Stadt durch die Reserveverkabelung neue Elektrizität zuleitete.

Die Stromversorgung auf der *Devestator* wiederherzustellen dauerte etwas länger; unterdessen überprüfte man die Datenangaben der Alarmgeber. Doch als die Beleuchtung des alten Schlachtschiffs wieder aufflammte, schmolz unverzüglich ein Großteil der Reservekabel – wenige Monate zuvor waren sie im Rahmen des permanenten Wartungsprogramms des Schiffs ausgetauscht worden durch eine Elektroanlagenfirma, die um diverse Ecken Miz Gattse Kuma gehörte – und verursachten an Bord allerorts kleine, aber zahlreiche Brände. Sofort schaltete die Energiezentrale die Elektrizität ab. Die diensthabenden Techniker der *Devestator* – neben den Wachtposten machten sie die Mehrzahl der ungefähr fünfzig Personen umfassenden Nachtschicht des früheren Schlachtschiffs aus – packten umgehend die Aufgabe an, behelfsmäßige neue Kabel zu verlegen, während batteriebetriebene Feuerwehrautomaten die Brandbekämpfung aufnahmen; es gelang, die meisten Brandherde binnen weniger Minuten zu löschen.

Halb schwamm das Modul, halb pflügte es vorwärts, näherte sich der Dunkelheit unter dem stillen Schlachtschiff, dessen breiter, flacher Rumpfboden nur eine

Handvoll Meter über dem weichen, schwärzlichen Schlick des Meeresgrunds hing.

Lebmellin widerstand dem Drang, auf seine Uhr zu blicken oder einen Untergebenen nach der Zeit zu fragen. Statt dessen beobachtete er den General-Invigilator; der Alte verfiel gerade dem Bann der goldblonden Franck-Schwester. Ihre Gegenwart stellte die Aristokratin weitgehend in den Schatten. Zefla Franck überstrahlte alles; sie erfüllte ihr Umfeld in einem Maße mit Leben, Schönheit und Anziehungskraft, die man fast auf der Zunge schmecken konnte.

Lady Sharrow dagegen war eine Person von ruhiger, nächtiger Schönheit, deren Verlockendes man trotz ihrer Vorzüge leicht übersah, ja die sogar eine etwas abweisende Wirkung ausübte, selbst wenn man berücksichtigte, daß sie aus einer Aristokratensippe stammte; sie glich einem dunklen, von Gewölk umschlungenen Planeten, der sich still und kühl in den Mantel seiner Geheimnisse hüllte.

Die Franck-Schwester jedoch war wie Thrial, wie die Sonne: wie Sonnenschein spürte Lebmellin ihre Ausstrahlung im Gesicht, während sie mit seinem unmittelbaren Vorgesetzten spaßte und flirtete. Und der alte Trottel fuhr voll darauf ab, fiel darauf herein, begeisterte sich für sie.

Aber du wirst mein, dachte Lebmellin, äugte hinüber und weidete sich an der Art, wie sie redete und lachte, kostete es aus, wenn sie den Kopf zurückbog und man ihren langen, aufregend zarten Hals sah. *Mein,* sagte er sich, starrte auf ihre Hand, sobald sie den reichlich mit gestickten Applikationen verzierten Ärmelstoff des General-Invigilators berührte.

Mein wirst du, verhieß Lebmellin ihrem üppigen Schopf glänzend-goldgelben Haars, dem altklug-kindlichen Lachen, ihrer vollkommenen, geschmeidigen, stets zum Wiegen und Drehen geneigten Figur sowie ihrer gefälligen, sinnlich-sanften, hinreißend-berückenden Stimme, ihrem Mund. *Mein. Wenn alles erledigt ist, bist du mein, und ich kann haben, was ich will.*

Der General-Invigilator schlug den Francks vor, ihnen Schwimmstadt von seiner Privatjacht aus zu zeigen. Sie ließ sich auf das Angebot ein; zur offensichtlichen Erleichterung des General-Invigilators lehnte ihr Bruder höflich ab. Die blonde Schönheit am Arm, verdrückte er sich zügig aus dem Festsaal, ließ sich nur von seinen zwei Leibwächtern, dem Privatsekretär, dem Küchenchef sowie seinem Arzt begleiten; der Rest seines Gefolges wirkte zunächst etwas beunruhigt, nahm die Sache dann jedoch rasch lockerer und stellte sich rasch darauf um, die Party noch ein wenig zu genießen.

Die Stromversorgung an Bord der *Devestator* wurde wiederhergestellt, noch ehe die Generatoren des Schiffs erneut an den Stromkreislauf angeschlossen werden konnten. Sobald das ehemalige Schlachtschiff neuen Strom erhielt, erschollen etliche Alarmanlagen. Noch brannten auf dem Schiff Dutzende kleiner Feuer, und obwohl es kurze Zeit später gelang, auch sie endgültig zu ersticken, hatte sich in vielen Räumlichkeiten Qualm ausgebreitet, den die Ventilation, nachdem sie den Betrieb wiederaufgenommen hatten, nur allmählich abzusaugen schafften.

Unaufhörlich heulten die Alarmgeber, ließen sich nicht abschalten, ohne sofort von neuem loszuheulen. Die Techniker und Wächter kratzten sich am Kopf und führten eine ganze Reihe von Checks durch.

Einige Minuten verstrichen, ehe sie merkten, daß sie es keineswegs mit wiederholten Fällen von Fehlalarm zu tun hatten, die sich immerzu gegenseitig auslösten, sondern es tatsächlich ein ernstes Problem gab.

Inzwischen hatte das Modul mit einem Schweißbrenner knapp backbords des Kiels, direkt unter der Tresorkammer des Kronenstern-Gehänges, die ursprünglich zur Minenabweisung bestimmte Rumpfpanzerung der *Devestator* aufgeschnitten. Es wich ein Stück weit zurück, um die herausgetrennte, drei Meter durchmessende, am Rand weißglühende Stahlscheibe in den Schlamm stürzen und darin verschwinden zu lassen, dann durchquerte es die dichte Wolke aufgewirbelter Sedimente, bis es sich unter dem Loch befand. Es reduzierte Motorengehäuse und Raupenketten auf den geringsten Querschnitt und rekonfigurierte sie für den Einsatz in vertikalen Großröhren; anschließend schwamm es empor in den gefluteten Kielraum.

Die Kasematte, in der man das Kronenstern-Gehänge verwahrte, war einmal der Munitionsbunker für den B-Turm der *Devestator* gewesen. Man hatte Munitionsbunker und Geschützturm so konstruiert, daß beide als Ganzheit rotierten, wenn man die drei 40-cm-Geschütze auf ein Ziel richtete. Schwer gepanzert waren sie von Anfang an worden, doch im Laufe des Umbaus vom Munitionsbunker zum Tresor hatte man sie zusätzlich mit Titan-Panzerplatten verstärkt und die Zugänge mit einer Ausnahme zugeschweißt; seitdem man den Turm vom Granatenzufuhrschacht der walzenförmigen Kasematte weggeschwenkt hatte, führte von Deck aus der einzige Weg ins Innere durch die Panzerung von wenigstens einem Meter Dicke.

Das Modul plazierte eine Sprengladung, die wesentlich stärker als jedes Projektil war, das die *Devestator* je verschossen hatte, unter den Boden der Kasematte; danach kroch es zur Seitenwand des wassergefüllten Kompartiments, zog sämtliche externen Sensoren in den gepanzerten Korpus ein und desaktivierte vollständig alle Lauschinstrumente.

Die Detonation erschütterte sämtliche 60 000 t der *Devestator.* In Nachbarschiffen ruckten Brauen nach oben, klirrten in Gläsern Eiswürfel. Im Sicherheitsdienst-Hauptkontrollraum des Ex-Schlachtschiffs blickten zwei höherrangige Techniker sich ungläubig an und streckten die Hand nach der Taste für den Großalarm aus. Jede Alarmsirene des Schiffs, die noch nicht heulte, fing nun ebenfalls zu gellen an.

Lebmellin erhielt den Anruf eine Drittelstunde nach Mitternacht; er wartete darauf, deshalb spürte er das Erstarren seiner Kommunikationssekretärin, als sie plötzlich auf etwas wichtigeres als das Geschwätz der Planetenrundschau und der Schwimmstädter Lokalnachrichten lauschte, das ihr normalerweise ins Trommelfell-Implantat zwitscherte. Sie schloß ein Auge, sichtete den Unterlid-Monitor.

Der Kommunikationsspezialist des General-Invigilators führte schon ein Gespräch per Button-Telefon.

Lebmellins Sekretärin tippte einmal an seinen Ellbogen und erstattete die verschleierte Meldung, mit der er gerechnet hatte. »Sir, es ist unvermutet ein Vertreter des Globalen Tribunals eingetroffen. Er hält sich an Bord der *Prinzessin von Caltasp* auf.«

»Ach je«, sagte Lebmellin. Er wandte sich wieder dem Industriellen zu, mit dem er sich unterhalten hatte, um sich zu entschuldigen.

»Es ist auf dem F-Deck«, rief der Wachdienstchef, drosch die Faust auf die Computerkonsole und spähte im von Rauchschwaden durchzogenen Kontrollraum umher; an den meisten Konsolen blickten Lämpchen, jeder Platz war besetzt, Leute drückten Tasten, sprachen schnell in Mikrofone, blätterten in Handbüchern. »Oh, Verzeihen Sie, Vize-Invigilator«, sagte er und sprang auf.

Lebmellin ließ seine Untergebenen im Korridor stehen und strebte in die Mitte des Kontrollraums, sein Blick schweifte über die Konsolen und das Blinken der Lämpchen längs der Wände. »Also, Hauptmann«, erkundigte er sich mit seiner überzeugendsten Ruhe-aber-Entschlossenheit-Stimme, »was ist denn los, hm?«

»Etwas ist ins Gewölbe vorgedrungen, Sir. senkrecht von unten, gleich nach einem Kurzschluß. Momentan ist es bloß noch zwei Schotts – ziemlich dünne Schotts, Sir – von der Tresorkammer entfernt. Die innersten Sicherheitsvorkehrungen hat es noch nicht überwunden, allerdings ist es bisher durch nichts aufgehalten worden ...« Der Wachdienstleiter hob die Schultern. »Es hat den Zugang zum Gewölbe blockiert, Sir, aber es kann uns nicht entkommen. Wir haben zwei Klein-U-Boote unter das Loch dirigiert, vier Patrouillenboote sind neben dem Schiffsrumpf in Bereitschaft, zwei kommen in Kürze dazu, ferner ist das Überwachungs-U-Boot mit weiteren Kampftauchern an Bord unterwegs in den nächsten befahrbaren Unterseebereich, und das Deck steht im Umkreis von zweihundert Metern unter Aufsicht. Außerdem haben wir die City-Marineinfanterie alarmiert, sie hält Flugzeuge und Truppen bereit. Der General-Invigilator ist ...«

»Indisponiert, glaube ich«, sagte Lebmellin gelassen.

»Jawohl, Sir. Ein unerhörter Anschlag, Sir, darum haben wir Sie kontaktiert.«

»Ausgezeichnet, Hauptmann«, lobte Lebmellin. »Bitte gehen Sie wieder an Ihren Posten.«

Inmitten einer Qualmwolke brach das Modul mit rotglühendem Korpus zur Tresorkammer durch. Ein Maschinengewehr eröffnete das Feuer, überschüttete das Modul mit Geschossen; achtlos rollte es vorwärts, obwohl es eine zersprengte Raupenkette nachschleifte. Ein Greifarm war ihm abgerissen worden, das Gehäuse strotzte rundherum von Dellen und Schrammen.

Gas strömte in die runde Kammer, füllte sie mit unsichtbaren Dünsten, die einen Menschen binnen Sekunden getötet hätten. Die Maschine holperte zur Kammermitte, wo sich von der Decke eine Titan-Säule herabgesenkt und wie eine Haube über den transparenten Kristallbehälter gestülpt hatte, in dem das Kronenstern-Gehänge aufbewahrt lag.

Das Modul verfeuerte eine Wuchtgeschoß-Thermogranate auf die Stelle, wo die Titan-Säule aus der Decke herausragte; die Ladung durchschlug das Metall, zerschmolz die Trefferzone und fixierte damit die Säule in ihrer Position. Eine Pulswellen-Waffe schoß, durchsprühte die von giftigen Gasdämpfen getrübte Tresorkammer mit Funken, schaffte es aber nicht, die photonischen Schaltkreise des Moduls zu stören.

Aus einem gepanzerten Stauraum unter ihrem Korpus breitete die Maschine etwas aus, das einem sehr dicken, einen Meter breiten Teppich ähnelte, wickelte es, indem sie einen noch funktionstüchtigen Schwerlastgreifarm benutzte, provisorisch um die Titan-Säule, erzeugte dann den Lichtimpuls zur Aktivierung des präkonfigurierten Präzisionsschneidbrenners; die Kurzentladung verursachte im Metall vier mikroskopisch feine Risse, und aus der Säule kippte eine Platte von einem Quadratmeter Größe, gab den Blick frei auf den unbeschädigt gebliebenen Kristallbehälter mit dem Kronenstern-Gehänge, das einer Samenkapsel in einer halbierten Frucht glich.

Nun fuhr das Modul aus einem Seitenschlitz seinen zierlichsten Arm, an dessen spindeldünner Spitze ein Überschallbohrer surrte, nach dem Kristallbehälter aus. Es durchtrennte den Kristall ringsum knapp über Sockelhöhe, hob das abgelöste Oberteil vorsichtig in die Höhe und stellte es beiseite; und endlich griff es nach dem Gehänge, das auf einer halsförmigen Unterlage aus schlichtem, schwarzem Tuch ruhte.

Die Extremität tastete sich langsam mit ihren drei mehrgliedrigen Greifvorrichtungen auf das Schmuckstück zu, justierte und adjustierte sich, als wäre sie sich noch darüber im unklaren, wie sie es anfassen sollte.

Da zögerte das Greifärmchen plötzlich und stockte.

Aus dem Modul drang Fauchen und Knirschen, es schien auf den Raupenketten zusammenzusinken. Der nach dem Kronenstern-Gehänge ausgestreckte Greifer sank ab und danach zur Seite, die Metall- und Plastikglieder noch ein paar Zentimeter von der Beute entfernt; sie zitterten, spannten sich ein letztes Mal an und erlahmten vollends.

Qualm entquoll dem Korpus des Moduls, vermischte sich mit den Gasen, Dämpfen und Rauchschwaden, die schon die Tresorkammer durchwallten. Der demolierten Maschine entrang sich ein Geräusch, das sich wie ein Stöhnen anhörte.

Eine Viertelstunde verstrich, während die Reservemotoren die Kasematte drehten, bis der ehemalige Munitionszufuhrschacht wieder an seinen Zugang in den Geschützturm paßte, und die Tresorkammer soweit gasfrei gepumpt worden war, daß Lebmellin, der Wachdienstchef sowie eine Gruppe Wächter sich hineinwagen konnten.

Mit Gasmasken ausgestattet, betraten sie die Kammer, stiegen über noch glühende Trümmer hinweg und fanden das Modul so vor, wie es gestoppt hatte, den dünnen Metallarm noch nach dem Halsband gereckt. Mißtrauisch schielten die Wächter die Maschine an; ihr Chef besah sich den verwüsteten Raum mit einem Ausdruck ungläubiger Wut im Gesicht.

Behutsam schwang Lebmellin sich über zu Schrott verdrehte, große Stücke aufgetrennten Titans, hob den Saum seines Festgewands, damit es nicht übers verschmutzte, mit Splittern und Bruch übersäte Deck schleifte. »Vielleicht sollten wir das Schiff in *Devastierter* umbenennen, was, Hauptmann?« scherzte er, lachte verhalten unter der Gasmaske.

Humorlos lächelte der Wachdienstleiter.

Lebmellin ging zu dem Gehänge und betrachtete es

sehr aufmerksam aus nächster Nähe, ohne es anzurühren.

»Am besten sind Sie vorsichtig, Sir«, empfahl der Wachdienstchef mit durch die Gasmaske gedämpfter Stimme. »Wir wissen noch nicht, ob das Ding wirklich kaputt ist.«

»Hmm«, brummelte Lebmellin. Er blickte sich um und nickte dem Wachdienstchef zu; mit einem Wink schickte der Hauptmann seine Leute aus der Tresorkammer.

Die zwei Männer gingen zu einem Feuerwehrschlauch-Wandschrank; jeder steckte einen kleinen Schlüssel in das, was wie ein normaler, nichtabschließbarer Griff aussah. Sobald die eingebeulte Stahlblechtür geöffnet war, langte Lebmellin unter die Überreste des uralten Segeltuchschlauchs, holte ein kleines, in sauberes Stoff gewickeltes Bündel heraus.

Lebmellin entfaltete das Bündel und enthüllte das echte Kronenstern-Gehänge, das selbstverständlich viel zu wertvoll war, um genau an der Stelle gelagert zu werden, wo alle Welt es vermutete, und ebenso, um es außerhalb der Tresorkammer zu verstecken. Beide Männer zückten Vergrößerungsgläser aus der Tasche und sahen sich das Geschmeide an. Gleichzeitig stießen sie Seufzer der Erleichterung aus.

»Na, Hauptmann, wenigstens ist es noch da«, sagte Lebmellin. Er schob die freie Hand unters Festgewand und rieb sich die Brust. »Aber wir werden nun *jede Menge* Formulare ausfüllen müssen, und wahrscheinlich sogar als Triplikat.«

In genau diesem Augenblick gab das Modul ein Geräusch von sich, das wie ein Schuß klang, ruckte auf seinen Raupenketten kurz an, ehe es erneut still und reglos verharrte. Der Wachdienstleiter wirbelte mit aufgerissenen Augen herum, ein Aufschrei erstickte in seiner Kehle. Einen Moment später drehte er sich wieder um. »Es kühlt bloß ab, glaube ich«, meinte er und schmunzelte beschämt.

Der Vize-Invigilator wirkte unbeeindruckt. »Das nehme ich auch an, Hauptmann.« Er packte das Halsband, das er in der Hand hielt, zurück ins Tuch und legte es wieder in den Wandschrank; gemeinsam schlossen die beiden Männer die Schranktür ab.

Lebmellin deutete mit einem Nicken auf die Maschine. »Lassen Sie Ihre Leute diese Apparatur auf dem Weg hinausbefördern, aus dem sie hereingekommen ist«, befahl er. »Die Unterwassereinheiten sollen sie fortschaffen. Schließlich wollen wir nicht, daß hier doch noch was Dummes passiert, zum Beispiel, daß sie sich sprengt, nicht wahr?«

»Natürlich nicht, Sir.« Der Wachdienstchef verzog gequält das Gesicht. »Allerdings könnte das in genau der Sekunde geschehen, wenn wir sie vom Fleck bewegen.«

Bedeutungsschwer lenkte Lebmellin den Blick hinüber zum Feuerwehrschlauch-Wandschrank. »Außer uns wissen nur der General-Invigilator und fünf Mitglieder des Stadtrats darüber Bescheid, was da drin liegt. Deshalb bleibt uns gar keine Wahl. Schmeißen Sie das verdammte Ding ins Loch hinab, durch das es eingedrungen ist, und sorgen Sie dafür, daß die Kammer aufs schärfste bewacht wird.«

»Jawohl, Sir.«

Sie beaufsichtigten den Abtransport des falschen Halsbands, das von der Maschine beinahe geraubt worden wäre; Lebmellin begleitete die fünfzig komplett bewaffneten Marineinfanteristen, die zwei hochgradig nervöse Bankdirektoren mit dem Falsifikat zum zweitsichersten Tresor Schwimmstadts in der hiesigen Filiale der Ersten Internationalen Bank eskortierten, die ihren Sitz auf einem vorsätzlich nach dem Vorbild einer alten Ölplattform gebauten Beton-Hausboot hatte.

Zusammen mit seinen engsten Untergebenen verließ der Vize-Invigilator die Bank an Bord seines Dienst-

Amphibienfahrzeugs. Von der *Devestator* rief der Wachdienstleiter ihn an. Die Maschine war weggeräumt und durch das Einbruchsloch zurück ins Meer abgeseilt worden; gegenwärtig zogen Marine-Crawler sie unter dem Schiff weg.

»Hervorragend«, kommentierte Lebmellin, schaute durchs Transparentdach der Fahrzeugkabine an die von Schrottlicht angehellten Wolken empor. Er lächelte seiner Chefsekretärin und der Kommunikationssekretärin zu, fragte sich, welche von ihnen in Kumas Sold stehen mochte. Möglicherweise beide.

Er atmete tief durch, legte sich dabei eine Hand auf die Brust, als ob ihm das Luftholen schwerfiele. Dann lächelte er durch und durch wohlwollend. »Ich glaube, Mr. Kuma hatte vor, nach dem offiziellen Empfang eine Party zu veranstalten. Sehen wir einmal, ob dort etwas los ist, ja? Zu bleiben brauchen Sie nicht. Wenn es Ihnen lieber ist, dürfen Sie sich dann verabschieden und Ihren verdienten Schlaf gönnen.«

»Ja, Sir.«

Miz Gattse Kumas Party auf der alten Eisenbahn- und Autofähre neigte, als Lebmellin eintraf, schon zum Abflauen. Oben auf dem Fahrzeugdeck wurde getanzt; unten auf dem Eisenbahndeck hatte man ein halbes Dutzend Waggons zu kleinen, gemütlichen Bars umgestaltet. Die Fähre war eine Neuerwerbung und am äußersten Rand Schwimmstadts verankert, so daß man ungehinderten Ausblick ebenso auf den Sandstrand der Lagune wie auch die See hatte; bisher verbanden nur gewöhnliche Laufplanken sie mit der Stadt. Durch zweckentfremdete Anwendung der Stabilisatoren schaukelte das Schiff sachte von einer zur anderen Seite und simulierte damit eine mittelstarke Meeresbrandung, und alle außer den Partygästen mit der schwächsten Konstitution hatten diese Attraktion als höchst amüsant empfunden.

Lebmellin erklomm die Brücke der alten Fähre, ohne die Auflösungserscheinungen der Party zu beachten, und nickte den stämmigen Kerlen zu, aus denen Kumas Sicherheitstruppe bestand. Sein Gaumen war trocken, und er merkte, daß er zitterte, teils infolge verspäteter Reaktion auf den Diebstahl des Kronenstern-Gehänges, teils aus Erwartung des Bevorstehenden.

Die breite, rot beleuchtete Brücke war fast leer; ein Großteil aller Instrumente und Steuergeräte der Fähre waren ausgebaut worden. Sie waren vollzählig anwesend: die Aristokratin, Kuma und der Franck-Bruder. Ausnahmslos trugen sie Straßenkleidung, die Aristo zudem eine kleine Handtasche. Lebmellin nickte Kuma zu, der in gelöster Stimmung herumstand, in der Hand einen Drink, und eilte zu dem Helligkeitskreis, der auf einen Kartentisch mit einem Tablett fiel. Kristallgläser glitzerten.

»Haben Sie das Stück, Mr. Lebmellin?« fragte Kuma.

»Da«, antwortete der Vize-Invigilator, holte die Beute aus dem Festgewand. Er legte sie auf den Kartentisch und schlug die Tuchumhüllung beiseite. Das Trio drängte sich um den Tisch, starrte das Halsband an.

Lebmellin beobachtete die drei, während sie das Geschmeide begafften. Er versuchte zu erkennen, inwiefern sie sich von anderen Menschen unterschieden, in welcher Hinsicht das SNA-Virus, diese Sonderleistung alter wissenschaftlicher Hexerei, sie verändert, irgendwie dem einen Eigenheiten des anderen übertragen haben mochte; zu ersehen, ob sie tatsächlich – wie manche Gerüchte behaupteten – ihre gegenseitigen Reaktionen besser als eineiige Zwillinge vorausahnen konnten. Über Miz Gattse Kuma hatte er sich gründlich informiert; er kannte seine Vergangenheit und wußte, daß die virale Umbildung ihn – und genauso die anderen – für immer nachhaltig gewandelt hatte. Aber wie zeigte sich die Abwandlung? Konnte man sie ihnen ansehen? Ihren Stimmen anhören? Reagierten sie jetzt gleichartig? Dachten sie stets die gleichen Gedanken? Verkniffenen Blicks musterte er sie, bemühte sich etwas zu sehen, von dem er wußte, daß es sich nicht bemerken ließ.

Aber was soll es nun noch, dachte er, unterdrückte ein Lächeln. Trotz ihres famosen Ansehens erlagen auch sie, geradeso wie jeder andere, dem faszinierenden Bann des antiken Halsbands.

Und das Kronenstern-Gehänge enttäuschte nicht. In herrlichem Glanz lag es auf dem Tisch, seine nach herkömmlichen Begriffen gar nicht herstellbaren Quecksilberösen gleißten, als verkörperten sie selbst eine Lichtquelle und verströmten pure, klare Helligkeit; als wäre es ein Teil von etwas noch Grandioserem, das aus einer höheren Daseinsebene stammte und sich nur zufällig in das hiesige weltliche Universum verirrt hätte.

Lebmellin schaute in die Runde und schmunzelte. Sogar die Aristokratin hatte die Güte, beeindruckt zu sein. Im Augenwinkel gewahrte der Vize-Invigilator Bewegung am anderen Ende der Brücke, glaubte von oben einen gedämpften Rums zu hören. Der Franck-Bruder, der wie ein Leibwächter aussah, hob den Kopf.

»Das ist ein schönes Stück«, konstatierte Lady Sharrow mit ihrer leisen Stimme.

»Diese Klunker hier können Sie sicherlich leichter unter die Leute bringen«, sagte Kuma, legte einen kleinen Lederbeutel neben dem Halsband auf den Tisch. Er zog an der Schnur, öffnete das Beutelchen und ließ ein Dutzend mittelgroßer Smaragde herausrollen.

»Da dürften Sie recht haben«, stimmte Lebmellin zu. Er nahm den Beutel, lächelte versonnen, während er die grünen Steine betrachtete.

»So ein Erfolg schreit nach einem Umtrunk«, meinte Kuma, brachte eine Kristallkaraffe. Er schenkte Lebmellin goldfleckigen speyrischen Likör ein.

»Lassen Sie mich Ihnen eine Trinksitte Yadayeypons

zeigen, Mr. Kuma«, sagte Lebmellin, steckte das Beutelchen mit den Smargaden unters Festgewand. Er griff sich Kumas Glas, goß den Inhalt ins eigene Trinkgefäß – das Blattgold wirbelte durch die hellblaue Flüssigkeit –, dann verfuhr er umgekehrt und schüttete die Hälfte in sein Glas zurück. Mit gutmütigem Schmunzeln reichte er Kuma das andere Glas.

»Und wie lautet der Trinkspruch?« fragte Kuma. »Heiliger Sankt Nimmerlein, vor Gift verschon uns fein und flöß es lieber andern ein?«

»Sehr richtig, Mr. Kuma.« Unverwandt lächelte Lebmellin.

An beiden Enden der Brücke barsten, klirrten die Fenster, in derselben Sekunde stieß jemand die Tür auf, und plötzlich wimmelte es auf der Brücke von Schwarzgekleideten mit sonderbar beschaffenen Schußwaffen. Dloan Franck hatte nach seiner Pistole gegriffen, sie aber nicht gezückt. Jetzt hob er langsam die Hände.

Inzwischen hatte Lebmellin die eigene Waffe gezogen. Kuma drehte sich ihm zu, wirkte leicht verärgert. »Lebmellin«, fragte er, das Glas noch in der Hand, »haben Sie den Verstand verloren?«

»Nein, Mr. Kuma«, erwiderte Lebmellin, packte das Halsband wieder ein und schob es zurück unter sein Festgewand, während seine Männer das Trio entwaffneten. »Sie allerdings könnten in Gefahr schweben, mehr als das zu verlieren.«

Ein Schwarzgekleideter gab Lebmellin eine halbmondförmige Kappe; der Vize-Invigilator setzte sie sich auf den Kopf. Seine Männer stülpten sich gleiche Kappen über. Dloan Franck starrte mit gefurchter Stirn die Waffe an, die der Mann vor ihm auf ihn gerichtet hielt. Auf dem Nachtvisier der Waffe blinkte ein kleines Rotlicht.

»Lebmellin, alter Junge«, sagte Kuma in einem Ton, der nach Mattigkeit und Kummer klang, »falls Sie draußen keine regelrechte Armee bereitstehen haben, könnte die Sache übel enden. Warum legen Sie nicht einfach das Schmuckstück wieder auf den Tisch, und wir vergessen, daß es je eine Meinungsverschiedenheit gegeben hat?«

Lebmellin lächelte; er nickte einem anderen Schwarzgekleideten zu, der einen schlichten Metallkubus mit etwa dreißig Zentimetern Seitenlänge mitführte. Der Mann kam heran und stellte den Würfel auf den Kartentisch; auf der Oberseite war ein großer, roter Knopf zu sehen.

»Das ist«, sagte Lebmellin, »eine Mentalbombe.«

Davon wurde das Dreigespann anscheinend wenig eingeschüchtert. Die Aristokratin und Kuma schauten Dloan Franck an, der nur die Achseln zuckte.

»Durch ihre Emissionen schwindet jedem Menschen im Umkreis von fünfzig Metern für eine halbe Stunde das Bewußtsein«, erläuterte Lebmellin. »Außer er trägt so eine Schutzvorrichtung.« Mit dem Finger wies er auf seine Kappe.

Nun wirkte Kuma betroffen, starrte Lebmellin ins Gesicht. Dloan Franck sah Lady Sharrow an und schüttelte kaum merklich den Kopf.

»Träumen Sie süß, liebe Freunde«, wünschte Lebmellin ihnen. Energisch drückte er den roten Knopf.

Lady Sharrow stieß ein Räuspern aus. Miz Gattse Kuma kicherte.

Dloan Francks Blick ruhte nach wie vor auf der Waffe, mit der Lebmellins Gehilfe ihn bedrohte. Gerade war auf dem Nachtvisier das kleine Rotlicht erloschen. Auch der Schwarzgekleidete schaute jetzt die Waffe an; er schluckte.

Lebmellin starrte die drei Personen an, die unverändert den Tisch umstanden, dann trat er vor und drückte den roten Knopf, so fest er konnte, ein zweites Mal.

Als hätte er ihnen damit ein Zeichen gegeben, sprangen die Lady und die zwei Männer gleichzeitig vom Tisch fort, wirbelten herum, sie traten, schlugen und rammten drei Bewacher aufs Deck nieder; anschließend überwältigten Dloan Franck und Lady Sharrow die Männer, die sie entwaffnet hatten, während die Schwarzgekleideten noch versuchten, ihre Gewehre zum Funktionieren zu bringen. Miz wollte sich auf Lebmellin stürzen, doch der Vize-Invigilator hatte sich vom Tisch abgestoßen und wich zurück, stolperte rückwärts quer durch die rot beleuchtete Brücke.

Rings um den Kartentisch lagen vier schwarzgekleidete Gestalten auf dem Boden; alle übrigen Anwesenden, sah Lebmellin, waren offenbar ins fortgesetzte Ringen verwickelt. Noch ein Mann prallte aufs Deck, und die Aristokratin warf sich auf ihn, hielt ihn niedergepreßt, prügelte auf ihn ein und zerrte etwas aus seiner Kluft. Lebmellin beobachtete, daß zwei seiner Leute am Eingang zur Brücke mit den Waffen ins Getümmel zielten, die Gewehre schüttelten, als sie nicht funktionierten. Lady Sharrow feuerte aus ihrer wiedererlangten Pistole, und einer der Männer an der Tür brach mit einem Aufschrei zusammen, umklammerte seinen Oberschenkel. Der andere Mann schmiß das Gewehr weg und suchte das Weite.

Auch Lebmellin ergriff die Flucht. Er lief ans Ende der Brücke und schwang sich durch ein zerbrochenes Fenster hinaus. Hinter ihm brüllte irgend jemand was. Durch das Fenster fiel er aufs Deck, schlug wuchtig auf.

Sharrow raffte sich hoch und rannte Lebmellin nach, sah ihn draußen übers Deck humpeln. Sie vollführte einen Satz durch ein Fenster, trat auf etwas hartes Kleines, das wie eine Handvoll Kieselsteine auf Deck lag. Ein größeres, schnittig-schmales, turbinengetriebenes Motorboot dümpelte längs der Fähre. Sie zielte mit der HandBalliste auf den inzwischen zwanzig Meter entfernten Vize-Invigilator. Aus der anderen Richtung rief jemand Lebmellin zu, er solle stehen bleiben; die stämmige Gestalt des Vize-Invigilators schlitterte und verharrte. Lebmellin schaute sich nach Sharrow um, zögerte, dann sprang er über die Reling und fiel hinab ins Dunkel.

Sharrow sah ihn abwärtstrudeln; er streifte steuerbords die Turbinenabdeckung des Motorboots und klatschte schlaff ins dunkle Wasser. Eine Sekunde später öffnete sich an der Kabine des Fahrzeugs halbhoch eine möwenflügelförmige Luke, jemand klomm hervor und machte einen Hechtsprung in die Fluten.

»Was ist los?« fragte Miz durch ein zertrümmertes Brückenfenster.

Sharrow blickte zu ihm hinüber und hob die Schultern. »Nicht gerade wenig«, antwortete sie, schaute zu Boden, um nachzusehen, worauf ihr Fuß stand. Es war das Kronenstern-Gehänge. »Ach, sieh an«, fügte sie hinzu. »Ich habe das Stück gefunden.« Achtsam las sie es auf.

»Gut«, rief Miz. Unten dröhnten die bislang gedämpften Motoren des Boots lauter, es setzte sich in Bewegung, schob sich durch die niedrigen Wellen, die Turbinen jaulten, Gischt sprühte vom Rumpf, während es beschleunigte und sich auf unter zwei A-förmigen Stützen angebrachten Kufen erhob und als Tragflügelboot entpuppte.

Miz und Dloan kamen zu Sharrow an die Reling gehastet. Rasant entschwand das schwarze Tragflügelboot in die Nacht, aus den zwei Motoren stob rosa-blaue Abgasglut. Dloan hatte ein Gewehr der Schwarzgekleideten sowie den Metallkasten in den Händen, den Lebmellin als Mentalbombe bezeichnet hatte; der Deckel war aufgeklappt.

»Schau mal«, sagte Dloan zu Miz, während Sharrow in die Düsternis über den Gewässern hinabspähte. Dloan öffnete ein Fach im Gewehrkolben, zupfte ein paar Drähte heraus. »Gewöhnliche Synapsenstunner mit funkgesteuertem Ausschalter.« Er zeigte den Kasten vor, der leer war bis auf eine einzige, kleine Platte elektronischer Schaltkreise. »Und hier ist ein Funksender drin …«

Ratlos heftete Miz den Blick aus der Box in Dloans Miene.

»Ich glaube, ich sehe da jemanden …«, sagte Sharrow, beschattete mit der Hand die Augen.

»Hallo«, tönte eine schwache Frauenstimme aus den Wellen zu ihnen herauf.

»Zefla?« rief Dloan, stellte Gewehr und Kiste beiseite.

»Nein«, entgegnete die Stimme sarkastisch, »aber ich kann ihr bei Gelegenheit was ausrichten.«

Sharrow glaubte Zefla undeutlich zu erkennen, ihren Blondschopf auf dem Wasser schaukeln zu sehen. »Was machst du da unten?« rief Sharrow hinab.

»Warte ich vielleicht auf 'ne *Rettungsleine*?«

»Wenn du frech wirst, kannst du Lebmellin fragen. Er muß ganz in deiner Nähe sein. Siehst du ihn?«

»Nein. Was ist nun mit der Leine …?«

Bevor die Strickleiter hinunterfiel, trieb Lebmellin gegen Zefla. Seine Leiche schwamm mit dem Gesicht nach unten vorüber, aus dem eingedellten Schädel sickerte Blut.

Einige Augenblicke lang hielt Zefla den Leichnam fest. »Was soll denn das, Zefla?« fragte Miz mißmutig, während er sich über die Reling beugte.

»Ich durchsuche den heimtückischen Drecksack nach den Smaragden«, rief Zefla herauf.

»Nein, spar dir die Mühe«, lautete Miz' Antwort. »Die waren bloß aus Glas.«

Zefla gab ein Brummen von sich. Sharrow warf Miz einen strengen Blick zu, aber er schenkte ihr ein breites Lächeln.

»Ist es nicht herrlich?« sagte er fröhlich und mit seligem Seufzen. »Genau wie in alten Zeiten.«

Sharrow schüttelte den Kopf, hakte die Strickleiter ein und warf sie zu Zefla hinunter.

Sie trug nur eine Kniehose und darunter einen kurzen, schwarzen Slip; Sharrow und Miz halfen ihr über die Reling an Bord.

»Alles in Ordnung?« erkundigte sich Sharrow.

»Oh, bestens«, versicherte Zefla, stand triefnaß auf Deck. »Der General-Invigilator ist ermordet und seine Yacht versenkt worden, und mich hat man verschleppt.« Sie wrang sich das Haar aus. »Und wie ist euer Abend gewesen?«

»Erzählen wir dir später«, vertröstete sie Miz, der sich gerade mit einem seiner Männer verständigt hatte. »Schwimmstadts Polizei und die Marineinfanterie sind im Anrücken.«

Sharrow steckte das Kronenstern-Gehänge in die Handtasche. »Dann hauen wir lieber schleunigst ab«, sagte sie.

An einigen von Miz' Mietgangstern vorbei – obwohl sie inzwischen reichlich nervös aussahen, beauftragte er sie damit, zu verhindern, daß irgend jemand ihnen folgte – eilten die drei ins Innere des Schiffs.

Dicht überm Meeresspiegel führte ein Laufsteg vom Heck der Fähre hinüber in ein größeres Passagierschiff; unterwegs hörten sie Hubschrauber heranorgeln und Schüsse knallen. Sobald sie den Laufsteg hinter sich gelassen hatten, kippte Miz den Laufsteg in die See.

Im Passagierschiff liefen sie durch den ehemaligen, jetzt leeren Maschinenraum, in dem ihre Schritte laut hallten. Am anderen Ende war grob eine Tür aus dem Schott geschnitten worden; an den Rändern, wo die Schweißflamme geloht hatte, blätterte noch halbverbrannte Farbe ab.

Durch einen kurzen Stahlröhren-Verbindungsgang gelangten sie zu einer auf gleiche Weise geschaffenen Tür; nachdem Miz sie hinter ihnen geschlossen hatte, standen sie auf dem Boden eines sehr hohen, riesig weiten Hohlraums, in dem jedes Geräusch eherne

Echos hervorrief; kahle Metallwände reichten hoch hinauf in undurchdringliches Dunkel. Gelblich glomm eine einzelne Glühbirne, die am Ende eines dünnen Drahts aus den Schatten herabhing. Die Luft roch dumpfig und metallisch.

»Ein alter Öltanker«, erklärte Miz leicht außer Atem, während er durch die Wasserpfützen auf dem Boden vorauseilte. Wie Uhrzeiger wanderten die Schatten des Dreigespanns über den Tankboden. »Ein paar Tanks weiter liegt 'n Boot im Hangar.«

»Ich hoffe«, bemerkte Zefla, »es ist ein schnelles Boot.«

»Überhaupt nicht«, erwiderte Miz. »Die Flitzer haben meine Mietlinge. Wir besteigen 'n altmodisches Segelboot mit Elektromotor. Damit verduften wir in 'n Yachthafen an der Küste. Auf so was achten sie nicht.«

»Das glaubst du«, sagte Sharrow.

Sie rannten weiter, umsprangen die I-Träger, die Teile des Schiffsgerippes bildeten, hasteten durch eine Reihe in die Schotts geschnittener Türen von Tank zu Tank.

Plötzlich spürte Sharrow an den unteren Rippen einen heftigen Schmerz, der ihr ein Japsen entlockte. Sie hielt sich beim Laufen die Taille. »Ist was?« fragte Zefla.

Sharrow nickte, winkte ab. »Nur Seitenstechen. Kein Grund zum Bummeln.«

Da erlosch die Beleuchtung. »Scheiße«, hörte man Miz schimpfen. Vor Sharrow verstummten die Schritte.

Voraus war ganz schwache Helligkeit zu sehen, Licht aus anderen Tanks. »Wahrscheinlich nur 'ne kaputte Sicherung, keine äußere Einwirkung«, mutmaßte Miz. »Gebt auf die Stahlträger acht ... Autsch!«

»Bist du einem begegnet?« witzelte Zefla.

Irgendwo hinter ihnen erscholl eine gedämpfte Explosion, dem ein fernes Krachen folgte. »O *verflixt* noch mal!« rief Miz.

»Heute ist wohl so ein Tag, an dem alles schiefgeht, was?« meinte Zefla.

»Kann mal wohl sagen«, antwortete Miz. »Ich wette, wenn wir in Aïs City ankommen, regnet es.«

Sie setzten die Flucht fort. Die Beschwerden in Sharrows Leib verschlimmerten sich, die Beine fingen ebenfalls zu schmerzen an: Stiche durchfuhren sie bei jedem Schritt.

»Sharrow?« hörte sie Dloan rufen, während sie Miz' Silhouette in den nächsten Tank überwechseln sah.

»Hier«, keuchte sie, torkelte vorwärts. »Lauft, verdammt noch mal, ich bin hier, ich komme.«

Aber sie blieb immer mehr zurück.

Sie durchmaßen einen weiteren Tank, stolperten gegen I-Träger, patschten durch unsichtbare Wasserlachen. Sharrows Beine brannten inzwischen regelrecht von Schmerzen, sie biß die Zähne zusammen, Tränen quollen ihr in die Augen. Vor ihr lief erst Zefla, dann Dloan durch eine Tür in den darauffolgenden Tank. Der Schmerz wurde immer stärker. Sharrow hörte, daß jemand ihr eine Frage stellte.

»*Lauft* doch!« schrie sie, unterdrückte das Bedürfnis, vor Schmerz aufzuheulen; was mit ihr geschah, flößte ihr Entsetzen ein, doch sie wollte sich wildentschlossen dagegen wehren.

Mit einem Mal war ihr, als würde ihr der Schädel in einer Schraubzwinge zusammengepreßt, von den Schultern bis in die Waden durchwallte sie äußerste Qual, als zöge man ihr bei lebendigem Leibe die Haut ab. Sie wankte, blieb stehen, schmeckte Blut im Mund.

Ein Geräusch von Metall, das schwer über anderes Metall schrammte, schwoll an, dann durchzuckte scharfer Schmerz Sharrows Kopf. Sie sackte nieder, fiel auf den kalten Stahl des Decks, hatte die Besinnung verloren, ehe sie aufschlug.

Beim Erwachen war ihr sofort klar, daß sie unmöglich lange ohnmächtig gewesen sein konnte, höchsten für ein, zwei Minuten. Irgendwo fern ertönten rumsende

Geräusche, und sie glaubte zu hören, daß jemand ihren Namen rief. Der Schmerz war vergangen. Zusammengekrümmt wie ein Fötus lag sie mit der rechten Körperseite in einer flachen Pfütze auf dem Stahlboden. Einen Meter neben ihr lag die geöffnete Handtasche in einer anderen Wasserlache. Die Knie und die Stirn taten weh, zudem hatte sie sich anscheinend auf die Zunge gebissen. Außerdem mußte ihr Magen sich übel behandelt gefühlt haben: vor ihr breitete sich in der Pfütze lautlos Erbrochenes aus. Sharrow stöhnte, rappelte sich wacklig auf, feuchte Haare im Gesicht. Sie hob die Handtasche aus der Nässe, spuckte aus und spähte umher. Jetzt war es ziemlich hell in dem Tank, merklich heller als vor dem Erlöschen der Beleuchtung.

Sie blickte sich um. In einem Paar buntstoffiger Liegestühle saßen zwei junge Männer mit völlig übereinstimmendem Aussehen. Beide hatten frische, blitzsaubere Gesichter mit bläßlich-rosa-kupfrigem Teint, hatten nahezu kahle Köpfe und steckten in schlichten, taillierten, grauen Anzügen. Ihre Augen hatten gelbe Netzhäute. Einer hielt eine nackte Plastikpuppe in der Hand. Sharrow drängte sich das vage Gefühl auf, die beiden zu kennen. Sie lächelten sie synchron an.

Sharrow schaute fort und schloß die Lider, doch als sie ein zweites Mal hinschaute, saßen die beiden noch immer in den Liegestühlen. Mittlerweile war es in dem Tank gänzlich still geworden. Eine schmale Metalltreppe führte an einer Rumpfwandung über gestaffelt angeordnete Absätze empor zur Höhe des Außendecks.

Als nächstes streifte Sharrows Blick die Türen des Tanks; jetzt waren beide durch in einer Art von Schiebevorrichtung montierten Metallblenden fest verschlossen. In der Nähe der zwei jungen Männer lag eine große Gasflasche auf dem Tankboden; von dem Behälter schlängelte sich ein Schlauch auf das Schott des Tanks zu, in den Sharrow weiterzueilen beabsichtigt hatte. Sie hörte ein anhaltendes Zischen. Unwillkürlich würgte sie, beugte sich vornüber, tastete unter dem Jäckchen nach ihrer Pistole.

Sie war nicht mehr da.

Ein fürchterlicher Schmerz in Rücken und Schultern entrang ihr einen Schrei, ihre gequälte Wirbelsäule richtete sich ruckartig auf, krümmte sich rückwärts; noch fast im selben Moment verschwanden die Beschwerden, aber Sharrow war schon in die Pfütze zurückgefallen, starrte hinauf in das harsche, weißliche Licht, das von der Decke des Tanks herabstrahlte.

»Suchen Sie Ihre Pistole, Lady Sharrow?« fragte einer der adrett aussehenden jungen Männer. Seine Stimme hallte durch den Tank.

Mühsam zwang Sharrow sich zum Wiederhochraffen. Die zwei jungen Kerle lächelten breit, hatten beim Sitzen die Beine in genau gleichem Winkel übereinandergeschlagen. Der Lichtschein der Deckenlampen spiegelte sich auf ihren Glatzen und funkelte in den goldgelben Augen. Der eine junge Mann hatte noch die Puppe, der andere Bursche jetzt die Schußwaffe in der Hand.

Nun erinnerte Sharrow sich daran, wo sie einen von ihnen schon gesehen hatte: an Issiers Glasstrand in dem als Strandsäuberer getarnten Fahrzeug.

Nochmals lächelte das Paar in vollständiger Gleichzeitigkeit. »Hallo, da bin ich wieder«, sagte der Jüngling mit der Waffe. »Vielen Dank fürs Kommen.« Er schmunzelte und zog mit dem Pistolenlauf kleine Kreise in der Luft, als sähe er die Erfordernis, sie umzurühren. »Bei unserem letzten Zusammentreffen mußten Sie ja so verfrüht aufbrechen, Lady Sharrow. Mein Gefühl war, daß wir gar keine richtige Aussprache zustandegebracht hatten, deshalb lag für mein Empfinden der Gedanke nahe, eine zweite Begegnung zu arrangieren.«

»Wo sind meine Freunde?« fragte Sharrow heiser.

»Inzwischen an Bord ihres kleinen Motorboots,

denke ich mir«, antwortete der Mann mit der Pistole. »Falls sie nicht vom Gas überwältigt und tot dort hinter der Wand liegen.« Mit unverwandtem Lächeln wies er mit dem Kinn auf das Schott.

»Was wollen Sie?« erkundigte Sharrow sich matt. Flüchtig drang ihr der Geruch des eigenen Unwohlseins in die Nase, und neuer Brechreiz würgte sie.

Das Duo blickte sich an; es sah so aus, als ob jemand sich im Spiegel betrachtete. »Was wollen wir?« fragte derselbe wie vorhin. »Na, auf gewisse Weise nichts, glaube ich, was wir nicht schon haben.« Er schob die Pistole in eine Innentasche seines schlichtgrauen Jacketts und holte statt dessen das Kronenstern-Gehänge heraus, besah sich das Schmuckstück mit merklicher Zufriedenheit, ehe er es in die Jackentasche zurücksteckte. »Die Klunker haben wir, das ist die Hauptsache.« Er grinste. »Und natürlich *Sie,* schöne Lady.« Er nickte seinem Zwilling zu, der die Puppe in der Hand hatte; der andere stieß mit dem Finger kräftig zwischen die Beine der Puppe.

Unerhörter, unerträglicher Schmerz schoß Sharrow durch Unterleib und Bauchhöhle. Sie schrie, krümmte sich erneut zusammen, schlotterte am ganzen Leibe und stöhnte, während sie unter Zuckungen auf den Stahlboden sackte.

Diesmal ließ der Schmerz nur allmählich nach.

Sie atmete mühsam, während sie auf dem Stahl lag, ihr Herz hämmerte. Schließlich drehte sie sich auf allen vieren um, bis sie die jungen Männer wieder sehen konnte. Der eine, der bislang die Unterhaltung bestritten hatte, lachte lautlos vor sich hin.

»Das hat gezwickt, was?« Er zog ein kleines Tuch aus der Brusttasche und wischte sich die Augen. Nachdem er das Tüchlein in die Tasche zurückgeschoben hatte, rang er um Beherrschung. »Na, dann kommen wir mal zur Sache.« Er hob die Faust an den Mund und räusperte sich theatralisch.

»Der Körper, teure Lady Sharrow, ist ein Code, und Ihr Code ist uns bekannt. Was mein gutaussehender Assistent hier gerade getan hat, können wir jederzeit und überall wiederholen.« Er neigte den Kopf zur Seite. »Und wenn Sie keine liebe, kleine Lady Sharrow und uns ungehorsam sind, müssen wir Sie verhauen.« Er schaute den anderen Burschen an. »Nicht wahr?«

Der andere Mann nickte und schnippte mit dem Finger gegen den Körper der Puppe.

»Nein, bitte ni ...«, hörte Sharrow sich noch rufen, bevor neuer Schmerz sie überwältigte.

Dieses Mal war es, als erhielte sie mit der flachen Seite eines Schwerts – mit solcher Gewalt, als sollten ihr Knochen gebrochen werden – einen Hieb aufs Gesäß. Sie spürte, daß sie den Mund aufriß und nach Luft schnappte, das Gesicht auf das kühle Metall des Tankbodens preßte. Tränen rannen ihr aus den Augen.

»Vielen Dank für den Halsschmuck«, sagte der Grünschnabel sachlich. »Wir wissen den Aufwand, mit dem Sie und Mr. Kuma sich für die Beschaffung engagiert haben, wirklich zu schätzen, und ich lege darauf Wert, daß Sie darüber Bescheid wissen. Aber glauben Sie uns, gleichzeitig sind wir der Überzeugung, daß Sie die Fähigkeit haben, noch besseres zu leisten. Wissen Sie, wir sind der Ansicht, Sie könnten sich mit dem Vorhaben anfreunden, nach einer weiteren Antiquität zu forschen. Erraten Sie, was wir meinen?«

Sharrow hob den Blick; ihre Atemzüge gingen flach und schnell. Sie mußte angestrengt zwinkern, um die beiden noch sehen zu können; unverändert saßen sie in ihren strengen, grauen Anzügen, die Beine übereinandergeschlagen – die Glatzen glänzten –, in den Liegestühlen. Ihr war nicht zum Sprechen zumute, deshalb schüttelte sie nur den Kopf.

»Ach, kommen Sie, das müßten Sie doch ohne weiteres erraten«, schalt der junge Bursche. »Ich helfe Ihnen auf die Sprünge. Ein solches Stück haben Sie schon gefunden, das Exemplar, das Sie nun suchen sollen, ist das letzte seiner Art, und jeder, buchstäblich *jeder*, der irgendwie Rang und Namen hat, würde es zu gerne für sich haben. Na los, das ist doch wohl leicht!«

Sharrow senkte den Kopf zurück auf den Tankboden und nickte.

»Und außerdem«, ergänzte der junge Mann seine Hinweise, »soll es die einzige Waffe sein, die je mit einem gewissen Sinn für Humor hergestellt worden ist.«

Von neuem hob Sharrow den Kopf. »Die Chaoswaffe«, sagte sie mit schwacher Stimme.

»Ganz genau«, rief der junge Kerl fröhlich. »Die Chaoswaffe.« Mit freudigem Lächeln beugte er sich im Liegestuhl vor. »Selbstverständlich haben wir davon Kenntnis, daß Ihnen aus guten Gründen selbst an der Auffindung dieser bemerkenswerten und jetzt einmaligen Waffe gelegen ist und wahrscheinlich beabsichtigen, sie gegebenenfalls unseren guten Freunden, den Huhsz, zu überlassen, in der Hoffnung, daß sie dann auf ihren Vorsatz verzichten, sich Sie zu schnappen und umzubringen. Natürlich ein verständlicher Wunsch, aber leider steht er in unvereinbarem Widerspruch zu den Plänen, die die Interessenten, die wir vertreten, mit der Waffe haben. Kurzum, es wäre uns *weitaus* lieber, wenn Sie die Chaoswaffe uns aushändigten. Einzelheiten erfahren Sie erst von uns, wenn der Tag der Übergabe näherrückt, aber wenigstens wissen Sie schon einmal ganz allgemein, wie die Lage ist. Sie liefern die Waffe uns aus, sonst werden wir sehr böse und lassen es Sie durch eines dieser kleinen, aber tadellos geformten Püppchen merken.« Mit der Hand winkte er in die Richtung der Puppe. »Haben Sie das kapiert?«

Sharrow nickte, schluckte, mußte husten. »Ja«, krächzte sie.

»Ach ja, und dürfen wir Ihnen *dringend* davon abraten, sich an Ihren gräßlichen Vetter zu wenden? Nicht einmal Geis mit allen seinen Mitteln kann Ihnen gegen die Leute behilflich sein, für die wir arbeiten, oder Sie so gut schützen, daß wir Sie nicht durch das Püppchen unsere Laune spüren lassen können. Außerdem haben wir auch in bezug auf den guten, alten Geis gewisse Absichten. Darum halten wir es, alles in allem besehen, für Sie als am vorteilhaftesten, Sie hören auf uns? Was meinen Sie?«

Der Bursche schwieg kurz, dann legte er eine Hand hinters Ohr. »Wie bitte?« fragte er. »Ich habe Sie nicht verstanden ...«

»Ja«, sagte Sharrow und nickte. »Ist gut ...«

»Sehr schön«, lautete die Antwort. »Wir bleiben in Verbindung, Lady Sharrow. Ab und zu erinnern wir Sie daran, daß wir da sind, um sicherzustellen, Sie glauben nicht etwa, bloß geträumt zu haben, sondern wissen, wir meinen es durch und durch ernst.« Der junge Mann breitete, im Gesicht das ständige Lächeln, weit die Arme aus. »Ich möchte Ihnen dringlichst empfehlen, Lady Sharrow, auf ganzer Linie mit uns zusammenzuarbeiten. Denken Sie bloß einmal, würde ich sagen, an die Möglichkeit, dieses Püppchen falle Ihren Feinden in die Pfoten.« Er betrachtete die Puppe, die in den Händen seines Zwillings lag, dann blickte er Sharrow wieder in die Augen und schüttelte den Kopf. »Ich könnte mir vorstellen, daß das Leben dann für Sie wirklich höchst unangenehm wird. Da stimmen Sie mir doch zu, glaube ich, oder?«

Nochmals nickte Sharrow.

»Na also, die Dinge stehen ja wahrlich hervorragend.« Der Schnösel klatschte in die Hände, schob sich anschließend den Ärmel des grauen Jacketts hoch und warf einen Blick auf einen Armbandmonitor. Er pfiff leise vor sich hin, während er eine Zeitlang das Display beobachtete.

Nach rund einer Minute nickte er mehrmals, verschränkte die Arme und lächelte von neuem Sharrow zu.

»So, meine Liebe, wahrscheinlich hat Ihnen die Zeit gereicht, um sich alles gut zu merken.« Ein letztes Mal wurde sein Lächeln breiter, dann nickte er seinem Ebenbild zu, das daraufhin mit beiden Händen die Puppe behutsam zwischen seinen gestiefelten Füßen auf den stählernen Boden legte.

»Zwilling«, sagte der junge Mann, »bitte den Schlußakt.«

Der Zwilling, der kein einziges Wort gesprochen hatte, hob den rechten Stiefelabsatz über die Puppe.

Sharrow blieb noch dazu Gelegenheit, Luft zu holen, doch zu schreien gelang ihr nicht mehr, bevor sein Fuß der Puppe auf den Kopf trat.

Irgend etwas, das weit über gewöhnlichen Schmerz hinausging, toste durch Sharrows Schädel.

Sie erwachte in Düsternis. Noch immer verschlossen die Metallblenden die Zugänge zu den Nachbartanks. Von den zwei jungen Flegeln, ihren Liegestühlen und der Gasflasche war nichts mehr zu sehen. Neben Sharrows Pistole lag die nackte Plastikpuppe mit zermalmtem Kopf auf dem Boden.

Sharrow stützte sich auf die Hände und verharrte für ein Weilchen in dieser Stellung, halb im Liegen, halb emporgestemmt.

Sie nahm die Waffe und die Puppe an sich. Die Pistole war noch geladen; sie schob sie unters Jäckchen, dann erprobte sie die Puppe, drückte sie mit äußerster Vorsicht. Anscheinend funktionierte sie nicht mehr. In der Schaumstoffüllung im Innern des zerbrochenen Kopfs schimmerten schwach Schaltkreise.

Sharrow stopfte die Puppe in die Handtasche und richtete sich auf, schwankte im Stehen. Sie griff in eine Tasche und zückte die alte Erbuhr. Die Uhr war beschädigt, das Glas zersplittert. Sharrow schüttelte erst die Uhr, dann den Kopf, steckte die Uhr schließlich ein.

An einer Pfütze, deren Wasser vergleichsweise sauber aussah, reinigte sie sich den Mund.

Da sie keine Möglichkeit fand, um die Metallblenden, die die Türen versperrten, zu öffnen, erklomm sie klirrenden Schritts die Stahltreppe, die aufs Deck des Tankers hinaufführte, gönnte sich auf jedem Treppenabsatz eine Verschnaufpause.

Sie schleppte sich auf Deck, gerade als leuchtend-rosa die Morgenfrühe anbrach. Auf unsicheren Füßen wanderte sie das ausgedehnte Deck entlang zu den Aufbauten des Tankers, wo einige Lichter brannten. Beim Gehen atmete sie tief durch und versuchte nach Möglichkeit, nicht allzu stark zu taumeln.

Unversehens sprang etwa zehn Meter voraus hinter einem Gewirr aus Rohren ein Mann hervor. Nach seiner Kleidung beurteilt, hätte er ein Übriggebliebener des aberwitzigsten Kostümfests der gesamten Weltgeschichte sein können: im wesentlichen trug er eine sackartig weite, ausgebeulte Kluft mit knallig-grellen, völlig unvereinbaren roten und grünen Streifen. Er hob etwas, das wie eine Beinprothese aussah, und richtete es auf Sharrow, rief ihr zu, sie sollte anhalten, sonst würde er schießen.

Im ersten Moment starrte Sharrow ihn nur an; dann lachte sie schallend und sagte ihm, wohin er sich sein drittes Bein stecken könnte.

Er schoß.

6

Solo

Ununterbrochener Lärm und fortwährendes Rütteln. Doch zur gleichen Zeit hatten diese Umwelteindrücke etwas von Beruhigendem, Tröstlichem, Ermutigendem an sich, als wären sie akzeptable Folgeerscheinungen einer schon aus dem Mutterleib erinnerten, äußeren Geschäftigkeit, eine besänftigende Erinnerung daran, daß jemand sich um alles kümmerte und alles seine Ordnung hatte.

Allmählich wurde Sharrow sich dessen bewußt, daß sie ausgestreckt im Warmen lag, und zwar, wie sie merkte, sobald sie ihre müden, kribbeligen Beine regte, nackt unter einer weichen Decke. Sie wollte die Augen aufschlagen, aber es gelang nicht. Nach und nach schläferte die andauernde Geräuschkulisse sie wieder ein; das Schütteln ringsum mäßigte sich zum Schaukeln, als läge sie in den Armen eines Unbekannten.

Auch ihre Finger und Hände kribbelten.

Sie hatte auf den Ländereien der Tzants im Schnee gespielt; sie und Geis hatten mit Schneebällen nach Breguhn sowie den Higres- und Frenstechow-Kindern geworfen. Die Schneeballschlacht war rund um den großen Irrgarten und danach in den Ziergärten ausgetragen worden. In dem Jahr war der Winter klirrend kalt gewesen; an manchen Tagen hatte man, wenn man ausspuckte, die Spucke in der Luft erstarren und gefrieren sehen können, bevor sie in den Schnee fiel, und das riesige Haus roch nach dem Klebeband, mit dem die Diener die Fensterrahmen zum Schutz gegen Zugluft verklebten.

Geis hatte damals fünfzehn oder sechzehn Jahre gezählt, Sharrow elf, Breyguhn neun. Zum Schluß verteidigten Geis und Sharrow allein die Terrasse, mußten sich gegen die immer wieder anstürmende Übermacht aller anderen wehren. Geis hatte ihr mit glühenden Wangen in die Augen gesehen, ein Schneeball war über seinen Kopf hinweggesaust. Treu bis in den Tod, Cousine! johlte er, und sie hatte genickt; da versuchte er sie zu küssen, aber sie hatte gekichert, ihn von sich geschoben und hastig wieder Schnee aufgerafft, während auf der Gegenseite Breyguhn Schmähungen keifte und Schneebälle dumpf gegen die Holzbrüstung der Terrasse prallten.

Langsam kam Sharrow zu sich, wälzte sich auf der schmalen Bettstatt herum. Irgendwo hinter der Wand ertönten Stimmen. Aus den Laken unter ihrem Körper drang steriler Klinikgeruch. Sie entsann sich an etwas ähnliches wie eine Pfütze und daß sie sich in sie erbrochen hatte, aber gegenwärtig fühlte sie sich wohl, nur hungrig war sie und verspürte gleichzeitig leichte Flauheit im Magen. Hinter ihr leuchtete Licht; das war es, wovon sie sich abgewandt hatte. Ihr Haar lag auf einem dünnen Kissen ausgebreitet und duftete frisch gewaschen. Hartnäckig bestanden ihre Lider darauf, sich wieder zu schließen. Sie ließ es geschehen; sie konnte ihr Umfeld ohnehin nur undeutlich erkennen. Außerhalb ihres Kopfs raunten fortgesetzt die Stimmen.

Im Schlaf erschien Sharrow die Chaoswaffe und sprach zu ihr.

In Sharrows Traum hatte die Chaoswaffe Beine und einen kleinen Kopf, ähnlich wie eine Puppe. (Sharrow erwachte allmählich wieder, erinnerte sich an die Puppe. Sie wollte ihre Puppe haben. Auf den Versuch, die Augen zu öffnen, verzichtete sie, tastete jedoch rundherum nach ihrer Puppe: unter dem Kissen, an den Seiten ihrer nackten Gestalt, den Stellen, wo das Laken die Matratze umspannte, der von Schwingungen durchzitterten Metallwand, den Metallstäben an der anderen Seite … Aber sie fand keine Puppe. Sie gab das Umherfühlen auf.)

Als sie in den Traum zurückkehrte, war die Chaoswaffe noch da. Sie neigte den kleinen Puppenkopf auf die Schulter und fragte sie, weshalb sie die Absicht hätte, sie zu suchen.

Ich entsinne mich nicht, antwortete sie der Chaoswaffe.

Eine Zeitlang stakste die Chaoswaffe auf spindeldürren Beinen umher und gab verdrossen gedämpfte Schnalzer von sich. Du solltest mich nicht suchen, sagte sie und blieb schließlich stehen.

Was soll ich nicht? fragte Sharrow.

Du solltest nicht nach mir suchen, wiederholte die Chaoswaffe. Ich bringe nichts als Ärger. Denke an Lip City.

Sharrow bekam große Wut und schrie sie an, und die Chaoswaffe verschwand.

Ursprünglich hatte es acht Chaoswaffen gegeben. Eine Chaoswaffe war knapp über einen halben Meter lang, etwa dreißig Zentimeter breit und zwanzig Zentimeter hoch. Vorn bestand sie aus zwei kurzen Rohren, die aus dem glatten, mattsilbernen Hauptteil ragten. Leicht gewölbte Linsen aus schwarzem Glas verschlossen die Rohrmündungen. Als spezielle Eigenheiten wiesen zwei in Handgriffe integrierte Bedienungselemente, der lange Stab, an dem das Visier befestigt war, sowie ein breiter, verstellbarer Metallgürtel auf den Umstand hin, daß die Konstruktion ein Feuern aus der Hüfte vorsah.

An den Griffen befanden sich ein Vergrößerungsrädel und die Auslösertaste.

Man schaute durchs Zielvisier, zoomte per Hand auf das gewählte Ziel ein, bis es das Blickfeld der Vorrichtung nahezu ganz ausfüllte, und drückte die Taste. Die Chaoswaffe tat ihre Wirkung unverzüglich.

Auf welche Weise – was als nächstes geschah – wußte man allerdings vorher nie genau.

Zielte man auf eine Person, mochte plötzlich aus dem Nichts ein Wurfspeer materialisieren und die Brust des Gegners durchbohren; oder eine Giftschlange biß ihn in den Hals, oder ein Schiffsanker fiel aus der Luft herab und zerschmetterte ihn; oder zwei riesige Elektroden zeigten sich beiderseits der glücklosen Zielperson, so daß sie dazwischen regelrecht verpuffte.

Richtete man die Chaoswaffe auf ein größeres Ziel, einen Panzer oder ein Haus, konnte es sein, daß es implodierte, explodierte, zu einem Haufen bläulichen Staubs schrumpfte, der Ausschnitt einer Flutwelle oder ein Lavastrom es hinwegfegten, sich das Innere nach außen kehrte; oder daß es einfach, mit oder ohne Knall, aus der Welt verschwand.

Es hatte den Anschein, daß Ziele mit wachsendem Maßstab die Chaoswaffe ihrer exzentrisch-romantischen Verspieltheit beraubte; setzte man sie gegen eine Stadt oder einen Berg ein, ließ sich die Tendenz beobachten, daß sie schlichtweg mit einer in der Stärke passend berechneter Atombombe oder gleichwertiger thermonuklearer Glut zuschlug. Die einzige bekannte Ausnahme ereignete sich, als auf der Wasserwelt Trontsephori ein stadtgroßes Bergungsschiff durch etwas vernichtet wurde, das man für einen Kometenkern hielt.

Gerüchten zufolge sollte einer der ersten Chaoswaffen etwas anzumerken gewesen sein, das verdächtig nach Anwandlungen von Humor ausgesehen haben sollte; Kriminelle, die man dem Erschießungskommando vorenthalten hatte, um sie ersatzweise Chaoswaffen-Experimenten zu unterziehen, starben in einem Kugelhagel, dessen sämtliche Geschosse ihr Herz trafen; ein veraltetes U-Boot fiel Wasserbomben zum

Opfer; ein Schwall Quecksilber begrub einen wahnsinniger König, dessen Besessenheit Erzen galt.

Die mutigeren Physiker – also jene, die nicht schon die bloße Existenz der Chaoswaffen leugneten – vertraten die spekulative Meinung, die Waffe zapfte irgendwie fremde Dimensionen an; daß sie mit anderen Kontinuen verflochten sein müßte, in sie eingriff und von dort die jeweils bevorzugte Vernichtungsmethode ins hiesige Universum transferierte, wo sie ihre destruktive Aufgabe erfüllte und sofort zurücktransferiert wurde, also nur ihr Effekt vorhanden blieb. Eine andere Hypothese lautete, daß die Chaoswaffe alles Erforderliche nach Bedarf einfach aus den grundsätzlichen Quantenfluktuationen produzierte, die das Gefüge des Raums konstituierten. Nach einer weiteren Theorie sollten sie Zeitmaschinen sein.

Jede dieser Möglichkeiten bedrohte wegen ihrer Folgerungen und ihrer Tragweite die Unversehrtheit des menschlichen Verstands – einmal vorausgesetzt, man könnte überhaupt je die Technik, auf der die Chaoswaffe beruhte, in vollem Umfang verstehen oder sogar nachvollziehen –, und im Vergleich dazu waren leicht beobachtbare Tatsachen, nämlich daß die Chaoswaffe gleichzeitig leicht und doch wuchtig war und umgelegt genau dreimal soviel wog wie in aufrechter Stellung, beinahe als Banalitäten einzustufen.

Doch leider zerstörte eine Chaoswaffe sich selbst – zum Nachteil der wissenschaftlichen Forschung –, sobald jemand Anstalten machte, sie zu untersuchen; anscheinend fand dann eine Materie-Antimaterie-Reaktion statt, verwandelte die Bestandteile der Waffe, bei denen keine faktische Annihilation erfolgte, in Plasma, und dieser Vorgang verursachte die Art von Explosion, die normalerweise durch eine mittelschwere Kernspaltung entstand; eine solche Detonation hatte Lip City verheert, obwohl die Mehrzahl der anschließenden Strahlenerkrankungen und -todesfälle nicht unmittelbar aus der anfänglichen Explosion resultierten, sondern durch das Verstreutwerden spaltbaren Materials aus den Kernen der Forschungsreaktoren, die damals die Physikalische Abteilung der städtischen Universität in Betrieb hatte.

(Und da war es wieder soweit: durch den Verlauf des Träumens vom wohlig-gemütlichen Geschaukel abgelenkt, sah sie abermals durch die sanft geblähten, weißen Gardinen, über die Steinbrüstung des Hotelzimmers hinweg, die Reihe von Wüstenhügeln, das zarte Aufhellen des Morgenlichts – und dann, daß plötzlich jenseits des Horizonts stoßweises Gleißen lautlosen Feuers es überstrahlte. Geblendet, benommen und erstaunt blickte sie, noch im verworrenen Moment der Ahnungslosigkeit und klimaxnahen Wonne befangen, von dem fernen Helligkeitsaufflammen in Miz' Gesicht, als er sich über ihr aufbäumte, die Augen fest geschlossen, den Mund zu einem stummen Aufschrei verzogen, während das grelle Flackern der Vernichtung auf der Schweißschicht in den Grübchen seiner Wangen schimmerte, und als sie Sekunden später ebenfalls zum Orgasmus gelangte – gleichzeitig zur Erkenntnis des Vorgefallenen, zum Begreifen, so daß ihr spitzes, krampfhaftes Aufstöhnen sich zu einem Schrei des Entsetzens steigerte –, erlebte sie eine extrem starke, jedoch flüchtige Ekstase, die unverzüglich in einem Sturm des Schuldgefühls und der Selbstabscheu dahinschwand, kollabierte.)

Die Chaoswaffen hatten keine erfreuliche Geschichte; aufgetaucht waren sie zum erstenmal während des Interregnums nach dem Zweiten Interplanetaren Krieg, anscheinend als Produkte Halos; schließlich war das immense, polar zu Thrial positionierte Maschinenintelligenz-Artefakt/Habitat selbst durch den Einsatz der mysteriösen Waffe vernichtet worden, die allem Anschein nach gleichzeitig die Monde des Gasplaneten Phrastesis pulverisiert hatte. Wie in Seifenblasen waren die Chaoswaffen in ansonsten leeren Kosmo-Rettungsbooten durch die Wirrnis des vom Krieg verwüsteten Sonnensystems getrieben und eine nach der anderen erbeutet, gestohlen, benutzt und mißbraucht, versteckt, verloren und wiederentdeckt, immer wieder eingesetzt und mißbräuchlich verwendet worden.

Und eine um die andere wurden sie dann zerstört: mit einer hatte der irrsinnige Theokrat, in dessen Hände sie gefallen war, auf Thrial gezielt, doch die Waffe hatte sich geweigert – oder war dazu außerstande gewesen –, auf die Sonne einzuwirken, und war statt dessen mitsamt dem Theokraten auf Nimmerwiedersehen verschollen. Zwei Chaoswaffen annihilierten sich selbst, während Leute sie auseinanderzubauen versuchten, eine erwischte bei einem Luftangriff ein Glückstreffer, eine weitere sollte das vorsätzliche Ziel eines Selbstmordattentäters geworden sein, der in die Waffenkammer der Aristokratenfamilie einbrach, die sie in ihrem Besitz hatte, und eine, deren Linsen man im dem Globalen Tribunal gehörigen Anifrast-Institut für Angewandte Technik in ein Elektronenmikroskop richtete, schuf eine Anzahl Nano-Ereignislöcher in der Struktur des Universums, unmittelbar bevor das bizarre, unerklärliche Geschehnis sich anschloß, das dieses Institut mit allem, was es darin gab (ausgenommen die dreiundzwanzig schwach strahlenden Ereignislöcher), sowie ein exakt kreisrundes Stück Land von etwa 1300 m Durchmesser zum Verschwinden brachte und es gegen einen durchaus hübschen, genau halbkreisförmigen Salzwassersee mit einer gewissen Vielfalt an nordmeertypischem Leben wie Plankton, Fischen und gewissen Säugetieren austauschte.

Vielleicht war es einfach Pech gewesen, doch trotz des Umstands, daß die schiere Leistungskapazität der Chaoswaffen ihren Besitzern eigentlich befähigte, zu

Herrschern des Sonnensystems aufzusteigen, hatten die Waffen stets unweigerlich den Untergang derjenigen zur Folge gehabt, in deren Besitz sie gelangten.

Sogar ihren eigenen, allerdings gespaltenen Kult hatten die Chaoswaffen. Die Lazy-Gun-Gefolgschaft betrachtete die Waffen als zweischneidige, zur Prüfung der Menschen gedachte Geschenke einer überlegenen Alienzivilisation; ihre Anhänger glaubten, nach Auffinden des letzten Exemplars würden die Aliens endlich mitten unter den Bewohnern des Sonnensystems erscheinen und sie ins Paradies geleiten. Dagegen hegten die Freien Lazy-Gun-Jünger früher die Überzeugung, die Chaoswaffen seien Götter, und vertraten jetzt die Ansicht, das letzte Exemplar sei der *eine* Gott.

Die Huhsz-Religion verwarf beide Kulte als Inbegriff der Götzendienerei; was die Huhsz betraf, war die ihnen von Sharrows Vorfahren entwendete Chaoswaffe einfach ein Teil des Tempelschatzes gewesen, wenn auch ein wesentlicher, unverzichtbarer Bestandteil. Sie forderten sie zurück, weil sie sie als ihr Eigentum beanspruchte und es bei ihnen als Glaubensgrundsatz galt, daß bis zur Rückerlangung – oder der Ausrottung der weiblichen Dascen-Linie – der Messias nicht zur rechten Zeit geboren werden könnte, weder vor dem noch anläßlich des bevorstehenden Anbruchs des Dekamilleniums.

Dösig öffnete Sharrow die Augen und sah keinen Meter entfernt einen Mann sitzen. Er trug eine Montur, die ihren Augen wehtat: in Grellviolett und Leuchtendgelb. Er hatte ein rundliches, düster-tiefernstes Gesicht.

»Wer sind Sie?« fragte Sharrow mit leiser Stimme.

»Ich bin Gott«, antwortete er und nickte höflich.

Für ein Weilchen musterte sie ihn, lauschte auf das allgegenwärtige Summen. Ihr Umfeld befand sich in Bewegung.

»Gott?« wiederholte sie.

Der Mann nickte ein zweites Mal. »Gott«, bekräftigte er.

Das Summen wurde zu einem Schlafliedchen.

Langsam kam Sharrow zu sich, wälzte sich auf der schmalen Bettstatt herum. Irgendwo hinter der Wand ertönten Stimmen. Aus den Laken unter ihrem Körper drang steriler Klinikgeruch. Sie erinnerte sich daran, wie eine Blase von den Stoßwellen der energetischen Eruptionen des Krieges durchs Sonnensystem geweht worden zu sein. Jetzt zählte sie zum SNA-Team. Sie wußte noch, was der Arzt ihnen vor der Infizierung erläutert hatte, erinnerte sich an jedes Wort …

»Die meiste Zeit werden Sie's *nicht* bemerken«, hatte der Mediziner ihr/ihnen auseinandergesetzt. »Es ist keine Telepathie, Sie haben kein seliges Gefühl mystischer Einheit mit den übrigen Teammitgliedern, es geht ausschließlich um die Fähigkeit zu wissen, wie jemand in einer bestimmten Situation reagiert. Wir nehmen eine Abkürzung, indem wir praktisch sofort ein reibungsloses Aufeinandereingestelltsein zustandebringen, anstatt jahrelang zu warten – wahrscheinlich wäre mehr Zeit erforderlich, als der Krieg dauert – und es doch nicht zu schaffen, weil die Verluste zu hoch sind und wir nie eine stabile Kampfgemeinschaft heranbilden können. Wollen Sie die Wahrheit hören? Eigentlich ist es ein Pannenverhinderungsmittel. Haben Sie schon mal im TV solche Verdummungsfilme gesehen, in denen Aktionen immer genau nach Plan ablaufen und nie jemand auf die eigenen Leute ballert? Genau das soll SNA tendenziell erreichen. Der Krieg wird dadurch etwas mehr so, wie er sein soll, weniger zersetzend, weniger chaotisch, ein bißchen ordentlicher. Ich nehme an, zumindest einige von Ihnen sind reif genug, um sich darüber im klaren zu sein, daß so etwas der Wunschtraum aller Oberkommandos ist …«

»Jetzt bin ich es«, flüsterte Sharrow. »Ich bin Mitglied des Teams. Wir sind acht.«

Sie erwachte in einem weißen Raum, der eine Decke, aber keine Wände hatte. Irgendwo war eine Chaoswaffe. Sie wußte nicht welche.

Ich bringe nichts als Ärger, sang die Chaoswaffe, umtanzte sie auf ihren dünnen, gummiartigen Beinchen. Nichts als Tod, Vernichtung und Scherereien. Sharrow grapschte nach ihr, sie kicherte und versuchte fortzutänzeln, doch Sharrow schnappte sie, hielt sie fest, schnallte sie um. Kaum hatte sie die Waffe berührt, erschien vor ihr eine Spiegelwand. Die Bedienung der Chaoswaffe war so, wie sie sie im Gedächtnis hatte: irgendwie zierlich und schön. Ungeheuer komplizierte, dem silbernen Gehäuse eingeätzte Schriftzeilen bedeckten die Seiten und die obere Fläche. Sie hatte, erkannte Sharrow, als sie sich umdrehte, eine Jagdwaffe in Händen. Sie zielte auf den Spiegel, lächelte sich zu und drückte die Auslösertaste.

Sie erwachte und schaute sich in dem kleinen Raum um; die Größe betrug kaum zwei Quadratmeter. Es gab – über Sharrow – eine zweite Koje, eine Leichtmetallkommode, in deren Schubladen jemand ihre säuberlich zusammengefalteten Kleider gelegt hatte, einen Plastikstuhl, eine abgeschlossene Tür mit einem Plastikkleiderhaken und ein Lüftungsgitter. Das war alles; ein Fenster fehlte.

In welcher Art Fahrzeug sie auch sein mochte, es bewegte sich noch immer fort. Was sie an Geräuschen hörte, klang nach Verbrennungsmotoren, und irgend etwas an der Weise, wie der Fußboden vibrierte, dann und wann die ganze Kabine schlingerte, deutete nach Sharrows Empfinden darauf hin, daß sie sich an Bord eines Luftkissenfahrzeugs befand. Ihr Magen knurrte.

Sharrow überlegte, ob sie weiterschlafen sollte, aber sie fühlte sich ausgeschlafen. Sie nahm ihre Kleidung zur Hand und durchsuchte die Taschen; sie waren leer. Auch ihre Handtasche war nirgends zu finden.

Sie stieg aus der schmalen Bettstelle; ihre Glieder waren steif, und sie verspürte Hunger. Beim Überprüfen ihrer Verfassung entdeckte sie schwache Blutergüsse an den Knien, und auf der Zunge, auf die sie sich gebissen hatte, bemerkte sie eine wunde Stelle; im übrigen jedoch hatte sie keine Beeinträchtigung davongetragen. Sie zog sich an, dann klopfte sie an die Tür, bis jemand kam.

»Gott?« fragte sie den Mann mit dem düsteren, rundlichen Gesicht, den sie – sie war der Meinung gewesen, im Traum – schon gesehen hatte. Er rutschte unbehaglich auf dem Plastikstuhl hin und her, strich imaginären Staub vom Schenkel seiner in der Farbzusammenstellung unerhört krassen, schreiend gelb-violetten Hose. »Tja, also«, antwortete er, »im Prinzip ja.«

»Ach so«, sagte Sharrow. »Jetzt verstehe ich.«

»Früher nannte man mich Elson Roa«, räumte der Mann mit gerunzelter Stirn ein. Er war groß und hager, saß sehr still da und sah sie mit einem verdutzten Ausdruck an. Über der Stirn standen ihm die Haare in die Höhe, verstärkten den Eindruck leichter Verwirrung.

»Elson Roa«, wiederholte Sharrow.

Er nickte. »Aber dann bin ich Gott geworden. Oder vielmehr, ich habe begriffen, daß ich schon immer Gott war, Gott in dem monotheistischen Sinn, daß ich alles bin, was existiert.« Er schwieg kurz. »Ich sehe, Sie sind ein Phantom, das eine Erklärung braucht.«

»Eine Erklärung ...« Sharrow überlegte. »Ja, das ist eine gute Idee.«

Sharrow verzehrte die wiederaufbereitete Konservennahrung, die man ihr auf einem erwärmten Aluminiumtablett servierte, als wäre sie das köstlichste Festessen, das sie je gegessen hatte. Das Mädchen, das ihr die Mahlzeit gebracht hatte, war dasselbe gewesen, das sie zur Toilette begleitet hatte; es war in Gelb und Braun gekleidet, schaute in dem kleinen Plastikstuhl der Kabine regelrecht fasziniert zu, wie Sharrow selbst die letzten Krümel des süßen Nachtischs aus dem Tütchen fummelte, sich die Lippen leckte. Sharrow reichte das Tablett zurück. »Lecker. Könnte ich bitte noch etwas haben?«

Das Mädchen ging einen Nachschlag besorgen, schloß dabei die Tür von außen ab. Unentwegt brummte das Luftkissenfahrzeug dahin, holperte gelegentlich ein paar Sekunden lang rhythmisch, wenn es überdurchschnittlich hohe Wogen überquerte.

Sharrow war in die Hände von Solipsisten gefallen.

Sie bildeten eine rund fünfzig Personen starke Gruppe lizensierter Privatiers, eine auf der Grundlage shaphetischer Gesetze gegründete Körperschaft, die sich der Selbstverwirklichung, dem Kassieren gewerkschaftlich festgelegter Schutzgeld-Mindesthonorare sowie, wo möglich, dem Ausrauben Reicher widmete. Am häufigsten war sie für Versicherungskonzerne und Finanzierungsinstitute tätig, schüchterte für sie renitente Kunden ein und beschlagnahmte unbezahlte Güter. Ihr Amphibienfahrzeug – ein Dritte-Hand-Gefährt aus Militärbeständen, das von der Zollpatrouillen-Demarkationslinie stammte und dort zur Überwachung sumpfiger Gebiete gedient hatte – war gleichfalls wegen ausgebliebener Bezahlung eingezogen worden; die Solipsisten hatten die Rechnung beglichen und es auf den Namen *Solo* umgetauft.

Ihre Attacke auf den Rand Schwimmstadts war kein voller Erfolg gewesen. Sie hatten gehört, in Schwimmstadt fände auf einem Hotelschiff ein Zirkusartistenkongreß statt und sich als Truppe dreibeiniger Mutanten verkleidet, ihre Waffen im hohlen, falschen Bein versteckt; so war es dazu gekommen, daß jemand aus einem künstlichen Glied auf Sharrow schoß. Doch die erhaltenen Informationen hatten nicht gestimmt; der Kongreß war erst für den nächsten Monat geplant.

Sie hatten mit dem Gedanken gespielt, Miz' Party an Bord der Fähre zu überfallen, sich jedoch von der Präsenz der starken Sicherheitstruppe abschrecken lassen; darum hatten sie sich aufgeteilt, um Gästen, die sich von der Party verabschiedeten, in der Hoffnung aufzulauern, sie überraschen und ausplündern zu können. Statt dessen waren nach der Auseinandersetzung auf der Fähre einige Solipsisten durch die Polizei Schwimmstadts aufgegriffen sowie mehrere durch Schüsse der Marineinfanterie verletzt worden. Den übrigen Solipsisten war es nur mit knapper Not gelungen, vor den Verfolgern auszureißen, indem sie mit dem großen Luftkissenfahrzeug über den Sandstrand der Lagune davonrasten, im ersten Licht der Morgenfrühe einen Sandsturm erzeugten und darin das Weite suchten, während sich Marineinfanterie und Marine darum stritten, wem von ihnen es rechtlich statthaft sein müßte, den Übeltätern einen Schuß vor den Bug zu setzen.

Abgesehen von einer Handvoll Kredit- und Debitkarten, ein paar Pässen und kleinen Mengen Schmucks war Sharrow ihre einzige Beute geworden; wahrscheinlich hätten sie auf ihre Verschleppung verzichtet, wäre nicht der Umstand gewesen, daß sie einen Aristokratenpaß mitführte.

Die Solipsisten zeigten ihr ein Nachrichtenblättchen, dessen Berichterstattung den Tod des General- und des Vize-Invigilators Schwimmstadts sowie die Verwundung mehrerer Sicherheitspersonalangehöriger erwähnte, allerdings kein Auffinden vergaster Toter in den Tanks eines alten Öltankers.

Ein Telefonat erlaubten sie ihr nicht. Sie hatten vor, sie in den hohen Norden zu bringen, in die Freie Stadt Ifagea an der Pillasee, eine traditionelle Geiselaustauschstätte, um zuzusehen, ob sie von dort aus bei ihrer Familie ein Lösegeld ergattern konnten.

»Ich habe keine engere Familie«, teilte sie Roa mit.

»Es muß doch irgend jemand geben, der für Sie was zahlt«, meinte Roa verwundert. »Oder Sie haben eigenes Geld.«

»Nur wenig. Ich habe einen Vetter, der möglicherweise Lösegeld herausrückt. Mit Bestimmtheit kann ich es nicht versprechen ...«

»Na, vielleicht können wir das später klären«, sagte Roa und besah sich einen Fingernagel.

»Wahrscheinlich«, mutmaßte Sharrow. »Aber es wäre mir lieber, Sie bringen mich nicht nach Ifagea, sondern nach Aïs. In Nasahapley.«

Roa furchte die Stirn. »Weshalb?«

»Es könnte sein, daß ich dort ein paar Freunde wiedertreffe. Sie würden Ihnen Geld beschaffen.«

Roas Miene bezeugte Bedenken. »Wieviel?«

»Wieviel verlangen Sie?« fragte Sharrow.

»Wieviel bieten Sie?« stellte Roa als Gegenfrage.

Sharrow musterte ihn. »Keine Ahnung. Haben Sie mit Lösegeldforderungen keine Erfahrungen?«

»An sich nicht«, gestand Roa.

»Wie wär's mit dreihundert Thrial?« spaßte Sharrow.

Roa überlegte. Er schlug die Beine übereinander und versuchte Schmutz aus dem Sohlenprofil ihres Stiefels zu kratzen. »Es sind noch sechsundvierzig weitere Phantome an Bord«, sagte er, ohne Sharrow in die Augen zu sehen. Seine Stimme klang nach Verlegenheit. »Also müßten's schon mindestens viertausendsechshundert sein ... Ich meine, viertausendsiebenhundert.«

Sharrow maß ihn aufmerksam und gelangte zu der Erkenntnis, daß es ihm ernst war mit der Forderung. Die Summe entsprach etwa dem Durchschnittsjahreseinkommen der Bevölkerung Golters.

»Ach, was soll's«, sagte sie. »Runden wir auf fünftausend auf.«

Roa schüttelte den Kopf. »Das könnte Probleme geben.«

»Also nur viertausendsiebenhundert?«

»Ja.« Roa nickte mit Nachdruck.

»Abgemacht«, willigte Sharrow ein. »Mailen Sie einen Burschen namens Miz Gattse Kuma an und richten Sie ihm aus, daß ich in Aïs bin, sobald sie dort ankommen können.«

Roa nuschelte etwas.

»Verzeihung?« hakte Sharrow nach.

»Darüber müssen wir erst beraten«, antwortete Roa, nachdem er sich geräuspert hatte. »Das letzte Mal, als wir in Aïs waren, hatten wir Schwierigkeiten mit einem Phantomschiffchen ... Es ist im Hafen beschädigt worden.«

»Tja«, erwiderte Sharrow, »bemühen Sie sich ums Ihnen Mögliche.«

»Ich unterbreite Ihren Vorschlag meinen Phantomen«, lautete Roas Antwort; er stand entschlossen auf, ging hinaus und sperrte die Tür ab. Sharrow streckte sich in der schmalen Koje aus und schüttelte den Kopf.

Wenigstens lag Aïs näher als Ifagea. Sie hoffte, daß sie dort anlangten, bevor die offenbar nicht allzu gut informierten Solipsisten erfuhren, daß sie in Kürze das Edelwild für einen Huhsz-Jagdtrupp abgeben sollte und wesentlich mehr wert war als viertausendsiebenhundert Thrial.

Das rostfleckige, salzverkrustete, stets knarrende Luftkissenfahrzeug *Solo* war von Schwimmstadt aus an Piphrams Küste entlang nordwärts gesaust. Laut röhrten die von Kugeln durchlöcherten Auspufftöpfe, zwei durch das Schwirren der eingedellten, dadurch zum Schlackern neigenden Antriebspropeller zu weiten Spiralen verwirbelte Abgaswolken aus den alkoholbetriebenen Sternmotoren markierten seinen Kurs. An der Omequeth-Flußmündung tankte es bei einem kommerziellen Tankschiff auf und überquerte durch den Omequeth-Korridor die Halbinsel Shiyl, fuhr durch die Savanne südlich Nasahapleys unverändert nach Norden.

»Aber wenn Sie Gott sind«, wollte Sharrow von Elson Roa wissen, »wozu brauchen Sie dann die anderen?«

»Welche anderen?« fragte Roa.

»Ach, hören Sie doch auf«, entgegnete Sharrow gereizt.

Elson Roa hob die Schultern. »Meine Phantome? Sie sind ein Beweis dafür, daß ich noch nicht stark genug bin, um meine Existenz ohne äußere Stützen zu garantieren. Aber ich arbeite beharrlich darauf hin.« Er hustete. »Tatsächlich ist es – und zwar in ganz realer Hinsicht – ein ermutigendes Anzeichen, daß wir in Schwimmstadt sechs Phantome verloren haben, es zeigt, daß mein Wille stärker wird.«

»Leuchtet mir ein«, beteuerte Sharrow, nickte versonnen. Heute war ihr dritter Tag an Bord, der zweite Tag nach ihrem Erwachen im Anschluß an den Nervenschockschuß, den ihr ein übereifriges »Phantom« in Schwimmstadt auf dem Deck des Öltankers verpaßt hatte. Momentan führte sie ihr drittes Gespräch mit dem sehnigen, tiefernsten, sehr stillen und auf ruhige Weise exzentrischen Solipsistenoberhaupt.

Sie würden am folgenden Tag in Aïs ankommen.

Der Kurs, den das LKF in nördlicher und westwärtiger Richtung genommen hatte, war infolge etlicher Umwege ziemlich umständlich gewesen; Meeresbuchten, Landkorridore, Seen, Teiche sowie Meinungsverschiedenheiten zwischen Roa und seinen Phantomen über die reale oder andersartige Natur solcher Hindernisse wie Inseln oder kleinerer Fahrzeuge hatten seinen Verlauf beeinflußt. Zudem kam es ohnehin langsam voran – jedenfalls zeitweise –, weil die Solipsisten anscheinend dazu unfähig waren, das zentrale Sensorik- und Navigationssystem des LKF in Betrieb zu setzen, so daß sie weder bei Nacht noch bei Nebel beziehungsweise schlechter Sicht fahren konnten.

»Und sind Sie eigentlich unsterblich?« fragte Sharrow.

Roa zog ein nachdenkliches Gesicht. »Ich bin mir nicht sicher«, gab er zu. »Eventuell ist diese Frage gar nicht so relevant. Die Zeit selbst könnte ein inhaltsloser Begriff sein. Was glauben Sie? Vielleicht habe ich Sie eigens geschaffen, um die Frage zu diskutieren und eine Antwort zu erhalten.«

»Ich habe keinerlei Ahnung«, bekannte Sharrow. Mit der Hand wies sie auf das Schott hinter ihrem Rücken. »Was denken denn die anderen darüber?« fügte sie hinzu. »Nennen sie – Ihre Phantome, meine ich – sich auch Gott?«

»Anscheinend«, antwortete Roa ohne die Spur eines Schmunzelns.

»Hm ...« Sharrow kaute auf der Lippe.

Roa wirkte, als fühlte er sich unwohl in seiner Haut. Offenbar fiel ihm plötzlich etwas ein, er langte in die Tasche seiner gelb-violetten Montur und holte ein schmuddliges Stück Papier heraus. »Ach ja«, sagte er, stieß ein Räuspern aus. »Ihr Freund Mr. Kuma hat uns eine Nachricht geschickt und mitgeteilt ... ähm ...« Aus verkniffenen Augen sah Roa das Papier an, runzelte die Stirn, drehte es anders herum und stopfte es schließlich zurück in die Tasche. »Er läßt Ihnen ausrichten, er erwartet Sie in Aïs ... äh ... im Hotel Continental ... Er hat das Lösegeld auf das von uns genannte Konto überwiesen und ... ähm ... wünscht Ihnen alles Gute.«

»Oh«, machte Sharrow. »Gut.«

Unversehens machte Roa einen konfusen Eindruck. »Ausgenommen ... ähm ... einer«, sagte er unvermittelt, »der Atheist ist.«

»Wie bitte?«

»Jeder von uns nennt sich Gott, nur einer nicht, weil er Atheist ist.«

»Aha, so«, bemerkte Sharrow, nickte bedächtig. »Und wie nennt dieses Phantom sich selbst.«

»›Ich.‹«

»Hm-hmm …«

Roa räusperte sich nochmals, dann schloß er die Lider und gab ein sonderbares Summen von sich, drehte dabei einige Sekunden lang den Kopf im Kreis. Dann schlug er die Augen wieder auf. Sharrow lächelte ihm zu.

Roa sah unzufrieden aus, während er aufstand und die Kabine verließ.

Sharrow hegte den Verdacht, daß er gehofft hatte, wenn er die Augen öffnete, sei sie verschwunden.

In der folgenden Nacht erschien ihr im Traum wieder die Chaoswaffe. Sie schaute in einen für die Huhsz bestimmten Freibrief-Paß. Der Paß ähnelte einem kleinen Buch, und Sharrow versuchte darin zu lesen, doch jedesmal, wenn sie der Chaoswaffe über die Schulter guckte, wich sie aus, duckte sich, trippelte auf ihren dünnen, biegsamen Teleskopbeinen zur Seite, sah wieder in den Paß und lachte ab und zu vor sich hin, und egal was Sharrow unternahm, sie konnte nicht herausfinden, was die Chaoswaffe so belustigte, also trat sie sie das nächste Mal gegen die Beine, so daß die Chaoswaffe taumelte und niederfiel. Sharrow haschte nach dem Freibrief-Paß, aber die Chaoswaffe sprang in äußerster Verärgerung auf und schoß auf sie, bevor sie es schaffte, den Paß aufzuklappen und einen Blick hineinzuwerfen.

Voller Grausen und mit schweißigen Handflächen erwachte Sharrow in der schmalen Koje. Das LKF fuhr nach Aïs, in die Nähe des Huhsz-Weltschreins. Sie und die Freibrief-Pässe waren zum selben Ziel unterwegs. Sie mußte verrückt sein. Und welchen Plan mochte Miz ausgebrütet haben? Voraussichtlich fanden sie alle den Tod.

Vielleicht sollte sie sich einfach den Huhsz stellen. Sie starrte in die Dunkelheit, während die Geräusche des grabesfinsteren Luftkissenfahrzeugs sie umgaben.

Was konnte sie gegen die Freibrief-Pässe unternehmen? Wie könnte überhaupt irgend jemand gegen sie Abhilfe bieten? Entweder war Miz übergeschnappt, oder er hatte sich eine Falle ausgedacht. Vernichten ließen die Freibrief-Pässe sich nicht; jeder enthielt eines der nach der AIT-Katastrophe zurückgebliebenen Nano-Ereignislöcher, die geringe Strahlungsmengen und ein enormes Quantum an Neutrinos emittierten, so daß es ebenso unmöglich war, sie zu verstecken. Selbst wenn man das Material zerstörte, aus dem der Paß als solcher bestand, war das Ereignisloch noch vorhanden und konnte vom Globalen Tribunal lokalisiert werden. Wahnsinn, Wahnsinn, Wahnsinn, dachte Sharrow, wälzte sich pausenlos in der Koje, verwickelte sich in die leichte Decke. Die Huhsz erhielten lediglich die Erlaubnis, auf sie Jagd zu machen; das Globale Tribunal konnte und würde sie, falls die Freibrief-Pässe Schaden erlitten, buchstäblich überall verhaften. (Welchen Sinn hätte es jedoch, das Material der Pässe zu vernichten, solange die Ereignislöcher übrigblieben?) Was *plante* Miz? Über welche Möglichkeiten verfügte er? War es seine Absicht, die Pässe an Bord eines schnellen Raumschiffs in die Sonne zu schleudern? Ohne Zweifel hätte das Globale Tribunal ein schnelleres Schiff… Man konnte die Pässe nicht verstecken, nicht behalten und ebensowenig vernichten…

Zu guter Letzt schlief sie doch ein, während ihre Gedanken im Schädel im Kreis gingen, sich andauernd wiederholten und immer wieder selbst reflektierten, anmutslose Pirouetten der Hoffnungslosigkeit und Verzweiflung drehten.

Sah man einmal von ein wenig Verdruß mit einer Gruppe bäuerlicher Landbesetzer und einem überhitzten Stromkabel ab, verlief die Reise der *Solo* nach Aïs ereignislos. Inzwischen durfte Sharrow ihre Kabine verlassen. Den Paß und die Handtasche mit ihren persönlichen Habseligkeiten – zu ihrer Verblüffung auch mitsamt der Schußwaffe, den Kreditkarten und dem Bargeld – hatte man ihr wiedergegeben. Den letzten Abschnitt der Fahrt hatte sie auf dem ehemaligen Hubschrauberdeck des alten LKF zugebracht und sich mit einer Anzahl Solipsisten unterhalten.

Dabei fand sie heraus, daß die übrigen Solipsisten es nicht als Widerspruch erachteten, Teil einer Gemeinschaft zu sein, ohne als deren Anführer zu fungieren; vielmehr unterstellten sie alle, sie *seien* die Führungspersönlichkeit und sahen in Roa nur ein Phantom, das sie sich einbildeten, damit es ihnen die langweiligen Aufgaben abnahm. Zwar entstand bisweilen Streit, doch anscheinend bewährte Roa sich als Oberhaupt recht gut. (Demokratie war verworfen worden; jeder hatte stets nur für sich gestimmt.)

Klugerweise ernannte Roa keinen Stellvertreter, um niemanden zu der Schlußfolgerung zu verleiten, er wäre seiner Sache unsicher. Dadurch hatte sich nämlich einmal ein Zwischenfall ereignet: beinahe war Roa von der betreffenden Phantomperson im Schlaf ermordet worden. Roa hatte streng mit ihr abgerechnet, und daher stammte eine der Dellen in der Steuerbord-Luftschraube am Heck der *Solo*.

Längs der Küste Nasahapleys brummte das veraltete LKF auf Aïs zu. Eine Stunde vor der Ankunft sah Sharrow von Deck aus, daß sie den Religionskanton des nasahapleyschen Territoriums passierten; die schwarzgoldenen Minarette des Huhsz-Weltschreins dominierten die ausgedehnte, im Küstenwatt gelegene, ummauerte Siedlungsanlage.

Sie wartete auf Worte des Bedauerns, faule Ausreden und dümmliche Erklärungen sowie eine Kursänderung des Luftkissenfahrzeugs in die Richtung des Weltschreins; doch nichts dergleichen geschah.

Die *Solo* war zu groß, als daß sie im Landgebiet Aïs' hätte verkehren dürfen; gegen solche Belästigungen gab es dort Gesetze. Elson Roa und zwei andere Solipsisten holten ein kleines Halbkettenfahrzeug aus dem Garagendeck und fuhren Sharrow damit in die Stadt, überließen es den übrigen Phantomen, sich mit der Hafenbehörde um Lande- und Liegegebühren sowie Müllverklappungspauschalen zu zanken.

Das Halbkettenfahrzeug rumpelte auf Aïs' staubigen Zentralplatz, den an allen Seiten ockerfarbene, mit Kolonnaden umgebene Gebäude säumten. Unterwegs hatte es eine Strecke weit den Mittelstreifen eines Boulevards befahren, an Pollern mehrere niedrige Sträucher plattgewalzt und sich von einem Milizionär einen Bußgeldbescheid eingehandelt. Der Fahrer, ein jugendlicher Albino – bevor er entdeckte, daß er Gott war, trug er den Namen Keteo –, der mit mehr Begeisterung als Geschicklichkeit sowie eher schnell als achtsam fuhr, bremste den Karren knapp vor dem Springbrunnen in der Mitte des Zentralplatzes, äugte dann mißfällig hinüber zu den Blumenbeeten vor den Bauten auf der anderen Seite.

Der Tag war heiß; am klaren Himmel leuchtete hell die Sonne. Direkt hinter den Blumenbeeten, die Keteo so feindselig anstarrte, befand sich der Bahnhof der Transkontinentalen Einschienenbahn. Sharrow sah sich auf dem Platz um, auf dem geringer Autoverkehr herrschte – überwiegend fuhren Busse – und fast ausnahmslos splitternackte Leute umhergingen.

»Ach du Scheiße«, sagte Sharrow. »Habe ich ein Glück, ausgerechnet in der Nudistikwoche hier einzutreffen.«

Roa, der bis zu diesem Moment ungewöhnlich verkrampft gewirkt hatte, entspannte sich plötzlich und lächelte. »Nudistikwoche«, wiederholte er mit merklicher Erleichterung. »Ja, alle sind nackt, nicht wahr? Natürlich.«

Sharrow ließ den Blick noch einmal über den Zentralplatz schweifen und fragte sich, ob Miz und die Francks schon angekommen sein mochten.

»Tja, meinte Roa, »da sind wir. Ich weiß nicht, ob ich Sie in Zukunft noch brauche, aber sollten wir uns wiedersehen, hoffe ich, ich stelle Sie mir gesund und munter vor.« Er verstummte und betrachtete seine Fingernägel.

Von ihm wandte Sharrow den Blick auf die beiden anderen Solipsisten. Der Mann neben Roa saß mit fest zusammengekniffenen Augen auf der Rückbank. Keteo, der Fahrer, startete den Motor und murmelte etwas vor sich hin, stierte nach wie vor die Blumenbeete an. Roa schaute fort und schloß die Lider. Wieder gab er dieses Summen von sich und drehte den Kopf im Kreis.

Sharow stieg aus dem Halbkettenfahrzeug, betrat den Zentralplatz. Busse rollten vorüber; vorwiegend nackte Leute, viele mit Aktenmappen, strebten vorbei.

Elson Roa öffnete die Augen. Im ersten Moment machte er einen erfreuten Eindruck, dann sah er Sharrow neben dem Wagen stehen und stutzte, schnitt eine finstere Miene.

»Ach ja«, sagte er. »Höflichkeit.« Er streckte ihr die Hand entgegen. Sharrow schüttelte sie. »Leben Sie wohl«, wünschte ihr Roa zum Abschied.

»Leben Sie wohl«, antwortete Sharrow, kehrte ihm den Rücken zu und entfernte sich.

Als sie sich umblickte, stritten Roa und der andere Mann sich heftig mit dem Fahrer, deuteten abwechselnd auf die Blumenbeete und den nahen Boulevard.

Verlegen näherte sich Sharrow dem Bahnhofsgebäude der Einschienenbahn. Während sie die Freitreppe zum Eingang erklomm, brummte das Solipsisten-Halbkettenfahrzeug vom Zentralplatz, verfehlte um Haaresbreite Blumenbeete und scheuchte, als es in den Boulevard zum Hafen einbog, überwiegend nackte Fußgänger nach allen Seiten auseinander.

Auf dem Bahnhofsgelände fühlte sie sich inmitten der vielen Nackten immer unwohler, deshalb stellte sie sich in eine Telefonzelle, um die Kleider auszuziehen; und wurde unverzüglich wegen öffentlichen Entkleidens festgenommen, eines Vergehens gegen den allgemeinen Anstand.

7

Prophylaxis

Die K'lel-Wüste umfaßte mehrere Millionen Quadratkilometer Karstboden, nichts als erodierten, der Oberscholle entblößten Sandstein. Es handelte sich um eine Karstform, in der durch Regen gelöstes Kohlendioxid während des Absickerns zur tieferen Schicht undurchdringlichen Muttergesteins mit porösem Sandstein reagierte. Auf Golter hatte man nicht nur eine Epoche weitverbreiteter, reichlich rücksichtsloser Industrialisierung durchlaufen, sondern mehrere solcher Zeitalter, und jedesmal hatte K'lel, eine ursprünglich dicht mit allerdings niedrigen Bäumen bewaldete Landschaft, die schon dem ungünstigen Einfluß der Äquatorialwinde ausgesetzt war, im Abwind eines der bedeutendsten Industrieballungszentren gelegen. Die wiederholte Aufeinanderfolge erhöhten CO_2-Spiegels und stark säurehaltiger Regenfälle in der Vergangenheit hatte die Wälder allmählich ausgemerzt und den Sandstein zerfressen, während die Äquatorialwinde das verbleibende Erdreich in eine sandige Ebene verwandelten, was eine klimatische Veränderung verursachte, die die Wüstenbildung zusätzlich beschleunigte.

Zuletzt war nur zerscheuerter Stein übrig, gefräst zu messerscharfen Speerspitzen und Säulen staubtrockenen Karsts; vom einen zum anderen Horizont erstreckte sich jetzt ein Wald schartiger Steinklingen, der in der Hitze der Äquatorsonne schmachtete, übersät mit eingestürzten Höhlen, in denen in finsteren, tief abgesunkenen Oasen ein paar pergamentartige Pflänzchen vegetierten, durchzogen mit langgestreiften

Schichten flachen Untergrunds, wo das Zersetzende des Karsts, anstatt die Brüchigkeit kilometerweit auszudehnen, nur einige Zentimeter tief eingefressen hatte.

Seit jeher existierten Pläne, um das verdorrte Herz des Kontinents wiederzubeleben, jedoch waren daraus nie konkrete Maßnahmen resultiert; nicht einmal das anscheinend vielversprechende Projekt, den Hauptraumflughafen der Osthemisphäre Golters, Ikueshleng, durch einen neuen Raumhafenkomplex in der K'lel-Wüste abzulösen, war verwirklicht worden. Mit Ausnahme einiger Ruinen, einer Anzahl verstreuter, alter Atommüll-Entsorgungsanlagen, mehrerer großer, automatischer Solarenergie-Gewächshauskulturen sowie des Strangs der gleichfalls solarenergiebetriebenen transkontinentalen Einschienenbahn war die K'lel öd und leer.

Auf den Fersen kauerte Sharrow im Schatten des Stützpfeilers der Einschienenbahnstrecke, hatte den Gewehrkolben aufs staubige Geriffel des Felsens gestellt und hielt die Waffe mit den Knien fest, während sie den um ihren Kopf geschlungenen Schal zurechtzupfte, einen Zipfel unter den Kragen der leichten Jacke stopfte.

Es war früher Vormittag; die hohen Zirruswolken überspannten die in Erwärmung begriffene Karstlandschaft wie ein fedriges Gerüst, und die Luft saugte der Haut Feuchtigkeit mit einer Beharrlichkeit aus, die an Kleptomanie grenzte. Sharrow schob die Maske über Mund und Nase, rückte wieder das dunkle Sichtvisier über die Augen; dann setzte sie sich aufs Gestein, legte das Gewehr übers Knie, ihre Finger tippten im Takt gegen den Lauf. Sie trank einen Schluck aus der Wasserflasche und warf einen Blick auf die Uhr. Anschließend sah sie Dloan an, der am Pfeiler gegenüber hockte, das Gewehr auf dem Rücken, Kabel verliefen aus dem um sein Gesicht gewickelten Schal in ein aufgeklapptes Fach des Pfeilers. Er schaute herüber und schüttelte den Kopf.

Sharrow lehnte sich an den schon in ungemütlichem Maß aufgeheizten Stützpfeiler. Um sich gegen die Hitze zu schützen, quetschte sie die umgehängte Tasche zwischen das warme Metall des Pfeilers und ihren Rücken. Nochmals blickte sie auf die Uhr. Warten zu müssen war ihr verhaßt.

Nachdem Sharrow bei Aïs' Sittenpolizei eine Kaution entrichtet und der diensthabende Sergeant des Untersuchungsgefängnisses von ihr bestochen worden war, damit er das Protokoll ihrer Festnahme beseitigte, hatte sie endlich zum Treffen ins Hotel Continental eilen können.

Im Hotel angelangt – wieder angekleidet und, obwohl sie dadurch auffiel, sogar verschleiert –, konnte sie nicht feststellen, daß dort jemand namens Kuma oder unter einem anderen Namen, den ihre Teamkameraden womöglich benutzen mochten, angemeldet gewesen wäre.

Sharrow stand an der Rezeption und trommelte mit den Fingern auf der kühlen Schalterfläche herum, während der völlig nackte Chef der Rezeption lächelte und sich geziert mit einem Stift in der Achselhöhle kratzte. Sie überlegte, ob sie sich nach für sie hinterlegten Mitteilungen erkundigen sollte; allmählich bereitete es ihr Sorgen, daß sie schon durch Kleinigkeiten den Huhsz ihren Aufenthaltsort verraten könnte. Von nun an mußte sie alles vorher genau durchdenken. Sie kaufte eine Zeitung, um nachzulesen, ob die Huhsz inzwischen die Freibrief-Pässe erhalten hatten, und zog sich in die Hotelbar zurück.

Die erste Person, die sie dort erblickte, war Cenuij Mu, wie sie komplett bekleidet.

»Nach meiner Uhr müßte das Scheißding inzwischen in Sicht sein«, meinte Miz; er befand sich zwei Kilometer entfernt oben auf der Schiene, in einem Abschnitt, in dem der Doppelstrang in flacher Kurve eine mit Sturzhöhlen durchlöcherte Zone umrundete.

»Nach meiner auch«, sagte Sharrow in die Maske. Sie blinzelte in die Ferne, versuchte das winzige Pünktchen auf der glutheißen Oberseite der Schiene zu erkennen, als das sich Miz aus diesem Abstand erspähen ließ; als sie das letzte Mal hingeschaut hatte, waren er und die Erhebung unter der Schiene, das unter einem Tarnnetz versteckte Allterrainmobil, noch zu sehen gewesen, doch innerhalb der vergangenen zehn Minuten hatte die Hitze hinreichend zugenommen, um beides unerkennbar zu machen. Für das bloße Auge gleißte das weiße Band der Schiene derart grell, daß es sich in der Sonne zu winden schien, zu schlängeln, und in seiner Nähe keine Einzelheiten mehr unterschieden werden konnten. Sharrow versuchte das Unterscheidungsvermögen ihrer Augen mittels Vergrößerung und Polarisation des Sichtvisiers zu verbessern, gab aber nach einem Weilchen die Bemühungen auf.

»Nichts zu hören?« fragte sie.

»Bloß Geknister«, gab Miz Auskunft.

Abermals schaute Sharrow auf die Uhr.

»Was hat dich dazu bewogen, es dir anders zu überlegen?« wollte Sharrow von Cenuij wissen, während sie im Lift zu der Hoteletage hinauffuhren, in der die anderen Teamangehörigen warteten.

Er seufzte und krempelte den Ärmel hoch.

Sharrow beugte sich vor und betrachtete seinen Unterarm. »Scheußlich … Ein Laserschuß?«

»Ich glaube ja«, antwortete er, rollte den Ärmel herab. »Diesmal waren sie zu dritt. Sie haben meine Wohnung demoliert. Die letzte Nachricht, die ich erhielt, bevor ich abgehauen bin, kam von meiner Versicherung, die die Erstattungszahlung ablehnte.« Cenuij stieß ein Schnaufen aus und lehnte sich mit verschränkten Armen an die Wand der Aufzugkabine. »Wenn alles ausgestanden ist, muß ich dich bitten, mir diese Verluste zu ersetzen.«

»Ich verspreche es«, sagte Sharrow, hob die Hand.

»Hmm-hm«, grummelte Cenuij, als der Lift stoppte. »Miz ist offenbar der Ansicht, es hätte Zweck, es mit einem …« Er unterzog die Aufzugskabine einer kritischen Musterung, zuckte schließlich die Achseln. »Mit einem Eisenbahnüberfall zu versuchen.«

Ruckartig wölbte Sharrow die Brauen. Der Lift stoppte.

»Wegen gewisser … Gegenstände«, ergänzte Cenuij seine Andeutungen, während die Lifttür sich öffnete und sie die Aufzugkabine verließen, »die unzerstörbar sind, nicht versteckt werden können und die zu behalten reiner Selbstmord wäre.« Auf dem Weg durch den breiten Flur schüttelte er den Kopf. »Wird in Schwimmstadt eigentlich jedem das Hirn zu Brei?«

»Nur wenn er aus zwanzig Metern Höhe kopfüber auf ein Tragflächenboot stürzt«, behauptete Sharrow.

Sie zog die Maske vom Gesicht. Die Atemluft schrammte ihr glühende Gase durch die Kehle. Sie winkte Dloan zu. Er zog die sich die Ohrhörer heraus und hob den Kopf.

»Hörst du noch immer nichts?« rief Sharrow.

Er verneinte mit einem Achselzucken. »Nur das Trägersignal, nichts über eine eventuelle Verspätung des Zugs oder daß er inzwischen in diesem Schienenabschnitt wäre.«

Mit mürrischer Miene wandte sich Sharrow ab. »Scheiße«, lautete ihr Kommentar. Sie schnippte ein Sandkorn von der Mündung des Jagdgewehrs und schob die Maske aufs Gesicht zurück.

Miz hatte am Fenster des Hotelzimmers gestanden und auf Aïs' östliche Vorstädte ausgeblickt, über denen Staubwolken hinzogen. Von der Aussicht hatte er nach einer Weile den Blick auf Cenuij geheftet, der am Tisch saß, eine Lupe vors Auge geklemmt, und die Puppe auseinanderbaute.

»Ich bin regelrecht hereingelegt worden«, konstatierte Miz ungläubig. »Irgendein Dreckskerl hat *mich* das verfluchte Halsband klauen und Lebmellin glauben lassen, er bescheißt mich, aber in Wirklichkeit war alles genau vorausgeplant, auch dieser Blödsinn mit der angeblichen Mentalbombe, die dann in Wahrheit die Knarren desaktiviert hat. Und dann der Hinterhalt in dem Öltanker. Die Falle ist erst an dem Tag gestellt worden. Ich hatte den Fluchtweg noch am Morgen besichtigt ...« Er verstummte, während er sich schwerfällig neben Sharrow auf die Couch setzte. »Und schaut euch das an.« Er grapschte die Zeitung vom Tisch, die Sharrow mitgebracht hatte. »Gestern hat *Wiedergefundnes Juwel* in Tile das erste Rennen gewonnen. Schweinehunde!«

»He, nur die Ruhe«, mahnte Sharrow, schlang den Arm um seine Schultern.

»Na egal«, sagte er. »Erst mal Schluß damit ... Dir ist's ja schlimmer ergangen.« Aus schmalen Lidern sah er sie an. »Zwei sich *völlig ähnliche* Burschen?« fragte er.

»Hundertprozentig ähnlich.« Sharrow nickte, zog den Arm zurück. »Wie Klone.«

»Oder wie Androiden«, meinte Cenuij, nahm die Lupe vom Auge.

»Glaubst du, sie waren welche?« fragte Sharrow.

Cenuij stand auf, reckte die Gliedmaßen. »War nur 'n Einfall.«

»Ich dachte, Androiden wären zu kostspielig«, äußerte Sharrow, rührte in ihrem Drink. »Ich meine, wann oder wo trifft man denn heute noch einen Androiden?«

»Na, ich weiß nicht«, brummelte Zefla, ging zur Zimmerbar, um sich gleichfalls etwas Trinkbares auszusuchen. »Ich glaube, ich bin schon mit 'n paar verabredet gewesen.«

»Auf alle Fälle haben sie die Neigung, in Vembyr zu bleiben«, sagte Cenuij. »Aber gelegentlich reisen sie, und wie jeder andere« – eisig lächelte er Sharrow zu – »hat auch jeder von ihnen seinen Preis.«

»Dloan ist mal in Vembyr gewesen«, rief Zefla vom Kühlschrank herüber, in dessen Fächern Flaschen und Karaffen aufgereiht standen. »Nicht wahr, Dloan?«

Ihr Bruder nickte. »Auf einer Waffenauktion.«

»Wie ist es dort?« wollte Miz wissen.

Im ersten Moment mußte Dloan überlegen; dann nickte er. »Ruhig«, lautete seine Auskunft.

»Lassen wir vorerst die Scheißandroiden beiseite«, empfahl Zefla, entnahm eine Flasche. »Was ist mit der Puppe?«

Cenuij betrachtete die auf dem Tisch ausgebreiteten Einzelteile des Püppchens. »Könnte überall fabriziert worden sein«, erklärte er. »PVC-Hülle mit Druckventilen und Glasfaserverkabelung, Batterien und 'm Klumpen Schaumstoff mit überwiegend redundanten Transistoren, ferner ist ein elektronischer Code-Sender drin, der auf der normalen Langwelle der Radioprogramme arbeitet.« Cenuij schaute Dloan an. »Wär's möglich, daß die Puppe, um das zu leisten, was Sharrow geschildert hat, mit irgendeiner Art von Nervenschocker in Verbindung stand?«

Dloan nickte. »Modifizierte Stunner können so eine Wirkung haben. Sie sind fast überall verboten.«

»Ich habe kein Gewehr gesehen«, sagte Sharrow, versuchte sich an die Geschehnisse zu erinnern. »Da waren nur die beiden Kerle, die zwei Liegestühle, die Gasflasche …«

»Chlorgas …!« schimpfte Miz, schlug sich auf die Knie, sprang von der Couch auf und stapfte zurück ans Fenster, strich sich mit den Fingern durchs Haar. »*Chlorgas,* zum Donnerwetter noch mal …! Was für Drecksäcke …«

»Irgendwo im Tank kann 'ne Stunnerwaffe versteckt gewesen sein«, sagte Cenuij, blickte Dloan an, der mit einem Nicken zustimmte. »Möglicherweise hat einer der Androiden, falls sie welche waren, sie ferngesteuert bedient. Oder die Puppe« – Cenuij nickte Sharrow zu – »hat direkt an die Waffe gesendet.«

Für eine Weile herrschte Schweigen.

Schließlich räusperte sich Sharrow. »Du meinst, vielleicht ist etwas in *mir*, das die Ausstrahlung der Puppe empfängt?«

»Eventuell«, antwortete Cenuij, fegte mit den Händen die Bestandteile des Püppchens zusammen. »Im Normalfall verwendet man zur Fernbedienung einer Waffe keinen Langwellensender. Die Sache ist einfach … komisch.«

»Aber wie sollte es denn möglich sein, daß irgend etwas in mir steckt?« fragte Sharrow. »Etwa in meinem Kopf …?«

Cenuij schob die Überreste der Puppe in einen Abfallbeutel. »Hast du dich in letzter Zeit 'ner Gehirnoperation unterzogen?« Er grinste humorlos.

»Nein.« Sharrow schüttelte den Kopf. »Seit … seit vierzehn oder fünfzehn Jahren habe ich keinen Arzt mehr an mich herangelassen.«

Cenuij schnippte die letzten Fetzchen des Püppchens in den Beutel. »Seit dem Klinikaufenthalt auf Nachtels Geist nicht«, sagte er. »Seit der Bruchlandung.« Er schloß das Behältnis. »Also war's 'n Nervenschocker.«

»Ich hoffe es«, gab Sharrow zur Antwort, blickte hinüber zum Fenster, an dem Miz wieder über die staubige Stadt ausschaute.

»Willst du das Zeug haben?« fragte Cenuij, hielt Sharrow den Beutel mit den Überbleibseln der Puppe entgegen.

Sharrow verneinte mit einem Kopfschütteln und verschränkte die Arme, als ob sie fröre.

Sie hatten ein Privatabteil im morgendlichen Zug von Aïs nach Yadayeypon gebucht. Drei Stunden nach der

Abfahrt ließ der Zug den Präriesaum des Unterjonolrey-Randgebiets zurück und verminderte zwischen den ersten, zerklüfteten Ausläufern der Karsteinöde allmählich das Tempo für den letzten Halt vor der Ostküste. Während sich in der hellgrauen, da und dort mit Felstürmen durchsetzten Landschaft immer häufiger Häuser, Solarenergieanlagen und umzäunte Grundstücke zeigten, beendeten sie ihr Frühstück.

Sie waren die einzigen Leute, die ausstiegen. Die zersiedelte Ortschaft, die sie betraten, glich einem offen angelegten Grenzkaff: alles wirkte träge und nur halbfertig. Der örtliche Autohändler hatte das georderte sechsrädrige Allterrainmobil auf dem Bahnhofsparkplatz bereitgestellt. Miz unterschrieb die Verträge und besorgte aus einem Metallwarengeschäft ein paar noch erforderliche Gegenstände. Dann waren sie auf einer sandigen, holprigen Straße, die zu einer Solarenergie-Gärtnerei gehörte und ungefähr parallel zum doppelten, in weiten Abständen auf U-förmige Pfeiler gestützten Schienenstrang verlief, hinaus in den Karst der K'lel-Wüste.

Sharrow hob den Blick, als sich über ihr auf der Schiene etwas regte. Aus acht Metern Höhe guckte Cenuij herunter, hatte den mit dem Schal verhüllten Kopf über die Kante geschoben.

»Was ist eigentlich los?« wollte er wissen.

Sharrow zuckte die Achseln. »Keine Ahnung.« Erneut spähte sie hinüber zu Dloan, der unverändert in die Leitungen der Einschienenbahn lauschte, dann zu Zefla, die mit hängendem Kopf im Schatten hockte.

»Na, das ist ja herrlich«, meinte Cenuij gereizt. »Ich kann ja hier oben schmoren, bis ich 'n Hitzschlag kriege, was?« Er entschwand außer Sicht.

»Ausgezeichnete Idee«, murmelte Sharrow, lenkte den Richtfunkstrahl an die zwei Kilometer entfernte Stelle des Schienenstrangs, wo sich Miz aufhielt. »Miz?«

»Ja?« meldete sich Miz' Stimme.

»Noch immer nichts?«

»Noch nicht.«

»Wann kommt der nächste Zug aus der Gegenrichtung?«

»In zwanzig Minuten.«

»Miz«, setzte Sharrow zu einer Frage an, »bist du ganz sicher, daß …?«

»Hör zu, Mädchen«, unterbrach Miz sie merklich verärgert. »Es ist der planmäßige Scheißexpresszug, die Freibrief-Pässe sind gestern ausgegeben worden, und mein Agent in Yadayeypon hat gemeldet, daß eine Huhsz-Tarnfirma ungefähr fünf Minuten nach Abschluß der Paßgenehmigungskonferenz für genau diesen Zug einen Sonderwaggon gemietet hat. Was wäre denn nach deiner Auffassung daraus zu folgern?«

»Na gut, dann …«, sagte Sharrow, aber konnte den Satz nicht beenden.

»Ahaaa«, machte Miz. Einige Sekunden blieb er stumm. »Ich habe was in den Ohrhörern«, teilte er in plötzlich Erregung mit. »Eindeutig Vibrationen … Das muß er sein. Ist alles vorbereitet?«

Sharrow sah von neuem Dloan an, der eine Hand aufs Ohr preßte. Er hob die Augen in ihre Richtung und nickte. »Der Zug kommt«, bestätigte er.

»Wir sind soweit«, gab Sharrow an Miz durch. Sie stieß einen Pfiff aus, und Cenuij lugte wieder über den Rand der Schiene herab. »Er ist unterwegs«, rief Sharrow hinauf.

»Höchste Zeit.«

»Hast du die zweite Folie zur Hand?«

»Natürlich. Ich bestreiche sie gerade mit dem Kleber.« Er schüttelte den Kopf. »Was für 'ne Idee, die Einschienenbahn mit Klebstoff zu stoppen … Wie gerate ich bloß in solche Situationen?« Wieder verschwand sein Oberkörper aus Sharrows Blickfeld.

Sharrow schaute hinüber zu der Gestalt, die hundert Meter weiter aufwärts an der Strecke hockte. »Zefla?«

Zefla schrak auf, hob den Schopf, drehte sich ein wenig und winkte. »Passiert endlich was?« drang ihre Stimme schläfrig aus Sharrows Ohrhörer.

»Ja, es geht zur Sache. Gib dir ein bißchen Mühe, *wach* zu bleiben, Zefla.«

»Klar, ist gut.«

Dloan schloß den Verteilerkasten am Stützpfeiler und klomm an den Sprossen zum Schienenstrang empor.

Sharrow spürte, wie ihr Herz schneller schlug. Nochmals überprüfte sie das Gewehr. Danach holte sie ihre HandBalliste heraus und checkte sie ebenfalls. Eigentlich waren sie für eine derartige Aktion zu schwach bewaffnet, doch hatte es an Zeit gefehlt, um sich eine so umfangreiche Ausrüstung zusammenzusuchen, wie sie ihnen lieber gewesen wäre.

An dem Morgen, nachdem Sharrow von den Solipsisten in Aïs abgesetzt worden war und sie sich mit den anderen Teammitgliedern getroffen hatte, erfuhren sie, daß die Freibrief-Pässe innerhalb der nächsten zwanzig Stunden ausgestellt werden sollten.

Miz hatte sie in seinen Plan eingeweiht. Cenuij warf ihm vor, verrückt zu sein. Zeflas sorgsam durchdachte Beurteilung der juristischen Tragweite lautete, das Vorhaben sei »ungebührliches Verhalten.«

Die Frist hatte gerade noch ausgereicht, um für den kommenden Tag den Kauf des Allterrainmobils zu tätigen, sich in mehreren Taxis in ganz Aïs zu verteilen und wüstentaugliche Ausstattung, gewöhnliche Reiseutensilien sowie die schwersten automatischen Jagdgewehre mitsamt Munition einzukaufen, deren Erwerb Aïs' Gesetze erlaubten. Einen Tag später hätte Miz schwerere Waffen einfliegen und mittels einer seiner Tarnfirmen einschmuggeln lassen können, aber die Ausgabe der Freibrief-Pässe erfolgte frühmorgens, und es hatte gar keine andere Wahl als unverzügliches Eingreifen bestanden.

Als letztes hatten sie drei große Scheiben dicker, imprägnierter Aluminiumfolie – Ersatzteile für einen tragbaren Solarkocher – und Klebstoff eingekauft. Während Dloan und Miz sie beschafften, war Sharrow im Hotel geblieben und hatte den Nachfahren eines Bediensteten der Familie Dascen angerufen, einen Mann, der selbst reich genug war, um einen Butler und eine Privatsekretärin zu haben, die sie beide erst beschwatzen mußte, um ihn sprechen zu dürfen; schließlich jedoch hatte Bencil Dornay sie und ihre Freunde großzügigerweise und durchaus herzlich in sein Bergdomizil eingeladen.

»... lich«, empfing Sharrow Miz' Stimme.

»Was?!« rief Sharrow, die sein Tonfall aufscheuchte. Sie erhielt keine Antwort. Angestrengt spähte sie längs der Schienen in die Ferne, wo der weiße Doppelstrang mit dem Schimmern der Wüste verschmolz.

»Ich sehe den Zug!« schrie Cenuij von der Schiene herab.

Am scheinbar flüssigen Horizont zeigte sich ein unendlich winziges, weißes, in der glimmrigen Luft kaum sichtbares Strichlein. Langsam verlängerte es sich, flüchtig gleißte widergespiegelter Sonnenschein, flackerte, verflackerte.

Sharrow stand auf und schaltete die Sichtvisier-Vergößerung auf Stufe 20. Nun sah der Zug wie eine Spielzeugeisenbahn aus, die einen schillernden Quecksilbertümpel durchquerte. Noch trennten ihn etliche Kilometer von der Stelle, wo Miz auf der Schiene lauerte. Sharrow beobachtete, wie die Schatten der Stützpfeiler über den Bug des ersten Wagens flitzten, während der Zug unter dem in weitem Bogen gekrümmten, mitten durch die Hitze gezogenen, silbernen Strang der Schiene dahinraste.

Sie zählte.

»Scheiße«, hörte sie sich knirschen. Fast drei Schatten pro Sekunde huschten über den wie bei einem Flugzeug stromlinienförmig-schlanken Bug der Einschienenbahn; die Pfeiler hatten Hundertmeterabstände, und normalerweise legten die Expreßzüge rund zwanzig Meter je Sekunde zurück. Dieser Geschwindigkeit lagen ihre Berechnungen zugrunde. Sie atmete ein, um Miz durchzugeben, er müßte seine Folie früher als geplant abwerfen, da gewahrte sie unter der Schiene ein Aufblitzen.

»Folie ist unten«, hörte sie Miz rufen.

Wenn Miz' Plan gelingen sollte, mußte das Streckenradar des Zugs jetzt das Echo der Folie auffangen und eine Notbremsung auslösen.

»Der Zug fährt zu schnell«, funkte Sharrow an Zefla. »Wahrscheinlich saust er vorbei.«

»Bin schon unterwegs«, antwortete Zefla, kam zu Sharrow gelaufen.

Im Richtstrahl schwoll ein Röhren und Kreischen an. Miz' Geschrei ließ sich durch den Lärm nur mit knapper Not verstehen. »Anscheinend bremst er«, brüllte Miz. »Er schrammt auf euch zu!«

»Lauf!« schrie Cenuij zu Sharrow herunter.

»Ich laufe«, nuschelte sie, »ich laufe.« Sie sprintete über den brüchigen Karstboden zum nächsten Stützpfeiler.

Zwei Kilometer entfernt lag Miz auf der Oberseite der Schiene, die Wange unmittelbar über der brennendheißen Metallfläche. Das Rumoren und Zittern ging ihm durch Mark und Bein; das Pfeifen des daherrasenden Zugs steigerte sich zu einem gellenden Jaulen, das in den Zähnen schmerzte, das Beben drohte ihn glattweg von der Schiene zu werfen. Er spreizte Arme und Beine, klammerte sich mit allen vieren an die Kanten des Schienenstrangs. Unter ihm flatterte die Folie, die er hinabgelassen hatte, sachte an der Plastikaufhängung, das imprägnierte Aluminium reflektierte die Radarwellen der Einschienenbahn. Der Lärm und das Schütteln steigerten sich zu einem gewaltigen Tosen und Rütteln, während der Zug unter wüstem Kreischen heftig bremste und unter Miz' Standort hinwegschoß.

»Scheiiii-ße ...!« ächzte Miz hervor; ihm klapperten die Zähne, jeder einzelne Knochen im Leib schien ihm zu rattern. Ein Luftschwall schoß herauf und erfaßte ihn, riß an seiner Kleidung.

Der pfeilförmige Bug des bremsenden Zugs rammte die runde Folie und zerfetzte sie augenblicklich, so daß die zerfledderten Reste in der Luft umherwirbelten, als ob sich ein Schwarm silberner Vögel herabsenkte.

Indem er weiterhin bremste, donnerte der Zug unter Miz an der Schiene entlang. Miz sprang auf. »Ich würde die zweite Folie schon jetzt senken, Leute«, funkte er per Richtstrahl. Er hastete zum nächsten Stützpfeiler und kletterte hinab zum Allterrainmobil.

Sharrow verlangsamte den Lauf, schaute sich nach der geschwungenen Aufreihung der Pfeiler um; an ihren Konturen flackerte Helligkeit, wechselte ständig mit Schatten. Dann eilte sie weiter, hechelte die wie Pergament harsche Luft, aber lief immer langsamer, wartete darauf, daß über ihr die zweite Folie fiel. Inzwischen konnte sie die Bahn hören: als fernes Dröhnen.

»Fährt schnell, hä?« Im Vorübereilen grinste Zefla ihr zu.

Die zweite Alufolie fiel, breitete sich zehn Meter vor Sharrow unter der Schiene aus. Sie hielt an, atmete mühevoll, ihre Kehle glühte wie ein Hochofen. Zefla lief schon fünfzig Meter vor ihr. Noch einmal blickte sich Sharrow um. Der Zug kam, obwohl er unvermindert bremste, rasch näher; seine Lärmentwicklung blieb jedoch beinahe konstant, weil der Fahrtwind abebbte und das Heulen der überbelasteten Supraleiter durch die Geschwindigkeitsverringerung nachließ.

Dann war er über Sharrow, die Waggons rasselten nur wenige Meter über ihrem Kopf dahin. Der spitze Bug des Zugs traf die zweite Folie, die daran festklebte, ratschte sie von der Aufhängung, so daß die glitzernde Aluminiumfolie sich um das Vorderteil des ersten Wagens schlang, daran flatterte und knatterte, bis die Bahn endlich vollends stoppte.

Sharrow befand sich ein kurzes Stück hinter dem letzten Waggon, der unter der Schiene leicht von einer zur anderen Seite baumelte. Sie rannte wieder los, übersprang Spalten, die den Sandsteinboden durchzogen, folgte Zefla, hatte das Gewehr schußbereit. Zefla schaute sich um.

Plötzlich segelte aus dem vorletzten Wagen etwas vom Zug herunter und fiel zwischen Sharrow und Zefla herab. Im gleichen Moment, als der Gegenstand aus dem Einstieg des noch schwankenden Waggons herabwehte, erkannte Sharrow das Gold und Schwarz einer Huhsz-Tracht, und sie wußte, Zefla hatte vor, genau *dort* in Deckung zu gehen. Sharrow beeilte sich in dieselbe Richtung, warf sich hinter einen zerfressenen Buckel des Karstbodens und legte das Gewehr an.

Die verwaiste Huhsz-Offiziersmütze plumpste so verwaist, wie sie schon aus dem Wagenabteil getrudelt war, in den Sand. Staub wirbelte empor. Sharrow zielte auf die offene Wagentür. Eine bewaffnete Faust und ein Gesicht erschienen. Sie wartete. Beides verschwand zurück in den Waggon.

Regungen rechterhand rief bei ihr kurzes Herzrasen hervor, ehe sie bemerkte, daß dort auf einer langgestreckten, verkarsteten Erhebung nur der Schatten des Zugs lag; die Bewegung mußte durch Dloan und Cenuij verursacht worden sein, während sie über der Bahn ihre Positionen eingenommen hatten.

Sharrow wechselte die Stellung, kauerte sich ein paar Meter weiter in eine flachen Mulde.

Ein zweiter Gegenstand taumelte vom Zug herab,

diesmal vom Bug: die Folie glitzerte und gleißte im Sonnenschein, fiel mit einem Rascheln herab in die Öde.

»Scheiße«, maulte Sharrow. Sie berührte die Seite ihrer Maske. »Die Folie ist heruntergefallen«, funkte sie. »Demoliert irgend etwas!«

»Wird erledigt«, erreichte Dloans Stimme sie.

Sie hatten die zweite Alufolie mit Klebstoff beschmiert, damit sie vorn am Zug hängen blieb, doch offenbar hatte der Kleber nicht gehalten; nun hatten die Eisenbahntechniker und -kontroller in Yadayeypon, die zweifellos jetzt auf ihre Bildschirme und Displays starrten, vor der Bahn wieder freie Sicht und konnten wahrscheinlich keinen technischen Fehler feststellen. Deshalb war zu erwarten, daß sie sich bald dazu entschlossen, den Expreß weiterfahren zu lassen.

Nach einem Moment der Stille erscholl von oben ein lautes Krachen. Sharrow entkrampfte sich ein wenig; anscheinend beschädigten Dloan und Cenuij die Stromversorgung der Einschienenbahn. Ein flüchtiges Knarren ertönte, der komplette vorletzte Wagen senkte sich leicht ab, wogegen die übrigen Wagen schwach schaukelten, ein Umstand, aus dem sich ersehen ließ, daß die Supraleiter sie nicht mehr an der Schiene festhielten. Der Zug saß fest.

Sharrow schaute sich um, spähte am Ende der Bahn vorbei in die Ferne. Eine etwa einen Kilometer entfernte Staubsäule zeigte an, daß Miz im Allterrainmobil herbeiraste. Sharrow blickte wieder hinauf zur Wagentür: eine größere Waffe und ein Gesicht erschienen, das Gewehr glänzte in der Sonne.

Der Karstbuckel, hinter den sich Sharrow geduckt hatte, zerstob zum rasanten Peitschen des Schnellfeuers inmitten einer Staubwolke, indem Geschoßgarben das erodierte, spröde Gestein durchbarsten. Sharrow hockte zu nah daran, um viel mehr tun zu können, als sich an den Stein zu pressen und vor dem Schrapnellhagel aus

Steinsplittern, die durch ihr Umfeld wirbelten, in Deckung zu bleiben. Zertrümmerter Stein überschüttete ihren Rücken, ein paar Splitter stachen sie wie spitze Nadeln. Sie versuchte sich fortzurollen, und dann, sobald sie Jagdgewehrschüsse hörte, richtete sie sich blitzartig auf und schoß ebenfalls.

Rings um die offene Waggontür schlugen die Kugeln Funken, die Tür selbst, zersiebt durch Zeflas Schüsse, die sie aus der anderen Richtung trafen, ratterte blechern und bebte.

Aus der Tür drang ein dröhnender Knall; etwas bohrte sich mit einem Aufflammen in den karstigen Untergrund und detonierte. Ein Krachen erfüllte die Luft, rund um die Aufschlagsstelle wallte Staub empor, während eine Vielzahl kleiner Explosionen den Sandstein zerriß und die Luft mit verwaschenem Surren erfüllte.

Sharrow fluchte und suchte erneut Deckung. Sie zerrte eine kleine Leuchtpatrone aus der Tasche, entzündete sie und schleuderte sie neben das pausenlose Zucken der Explosionen.

Die Huhsz hatten ein sogenanntes Wespennest heruntergeworfen, ein Kanistergeschoß voller Kleingranaten, von denen jede zwölf Sätze Explosivmunition enthielt, die zunächst nach der Wärmesignatur eines menschlichen Körpers suchten, bei Nichtortung eines solchen Weichziels aber trotzdem detonierten. Bei richtiger Verwendung hatten diese Kanistergeschosse eine verheerende Wirkung, aber sie sollten im Idealfall in hohem Bogen über der Zielzone zerfallen und nicht in den Boden verfeuert werden. Sharrow vermutete, daß kaum die Hälfte der Kleingranaten den Einschlag überstanden hatte.

Sie hielt sich gedeckt, rechnete damit, daß ihr jeden Moment eine der mörderischen Miniraketen auf die Nase schwirrte, weil sie bezweifelte, daß die entflammte Leuchtpatrone die Projektile ablenken konnte.

Da jedoch zeigte eine längere Folge abgehackten Knatterns das Detonieren der Munition an. Sharrow hob den Blick und spähte, das Gewehr schußbereit, über die Deckung.

An der Wagentür zeigte sich ein Kopf. Sharrow schoß darauf. Der Mann zuckte, als ob er jemandem zunickte, dann hing sein Kopf herab, ein schlaffer Arm sank zum Einstieg heraus. Blut troff auf die dunkle Mütze, die unten auf dem Karstboden lag. Arm und Kopf wurden ins Innere des Waggons gezogen. Sharrow feuerte das Magazin leer, sah den Großteil der Kugeln an der Unterseite des Wagens abprallen und Funken stieben.

»Scheißknarre«, murrte Sharrow. Mit einer Faust hielt sie das Gewehr auf die Tür gerichtet, während sie es nachlud; danach zückte sie ihre HandBalliste, hob sie an den Mund, zog mit den Zähnen das Magazin heraus, drehte es um und stieß es wieder hinein. Sie lenkte den Richtstrahl des Funkgeräts an den Punkt der Umgebung, wo sie Zefla vermutete. »Zefla?«

Keine Antwort.

»Zefla?« funkte sie ein zweites Mal.

»Ja doch«, erwiderte Zefla lethargisch.

»Ich brauche Feuerschutz.«

»Geht klar.«

Noch einmal nahm Zefla den Eingang des Waggons unter Beschuß. Auch Sharrow gab ein paar Feuerstöße ab, ehe sie aus der Karstmulde sprang und zu dem kleinen Krater rannte, den der Einschlag des Kanistergeschosses hinterlassen hatte. Dort befand sie sich fast senkrecht unter dem Einstieg. Zefla stellte das Feuer ein. Sharrow zielte mit dem Gewehr auf die Unterseite des Waggons, den Bereich unmittelbar unter der Tür, jagte ein Dutzend Kugeln ins Metall. Einige prallten ab, eine Kugel jaulte an Sharrows linker Schulter vorbei. Sie zog die HandBalliste und schoß auf die gleiche Stelle, der Rückstoß rammte, während die Waffe knallte, ihre Faust so wuchtig, daß der ganze Arm zitterte. Die panzerbrechenden Projektile stanzten kleine, säuberlich runde Löcher in die Verkleidung des Waggons.

Im Einstieg regte sich etwas, und Sharrow entleerte den Restinhalt des Pistolenmagazins geradewegs zur Tür hinein. Das schrille Pfeifen der Pfeilgeschosse löste das scharfe Krachen der panzerbrechenden Projektile ab. Dann ging Sharrow auf Abstand, lief zur Seite, ans Ende des Zugs und fort, warf sich erneut in Deckung und schrie auf, weil spitzes Gestein ihre Jacke zerschlitzte und ihr die Schulter zerschnitt. Sie setzte sich auf, rieb sich kurz die Schulter, bevor sie das Gewehr nachlud. Gleichzeitig bremste Miz das Allterrainmobil direkt unter dem letzten Wagen der Einschienenbahn.

Aus ihrer neuen Deckung konnte Sharrow die Dächer der Expreßwaggons sehen und die Oberkante der Schiene erkennen. Dloan und Cenuij waren nirgends mehr zu sehen, doch anscheinend war auf dem letzten Wagen ein Teil des Dachs abgelöst worden.

Plötzlich erschütterte ein Knall den Waggon der Huhsz-Anhänger, die Fenster zerbrachen und zersprangen, die Scherben flogen ins Freie. Ein ungeheuer scharfes Sirren ertönte, das Sharrow kannte, ein Knattern folgte, ein paar Miniraketen sausten aus dem beschädigten Wagen, hüpften wie Knallfrösche ein paar Sekunden lang auf der Karstödnis umher, explodierten schließlich. Im zerstörten Huhsz-Sonderwaggon blieb es still; grauer Qualm quoll heraus.

»Donnerwetter, was war denn *das*?« funkte Miz aus dem Allterrainmobil.

»Was man so ›Wespennest‹ nennt«, sagte Sharrow. »Cenuij?« rief sie besorgt. »Dloan?«

»Hier«, meldete sich Cenuij.

»Seid ihr wohlauf, Jungs?« erkundigte sich Zefla.

»Wir sind beide heil geblieben. Sie wollten uns mit ’m Kanistergeschoß einheizen, aber unser großer

Freund hat es ihnen in den Karren zurückgeschmissen und die Tür zugemacht. Er schaut sich gerade drinnen um.«

»Prächtig, Dloan!« jubelte Zefla.

»Darin könnten sie sein«, sagte Dloan. Sharrow sah ihn an einem der zertrümmerten Fenster des Huhsz-Sonderwaggons; er fummelte an irgend etwas.

»Was machst du da?« fragte Sharrow ratlos.

»Ich knüpfe eine Schnur an den Aktenkoffer«, antwortete Dloan, als ob das völlig offensichtlich wäre. »Steht jemand unterm Wagen?«

»Nein, alles frei«, teilte Sharrow ihm mit. Dloan warf den großen Aktenkoffer aus dem zerschmetterten Fenster; sobald die im Wagen festgebundene Schnur sich ruckartig straffte, sprang der Koffer auf; ein Knall ertönte, Pfeilgeschosse schwirrten. Der Aktenkoffer prallte inmitten einer Staubwolke vom Untergrund in die Luft zurück, fiel ein zweites Mal auf den Boden, pendelte am Ende der Schnur hin und her; eine Anzahl dicker, schwarzer Büchlein fiel heraus und wumste der Reihe nach aufs Karstgestein, wirbelte neuen Staub hoch.

»A-*ha*«, rief Sharrow.

Sie standen auf dem Dach des Atommüll-Entsorgungslagers, einer sandgelben Anhöhe seitlich eines sandgelben Hügels, hinter dem sich die Karstwüste dehnte, die im schroffen Glanz der Nachmittagssonne einer Ebene voller gleißend-starrer Weißglut glich. Miz saß im Allterrainmobil und führte ein Funktelefonat. Den Zugang zu den Orgelpfeifen ähnlichen Silos schützte ein kleiner Bunker, den alte, verblichene Strahlenwarnungssymbole und Totenköpfe bedeckten. Dloan befestigte einen Thermosprengsatz an der Panzertür, kurz lohte die Ladung heller als die Mittagssonne, und Dloan öffnete die Tür mit einem Tritt.

Nach dem Lodern der Thermoladung und dem blendendhellen Sonnenschein schien im Innern des Bunkers pechschwarze Finsternis zu herrschen; zudem war es brutheiß. Sharrow hatte die fünf Freibrief-Pässe in den Händen. Obwohl man sie hauptsächlich aus Titan und gesponnener Kohlefaser hergestellt hatte, fühlten sie sich solide und schwer an. Unter Hinweis auf die Gesetze des Globalen Tribunals verpflichtete der außen aufgedruckte Text den Amtsinhabern und Verantwortungsträgern der ganzen Welt zu uneingeschränkter Mitarbeit, und hauchdünnen, flachen, in die Einbände eingearbeiteten Diamantplättchen waren schwere Strafandrohungen gegen jeden eingraviert, der den Versuch wagen sollte, die Pässe zu vernichten. Die Nano-Ereignislöcher, je eines in eine Ecke der Dokumente eingefügt, hatten Ähnlichkeit mit blauen Karfunkelsteinen; eine Reihe in die Umschlagrücken eingelassener Tasten ermöglichte die Bedienung der elektronischen Elemente, durch die man unter anderem ein Holo der Obersten Richter des Globalen Tribunals und eine Audioaufzeichnung aktivieren konnte, mit der sie nochmals von jedermann vollständige Unterordnung forderten, bevor sie ihre panpolitische Autorität und deren juristische Grundlagen im Detail erläuterten.

Cenuij schwenkte die einen Meter lange, walzenförmige Inspektionssonde vom oberen Ende des Einstiegsschachts, der in die Silos hinabführte. Der um sein Handgelenk geschnallte Strahlungsmesser fiepte halblaut.

Gemeinsam wuchteten Cenuij und Dloan den Deckel vom Einstieg. Mit einem Knirschen gab der Deckel nach, und sofort warnte der Strahlungsmesser lauter, durchdringender. Sharrow trat an den Rand des dunklen Schachts.

»Na los«, riet ihr Cenuij, »steh nicht da rum und bewundere diese beschissenen Dinger. Schmeiß sie hinunter, ehe wir hier alle verstrahlt werden.«

Sharrow warf die Freibrief-Pässe in den Schacht. Sie

klapperten hinab in die Finsternis. Danach half sie Cenuij beim Festhalten des Deckels. Dloan schaltete an der Bombe, die er aus Sprengstoffen, Thermoladungen und diverser Munition zusammengebastelt hatte, den Zünder ein, befestigte sie in der Inspektionssonde und schob die Walze über den Schacht. Währenddessen winselte pausenlos Cenuijs Strahlungsmesser.

Die Inspektionssonde senkte sich in die Öffnung, so daß der Deckel nicht zufallen konnte. Sharrow und Cenuij ließen von dem Deckel ab, während die Inspektionssonde, deren Stahlseil sich von einer Vorrichtung unter der Decke des Bunkers abrollte, im Schacht verschwand.

»Fertig«, konstatierte Dloan, wandte sich zur Tür.

Sie kehrten ins kühle Innere des Allterrainmobils zurück.

Miz grinste Sharrow zu. »Erledigt?«

»Ja«, antwortete Sharrow, wischte sich Schweiß aus dem Gesicht.

»Großartig«, kommentierte Miz, warf das ATM an, um vom Atommüll-Entsorgungslager abzufahren. Der Wagen holperte über den Sandbuckel, unter dem die Hohlräume lagen, und lenkte das Fahrzeug wieder auf den Weg, der in die Hügel verlief.

»Ist das Flugzeug noch unterwegs?« erkundigte Cenuij sich von der Rückbank, während der Wagen durchs Gelände schaukelte.

»Der Pilot hatte in Hapley-City Schwierigkeiten mit dem Zoll«, gab Miz Auskunft. »Inzwischen ist der Fall aber geklärt. Wir treffen uns 'n kurzes Stück weiter nördlich. Die Maschine kommt im Tiefflug, um dem Radar auszuweichen. Der Zugüberfall hat 'n bißchen Aufsehen verursacht.«

»Und wie steht's mit der Satellitenobservation?« fragte Cenuij.

»Bis man verarbeitet hat, was aufgenommen worden ist, sind wir abgetaucht«, versicherte Miz. »Vielleicht wird das Flugzeug beschlagnahmt, aber schlimmeres kann nicht passieren.« Er zuckte die Achseln. »Wir lassen's sowieso auf dem Flugplatz Chanasteria stehen.«

»Noch fünf Sekunden«, sagte Dloan. Kurz vor der Mündung in eine flache Schlucht stoppte Miz das ATM. Das Quartett beobachtete den Sandbuckel des Atommüll-Entsorgungslagers.

Lediglich der Eindruck eines heftigen Geräuschs entstand, die fast nur unterschwellige Erschütterung der Luft und des Bodens. Aus der Tür zum Eingangsbunker wallte eine geringe Menge Staub.

»Das dürfte diese Halunken viel Zeit kosten«, meinte Miz, startetet das Allterrainmobil neu.

Sharrow nickte. »Ja, mit etwas Glück ...«

»Ich hoffe, der Aufwand hat sich gelohnt«, sagte Cenuij.

»Na, ich glaube, 's war 'n voller Erfolg.« Zefla gähnte. »Das muß begossen werden.«

»Kann sein, Bencil Dornay mixt dir 'n tollen Cocktail, wenn du ihn hübsch nett darum bittest«, mutmaßte Miz, trat aufs Gaspedal und steuerte das ATM in die Schlucht.

Durchs Fenster schaute Sharrow sich nach dem Staub um, der durch die Luft trieb.

8

Tödliche Botschaft

Sharrow überschwamm die Landschaft. Das Wasser hatte eine ruhig-milchige Blaufärbung; die Landschaft darunter schimmerte grün. Sie tauchte hinab, erkannte ganz klein Straßen und Häuser, sah Seen glitzern und die dunklen Flecken von Wäldern; betastete den kalten Kristall, während ihre nackten Glieder Schwimmbewegungen vollführten, um sie in der Tiefe zu halten, das schwarze Haar umschwebte ihren Kopf wie eine gemächliche Wolke aus Finsternis, die sie träge umstrudelte.

Schließlich ließ sie Arme und Beine erschlaffen, stieg sanft durchs laue Wasser an die Oberfläche.

Oben drehte sie sich um und ließ sich auf dem Rücken treiben, blickte zu dem verschwommenen Schatten ihres Körpers hinauf, der sich auf den hellrosa Kacheln des Deckengewölbes abzeichnete. Sie streckte die Gliedmaßen mal nach jener Seite, mal in diese Richtung aus, verfolgte mit, wie die verwaschene Gestalt unter der Decke sie nachzuahmen schien. Schließlich schwamm sie zum Beckenrand, stemmte sich hinaus und nahm ein Badetuch vom Tisch. Dann schlenderte sie auf den Balkon, zu dem aus dem Tal leichter Wind emporblies, einen Duft spätsommerlicher Reife heraufwehte. Die kühle Luft quoll über die Brüstung und umströmte Sharrows nassen Leib, verursachte ihr Gänsehaut. Sie stützte die Arme aufs Holzgeländer der gläsernen Balkonbrüstung und sah den Härchen auf ihren Unterarmen zu, die sich unter den Wassertropfen aufrichteten und jedes sich auf einem eigenen, winzigen Hauthöcker sträubte.

Die Talsicht bot Ausblick auf immergrüne Wälder und hochgelegene Sommeralmen. Auf den Bergen ringsum lag noch keine Spur von Schnee, doch in weiterer Ferne, am Horizont, ragten in der Mitte der Gebirgskette Gipfel mit Dauerschnee und begrenzten Gletschern empor. Oberhalb der Felszunge durchquerten hohes Streifengewölk und Dunstschleier das hellblaue Himmelsrund wie Gischt.

Sharrow schlang das Badetuch um die Schultern, kehrte an den Rand des Beckens um und schaute ins grünglänzende Wasser, das sich allmählich glättete. Die Landschaft zitterte und wackelte, als schüttelten sie die Zuckungen eines furchtbaren Erdbebens.

Bencil Dornays Haus war am Vernasayaltal auf einem gewaltigen Berg des Morpse-Gebirgszugs, dreieinhalbtausend Kilometer südlich Yadayeypons, fast in Sichtweite der Westküste Jonolreys und der Brandung Südmeers, Golters viertem Ozean, unter einen Felsüberhang gebaut worden. Wie ein besonders hartnäckiges Krustentier, das sich entschlossen an seinen Stein klammerte, obwohl längst Ebbe herrschte, hing das Haus unter einer ausgehöhlten Felsnase. Die aufregendste Attraktion im Haus war der Swimmingpool, der das unterste der fünf Etagen des Bauwerks bildete und einen Glasboden hatte.

Angesichts des grünen Leuchtens aus dem Becken und des trüben, ansonsten jedoch ungehinderten Blicks in den Talkessel sollten Besucher mit schwachen Nerven, denen man das Haus zum erstenmal zeigte, im Gesicht eine auffällig ähnlich grünliche Schattierung bekommen haben. Abgebrühtere, abenteuerlustigere Gäste hingegen, die ihr Vertrauen zu modernen Bautechniken zu beweisen bereit waren, verpaßten selten die Gelegenheit, in diesen Swimmingpool zu springen, und wenn nur um erzählen zu können, daß sie es getan hatten.

Sharrow stand am Beckenrand und wartete eine Zeitlang ab, bis die Nässe, die über ihre Haut perlte, weitgehend getrocknet war und der Wasserspiegel des Swimmingpools sich vollständig beruhigt hatte, so daß sie das fünfhundert Meter tiefere Tal klar und deutlich sehen konnte, ein Anblick, bei dem beinahe das Herz stockte. Dann tauchte sie anmutig erneut ins Wasser.

Der Schmerz trat auf, während sie zum Beckenrand zurückschwamm: erst dicht unter den Rippen, dann auch in den Beinen. Sie versuchte ihn nicht zu beachten, schwamm weiter, die Zähne zusammengebissen. Sobald sie die Seite des Swimmingpools erreichte, krallte sie die Finger an die harten Kacheln, spannte die Arme an. Nicht noch einmal. Es konnte gar nicht noch einmal geschehen.

Wie zwei weißglühende Dolche bohrte sich der Schmerz in ihre Ohren, sie hörte sich keuchen. Als die nächste Schmerzwelle sie durchraste, von den Schultern bis in die Waden gloste, bemühte sie sich vergeblich, am Rand Halt zu bewahren, sie schrie, sank rücklings ins Wasser, hustete und schnaufte, während sie versuchte, sich zusammenzukrümmen und gleichzeitig zu schwimmen. Nicht alles noch einmal. Was kam nun? Auf was mußte sie gefaßt sein? Die Beschwerden klangen ab; sie erlangte den Halt an der Kante zurück. Plötzlich fühlte sie sich schwach, zu matt, um sich aus dem Becken zu ziehen. Mit dem Fuß tastete sie seitwärts, suchte die Stufen. Ihre Rechte fand an den Kacheln einen Handgriff. Sie klammerte sich, weil sie ahnte, was nun folgte, daran fest; ihr ganzer Leib krampfte sich zusammen, als die Qual sie dermaßen grausam durchlohte, als wäre ihr Körper eine Steckdose und der Schmerz ein riesiger, obszöner Stecker, durch die ein gräßlicher Starkstrom der Pein jagte.

Sie krümmte sich im Wasser, konzentrierte sich, voller Furcht, ihre Faust könnte sich lösen, aufs Umklammern des Griffs an den Kacheln. Ihr Gesicht, merkte sie, sank unter Wasser, sie versuchte trotz der unablässigen Schmerzen die Luft anzuhalten, doch mit einem dumpfen Aufstöhnen sprudelten Blasen zwischen ihren Lippen hervor. Obwohl sie nach Atem lechzte, schaffte sie es nicht, den verkrümmten Körper zu strecken. In ihren Ohren schwoll ein Brausen an.

Da ließ der Schmerz plötzlich nach und verschwand.

Sharrow prustete und hustete, preßte Wasser aus dem Mund, zog sich am Griff zur Seitenwand des Swimmingpools, ihr Kopf stieß gegen die Kacheln. Sie tauchte auf, konnte endlich wieder atmen, grapschte mit der freien Hand umher, bekam auch den zweiten Griff zu fassen. Es gelang ihr, einen Fuß in eine der Unterwasserstufen zu schieben. Sie ließ die Lider geschlossen und stemmte sich mit aller restlichen Kraft nach oben. Am Bauch spürte sie die Kante des Beckens, sackte neben dem Swimmingpool, die Beine noch im Wasser, auf die warmen Plastikfliesen.

Auf einmal packten starke Hände Sharrow, hoben sie auf, stützten sie, Arme umschlangen sie. Sharrow öffnete die Augen lange genug, um die sorgenvollen Mienen Zeflas und Miz' zu erkennen, wollte etwas zu ihnen sagen, ihnen nahelegen, sich nicht zu beunruhigen, da jedoch bohrte sich wieder das riesige Schwert in ihren Rücken, sie zuckte und brach zusammen; Zefla und Miz fingen sie auf, hielten sie, dann merkte sie, daß sie sie anhoben und trugen, ein Zeh schleifte über die Fliesen, dann auf etwas Weiches betteten, schließlich nochmals in die Arme nahmen, wärmten, leise auf sie einsprachen, bis erneut der letzte Moment der Qual ihren Schädel durchstach und alles endete.

Sie erwachte bei Vogelgesang. Noch immer ruhte sie in der Nähe des Swimmingpools, allerdings in Badetücher gehüllt. An ihrer Seite lag Zefla, hatte ihren Kopf in der Armbeuge, schaukelte sie behutsam. Der Vogel zirpte, und Sharrow sah sich nach ihm um.

»Sharrow?« fragte Zefla gedämpft.

Die Drossel saß auf dem Holzgeländer der Balkonbrüstung längs des Schwimmbeckens. Für einen Moment beobachtete Sharrow den Vogel dabei, wie er sie beobachtete, dann hob sie den Blick in Zeflas Gesicht. »Hallo«, sagte sie. Ihre Stimme klang schwächlich.

»Geht es dir wieder gut?« fragte Zefla.

Die Drossel flatterte davon. Miz näherte sich, ging neben der Liege in die Hocke. Er trug eine Badehose. »Ich habe den …«, wandte er sich an Zefla, da sah er, daß Sharrow die Augen offen hatte. »Na hallo«, sagte er leise, tätschelte ihr die Wange. »Da bist du ja wieder unter den Lebenden«, fügte er mit einem Schmunzeln hinzu.

»Ich fühle mich ganz leidlich«, beteuerte Sharrow, wälzte sich herum und versuchte sich aufzusetzen. Zefla legte ihr einen Arm um den Rücken, um ihr behilflich zu sein. Es schauderte Sharrow; Miz warf ihr ein Handtuch um die Schultern.

»Das war nichts, was man als natürlichen Vorfall bezeichnen könnte, oder?« erkundigte sich Zefla.

Sharrow schüttelte den Kopf. »Es lief genau wie beim letzten Mal ab. Wie auf dem Tankschiff. Geradeso. Als spielte man eine Aufzeichnung ab.« Sie versuchte zu lachen. »Die Burschen hatten mir ja angedroht, mit mir ›in Verbindung‹ zu bleiben.«

Miz' Blick fiel auf den Swimmingpool. »Es könnte 'n Nervenschockgewehr gewesen sein, mit dem jemand im Tal senkrecht nach oben geschossen hat.«

»Oder irgend was im Haus«, meinte Zefla, trocknete Sharrow mit einem Handtuch die Haare.

»Kann sein«, sagte Sharrow. »Vielleicht.«

»Wenn ich die Lumpen, die das treiben, in die Finger kriege«, verhieß Miz in beherrschtem Ton, »mache ich sie kalt. Aber ich bin …«

Sharrow streckte die Hand aus, drückte Miz' Arm. »Scht«, raunte sie. »Scht …«

Miz seufzte und richtete sich auf. »Also, ich schaue mich mal im Haus um. In der oberen Etage fange ich an. Dloan oder Cenuij soll unten im Tal nach dem rechten sehen.« Er senkte für einen Moment die Hand auf Sharrows Schopf. »Kommst du klar?«

»Na sicher«, gab Sharrow zur Antwort.

»Du bist wirklich 'n tapferes Mädchen.« Rasch entfernte sich Miz.

»›Mädchen‹«, wiederholte Sharrow und schüttelte den Kopf.

»Am besten bringen wir dich nun zu Bett, hm?« meinte Zefla.

Auf Zeflas Schulter gestützt, raffte sich Sharrow von der Liege hoch. Endlich stand sie, auch wenn Zefla ihr noch ein wenig Halt gewährte, wieder auf eigenen Beinen. »Nein. Ich wollte und will schwimmen. Es ist jetzt vorbei. Ich fühle mich wohl.«

»Du bist verrückt«, kritisierte Zefla sie; trotzdem duldete sie, daß Sharrow das um die Schultern geschlungene Handtuch abstreifte, und begleitete sie zum Swimmingpool. Kurz blieb Sharrow am Beckenrand stehen, um sich innerlich zu sammeln, ehe sie sich straffte, die Schultern spannte und ins Wasser sprang. Sie tauchte ziemlich ungeschickt, kehrte jedoch an die Oberfläche zurück und schwamm kräftig zur anderen Seite des Beckens.

Zefla setzte sich auf die Kante des Swimmingpools, ihre dunkel-rotbraunen Beine baumelten ins Naß. Sie lächelte, während sie Sharrows bläßlicher, geschmeidiger Gestalt nachblickte, die durchs fahl beleuchtete Wasser auf die andere Seite des Beckens zuschwamm, und schüttelte den Kopf.

»Wie steht's um unsere Patientin, Dr. Clave?« fragte Bencil Dornay.

»In Bestform ist sie, habe ich den Eindruck«, lautete die Auskunft des Klinikers, eines älteren Manns, der soeben gemeinsam mit Sharrow den Gesellschaftsraum betrat.

Bencil Dornay war ein stämmiger, gedrungener Mann in fortgeschrittenem mittleren Alter, hatte kleine, grüne Augen im hellbraunen Gesicht, einen fein säuberlich gestutzten Bart und makellos gepflegte Hände. Er kleidete sich lässig in Garderobe, die von allerfeinster Qualität war, wenngleich sie nicht dem letzten Schrei der Mode entsprach. Sein Vater hatte die Dienste Gorkos, Sharrows Großvaters, verlassen müssen, nachdem durch das Globale Tribunal angeordnet worden war, den Konzern des Alten zu zerschlagen; Dornay senior hatte sich danach selbst aufs Geschäftsleben verlegt, und zwar mit sehr großem Erfolg, und sich einen kürzeren Namen gekauft. Bencil hatte sogar noch mehr als sein Vater erreicht und seine Namen von drei auf zwei reduzieren können. Er hatte keine Kinder, sich aber bei den zuständigen Behörden um die Erlaubnis beworben, sich klonen zu dürfen, und hoffte, daß seine Nachfolgerausgabe es schaffte, den nächsten Schritt zu tun, noch einen Namen abzustoßen und zumindest ein unterrangiges Aristokratengeschlecht zu gründen.

»Ausreichend in Form also, um zu tanzen, Dr. Clave?« hakte Dornay nach, indem er Sharrow leuchtenden Blicks anschaute. Sharrow schenkte ihm ein Lächeln. »Ich hatte vor, morgend abend zu Ehren der Lady eine kleine Party zu veranstalten. Dieser banale Schwindelanfall verbietet ihr doch das Tanzen nicht, oder?«

»Überhaupt nicht«, bestätigte Dr. Clave. Der rundliche Mediziner hatte einen üppig-struppigen Bart; besonders fiel an ihm ein Gehabe liebenswürdiger Zerstreutheit auf. Er ähnelte so stark der Weise, wie in Sharrows Erinnerung Ärzte sein sollten, daß sie überlegte, wieviel davon Schauspielerei sein mochte. »Aber ich würde natürlich ...« Der Arzt räusperte sich. »Ich empfehle trotzdem, auf dieser Festivität sicherheitshalber ärztlichen Beistand abrufbar zu haben.«

Bencil Dornay schmunzelte. »Was, Dr. Clave, Sie

glauben doch nicht, ich würde es wagen, zu so einem Abend einzuladen, ohne auch an Sie zu denken, oder wie?«

»Das hört man gerne.« Der Arzt warf einen Blick auf ein kleines Klemmbrett. »Na, dann veranlasse ich mal lieber gleich, daß diese faulen Techs die ganzen Geräte ins Flugzeug zurückbringen …«

»Ich begleite Sie zur Tür«, bot Bencil Dornay ihm an. »Lady Sharrow …« Sie nickte. Dornay und der Kliniker strebten zum Lift. Sharrow blickte ihnen nach.

Schwach konnte sich Sharrow an Bencil Dornays Vater entsinnen, sie hatte ihn während einer der Zeitspannen kennengelernt, in denen sie das große Anwesen der Tzants besuchte, als es nominell noch dem Dascen-Clan gehört hatte, die Verwaltung und damit sein Schicksal allerdings schon unter der Regie des Globalen Tribunals stand.

Dornay senior war vor zwanzig Jahren aus Gorkos Diensten ausgeschieden und anschließend ein reicher Kaufmann geworden; stets hatte ihm besonderes Vergnügen bereitet, ab und zu als Ehrengast der Aristokratenresidenz, wo er als Familiensekretär tätig gewesen war, Besuche abzustatten. Ein gebeugter, gütiger Mann war er gewesen, von dem Sharrow noch immer den Eindruck hatte, er hätte sich im Greisenalter befunden (allerdings war sie damals noch sehr jung gewesen), und er hatte ein untrügliches Gedächtnis für den Aufbewahrungsort jedes einzelnen Gegenstands in dem großen, halb leeren, weitgehend unbewohnten Steinlabyrinth gehabt, als das die Villa Tzant geendet hatte. Sharrow und die anderen Kinder hatten mit ihm Raten gespielt, ihn gefragt, was in einer bestimmten Schublade oder einem gewissen Fach in einem längst vernachlässigten Zimmer eines Seitenflügels läge, und dabei herausgefunden, daß er in nahezu allen Fällen, bis hin zum letzten Löffel, dem unwichtigsten Reserveknopf sowie dem mißachtetsten Zahnstocher richtig riet.

Breyguhn hatte von sich gegeben, er sei ein Zauberer und hätte sogar jedes Staubkörnchen im Gebäude numeriert und archiviert. Ihr machte es Spaß, Gegenstände aus verschiedenen Schubladen oder Kommoden in anderen Schubladen und Kommoden zu verstecken, von einem ins andere Zimmer zu schaffen, um ihn zu verwirren, und genoß es, wenn die Spielkameraden angelaufen kamen und ihr erzählten, er hätte sich geirrt.

Auch Erinnerungen an Bencil Dornay zu haben, hätte Sharrow nicht mit Überzeugung behaupten können; er war schon vor ihrer Geburt ans College geschickt worden, und sollten sie sich je begegnet sein, hatte sie es vergessen.

Dornay senior mußte damals bereits seit vier Jahrzehnten unter Gorkos gentechnischer Fuchtel gestanden haben. Der Code, durch den Sharrow – laut Breyguhns Aussagen – das Versteck der *Universellen Prinzipien* erfahren sollte, war den genetischen Informationen in seinen Zellen kurz vor Gorkos Niedergang hinzugefügt worden; allein durch die Zeugung hatte Dornay senior den Code an seinen Sohn weitergegeben, und bei ihm, falls Breyguhn recht hatte, wartete er jetzt, ein halbes Jahrhundert später.

Und um ihn zu erlangen, brauchte es nicht mehr, dachte Sharrow mit einer gewissen Bitternis, als einen Kuß.

Sie drehte sich um und ging ans andere Ende des Gesellschaftsraums, wo man auf einem verglasten Balkon auf ein Wolkenmeer hinausschauen konnte. Ihre Teamgefährten saßen vor einem Holo-TV.

»Geht's?« fragte Miz, wollte ihr dabei helfen, sich in einen Sessel zu setzen. Gereizt schnalzte Sharrow, wehrte seinen Arm ab und nahm auf einem Stuhl Platz.

»Was gibt es für Neuigkeiten?« fragte sie, deutete mit dem Kinn auf den Bildschirm, auf dem man etwas sah, das sich mit einer Generalstabskarte vergleichen ließ.

»Die Huhsz spielen die Sache runter«, antwortete Cenuij. »Sie haben sich für den ›Unfall‹ im Einschienenexpress entschuldigt. Durch ein Mißgeschick wäre Munition explodiert, behaupten sie. Daß ein Überfall stattgefunden hat, dementieren sie. Die Freibrief-Pässe würden in wenigen Tagen gesegnet, sagen sie, nach einer Trauerfrist für die im Zug umgekommenen Glaubensbrüder.«

»He, wir haben das Haus gesehen, in dem du auf der Insel gewohnt hast«, meinte Zefla zu Sharrow. »Es sah echt hübsch aus.«

»Danke«, sagte Sharrow. »Es steht noch, ja?«

»Verflucht noch mal, Sharrow«, schimpfte Miz. »Wie lautet der ärztliche Befund?«

Sharrow hob die Schultern, betrachtete die Karte auf dem Bildschirm, die sie an die Darstellung eines Schlachtverlaufs erinnerte. »Es steckt etwas in mir«, erklärte sie, tippte mit dem Finger an ihren Kopf. »Hier drin.«

»O nein …«, stöhnte Zefla leise.

»Und was?« fragte Cenuij, beugte sich vor.

»Wahrscheinlich ein Kristallvirus«, erläuterte Sharrow, blickte in die Runde. »Größtenteils nur ein Molekül dick, er wächst um meinen Hirnstamm und im Hirn. Ein Strang führt durchs Rückgrat bis in den rechten Fuß. Der Rest verzweigt sich« – sie hob die Schultern – »im Schädel.«

»Gute Götter, Sharrow …«, sagte Zefla gedämpft.

»Ein *Kristallvirus*«, wiederholte Cenuij, machte große Augen. »Das ist Kriegstechnik.« Er warf einen Blick in den Korridor, durch den man zum Lift gelangte. »Woher will der alte Stümper überhaupt wissen, daß …?«

»Der ›alte Stümper‹ weiß, wovon er redet«, unterbrach Sharrow ihn. »Und er hat durchwegs die beste Ausstattung. Während des Cargokriegs ist er bei der Freihändler-Raummarine auf Trontsephori als Arzt tätig gewesen, und nach dem Fünfprozentkrieg hat er freiwillig Megaplegikern geholfen. Er hatte keine Ahnung, auf was er achten mußte – mir ist nicht einmal klar, ob er mir geglaubt hat –, aber er hat beharrlich weitergesucht, und schließlich ist das Ding auf dem NMR-Scannerschirm zu sehen gewesen. Der Arzt will, daß ich für zusätzliche Untersuchungen in eine Spezialklinik gehe. Ich habe ihn vorerst damit vertröstet, daß ich es mir überlegen will.«

»Kann man ihn entfernen?« fragte Miz; er wirkte besorgt. »Operativ ... oder sonst irgendwie?«

Mit einem Kopfschütteln verneinte Sharrow.

»Das Zeug nicht«, sagte Cenuij, der sich offenbar beeindruckt fühlte. »Es wächst kaum einen Zentimeter im Monat, aber wenn's in dir drin ist, steckt's drin. Um's rauszuholen, braucht man das Originalvirus, und das ist bestimmt in einem Militärhabitat gelagert, in einem Arsenal des Globalen Tribunals. Falls ein neuer Krieg ausbricht und das Tribunal so eine Eskalation als gerechtfertigt einstuft, sieht man es vielleicht wieder. Vorher nicht.«

»Könnten wir es klauen?« wollte Miz wissen.

»Bist du verrückt?« lautete Cenuijs Gegenfrage.

Dloan schüttelte den Kopf. »Zu riskant«, stellte er klar.

Zefla hob die Hand an den Mund, musterte Sharrow aus feuchtglänzenden Augen.

»*Dadurch* ist also das Langwellensignal der Puppe aufgefangen worden«, schlußfolgerte Cenuij, starrte geradeaus und nickte vor sich hin. »Ein Kristallvirus.« Er lachte abgehackt und heftete den Blick auf Sharrow. »Scheiße, ja, mehr ist nicht erforderlich. Wenn es dir eingesetzt worden ist, während du auf Nachtels Geist in der Klinik gelegen hast, hat es genügend Zeit gehabt, um von oben bis unten durch deinen Körper zu wachsen. Die Verlängerung in deinem Fuß muß die Antenne sein. Die Kristallstränge könnten ewig vorhanden bleiben, ohne daß man sie bemerkt. Ich vermute, sie verbrauchen weniger Kraft, als dich 'n Augenzwinkern kostet. Aber sobald die richtigen Code-Impulse es erreichen, geht's *zack*!«

»*Autsch* wäre eine passendere Beschreibung«, entgegnete Sharrow.

»Und die Langwelle zu benutzen, ist eine geniale Idee«, merkte Cenuij an. »Man kann bei der Abstrahlung auf Präzision verzichten, und sie dringt immer durch ...«

»Dann kommen die Signale aus dem Kommunikationsnetz.« Zefla dachte laut nach. »Den Satelliten und dem ganzen Scheiß ...?« Cenuij gab keine Antwort; er blickte hinaus auf den Wolkenteppich vor dem mit Sonnenschein durchfluteten Balkon. Sharrow nickte. Zefla spreizte die Hände. »Ließen sich die Leute, die sie senden, nicht aufspüren?«

»Dafür müßte man 'ne Menge Glück haben«, sagte Dloan.

»Steht völlig außer Frage«, ergänzte ihn Cenuij. Mit einem Wink verwarf er Zeflas Überlegung.

»Na, und wie sollen wir der Angelegenheit ein Ende bereiten?« fragte Miz mit erhobener Stimme. »Wir können doch unmöglich zulassen, daß so was sich dauernd wiederholt.«

»Sharrow könnte sich vielleicht in einem Bergwerk einquartieren«, sagte Cenuij. »Oder irgendwo außerhalb des allgemeinen Sendebereichs. Aber selbst dann wäre es möglich, daß jemand, der ihren Aufenthaltsort kennt, ihr ein Signal zufunkt. Die Puppe, die auf dem Tanker benutzt worden ist, war nur 'ne Art von Nahbedienung ...«

»Wie wär's mit 'ner schmerzunterdrückenden Elektrode?« schlug Zefla vor.

»Würde nicht helfen«, erwiderte Cenuij. Er machte ein paarmal *T-t-t*. »Schade, ich hätte mich gerne mal mit dem Arzt unterhalten.« Er holte das TaschenFon heraus. »Ob ich ihn anrufen soll?«

»Sprich morgen abend mit ihm«, empfahl Sharrow. »Er kommt auch auf die Party.«

»Ist die Fête noch immer geplant?« fragte Miz.

»Warum nicht?« Sharrow zuckte die Achseln, schaute in die Richtung, in der Bencil Dornay den Arzt zum Lift geleitet hatte. »Er lädt ausschließlich Gäste ein, denen er vertraut, und er verrät niemandem, daß wir da sind.« Sie lächelte Miz zu. »Es ist ihm eben sehr wichtig, zu unseren Ehren eine Party zu veranstalten, deshalb konnte ich unmöglich ablehnen.«

Miz' Miene spiegelte Skepsis wider.

»Und bei der Gelegenheit tust du's?« wandte Cenuij sich mit sonderbarem, beunruhigendem Schmunzeln an Sharrow.

Sie blickte ihm geradewegs ins schmale Gesicht. »Ja, Cenuij, da tu ich es.«

Zefla stand auf und kauerte sich neben Sharrow, drückte sie an sich. »Du armes Kind, man könnte fast meinen, um dich wäre ein Krieg entbrannt, was?«

Sharrow schob die Hand in Zeflas gelocktes Haar, ihre Fingerspitzen berührten die Kopfhaut. »Man könnte wirklich meinen, gerade ein Krieg wäre jetzt für mich am günstigsten.«

Sharrow stand in ihrem Zimmer vor dem Spiegel, hinter ihr auf dem Bett lagen die Unterwäsche und das Kleid, die Beleuchtung war aufs Maximum eingestellt. Sie betrachtete sich. An den Knien, auf die sie auf dem Tanker in Schwimmstadt gefallen war, konnte man noch Anzeichen der Abschürfungen sehen, doch der leichte Bluterguß an ihrer Stirn, die sie sich ebenfalls geprellt hatte, war verblaßt. An ihrer Schulter hatte das Sandgestein der Karstwüste einen Schnitt hinterlassen, und am Vortag hatte sie sich an dem Handgriff im Swimmingpool zwei Fingernägel abgebrochen.

Sharrow streckte die Arme über den Kopf und sah ihre Brüste sich heben, dann absinken, als sie die Arme senkte. Sie drehte sich zur Seite, lockerte die Körperhaltung, schnitt angesichts ihrer Bauchrundung eine unzufriedene Miene. Im Spiegel besah sie sich ihre Schenkel, dann schaute sie an ihnen hinunter, fragte sich, ob sich schon Schwammigkeit abzeichnete. Erkennen konnte sie nichts. Vielleicht wurden ihre Augen schlechter.

Sie hatte sich nie irgendwelchen Alterationen unterzogen – abgesehen von Zahnkorrekturen im Kindesalter – und nie antigeriatrische Medikamente genommen, weder legale noch illegale. Sie hatte sich geschworen, darauf zu verzichten. Aber jetzt, noch ehe sich an ihrem Körper offenkundige Merkmale des Alterns zeigten, glaubte sie zu wissen, wie älteren Menschen zumute war; meinte sie den Wunsch, nicht zu verfallen und ein gutes Aussehen zu bewahren, nachvollziehen zu können. Ging es ihr nur darum, attraktiv zu sein? Sie blickte in die eigenen Augen.

Überwiegend will ich, dachte sie, für mich selbst attraktiv bleiben. Auch wenn mich nie mehr irgendein Mann nackt sehen sollte, möchte ich trotzdem für mich attraktiv sein. Fünf bis zehn Jahre des Leben gäbe ich dafür, könnte ich bis zum letzten Tag so wie heute aussehen.

Mit leicht verdrossenem Gesichtsausdruck schüttelte sie über sich den Kopf.

»Dann stirb doch jung, Narzistin«, flüsterte sie sich zu.

Vielleicht sorgten die Huhsz dafür, daß sie kein Greisinnenalter erreichte.

Sie wandte sich vom Spiegel ab, um sich anzukleiden.

Der Körper ist ein Code, dachte sie, nahm den Slip zur Hand – und verharrte, als ihr einfiel, unter welchen Umständen sie diese Äußerung gehört hatte, und daß sie am heutigen Abend mit einer gewissen Methode etwas von Bencil Dornay in Erfahrung bringen mußte.

In dem gekrümmten Korridor, an einem Fenster, durch das man in einen Abgrund aus Finsternis, gespickt mit den Colliers vergleichbaren Lichterketten ferner Straßen und den Broschen ähnlichen Lichterballungen der Ortschaften und Dörfer, Ausblick hatte, gegenüber der breiten Treppe zur Festivitäten-Etage des Gebäudes, aus der schon ein Gewirr von Stimmen, Musik und Gelächter drang, fand sie Cenuij vor, der in einer förmlich-steifen, schwarzen Tschepka auf einer Couch saß und etwas las, das wie ein Brief aussah.

Er schaute auf, als sie näher trat, taxierte sie und nickte. »Sehr elegant«, lobte er, sah den Brief an, faltete ihn und steckte ihn ein.

Sharrow betrachtete im Fenster ihr Spiegelbild; sie trug gleichfalls strenges, formelles Schwarz. Der Saum des Kleids reichte bis auf den Fußboden, und es hatte lange Ärmel. Um den hohen Kragen und die Handgelenke – zu dieser quasisoffiziösen Aristokratengarderobe gehörten auch Handschuhe – hatte sie schlichten Platinschmuck gehängt. Ein schwarzes, mit Diamanten verziertes Haarnetz umhüllte ihre Frisur. »Total seriös, als müßte ich vor Gericht aussagen«, meinte sie, drehte sich zur Seite, um ihr Profil zu mustern. »Wie etepetete«, fügte sie hinzu. »Eine richtige Gouvernantenmode.« Ihr Spiegelbild bewog sie zu einem Kopfschütteln. »Nur dumm, daß ich darin eine so umwerfende Erscheinung abgebe.«

Darauf erwartete sie einen Kommentar von Cenuij, doch anscheinend hörte er gar nicht zu. Er starrte an ihr vorbei.

Sharrow setzte sich neben ihm auf die Couch. Das Kleid und der Kragen zwangen sie zu einer betont aufrechten Sitzhaltung und einem hocherhobenen Kopf. »Stammt der Brief von Breyguhn?« fragte sie Cenuij.

Er nickte, starrte unverwandt in die Biegung des Korridors. »Ja. Vorhin eingetroffen.«

»Wie geht es ihr?«

Cenuij schüttelte den Kopf, dann zuckte er die Achseln. »Sie erwähnt dich«, antwortete er.

»Aha«, machte Sharrow. »Schreibt sie auch etwas über diese genetische Botschaft, die ich von Dornay erhalten soll?«

Cenuij hob neuerlich die Schultern. »Nicht direkt«, sagte er.

»Mich beschäftigt immer wieder die Frage, welche Form sie wohl annimmt«, gestand Sharrow. Bevor Cenuij antwortete, schwollen Stimmengewirr und Musik aus der unteren Etage kurz an und ebbten ab.

»Ich glaube, zu genau dieser Frage äußert sie sich«, erklärte er. »Es kann in der verschiedenartigsten Weise sein. Er wird wohl nicht einfach 'n Text aufsagen. Es wäre vorstellbar, daß die Mitteilung verschlüsselt in einer Zeichnung enthalten ist, er eine bestimmte Pose aus einem Stück zeigt oder eine Melodie pfeift. Wie sie sich manifestiert, könnte sogar von den Umständen abhängen, unter denen die Programmierung aktiv wird.«

»Ich hatte gar keine Ahnung, daß das dein Fachgebiet ist, Cenuij.«

»Es ist bloß Halbwissen«, entgegnete Cenuij, besann sich allmählich. »Breyguhn versteht davon viel mehr.«

»Wir bekommen sie frei«, verhieß Sharrow.

Nun wirkte Cenuij verärgert. »Warum *haßt* ihr beide euch eigentlich gegenseitig so tief?« fragte er.

Für einen Moment sah Sharrow ihn an, ehe sie mit einem Achselzucken reagierte. »Teilweise ist es lediglich die normale Geschwisterrivalität«, beteuerte sie. »Und alles übrige ...« Sie schüttelte den Kopf. »Das ist eine allzu lange Geschichte. Ich denke mir, Breyguhn wird sie dir einmal selber erzählen, wenn dazu die Zeit reif ist.« Sharrow ergriff Cenuijs Hand. »Bald, Cenuij. Bald kann sie sie dir erzählen. Dieser kleine Trick mit Dornay dürfte uns auf die Spur des Buchs bringen, und dann finden wir es. Breyguhn ist demnächst wieder in Freiheit.«

Cenuij schaute auf den Fußboden, seine Hand regte sich, als wollte er den Brief wieder hervorholen. »Mehr wünsche ich mir nicht«, sagte er leise.

Sharrow schlang den Arm um ihn.

»Und du, Sharrow?« fragte er, drehte sich seitwärts und behielt Abstand bei, blickte ihr in die Augen. »Was wünschst du dir? Was willst du *wirklich*? Weißt du's überhaupt?«

Gelassen erwiderte sie seinen Blick. »Leben, glaube ich«, antwortete sie in einem Ton, der, wie sie hoffte, nach Sarkasmus klang.

»Das ist keine gute Antwort. Zu allgemein. Was noch?«

Lieber wäre Sharrow seinem eindringlichen, verkniffenen Blick ausgewichen, doch sie zwang sich dazu, ihm standzuhalten. »Möchtest du es tatsächlich wissen?« fragte sie.

»Natürlich. Deshalb frage ich doch wohl, oder?«

Sharrow hob die Schultern. Sie spitzte die Lippen und schaute bedächtig hinaus in die Dunkelheit vor dem Fenster. »Ich will nicht allein sein«, sagte sie, sah Cenuij wieder an, reckte ein wenig, wie aus Trotz, das Kinn. »Und ich mag Menschen nicht im Stich lassen.«

Cenuij lachte harsch und stand von der Couch auf, glättete seine Kluft. »Ein richtiger Witzbold, unsere kleine Sharrow«, bemerkte er. Dann lächelte er breit und bot ihr den Arm. »Wollen wir?«

Ohne jede Herzlichkeit lächelte Sharrow ebenfalls, hakte sich bei ihm ein; zusammen stiegen sie die Treppe hinab, um sich zur Party zu gesellen.

Vielleicht um die hundert Gäste waren anwesend. Die Band spielte ausschließlich Instrumentaltitel und erwies sich damit als außerordentlich aktuell. Sämtliche Delikatessen waren durch Bencil Dornays eigenes Küchenpersonal zubereitet worden. Dornay stellte Sharrow den Gästen vor, darunter Geschäftsfreunde, leitende Mitarbeiter seines Handelsunternehmens, ein paar lokale Würdenträger und Persönlichkeiten, reiche Bekannte aus der Nachbarschaft und eine Anzahl Künstler aus der Umgebung. Sharrow erachtete es als möglich, daß Bencil Dornays Gäste allesamt gleich höflich waren, mutmaßte jedoch, daß er sie gebeten hatte, beim Geplauder keine peinlichen Fragen – dergleichen wie: »Was ist es für ein Gefühl, von den Huhsz gejagt zu werden?« – zu stellen.

»Sie sind sehr tapfer, Lady Sharrow«, meinte Dornay zu ihr. Sie standen an einem der mit Speisen überhäuften Tische und sahen einer Truppe Jongleure zu, die auf einer kleinen Tribüne, die man in der Mitte der Tanzfläche errichtet hatte, einen Auftritt darboten. Diskret ließen die Anwesenden rings um den Gastgeber und seinen Ehrengast freien Raum.

»Tapfer, Mr. Dornay?« fragte Sharrow. Dornay war rein in Weiß gekleidet.

»Madame«, sagte Dornay und schaute ihr in die Augen, »ich habe meine Gäste gebeten, Sie nicht auf die unglückliche Situation anzusprechen, die man Ihnen zumutet. Ich habe ebensowenig vor, darüber zu reden, aber erlauben Sie mir das Bekenntnis, daß Ihre Seelenruhe mich erstaunen würde, wüßte ich nicht, aus welchem Hause Sie abstammen.«

Sharrow lächelte. »Glauben Sie, Gorko wäre auf mich stolz?«

»Es ist mein Pech, daß ich diesem bedeutenden Mann nur ein einziges Mal persönlich begegnet bin«, antwortete Dornay. »Ein Vogel kann sich nicht auf einen großen Baum setzen und behaupten, ihn zu kennen. Aber ich bin der Ansicht, ja.«

Sharrow beobachtete, wie die Keulen der Jongleure im Lichtschein der eigens für sie aufgebauten Scheinwerfer durch die Luft hin- und herwirbelten. »Wir sind der Ansicht, daß die Freibrief-Pässe meiner … meiner Verfolger bis auf weiteres keine Gefahr mehr darstellen.«

»Dank den Göttern«, sagte Dornay. »Es hieß, sie wären noch nicht geweiht worden, aber ich hatte Sorge, die Information könnte zur Irreführung ausgestreut worden sein, und wir sind hier nicht allzu weit weg von diesem elenden Weltschrein der Huhsz. Selbstverständlich habe ich jede erdenkliche Sicherheitsvorkehrung veranlaßt, aber ... Na, vielleicht hätte ich die Party doch streichen sollen.«

»Nicht doch, Mr. Dornay. Wenn ich mich recht entsinne, habe ich es Ihnen ausdrücklich untersagt ...«

»Ja, stimmt.« Bencil Dornay lachte unbekümmert. »Sehr richtig. Was hätte ich anderes für Sie tun können? Meine Familie existiert nicht mehr zu dem Zweck, Ihrem Clan zu dienen, liebe Lady Sharrow, dennoch bin ich stets Ihr Diener.«

»Sie sind zu freundlich. Wie gesagt, ich glaube, momentan bin ich in Sicherheit. Und ich bin Ihnen für Ihre Gastfreundschaft sehr dankbar.«

»Fühlen Sie sich wie zu Hause, teuerste Lady Sharrow. Ich stehe Ihnen vollauf zur Verfügung.«

Sharrow sah Dornay, während die Jongleure den Zuschauern mit ihrer hochkomplizierten Schlußdarbietung Juchzer der Bewunderung entlockten, aufmerksam an.

»Ist das Ihr Ernst, Mr. Dornay?« fragte sie, während sie in seinen Augen forschte.

»Aber ja, liebe Lady Sharrow, vollkommen«, bestätigte er mit strahlendem Blick. »Ich sage so etwas nicht nur aus Höflichkeit. Ich meine es wörtlich. Es wäre mir eine Freude und ebenso eine Ehre, Ihnen in jeder Hinsicht, in der ich etwas leisten kann, dienlich sein zu dürfen.«

Sharrow schaute flüchtig zur Seite. »Tja, wenn es so ist«, sagte sie und lächelte ihm unschlüssig zu. Die Jongleure beendeten ihre Vorstellung, die ihnen gehörig lebhafter Applaus lohnte, und die Deckenlampen flammten auf. »Ich ... ich weiß tatsächlich eine Gefälligkeit, um die ich Sie gerne bäte.« Sie mußte lauter sprechen, um sich verständlich zu machen.

Dornay wirkte erfreut, allerdings bemerkte Sharrow in den Augenwinkeln, daß sich nun Gäste näher schoben, nachdem die Jongleure sie nicht mehr ablenkten, Dornay und ihr erwartungsvolle Beachtung entgegenbrachten. Für ihn unübersehbar ließ sie den Blick über die Umstehenden schweifen. »Vielleicht komme ich später darauf zurück.« Sie schenkte ihm noch ein Lächeln.

Ein Getränk in der Hand, stand Sharrow auf dem Balkon an die schulterhohe Brüstung gelehnt, hinter dem Rücken die Dunkelheit, vor sich wie einen riesigen Bildschirm den Saal. Drinnen tanzten Leute. Wolken verbargen das Schrottlicht.

Miz kam heraus, schlenderte über den Balkon, inhalierte süßlich Riechendes aus einem kleinen Räuchergefäß. Er lehnte sich neben sie und bot ihr das Gefäß an, aus dem schwacher Qualm emporkräuselte, doch sie schüttelte den Kopf.

»Ich habe dich noch gar nicht tanzen sehen«, bemerkte er, atmete den Rauch tief ein.

»Stimmt.«

»Früher hast du so hervorragend getanzt«, sagte er, betrachtete sie. »*Wir* haben hervorragend getanzt.«

»Ich entsinne mich.«

»Erinnerst du dich an das Wettanzen in Malishu? Den Dauertanz, bei dem als Preis ausgesetzt war, daß die Gewinner mit den kühnen, heldenhaften Piloten der Präventivschlag-InterplanetJabo-Staffeln zum Essen ausgehen durften?« Bei der Erinnerung daran mußte er lachen.

»Ja«, bestätigte Sharrow. »Ich erinnere mich.«

»Mensch«, sagte Miz, »wir hätten den Wettbewerb selbst gewonnen, wäre nicht die Militärpolizei auf der Suche nach uns gewesen.«

»Wir waren ohne Urlaub nicht zum Dienst erschienen. Daraus habe ich gelernt, dir nicht mehr zu vertrauen, was Daten anbetrifft.«

»Ich war einfach durcheinandergeraten. Während der Party am Vorabend hatten wir die Datumsgrenze überschritten.« Miz schaute verunsichert drein und blinzelte hinauf zu den düsteren Wolken. »Sogar mehrmals, glaube ich.«

»Hmm«, brummte Sharrow.

»Na egal«, meinte Miz. »Möchtest du's mal wieder versuchen?« Er nickte in die Richtung des Saals und der Tanzenden. »Was da passiert, ist ja läppisch, in ein paar Stunden fallen diese Figuren um.«

Sharrow schüttelte den Kopf. »Lieber nicht«, antwortete sie. »Im Moment ist mir nicht danach.«

Mit einem Seufzen wandte Miz sich ab und inhalierte nochmals Rauch aus dem Gefäß. »Schön, aber wenn der Abend vorbei ist«, sagte er, spielte den Schnoddrigen, »und niemand will dich nach Hause bringen, komm bloß nicht zu mir, um dich auszuweinen.« Er nickte auf betont nachdrückliche Weise und kehrte in den Saal zurück, übte unterwegs Tanzschritte, in einer Hand den Drink, in der anderen Hand das Räuchergefäß. Sharrows Blick folgte ihm hinein.

Sie erinnerte sich an einen Ball in Geis' Vaterhaus auf Siynscen; damals war sie fünfzehn oder sechzehn gewesen. In dem Sommer, den sie alle auf dem dortigen Anwesen verlebten, hatte sich Breyguhn in Geis verliebt – oder es sich wenigstens eingebildet. Sharrow hatte ihr vorgehalten, sie sei albern und viel zu jung. Geis hatte fast zwanzig Jahre gezählt. Was sollte er mit einem Kind wie ihr denn anfangen? Und außerdem sei Geis ein durch und durch langweiliger Typ, ein ungeschickter, doofer Abstauber mit komischen Augen und dickem Arsch. Sie selbst hatte ihn total satt gehabt, weil er bei derartigen Anlässen dauernd mit ihr tanzen wollte, sie ständig zu küssen versuchte und ihr blöde Geschenke überreichte.

Trotzdem blieb Breyguhn bei dem Entschluß, ihm im Laufe des Balls ihre unsterbliche Liebe zu gestehen, sie beharrte nämlich auf der Ansicht, Geis sähe glänzend aus, sei richtig nett, unerhört klug und zudem poetisch veranlagt. Über all das hatte Sharrow sich rücksichtslos lustig gemacht, dann jedoch, als sie in der Garderobe stand, umringt von eifrigen Zofen (in deren Aufmerksamkeit und Zuwendung sie geschwelgt hatte, weil ihr Vater im selben Jahre infolge großer finanzieller Verluste bis auf den AndroidButler sämtliches Personal entlassen mußte), und ihre Halbschwester zum erstenmal im Ballkleid sah (auch wenn es, so wie ihres, lediglich von einer bessergestellten Verwandten zweiten Grades geliehen gewesen war), das Haar zu einer Turmfrisur hochgesteckt wie bei einer Erwachsenen, die noch kindlichen Brüste im Mieder hochgezwängt, so daß sie in der Mitte einen Spalt aufwiesen, und mit einem Schimmer der Zuversicht und einer gewissen Ausstrahlungskraft in den inzwischen geschminkten Augen, da hatte sie es mit gelinder Erheiterung sowie nur einer Andeutung von Eifersucht als nicht mehr undenkbar erachtet, daß der gute, alte Trottel Geis doch auf Breyguhn hereinfallen könnte.

Sie war Augenzeugin geworden, als Geis und ein paar seiner Offizierskadettenfreunde auf dem Ball eintrafen, alle in der Uniform der FiskusAllianz-Raummarine. Geis war mehrere Monate lang auf einem Kriegsschiff der FiskusAllianz im Weltall gewesen, und der Ball fand statt, um Spendengelder zur Unterstützung der FiskusAllianz zu sammeln.

Und da merkte Sharrow, daß sie Geis seit ein, zwei Jahren nicht mehr richtig angesehen, ihn nicht *betrachtet* hatte.

Für Uniformen hatte sie nie eine Schwäche gehabt, aber Geis sah in seiner Uniform wirklich nahezu blendend aus. Er bewegte sich weniger linkisch, hatte sich einen dunklen, ordentlich gestutzten Bart wachsen lassen, der ihm ziemlich gut stand und ihn älter aussehen ließ, und den Babyspeck verloren, durch den er in den mittleren Teenagerjahren so ungeschlacht gewirkt hatte. Schon früh am Abend, noch ehe der Ball richtig anfing, schlich sie sich unauffällig in seine Nähe, hörte ihn mit seinen Kameraden übermütig lachen und sie sich über seine Äußerungen amüsieren; und da hatte sie entschieden – vielleicht unter dem Bann dieser Lachstürme junger Männer, überlegte sie später –, Geis nicht mit der gewohnten Geringschätzigkeit abzuweisen, falls er sie heute um einen Tanz bat. Natürlich hatte sie nicht die jämmerliche und niedrige Absicht, ihren Vetter zu umgarnen, nur um ihrer einfältigen kleinen Halbschwester etwas zu beweisen, aber sollte Geis sich wahrhaftig zu seinem Vorteil entwickelt haben und er eventuell irgendwann gerne mit ihr tanzen würde …

Er bat sie um den ersten Tanz. Im Verlauf des ganzen restlichen Abends lösten sie sich auf der Tanzfläche kaum einmal aus den Armen, und ebensowenig wichen sie sich zwischen den Tänzen von der Seite.

Während sie sich auf der Tanzfläche drehte und wiegte, Geis sie hielt und schwang, mit ihr renommierte und man sie bewunderte, beobachtete sie Breyguhn: zunächst stand ein Ausdruck der Überraschung in Breyguhns Augen, der sich allmählich in einen Blick des Gekränktseins verwandelte, danach in Verachtung und eine Haltung, die wohl die Auffassung widerspiegelte, Sharrow durchschaut zu haben; dann traten ihr Tränen in die Augen, und zum Schluß füllten sie sich mit blankem Haß.

Dessen ungeachtet hatte Sharrow exaltiert unablässig weitergetanzt. Geis sah so umwerfend gut aus, wie Breyguhn behauptet hatte. In der Tat war er sehr verändert, er kannte mehr Gesprächsthemen, war jetzt mehr Mann als Junge. Selbst seine verbliebene Ungeschliffenheit schien auf purem Hochgefühl zu beruhen, auf Überschwang. Sharrow hörte ihm zu, sah ihn an, tanzte mit ihm und dachte über ihn nach; sie gelangte zu der Einsicht, nicht völlig sie selbst gewesen zu sein, und wäre sie ein wenig mehr wie alle anderen und nicht ganz so schwierig zufriedenzustellen gewesen, hätte sie sich fast in ihren Vetter verlieben können.

Tränenüberströmt hatte Breyguhn mit ihrem gemeinsamen Vater und seiner Geliebten den Ball früh verlassen. Auf Sharrow wartete eine Anstandsdame. Sharrow und Geis hatten getanzt, bis sie als letztes Paar auf der Tanzfläche standen, die Musikkapelle absichtlich fehlerhaft spielte und zwischen den einzelnen Nummern lange Pausen einlegte. Sie hatte Geis sogar gestattet, sie zu küssen – den Kuß allerdings nicht erwidert –, während sie im vom ersten Morgenlicht aufgehellten Garten frische Luft schnappten (in einer benachbarten Laube hüstelte diskret die Duenna); anschließend hatte sich Sharrow verabschiedet.

In den nächsten zwei Jahren hatte sie Geis nur zweimal persönlich gesehen. Sie war in einem Mädchenpensionat gewesen, hatte anschließend an der Universität Yadayeypon studiert und hier wie dort die neuen, unerwarteten und abwechslungsreichen Freuden des Geschlechtslebens und im Zusammenhang damit die Macht entdeckt, die Aussehen und Herkunft (die sie beide bewußt nutzte) ihr über junge und weniger junge Männer verlieh, die gefühlsmäßig viel interessanter und intellektuell erheblich anregender waren als ihr Vetter Geis, der zeitweise Raummarine-Rekrut und abstoßend erfolgreiche *Geschäftsmann.*

Im Jahr danach wechselten sie auf der Beisetzung ihres Vaters ein paar Worte (obwohl sie durchaus ständig auf seine Äußerungen lauschte), und nachdem sie endlich darin eingewilligt hatte, sich mit ihm zu verabreden und ihn zum Jungfernstart eines Luftschiffs zu begleiten (das er – wie peinlich! – nach ihr benannte), verhielt sie sich auf dieser Veranstaltung ihm gegenüber reichlich kurzangebunden, sie behauptete, keine Zeit zum Beantworten seiner Briefe gefunden zu haben, und das Telefonieren sei ihr einfach zuwider. Er wirkte beleidigt, und Sharrow hatte einen schrecklichen, grausamen Drang zum Lachen verspürt.

Einmal hatte sie ihn vor dem Krieg noch gesehen, einige Monate später, als er in Piphram, in den Blauen Bergen, eine Neujahrsparty in einer Villa gab.

Dann war der Fünfprozentkrieg ausgebrochen, und Sharrow hatte sich den Streitkräften der AntiFiskus-Union angeschlossen, teils weil sie deren Anliegen als romantischer empfand, teils weil sie sie als die politisch fortschrittlichere Kriegspartei ansah, zum Teil allerdings auch schlichtweg aus Rache.

Und wenn der Krieg für sie keine anderen Konsequenzen gehabt haben mochte, sinnierte Sharrow, während sie aus ihrem Glas trank und versonnen durchs einem übergroßen Bildschirm ähnliche Fenster Bencil Dornays Party beobachtete, hatte er auf alle Fälle das Ende ihrer mutwillig verlängerten und willentlich wilden Jugendjahre angezeigt.

Aber es hatte mehr damit auf sich, dachte sie, lächelte traurig angesichts der fröhlichen, tanzenden Menschen auf der anderen Seite der Verglasung, entsann sich an das letzte, heftige, grauenvolle, erbarmungslose Gefecht in der Kälte und Stille des Weltraumdunkels, die Sekunden zwischen Nachtel und Nachtels Geist.

Viel mehr.

Sie wollte austrinken, doch das Glas war schon leer.

Etwas später mischte sie sich wieder unter die anderen Gäste.

»Ihr Großvater war ein wahrhaft großer Mann, teure Lady Sharrow. Kleinkarierte Gemüter sehen in einem großen Menschen immer eine Bedrohung, sie können nicht anders. Das liegt nicht nur am Neid, obwohl er im Fall Ihres Großvaters eine beträchtliche Rolle gespielt hat. Es ist eine spontane Reaktion. Sie merken, ohne zu wissen, sie sind sich darüber im klaren, daß jemand Achtungseinflößendes unter ihnen ist und sie vor ihm beiseite weichen müssen. Das ist der Ursprung ihrer Mißgunst, einer geradeso unedlen und kleingeistigen Regung und genauso grassierend wie der Neid. Ein gewaltiges Zwergenheer war es, Madame, das den Untergang Ihres Großvaters erzwungen hat. Würmer waren sie, er war ein Eroberer. Er hatte genug Weitblick, um die Nase aus der heimischen Furche zu heben und anzupacken, was es zu tun galt, aber dem Gewürm graut es nun einmal vor jeder Veränderung, sie haben nichts als Würmergedanken, immerzu wühlen sie im Dreck und recyclen stets nur, nie richten sie den Blick von der Scholle. Das Leben eines Großherzogs hätte Ihr Großvater führen können, müssen Sie wissen, Madame, ihm wäre es gelungen, das Familienvermögen beisammenzuhalten und mit der Zeit zu vergrößern, die Wissenschaften und Künste wäre er zu fördern imstande gewesen, er hätte beeindruckende Bauten errichtet, Institute aller Art gegründet, wäre zum Globalrat aufgestiegen und hätte die Politik des Globalen Tribunals beeinflußt, und ohne jeden Zweifel hätte er dabei soviel persönliche Glück genossen, wie ihm vergönnt gewesen wäre. Statt dessen hat er alles aufs Spiel gesetzt und verloren, so wie die wirklich Großen es tun müssen, wollen sie nicht, wenn sie auf dem Totenbett liegen, einsehen müssen, daß sie ihre Talente ungenutzt gelassen haben, daß das Leben, auf das sie zurückblicken, minderwertiger verlaufen ist, als es hätte sein können. Wir bezeichnen, was sich da ereignet hat, als Scheitern, aber ich versichere Ihnen, daß es uns, die wir uns voller Ehrfurcht an ihn erinnern, unweigerlich zum Höheren inspiriert. In unseren Herzen lebt er weiter, und eines Tages, wenn die Welt und ihr

System sich gewandelt haben und zu einem Tempel geworden sind, der zur Feier seines Andenkens taugt, werden ihm die gebührenden Ehrungen zufallen.«

In einem Privatzimmer der Felsüberhang-Villa stand Sharrow vor einem übergroßen Porträt ihres Großvaters. Bencil Dornay hatte ihr vorgeschlagen, ihr seine persönliche Gorko-Gedenkstätte zu zeigen, während die übrigen Gäste einer Gruppe Clownartisten zuschauten, die gegenwärtig im Gesellschaftsraum einen Auftritt darboten.

Das Gemälde stellte Gorko als einen wahren Hünen mit großem, wie aus Stein gemeißeltem Gesicht und eindrucksvoll gesträubtem Backenbart dar; seine in enger Reitkombination gemalte Gestalt wirkte übertrieben muskelbepackt, und das Bandamyion neben ihm sah zu klein aus. Feuer schien aus Gorkos starren Augen zu lodern. Das Porträt hing am Ende des schmalen, länglichen Zimmers und war mit Plüschgehängen drapiert. Außer dem Gemälde befand sich nichts in dem Raum.

»Hmm«, brummelte Sharrow. »Behüte das Schicksal uns vor Größe.«

Dornay schüttelte den Kopf. »Liebe Lady Sharrow, lassen Sie sich nicht von der allgemein verbreiteten, niedrigen Gesinnung anstecken.« Sein Blick ruhte auf dem bombastischen Bild. »Größe ist sein Erbe und unsere Hoffnung.«

»Muß Größe denn wirklich sein, Mr. Dornay?« fragte Sharrow.

Langsam drehte Bencil Dornay sich um und schritt zur Tür; Sharrow schloß sich an. »Es kann sich nicht anders verhalten, als daß wir sie brauchen, Madame. Sie allein treibt uns vorwärts. Größe schenkt uns Träume. Ohne sie würden wir immerzu nur ausharren.«

»Aber es kommt so häufig vor«, gab Sharrow zu bedenken, »daß uns Menschen, die wir groß nennen, ins Verderben führen.«

»Eigentlich gehen sie ins eigene Verderben«, berichtigte Dornay sie, öffnete die Tür und ließ Sharrow den Vortritt in einen schmalen Flur. »Und sie reißen, wage ich zu behaupten, ihre Umgebung mit. Aber auch Vernichtung kann ein positiver Vorgang sein. Ich denke an das Beseitigen von Verrottetem, ans Herausoperieren abgestorbenen Gewebes, das Forträumen des Alten, damit Platz für das Neue geschaffen wird. Wir haben alle solche Scheu davor, jemanden zu schädigen, Leid zu verursachen. Der Weitblick des Großen erhebt ihn über solchen Kleinmut. Beschimpfen wir den Arzt, wenn er uns geringfügigen Schmerz zufügt, um uns schlimmere Beschwerden zu ersparen? Wirft ein vernünftiger Erwachsener es seinen Eltern vor, wenn ihnen gelegentlich die Hand ausgerutscht ist?«

Im Lift fuhren sie zum Schauplatz der Party hinab. »Ihre rhetorischen Fragen machen mich sprachlos«, bekannte Sharrow.

»Ich glaube, Sie hatten vor, mich um eine Gefälligkeit zu bitten, verehrte Lady Sharrow«, rief Dornay ihr in Erinnerung, während sie die inzwischen nur noch punktbeleuchtete Seite des Saals aufsuchten. In der hellen Mitte war auf der Tanzfläche ein ziemlich verwickelter, sehr förmlicher Tanz in Gang; Gäste stolzierten und paradierten zu Grüppchen zusammen und lösten sie umgehend wieder auf. Sharrow hatte den Eindruck, daß die Musikkapelle sich langweilte.

»Ja«, sagte sie, blieb stehen und sah Dornay an. Er zwinkerte und blinzelte hektisch. Niemand war in der Nähe. Sharrow schöpfte Atem. »Mein Großvater hat Ihrem Vater Informationen hinterlassen, und er hat sie Ihnen weitergegeben.«

Dornays Miene brachte Unsicherheit zum Ausdruck. »Mir?« fragte er.

»Durchs Blutband«, konstatierte Sharrow.

Einige Sekunden lang schwieg Dornay; dann weiteten sich seine Augen. Er atmete tief durch. »In mir«, japste er. »In mir, liebe Lady Sharrow?!« Er starrte ihr geradewegs ins Gesicht. »Aber wie …? Wie kann ich …? Teuerste Lady, was für ein Privileg! Eine einzigartige Auszeichnung. Sagen Sie mir, was ich tun muß, sagen Sie's mir!«

Für einen Moment senkte Sharrow den Blick und überlegte, wie sie das Erfordernis formulieren sollte. Alle Worte, die sie für diesen Anlaß auswendig gelernt hatte, kamen ihr jetzt gänzlich unpassend vor.

Da hörte sie Dornay schwer schlucken. »Natürlich. Ehrenwerte Lady Sharrow …«

Sie sah, daß er sich auf die Unterlippe biß. Blut sickerte hervor. Er holte ein weißes Taschentuch heraus und reichte es Sharrow. »Bitte sehr, liebe Lady.« Andeutungsweise nickte er, betrachtete ihre Lippen.

Sie verstand, was er anregte, und nahm einen Zipfel des Taschentuchs in den Mund, um ihn zu befeuchten. Sobald Speichel den Zipfel tränkte, gab sie das Tüchlein zurück. Eilig drückte er die feuchte Stelle auf seine blutige Lippe. Am liebsten hätte Sharrow weggeschaut, doch statt dessen mahlte sie mit den Zähnen. Dornay saugte einen Moment lang an dem Tuch, dann betupfte er sich damit die Lippe, bis er die Blutung gestillt hatte.

»Was ich mitzuteilen habe, erfahren nur Sie, edle Lady«, versprach er. Er atmete ein paarmal tief durch. »Gehen wir dort hinüber …?«

Die Gäste, die sich nicht am Tanzen beteiligten, umgaben die runde Tanzfläche wie die Haut einer Blase. Man ließ Sharrow und Dornay nach vorn, damit sie den Reigen der Tanzenden deutlich sehen konnten.

Etwa eine Minute lang sahen sie nur zu. Dornay blickte, offenbar in wachsender Spannung, ständig umher, als ob er etwas suchte. »Teure Lady«, fragte er schließlich, »wollen wir tanzen?« Er faßte sie an der Hand.

»Was?« Sharrow stutzte. »Aber …«

Er zog sie aus der Reihe der Zuschauer, die die Tanzenden umstanden, mit sich, umfing sie, umschlang ihre Taille. Beinahe reflexartig legte sie die Hände um seine Schultern. Sein Gesicht hatte einen seltsamen Glanz angenommen, die Augen hingegen stierten plötzlich hohl. Sharrow schauderte.

Er begann den Tanz mit einem Rückwärtsschritt, führte Sharrow in und durch den Reigentanz, der schon stattfand, rempelte achtlos Leute an, erregte damit den Unwillen derjenigen, die er in den Rücken stieß, doch sobald sie den Gastgeber erkannten, verstummte ihr Geschimpfe.

Dornay kannte kein Halten, er schwenkte und schob Sharrow, während sie sich abmühen mußte, um ihm mit ihrem beim Tanzen etwas nachteiligen Hinkefuß folgen zu können; gemeinsam stoben sie über die große Tanzfläche, störten die sorgfältig ausgeklügelte Choreografie des alten Reigens, den die anderen Leute tanzten, machten ihr harmonisches Zusammenspiel zunichte.

Er zog und schob Sharrow da- und dorthin, wirbelte in diese und jene Richtung, so daß sie ihre liebe Not hatte, ihre Füße unter seinen Schuhen fernzuhalten, und sie fand kaum irgendeine Gelegenheit, darauf zu sehen, wie die übrigen Anwesenden auf diesen Tanz reagierten, bis sie und Dornay die anderen Tanzenden völlig verwirrt hatten, sie entgeistert den Reigen abbrachen, ihnen nachblickten. Auch die Musikkapelle stockte, verstummte vollends. Bencil Dornay tanzte trotzdem weiter, drehte sich nach dieser Seite und zurück in Gegenrichtung. Die Kapellmeisterin beobachtete ihn und Sharrow, versuchte den Takt zu finden und dirigierte schließlich der Kapelle eine geeignete Melodie. Daraufhin bildeten etliche Zuschauer neue Paare und fingen ebenfalls an zu tanzen.

Sharrow blickte in Bencil Dornays schweißiges Gesicht und seine geistlos gewordenen Augen, und eine Aufwallung des Abscheus durchwogte sie, die ihr beinahe Brechreiz verursachte.

Die Strecke, die Dornay mit ihr auf der Tanzfläche zurücklegte, lief auf eine Spirale hinaus, die sich, indem er sich unaufhörlich drehte und drehte, zusehends verengte und den Tanz gegen Ende auf ein Kreiseln um die eigene Achse beschränkte. An der genauen Mitte der Spirale blieben sie stehen. Unvermittelt ließ Dornay sie los, taumelte durch eine letzte Umdrehung, so daß sein weiße Aba sich blähte, und stürzte auf den Fußboden, als wäre er mit einer Axt gefällt worden. Mit einem Wums knallte sein Kopf aufs Hartholz. Sharrow spürte den Aufprall in den Füßen und den Beinknochen. Irgend jemand schrie auf.

Sie stand mit offenem Mund da, wurde beiseite geschubst, als Menschen heranstürmten und sich um die weißgekleidete Gestalt scharten, die unter der Tanzflächenbeleuchtung lag. Starren Blicks schüttelte sie den Kopf.

»Verzeihen Sie …«, bat Dr. Clave, zwängte sich durch die Umstehenden.

Sharrow besah sich ihre Hände.

Miz kam zu ihr, zerrte sie fort. »Sharrow, ist mit dir alles in Ordnung? Sharrow?«

Von überall schwärmten Leute herbei, umdrängten und umwimmelten die schon um Dornay versammelten Gäste, als ob ein Strudel sie ansaugte.

»Was?« fragte Sharrow. »Was?«

»Was ist passiert? Bist du wohlauf?« Miz' offen besorgte Miene verschwamm vor Sharrows Augen.

»Ich bin … ich bin …«

Aus dem Haufen zusammengelaufener Leute hörte man Keuchen. Sharrow bemerkte, daß mehrere Personen zu ihr herüberblickten, dann hastig fortschauten. Miz zog sie weiter abseits. Zwischen ihr und dem Pulk Leute stand auf einmal Dloan. Zefla eilte zu Sharrow, legte den Arm um sie.

Sharrow sah, daß jemand sich aus dem Gewühl freikämpfte, das inzwischen in der Mitte der Tanzfläche herrschte, und auf sie zustrebte. Es war Cenuijj; anscheinend schrieb er etwas in einen kleinen HandCompu.

Er näherte sich Sharrow, die zwischen Zefla und Miz stand. Mit Nachdruck setzte er einen Punkt hinter seine Notizen, hakte den Stift in den Halter und klappte den HandCompu zu. Dann schaute er sich nach den Leuten um und hob die Schultern. »Tot«, sagte er. Er zückte einen Zigarillo und zündete ihn an. »Aber er hat uns mitgeteilt, was wir wissen müssen.« Sein Blick ging an Zefla vorbei. »Hmmm …« Er nickte. »Sieh mal, die Bar ist geöffnet worden.« Er ging darauf zu.

Zweiter Teil

DIE ZEICHEN DES VERFALLS, DIE WAFFEN DES BETRUGS

9
Wiedersehen

Die Panoramagalerie hatte die Beschaffenheit eines Auditoriums mit steil abgestuften Sitzreihen. Auf den rund tausend Sitzen fläzten sich verstreut nur ein paar Dutzend Leute, die Mehrzahl döste.

Die Frau saß für sich allein.

Ein gigantischer Bildschirm füllte fast ihr gesamtes Blickfeld aus, und auf der Bildfläche gab es fast nichts außer Golter zu sehen. Mit gleichmäßiger, würdiger Unaufhaltsamkeit rotierte die riesige, glänzende Planetenkugel, nach lautlosem Donnern sah die monumentale Allmählichkeit ihrer unablässigen Drehbewegung aus, mit der sie ihre Wölbung dem Dunkel des Alls zuwandte, und in der Ebenmäßigkeit dieser enormen Gemächlichkeit zeigte sich etwas vom immensen Umfang des Planeten.

Er glänzte tatsächlich, ähnelte einer titanischen Scheibe in Blau-, Weiß-, Ocker- und Grüntönen, eine Erscheinung, die aus einer Göttersage hätte stammen können, und war schöner als Liebe.

Sie saß auf ihrem Platz und betrachtete den Planeten. Sie war auf muskulöse Weise schlank und hatte eine vielleicht durchschnittliche, eventuell leicht überdurchschnittliche Körpergröße. Ihr Kopf war völlig kahl; unter den blonden Brauen hielten winzige Falten an den äußeren Augenwinkeln die Augen in Tropfenform. Sie hatte eine platte Nase mit breiten Nasenflügeln. Gekleidet war sie in einen dunkelfarbigen Overall, und während sie sich auf dem Großbildschirm den Planeten ansah, hielt sie ein kleines Handtäschchen an die Brust gedrückt.

Der örtliche Polizeidirektor hatte sich überaus verständnisvoll gezeigt. Er hatte Mr. Dornay persönlich gekannt und war nur durch eine wichtige dienstliche Konferenz daran gehindert worden, auch die Party zu besuchen. Es müsse für sie, meinte er zu Sharrow, ein furchtbares Erlebnis gewesen sein, und es sei ihm vollauf nachvollziehbar, daß sie sich in so schlechter Verfassung befände. Natürlich müßte später eine Zeugenvernehmung durchgeführt werden, aber ihrerseits würde eine schlichte, aufgezeichnete Aussage zum Vorgang nahezu mit Sicherheit ausreichen. Dr. Clave hatte als Todesursache bereits eine starke Hirnblutung festgestellt, zwar eine Seltenheit heutzutage, jedoch keineswegs außergewöhnlich. Sie bräuchte sich nicht mit Selbstvorwürfen zu plagen. Und natürlich dürfe sie jederzeit ihrer Wege gehen; es sei ihm gänzlich begreiflich, daß sie nicht länger als erforderlich an einem Ort zu bleiben wünschte, an den sie jetzt eine so tragische Erinnerung hätte. Ohnedies läge ihm absolut nicht daran, sie aufzuhalten, während sie offiziell den Status eines Jagdwilds hätte, das von einer gesetzlich zugelassenen, aber bestimmt beklagenswert irregeleiteten und möglicherweise inhumanen Sekte zur Strecke gebracht werden sollte; er fände es nicht im geringsten erfreulich, käme es ausgerechnet in seinem Zuständigkeitsbereich zu einem so scheußlichen Vorfall. Sicherlich hätte sie dafür ihrerseits volles Verständnis.

Als nächster Zeuge sollte Bencil Dornays Privatsekretär vernommen werden. Sharrow verabschiedete sich vom Polizeidirektor, der sich in Dornays Arbeitszimmer eingenistet hatte, und suchte die anderen Teamangehörigen in der Hausbibliothek auf, wo Cenuij über einem in den Schreibtisch integrierten Monitor Schnaufer der Aufregung von sich gab.

»Ist alles geregelt?« erkundigte sich Miz, kam Sharrow entgegen.

»Kein Grund zur Sorge«, antwortete sie. »Allerdings

ist mir zum Verschwinden geraten worden.« Sie nickte Zefla und Dloan zu, die an Cenuijs Schultern standen.

»Da haben wir's«, rief Cenuij, drückte eine Taste, um von der Darstellung auf dem Bildschirm einen Ausdruck anfertigen zu lassen. Mit dem Finger tippte er auf das Bild. Die sichtbaren Schnörkelornamente hatten allesamt eine ähnliche Struktur, verkörperten Varianten eines mit durchgehender, vielfältig überkreuzter Linie gezeichneten, verworren-komplizierten, geschlossenen Musters. Neben Cenuij lag der HandCompu auf dem Tisch, in den er unmittelbar nach Dornays Tod Vermerke geschrieben hatte; auf dem kleinen Monitor war ein Muster zu erkennen, das den übrigen Bildern stark glich. »Hier ist das richtige Exemplar«, sagte er euphorisch. Er wies erst auf den HandCompu, dann das Muster. »Das Zeichen zählt zur cevesischen Schrift und bezeichnet Miykenns Hauptstadt während der Zeit der Ladyr-Dynastie.«

Sharrow schaute sich das auf dem HandCompu-Monitor abgebildete Schriftzeichen an, verdeutlichte sich den Verlauf des durchgehenden Strichs, aus dem es bestand, die schneckenhafte Spiralform, sah die Linie in der engen Mitte mit einem Punkt enden.

»War es das … was wir getanzt haben?« fragte sie.

Zefla hörte das Stocken in ihrer Stimme und schlang den Arm um Sharrow.

»So ungefähr«, lautete Cenuijs Antwort. Er riß den Ausdruck am Schlitz des Druckers ab und grinste. »Ziemlich zittriger Pinselstrich, könnte man sagen, einen cevesischen Schriftgelehrten hätte bestimmt der Schlag getroffen …«

»Cenuij, also bitte …«, tadelte Zefla ihn.

»Aber auf alle Fälle ist dieses Schriftzeichen gemeint«, stellte Cenuij fest, klopfte mit dem Handrücken auf den Ausdruck. »Berücksichtigt man die Umstände, läßt sich natürlich ein Fehler nicht ausschließen. Daß in dem Schriftsymbol auf Miykenns Dunkelseite Bezug genommen wird, steht jedoch außer Zweifel, mit hoher Wahrscheinlichkeit verweist es auf Miykenns' Hauptstadt, und wenn diese Nebenkreise richtig wiedergegeben sind« – er deutete auf zwei winzige Kreise innerhalb einer Kurve der Spirale – »betrifft es die Ära der Ladyr-Dynastie.«

»Du meinst Malishu?« fragte Miz.

Cenuij schüttelte den Kopf. »Daran glaube ich nicht, damals war Malishu wohl kaum Hauptstadt. Es ist unsere nächste Aufgabe herauszufinden, wo die Hauptstadt während der Ladyr-Dynastie lag.« Er verzog ein wenig die Lippen. »Sie kann praktisch überall gewesen sein. Soviel man von den Ladyrs weiß, haben sie sie womöglich an den Meistbietenden verscherbelt.« Er richtete seine Aufmerksamkeit wieder auf den Schreibtischmonitor. »Bibliothek. Stichworte: Miykenns, Geschichte, Ladyr-Dynastie. Gewünschte Darstellung: Hauptstadt der Ladyr-Dynastie.«

Der Bildschirm teilte sich, zeigte Text und eine mehrschichtige Holokarte.

Miz sah über Cenuijs Schulter zu. *»Pharpech?«* rief er. »Nie gehört.«

»Aber ich«, sagte Zefla.

»Gratuliere«, spöttelte Cenuij, vergrößerte die unübersichtlich beschaffene Landkarte, verkleinerte sie zurück auf den anfänglichen Maßstab. »Damit gehörst du wahrscheinlich zu einem ganz kleinen, exklusiven Zirkel auserwählter Eingeweihter.«

»Da könnte was dran sein«, ging Zefla auf ihn ein, betrachtete die Karte mit einem Ausdruck intensiver Konzentration auf dem Gesicht. »Einer meiner Lehrer hat sie mal als Beispiel genannt, und zwar für irgendwelche degenerierten … Für irgend so was eben.«

»Na, jedenfalls soll es unter der Ladyr-Dynastie die Hauptstadt gewesen sein, das heißt, vor achthundert Jahren.« Er las den Text. »Seitdem hat sich dort nichts mehr getan. Ihr Götter, die letzte Aktualisierung in der

Enzyklopädie ist zwanzig Jahre alt. Da geht's um die Krönung König Tards des Siebzehnten. Beim Blute des Propheten!« Verblüfft lehnte Cenuij sich zurück. »Keine Bilder vorhanden.«

»Eines *Königs*?« Miz lachte.

»Ist wohl 'ne rückständige Gegend«, vermutete Zefla.

»Er ist der gegenwärtige ...« Cenuij holte die nächste Bildschirmseite auf den Monitor, dann lachte er gleichfalls. »Der gegenwärtige König ist Tard der Nutzlose«, beendete er den Satz. »Na, das ist doch eine wirklich berückende Ehrlichkeit.«

»Wie weit ist der Ort von Malishu entfernt?« fragte Sharrow.

Cenuij schaute nach. »Könnte kaum weiter weg sein. Die nächste Eisenbahnstrecke liegt ... Ha! Das ist ja unglaublich. Zwei Tages*märsche,* steht hier.« Er blickte sich nach den anderen um. »Das klingt ja, als hätte man den Begriff ›Zeitfalte‹ eigens für dieses Kaff erfunden.«

Zefla stieß Sharrow mit der Hüfte an. »Schön weit weg von den Huhsz.«

»Hmmm«, brummte Sharrow, die sich noch nicht überzeugt fühlte. »Ist da nachzulesen, was für eine Religion man dort hat?«

Cenuij suchte im Begleittext nach Aufschluß. »Im wesentlichen regionaler Art. Monarchenverehrung und Theophobie.«

»Theophobie?« wiederholte Miz.

»Sie wollen keine Götter anbeten«, erklärte Zefla.

»Vernünftige Einstellung«, kommentierte Miz und nickte. »Wenn ich irgendwo sogar noch hinterm Arsch der Welt wohnte, hätte ich auch gerne eine höhere Instanz, der ich die Schuld geben könnte.«

Miz orderte für sie alle Flugtickets nach Miykenns. Eine Reihe mehrfach umgeleiteter Telefonate sorgte dafür, daß ein vertrauenswürdiger Mitarbeiter bei einer der

Holdinggesellschaften Miz', die ihren Sitz in Megapolis hatten, von der Schwester seines besten Freunds ein zusätzliches Flugticket auf den Namen Ysul Demri nach der Wasserwelt Tronsephori buchen ließ.

Zefla rasierte Sharrow den Schädel ratzekahl und rieb ihr die Kopfhaut dünn mit Enthaarungsöl ein. Hinter ihnen hockte Miz auf dem Bett und mimte einen Weinkrampf. Sharrow setzte sich Kontaktlinsen ein, benutzte Dermoformplaste, um die Umrisse ihrer Augen zu verändern, färbte mit Spray die Brauen und verbreiterte die Nasenflügel mit kleinen Stöpseln, die gleichzeitig die Nase anhoben.

Sie beguckte sich im Spiegel der Ankleidekommode die Ohren. »Meine Ohren stehen ab«, meinte sie mit Unmutsmiene. Sie sah Zefla an, die hinter ihr stand. »Seid ihr auch der Ansicht, daß ich abstehende Ohren habe?«

Zefla zuckte die Achseln. Miz schüttelte den Kopf. Sharrow blieb bei der Auffassung, daß ihre Ohren abstanden, und korrigierte auch sie mit Dermoformplaste.

Dloan kauerte sich zu Miz aufs Bett, nahm Sharrows Handtasche auf den Schoß und kehrte ihr Inneres nach außen. Er zupfte eine Naht des Futters auf und holte Sharrows nagelneue Identifikation hervor, händigte sie ihr aus. Sharrow maß ihr Id-Holo mit kritischem Blick, während Zefla ihr das inzwischen erhärtete Enthaarungsöl von der Kopfhaut pellte.

»So, Ysul Demri, aha«, meinte Zefla, las von Sharrows neuer Identifikation den Namen ab, warf die zerknitterte, mit Stoppeln gespickte Ölfolie in einen Mülleimer und besah sich verkniffen das Holo. »Rundum glaubwürdiges Äußeres. Eigentlich hättest du schon immer gerne 'ne Glatze gehabt, stimmt's?« Sie sprühte Haarwuchsverhütungsschaum auf Sharrows Schädel.

Sharrow nickte. »Kahlköpfige sollen mehr Glück in der Liebe haben.«

Zeflas Hand strich über Sharrows zarte Kopfhaut,

massierte sachte den Schaum ein. Im Hintergrund stieß Miz ein sinnliches Brummen aus.

»Geis, du?«

»Hallo, Sharrow. Es hoffe, es stört dich nicht, daß ich anrufe … Können wir nicht die Bildübertragung einschalten?«

»Nein, ich ziehe mich gerade an.«

»Entschuldigung. Soll ich später noch mal anrufen?«

»Nein, schon gut. Es ist … ganz nett, von dir zu hören, Geis, aber darf ich erfahren, wie du mich ausfindig gemacht hast?«

»Durchaus. Ich habe meine Kommunikationsspezialisten sämtliche öffentlichen Datenbänke nach deinem Namen durchsuchen lassen. Ich dachte mir, vielleicht kann ich dich warnen, falls es so aussieht, als rückten dir die Huhsz auf die Bude. Ich hoffe, du hast nichts dagegen …«

»An sich nicht. Anscheinend ist mein Leben insgesamt bis auf weiteres eine öffentliche Angelegenheit geworden.«

»Ich möchte dich keineswegs beunruhigen. Wir sind ziemlich sicher, daß die Huhsz keine solchen Hackerkapazitäten haben. Im Datenspeicher der lokalen Kontraktpolizei war ein Bericht über irgendeinen Zwischenfall auf der gestrigen Party im Haus deines Gastgebers zu finden. Hat er nicht mal für die Familie gearbeitet?«

»Das war sein Vater. Ja, gestern abend ist hier etwas passiert.«

»Die Polizei hält dich doch nicht fest, oder?«

»Nein. Der Fall ist schon aufgeklärt. Ich reise bald ab.«

»Ach so. Aber ich rufe sowieso aus mehreren Gründen an, Sharrow. Aus Schwimmstadt treffen zur Zeit jede Menge verwirrender Nachrichten ein, danach will ich allerdings gar nicht fragen … Ich bin darüber informiert, was am Einschienenexpreß in der K'lel vorgegangen ist, und von meinen Satellitenbildauswertern weiß ich, daß die Huhsz an einem alten Atommüll-Entsorgungslager am Rand der Wüste rege Aktivitäten entfalten. Ich wollte dir nur sagen … Na, ich will auf dieser Leitung nicht zuviel reden, obwohl sie ziemlich sicher ist … Auf jeden Fall möchte ich dich beglückwünschen. Selbst nachdem man ihr die entsprechende Denkrichtung gewiesen hatte, brauchte eine meiner besten KI tatsächlich *Sekunden,* um den gleichen Plan zu unterbreiten. Ein wirklich genialer Einfall.«

»Danke. Aber in Wahrheit stammt die Idee von Miz.«

»Aha … Trotzdem gut. Lange hält eure Aktion die Huhsz aber voraussichtlich nicht auf. Soviel mir bekannt ist, dürften die Nano-Ereignislöcher noch 'ne Weile lang strahlen, nur haben die Huhsz schon bei der Globus-Fusionstechnik AG mobile Magnetinklusionskammern bestellt, und … Na ja, die Situation wird ihnen erschwert, wenn sie dermaßen große Apparaturen mit sich rumschleppen müssen, aber ich legte darauf Wert, dir zu versichern, daß mein Angebot noch immer gültig ist. Ich bin alles zu tun bereit, was ich kann – buchstäblich *alles,* was in meiner Macht steht –, um dich zu schützen, sobald du mir dazu die Gelegenheit läßt.«

»Und ich weiß dein Hilfsangebot noch immer zu schätzen, Geis, aber ich habe vor, weiterhin zu versuchen, ihnen aus den Fängen zu bleiben.«

»Du bist ein wirklich wackeres Mädchen. Bitte vergiß es nicht, wenn du Unterstützung benötigst, stehe ich dir voll und ganz zur Verfügung.«

»Die letzte Person, die mir so etwas versprochen hat …«

»Verzeihung?«

»Nichts. Ja, danke. Ich werde es nicht vergessen.«

Sharrow verließ die Panoramagalerie, und in dem kleinen Raum zwischen den Türen zu Galerie und Zentralkorridor stieß sie mit einem gerade eingetretenen Mann zusammen. Sie wollte sich entschuldigen, da sah sie sein fröhliches Lächeln und die Glatze. Er betrachtete ihren Kahlkopf und lächelte noch breiter. Gleichzeitig wurde hinter ihr die Tür geöffnet, noch eine Person kam in den engen Zwischenraum und hielt ihr etwas an den Nacken, das sich wie eine Schußwaffe anfühlte.

»Oho, Lady Sharrow«, sagte der erste junge Mann im Tonfall genüßlichen Vergnügens, ohne den Blick von ihrer enthaarten Schädeldecke zu nehmen. »Soviel Aufwand hätten Sie doch nicht für uns treiben müssen.«

Das SNA-Team war getrennt nach Ikueshgleng gereist, dem Raumhafen für Golters Osthemisphäre. Als Sharrow dort eintrat, waren die anderen schon ins All gestartet. Sie bezahlte ihren Fährflug nach Stager bar. Während des Wartens lenkte sie sich ein wenig mit TV-Unterhaltung ab, fühlte sich nervös, gab sich jedoch alle Mühe, es sich nicht anmerken zu lassen. Im Laufe der Jahrtausende hatte man auf Golter einige üble Erfahrungen mit Raumschiffsunglücken gesammelt, und infolge dessen war Raumverkehr eine der paar Belange des Planeten, die strenger Regulation unterlagen; Start- und Landeaktivitäten für die überwiegende Mehrheit der kommerziell betriebenen Raumschiffe blieben deshalb auf zwei Raumhäfen beschränkt, einen auf jeder Hemisphäre, und in beiden Fällen bedeuteten die daraus resultierenden Abfertigungsengpässe, obwohl es Freihäfen waren und keine unerträgliche Bürokratie kannten, für jemanden, der sich auf der Flucht befand, ein unvermeidliches Risiko.

Unangefochten überstand sie sämtliche Kontrollen und bestieg um die Mittagszeit ein Shuttle; eine halbe Stunde später hatte sie Stager erreicht, die einen Kilometer durchmessende, in fünffacher Speichenradform konstruierte Orbitalstation, die normalerweise für den

Weltraumreisenden, der auf Ikueshleng startete, das nächste Etappenziel abgab.

In Sektion 5 fand sie einen Discount-Ticketladen für Flüge im Innenbereich des Sonnensystems und erwarb ein Einzelticket nach den Phrastesis-Habitaten; der Flug sah etliche Zwischenstopps vor, auch an der Raumstation, zwischen der und Miykenns' Hauptstadt Malishu Shuttles verkehrten. Sie schaute dem Angestellten zu, der ihre Kreditkarte ins Lesegerät schob, und versuchte nicht erleichtert auszusehen, als die reibungslose Abwicklung der Transaktion erfolgte. Sie mußte eine Versicherungsverzichtserklärung unterschreiben und kritzelte etwas hin, aus dem man mit viel Phantasie *Ysul Demri* lesen konnte. Anschließend kaufte sie ein EinmalFon mit hundert Thrials Speichereinheiten, ein schlichtes Armband-TV und eine Zeitung und aß in einem kleinen, überteuerten Café ein leichtes Mittagsmahl; danach war sie durchs Rund am Außenrand des fünften Speichenrads zur Panoramagalerie spaziert.

Jetzt saß sie zwischen den zwei Burschen in der hintersten Reihe der Panoramagalerie. Derjenige von beiden, der an ihrer rechten Seite Platz genommen hatte, führte das Gespräch.

»Drei Glatzen in einer Reihe«, amüsierte er sich. »Das ist doch echt komisch, hä?«

Der Kerl links hielt den Blick auf den Bildschirm geheftet, hatte jedoch sein Jackett auf dem Schoß liegen. Unter der Jacke hielt er die Schußwaffe auf Sharrow gerichtet, die Mündung berührte dicht unterhalb der Rippen ihre Taille. Bei den Personen, die für Raumstationen die Verantwortung trugen, galten Schießeisen nicht als sonderlich beliebte Gepäckstücke – Sharrow hatte ihre HandBalliste widerwillig bei einer Gepäckaufbewahrungsfirma in Ikueshleng deponiert –, so daß fast der Verdacht nahelag, statt mit einer Waffe würde sie mit einem Bluff in Schach gehalten, doch erachtete sie es als wenig ratsam, irgend etwas zu tun, das ihr darüber Klarheit verschaffen könnte.

Sie musterte das Profil des Schweigsamen, der die Waffe hatte. Es stimmte vollkommen mit dem Profil des anderen Bürschleins an ihrer rechten Seite überein. Daß einer von ihnen ein Androide war, konnte Sie keinerlei Anzeichen entdecken.

»Ich habe gesagt, ist das nicht komisch, hä?« Der Mann rechts stubste Sharrow mit dem Finger. Ihre Faust packte zu und umklammerte seine Hand; gleichzeitig blickte sie ihm wütend in die Augen. Er sperrte den Mund auf, obwohl sie ihn offenbar hauptsächlich belustigte. Nun stieß der andere Lümmel ihr kurz den Lauf der Waffe in die Seite.

Sharrow ließ seine Hand los; sie war warm und fühlte sich genau wie die Hand eines Menschen an.

»Meine Güte, sind wir aber empfindlich«, sagte der junge Mann rechts. »Beinahe wünsche ich mir, wir hätten eins unserer Püppchen mitgenommen.« Er rückte den Kragen seines taillierten, konservativ-grauen Jacketts zurecht, zupfte an den Manschetten. »Ich gehe davon aus, Sie haben vor zwei Tagen unseren Denkzettel bemerkt, ja?«

Für einen Moment betrachtete Sharrow den Planeten; sie sah, daß auf Issier jetzt Mittag sein mußte (die Insel mußte *dort* liegen, doch weiße Schäfchenwolken schwebten über dem Zentrum Phirars, verhüllten den Archipel). Langsam nickte sie.

»Ich glaube«, gab sie zur Antwort, »einmal habe ich etwas gespürt.«

»Wir wollten Ihnen nur verdeutlichen, daß wir noch an Sie denken«, erklärte der Mann. »Wie ich höre, haben Sie einem alten Freund der Familie einen Besuch abgestattet. Wie schrecklich traurig, das mit dem alten Bencil Dornay. Das muß ja ein schlimmer Schock für Sie gewesen sein.«

Sharrow suchte und fand, ebenfalls unter einem Wolkengesprengsel, das südliche Caltasp, unterschied die große, glatte Aussparung der Farvelbucht, deren nördliche Begrenzung unter Wolken verborgen blieb, die sich angeblich über dem Seehaus nie verzogen.

»Unsere Familie zeigt ihren früheren Bediensteten gerne, daß sie bei uns nicht in Vergessenheit geraten«, sagte sie zu dem Grünschnabel linkerhand. »Oder ihren Kindern.«

»Tatsächlich«, sagte der junge Mann. »Und jetzt sind Sie auf dem Weg nach Miykenns, nicht wahr, Lady Sharrow ...?« Er schwieg kurz. »Nur haben Sie das Raumschiff verpaßt, für das Sie gebucht hatten und mit dem Ihre Teamfreunde geflogen sind.«

Sharrows Blick wanderte nach oben, sie versuchte die Route nachzuvollziehen, die sie zum Wohnsitz der Francks und von dort aus nach Lip City genommen hatten.

»Wirklich?« fragte sie. »O verdammt noch mal. So etwas finde ich jedesmal ärgerlich.«

»Statt dessen fliegen Sie nun nach Trontsephori, oder täusche ich mich?«

An der langgestreckten Küste Piphrams versuchte Sharrow die Lagunen und das meistens pünktchengroß erkennbare Schwimmstadt zu erspähen.

»So, nach Trontsephori?« meinte sie.

»Nein, Ysul«, entgegnete der Bursche nahezu freundlich. »Nein, nicht.« Er seufzte. »Geht man nach Ihrem Flugticket, heißt Ihr Ziel Phrastesis. Aber ich bezweifle irgendwie, daß Sie dort einzutreffen beabsichtigen.«

Vom hellglutenden Herzen der K'lel-Wüste Jonolreys hob Sharrow den Blick direkt in seine Augen.

»Für einen Laufburschen sind Sie sehr gut informiert«, sagte sie. »Sie sollten in einem Reisebüro arbeiten.«

Diesmal fiel sein Lächeln kalt aus. »Werden Sie nicht ruppig, Lady Sharrow«, warnte er sie. Er hob eine

Hand und fuhr mit dem Finger über Sharrows Oberarm. »Wir sind dazu in der Lage, viel gemeiner zu Ihnen zu sein, als Sie's zu uns sein können.«

Sharrow sah seinen Finger an, der langsam an ihrem Arm hinabstrich, dann blickte sie ihm wieder in die Augen. Auch er verfolgte die Bewegung seines Fingers, als ob er gar nicht ihm gehörte. *»Nicht einmal«*, ergänzte er die Drohung, »Ihr Vetter, der schmierige, kleine Superkarrierist, kann Ihnen noch helfen, wenn wir uns darauf verlegen, richtig gemein zu Ihnen zu sein ... Lady Sharrow.«

Ein zweites Mal wollte sie seinen vorwitzigen Finger packen, doch er zog ihn zurück und verschränkte die Arme.

»Wissen Sie«, sagte sie, »allmählich werde ich Ihrer Belästigungen wahrhaftig ein bißchen überdrüssig.« Sie zog eine böse Miene. »Wer sind Sie überhaupt? Was soll das alles? Was für eine Art von abwegiger Lust finden Sie daran? Oder führen Sie nur aus, womit andere Sie beauftragen?«

Er lächelte gönnerhaft. »Wenn ich Ihnen einen Rat geben darf ...«

»Nein«, unterbrach sie ihn mitten im Satz. *»Ich* gebe *Ihnen* einen Rat.« Sie beugte sich näher zu ihm, weg von der Waffe seines Zwillings. »Lassen Sie es bleiben, oder ich zahle es Ihnen heim, wie ich es Ihnen nur heimzahlen kann –, oder ich bringe Sie um. Ich murkse Sie beide ab oder richte Sie sonstwie zugrunde ...«

Der junge Mann tat so, als ob sie ihm Furcht einjagte, schnitt seinem Zwilling, der auf Sharrows anderer Seite saß, greuliche Grimassen. Die Mündung der Waffe bohrte sich nachdrücklicher unter den Rippen in ihre Taille. Sie achtete nicht darauf, streckte die Linke aus und packte den Burschen am Kinn.

»O nein, hören Sie zu«, sagte sie, nahm das Kinn in festen Griff, fühlte dabei die warme Glätte, drückte ihm einen Finger seitlich an den Hals und spürte, daß unter der Haut Blut pulste. Er roch nach billigem Rasierwasser. Er wollte, während er sie anstierte, hämisch grinsen, doch die Weise, wie sie sein Kinn umklammerte, erschwerte es ihm. Die Waffe erzeugte scharfen Druckschmerz unter Sharrows Rippen, aber in diesem Moment war ihr schlichtweg alles einerlei. Sie schüttelte sein Kinn.

»Ich werde Ihnen beiden antun, was ich nur kann«, erklärte sie. »Und es ist mir scheißegal, was Sie oder Ihre Auftraggeber mit mir anstellen. Die Behandlung, die Ihr miesen, kleinen Wichser mir zugemutet habt, hat mir noch nie gepaßt, und ich spreche auf diese Art von Überredungsversuchen ganz schlecht an, kapiert? Verstehen Sie mich?«

Absichtlich ausgedehnt forschte sie in seinen Augen. »Haben Sie es verstanden, ja? Gleich mit wem ich hier eigentlich rede. Habe ich mich verständlich ausgedrückt? Sie haben klargestellt, was Sie verlangen, und Sie haben das Schießeisen. Und nun *verpissen* Sie sich, oder es passiert ein Unglück.« Sie lächelte humorlos. »Ja, ich weiß, mich würde es am stärksten treffen, daran zweifle ich überhaupt nicht.« Das Lächeln wich aus ihrer Miene. »Aber bestimmt nicht als einzige.«

Langsam nahm sie die Hand von seinem Kinn, drehte ihm zum Schluß den Kopf mit leichtem Ruck seitwärts.

Das Bürschlein strich sich mit der Hand über die Glatze und rückte das Revers seines Jacketts zurecht. Er räusperte sich, warf seinem Ebenbild einen Blick zu. »Wie ich sehe, erstreckt Ihr Talent zur Vernichtung sich auch auf Sie selbst, Lady Sharrow«, sagte er. »Was für ein demokratischer Zug bei einer Dame so edler Abkunft.«

Bedächtig stand Sharrow auf, die Handtasche an sich gepreßt. »Sie können mich mal, Sie blöder Hampelmann«, gab sie zur Antwort. Sie verhielt kurz, als sie sich an seinem bewaffneten Zwilling vorbeischob, sah ihm in die Augen und senkte dann den Blick in seinen Schoß. »Sie sollten hoffen, daß Ihre übrigen Waffen eine einschüchterndere Wirkung haben.«

Durch die Sitzreihe entfernte sie sich zum Mittelgang der Panoramagalerie, versuchte nicht zu hinken; ihr kahler Hinterkopf und die Stelle zwischen ihren Schulterblättern kribbelten, während sie auf einen tödlichen Schuß oder neue Schmerzen wartete, doch sie gelangte zum Mittelgang, die Treppe hinunter und zur Tür hinaus, ohne daß ihr etwas zustieß.

Im Korridor sank sie rücklings gegen die Wand, schluckte, atmete angestrengt und lehnte den Kopf ans weich gepolsterte Schott. Sie schloß für einen Moment die Lider.

Schließlich öffnete sie die Augen, so weit es möglich war, blähte die Wangen und ging, nachdem sie ruckartig den Kopf geschüttelt hatte, ihres Wegs.

Drei Tage später landete sie auf Miykenns. Das Shuttle schwebte dicht über die weiten, stillen Wasser des Malishu-Sees hinweg, die noch heiße Rumpfaußenhülle kreischte bei jedem flüchtigen, feuchten Kuß der Wellen, so daß eine beinahe ununterbrochene Folge kleiner, aber gut erkennbarer Dampfwolken seine Flugbahn markierte, deren jede sich zusammenkräuselte wie ein dünnes Blatt und in die warme, ruhige Luft emporquoll, während der Flugapparat über den See jagte, sich zuletzt inmitten eines langen, scherenförmigen, weißen Kielwassers auf die Oberfläche niedersenkte.

Hinter den frühmorgendlichen Küstennebeln ragte fern, ringsherum am Ufer, Entraxrln auf, als läge der See im Mittelpunkt eines düsteren, riesig weiten Wirbelsturms.

Sharrow betrat die Mole der Anlandeinsel im wahrsten Sinne des Wortes leichten Fußes. Miykenns' Schwerkraft betrug kaum siebzig Prozent von Golters Gravitation; an Bord des Raumschiffs war während Beschleunigung und Abbremsung ein Golter-G beibehalten worden, und deshalb bereitete Miykenns jetzt Sharrow das herrliche Dauergefühl zu schweben, das im Laufe der Zeit schon zu zahlreichen Knochen- und Schädelbrüchen geführt hatte, wenn Golteraner auf Miykenns eintrafen und mit einem Mal meinten, sie könnten die Dächer hoher Häuser überspringen.

Sie schaute sich um und atmete tief ein. Die berauschend gute, fruchtig-frische Luft rief bei ihr unverzüglich sorglosen, nachgerade schwindelerregenden Optimismus hervor, vermischt mit bitter-süßer Wehmut.

Ellenlange, von der TourismusAgentur angeheuerte Jugendliche überreichten mit Strahlegesichtern Sharrow und den übrigen Passagieren zur Begrüßung Blumen und wiesen ihnen den Weg zur Magnetbahn-Station. Die übliche Ungezwungenheit Malishus zeigte sich in dem vollständigen Fehlen irgendwelcher erkennbarer Beamter zwischen der Shuttle-Mole und der Bahnstation, und der neueste organisatorische Schliff offenbarte sich in der Tatsache, daß unmittelbar, bevor die Passagiere auf dem Bahnsteig anlangten, ein leerer Zug abfuhr.

Die Leute standen unterm freien Himmel am Gleis und schauten den Rücklichtern des Zugs nach, der sich auf dem Damm entfernte, der über den dunstigen See zur Stadt verlief.

Gleich darauf verwandelte sich das Stöhnen in Jubel, als man sah, daß der Zug gestoppt hatte und die Rücklichter sich näherten. Auf dem Bahnsteig empfing Applaus den umgekehrten Zug.

Sharrow suchte sich, ein breites Lächeln im Gesicht, einen Sitzplatz in einem Aussichtswaggon, und sah zu, wie die kolossalen Riesenbehausungen und Großmembranen Entraxrlns heranrückten, beiderseits des Bahndamms Vogelschwärme über den See glitten, die im Morgendunst, der sich allmählich lichtete, großen Wolken träger Schneeflocken ähnelten.

Entraxrln war rings um den See mehrere Kilometer hoch; sobald die außerordentlich verwinkelte, gedrungen beschaffene sowie rund um und zwischen den umfangreichen, dunklen Stämmen verkrustete, von Lianensträngen durchzogene Stadt richtig ins Blickfeld kam, mußte sich Sharrow an ihrem Platz vorbeugen und den Kopf weit in den Nacken lagen, um noch die obersten, bläßlichen Bereiche der Spitzen und der stetig in gemächlichem Wehen begriffenen Membranen des titanischen Gebildes sehen zu können.

Mit unverwandtem Lächeln lehnte Sharrow sich in den Sessel. »Willkommen auf der Anlandeinsel von Malishu«, sagte eine Automatenstimme, während die Magnetbahn in Malishus Zentralbahnhof einfuhr und anhielt. Überragend komisch war der Fehler nicht, aber Sharrow konnte nicht anders, sie lachte darüber geradeso wie die anderen Passagiere.

Schon Jahrtausende, bevor Menschen zum erstenmal Miykenns betraten, hatte Entraxrln die Astronomen Golters fasziniert. Vor dreizehntausend Jahren auf Tontafeln geschriebene Beobachtungsaufzeichnungen, die wie durch ein Wunder Golters wildbewegte Geschichte überdauert hatten und sogar übersetzbar geblieben waren, überlieferten mehrere alte Theorien, die Miykenns' seltsames Erscheinungsbild hatten erklären sollen: weiße und blaue Strudel auf einer Seite und merkwürdige, trübere, langsam veränderliche Eigentümlichkeiten auf der anderen, beide nur selten überdeckt durch die weißen Flecken, die ein Gebiet sprenkelten, das man für einen Ozean hielt, in dem indes bei genauer Betrachtung – mit einem leistungsfähigen Teleskop auf einem hohen Berggipfel und bei klarer Nacht – ebenso eindeutig wirbelartige Muster zu erkennen gewesen waren, vergleichbar mit blaßhellen Farbtropfen, die auf eine dunklere Farbschicht troffen, darauf in dünne Ränder und cremfarbene Quirle zerfielen.

Fünf Jahrtausende verstrichen nach der Epoche, in der man die Tontafeln gebrannt hatte, ehe endlich Menschen den Fuß auf Miykenns setzten und die Wahrheit entdeckten.

Entraxrln war eine Pflanze; ein Korbblüter, ein einziges, zusammenhängendes, weitreichendes Gewächs, das seit wenigstens zwei Millionen Jahren auf Miykenns wuchern und – mit Abstand mehrerer Größenordnungen – als sowohl das älteste wie auch größte Lebewesen innerhalb des gesamten Sonnensystems eingestuft werden mußte.

Es gedieh auf drei Kontinenten, zwei Meeren, fünf Seen beträchtlicher Größe und Tausenden von Inseln. Es steuerte das Wetter, widerstand Tsunami, zähmte Vulkane, lenkte Gletscher um, hob Mineralien, bewässerte Wüsten, leerte Gewässer und ebnete Berge ein. Auf dem Land wuchs es drei Kilometer hoch, hatte achttausend Meter hohe Berge überzogen, und Ranken waren in vulkanischen Schloten der tiefsten ozeanischen Gräben gefunden worden.

Seine Wurzeln, Stämme, Membranblätter und Luftwurzeln bedeckten das Land wie eine immense, luftige Matte und wiesen in dieser Form zumindest etwas Ähnlichkeit mit einem Wald auf – da Stämme und eine Art mehrschichtigen Blätterdachs vorhanden waren –, standen allerdings in Wechselwirkung mit einem planetenumspannenden Klimasystem. Deshalb zeichnete eine geografische Karte Miykenns durch eine so verblüffende Vielfalt aus wie die politische Karte Golters.

Menschen siedelten seit siebentausend Jahren in Entraxrlns enormem Reich, hatten sich, ausgehend von den Lichtungen, auf denen sie gelandet waren, um den Planeten zu erschließen, zwischen den berggroßen Stämmen und im Dämmerlicht unter dem schattigen Blätterdach ausgebreitet, die vielfachen, mannigfaltigen Ebenen zu ihrer Wohnstatt gemacht, Stämme ausgehöhlt und in Behausungen umgewandelt oder zu infrastrukturellen Anlagen umgearbeitet, oder auf eine Weise genutzt beziehungsweise umgemodelt, die es gestattete, die vielerlei parasitäre und symbiotische Fauna und Flora zu Nahrungszwecken zu fangen oder in Zuchten zu halten. Während der längsten Zeit der sieben Jahrtausende menschlicher Besiedlung war Malishu, gelegen an dem schönen See, den Entraxrln aus rätselhaften Gründen nicht überwachsen hatte – und zudem günstig, weil es sich dort fast am Mittelpunkt der gigantischen Pflanze befand –, die Hauptstadt des Planeten gewesen.

Sharrow nahm eine Dreiradrikscha, die einen weitschweifig-nichtssagend schwatzhaften Fahrer hatte, und fand ein Zimmer in einer kleinen Pension des Künstlerviertels, das im Sockelbereich eines der elf gewaltigen Korbblüterstämme Malishus lag. Der nach oben zugespitzte Körper der geschraubt geäderten Gewächssäule ragte bis in Dunst und Nebel des Himmels empor, die integrierten Häuser und schmale, im Zickzack angebaute Gehwege ragten um so stärker auswärts, wo die Schräge des Stamms an Steilheit gewann.

Bevor sie sich aus der Pension traute, sah Sharrow sich die Nachrichtensendungen der Stadt an; niemand brachte irgendwelche Meldungen über sie oder die Huhsz.

Durchs Gewimmel einer zur Mittagszeit ins Freie geströmten Menschenmenge, die die Märkte und unter weiten Vordächern etablierten Kunstgalerien bevölkerte, spazierte sie in Richtung Innenstadt. Gerüche drangen ihr in die Nase, die sie vergessen hatte: nach Früchten, Zwiebeln, Blüten und Knollen der verschiedenerlei Pflanzen, die mit Entraxrln koexistierten; regenbogenbunten Fischen und spitzschnauzigen Krustentieren aus dem See, gekochtem Fleisch der Tiere, die in der Riesenpflanze lebten – von Weichvögeln, Flugaffen, Glockenmäulern, Wurzelläufern, Blütenlesern,

Tunnelschnecken sowie hundert sonstigen Arten –, und unter Verwendung solcher Fleischsorten zubereiteten, dicken Suppen. Sie erhielt zahlreiche Zurufe aus den Vorbauten und Zelten der Maler und Bildhauer, Silhouettisten, Olfaktovirtuosen, Auragrafen und Holo-Künstler, die ihr damit schmeichelten – wie ihr jeder nachsagte –, sie hätte ein interessantes Profil, bemerkenswerte Schädelumrisse, eine ungewöhnliche Aura oder einen anziehenden Duft.

Allerdings merkte sie daran, daß man sie ein paarmal anstarrte und sie mehrmals weniger nette Kommentare auslöste, daß Kahlköpfigkeit in dieser Saison nicht zu den modischen Haupttrends Malishus zählte, darum sah sie sich, bevor sie den Weg fortsetzte, nach einem einschlägigen Laden um, kaufte eine Perücke und Spray zum Umfärben der Brauen.

Nach einer Weile spürte sie Ermüdung und zahlte eine Handvoll Münzen für die Einwegmiete eines Fahrrads zur Stadtmitte. Mangels Übung fuhr sie ziemlich wacklig und durfte sich nicht, als wäre sie eine Touristin, ablenken lassen, obwohl die graduell immer höheren Behausungen und wolkengleichen Baldachine aus Entraxrln-Membranen, die in fünfzehnhundert Metern Höhe die Luft durchspannten, echte Attraktionen abgaben, während sie langsam auf den einen halben Kilometer durchmessenden Riesenstamm zuradelte, den die Innenstadt umringte, als stünden Puppenhäuser unter einem hohen Baum.

»Du bist einfach gegangen?« Die Hand vor dem Mund, kicherte Zefla. Sie saßen im Imbißrestaurant eines Bürogebäudes in Malishus zentralem Geschäftsviertel.

Sharrow zuckte die Achseln. »Ach, ich hatte eben die Schnauze voll. Ich habe nicht einmal erfahren, was sie mir diesmal erzählen wollten.« Sie rührte in der salzigen Suppe. »Vielleicht kam es ihnen nur darauf an, mir zu zeigen, wie gerissen sie sind, daß wir sie nicht ausgetrickst haben.«

»Aber malträtiert bist du von ihnen seither nicht mehr worden?« fragte Zefla.

»Bis jetzt nicht.«

Zefla nickte. Sie hatte sich so streng gekleidet, wie es nur möglich war, nämlich in ein schwarzes Kostüm. In Malishu, wo die meisten Leute etwa zwei Meter groß waren, erregte ihre Größe kein Aufsehen. Sie hatte das Haar hochgesteckt und trug einen ziemlich uneleganten Hut. »Hast du dir schon eine Knarre besorgt?«

»Das habe ich als nächstes vor«, antwortete Sharrow. »Wie sieht es im Zentral-Hotel aus?«

»Noch immer behaglich.« Zefla schmunzelte. »Inzwischen ist es etwas verschlissen, aber die Bole-Bar ist die alte.« Zefla lächelte breiter. »He, Grappsle ist noch dort. Er erinnert sich an uns. Er hat sogar nach dir gefragt.«

Sharrow grinste. »Lieb von ihm.«

»Ja, und wir haben ihm anvertraut, daß du auf der Flucht bist.« Zefla biß in ihr Sandwich.

»Oh, danke.«

»Anscheinend ist er nicht auf dem laufenden«, sagte Zefla, während sie kaute. »Offenbar denkt er, es wäre bloß 'ne eifersüchtige Frau hinter dir her.« Sie hob die Schultern. »Männer, hä?«

»Hmm ...« Sharrow löffelte ihre Suppe. »Und wo stecken die Jungs?«

»Cenuij hat Miz und Dloan in die Stadtbibliothek gehetzt, noch ehe sie richtig ausgepackt hatten. Um mehr über dieses Kaff Pharpech herausfinden. Ein Haufen Informationen sind bloß in außerstandardmäßigem Datenbankformaten verfügbar, manche sogar nur auf Folien und *Papier,* du meine Güte.« Zefla schüttelte den Kopf über soviel unzweckmäßige Archaismen und biß nochmals vom Sandwich ab. »Morgen wollen sie sich die Archive der Universität vornehmen«, nuschelte sie mit vollem Mund.

Sharrow aß Suppe, bis Zefla geschluckt hatte. »Hast du schon eine Gelegenheit gehabt«, erkundigte sie sich dann, »die Rechtsverhältnisse zu überprüfen?«

Zefla schüttelte den Kopf. »Innerhalb von nur etwa fünf Minuten lag mir alles vor, was darüber in den öffentlichen Datenbanken gespeichert ist. Nach den im ganzen Sonnensystem gültigen Gesetzen gibt es überhaupt kein Königreich Pharpech. Das dortige Gebiet ist theoretisch noch heute Siedlungsterritorium und unterstünde demnach der Schirmherrschaft des allerdings nicht mehr existenten Ersten Planetenkolonisationskomitees. Dadurch werden die Nachforschungen ungefähr in die Zeit ums Jahr dreitausenddreihundert zurückverlagert, und seither ist die Situation *erheblich* komplizierter geworden. Es liegen mindestens fünfzehn konkurrierende Klagen auf Grundeigentumsüberschreibung vor, die dazu geeignet sind, sich gegenseitig hochschaukeln, aber seit weit über einem Jahrhundert ruhen, also praktisch keine Aussicht auf weitere Verhandlung mehr haben, aber es *muß* einfach irgendwelche Lücken geben. Ich hab's im Urin. Wenn man so weit zurückrecherchiert, wie's sinnvoll ist, ist ersichtlich, daß das Königreich ursprünglich von den Ladyrs zur Gegenleistung für ihnen an den Territoriumsgrenzen überlassene Bohrrechte als Herzogtum gegründet worden war und erst zur Hauptstadt erklärt wurde, als die Ladyrs einen Sitz im damaligen Planetaren Großrat brauchten und Malishus Bürger sich unkooperativ zeigten. Sobald die Ladyr-Dynastie unterging, rief sich der Herzog zum König aus, das Kombinat, das die Bohrrechte erbte, erhielt über die Gegend einen aufs vorherige Nutzungsrecht gestützten Rechtstitel, der anscheinend das einzige Dokument geblieben ist, das je irgend jemand ernstgenommen hat, aber es ist inzwischen auch seit dreihundert

Jahren verfallen, und ... Na, kurzum, abgesehen, daß dem Ort die Funktion einer planetaren Hauptstadt entzogen wurde, hat sich allem Anschein nach nie jemand die Mühe gemacht, Pharpechs rechtlichen Status zu definieren. Wenn du meine Meinung hören willst, nach dem Verstreichen von acht Jahrhunderten ist die De-facto-Existenz des Königreichs schon so lange zu Ende, daß eine raffinierte Bande tüchtiger Spitzenrechtsverdreher sich unter Anknüpfung ans Siedlergewohnheitsrecht dort festsetzen und binnen eines Jahres volle diplomatische Anerkennung und sogar einen Sitz in Miykenns' Globalkonzil erlangen könnte. Aber bis dahin ist es schlichtweg Niemandsland.« Zefla lächelte fröhlich und fuchtelte mit den Armen. »Nichts als eines der vielen, kleinen Inselchen in der riesigen Schwemme der interplanetaren Gesetze. Solche gibt's zu Trillionen.«

»Das alles hast du in nur fünf Minuten abgeklärt?« Sharrow grinste.

»Vielleicht waren's zehn. Wenn ich an was Spaß finde, habe ich kein Zeitgefühl mehr.« Zefla hob die Schultern. »Ich mache mich auf jeden Fall bald selbst auf den Weg zur Juristischen Fakultät der Uni. Eventuell stoße ich auf etwas, das in den öffentlichen DBs fehlt.«

»Du bist also nicht der Ansicht, daß die bisherigen Informationen uns nützlich sein können?«

»Nein«, lautete Zeflas Antwort. »Einen alten Bergbauanteil zu kaufen, ein paar Dokumente zu fälschen und Anspruch auf den Thron zu erheben ...« Sie schüttelte den Kopf. »Du stellst's dir zu leicht vor. Alle Wirrnis, die Pharpech betraf, hat in ferner Vergangenheit geherrscht, in der Gegenwart ist nirgends genug Konfusion ersichtlich, die sich ausnutzen ließe. Falls ich nicht irgend etwas völlig Unerwartetes ausgrabe, müssen wir die Nuß auf legalem Weg knacken. Aber ich sehe mir alles gründlich an.«

»Na gut«, sagte Sharrow. »Ich ziehe Erkundigungen über die Reisemöglichkeiten ein, aber da ich annehme, daß ich dafür wenig Zeit brauche, solltest du mich benachrichtigen, falls ich dir oder den Jungs behilflich sein kann.« Sie langte in ihre Handtasche. »Ich habe mir so ein Telefon besorgt ...«

»Geht klar.« Zefla tippte die Rufnummer von Sharrows EinmalFon in ihren gleichartigen Apparat. »Wie ist dein Hotel?«

»Recht angenehm. Es liegt im Künstlerviertel.«

»Wie ist es denn heute *dort*?«

»Voller Künstler.«

»Also keine Verbesserung.«

»Höchstens noch kurioser.«

»Und die Männer?«

»Ich habe den schrecklichen Eindruck, auch in dieser Hinsicht hat sich nichts geändert. Die Gutausehenden sind schwul, die Interessanten übergeschnappt.«

»Schwere Zeiten«, seufzte Zefla.

»Hmmm-hmm.« Mit gequälter Miene nickte Sharrow. »Es ist jetzt zu lange her seit dem letzten Mal«, sagte sie. »Wenn ich Wörter wie ›hart‹ höre, drohe ich vom Stuhl zu rutschen.« Sie blickte ins weiche, gefilterte Nachmittagslicht hinaus. »Und daß überall diese strammen Riesenstämme stehen, macht es mir nicht gerade leichter ...« Sie seufzte. »Es könnte sich ergeben, daß ich Verzweiflungsmaßnahmen ergreifen muß ... Ich habe schon so lange keinen mehr gesehen, daß ich allmählich vergesse, wie sie aussehen.«

»Na was denn«, entgegnete Zefla mit heiterem Gesicht. »Da ist immer noch Miz. Er ist bestimmt dafür zu gewinnen.«

»Ich weiß.« Sharrow schüttelte den Kopf. »Aber ...«, sie schaute fort.

»Alte Wunden, was?« fragte Zefla, spülte den Rest des Sandwichs mit Wein hinab.

Ratlos starrte Sharrow geradeaus. Wahrscheinlich

kannte Zefla diesen Gesichtsausdruck seit anderthalb Jahrzehnten. »Ja«, sagte Sharrow leise. »Alte Wunden.«

»Guten Tag, Gnädigste. Was kann ich für Sie tun?«

»Guten Tag. Ich hätte gerne eine Frintballistik-Hand-Balliste.«

»Eine …? O je, das ist eine fürchterlich schwere Pistole für eine so hübsche Dame. Ich meine, es ist sowieso nicht jeder der Ansicht, daß Damen Waffen erlaubt sein sollen, aber ich vertrete die Auffassung, daß sie dazu ein Recht haben. Wissen Sie was, ich glaube … Vielleicht habe ich … Lassen Sie mich mal hier unten nachsehen. Möglicherweise habe ich genau das Richtige für Sie. Ja, da ist es. Schauen Sie, ist das nicht ein niedliches Dingelchen? Auch ein FrintBallistik-Produkt, nur etwas, das man als Laser bezeichnet. ›Lichtpistole‹ nennen ihn manche Leute. Sehr klein, wie Sie sehen, ohne Mühe im Jackentäschchen oder in der Handtasche mitzutragen. Er verdirbt an der Kleidung nicht die Linie, und es kommt Ihnen nicht vor, als schleppten Sie eine halbe Tonne Eisen mit sich rum. Wir führen ein Sortiment geeigneter Zusatzteile, unter anderem, wenn ich darauf hinweisen darf, ein ziemlich kesses Strumpfbandhalfter … Ich würde es Ihnen persönlich anpassen. Ha-ha, einer meiner kleinen Scherze … Und wir haben *sogar* … Ach so, da … Dieses besondere Komplettangebot haben wir, dazu gehören Waffe, geladene Batterie, Aufladegerät, ein flottes Flugaffenleder-Schulterhalfter mit verstellbaren Gurten und Stickerei, und auf die nächste Batterie wird Rabatt gewährt. Selbstverständlich ist eine umfangreiche Gebrauchsanweisung enthalten, und als Bonus gibt's einen Gutschein für kostenlosen Unterricht im nächsten Schießverein oder auf dem nächsten Schießplatz. Oder da wäre noch das *Spezial*-Komplettangebot, es umfaßt außer den anderen Teilen *zwei* geladene Batterien und ein Nachtsichtgerät. Hier, fühlen

Sie mal. Keine Bange, es ist eine Dekorationsbatterie. Ist sie nicht wirklich fein? Merken Sie, wie leicht sie ist? Und ganz glatt, nicht wahr? Keine Zacken und Haken, sie kann sich nicht in den Kleidern verfangen, *und* das Gewicht ist wunderbar ausbalanciert. Und am vorteilhaftesten an einem Laser ist natürlich, daß er keinen Rückstoß hat. Weil er ja Licht verschießt, verstehen Sie? Eine schöne Waffe, ein schönes Modell, meine Frau hat so eine. Im Ernst. Kein Verkaufstrick, sie hat wirklich eine. Also, ich kann Ihnen den da – mit Batterie und kostenloser Ladung – für fünfundneunzig überlassen, oder Sie nehmen das Komplettangebot zum Discountpreis von eins neunzehn … Oder das Spezial-Komplettangebot für eins neunundvierzig.«

»Ich möchte das Spezial-Komplettangebot.«

»Eine vernünftige Entscheidung, Gnädigste, eine *vernünftige* Entscheidung. So, und …?«

»Und eine HandBalliste mit Achtzigmillimeter-Schalldämpfer, fünf Magazinen Allzweckprojektile, drei Magazinen mit Fünfundsechziger-Weichziel-Funklenk-Explosivgeschoß-Füllung, zwei Magazinen duopropellanter Sprengmunition, zwei Magazinen Brandmunition und, falls Sie haben, eine Packung Extraprojektile, nicht die Signalraketen, sondern die Hochbrisanz-Zielsuchgeschosse. Ich vermute, das Nachtsichtgerät auf diesem Spielzeug ist kompatibel?«

»Ähm … Ja. Und wie wünschen Gnädigste zu zahlen?«

Sharrow klatschte ihre Kreditkarte auf den Ladentisch. »Nach Erhalt der Ware.«

Nach dem Verlassen des Waffengeschäfts hing die Handtasche schwer an ihrer Schulter. Sie kaufte eine Zeitung und las sie auf dem offenen Oberdeck der Stadtbahn, mit der sie ins Künstlerviertel zurückkehrte.

Per Daumendruck sah sie sich die in der Folie gespeicherten Seiten im Schnelldurchgang an, stoppte nur einmal, um sich eine Meldung aufmerksamer anzuschauen.

Nämlich als ihr Blick auf die Ergebnisse der Tiler Wettrennen fiel.

Der zweite Sieger des Vortags hatte *Totentanz* geheißen.

10

Intervention

»Hmm, hallo?«

»He, Püppchen. Oh. ›Püppchen‹ war wohl nicht allzu … Scheiße.«

»Komm zur Sache, Zefla.«

»Entschuldige bitte. Wir treffen uns in einer Stunde am Weinenden-Denkmal. Einverstanden?«

»Verdammt zu rührselig für eine Anwältin.«

»Ich praktiziere nicht mehr.«

»Das Gefühl kenne ich. In einer Stunde am Weinenden-Denkmal.«

»Bis gleich, Püppchen … Scheiße …!«

Vom Weinenden-Denkmal in Malishus Touristenviertel strebten zwei Frauen über die durch einen Entraxrln-Stamm gehauene Tunnelbrücke zur Universität. Über ihnen verflüchtigten sich in der Luft zwischen den Astbehausungen und lianenartigen Luftwurzeln Entraxrlns die Morgennebel, die den Blick zu den höchsten Membranschichten verschleierten, daß man das Gefühl hatte, sich auf dem Meeresgrund aufzuhalten.

Zügig beschritten sie das noch vom frühmorgendlichen Tau feuchte Pflaster des Gehwegs. Sharrow trug ein langes, schwarzes Kleid, ein Jäckchen und die hochhackigen Stiefel, die sie am liebsten anzog, wenn sie mit Zefla wegging; hocherhobenen Kopfs stapfte sie entschlossen voran, auf dem Gesicht einen strengen, leicht abweisenden Ausdruck, der jede Anmache von vornherein vereitelte. Ihre eindrucksvolle, eisern beherrschte Miene, das dramatisch kastanienbraune Haar und die steif aufrechte Haltung vertuschten nahezu die Tatsache, daß bei ihr jeder zweite Schritt einem andeutungsweisen Durchsacken glich, sie an einer minimalen Störung im Bewegungsrhythmus litt, einem falschen Taktschlag in der Harmonie ihres Körpers.

Zefla trabte, die langen Beine in fast bodenlanger Hose, um den Oberkörper eine leichte Hemdjacke, mit einer lässigen Lockerheit dahin, als hätte sie gar keine Gelenke. Sie wandte den Kopf von einer Seite zur anderen, lächelte jedem und niemandem zu, legte eine dermaßen unbekümmerte Selbstverständlichkeit an den Tag, als wäre sie hier zu Hause, wären alle Leute ihr bekannt, nähme sie diesen Weg alle Tage.

Köpfe drehten sich, während sie die Brücke über den in ein enges Bett gezwängten, zu Bachbreite verschmälerten Ishumin überquerten und das teilweise mit einer Mauer umsäumte Universitätsgelände betraten; Händler verloren an ihren Ständen den Faden ihres Marktgeschreis, Telefonierende vergaßen, was sie zu sagen beabsichtigten, Fahrgäste an Stadtbahnhaltestellen vergaßen die Stopptaste zu drücken, so daß die nächste Bahn an ihnen vorüberratterte; wenigstens zwei Männer, die sich umblickten, stießen gegen andere Fußgänger.

Sharrow war nach und nach unheimlich zumute geworden, während sie das Apophyge-Tor zum düster verschachtelten Gebäude der Literaturwissenschaftlichen Fakultät durchmaßen. »Bist du *sicher*«, fragte sie Zefla, »daß dir niemand gefolgt ist?«

Ein wenig schaute Zefla drein, als traute sie ihren Ohren nicht. »*Natürlich* ist mir dieser oder jener *gefolgt*«, sagte sie leicht beleidigt. »Aber kein Mensch mit bösen Absichten.« Sie hakte sich bei Sharrow unter und zog eine etwas selbstgefällige Miene. »Eher im Gegenteil, denke ich mir.«

»Ich hatte schon vergessen, daß wir Blicke auf uns ziehen können«, gestand Sharrow, entspannte sich in gewissem Umfang. Sie hob die Augen von den dichtverlegten, aus Borke hergestellten Pflasterbrocken der Metonymy-Straße zum luftigen Gewirr der Luftwurzeln, die über dem entfernteren Gitterbauwerk der Mathematischen Abteilung vollendet schnittige Bogen beschrieben, und pfiff vor sich hin.

Arm in Arm setzten sie den Weg fort. Eine Weile wirkte Zefla nachdenklich; schließlich lächelte sie. Vor ihnen latschte ein Jugendlicher mit einem Armvoll alter Schwarten über die Straße, geriet unversehens in die Ausstrahlung dieses Lächelns und ließ prompt die Bücher fallen. »Huch«, rief Zefla, indem sie ein Bein über den Kopf des niedergebückten Studenten hinwegschwang, dann schaute sie Sharrow an.

»Du pfeifst …«, stellte Zefla fest.

»Hmmm?« Verdutzt blickte Sharrow ihr ins Gesicht.

An einer Ecke blieben sie stehen, um sich anhand einer dort angebrachten Karte des Universitätsgeländes zu orientieren. Die Hände auf dem Rücken gefaltet, beugte sich Zefla vor, um die Karte näher zu betrachten.

»Wenn du pfeifst«, meinte sie, »hat es *früher* immer nur eines bedeutet.«

Als Zefla den Blick hob, zeigte Sharrows Miene ein ungewöhnlich breites Lächeln. Sharrow zuckte die Achseln und räusperte sich, als sie sich abwandten, um in eine steile Nebenstraße zur Historischen Fakultät einzubiegen. »Verdammt, bin ich derart leicht zu durchschauen?«

»Müde siehst du auch aus.«

Behutsam rieb Sharrow sich unter den Augen. »Trotzdem bin ich jeden Tränensack und jede Falte wert.«

»Wer war der Glückliche?«

»Ein Musiker.«

»Streicher?« fragte Zefla. »Bläser? Klaviervirtuose? Komponist?«

Sharrow grinste sie an, verkniff die braunen Augen. »Schlagzeuger«, gab sie mit heiserer Stimme Auskunft.

Zefla kicherte, dann zog sie eine ernste Miene und reckte den Kopf. »Du solltest nicht prahlen, Liebchen«, mahnte sie in nachdrücklichem Ton. »So was steht dir nicht.«

»Ach, der Krieg ist die Hölle«, hatte Miz Gattse Ensil Kuma gespaßt, während er tief und bequem in die parfümierten Kissen der kleinen Kanalgondel gelehnt lag. Vom Tischchen des Boots nahm er das Stielglas mit gespritztem Entraxrln-Likör und trank davon mit affektierter Gebärde, sah den gemütvollen Lichtschein der Laternen vorübergleiten. Auch die Bootslaterne, die am Ende eines langen, dünnen, gebogenen Holzarms hing, dabei pendelte und quietschte, verbreitete weiche Helligkeit. Auf den wenige Meter entfernten Uferwegen des Kanals spazierten Leute in Phantasiekostümierungen vorbei, warfen Papierschlangen und lachten, die Gesichter hinter grotesken und extravaganten Masken verborgen. Über der im Dunkeln liegenden Stadt gleißte in einiger Ferne ein Feuerwerk am Himmel, das Aufflammen erhellte die oberen Entraxrln-Membranschichten, bewirkte manchmal, daß sich die offenen Gitterkonstruktionen der in die Korbblüterstämme integrierten Bauten gegen das Leuchten abzeichneten. Ruhig surrte das Boot durch einen hochgelegenen, offenen Abschnitt des Kanals.

Ihm gegenüber hatte an dem Tischchen Sharrow gesessen – genau genommen, Kommandantin Sharrow: derzeit war sie nämlich im Rang einer Oberleutnantin Staffelkapitänin der XI. Präventivschlag-Interplanet-Jabo-Staffel des AntiFiskusUnion-Freischärlerkorps gewesen. Zum erstenmal, seit sie sich vor fast einem Jahr kennengelernt gehabt hatten, trug sie weder Uniform, Trainingsanzug noch Alltagsklamotten. Eine Halbmaske mit kolorierter Verspiegelung bedeckte ihre

Augen und den Nasenrücken; auf dem Kopf hatte sie eine Haube aus weißen und grüngefärbten Seevogelfedern; ihr hellgrünes Kleid war kurz, tief ausgeschnitten und hauteng gewesen, nach aktueller Mode hatte ein transparentes Stratum aus polymerisiertem Aromaöl ihre Beine umschmiegt, makellos geformte, lange Beine, die im Schein der Laternen, die an Bogen überm dunklen Kanal baumelten, geglänzt und geglitzert hatten.

Miz hatte kaum die Augen von diesen langen, geschmeidig-sehnigen Gliedern wenden können. Längst kannte er die trocken-glatte Beschaffenheit des Aromaöls, wußte er, wie wonnig schlüpfrig sich die langsam verdunstende, nur wenige Moleküle dicke Schicht anfühlte; er hatte es etliche Male bei anderen Frauen erlebt, darum war es für ihn keine so frische erotische Erfahrung mehr wie am Anfang. Doch jetzt, während er hier allein mit Sharrow in dem kleinen Boot saß, das in der Abschlußnacht des Festivals mit ganz leisem Motorgebrummel den Kanal entlangtuckerte, ersehnte er sich stärker, sie zu berühren, in die Arme zu schließen, sie zu streicheln und zu küssen, als er es sich je, soweit er sich entsann, in bezug auf irgendeine andere Frau gewünscht gehabt hatte. Sein Drang und Bedürfnis nach Geschlechtsverkehr durchfieberten ihn so übermächtig und allesbeherrschend, wie er sie – er erinnerte sich – kurz vor dem allerersten Bumsen empfunden hatte; sie glühten und glosten in ihm, kreisten als schreiendheiße Lüsternheit durch sein Blut.

Plötzlich war es für ihn belanglos geworden, daß sie seine Kommandantin war und obendrein eine Aristo – zwei Eigenschaften, die ihn auf irgendwie pikierte, unweigerlich snobistische Weise bisher darin gehindert hatten, überhaupt in ihr eine Frau zu sehen (und zudem eine schöne, intelligente, attraktive Frau, die Art von Person, von der er sonst auf den ersten Blick und beim ersten Wort erkannte, daß er mit ihr, wenn möglich, gern ins Bett ginge), nicht nur seine taktisch brillante, im übrigen jedoch kurzangebundene, scharf sarkastische Staffelkapitänin, oder ein arrogantes, überprivilegiertes Balg von Golter, das einen Gorgonenblick hatte und es genau wußte.

»Stoßen wir an«, sagte Sharrow, zog ihre augenfällig glänzenden Beine ein und beugte sich vor. Sie hob das Glas.

»Auf was?« fragte Miz, betrachtete sein farbenprächtig verzerrtes Abbild in Sharrows Spiegelmaske. Seine Maske hing ihm um den Hals und auf die Brust.

»Wir stoßen nach iphrenilischem Brauch an«, schlug Sharrow vor. »Mit unausgesprochenem Trinkspruch. Jeder von uns trinkt auf das, was er will.«

»Merkwürdige Sitte.« Miz seufzte. »Na gut.«

Ihre Gläser klirrten aneinander. Als Tieflandbanditen kostümierte Gestalten liefen am Kanal entlang, grölten und schossen mit Spielzeugpistolen. Miz beachtete sie nicht, sondern schaute Sharrow in die Augen, indem er aus seinem Glas trank. *Ich trinke darauf, daß ich dich in mein Bett bekomme, Staffelkapitänin,* dachte er.

Hinter der Maske erwiderten ihre dunklen, leicht spöttischen Augen seinen Blick. Ein andeutungsweises Lächeln verzog ihren Mund.

Ein Flora-Streubombe flog zwischen ihnen auf den Lattenboden des kleinen Boots. Sharrow lachte ein kehlig-sinnliches Lachen, das Miz um so mehr erregte. Mit einem Tritt schob sie ihm die Feuerwerksbombe zu, er kickte sie zurück; die parfümierte Zündschnur qualmte. Sharrow stellte den nackten Fuß auf die faustgroße Kugel, besah sie sich (Miz spürte, wie die SNA einsetzte, die Umstände sich für sie beide in eine taktische Situation verwandelte, erkannte ihre Aussichten und eventuellen Handlungsmöglichkeiten, die Sharrow jetzt abwog, und wartete in diesem scheinbar in die Länge zerdehnten Moment darauf, was sie zu tun entschied); und dann, genau in dem Augenblick, als die

Zündschnur zu erlöschen schien, trat sie ihm den Feuerwerkskörper ein zweites Mal zu. Er lachte und versuchte, obwohl offensichtlich vom Glück verlassen, die Kugel mit dem Fuß von Bord zu schleudern.

Mit einem lauten Knall zersprang die Flora-Streubombe und überschüttete ihn wie aus einem Füllhorn mit Farben, umgab ihn mit tausend winzigen, in Expansion befindlichen Blumen. Manche hafteten an ihm fest, andere blieben so klein, daß sie ihm in die Nase stiegen und zum Niesen brachten; überstark umwallte ihn der schwüle Duft der Parfümierung.

Er hustete und nieste, versuchte den Blümchenschwarm fortzuwedeln, hörte beiläufig, daß Sharrow in die Hände klatschte und schallend lachte. Am Ufer johlten und pfiffen Leute.

Miz betupfte sich mit dem Taschentuch die Nase, strich die klebrigen Blüten vom Jackett seiner Ausgehuniform. Ein paar waren in sein Glas geraten; er rümpfte die Nase und kippte das durch Parfümstoffe versaute Getränk über Bord.

»Streme-Tunnel«, rief ein festlich livrierter Beamter, der an der Uferpromenade auf einem hohen Sitz saß. »Streme-Tunnel! Noch fünfzig Meter.« Er nickte, als sie ihm zum Zeichen der Kenntnisnahme zuwinkten.

Miz drehte sich um, blickte über den Bug der Gondel hinweg in Fahrtrichtung. Voraus mündete der wie eine Rutsche geschaffene Kanal in ein größeres Becken; dort stiegen die meisten Leute aus den Booten.

Der rund verlaufende Kanal, zwanzig Kilometer lang und einer von zwei Verkehrsringen der ehemaligen Vorstadt, bestand in Wirklichkeit aus einer Entraxrln-Wurzelhülsenröhre, der man die Oberhälfte abgetrennt hatte; der Abschnitt, auf den das Boot sie gegenwärtig zutrug, war nicht halbiert worden und verschwand nach kurzer Strecke in einer dunklen, vielfach umrankten Entraxrln-Masse von den Ausmaßen einer kleinen Hügelkette, bebaut mit den Gebäuden und Wohnhäusern des Streme-Stadtbezirks. Der Streme-Tunnel hatte eine Länge von fünf Kilometern, und im Durchschnitt brauchte eine Gondel zur Durchquerung über eine Stunde. Im allgemeinen verließen die Leute, die noch nicht schliefen oder keine amourösen Neigungen verspürten, vor dem Tunnel die Boote.

Er wandte sich Sharrow zu, seufzte und zuckte die Achseln.

»Tja«, meinte er, bemühte sich darum, seiner Stimme den genau angebrachten Tonfall des Bedauerns zu verleihen, »anscheinend wird's da vorne Zeit zum Aussteigen.«

Sie verpreßte den Mund zu einem Strich, einem Ausdruck, der, wie er wußte, nicht neutraler Art war, doch den er noch immer nicht richtig zu deuten verstand. Er mochte Verdruß oder einfach Resignation bezeugen. Dennoch löste sich in dieser Sekunde etwas in seiner Brust, als ob sich eine Feder entspannte. *Vielleicht*, dachte er.

Die Stirn gerunzelt, trank die Staffelkapitänin aus ihrem Glas.

Mit gespielter Lässigkeit lehnte sich Miz zurück und verschränkte die Arme. Will ich es wirklich? überlegte er, bedurfte schneller Klärung. Ja. Aber es verstößt gegen die Regel, an die wir uns immer gehalten haben, ohne sie je zu diskutieren oder uns auf sie zu einigen: Keine sexuellen Beziehungen unter Synchroneuroassoziierten. Mit Angehörigen anderer Teams ja; in neunzig Prozent der Fälle auch mit jedem anderen in den Militärhabitaten, in denen man sie stationiert hatte. Nicht dagegen innerhalb des eigenen Teams. Zu viele Fachleute vertraten die Einschätzung, daß dadurch die delikate Erwartungs- und Reaktionswechselwirkung, die zwischen den Staffelangehörigen zustandekam, wenn sie Kampfeinsätze flogen, beeinträchtigt werden könnte.

Ich weiß es, sagte sich Miz, aber es ist mir scheißegal.

Sie ist die Kommandantin. Soll sie entscheiden. *Ich* will sie.

Er senkte die Arme und schaute sich, während das Boot in das Zwischenbecken fuhr, der Kanal sich erheblich verbreiterte, nochmals nach der Tunnelmündung um. Dann blickte er Sharrow in die Augen. »Also, steigen wir aus?« fragte er mit ruhiger, nicht zu lauter Stimme. »Oder willst du durch den Tunnel schippern?«

Ihr Blick schweifte von seinen Augen hinüber zum Tunnel und zurück. Sie holte sichtbar tief Luft.

Es klappt, schlußfolgerte Miz. Hoffentlich irre ich mich nicht.

»Was möchtest du?« fragte sie ihn.

Er hob die Schultern, schob neben sich ein Kissen zurecht. »Na, ich fühle mich in diesem Kahn ganz wohl ...«

»Du möchtest hindurch«, konstatierte Sharrow, die Spiegelmaske ruckte geringfügig nach oben, als sie den Kopf leicht in den Nacken legte, als wollte sie ihn herausfordern, zur Wahrheit zu stehen.

Er zuckte noch einmal die Achseln.

Die Kommandantin betrachtete die Menschen am Ufer, schaute zum sporadischen Auflohen des Feuerwerks über dem mit Lichtergefunkel gespickten Dunkel der Stadt empor. »Ich weiß es nicht«, räumte sie ein, indem sie den Blick erneut auf Miz heftete. Und unvermittelt war sie ganz die hochmütige golterische Aristokratin, hatte die Nase in der Luft, den Rücken gerade, das Gehabe herrisch, und ihre Stimme schlug gebieterische Töne an. »Überrede mich.«

Miz lächelte. Vor einem Jahr hätte er jetzt genug von ihr gehabt; ihm wären angesichts dieser Überheblichkeit die Haare zu Berge gestanden. Er hätte gelacht und entgegnet: Ach was, im Tunnel wäre es sowieso bloß langweilig, laß uns zu den anderen gehen und richtig einen draufmachen. (Und insgeheim gehofft, *sie* hätte den Tunnel zu durchqueren gewünscht und wäre aufgrund seiner Bemerkung, es würde darin langweilig, schwer gekränkt.) Seitdem war er jedoch ein wenig älter und klüger geworden, und außerdem kannte er sie inzwischen besser; er war sich ziemlich sicher, was der unvermutete Rückfall ins Verhaltensmuster ihres früheren Daseins bedeutete.

Und auch da, in diesem Moment, in dem er, wie er wußte, am einer Gratwanderung vergleichbaren Rand zu etwas stand, nach dem er sehnlichster lechzte, als er sich je zuvor etwas gewünscht hatte, und sich darüber im klaren war, daß er dabei neuen, gefährlichen Boden betreten mußte, vielleicht sich, sie und die übrigen Teamkameraden in Gefahr brachte, sehenden Auges etwas so Riskantes anbahnte, blieb ihm all das *einerlei*, denn das Leben konnte nur einmal gelebt werden; und das hieß, es galt etwas zu wagen, sämtliche neuen Chancen, jede Gelegenheit zu etwas mehr Glück und Weiterkommen, mußten wahrgenommen werden. Doch selbst in diesem Moment fand er Zeit zu dem Gedanken, der Erkenntnis: Wie alt sind wir geworden.

Nicht einer von uns hat die zwanzig überschritten. Und dies atemberaubende, wunderbare Mädchen hier vor ihm war erst neunzehn. Und doch sind wir im Laufe des letzten Jahres gealtert: von Kindern zu Zynikern geworden, gezeichnet vom Krieg, zu halb achtlosen, halb gleichgültigen Veteranen, die in der Einsamkeit unserer einsitzigen Kampfmaschinen den Feind aufspüren, zum Gefecht stellen, wann und wo es in der Dunkelheit des Alls nur möglich ist, mit dem Gegner ringen, sich mit ihm schlagen, ihm nach Kräften schaden bis zum letzten in den Mikrosekunden der kosmischen Konfrontation. Und aus eben diesen Geschehnissen gewannen sie Freude: den Genuß der vollkommenen, durch und durch intensiven und erbittert konzentrierten Leistung ... der sich jedesmal unverzüglich völlige Teilnahmslosigkeit anschloß.

Dich überreden soll ich, dachte Miz. »Na schön«, sagte

er, lächelte sie an. »Ich verspreche dir, wenn du mit mir in den Tunnel fährst, verrate ich dir, auf was ich vorhin mit dir angestoßen habe.«

Sharrow schnitt eine sonderbare Miene, zog beide Mundwinkel herab, während an ihrem Hals die Sehnen hervortraten. Diesen Gesichtsausdruck hatte Miz bei ihr noch nie gesehen. Spontan mußte er schmunzeln. Wie jung sie plötzlich aussieht, dachte er.

»Ich weiß nicht«, antwortete sie. Die Spiegelmaske richtete den Blick ins Glas. »Dann müßte ich dir auch sagen, auf was *ich* angestoßen habe ...«

Sie schaute auf und in Miz' Augen, und er fragte sich, ob es möglich war, hinter einer Maske verführerisch dreinzublicken. Er lehnte sich in die Weichheit der Kissen. Seine Seele jubilierte. Das Boot näherte sich der Tunneleinfahrt.

Miz hörte Zurufe der Kanalwarte, die ihn und Sharrow daran erinnerten, daß sie hier die letzte Möglichkeit zum Aussteigen hatten. Am Ufer gaben Passanten halblaut anzügliche Laute von sich und erteilten unerbeten freche Ratschläge. Miz nahm sie kaum wahr.

»Überredet?« fragte er.

Sharrow nickte. »Überredet.«

Sie saß ganz still da.

Genau als die Tunnelmündung die Gondel umgab wie ein Rachen, um sie zu verschlingen, hob Sharrow die Hand und setzte die kolorierte Spiegelmaske ab.

»Hier ist es«, sagte Zefla. »Kleine Brückenturmterrasse einunddreißig-drei.«

Haus Nummer 31/3 sah in noch beängstigenderem Maße wacklig als seine Nachbarschaft aus. Man hatte es im heimischen Malishustil aus bläulich-blaurotem Entraxrln-Holzplatten errichtet und mit feuergehärteten Balken aus braunem Astholz abgestützt. Von seinem Standort an einem schmalen, durch ein Geländer abgesicherten, mit Borkenbrocken gepflasterten

Sträßchen hatte man Ausblick auf die steil geschrägten, teils mit Segeltuchplanen, zum Teil mit Borkenschindeln gedeckten Dächer der Abteilung für Moderne Geschichte und in die Richtung der nördlichen Vorstädte.

Das Haus hinterließ einen unbewohnten Eindruck. Im Erdgeschoß gab es keine Fenster, und die hohen, unbeleuchteten Fenster der beiden oberen Etagen waren schmutzig. Die Tür, angefertigt aus schlecht geschälter Borke, hatte sich im Verlauf der Jahre verzogen und Risse bekommen, klemmte über einer zusätzlich angenagelten Stufe schief im Eingang. Zefla rüttelte an einer Klingelschnur. Aus dem Innern drang kein Ton. Zefla versuchte die Tür zu öffnen, doch entweder war sie abgesperrt, oder sie hatte sich verkeilt.

Sharrow schaute zur Dachrinne hinauf; ein Stück hatte sich abgelöst und hing herab, bröckelte trotz der Tatsache, daß Straße und Dach seit dem morgendlichen Nieseln längst getrocknet waren, ein Wasserrinnsal. Mit dem Fuß schob sie Reste einer heruntergefallenen Dachschindel in ein mit Unkraut zugewachsenes Loch des Straßenpflasters und rümpfte angewidert die Nase. »Es sieht mir so aus, als wäre der weltweit führende Experte für das Königreich Pharpech mit keiner hinreichenden Finanzbasis ausgestattet.«

Zefla zerrte kräftiger an der Klingelschnur und trat einen Schritt zurück. »Vielleicht doch«, meinte sie. »Nur fühlt er sich mehr wie daheim, wenn er in so einem alten Schuppen wohnt.«

»Du denkst, dahinter steckt Methosystematische Philosophie?« fragte Sharrow skeptisch. »Wahrscheinlicher ist, er hat Schrullen der Art, die Cenuij für amüsant hält.«

Ernst schüttelte Zefla den Kopf. »O nein. Mein Informant hat sich ganz explizit geäußert. Er hielt sich auch zum Berater geeignet, war aber selbst der Meinung, der Knabe hier wäre für unsere Bedürfnisse empfänglicher.«

»Hach«, machte Sharrow, besah sich mit kritischem Gesichtsausdruck das Skelett eines winzigen Tierchens, das genau im Spalt zwischen Schwelle und Haustür lag. »*Diese* Beschreibung könnte auch auf einen Fäkaltank passen.«

Mit einem Knarren öffnete jemand in der dritten Etage ein Fenster. Ein kleiner, grauhaariger, bärtiger Mann steckte den Kopf heraus und schaute herab.

»Hallo«, grüßte er.

»Hallo«, rief Zefla hinauf. »Wir suchen einen Gentleman namens Ivexton Travapeth.«

»Ja«, antwortete der kleine Bärtige.

Zefla stutzte. »Sie sind es wohl nicht?« erkundigte sie sich.

»Nein.«

»Gut. Wissen Sie, wo wir ihn antreffen können?«

»Ja.«

Zefla sah Sharrow an, die vor sich hinzuflöten anfing.

»Würden Sie uns sagen«, fragte Zefla, »wo er ist?«

»Ja«, beteuerte der Bärtige unter lebhaftem Zwinkern.

»Wir sind doch an der falschen Adresse«, murmelte Sharrow, verschränkte die Arme und ließ den Blick über die Stadt schweifen. »Das ist die Abteilung für Formale Logik, wo man sich strikt an die Grundlagen hält.«

»Und wo ist er?« hakte Zefla nach, die es Mühe kostete, nicht loszuprusten.

»Oh, hier«, gab der Mann zur Antwort, indem er nickte.

»Dürfen wir ihn sprechen?« wollte Zefla als nächstes erfahren.

»O ja.«

»Nicht lockerlassen«, meinte Sharrow leise zu Zefla. »Die Freibrief-Pässe gelten nur ein Jahr lang.«

»Gut«, sagte Zefla. »Vielen Dank für die Auskünfte.

Wir hätten angerufen, aber anscheinend schätzt Mr. Travapeth diesen Weg der Kontaktaufnahme nicht.«

»Ja.«

»Ja … Könnten Sie uns zu ihm bringen?«

»Ja-ja.« Der Bärtige nickte.

Sharrow gab laute Schnarchlaute von sich.

Zefla stieß sie in die Rippen. »Dann kommen Sie doch bitte herunter«, sagte sie zu dem Mann, »und lassen Sie uns ins Haus.«

»Gerne«, versicherte der kleine Bartträger und verschwand vom Fenster, schloß es mit einem Knall.

Sharrow gähnte, ihr Kopf sank auf Zeflas Schulter. »Weck mich, wenn er aufmacht oder das Universum untergeht, je nach dem, was zuerst passiert.«

Zefla tatschte ihr die kastanienbraunen Locken.

Auch die Tür öffnete sich mit hörbarem Knarren. Sharrow drehte sich um. Das graubärtige Männlein schob den Kopf ins Freie und lugte die Straße hinauf und hinab, ehe er die Tür weit aufmachte. Er war noch dabei, sich eine ausgebeulte Hose mit angesetzten Softschuhen anzuziehen, zurrte die Verschlußkordel zu und stopfte das Hemd in die Hose, grinste den beiden Frauen entgegen. Er hatte einen wirklich zwergenhaften Wuchs, war noch viel kleiner, als er am Fenster ausgesehen hatte. Zefla fand ihn niedlich.

»Guten Morgen«, sagte sie.

»Ja«, lautete auch diesmal seine ganze Antwort, während er sie und Sharrow hereinwinkte. Zefla und Sharrow traten über die hohe Schwelle in einen düsteren, jedoch nicht völlig dunklen Raum, aus dem man in einen kleinen, teils allerdings durch ein an der Decke aufgehängtes Tuch gegen Einsichtnahme abgetrennten Innenhof schaute. Die Luft roch nach Schweiß und Kochfett. Auf der anderen Seite des schmuddligen Vorhangs drang Ächzen und Schnaufen aus einer Männerbrust. Zefla wechselte einen Blick mit Sharrow, die die Achseln zuckte.

»Ich hoffe, du hörst das gleiche wie ich«, sagte Sharrow zu Zefla, »sonst müßte ich glauben, ich bin so müde, daß ich penne und von vergangener Nacht träume.«

Der Graubärtige ging voraus, zupfte noch seine Hose zurecht und zwängte die letzten Zipfel des zerknitterten Hemds hinein, während er um den Trennvorhang trippelte. Zefla und Sharrow folgten. In dem Innenhof war es ziemlich eng. Hinter Balkonen der oberen Etagen lagen weitere Räume. Eine leichte Abdeckung aus Entraxrln-Membran bildete über dem Patio ein farbenfrohes Dach.

Teppiche und Matten bedeckten den Fußboden des Atriums. Ein Dutzend übervoller Bücherregale sowie zwei mit Papierstapeln und -rollen behäufte Tische standen herum. Zwischen den Utensilien altehrwürdiger Gelehrtheit lag Sportgerät verteilt: Hanteln, Gewichte, schwere Keulen und Biegestangen.

In der Mitte dieses Durcheinanders stand die hochgewachsene, hagere Gestalt eines älteren, fast nackten Mannes mit weißem Haar auf der Brust und einem Schopf dichter schwarzer Haare auf dem Kopf. Er hatte ein schmieriges Lendentuch um die Hüften geschlungen, und seine Fäuste umklammerten ein paar Gewichte, die er abwechselnd stemmte, bei jedem Hebevorgang schnaufte und ächzte er laut. Auf seinem faltigen, sonnengebräunten Gesicht glänzte Schweiß. Zefla schätzte ihn auf mindestens siebzig, obwohl er eine noch relativ jugendliche Figur vorweisen konnte; nur die weiße Brustbehaarung und eine gewisse Schlaffheit um die Bauchgegend verriet sein wahres Alter. »Ha«, rief er mit tiefer Stimme. »Guten Morgen, liebliche Damen. »Ivexton Travapeth steht Ihnen zu Diensten.«

Er setzte die Gewichte, daß es nur so wumste, Staub emporwirbelte und der Tisch erbebte, auf einem dicken Buch ab, das offenbar die Ecke einer vom Alter braunen Karte niederhielt. »Und wie kann ein bescheidener, verdienstloser Gelehrter wie ich zwei so strahlend bildschönen Damen behilflich sein?« Er wandte sich ihnen zu, stellte sich, während er noch schwer atmete, die Arme verschränkte, so daß der Bizeps schwoll, auf die Fußballen. Seine Miene spiegelte eine Mischung aus Mutwillen und Wollust wider.

»Guten Morgen, Mr. Travapeth«, sagte Zefla, nickte, ging auf ihn zu und streckte die Rechte aus. Sie schüttelten sich die Hände. »Mein Name ist Franck. Das ist meine Mitarbeiterin Mrs. Demri.«

Sharrow nickte, als Travapeth sie anschaute und ihr zulächelte. »Wir sind Rechercheurinnen einer freien TV-Produktionsfirma, der MGK-Filmtrend. Hier ist meine Karte.« Zefla überreichte ihm eine Geschäftskarte, die von einer der vielen Tarnfirmen Miz' stammte.

Travapeth schaute sich die Visitenkarte an. »Ah, Sie kommen von Golter. Wegen Ihres Akzents dachte ich's mir natürlich schon. Was kann Travapeth für Sie tun, meine wohlgestalteten Damen?«

Zefla lächelte. »Wir möchten gerne mit Ihnen über einen Ort mit Namen Pharpech reden.«

Ivexton Travapeth ließ sich ein ganz klein wenig auf die Fersen sinken. »Wahrhaftig?« fragte er.

In diesem Moment kam aus den Schatten hinter dem Gelehrten der kleine Bärtige angewieselt und entfaltete ein langes, graues, einem Kimono ähnliches Gewand. Er hüpfte in die Höhe und versuchte es ihm über die Schultern zu werfen, jedoch vergeblich.

»Pharpech!« tönte Travapeth, während der Kleinwüchsige mehrere weitere Versuche unternahm. »Ach, meine liebe, liebenswerte Dame, da nennen Sie ein Wort – ein nahezu magiebehaftetes Wort –, das in dieser weitgereisten Brust« – es dröhnte hohl, als er sich mit der Faust auf die weißhaarige Brust schlug – »eine derartige Fülle von Gefühlen weckt, daß ich kaum weiß, wo ich mit dem Erzählen anfangen soll.«

Der kleine Graubart legte sich das Gewand über den

Unterarm und zog mit der anderen Hand einen Stuhl heran, schob ihn hinter Travapeths Rücken. Er stieg auf den Stuhl, um dem Gelehrten das Kleidungsstück über die Schultern zu streifen, allerdings gerade in dem Augenblick, als Travapeth zu einem brusthohen Etagere trat, auf der man mehrere Hanteln sah. Mit einem Aufquieken fiel der kleine Mann auf den Boden.

Travapeth ergriff brummend die Hanteln.

»Einer *Fernseh*produktionsfirma, sagten sie?« vergewisserte er sich, stemmte die Hanteln bis in Kinnhöhe. Der Kleingewachsene raffte sich hoch, hob das Gewand vom Teppich auf und warf Travapeth einen Schmollblick zu. Sharrow hatte die Lippen fest zusammengepreßt.

»Ganz richtig«, bestätigte Zefla mit ihrem wunderbarsten Lächeln.

Der Graubart betrachtete Travapeth immer mürrischer; zuletzt breitete er das Gewand über den Stuhl, grummelte Unverständliches, schüttelte den Kopf und kehrte zurück in die Schatten.

»Hmm«, machte Travapeth, brachte die Hanteln in Schulterhöhe, stand einige Sekunden lang reglos da und keuchte vor sich hin; schließlich schluckte er. »Zufällig kannte ich Seine Majestät, König Tard den Siebzehnten, ziemlich gut«, rumpelte es aus seinem Brustkasten. Er lächelte die beiden Frauen mit einer Art von plump-vertraulicher Untertänigkeit an. »Wissen Sie, ich war damals bei seiner Krönung zugegen, als Sie zwei entzückende Damen, glaube ich, noch an den spendefreudigen Bietzchen der Mutterbrüste genuckelt haben.« Er seufzte versonnen, vielleicht traurig; danach wurde er, während er unentwegt die Hanteln wuchtete, um einiges ernster, und nach einem Weilchen wirkte er sogar einigermaßen natürlich. »Leider muß ich sagen«, japste er, »Seine Majestät hat seit jeher … eine hartnäckige Abneigung dagegen kultiviert … daß in seinem Reich … irgendwelche Bildaufnahmen angefertigt werden … die die moderne Welt anscheinend so einstuft … als würde sie ans … ans Pathologische grenzen …«

»Wir haben für diese Haltung Verständnis«, behauptete Zefla. »Nach den Beschreibungen muß Pharpech aber wohl eine faszinierende, ja sogar romantische Gegend sein, so daß wir den Eindruck gewonnen haben, es wäre einiges an Zeit und Aufwand wert – und die Arbeit eines erfahrenen, äußerst talentierten Teams tüchtiger Koryphäen, die auf ihrem jeweiligen Spezialgebiet weithin Hochachtung genießen –, eine wahrheitsgetreue, sachliche und lebensnahe Darstellung des Lebens in einem Landstrich des Sonnensystems zu produzieren, den man als vermutlich letztes Reservat einer längst vergangenen Epoche ansehen muß, das wie durch ein Wunder bis in die Gegenwart überdauert hat.«

Travapeth spannte erneut die Muskeln. Ihm entfuhr ein Brummeln; dann legte er die Hanteln auf die Etagere zurück und nahm mit zittrig gewordenen Fingern ein dreckig-fleckiges Handtuch, das unordentlich auf einem Bücherregal lag.

»Ein lohnendes Projekt, da haben Sie völlig recht«, sagte er, schüttelte das Handtuch aus. »Aber versuchen Sie das mal Seiner Majestät zu verklickern.«

»Lassen Sie mich ganz ehrlich sein«, sagte Zefla, während Travapeth sich erst die Achselhöhlen und danach das Gesicht wischte. (Sharrow guckte fort.) »Wir haben die Absicht, uns erst einmal ohne jede Ausrüstung dort umzusehen, um vielleicht, dank Ihrer wohlwollenden Unterstützung, falls wir uns einig werden, eine Art von gutem Einvernehmen mit den zuständigen Stellen zustandezubringen, die uns die nicht allzu anspruchsvollen Genehmigungen erteilen könnten, die wir brauchen, um den außerordentlich geschmack- und respektvollen, Pharpechs Prestige zweifellos äußerst zuträglichen Kulturfilm zu produzieren, der uns vorschwebt.«

Travapeth nickte, schneuzte sich ins Handtuch und schmiß es aufs Bücherregal. Sharrow hustete und betrachtete die Balkone der Oberetagen. »Natürlich sind wir uns der Schwierigkeiten bewußt, die damit verbunden sind«, plapperte Zefla ungerührt weiter, »und wir hoffen, daß Sie als hochangesehener Gelehrter und als erstrangiger Pharpech-Experte einwilligen, uns als historischer und anthropologischer Berater zur Seite zu stehen.«

Travapeth furchte die Stirn, während er die Schultern spannte und zu einer Gymnastikbank stapfte, sich auf ihr ausstreckte und die Füße unter die Stangen klemmte.

»Ja, leuchtet mir ein«, sagte er und faltete die Hände im Nacken.

»Wenn Sie Ihr Einverständnis geben«, versprach Zefla, »nennen wir selbstverständlich im Vorspann Ihren Namen.«

»Mn-hmm ...« Travapeth vollführte unter Ächzen ein Sit-up.

»Und wie sich gleichfalls von selbst versteht«, sagte Zefla, »entrichten wir an Sie ein Fixhonorar, bei dem sowohl die akademische Bedeutung Ihrer Teilnahme an diesem seriösen Filmprojekt wie auch Ihr Aufwand an wertvoller Zeit berücksichtigt würde.«

Travapeth setzte sich aufrecht aufs schmale Polster der Gymnastikbank und schaute zur Membran-Überdachung des Innenhofs empor.

»Finanzielle Fragen haben bei mir nicht den Vorrang«, erklärte er.

»Sicher nicht«, sagte Zefla. »Das kann ich mir gut denken.«

»Aber ... könnten Sie mir vielleicht trotzdem eine gewisse Vorstellung vermitteln ...?« Er bewältigte noch ein Sit-up, dann beugte er sich vor, schwenkte die Taille, berührte die Knie wechselweise mit den Ellbogen.

»Dürfen wir Ihnen eine Pauschale von zehntausend vorschlagen?« sagte Zefla.

Still saß der Gelehrte da, einen Ellbogen am Knie des anderen Beins.

»Vier zahlen wir sofort, wenn Sie uns die Zusage Ihrer Mitwirkung geben«, fügte Zefla hinzu, »drei am ersten Aufnahmetag und drei am Erstsendungstag.«

»Und für Wiederholungen?« Travapeth drehte während ständigen Röchelns den Oberkörper von Seite zu Seite.

»Gemäß der Dokumentarfilm-Standardlizenzgebührentabelle des Filmindustrie-Dachverbands.«

»Einzeleinblendung im Vorspann?«

»Gleiche Größe wie der Regisseursname, halbe Dauer.«

»Sagen wir fünfzehn.«

Zefla schnappte nach Luft und sagte bedauernd: »Eigentlich habe ich keine Befugnis, mit Einzelpersonen Honorare über zwölftausend zu vereinbaren.«

Schweratmend legte sich Travapeth rücklings auf die Gymnastikbank. »Butler!« schrie er, seine Stimme hallte durchs Atrium. Sein schweißüberströmtes Gesicht blickte verkehrt herum zu Zefla auf. »Mein liebes Kind«, schnaufte er, »Sie brauchen keine *anderen* Personen. Sie können mich haben.« Brünstig beäugte er sie. »Sich mehr zu wünschen, ist völlig unmöglich.«

Im Augenwinkel bemerkte Zefla, daß sich Sharrow, während sie sich in die Hand biß, hastig fortdrehte. Aus dem Schatten huschte wieder der kleine Graubart hervor, schleppte mühevoll einen großen Ledereimer voller Wasser heran.

»Fünfzehn«, wiederholte Travapeth, schloß die Lider. »In Raten von sechs, fünf und vier.«

Zefla schaute zu Boden, schüttelte den Kopf und rieb sich am Kinn.

»Na, dann in drei gleichen Raten«, meinte Travapeth. »Fairer kann man ja nun wirklich nicht sein.«

Der kleine Bärtige packte den Stuhl, über dem noch das Gewand hing, und schleifte ihn zu der Gymnastikbank mit, auf der Travapeth, der Länge nach ausgestreckt, angestrengt atmete, vor sich hinkeuchte. Er erstieg den Stuhl, hob den Eimer bis in Brusthöhe und kippte das Wasser über Travapeths zu neun Zehnteln nackte Gestalt aus. Schwungvoll wich Zefla dem Gespritze nach hinten aus.

Kraftvoll schüttelte sich der Gelehrte, während das Naß von seinem Körper auf die Fußbodenmatte troff. Er prustete und blinzelte; der Butler kletterte vom Stuhl herab und entfernte sich.

Travapeth lächelte Zefla mit feuchtem Gesicht zu. »Sind wir uns einig, mein Kind?«

Zefla sah Sharrow an, die nahezu unmerklich nickte.

»Puh! Verdammt, hast du gesehen, wie sein Lendentuch, nachdem der Kleine das Wasser über ihn geschüttet hatte, total klebrig und durchsichtig geworden ist? Igitt!«

»Zum Glück waren meine Augen in diesem Moment abgewandt.«

»Und das Gequassel über die ›spendefreudigen Bietzchen der Mutterbrüste …!‹« Zefla wiederholte das Zitat mit überlauter Stimme, die Travapeths Geblöke nachahmte, dann quietschte sie, die Hand auf den Mund gepreßt. Inmitten der Horden und Grüppchen von Studenten, die von einer zur nächsten Vorlesung eilten, spazierten sie und Sharrow die Phantastenstraße entlang.

»Ich dachte, ich müßte mich übergeben«, sagte Sharrow.

»Du hättest auch nicht versuchen dürfen«, antwortete Zefla, »die ganze Faust in den Mund zu stopfen.«

»Dann hätte ich aufgeheult.«

»Na, aber anscheinend weiß er zumindest, wovon er redet.«

»Hmm«, knurrte Sharrow. »Bis jetzt macht er einen glaubwürdigen Eindruck. Warten wir ab, was Cenuij von ihm hält.« Mit einem Nicken wies sie auf eine Nebenstraße. »Laß uns da hineingehen. Dort kenne ich was.«

»Einverstanden«, sagte Zefla. Sie bogen in die Strukturalistenstraße ein.

»Hier muß es irgendwo sein«, meinte Sharrow, während ihr Blick die Umgebung absuchte. Cafés und Bistros säumten die belebte Straße.

»Aber ich muß gestehen«, sagte Zefla, hakte sich bei Sharrow unter und schaute zu der Membran hinauf, die zwei Kilometer über ihnen sich geruhsam bauschte, »wenn ich jetzt so darüber nachdenke, muß ich eigentlich seine Frechheit bewundern.«

Sharrow sah Zefla an. »Länger als drei Sekunden ist dir nie jemand unsympathisch, was?«

Schuldbewußt schmunzelte Zefla. »Ach, so übel war er ja auch wieder nicht.« Sie zuckte die Achseln. »Er ist eben 'n Original.«

»Hoffen wir«, entgegnete Sharrow halblaut, »daß er dich nicht zu sehr beeindruckt.«

Zefla lachte. »Was ist denn nun der Zweck dieses nostalgischen Spaziergangs?« Sie blickte auf der bevölkerten Straße umher. »Wohin gehen wir?«

»Zum Onomatopöie-Bistro«, antwortete Sharrow.

»Aha, ja, daran erinnere ich mich auch«, sagte Zefla. Sie spähte mit gespielt ernster Miene in die Ferne. »Entsinnst du dich noch der Antwort, nachdem wir uns erkundigt hatten, wie man das ausspricht?«

»Ach«, trällerten sie gemeinsam, *»genau wie man's schreibt.«*

Sharrow hatte die Mütze über die Augen herabgezogen und die Stiefel gegenüber auf dem klapprigen Sitz liegen gehabt. Ihre Uniformjacke hatte auf der Rücklehne des Stuhls gehangen.

»Schlotsch«, sagte sie und trank noch einen Zug Entraxrln-Schnaps.

»Schlotsch?« wiederholte Miz.

»Schlotsch«, bekräftigte Sharrow.

»Von einem Stiefel abgekratzter Schlamm klatscht auf den Boden«, meinte Dloan, stieß mit der Stiefelspitze gegen Sharrows Stiefel.

Bedächtig schüttelte sie den Kopf, betrachtete ihre Hände, die sie zwischen die Schenkel, zwischen die Uniformhose, geschoben hatte. Sie rülpste. »Nichts da«, sagte sie.

Als nächster am Tisch war Cenuij an der Reihe.

»Kacke, die ins Klo plumpst«, vermutete er; sein Blick glänzte Sharrow aus zwei am vorgestrigen Abend eingehandelten Veilchen an. »Aus zehntausend Metern Höhe.«

»Nahe dran«, antwortete Sharrow, kicherte unversehens und winkte ab, als ihre Teamkameraden plötzlich durcheinanderredeten. »Nein-nein, eigentlich nicht. War gelogen. Ich habe gelogen, ha-ha-ha …«

»Das Geräusch eines … Hick! Scheiße …! Eines Sockens voller eingelegter Weichvogelhirne, den ein schwanzamputierter Bodenpersonal-Hiwi mit voller Wucht gegen die Notausstiegsluke eines Trainingsraumjägers haut.«

Sharrow sah Zefla an und schüttelte rasch den Kopf. »Das wäre ja wohl zu einfach.«

Zefla hob die Schultern. »Den Versuch war's wert.«

Bedächtig räusperte sich Cara. »Das Geräusch«, setzte er geduldig zum Raten an, »das ein Tüpfelkäfer verursacht, wenn er …«

Geschrei brach los. Alle rissen die Mützen vom Kopf und warfen sie nach ihm.

»Nein!«

»Nicht schon wieder!«

»Denk dir was anderes aus!«

»Nein, nein, nein!«

»Scheiß auf deinen verdammten Tüpfelkäfer!«

Cara duckte sich und grinste, während es Mützen auf ihn hagelte, streckte die Arme über den Tisch aus, damit seinem Glas nichts zustieß. »Aber irgendwann«, erwiderte er in umgänglichem Tonfall, »muß es doch einmal stimmen …«

»Nein, diesmal jedenfalls nicht«, stellte Sharrow klar. Erneut nippte sie am Entraxrln-Schnaps. Sie fühlte sich betrunkener, als sie hätte sein dürfen. Konnte es an leerem Magen liegen? Sie hatten das Onomatopöie-Bistro aufgesucht, um beim Mittagessen den Kater vollends auszukurieren, doch irgendwie – wahrscheinlich weil dies der letzte Tag vor einer Phase neuer Einsätze war, es sei denn, die Kriegsparteien schlossen Frieden – artete das Beisammensein mir nichts, dir nichts abermals zum Besäufnis aus.

Hatte sie gefrühstückt? Jemand gab ihr die Mütze zurück, und sie drückte sie auf den geschorenen Schädel. Nein, sie konnte sich nicht daran erinnern, ob sie ein Frühstück eingenommen oder es hatte ausfallen lassen.

Sie leerte ihr Schnapsglas. »Der nächste«, rief sie ziemlich laut, setzte es ab und zeigte gleichzeitig auf Miz. Irgend jemand füllte das Glas nach.

Miz schnitt eine nachdenkliche Miene. Dann spiegelte sein mageres, fröhliches Gesicht einen Geistesblitz wider. »Ein Kreuzer der FiskusAllianz kollidiert bei halber Lichtgeschwindigkeit mit einem *zweiten* Asteroiden …«

Alle verfielen in Geheul und bewarfen ihn mit den Dienstmützen.

»Allmählisch wird's ja wohl rischtisch albern«, sagte Froterin, während Miz die Mützen aufsammelte. Mit deutlicher Mißbilligung blickte Froterin in die Runde. »Inzwischen wiederholt sisch jeder.«

»Was is los?«

»Wie bitte?«

»Hä?«

Unsicher stand Froterin auf, die Stuhlbeine schrammten übers Straßenpflaster vor dem Bistro; er schwankte und wäre beinahe hingestürzt. Er legte eine Hand auf die breite Brust, aufs Herz. »Aber nun«, lallte er heiser, »isses Zeit für 'n fröhlisches Lied, glaub isch ...« Sofort fing er zu singen an. »O Caltasp, o Caaaltasp ...«

»Ach du meine Güte ...«

»Her mit der Mütze!«

»Gib mir meine Mütze!«

»Nein, erst mir, ich bin nicht so voll, ich treffe besser.«

»Schmeißt was Hartes!«

»Au ja!«

»Nicht *mein* Glas, du Idiot, nimm *seins*!«

»O CAAALTASP, o CAAALTASP ...«

»Meine Ohren! Meine Ohren!«

»Es nützt nix, Sir, die Mützen prallen an ihm ab.«

»Ach Scheiße! Sein Glas ist leer.«

Vleit verließ ihren Platz und schlich auf Zehenspitzen zu Sharrow, während die übrigen Teamkameraden Froterin am Singen zu hindern versuchten. Vleits Gesicht zeigte ein boshaftes Grinsen; sobald sie neben Sharrow stand, ging sie in die Hocke und flüsterte ihr etwas ins Ohr.

Nachdrücklich nickte Sharrow, beide kicherten, bevor mit Husten vermischtes, kehliges Gelächter sie überwältigte. »Ja ...!« Sharrow nickte ein zweitesmal, während ihr vor Erheiterung die Tränen kamen. »Ja ...«

»O CAAAALTASP, o CAAAAAAALTASP ... Oh, vielen Dank.« Mit dem Krug Bier in der Hand, den Miz ihm soeben gebracht hatte, sank Froterin zurück auf seinen Stuhl. Zufrieden trank er einen tüchtigen Zug.

»Sie hat's. Vleit hat's ... Hick! Scheiße! ... Vleit weiß 's.«

»Was?«

»Was isses?«

»Raus mit der Sprache!«

Sharrow schüttelte den Kopf und trocknete sich die Augen mit dem Hemdsärmel. Vleit richtete sich auf, lachte noch immer, die Hände auf den Bauch gepreßt, vor sich hin.

»Was denn?«

»Das ist gepfuscht.«

»Was ist die Lösung?«

»Wir verraten's nicht.« Sharrow lachte.

»Du mußt's sagen«, verlangte Miz. »Woher sollen wir sonst wissen, daß Vleit wirklich gewonnen hat?«

Sharrow stülpte die Dienstmütze auf den Kopf und schaute hinüber zu Vleit; beide prusteten von neuem los, dann johlten sie. »Willst du es ihnen erklären?« fragte Sharrow.

»Ich nich, Kommandantin.« Vleit schüttelte unter fortgesetztem Kichern den Kopf. »Sag du's ihnen. Rang stellt vor höhere Anforderungen, nich?«

»Jawohl.«

»Also, was war's?«

»Na los, komm, verrat's uns!«

»Gut, gut, gut«, rief Sharrow, nahm auf ihrem Stuhl eine aufrechte Haltung ein. Im folgenden Moment wirkte sie plötzlich betroffen; Furchen kerbten ihre glatte Stirn. »Scheiße«, sagte sie. »Jetzt habe ich das verdammte Wort vergessen.« Sie schüttelte den Kopf.

Sie senkte den Kopf auf die Tischplatte und täuschte zu weinen vor. Wenigstens zwei Mützen flogen ihr um die Ohren, bevor Cenuij »Schlotsch!« brüllte.

Ruckartig hob Sharrow den Blick. »Bist du sicher?«

»Vollkommen«, bestätigte Cenuij laut und deutlich.

Sharrow seufzte. »Ja … Schlotsch.«

»Und?« fragte Miz und breitete die Arme aus. »Wofür ist *Schlotsch* die Onomatopöie? Oder was ist's? Oder wie ist's zu verstehen?«

»Es ist das Geräusch«, sagte Sharrow, während sie sich über den Tisch beugte und prüfend in beide Richtungen der Straße blickte, in verschwörerischem Ton,

»das man hört, wenn ...« Nochmals schüttelte sie den Kopf. »Ach, es geht nicht ...«, behauptete sie mit vorgespiegeltem Bedauern. »Ich bin noch nicht besoffen genug, um es euch zu erklären.«

»Was?!«

»Sharrow!«

»Nun laß doch diesen Scheiß ...!«

»Sei nicht blöd ...!«

»Verdammt, Vleit, was war's?«

»Sharrow, du hast versprochen, 's zu sagen. Was isses?«

Sharrow grinste, wehrte eine Anzahl Schirmmützen ab, die die Kameraden ihr an den Kopf warfen, und lachte laut, während man sie ausschalt.

Ein Kellner, der einen reichlich verschüchterten Eindruck erweckte, sich nervös das Tablett wie einen Schild vor die Brust hielt. Er trat zu Sharrow; sie lächelte zu dem jungen Mann auf und schob sich auf dem Schädel die Mütze zurecht.

Der Kellner hüstelte. »Ähm, Oberleutnantin Sharrow?« sprach er sie an.

»Sie lesen ein ruhmbekleckertes Namensschild, Junge«, sagte Miz, zwinkerte ihm zu.

»Jawoll«, bekräftigte Cenuij. »Kommen Sie uns, wir machen aus Ihnen 'n tüchtigen Kellner. Ach, Sie *sind* ja der ...«

Sharrow winkte ab, bis beide verstummten. »Ja«, sagte sie, musterte den jungen Mann ziemlich triefäugig.

»Ein Anruf für Sie, Kommandantin. Das Militär.« Eilends flüchtete der jungen Kellner sich ins Bistro zurück.

Sharrow zog eine ratlose Miene. Sie steckte die Hand in die Tasche der Uniformjacke, die überm Stuhl hing, zuckte zusammen und schnitt eine Fratze; als sie die Hand herauszog, klebte daran rote Matsche. »Welche elende Drecksau hat mir Ghrettissoße über den Scheißkommunikator geschüttet?!« schrie sie, sprang auf und ließ die rote Brühe aufs Straßenpflaster tropfen.

»Mist«, sagte Miz kleinlaut. »Ich dachte, das wäre Dloans Jacke gewesen.«

»Dloans Jacke?« schnauzte Sharrow. Sie deutete auf Dloans Uniform. »Wie viele Streifen hat er an der Jacke?« fuhr sie Miz an. »Einen? Wieviel habe ich? Zwei!« Mit der sauberen Hand wies sie auf die beiden Streifen.

Miz feixte und hob die Schultern. »Mir war, als sähe ich doppelt.«

»Dafür leistest du doppelten Wachdienst«, knirschte Sharrow, während sie an ihm vorüber ins Büro wankte. »Sieh sofort zu, daß du den Siff aus meiner Tasche entfernst.«

»Diese Ghrettissoße muß 'n scharfes Zeug sein«, hörte sie Dloan sinnig anmerken. »Militärkommunikatoren sind eigentlich wasserdicht, und zwar bis zu einem Druck von ...«

Im Bistro war es zwielichtig und still; nur das Personal war anwesend. »Danke, Vol«, sagte Sharrow zum Inhaber, als er ihr das Fon reichte.

»Hier Oberleutnantin Sharrow«, meldete sie sich, nickte Vol, der ihr als nächstes ein Tuch zum Säubern der Hand gab, dankbar zu.

Um sich auf den Anrufer zu konzentrieren, schloß sie die Augen. »Die Nachrichtenverbindung ist zusammengebrochen, Sir«, sagte sie nach einem kurzen Weilchen. »Warum weiß ich nicht, Kommodore.« Sie kniff die Augen fester zu. »Vielleicht Feindeinwirkung, Sir.«

Sie wischte sich die Hand ab und nickte Vol ein zweites Mal zu, der sich daraufhin zum Personal am anderen Ende des Bistros setzte.

Durchs Fenster des Lokals beobachtete sie die Kameraden, die sich auf der Straße an den Tischen flegelten, versuchte zu erkennen, welche Dienstmütze zu wem gehörte. Sie lächelte, während sie der Gruppe bei ihrer

Ausgelassenheit zuschaute, mußte jedoch ihre Aufmerksamkeit gleich wieder dem Anrufer schenken. »Jawohl, Sir«, rief sie in den Apparat. »Wir sind schon unterwegs, Sir.« Sie wollte auflegen, aber zu früh. »Verzeihung, Sir?« Die Stirn gerunzelt, betrachtete sie ihr hinter Theke zwischen Gläsern und seitlich aufgebockten Fäßchen sichtbares Spiegelbild. »Der Doktor? Ich meine, der Oberstabsarzt ... Natürlich, Sir.«

Sie sah ihr Spiegelbild ein zweites Mal an und zuckte die Achseln.

»Ja«, sagte sie in die Sprechmuschel. »Hallo, Doktor. Was gibt es?« Auf die Theke gestützt, schob sie die Schirmmütze in den Nacken und rieb sich das Gesicht. »Was ...? Ach so, die Ergebnisse der letzten Reihenuntersuchung.« Sie grinste ihrem Abbild zu. »Worum geht es denn? Hat jemand zu hohe Strahlung abgekriegt, oder haben Sie irgendwelche exotischen Krankheiten diagnostiziert?«

Ungefähr eine halbe Minute lang hörte sie zu.

Im Spiegel sah sie ihr Gesicht blaß werden.

Nach einiger Zeit stieß sie ein Räuspern aus. »Jawohl, wird gemacht, Doktor«, sagte sie. »Selbstverständlich.« Wieder streckte sie den Arm zum Auflegen aus, hielt jedoch mitten in der Bewegung inne. »Danke, Doktor«, fügte sie hinzu; danach erst stellte sie den Apparat zurück hinter die Theke.

Einen Moment lang stand sie starr da, stierte ihr Spiegelbild an. Dann senkte sie den Blick auf ihr Uniformhemd. »Scheiße«, raunte sie, betrachtete erneut ihr Abbild. »Und du tränkst das arme, kleine Ding in Alkohol.«

Vol kam mit einem Tablett voll schmutziger Gläser hinter die Theke. Sharrow fuhr zusammen, sobald sie ihn sah; dann neigte sie sich vornüber und winkte ihn heran.

»Vol«, flüsterte sie. »Vol ...!«

Der stämmig-bullige Bistro-Inhaber, der eine Schürze

umhängen hatte, gelassen war wie stets, beugte sich über die Theke. »Ja, Oberleutnantin?« fragte er halblaut.

»Vol, haben Sie irgend etwas, von dem mir so richtig kotzübel wird?«

»Kotzübel?« wiederholte Vol merklich befremdet.

»Ja«, sagte Sharrow leise, schielte hinaus zu den Staffelkameraden. »Etwas ganz Scheußliches, das mir den Magen umdreht und die Gedärme verschlingt.«

Vol hob die Schultern. »Normalerweise genügt es«, antwortete er, »übermäßig viel verschiedenerlei alkoholische Getränke durcheinanderzutrinken.«

»Nein«, fauchte Sharrow. »Nein, ich brauche etwas noch Wirksameres.«

»Möchten Sie vielleicht sich den Finger in den Hals stecken?«

Rasch schüttelte Sharrow den Kopf. »Das habe ich als Kind versucht, bei meiner Halbschwester hat es geklappt, aber bei mir nie. Was käme sonst in Frage?« Nochmals blickte sie zu den Kameraden hinaus. »Schnell ...!«

»Salzwasser«, gab Vol zur Antwort und spreizte die Hände.

Sharrow schlug ihm auf die Schulter. »Misch mir welches für zwei«

Sie wandte sich ab und ging zur Tür, blieb stehen, biß sich auf die Lippe und schob die Hand in die Hosentasche, holte eine Münze heraus und hielt sie in der Hand, als sie sich wieder zu ihrer Staffel gesellte. Die Gruppe schaute ihr entgegen. Miz war noch dabei, die Soße aus der Jackentasche zu kratzen; auf dem Tisch lag der rot verschmierte Kommunikator wie ein abgehäutetes Kleintier.

Sharrow breitete die Arme aus. »So, anscheinend ist die Lage noch weitgehend ungeklärt, Leute«, rief sie. Gemurmel kam auf, zumeist der Unzufriedenheit. »Jedenfalls sind die Waffenstillstandsverhandlungen noch nicht beendet. Bis dahin geht der Spaß weiter. Einen Einsatz müssen wir mindestens noch fliegen. Wir sind an der Shuttlebasis überfällig.« Sie gab ein Aufstöhnen von sich. »Ich ordere einen Laster.« Nach kurzem Zögern trat sie zu Miz und drückte ihm die Münze in die Hand. »Wirf sie für mich«, bat sie ihn.

Verdutzt schaute Miz in die Runde, ehe er die Schultern hob und Sharrows Wunsch erfüllte. Sharrow sah danach, wie die Münze auf den Tisch gefallen war, nickte und drehte sich um.

»Und?« fragte Miz mit überdeutlicher Betonung.

»Ich erzähl's dir später«, sagte Sharrow und kehrte ins Bistro zurück.

»Danke, Vol«, sagte sie, nahm von ihm ein großes Glas milchig-trüben Wassers entgegen und taumelte damit in Richtung Toilette. »Sei so gut und bestell uns vom Militär einen Lastwagen, ja?« rief sie über die Schulter. Sie trank den ersten Schluck Salzwasser. »Pfui!«

»Oberleutnantin Sharrow«, meinte Vol, »ich sollte welches für zwei anrühren, haben Sie gesagt. Wollen Sie's nun doch alles für sich?«

Sharrow schüttelte den Kopf. »Genau genommen nicht.«

»Bööörrrglllll!« brüllte Sharrow in die Kloschüssel. »Arrrgggll! Huuurrrgggmmmmpfff ...!« Einen Moment lang lauschte sie, während sich ihr Magen abermals zusammenkrampfte (und sie dachte: Verdammt, vielleicht schadet *das* dem Wurm mehr als der Alkohol!), auf die Laute, die sie in die Toilette röhrte, und erinnerte sich an das vorhin betriebene Ratespiel; und mit einem Mal empfand sie alles als ungeheuer komisch.

Zefla beobachtete Sharrows Mienenspiel, während sie die Fassade des Gebäudes betrachtete, in dem sich früher das Onomatopöie-Bistro befunden und an dessen Stelle jetzt ein Buchantiquariat seinen Sitz hatte.

Sharrow schüttelte den Kopf.

»Na ja«, sagte sie, besah sich die Münze, die sie in der Hand hielt. »Ich würde sagen, das ist der Beweis.« Sie steckte die Münze wieder in die Tasche. »Es gibt kein Zurück.« Ruckartig wandte sie sich ab und strebte davon.

Zefla widmete dem Firmenschild des Antiquariats einen letzten Blick, dann eilte sie Sharrow nach.

»He, hör mal«, sagte sie, »du mußt die Sache positiv sehen. Wir suchen ein Buch, und was entdecken wir am Schauplatz unserer einstigen Sauferei? Einen Buchladen.« Sie hieb Sharrow auf die Schulter. »Eigentlich ist darin doch 'n gutes Omen zu sehen.«

Ohne stehenzubleiben, drehte Sharrow das Gesicht Zefla zu. »Zefla«, empfahl sie matt, »es ist besser, du hältst den Mund.«

11

Tiefland

Sie saß am Fenster des Zugs, der sanft dahinschaukelte, und sah die enorme Entraxrln-Landschaft vorbeigleiten; die überall mit in den Lüften verflochtenen, seilrunden Luftwurzeln durchwirkte, riesige Ausdehnung der Pflanze und die gewaltigen Maße der verdrehten, wie Orgelpfeifen aufgereihten Korbblüterstämme flößten Sharrow das Gefühl ein, kleiner als eine Spielzeugpuppe zu sein; ein Figürchen in einer Modelleisenbahn, die auf dem Boden eines stillen, dunklen, ewig weiten Walds fuhr.

Hier erregte Entraxrln einen viel geheimnisvolleren, fremdartigeren Eindruck als in Malishu, sagte sie sich, schien auf einer gänzlich anderen Daseinsebene als die Menschen zu existieren, von ihnen durch die titanische, erdrückende Langsamkeit ihres unerschütterlich geduldigen Metabolismus für immer getrennt zu bleiben.

Stundenlang hatte Sharrow ohne Unterbrechung an diesem Fenster das gemächliche Vorüberziehen Entraxrlns mitangesehen; sie hatte ferne Wolken und leichte Gewitterstürme beobachtet, Herden von Trampelhufern, die über auf dem Untergrund ausgebreitete Membranen stampften, und Blähbalgwirte, an denen Schwärme von Lotsenschwalben hingen, die durch die höheren Gefilde kreisten; weit oben an Membranen dunkle Flecken erspäht: Flugaffenhorden; und mit einiger Skepsis, weil sie wußte, daß sie in Kürze auf einem gezähmten Exemplar dieser anscheinend recht unbeholfenen Tierart reiten sollte, Herden wilder Jemer nachgeschaut, die in ihrem sonderbaren, steifbeinigen Galopp durch freies Gelände stoben, und einmal war ihr ein einzelner, großer Stom aufgefallen, der mit seiner Schwarzfärbung, obwohl nahezu nur als Punkt erkennbar, während er in der Höhe über dem Gewucher des Lianen- und Wurzelgewirrs schwebte, ein Gefühl des Räuberischen vermittelte.

Zefla saß Sharrow gegenüber, einen Ellbogen auf dem Rahmen des offenen Fensters, den Kopf in die Hand gestützt. Lauer Wind wehte herein und zauste ihr die blonden Haare. In der anderen Hand hatte sie einen MiniMonitor. Im Rhythmus des Waggons, der knarrte und schaukelte, schwankte ihr Kopf sachte von Seite zu Seite.

Mit einem Quietschen öffnete jemand die Tür des Abteils, und Cenuij blickte herein.

»Willkommen im Nirgendwo«, sagte er und schmunzelte. »Gerade haben wir den Kommunikationsnetz-Sendebereich verlassen.« Er zog den Kopf zurück und schloß die Tür von außen.

Zefla wirkte etwas verblüfft, dann las sie den Roman weiter. Sharrow suchte ihr kleines EinmalFon heraus. Probeweise drückte sie ein paar Tasten; schließlich hob sie die Schultern und steckte es zurück ins Handtäschchen.

Sie sah auf die Uhr. Noch vier Stunden lang mußten sie mit diesem Zug fahren, dann einen vollen Tag mit einem Anschlußzug; und zwei Tage später konnten sie, falls alles planmäßig verlief, in Pharpech eintreffen.

Sie lenkte den Blick wieder zum Fenster hinaus.

»Und das ist die Aussicht an der Rückseite des Schlosses, nach Süden. Nein, nach Norden. Na, eher Nordosten, glaube ich. Ja, ich vermute, Nordosten.« Travapeth reichte das Holobild Zefla, die es anschaute und sich abermals ein Lächeln abrang.

»Zauberhaft«, kommentierte sie, schob die Aufnahme über den Konferenztisch Sharrow zu, die sie kaum beachtete.

»Hmm-mm«, brummte Sharrow, unterdrückte ein Gähnen. Sie gab das Bild Cenuij, der sich neben ihr an dem runden Tisch fläzte. Er warf einen Blick darauf. Seine Miene spiegelte mürrische Ablehnung. Er betrachtete das Holo, als könnte er sich nicht entschieden, ob er es zerreißen, anspucken oder verbrennen sollte. Zuletzt legte er es umgedreht auf einen hohen Stapel anderer Aufnahmen, der sich schon auf dem Tisch angehäuft hatte.

Sie hatten ein kleines Büro in einem modernen Häuserblock des Stadtzentrums gemietet. Travapeth war an zwei Tagen hintereinander dort erschienen, gekleidet in eine alte, verschmuddelte Gelehrtenrobe, die wahrscheinlich einmal dunkelbraun gewesen war, hatte bei jedem Besuch beachtliche Mengen Entraxrln-Wein getrunken und in aller Länge – und allmählich wachsender Lautstärke – über sämtliche und jede Eigentümlichkeiten des Königreichs Pharpech referiert, nach denen zu fragen Zefla, Sharrow oder Cenuij überhaupt nur in den Sinn kam.

Unterdessen forschten Miz und Dloan weiterhin nach allen etwaigen Informationen, die sich in Datenbanken und Publikationen über das Köngreich ausfindig machen ließen; nebenbei beendeten sie die Reisevorbereitungen.

Zefla und Sharrow waren besorgt gewesen, Cenuij könnte an Travapeths bombastischem Gehabe Anstoß nehmen; bei Cenuij mochte die Sache so oder so ausgehen, wenn ihm Leute begegneten, die von sich eine so hohe Meinung hatten, wie auch er selbst sie nur von sich hegte. Darum warteten sie, bis er sich in ausnehmend guter Laune befand, ehe sie die beiden Männer einander vorstellten. Diese Vorsicht hatte sich bewährt; anscheinend war der alte Gelehrte Cenuij beinahe sympathisch. Heute allerdings hatte Travapeth nach dem

Mittagessen im Séparée eines benachbarten Restaurants darauf bestanden, ihnen die 2D- und Holofotografien zu zeigen, die von seinen Aufenthalten im Königreich Pharpech stammten, und zwar angefangen bei seinem ersten Besuch als Student vor fünf Jahrzehnten bis zur letzten Stippvisite vor fünf Jahren.

»Ach, sieh an«, rief Travapeth. Er holte einen weiteren Karton voller Fotos vom Fußboden, knallte ihn auf den Tisch und kramte darin. »Also, diese Bilder sind besonders interessant«, versicherte er, warf ein dickes Bündel Abzüge auf den polierten Borkentisch. Staub wirbelte aus den Holos. Sharrow stöhnte. Entsetzten Gesichts schielte Cenuij unter den Tisch, um nachzuschauen, wie viele Kartons Travapeth da noch in petto hatte.

»Diese Aufnahmen sind zwanzig Jahre alt«, erklärte Travapeth, griff sich aus der Schale auf dem Tisch eine Blasenbirne.

Etwas winzigkleines Rotes wand sich aus einem Loch im Boden des Kartons hervor, in dem die Bilder verwahrt gelegen hatten, und lief auf acht Beinen schnell zur Tischkante. Travapeth drosch die Blasenbirne auf das Insekt. »Ich habe die Fotos«, sagte er unterdessen, »anläßlich der Krönung Seiner Majestät aufgenommen.«

Zefla starrte die Hand des alten Gelehrten an, der die Frucht hin- und herrollte, um sicherzugehen, daß er das Insekt vollkommen plattwalzte.

»Wie ich schon erwähnt habe«, schwafelte Travapeth, indem er sich zerstreut die rot befleckte Hand an einem andersfarbigen Klecks abwischte, der wohl schon seit längerem in Schenkelhöhe seine Robe verdreckte, »war ich persönlich zur Krönung Seiner Majestät eingeladen.« Er putzte die Blasenbirne an demselben Fleck, an den er die Überreste des Insekts geschmiert hatte, dann biß er hinein, setzte trotz gelblichen Fruchtfleischs im Mund seine Erläuterungen fort und fuchtelte mit der triefnassen Frucht. »Wenn üch müch rüchtüg entsünn, is das erste Büld 'n Schnappschüß der Ürdlichkeit ...«

Sharrow steckte eine Hand unter die Achselhöhle und hob die andere Hand an die Stirn.

»Zauberhaft«, sagte Zefla, gab das Bild an Sharrow weiter. Es war klebrig. Sharrow drängte es Cenuij auf.

»Aha, hier«, nuschelte Travapeth und schluckte endlich. »Die Aufnahme ist auch vom Krönungstag, sie zeigt die Zeremonie, die stattfindet, wenn man das Heilige Buch aus dem Geweihten Gewölbe holt.«

Sharrow hob den Kopf.

»Das Heilige Buch?« wiederholte Zefla frohgestimmt und nahm aus der hageren, mit Altersflecken gesprenkelten Klaue des Gelehrten das nächste Foto entgegen.

»Ja«, antwortete Travapeth, betrachtete das Holo mit gefurchter Miene. »Wenn der Monarch in der Kathedrale auf dem Thron gekrönt wird, muß er auf dem Buch sitzen.« Mit scheelem Feixen reichte er den Abzug Zefla. »Und zwar mit bloßem Gesäß, muß ich aus Wahrheitsliebe klarstellen«, ergänzte er seine Schilderung. »Der Monarch muß seinen nackten Allerwertesten auf den Ledereinband der Schwarte pflanzen.« Er biß ein zweites Mal in die Frucht und lächelte während des Kauens Zefla zu.

»Faszinierend«, sagte Zefla, besah sich die Fotografie dieses Mal genauer und händigte sie Sharrow aus. Auch Sharrow sah sie sich diesmal aufmerksamer an. Sie spürte, daß Cenuij neben ihr jetzt mit einer gewissen Spannung auf das Bild wartete.

Das etwas unscharfe Holo zeigte eine Schar farbenfreudig gekleideter Männer, die jedoch sehr ernst dreinblickten und die Tragestangen einer offenen Sänfte umklammerten, in der auf einem weißen Kissen ein hellbrauner Gegenstand lag, der von weitem einige Ähnlichkeit mit einem alten Aktenmäppchen aufwies. Im Hintergrund, am Ende des Marktplatzes der kleinen Stadt, ragten die inzwischen von einer Vielzahl anderer

Bilder bekannten Umrisse des baufälligen Pharpecher Schlosses empor. Ruckartig kippte Sharrow das Holo nach den Seiten sowie auf- und abwärts, doch auch aus anderen Blickwinkeln ließ sich der Wiedergabe des in der Sänfte beförderten Buchs nichts an zusätzlichen Erkenntnisse abgewinnen.

»Was ist das denn für eine Art von Heiligem Buch?« erkundigte sich Sharrow. »Was steht darin Heiliges?« Sie täuschte vor, ein weiteres Gähnen unterdrücken zu müssen, lächelte dabei Travapeth verlegen zu. Cenuij sah sich das Holofoto gut an, nachdem er es von Sharrow erhalten hatte, dann legte er es auf den Tisch und schrieb etwas in seinen HandCompu.

»Ich muß gestehen, meine Liebe, daß ich es nicht weiß«, räumte Travapeth mißmutig ein. Er biß zum drittenmal in die Frucht. »Ürgendein üraltes Werk, das 'n Geschünk …« – er schluckte – »… des Ladyr-Kaisers an den ersten der Nutzlosen Könige gewesen sein soll.« Erneut fuchtelte Travapeth mit dem feuchten Rest der Blasenbirne herum. Zefla fuhr zurück, dann wischte sie sich gelassen das Auge trocken. »Natürlich habe ich Seiner Majestät angeboten, für ihn eine Expertise des Buchs anzufertigen, um Inhalt, Herkunft und Bedeutung zu bestimmen, aber in diesem Fall ist mir ungewöhnlicherweise die Einsichtnahme verweigert worden.« Travapeth zuckte mit den Schultern. »Ich weiß nur, daß es ein versiegeltes Buch ist, es hat einen Umschlag aus Edelmetall, vermutlich Silber. Es ist ungefähr so dick wie Ihre Hand breit ist, so hoch wie Ihr Unterarm lang und etwa achtundzwanzigeinhalb Zentimeter breit.«

Cenuij lehnte sich in den Stuhl, seine Finger trommelten auf dem Tisch. Sharrow bemühte sich insgeheim um Einschätzung der Situation, um Abwägung der Frage, wieviel Interesse sie an dem Buch zu zeigen wagen durften. Zuwenig mochte so verdächtig sein wie zuviel.

Travapeth grub die Zähne in den Kern der Blasenbirne, verzog das Gesicht und spuckte ein paar Samenkörner in den Karton, dem er die Holobilder entnommen hatte. »Das Buch ist niemals aufgeschlagen worden«, sagte er. »Wie Gerüchte besagen, soll es durch eine Falle gesichert sein, aber fest steht, es hat ein Vorhängeschloß, zu dem *natürlich* kein Schlüssel vorhanden ist. Ich hätte zumindest den Titel feststellen können, wäre der alte König nicht auf die Idee gekommen, es neu – oder besser gesagt, zusätzlich – in die Haut eines revolutionären Bauernführers binden zu lassen, den man einige Jahre, bevor ich das Königreich zum erstenmal bereist habe, hingerichtet hatte.« Travapeth stieß einen Seufzer aus.

»Eine sehr bunte Zeremonie, diese Krönung, nicht wahr?« meinte Zefla, kehrte sich Sharrow und Cenuij zu, klopfte mit dem Oberende ihres HandCompu-Stifts auf den Tisch. Sharrow nickte. *So ist es recht,* dachte sie, als Zefla sich unverzüglich wieder an Travapeth wandte, der soeben mit dem Kern der Blasenbirne auf den Papierkorb des Büros zielte, der in einer Ecke am Fenster stand. Er schleuderte den Kern, der mit einem zähen *Watsch* an die Wand klatschte und hinter dem Papierkorb auf den Fußboden fiel. Travapeth schüttelte den Kopf.

»Solche Aufnahmen würden sich im Film sehr gut machen«, sagte Zefla zu ihm. Ihr Blick streifte Sharrow und Cenuij. »Etwas wie ein solches Zeremoniell hätte ich einfach *zu gern* aufgezeichnet«, sagte sie. (Gleichzeitig nickten Sharrow und Cenuij.) »Es ist so ethnisch-exotisch«, beteuerte sie Travapeth, die Hände vor sich ausgestreckt, als trüge sie zwei große, unsichtbare Kugeln. »So … so *authentisch.*«

Travapeth schnitt eine Klugscheißermiene.

»Ich nehme an«, fragte Zefla, »der gegenwärtige König denkt nicht zufällig an Rücktritt oder so was, wie?«

Travapeth säuberte sich beide Hände am Brustteil seiner Gelehrtenrobe und schüttelte den Kopf. »Ich bezweifle es, liebes Kind. Der Großvater des jetzigen Königs ist abgetreten, er hat sich in ein Kloster zurückgezogen, um ein Leben in weihevoller Abgeschiedenheit zu führen. König Tard dagegen … Ich möchte mich so ausdrücken … Er ist kein Mensch mit einem Faible fürs Religiöse.« Travapeth runzelte die Stirn. »Natürlich glaubt er an den lokalen Gott, aber ich bin der Auffassung, es ist keineswegs falsch zu behaupten, daß er die religiösen Pflichten nicht aus Hingabe, sondern eindeutig nur beiläufig befolgt.«

»Feiern sie dort keine Jubiläen oder …?« wollte Zefla erfahren, doch Travapeths Dröhnstimme übertönte sie.

»Tatsächlich sind jedoch plötzliche Bekehrungen zu außerordentlicher Frömmigkeit in der gegenwärtigen Königsfamilie durchaus vorgekommen, meistens als Folge traumatischer Erlebnisse seitens der betreffenden Adelsperson, beispielsweise Teilnahme an einem fehlgeschlagenen Putsch, Entdeckung in intimer Gesellschaft einer fremden Gattin, Ernennung zum General einer Armee, deren Aufgabe es sein soll, im Tiefland Revolutionäre und Guerillas zu bekämpfen, dergleichen eben. Daß ein Monarch in einen religiösen Orden eintritt, ist dagegen eher eine Seltenheit. Häufiger sterben sie in den Sielen.« Travapeths Brauen schwuppten hoch. »Buchstäblich geschah das mit dem Großvater des jetzigen Königs, der sich aufgrund unglücklicher Umstände selber strangulierte, während er in *sehr* ungewöhnlicher Position in einem Geschirr an der Decke eines Hauses von sittlich nicht ganz makelloser Reputation baumelte.« Der alte Gelehrte gab eine Art knurrendes Gelächter von sich und schnitt höchst dubiose Grimassen in Zeflas Richtung, während sie einen langen Zug Entraxrln-Wein trank und damit vor dem Schlucken gurgelte.

»Tja«, sagte sie, »aber vielleicht können wir irgendein

anderes Ritual filmen … Falls wir überhaupt eine Drehgenehmigung erhalten.«

»Sicherlich«, meinte Travapeth und rüplste. »In Betracht käme die jährliche Umweihung der Kathedrale, die Segensspendung vor Beginn der alljährlichen Flugaffenjagd, ein ziemlich prunkvolles Spektakel, und die Jagd selbst ist auch aufregend … Nun je, es wird ›Jagd‹ genannt, eigentlich ist es aber mehr so etwas wie ein Arenakampf. Dann finden zu Neujahr eine Massenhinrichtung und das Festival der Schuldnerauspeitschung statt … Ferner werden regelmäßig die Geburt eines neuen königlichen Sprößlings oder der Erwerb eines Stücks moderner Technik durch den König gefeiert.«

»Ach ja, diese moderne Technik, die der König gelegentlich kauft«, knüpfte Zefla an die Auskunft an, pochte wieder mit dem Stift auf die Tischplatte. »Sie hat symbolischen Wert, vermute ich?«

Travapeth schüttelte den Kopf. »Nicht einmal das, meine Liebe. Sie wird nur gekauft, um jeden monetären Überschuß abzuleiten, den die Wirtschaft des Königreichs erarbeitet. Dieses … äh … scheinbar unsinnige Verfahren hat den Zweck, die Stabilität des Königreichs zu garantieren, indem umverteilungsfähige Anteile des Bruttosozialprodukts zentral aus dem Land abgeführt werden, die andernfalls Fortschritt begünstigen und dadurch Unwägbarkeiten auslösen könnten. Genau das ist der Grund, weshalb Pharpech als Hof der Nutzlosen Könige bekannt ist.« Travapeth furchte die Stirn und gestikulierte fahrig. »Für unsere Begriffe mag das ein reichlich exzentrischer Regierungsstil sein, allerdings bin ich der Überzeugung, wir müssen das Recht der Pharpecher auf Autonomie respektieren, und keinesfalls läßt sich leugnen, daß die Methode funktioniert. Seit fast achthundert Jahren ist in Pharpech nicht die Spur irgendeines Fortschritts erzielt worden. Auf seine Weise ist das eine höchst bemerkenswerte Leistung.«

Cenuij stieß einen nahezu unhörbaren Laut aus und kritzelte einen Vermerk in seinen HandCompu.

»Natürlich kann man auch diese Praktiken übertreiben.« Travapeth seufzte. »Ich war gerade im Königreich anwesend, als Seine Majestät, ich meine den momentanen König, sein Radioteleskop geliefert erhielt.«

»Ich dachte«, meldete sich Cenuij zu Wort, »dort gäb's keinen Funk.«

»Gibt's auch nicht«, bestätigte Travapeth. »Außerdem fehlt es im Umkreis Hunderter von Kilometern an einer Entraxrln-Lücke. Aber Sie mißverstehen den Sinn des Einkaufs, mein Lieber. Das Teleskop ist keinesfalls zu zweckgerechter Verwendung erworben worden, im ganzen Königreich hat's niemanden, der es bedienen könnte, ganz davon zu schweigen, daß keine Elektrizität vorhanden ist. Wie ich schon erwähnt habe, ist moderne Technik in Pharpech – mit teilweisen Ausnahmen für die Bewaffnung der Königlichen Leibgarde und der Armee – streng verboten.«

Auf einmal wirkte der alte Gelehrte regelrecht kummervoll und senkte ein wenig die Stimme. »Sogar meine bescheidene Kamera ist diesem Gesetz zum Opfer gefallen, weil während meines letzten Besuchs in Pharpech der König bedauerlicherweise beim jährlichen Stadtstraßenrennen von seinem Reittier abgeworfen wurde und ich davon Schnappschüsse gemacht hatte ...« Travapeth riß sich zusammen, straffte seine Haltung und steigerte von neuem die Lautstärke. »Nein, der König hat das Teleskop ausschließlich deshalb gekauft, weil es genau die Summe kostete, die sein Schatzmeister zum Ausgeben verfügbar hatte, und weil's keinerlei Nutzen erbrachte. Allerdings hatte ich den Eindruck, er fand eine Zeitlang daran Spaß, im Parabolspiegel zu sitzen, was zwar gegen den Buchstaben, aber nicht gegen den Geist des Nutzlosigkeitsdogmas verstieß ... Aber nein ...« Nun setzte Travapeth eine beinahe böse Miene auf. »Meine eigentliche Kritik betrifft den Standort, den der König für das Teleskop bestimmte, nämlich die Stadtbibliothek. Er hat die Bibliothek einreißen und sämtliche Bücher verbrennen lassen.« Er schüttelte den Kopf. »Ein schändliches Betragen«, murmelte er ins Weinglas.

Sharrow musterte ihn, dann krakelte sie, nur um überhaupt irgend etwas zu tun, einen kurzen Satz in ihren HandCompu. *Ach du Scheiße,* dachte sie.

Zefla schüttelte auch den Kopf, äußerte Laute höflicher Entrüstung.

Cenuij war an seinem Platz erstarrt. »*Sämtliche* Bücher?« fragte er mit heiserer Stimme. »Verbrannt?«

Travapeth hob, die Brauen gewölbt, den Blick. »Leider ja«, sagte er, nickte traurig. »Sie sind im Kellergewölbe des Schlosses in den Heizofen geschaufelt worden, und die ganze Stadt war daraufhin mit Asche und halbverkohlten Blättern übersät.« Der ältliche Gelehrte wackelte mit dem Kopf. »Eine wahre Tragödie.«

»Schlimm, schlimm, schlimm«, sagte Zefla.

»Am meisten natürlich für die Einwohner der Stadt«, stellte Travapeth klar. »Wie gesagt, in Pharpech regnet es sehr selten, und die Dachsteuer verleitet die Leute dahin, das oberste Geschoß des Hauses dachfrei zu bauen, deshalb hat all die Asche eine unglaubliche Sauerei angerichtet.«

»Sind auch wertvolle Bücher vernichtet worden?« hakte Cenuij nach. Er zwang sich zu einem knappen Lächeln. »Man könnte mich als Sammler antiquarischer Bücher bezeichnen, ich befasse mich damit in meiner Freizeit, und für mich ist die Vorstellung gräßlich, daß ...«

»Offen gestanden, ich bezweifle es«, antwortete Travapeth, nickte Zefla zu, die seinem Glas Wein nachfüllte. »Danke, liebes Kind.« Sein Blick fiel auf Cenuij. »Pharpech ist für Bibliophile eine Art von Wüstenei, mein Lieber. Zunächst einmal existiert gar keine literarische Tradition, und sowieso sind lediglich ein paar hohe Würdenträger des Königreichs, einige Lehrer der Königsfamilie sowie ab und zu der Monarch selbst des Lesens kundig. Aber wie sich unter diesen Umständen erraten läßt, gibt es eine reichhaltige mündliche Überlieferung. Aber ich kann Sie beruhigen, mein Wertester, nein, die Bibliothek war nichts als ein Produkt der Nutzlosigkeitsideologie, man hatte sie vor mehreren hundert Jahren hier in Malishu auf einer Auktion ersteigert, vorher war sie Eigentum einer verarmten Aristokratenfamilie gewesen. Alle seltenen, kostbaren Bücher waren schon vorher einzeln verkauft worden. Was der König damals verbrannt hat, war also bloß die Standardsammlung an Klassikern, die von den meisten Aristokraten meterweise angeschafft und dort als teurer Staubfänger in die Bücherschränke gestopft wird. Der Erwerb nach dem Kriterium der Nutzlosigkeit war folglich so etwas wie ein Fall von Realsatire gewesen. Ich bezweifle sehr, daß die Literatur des Sonnensystems durch diese vandalistische Bücherverbrennung unwiederbringliche Werke verloren hat. Aber es geht ja wohl ums *Prinzip,* mein Teurer, zum Donnerwetter noch mal!« Travapeth knallte das Trinkgefäß auf den Tisch, so daß Wein auf die Holos und vor ihm auf die Tischplatte schwappte.

»Ich bin vollkommen Ihrer Meinung«, versicherte Cenuij. Er schrieb sich eine weitere Notiz.

»Infolge dessen ist das einzige Buch, das noch im ganzen Schloß vorhanden ist«, erklärte Travapeth, indem er mit dem Ärmel der Gelehrtenrobe einen Weinfleck auftupfte, »wahrscheinlich die Schwarte, auf der bei der Krönung der Monarch sitzen muß. Aber *was* für ein Buch es ist, weiß ich nicht.«

»Hmm«, brummte Sharrow, nickte vor sich hin.

»Na schön«, sagte Zefla, legte den Compustift auf den Tisch. »Erzählen Sie mir doch lieber noch etwas über diese verschiedenen Festivitäten, Ivexton. Welches

Fest ist denn nun eigentlich das lebendigste, das *farbenfreudigste* ...?«

»Na, was hältst du davon?« fragte Sharrow.

Cenuij zuckte die Achseln und streute sich Würze ins Bier. »Kann sein«, meinte er, »es ist das, was wir suchen.«

Zu fünft saßen sie im Séparée eines Cafés in der Nähe des gemieteten Büros. Mittlerweile hatten Miz und Dloan den weiteren Verlauf der Reise organisiert; er sah die Benutzung eines Flugboots von Malishu nach Langenstrand, eine Fahrt mit der Express-Magnetbahn bis Hoffnungsleben sowie mit zwei Bummelzügen in eine kleine Siedlung im Grenzland Pharpechs vor, wo man Führer anwerben und Reittiere kaufen konnte. Flug- und Bahnkarten hatten sie allerdings noch nicht besorgt.

»Ich dachte immer, das Buch wäre schon seit längerer Zeit verschollen als den achthundert Jahren, die seit der Ladyr-Dynastie verstrichen sind«, bemerkte Miz.

»Je nach dem, wem man glauben will, soll's schon seit zweitausend Jahren unauffindbar sein.« Cenuij nickte. »Aber das heißt nur, es ist so lang her, daß jemand zuletzt *zugegeben* hat, es zu haben. Vielleicht ist's in den Besitz der Ladyrs gelangt, als sie 'ne widerspenstige Vasallenfamilie enteigneten oder 'ne Firma einsackten, die das Schutzgeld nicht flink genug entrichtet hatte, also ist's möglich, es war nie wirklich verschollen. Eventuell wußten sie gar nicht, was sie da hatten, es könnte sein, für sie war's bloß irgendein altes, versiegeltes Buch, das man aufbewahrte, um es vielleicht irgendwann verscherbeln zu können.« Nochmals hob er die Schultern. »Auf alle Fälle hielt man's damals wegen der kaiserfeindlichen Bewegung wohl für 'ne gute Idee, es in 'm Koprolithen wie Pharpech zu verstecken.« Er trank Bier. »Und immerhin hat sie sich bewährt. Niemand hat's entdeckt, obwohl der alte Gorko anscheinend die Nase auf der richtigen Fährte hatte.«

»Also reisen wir hin?« fragte Zefla. Sie saugte an einem Inhalationsschlauch.

»Tja«, sagte Sharrow, »ich wüßte nicht, wie Breyguhn oder sonst jemand anderes die Sache mit Bencil Dornay eingefädelt haben könnte. Der Hinweis, den wir von ihm erhalten haben, war ziemlich eindeutig, und offenbar gibt es in Pharpechs Schloß nur noch ein einziges Buch.« Sie spreizte die Hände. »Ich bin dafür.«

»Zudem kommst du auf dieser Tour den Huhsz nicht in die Quere«, meinte Miz, schwenkte sein Glas Entraxrln-Weinbrand im Kreis. »Habt ihr übrigens die neuesten Nachrichten mitgekriegt? Es hieß, *zwei* schwerbewaffnete Sonderkommandos wären gestern von Golter abgeflogen, eines nach Trontsephori, eines nach hier.«

»Ich weiß, ja«, gab Sharrow zur Antwort. »Offenbar haben wir sie zumindest verwirrt. Sind bei den Rennen in Tile wieder Sieger mit interessanten Namen genannt worden?«

Miz schüttelte den Kopf. »Seit *Totentanz* nicht mehr.«

»Wie steht's um unsere Penunzen?« fragte Zefla, die anscheinend gleichzeitig den Atem anzuhalten und zu sprechen versuchte.

»Noch sind wir flüssig«, teilte Sharrow mit. »Bisher haben wir kaum ein Drittel unserer Finanzen verbraucht. Der einzige Nachteil ist die Bearbeitungszeit, die es uns erschwert, die Buchungswege so zu verwirren, daß sie schwer nachzuvollziehen sind. Aber das dürfte kein Problem sein, solange wir nicht ganz plötzlich eine Riesenmenge Geld haben müssen.«

Miz hielt sein Glas mit dem Entraxrln-Weinbrand ans Licht und betrachtete es mit verdrossener Miene. »Welche Art von Zahlungsmitteln nehmen wir nach Pharpech mit?« wollte er wissen.

»Bargeld, Gold, Diamanten und Modeschmuck«, zählte Sharrow auf.

»Der Weinbrand sieht trüb aus«, sagte Miz, stieß Dloan an und wies mit dem Kinn auf das Glas. »Findest du nicht, daß er trüb ist?«

»An den Grenzwachen vorbeizugelangen, könnte einen Großteil verschlingen«, meinte Sharrow zu Zefla. »Sobald wir erst einmal im Land sind, wird aber wohl alles billiger als Waschwasser sein.«

»Sonst haben sie dort voraussichtlich auch gar nichts zu bieten«, vermutete Cenuij.

»Ich glaube, genau das ist in diesem Glas«, murrte Miz, besah sich mit verkniffenen Augen den Weinbrand. Er hielt es Cenuij vor die Nase. »Sieht das Zeug für dich auch trüb aus?«

»Berücksichtigen wir, was wir an Ausrüstung einführen dürfen«, sagte Sharrow, »müssen wir uns ein bißchen zurückhalten. »Offenbar hängt alles davon ab, in welcher Laune wir die Grenzwächter antreffen.«

»Gibt's keinen anderen Zugang?« erkundigte sich Miz und schnupperte am Weinbrand. »Mir ist aufgefallen, daß wir alles furchtbar *spießig* handhaben. Ich meine, heute stand ich doch wahrhaftig in einem Reisebüro und quatschte mit so einem Angestelltentyp über Reiseversicherungen. Also wirklich, *Reiseversicherungen!* Ist es inzwischen so weit mit uns gekommen?« Ein zweites Mal hielt er den Entraxrln-Weinbrand gegen das Licht, dann senkte er das Glas bis in Sharrows Augenhöhe. »Trüb oder nicht, was sagst du?« fragte er sie.

»Es sind eine ganze Anzahl anderer Wege ins Königreich denkbar«, sagte Sharrow, schob Miz' Glas beiseite. »Nur sind sie ausnahmslos umständlicher, zu gefährlich und muten uns zu, große Entfernungen zu Fuß oder per Reittier in der Gesellschaft von Leuten zurückzulegen, die zu Erwerbszwecken Menschen verschleppen oder ausrauben. Im Vergleich zu ihnen klingt die Schilderung der Grenzwärtersitten geradezu nach einem Kindergarten.«

»Trotzdem bin ich der Ansicht«, widersprach Miz,

der unvermindert mit finsterer Miene das Weinbrandglas betrachtete, »daß ein tüchtiger Pilot einen Hubschrauber oder einen Senkrechtstarter ohne weiteres durch …«

»Na, dann such doch *du* uns auf Miykenns so eine Maschine«, unterbrach ihn Sharrow. »Flugboot oder gar kein Flug. So liegt der Fall.«

»Jawohl, Miz, so ist es.« Cenuij lächelte. »Ich glaube, man kann feststellen, daß in der Geschichte Miykenns schon viele Leute so wie du gedacht haben. Aus diesem Grund sieht man in der Umgebung Malishus so wenig Membranen und Luftwurzeln, und deshalb gehört zu den bedeutendsten Besichtigungsattraktionen der Stadtrundfahrt der außerordentlich großflächige Pilotenfriedhof.«

Dabei mochte Miz es nicht bewenden lassen. »Ich wette, ich könnte …«

»Was anderes«, warf Zefla rasch ein, drosch die flache Hand auf den Tisch. »Travapeth nehmen wir *nicht* mit.«

»Er könnte nützlich sein«, gab Cenuij zu bedenken.

»Klar«, entgegnete Zefla. »Wie ein Kropf, wenn du schlucken willst.«

»Auf Travapeth verzichten wir«, sagte Sharrow, warf Miz, der soeben aus der Jackentasche ein Taschenlämpchen gezückt hatte und damit in das Glas Entraxrln-Weinbrand leuchtete, einen unmutigen Blick zu.

Zefla seufzte. »Der alte Knabe wird sich fürchterlich aufregen, wenn wir den Dokumentarfilm nicht drehen«, mutmaßte sie. »Er hat schon von einem Bildband gesprochen. Und er könnte das Geld gebrauchen.«

»Er glaubt doch sowieso nicht, daß der Film zustandekommt«, wandte Sharrow ein und furchte die Stirn, als Miz nochmals an dem Getränk schnupperte. »Er hat fünf Riesen dafür eingestrichen«, sagte sie zu Zefla, »daß er herumsitzen und labern, wie ein Gigolo flirten und sich mit Wein und Delikatessen vollfressen durfte. *So* leicht hat er sein Geld noch *nie* verdient.«

Miz stieß ein ärgerliches Grunzen aus und hob das Weinbrandglas ans Ohr. Sachte schnippte er mit einem Ausdruck tiefster Konzentration den Fingernagel gegen den Rand.

»O Mann, nun gib mir das Gesöff«, fuhr Sharrow ihn an. Ehe er Einwände erheben konnte, entwand sie seinen Fingern das Glas, setzte es an die Lippen und leerte es mit einem Zug.

Augenblicklich zeigte ihre Miene heftigsten Widerwillen. Sie drehte sich um und spie den Weinbrand auf die altersdunklen Dielen des Séparées. Mit dem Ärmel wischte sie sich den Mund ab. »Was hast du damit angestellt, hineingepißt?« brauste sie auf. »Das schmeckt ja ekelhaft.«

»Meine Güte, *das* wußte ich längst«, erwiderte Miz verärgert. »Aber war er trüb?« Er betrachtete den Spritzer auf den Dielen. »Diese Frage bleibt nun ungeklärt.«

»Ach, hör mit dem Gequassel auf und hol uns eine neue Flasche«, forderte Sharrow.

»Nicht wenn du bloß alles auf den Fußboden spuckst«, antwortete Miz pikiert, wandte sich auf dem Stuhl zur Seite, schlug die Beine übereinander und verschränkte die Arme.

»Dann hole *ich* uns eine neue Flasche«, sagte Zefla und stand auf.

»Du elende Glucke«, rügte Sharrow.

»Hör mal, Zefla, bitte achte drauf, daß das Zeug nicht trüb ist …«

Über das Entraxrln-Flachland breitete sich frühabendliche, blaurote Düsternis. In dieser Gegend waren die Membranschichten zwar dichter, die Stämme und Stengel dagegen dünner, jedoch zahlreicher; überall sah man verschlungene Luftwurzeln sich schlängeln und Lianen baumeln, behangen mit großen, vom Wind zerfledderten Membranblättern. Man hatte nicht mehr das Gefühl, festen Boden unter den Füßen zu haben; obschon die gewellte Landschaft einer rötlichdunklen Ebene ähnelte, handelte es sich um einen Landstrich, in dem man gewaltige Gruben ausgeschachtet und den man um ein Gewirr artifiziellen Baumaterials ergänzt hatte; manche Schächte mündeten in Stollen, die wiederum in tiefere, finsterere Bereiche in der Tiefe hinabführten, während sich bei anderen der Durchmesser verringerte und sie hin und her verliefen; und überall durch dieses unüberschaubare dreidimensionale Labyrinth zwängten sich dicke Luftwurzeln und Lianen, wanden sich durch die kastanienbraunen Floragespinste wie starke Blutgefässe, die sich auf der Haut eines titanischen, in Schlaf versunkenen Lebewesens abzeichneten.

Der Grenzerhauptmann stand in der Tür des Dienstgebäudes und schaute der Gruppe von Reitern und Lasttieren nach, die auf der Landstraße zur Hauptstadt langsam in der stets dunkleren Abenddämmerung verschwanden.

Ein paarmal paffte der Grenzerhauptmann an seiner Pfeife, umschwallte sich den Kopf mit einer Rauchwolke.

Mit zwei Säcken in den Fäusten stapfte ein Grenzer mühevoll die Stiege zum Grenzerhauptmann herauf.

»Sie geben an, daß sie keine Touristen sind, Hauptmann«, sagte der Grenzer. »Sie nennen sich Reisende.« Er stellte die beiden Säcke seinem Vorgesetzten vor die Füße. »Von ihrer Sekte habe ich noch nie gehört, muß ich gestehen, Hauptmann.« Der Grenzer öffnete die Säcke. »Aber zumindest einer von ihnen ist mönchisch gekleidet, er will Mitglied des Ordens zur Förderung des Guten Buchs sein. Er hat vor, dem König ein paar Bücher zu schenken, Hauptmann. Ich habe ihm verdeutlicht, daß der König nichts von Büchern hält, anscheinend schreckt's ihn aber nicht ab.«

Der Grenzerhauptmann stieß den Fuß gegen die Ausbeute. Flaschen klirrten. Er sah das übliche Sammelsurium von Kameras, mehrere Vergrößerungsgläser, ein ziviles Nachtglas und etwas Bargeld.

»Zwei waren Damen, Hauptmann, verschleierte Damen. Unsere Steckbriefe unerwünschter Personen haben auf niemanden in der Gruppe gepaßt. Die Führer kennen wir, alles anständige Kerle.«

Die Stiefel des Grenzerhauptmanns knarrten, als er in die Hocke ging. Mit dem Pfeifenstiel berührte er einen Apparat rätselhaften Aussehens. Musik dudelte aus dem Gerät. Er hielt die Pfeife ein zweites Mal daran, und die Musik verstummte. Er nahm den Apparat an sich und steckte ihn unter die Jacke.

»Sie sind wirklich großzügig gewesen, Hauptmann, das muß man anerkennen. Selbstverständlich habe ich alles mitgebracht.«

Der Grenzerhauptmann griff in den einen Sack und holte eine Flasche heraus, schob sich die Pfeife zurück in den Mund, während er den Entraxrln-Weinbrand in der Hand wog.

»O je, den würde ich nicht anrühren, Hauptmann. Sieht 'n bißchen trüb aus, wenn Sie mich fragen.«

Sharrow erwachte mitten in der Nacht. Ihr tat der Rücken weh. Im Zimmer herrschte tiefe Dunkelheit, das Bett machte einen merkwürdigen Eindruck, und die Umgebung roch sonderbar. Sie war nicht allein im Zimmer: nahebei atmete jemand. Ein gezackter, blaugrauer Blitz zuckte, warf ihr ein verworrenes Abbild des Zimmers auf die Augen. Da erinnerte sie sich. Sie wohnten auf dem Platz vor dem Schloß in einem Gasthaus mit dem Namen Zum Gebrochenen Genick, den sie nach dem langen Ritt auf den zänkischen und übelriechenden Jemern mit ihrem Schaukelgang sowie zwei Übernachtungen in rustikalen Gemeinschaftsherbergen des finstersten Flachlands trotzdem wie einen paradiesischen Zufluchtsort empfunden hatten. Cenuij hatte sich im Klosterhospiz einquartiert, während die übrigen Teammitglieder die beiden besten Zimmer des Gasthofs belegten, in dem man gehörig scharfes Essen und starken Wein servierte, bei dem Sharrow am Tisch eingeschlafen und von Zefla ins Bett geschafft worden war; niemand anderes als Zefla schlief in dem anderen, klotzigen Bett des Zimmers.

Natürlich, dachte Sharrow, während die Helligkeit eines zweiten Blitzschlags durchs Fenster hereinflammte, und beruhigte sich.

Ich bin in Pharpech.

Sie stieg aus dem wuchtigen, durchgelegenen, mit mehreren Lagen rauher Decken versehenen und zwei etwas leichteren Laken bezogenen Bett, das laut knirschte, wartete den nächsten Blitz ab und schlich, sobald sie sich die räumlichen Verhältnisse des Zimmers eingeprägt hatte, zu den hohen Fenstern. Ein Balkon war vorhanden. Bei der anfänglichen Besichtigung des Zimmers hatte Sharrow den Eindruck gehabt, daß er nicht allzu sicher aussah, doch jetzt war sie ihm zu trauen bereit. Leise quietschte die Balkontür, als sie sie öffnete. Sharrow betrat den Balkon, lehnte die Tür an und tappte längs der mit Borke verschalten Hauswand zum aus Lianen geflochtenen Geländer.

Die Dunkelheit draußen flößte ihr ein Schwindelgefühl ein. Sie konnte spüren, auf gewisse Weise sogar hören, daß sie sich im Freien befand, doch es gab nirgendwo Licht; nicht am Himmel, an dem die Entraxrln-Membranen jede Helligkeit fernhielten, und auch in dem Ort – Pharpech als Stadt zu bezeichnen, dazu konnte sie sich nicht überwinden – ließ sich nirgends ein Schimmer erspähen. Ihre Finger tasteten nach der zierlichen Brüstung und fanden, faßten sie. Es ist, dachte sie, als wäre ich blind.

Die Luft war etwas kühler als vorher; Sharrow trug ein sehr züchtiges Nachthemd und fühlte den Wind nur am Hals und an den Fußknöcheln. Still stand sie da, voller Furcht vor dem Balkon und einem drei Geschosse tiefen Sturz hinab in die Gasse, und wartete auf einen weiteren Blitz.

Ein neuer Blitz flammte auf: in beträchtlicher Ferne, anscheinend halb über, halb unter den höheren Membranen. Das Aufleuchten erhellte einen Teil der vier oder fünf Kilometer breiten Lichtung rund um Pharpech sowie die umstehenden Entraxrln-Stämme. Die Ortschaft glich einer Ansammlung nur halb unterscheidbarer geometrischer Umrisse, die sich vor dem Balkon in die Weite erstreckten.

Und etwas anderes hatte sie bemerkt, rechts halb im Augenwinkel wahrgenommen, auf gleicher Höhe wie sie und nur ein paar Meter entfernt. Eine Gestalt; einen Menschen. Sharrows Herz wummerte.

»Sharrow?« hörte sie Miz in unsicherem Ton flüstern.

Sie lächelte in die Dunkelheit. »Nein«, wisperte sie. »Ysul.«

»Ach ja.« Miz hüstelte unterdrückt. »Stößt dir auch das Essen auf?«

»Nein«, raunte Sharrow, hätte am liebsten gelacht. »Die Blitze haben mich geweckt.«

»Ach.«

Sie schaute zu ihm hinüber, versuchte ihn zu erkennen. Nach einem Weilchen flackerte abermals ein Blitz. Miz stand ihr zugewandt, beobachtete sie auf die gleiche Weise wie sie ihn. Sie verbiß sich ein Kichern. »Du hast wohl deinen Nachttrunk vergessen, was?«

»Hör mal«, sagte er, »die Balkone sind gar nicht so weit auseinander.« Im Dunkeln klang sein Flüstern nah. »Bestimmt könnte ich zu dir hinübersteigen.« Er redete in so unschuldig-heiterem Ton daher wie ein Schuljunge.

»Laß das bloß sein«, zischelte Sharrow. Sie glaubte ihn sich bewegen hören zu können: Haut auf dünner, hitzebehandelter Liane.

Angestrengt starrte sie hinüber zu der Stelle, wo er nach ihrem Empfinden stehen mußte, als könnte sie die Augen durch schiere Willenskraft zum Sehen zwingen. Dann schaute sie vorsätzlich fort und hoffte, ihn in den Augenwinkeln zu erkennen. Aber sie sah ihn nicht.

»Miz!« fauchte sie. »Nicht! Du bringst dich um. Wir sind im dritten Sto …«

Erneut loderte ein Blitz, und da sah sie Miz außerhalb seines Balkongeländers stehen, sich mit einer Faust daran festhalten und die andere Hand in die Richtung ihres Balkons ausstrecken. Die flüchtige Helligkeit genügte, um Sharrow einen Blick in Miz' Miene zu ermöglichen: sie spiegelte Eifer, Mutwillen und Frohsinn. Im nächsten Moment, als das bläuliche Lohen erlosch, hörte sie seinen Atem, als er einen Satz vollführte, spürte die dadurch verursachte Aufwühlung der Luft. Sie sprang vor, grapschte nach ihm, umschlang ihn mit den Armen.

»Irrer!« zischte sie ihm ins Ohr.

Er lachte halblaut, schwang sich über die Brüstung und drückte Sharrow an sich.

»Ist das nicht romantisch?« Er seufzte, als wäre er überglücklich. Er roch in angenehmer Weise nach Männerschweiß, nach Qualm und – ganz geringfügig – irgendeinem Hautöl.

»Geh in dein Zimmer zurück«, forderte Sharrow ihn auf, widerstrebte seiner Umarmung. »Und zwar durch die Tür.«

Sinnlich rieb er sich an ihr, drängte sie rücklings an die Borkenverkleidung der Hauswand; er küßte ihren Hals, strich mit den Händen an ihren Seiten bis zu den Schenkeln und dem Gesäß hinab. »Mmm, wie *gut* du dich anfühlst.«

»Miz«, sagte Sharrow im Tonfall einer Rüge, schob seine Arme von sich, umfaßte seine Handgelenke. Er stieß einen Klagelaut aus und leckte an ihrem Hals.

Dann befreite er sich aus ihrem Griff, nahm ihr Gesicht in die Hände und küßte sie.

Für kurze Zeit duldete sie es, ließ seine Zunge ihren Mund erkunden, doch schließlich (weil sie wieder, ohne es zu wollen, die geblähten Gardinen und die steinerne Balkonbrüstung eines anderen Hotelzimmers vor sich sah, Lichtminuten und acht Jahre fern, Miz' Gesicht, schön und ekstatisch, hell im abgehackten Pulsieren des Lichts, das über Lip City den Glanz der Morgendämmerung überstrahlte) verminderte sie langsam die Kußintensität, hob seine Arme auf ihre Schultern, legte die Arme um ihn, senkte den Kopf an seine Wange und tatschte ihm den Rücken.

Sie fühlte, wie er tief seufzte.

»Was muß ein Bursche heute tun, um dich zu erobern, Sha ... Ysul?« fragte er. Man hörte ihm Kummer und etwas Ratlosigkeit an.

Sie umfing ihn fester, hob die Schultern und schüttelte, sich darüber im klaren, daß er jede Bewegung spüren konnte, den Kopf.

Über ihnen flammte ein neuer Blitz über den Entraxrln-Himmel. Das Unwetter zog näher.

»He«, fragte Miz, »erinnerst du dich noch an unseren Aufenthalt in dem Hotel in Malishu, im Dachgeschoß, an das Feuerwerk und alles, was dort los war?«

Sharrow nickte.

»Da war noch was los, was?« meinte Miz leise.

»Ja«, antwortete Sharrow. »Das kann man wohl sagen.«

Er hielt sie in den Armen, und sie hielt ihn in den Armen. Sharrow blickte dem Gewitter entgegen; noch mehrere Blitze zuckten, und kurz hörte sie sogar ein fernes Donnern. Zu guter Letzt ging in Sharrows Umarmung ein Zittern durch Miz, er küßte ihr die Stirn und ließ von ihr ab. »Am besten gehe ich nun und sehe nach«, sagte er gedämpft, »ob Dloan noch ratzt.«

»Aber durch die Tür«, beharrte Sharrow, faßte ihn

am Arm, um ihn zur Balkontür zu ziehen. Er widersetzte sich, blieb stehen.

»Unmöglich«, erwiderte er. »Unsere Zimmertür ist abgeschlossen. Entweder muß ich auf dem Weg umkehren, den ich eben genommen habe, oder ich schlafe mit dir.«

»Eher auf dem Fußboden«, entgegnete Sharrow.

»Oder mit Zefla«, flüsterte Miz fröhlich. »Ui, oder mit euch *beiden.*«

»Du kannst dich in mein Bett legen«, sagte Sharrow. »*Ich* schlafe bei Zefla.«

»So was hast du schon einmal gebracht«, sagte Miz in wenig überzeugendem Ton des Gekränktseins, »und es hat mich *sehr* verärgert.«

»Nur weil du nicht zusehen durftest.«

»Stimmt«, gestand Miz. »Ändert das was?«

»Kommst du nun herein oder nicht?«

»Nein. Ich nehme den gleichen Weg wie vorhin. Ich kann doch Dloan nicht allein lassen.«

»Miz ...« Aber er hatte schon ein Bein über die Brüstung gehoben; Sharrow spürte wieder Luft im Gesicht, als er auch das zweite Bein übers Geländer schwang. »Du bist wirklich nicht ganz bei Trost«, flüsterte sie. »Sei vorsich ...«

Ein Blitz waberte über den Nachthimmel, und Miz nutzte die Helligkeit zum Sprung; er schnaufte, dann hörte Sharrow wieder das Geräusch seiner Haut auf dem Geländer. »So, schon geschafft«, sagte er leise, als hätte er einen Triumph errungen. »Ist doch ganz leicht.«

»Du bist verrückt, Kuma.«

»Ich hab's nie geleugnet. Aber ich bin auch *äußerst* gelenkig. Gute Nacht, Madame.«

»Gute Nacht, du Irrer.«

Sharrow hörte ihn eine Kußhand geben und sich abwenden. Sie wartete. Einen Moment später ertönten ein dumpfer Rums und nochmals Miz' Stimme. »Autsch!«

Sharrow lächelte ins Dunkel, war sich ganz sicher, daß er nur spaßeshalber, ausschließlich ihretwegen, etwas angestoßen hatte.

Das Blitzezucken setzte sich fort, überschüttete die von Entraxrln umschlossene Gegend Pharpechs mit kurzen Schlägen grellen, monochromen Lichts, das jedesmal schon zu erlöschen schien, bevor es volle Leuchtstärke erlangte, und so, weil es dermaßen flüchtige Momente krassen Kontrasts erzeugte, die Dunkelheit um so tiefer verfinsterte.

12

Schneefall

Einige Monate lang waren sie ein Liebespaar gewesen. sie genossen ihr Glück. Und Malishu feierte wieder, als sie nach dem Parfüm-Festival und ihrer Gondelfahrt durch die lange, dunkle, aromatisierte Ader des Kanals das zweite Mal nach Miykenns kamen; mit einem ausgelassenen Volksfest in historischen Kostümen, gelegentlich sogar preiswerten Leckereien und diversen legalen Rauschmitteln beging die Bevölkerung die 7021. Gründungswoche.

Sie hatten gegessen, getanzt und getrunken, danach eine kurze Kanalfahrt gemacht und sich unterwegs die knalligen Holos angesehen, die über der Stadt in der Luft flimmerten und glimmerten, eine Rekonstruktion der vor sieben Jahrtausenden erfolgten Ankunft der ersten Forscher, Wissenschaftler und Siedler darboten. Danach zeigten die Holos, während Sharrow und Miz Hand in Hand durch die engen Straßen zu ihrem Hotel an dem kahlen Hügel in der Nähe des Städtischen Museums für Kommunikationstechnik zurückschlenderten, einen zusammengefaßten Überblick der Geschichte Miykenns.

Der Schlußteil der Holoschau bestand aus bearbeiteten Aufnahmen erfolgreicher Kampfhandlungen des gegenwärtigen Krieges; die beiden sahen sie sich auf der Schwelle des Hotels an. Dunkelglänzende Geschwader Präventivschlag-InterplanetJabos, beschlagnahmte ehemalige Zivilraumfahrzeuge, schienen in Formation die Stadt zu überfliegen; anschließend zeigte man die Bombardierung der Laserbunker in den

Asteroidenbasen zwischen Phrastesis und Nachtel, Bergarbeiterunruhen auf Nachtels Geist und die Explosion eines FiskusAllianz-Kreuzers. »He, Moment mal«, sagte Miz, während über Malishu die Wiedergabe der Glutwolke, die den Kreuzer verschlungen hatte, allmählich verglomm. »War das nicht der Kreuzer, den *wir* hinter Nachtels Geist erwischt haben?«

Sie sahen innerhalb der Sphäre glühender Trümmer, die zuvor der FiskusAllianz-Kreuzer gewesen waren, Folgedetonationen wie leuchtende Blumen aufflammen. »Doch«, sagte Sharrow, schmiegte sich enger an Miz, schlang sich um ihn. Mit der Hand strich sie übers Brustteil seiner Uniformjacke. »Egal, laß uns aufs Zimmer gehen, hm?« Sie drehte sich um, griff mit der Faust seine Schulter, um ihn zum Hoteleingang mitzuziehen.

»Verdammt«, beschwerte sich Miz, ließ sich herumzerren. »*Wir* haben die Aufnahmen gemacht. Müßten wir nicht Tantiemen oder so was kriegen?«

Ihr Zimmer lag im obersten Stockwerk, ein hoher, großflächiger, mit durchsichtig gewirkten Entraxrln-Membranfasern gedeckter Raum; das von Pfosten und Streben gestützte Dach hing herab wie eine schlaffe Zeltplane.

Sie liebten sich im Sitzen auf dem Fußende des Betts vor einer Spiegelwand, er unter ihr, sie auf seinem Schoß, beide blickten sie in eine Richtung, so daß sie sich im schwachen Lichterschein der Stadt, der durchs transparente Dach eindrang, sehen konnten. Miz schob von hinten die Arme unter Sharrows Arme, packte ihre Schultern, knetete ihr die Brüste, rieb den flachen Bauch, führte eine Hand durch die drahtigen Locken ihres Schamhaars bis hinab zu der feuchten Spalte, dehnte und räkelte sich wohlig unter ihrem Leib, während Sharrow immerzu den Kopf von einer Seite auf die andere warf, Miz küßte, mit den Händen seine Lenden und Schenkel streichelte, seine Hoden reizte, sich gemächlich auf seinem Glied, indem sie die Haltung wechselweise anspannte und lockerte, auf und ab bewegte.

Beide keuchten sie, legten sich ins Zeug, schauten sich bei ihrem Treiben zu, den Blick auf dieselbe Stelle des Spiegels geheftet, beobachteten sich mit einer Art ernsthaft-angestrengter, gleichzeitig jedoch durchaus vollauf lüstern-leidenschaftlichen Konzentration auf den nahen Augenblick des Orgasmus, fühlten ausschließlich sich selbst und den anderen; alle Welt, das ganze Sonnensystem, ja das gesamte Universum schrumpfte auf das Blutpochen und -kochen ihrer Vereinigung zusammen, bei der nichts anderes, niemand anderes, kein Wann und Wo zählten – da fing in der Höhe über ihnen das Feuerwerk an.

Die plötzliche, grelle Helligkeit erschreckte sie beide. Sie verhielten in der Bewegung und starrten mit offenem Mund hinauf ans Membrangewebe. Dann schauten sie, während der Lärm des Feuerwerks ins Hotelzimmer knatterte und donnerte, gleichzeitig zurück in den Spiegel und lachten. Sie fielen rücklings auf das Bett, prusteten unter dem bunten Leuchterscheinungen, die durch das Weichdach hereinschimmerten.

»Das ist ja wohl der schlechteste Zeitpunkt, den man sich denken kann«, japste Sharrow, lachte so wild, daß Miz' Glied aus ihr herausrutschte. »Mist.«

»Ja, im Porno-TV wäre es genau beim *Orgasmus* passiert«, pflichtete Miz bei. Er drehte sich unter Sharrows Leib, und sie wälzte sich von ihm aufs Bett.

An seiner Seite streckte sie sich aus, biß ihn zärtlich in eine Brustwarze. »Du gibst doch wohl *jetzt* nicht auf?«

»Verdammt, nein, dazu habe ich wirklich *keine* Lust«, antwortete Miz, zeigte aufs Dach, über dem rote und grüne Helligkeit flackerte und flammte wie Geschützfeuer. »Aber so was lenkt natürlich ganz schön ab.«

Für eine Sekunde schwieg Sharrow, dann sprang sie vom Bett auf.

»Ich habe eine Idee«, sagte sie zu Miz.

Sie verstopfte ihm die Ohren mit kleinen Stoffballen, die sie vorher mit ihrer Spucke tränkte, und wiederholte die Prozedur mit ihren Ohren. Von da an klang das Getöse des Feuerwerks leiser, dumpfer.

Anschließend hob sie ihr Höschen vom Fußboden neben dem Bett auf, nahm es in beide Hände und riß es entzwei.

»He«, hörte sie gedämpft Miz' Stimme, »das hab ich dir gekauft ...«

Sharrow legte einen Finger an den Mund und schüttelte den Kopf.

Sie teilte den feinen, parfümierten Stoff in zwei Streifen. Einen schwarzen Streifen band sie Miz um die Augen und verknotete ihn am Hinterkopf, so daß er nichts mehr sah, und vollzog bei sich die gleiche Maßnahme, so daß sie sich, getrennt durch selbstgeschaffene, Finsternis, umgeben von fernen Geräuschen, die nach Tiefsee klangen, nun, nur orientiert mittels des Tastsinns, doch lieben konnten.

Sie war blind. Blind wurde sie umtost von verschwommenem Rumoren, und sie wußte, daß überall ringsum Licht explodierte. Teils neigte sie dazu, es komisch zu finden, denn erst vor nicht allzu langer Zeit war sie in einer ganz ähnlichen Situation gewesen, doch sie blieb zum Lachen außerstande.

Und sie durfte sich sowieso nicht ablenken lassen, sie mußte sich um anderes kümmern. Um sämtliche Flieger der Staffel Sorgen machen: das war ihre Aufgabe.

Jemand rief sie, leise hörte sie, daß irgend jemand ihren Namen rief.

Im Mund hatte sie den Geschmack von Eisen. Sie roch Verbranntes. Zudem hatte sie den Eindruck, daß irgendein Teil ihres Gemüts sich aufbäumte, sie drängte, zur Besinnung zu kommen: Brand! Feuer! Fort! Brausen dröhnte durch ihren Schädel. Fort!

Aber sie konnte nicht fort. Soviel war ihr völlig klar.

Und um noch etwas mußte sie sich sorgen, das, wie sie wußte, wichtig war, ohne allerdings auch nur zu ahnen, was es sein mochte.

Die Stimme in ihren Ohren rief ständig ihren Namen. Warum konnte man sie nicht in Ruhe lassen? Ihr Kopf sank vornüber, wog fürchterlich dick und schwer. Noch immer roch es beißend scharf nach einem Schwelbrand.

Ihr juckte die Nase. Sie wollte sich daran kratzen, plötzlich jedoch schien sich ihr linker Arm in ein Anhängsel voller durchdringender, stechender Schmerzen zu verwandeln. Aufzuschreien gelang ihr ebensowenig. Sie röchelte nur.

Mit äußerster Mühe lehnte sie den Kopf zurück. Ihr Raumhelm knallte gegen irgend etwas, das dort nicht hätte sein dürfen. Selbstverständlich, sie trug einen Helm. Aber irgendwie hatte sie das Gefühl, daß er nicht richtig saß.

»Sharrow!« schrie eine Stimme durch das Dröhnen.

»Ja, ja«, brabbelte sie, hustete und spuckte. Ungeschickterweise versuchte sie mit dem linken Arm abzuwinken, und wieder durchraste sie der Schmerz. Diesmal entrang sich ihr ein Aufheulen.

Nochmals spie sie aus. Durch das unablässige Röhren und das Plärren der Stimmen, die ihren Namen riefen, klapperten und jaulten weitere Geräusche. Wenigstens vermutete sie, daß es ihr Name sein mußte.

»Sharrow?« hörte sie sich wiederholen.

»Sharrow! Melde dich!«

»War das sie? Bleib in …!«

»Miz! Trümmer auf …«

»… aus dieser Entfernung …«

»… nur Wasser …«

»Bist du durchgedreht?!«

Nichts als eine Menge Gebrabbel, stellte sie fest und spürte, wie sie die Stirn runzelte. *Miz?* Hatte sie ihm nicht irgend etwas erzählen, ein Geheimnis verraten müssen?

Sie versuchte die Augen zu öffnen. Doch nicht einmal das sollte nötig sein, oder?

Sie war erschöpft. Ihr linker Arm gehorchte nicht, ihr ganzer Körper schien unglaublich schwer und kalt zu sein, und inzwischen drängten etliche sonstige Schmerzen und Beschwerden sich ihr ins Bewußtsein.

»Sharrow! Verdammt, Sharrow, antworte *bitte*! Wach auf!«

Haltet das Maul, dachte sie. Warum läßt man mich nicht in Ruhe ...?

Sie schwammen durch einen Tunnel. Es war dunkel, aber über ihnen leuchtete eine kleine Papierlaterne, und die Luft duftete angenehm. Miz hatte sich zu ihr auf die Kissen geschoben, schmiegte sich hager und kraftvoll, lüstern und zärtlich an sie. Lange Zeit hatten sie beisammengelegen, dem Vorbeigluckern des lauen Wassers gelauscht, dem leisen Motorgeräusch der Gondel ...

... dem Antriebsgeräusch des Jabos. Der Jabo! Wo war der InterplanetJabo? Sie müßte in seinem Innern sein. Sie unternahm einen Versuch, sich in dem harten, unbequemen Sitz zu drehen, aber sofort schoß erneut der Schmerz durch den linken Arm. Sie hörte, daß ihr auch dieses Mal ein Aufschrei entfuhr.

»Sharrow!« tönte ihr ganz deutlich eine Stimme ins Ohr.

»Miz?« fragte sie. Es war seine Stimme. Sie fragte sich, wieso sie blind war und der Jabo keinen Mucks mehr von sich gab.

»Sharrow? Hörst du mich?«

»Miz?« wiederholte sie seinen Namen lauter. Ihr Mund fühlte sich sonderbar an. Beharrlich pochte das düstere Rumoren unausgesetzt wie eine zu schnelle Brandung durch ihr Gehör.

»Sharrow, *sag* etwas!«

»Ja, ja, gut!« schalt sie verärgert. War der Kerl taub?

»Ah, der Vorsehung sei Dank! Hör zu, Mädchen, wie ist dein Status?«

»Status?« fragte sie verwirrt. »Weiß nicht... Was willst du ...?«

»Scheiße. Also gut. Du trudelst. Das muß als erstes aufhören. Du mußt wach bleiben und das Trudeln der Maschine unterbinden.«

»Trudeln«, lallte Sharrow. Trudeln? War das etwas, das mit dem Geheimnis zusammenhing, das sie ihm verschwieg? Entschlossen bemühte sie sich, die Augen aufzuschlagen. Sie unterstellte, sie geöffnet zu haben, konnte indes noch immer nichts sehen.

Sie regte den rechten Arm. Unerhört schwer schien er zu sein. Sie machte Anstalten, ihn ans Gesicht zu führen, weit ließ er sich allerdings nicht heben. Er fiel, prallte auf etwas, das ihr neuen Schmerz verursachte.

Sie fing an zu weinen.

»Sharrow!« erklang die Stimme. »Nimm dich doch zusammen, Kind!«

»Nenn mich nicht *Kind*!«

»Ich nenne dich, wie ich will, verdammte Scheiße noch mal, bis du den Jabo wieder in Normalflug gebracht hast.«

»Blöder Schwanz«, nuschelte Sharrow. Sie beugte den Kopf so weit nach vorn, wie es möglich war, und schwang den Arm mit einem Ruck nach oben. Ihre mit einem schweren Handschuh umkleideten Finger wumsten gegen die Helmscheibe. Alles wirkte falsch. Falsche Konturen. Deplaziertheit. Ihr tat die Nase weh. Infolge der Anstrengung, die es kostete, an den Helm gelehnt zu bleiben, zitterte der Arm. Sie ertastete den Rand des Raumhelms, atmete tief ein und drückte ihn nach oben.

Knack. Sie schrie vor Schmerz. Die Nase brannte; im Mund hatte Sharrow Blut. Der Arm plumpste ihr in den Schoß.

Aber der InterplanetJabo war wieder da; umgab sie an allen Seiten. Indem die Übertragungen der Bordsysteme sie umraunten, sie durchschwärmten und durchkribbelten, unmittelbar in ihre Wahrnehmung eindrangen, so wie das Funkgerät im Raumhelm direkt an den Mikrochip in ihrem Hinterkopf übermittelte, gewannen die Palpreba-Monitoren ihre gewohnte Bildschärfe zurück. Sie befingerte die Umgebung, behielt die Palpreba-Monitoren im Auge und lauschte, während sich das Dröhnen in ihren Ohren auf ein dumpfes Hintergrundrauschen verringerte, auf die Musik der Systemstatuskontrolle.

Sie verkörperte eine Kraft inmitten eines Umfelds von Eindrücken. Es schien, als schwebte sie am Mittelpunkt einer riesigen Sphäre aus Farben, Bewegung und Symboldarstellungen; einer Sphäre nach innen gewandter Holo-Monitoren, die Fenstern zu anderen Dimensionen glichen, die jedes davon eine zusammengefaßte Beschreibung vermittelten, die einzelne Note eines Lieds sangen. Sie brauchte so ein Fenster nur anzuschauen, und schon befand sie sich durch puren Willen dahinter und konnte die Einzelheiten der situativen Verhältnisse – die häufig weitere Fenster umfaßten –, wogegen sich der Rest der Monitorprojektionen auf Verschwommenheit am Rande des Blickfelds reduzierte, bis ein unübersehbares Aufblinken oder ein ähnlicher Wechsel in ihrer Gesamtkonfiguration ihr anzeigte, daß etwas anderes ihre Beachtung erforderte.

Sie schwebte inmitten all dessen und verschaffte sich einen Überblick.

»Ach du Schande«, sagte sie. »Das ist ja eine schöne Bescherung.«

»Was?« fragte Miz in ihrem Gehör.

»Status abgeklärt«, sagte Sharrow, blickte umher. Der Jabo war praktisch zum Wrack geworden. »O je, es steht verdammt schlimm.« Was sollte sie zuerst tun?

»Du mußt als erstes das Trudeln beenden, sonst verlierst du noch einmal die Besinnung«, empfahl Miz in eindringlichem Ton.

»Ja sicher«, sagte Sharrow. Tatsächlich trudelte die Maschine wie irrsinnig. Sie warf einen Blick auf die Anzeigen der Haupttanks: Leer. Die Bugdüsen hatten noch etwas Wasser zur Verfügung. Sharrow warf den Antrieb an, brachte ihn auf Betriebstemperatur und spritzte den Brennstoff ein. Nichts geschah.

Weshalb erfolgte keine Zündung?

Wegen des überstarken Trudelns. Verkehrter Einspritzweg. Sie schloß ein Ventil, öffnete ein anderes; Wasser strömte in die Reaktionskammer, Plasma schoß aus dem Bug. Miz rief etwas. aber Sharrow konnte es nicht verstehen. Der Andruck nahm zu, das Brausen schwoll wieder an, steigerte sich zu einem Brüllen, das Sharrow umwallte wie Finsternis.

Sie spürte, daß etwas brach.

Verkehrt herum, dachte sie, lenkte den Schub in die entgegengesetzte Richtung.

Langsam wich der ärgste Druck; das Röhren sank wieder ab, verklang schließlich vollends. Sharrows Gestalt schwebte im Sitz langsam nach oben, löste sich nach und nach aus der eingesunkenen, verkrampften Haltung. Zehn Sekunden gebe ich noch Schub, dachte sie. Sie machte die Augen auf. Die Innenseite der Helmscheibe war mit Blut beschmiert. Sharrow schloß die Lider, suchte unter den Palpreba-Monitoren das Fenster für die Intern-Introspektion heraus und überprüfte die Situation.

Vor der Hintergrundhelligkeit glommen nur die für Notfälle bestimmten Reserve-Bedienungselemente. Holos sah sie keine. Die zweidimensionalen Statusanzeigen waren ausgefallen oder blinkten rot.

Sharrow wandte ihre Aufmerksamkeit nach links.

Die Backbord-Instrumentenkonsole hatte ihrem Polstersitz einen Besuch abgestattet. Offenbar hatte backbords die Deckenverkleidung die gleiche Idee gehabt.

Darum konnte sie den Kopf nicht richtig zurücklegen; und wahrscheinlich war ihr auch dadurch fast der Raumhelm heruntergerissen worden. Der Anprall hatte den Sitz halb aus der Verankerung gerammt und ihren linken Arm zwischen Instrumentenkonsole und Armlehne eingeklemmt.

Sharrow sah genauer hin. Sollte das wirklich ihr Arm sein, der da in diesem ganzen zerdrückten Zeug steckte? Sie unterdrückte die Erinnerung an die Schmerzen und versuchte den Arm kräftig zurückzuziehen.

Der Schmerz war dermaßen heftig, als hätte sie sich in diesem Moment den Arm mit einer Axt abgehackt. Unterm aufgeklappten Helm zuckte ihr Kopf zur Seite, sie wollte ihren Aufschrei ersticken, aber er brach sich aus ihrer Kehle Bahn.

Sie blinzelte gegen Tränen an. Ihr Arm blieb eingeklemmt.

Das war ein schlechter Einfall gewesen.

Sie drehte den Kopf. So wie ihr rechter Arm aussah, befand er sich ebenfalls in keinem sonderlich guten Zustand. Sie versuchte ihn zu bewegen, doch er gehorchte ihr nicht. Er war gefühllos. »*Wie* du willst«, knirschte Sharrow, gab sich alle Mühe, einen Tonfall der Unbekümmertheit anzuschlagen.

Ich bin körperlich stark belastbar, sagte sie sich. *Körperlich stark belastbar.* So lautete, wie sie sich entsann, eine der wenigen zutreffenden Beurteilungen, die sie in ihrer dienstlichen Personaldatei gefunden hatte, in die sie mittels ihrer Hackerkünste heimlich widerrechtlich Einsicht genommen hatte (allerdings neben einem Haufen Schwachsinn, zum Beispiel, daß sie ungeduldig und arrogant sei – wie konnte man es *wagen,* einen derartigen Unfug in ihre Akte zu schreiben?!). *Körperlich stark belastbar.* Denke daran.

Sie entzog der Intern-Introspektion ihre Aufmerksamkeit. Der bugwärtige Tank des Jabos leerte sich rapide, dann waren die Leitungen trocken, der Antrieb setzte aus. Sharrow prüfte erneut die Haupttanks, aber sie enthielten nichts mehr. Auch die Reservetanks waren leer. Zwar trudelte der InterplanetJabo weiterhin, überschlug sich aber nur noch alle acht Sekunden.

»Du hast's hingekriegt«, rief Miz. Diesmal sprach er über Funkwellen; die Laserkommunikation war defekt.

Um dem Wirrwarr der Navigationsdaten irgend etwas abzugewinnen, schaltete sie auf die externen Sensoren des Jabos um, doch deren Fenster füllten sich mit nichts außer flackrigem Grau. Die Auxiliarapparaturen waren auch hinüber, ausgenommen eine starr in Flugrichtung montierte, nonholografische Kamera im Bug. Sie übertrug nur allerlei nebulöses Geflimmer, eine schemenhafte, weiße Scheibe mit einer rötlichgoldgelben Scheibe dahinter, dann wieder Schnee, anschließend erneut die weiße und die rot-goldgelbe Scheibe, und immer so weiter.

»Elender Dreck, wo bin ich eigentlich?« fragte Sharrow.

»Ich kann nichts feststellen«, antwortete Miz. »Öffne 'ne Datenübertragungsfrequenz.«

»Ich kann nur noch empfangen«, sagte Sharrow. »Frequenz ist offen.«

»Scheiße«, kommentierte Miz. »Na gut, da kommt, was ich zu bieten habe.«

Gleich darauf leistete der Navigationscomputer wieder vernünftige Arbeit. Sharrow befand sich noch hinter der Rückseite von Nachtels Geist, etwa eine Viertelsekunde in Richtung Mondvorderseite vom ursprünglichen Gefechtsfeld entfernt, und ihr beschädigter InterplanetJabo taumelte, schlingerte auf den Mond zu.

»Prächtig«, gab sie durch. »Dann will ich mich erst einmal orientieren ...«

Die als tausendfache Vergrößerung gekennzeichnete Außensicht, die sie jetzt hatte, zeigte einen stark ramponierten Raumflugkörper, der sich langsam um seine

Längsachse drehte, der schwarze Rumpf war von Kratern bedeckt, die Außenhülle zum großen Teil weggeschossen, das Heck abgebrochen; von ungefähr drei Vierteln der Rumpfseite lösten sich dauernd Platten, als verteilten sich tumoröse Zellen, und schwebten davon ins Nichts, bildeten hinter dem Raumfahrzeug einen langgezogenen Schweif glitzrigen Metalls.

Das Wrack hatte etwas biologisches, ja sogar sexuelles an sich, das mattschwarze Äußere erinnerte an ein dunkles, zerfetztes Kleid, unter dem sinnlich-nacktes Fleisch zum Vorschein kam. Sharrow hatte noch nie einen dermaßen schwer beschädigten Raumflugkörper gesehen.

Armes Schwein, dachte sie. Dem Piloten kann eine Heldentodurkunde ausgestellt werden, da gibt es kein Vertun ... Da begriff sie, daß Miz' Maschine, die ihr folgte, diese Aufnahmen an sie übermittelte, und sie ihren eigenen InterplanetJabo sah. Sie selbst war der unglückliche Pilot, dem sie den Heldentod bescheinigen wollte.

Sie veranlaßte eine Trajektorie-Extrapolation und warf einen Blick ins Med-Fenster. Anscheinend hatte auch der Medizinische Bordcomputer sie aufgegeben. Dann jedoch entsann sie sich des Moments, in dem sich die Injektoren des Apparats in sie gebohrt hatten. Sie schaltete nochmals auf Intern-Introspektion um, betrachtete die Stelle, wo ihr linker Unterarm zwischen der Polstersitz-Armlehne und der klotzigen Instrumentenkonsole verschwand.

Hmm.

Dann schenkte sie ihre Beachtung wieder der Navigation. Ihr Kurs führte geradewegs auf Nachtels Geist zu. Der kleine, eisige Mond war noch nahezu eine Lichtsekunde entfernt, so daß ihr bis dort noch eine gute Stunde Zeit blieb, aber sie geriet unabwendbar in sein Schwerefeld. Und selbst wenn sie Nachtels Geist ausweichen könnte, würde sie unfehlbar auf

Nachtel zustürzen; von dem fast unbewohnbaren Mond aus gesehen, verdeckte der Gasriese den halben Himmel. Sie müßte, um ihrem Schicksal zu entgehen, seine Schwerkraftquelle als Gravitationskatapult benutzen.

Unwillkürlich wollte sie auf die Haupttanks zugreifen.

»Scheiße«, knurrte sie.

Als nächstes interessierte sie sich für das Staffelstatus-Holo, das Miz ihr mit den übrigen Daten übermittelt hatte. »Miz«, rief sie. »Wie steht es um die anderen?«

»Vleit und Frot sind tot«, gab Miz rasch Auskunft. »Zefla folgt Caras Maschine, aber erhält keinen Kontakt. Mädchen, du kannst ihnen nicht mehr …«

»Du hast auch etwas abbekommen.«

»Ja, ein paar Lasertreffer vom Kreuzer, und mir hat Eis, das von dem Wasserschleier stammt, den du hinterlassen hast, nachdem du getroffen worden bist, den Rumpf zerkratzt.«

»Miz«, fragte Sharrow leise, »sind sie bestimmt …?«

»Ich bin mir sicher, Sharrow«, antwortete Miz. »Sie sind tot und dahin. Wahrscheinlich haben sie gar nichts gemerkt.«

»Wie haben sie uns nur *so* fertigmachen können?«

»Ich weiß es nicht«, bekannte Miz mit müder Stimme. »Cenuij will eine Beschwerde wegen Kriegsverbrechens einreichen, er behauptet, so schnell könnte kein Mensch reagieren, dahinter müßte eine KI stecken. Ich bin der Meinung, es war einfach Pech. Der Kreuzer hat einige Schäden erlitten, aber ist uns entwischt. *Und nun vergiß das Scheißgefecht!* Hast du noch Reaktionsmasse? Wir müssen dich in eine Kreisbahn um Nachtels Geist bringen.«

Sharrow sichtete die Verfassung der Lebenserhaltungssysteme. »Das hat keinen Sinn«, erwiderte sie. »Die Recyclinganlage ist kaputt, und ich verliere Bordatmosphäre. Ich habe noch Luft für … rund zwei Stunden. Dann ist Feierabend.«

»Kabine oder Raumanzug?«

»Anzug. In der Kabine wäre es weniger. Da ist ein Leck.«

»Scheiße«, sagte Miz. Sharrow konnte ihn beinahe denken hören. »Der Med-Computer könnte deinen Stoffwechsel minimieren und …«

»Der Med-Computer«, stellte Sharrow grob fest, »ist im Arsch.«

»Verflucht«, schimpfte Miz. Der Fluch war so harmlos, daß Sharrow fast gelacht hätte. »Kannst du ausbooten?« fragte Miz. »Ich könnte bei dir längsseits gehen, und du steigst um … Oder ich hole dich raus.«

»Ich bezweifle, daß dafür die Zeit reicht«, entgegnete Sharrow. Sie wechselte in die Intern-Introspektion über und besah sich abermals ihren eingeklemmten, gebrochenen oder ausgerenkten Arm. »Außerdem dürften sich bei dem Vorgehen andere Schwierigkeiten ergeben.«

»Was ist mit Reaktionsmasse?«

Sharrow blickte sich um. »Nichts.«

»Komm! Es muß doch noch was vorhanden sein. Prüf's mal nach.«

Sharrow leitete einen Check ein, sah sich nacheinander jede Tankinformation an. Das Checkresultat lautete bei jedem Tank auf Nullinhalt, und dabei blieb es. Ihre Sinne bestätigten das Ergebnis. Für den Fall, daß trotz allem noch Wasser vorhanden sein sollte und lediglich ein Sensorfehler vorlag, versuchte sie jeden einzelnen Tank anzuzapfen.

»Nichts«, wiederholte sie. »Anzeigen melden leere Tanks. Und sie geben auch nichts mehr her.«

»Denk nach, denk nach, denk nach«, murmelte Miz. Sharrow vermutete, daß er nicht sie meinte, oder daß er gar nicht wußte, daß er sprach. Plötzlich sehnte sie sich danach, ihn in die Arme zu schließen, und ihr kamen wieder Tränen. Sie weinte lautlos, damit er nichts hörte.

»Es klingt vielleicht verrückt«, meinte Miz, »aber ich könnte eventuell meinen Laser einsetzen ... Wenn ich deine Maschine an der richtigen Stelle treffe, auf diese Weise eine Reaktion auslöse ...«

»Das klingt wirklich verrückt«, bekräftigte Sharrow.

»Wir müssen doch irgendeine Möglichkeit finden!« Sie hörte seiner Stimme Verzweiflung an.

»He«, sagte sie, »ich habe auch eine verrückte Idee. Willst du wissen, welche?«

»Nun sag schon.«

»Notlandung auf Nachtels Geist.«

»Was?«

»Ich gehe hinunter und baue eine Notlandung, so wie ein Flugzeug.«

»Du hast doch gar keine Tragflächen.«

»Die Maschine hat eine annähernd aerodynamische Form, ähnlich wie ein Deltaflugzeug. Und es gibt dort ja Gletscher.«

»*Was?*«

»Gletscher«, wiederholte Sharrow. »Schneebedeckte Gletscher, auf Nachtels Geist ist die Eisschicht stellenweise Hunderte von Metern dick. Die Gravitation ist niedrig, und es ist *Luft* vorhanden.«

»Ziemlich dünne Luft.«

»Und sie wird ständig dünner«, stimmte Sharrow zu. »In tausend Jahren kann man dort nicht mehr atmen. Mieses Terraformen. Aber gegenwärtig ist sie noch da.«

»Wie willst du denn *fliegen*?«

»Nein, fliegen kann ich nicht«, sagte Sharrow, unterzog die Bordsysteme noch einmal auf der obersten Ebene einer gründlichen Sichtung. Der InterplanetJabo war wahrhaftig total zum Wrack geworden. Wären diese Daten eine Simulation, würde sie sie nun beenden, vor der Phase, in der alles so gräßlich schiefgegangen war, neu starten und es ein zweites Mal versuchen.

»Es war bloß eine Idee«, beteuerte sie. »Wenn ich

nachts aufgewacht bin, habe ich mir immer irgendeine Abhilfe gegen verfahrene Situationen ausgedacht, um wieder einzuschlafen, und eine davon war die Notlandung auf den Gletschern von Nachtels Geist.« Sie seufzte. »Allerdings bin ich davon ausgegangen, daß ich dabei noch eine gewisse Gewalt über die Maschine habe.«

Angesichts der irreparablen Verwüstung ringsum schüttelte sie den Kopf und wechselte über zum Fenster der Kurzstreckennavigation. »Ich glaube, ich bin erledigt, Miz.« Sie lauschte auf ihre Stimme und staunte darüber, wie gelassen sie klang. *Körperlich stark belastbar.*

»Sag doch nicht so was. Mein Netzrechner soll deinen Einfall begutachten, 'ne Notlandung durchzuführen. Mal sehen, was er davon hält.«

»Ach, verdirb mir nicht den Spaß«, witzelte Sharrow. »Meinen Computer habe ich nicht gefragt ...«

»Verdammt«, hörte sie ihn nach einem Weilchen hervorstoßen. »Mein Netzrechner ist genauso übergeschnappt wie du.«

»Meint er, daß es klappt?«

»Hmm ... Zu drei Vierteln hohle Masse ... Luftwiderstand ... Ich müßte Genaueres über die Dichte des Gletschers wissen, die Tiefe, in der die Schneedecke in Eis übergeht ... Hängt vom Einflugwinkel ab ... Nein, ganz so verrückt wie du ist mein Netzrechner nicht. Und du bräuchtest in der Atmosphäre eine gewisse Feinsteuerung, wenigstens am Anfang ...«

»Laß den Netzrechner für alle Fälle den Einflug berechnen«, bat Sharrow.

»Wird gemacht.«

»Immerhin wird es spektakulär«, sagte Sharrow. »Entweder Verglühen in der Atmosphäre oder Zerschmettertwerden auf dem Gletscher. Jedenfalls besser als durch Sauerstoffmangel zu krepieren.«

»Rede doch nicht so was daher ...! *Scheiße,* es muß doch irgendeine Möglichkeit geben ...«

Vor Minuten war das Geheimnis Sharrow wieder eingefallen.

»He, Miz«, sagte sie leise.

»Ja, was denn?«

»Wähle eine Zahl zwischen eins und zwei.«

»Was?«

»Wähle eine Zahl zwischen eins und zwei. Bitte.«

»Tja …« Miz überlegte. »Eins.« Traurig lächelte Sharrow. *»Und?«*

Er richtete die Frage im gleichen Ton an sie wie vor einer Woche im Onomatopöie-Bistro, nachdem sie ihn zum Werfen der Münze überredet gehabt hatte.

Sharrow schüttelte den Kopf, obwohl er dabei schmerzte und Miz es nicht sehen konnte.

»Nichts«, sagte sie. »Ich erzähle es dir später.« Sie schlüpfte in die Intern-Introspektion und informierte sich über die Bedingungen außerhalb des Raumanzugs. Die Kabine war kalt, die Bordatmosphäre verqualmt, der Luftdruck sank. Strahlungdosis insgesamt … Na herrlich. Sie zuckte die Achseln und schnitt eine Grimasse, weil sofort neuer Schmerz den linken Arm durchfuhr. Sie mußte sterben; sie würde gar nicht mehr lange genug leben, um noch die Strahlenkrankheit zu durchleiden. *Und ich wäre,* sagte sie sich, *sowieso eine schlechte Mutter geworden.*

Immer wieder spürte sie den Wunsch, einfach die Neustarttaste zu drücken, aus dieser verheerenden Simulation auszusteigen und einen zweiten Versuch zu unternehmen, oder den Simulator einfach abzuschalten und mit den Jungs etwas trinken zu gehen. Sie empfand es als Zumutung, daß sie hier unrettbar in so einem Schlamassel steckte, so wie sie im Pilotensitz festsaß, durch die Umstände und bloßen Zufall in eine ausweglose Lage gebracht.

Am Anfang, nach der Rekrutierung, war sie davon ausgegangen, sie würde nie zu den Toten zählen. Sie hatte sich eingeredet, daß allen, die fielen, ein Fehler unterlaufen sein mußte, und sie beabsichtigte sich schlichtweg keinerlei Patzer zu leisten.

Danach hatte sie gelegentlich Furcht verspürt, wenn Piloten umgekommen waren, die sie für besser als sich selbst eingeschätzt gehabt hatte. War ihre Beurteilung irrig gewesen, oder war es eine Täuschung zu glauben, daß die eigene Tüchtigkeit sich jedesmal als Rettung bewährte? Vielleicht genügte sie doch nicht. Möglicherweise spielte auch Glück eine Rolle. Und das bedeutete einen erschreckenden Faktor, weil niemand wußte, wie man durch Ausbildung mehr Glück haben könnte. Manche Piloten führten Glücksbringer oder einen besonderen Brief mit, von dem sie sich Glück versprachen, oder sie achteten darauf, immer als letzter das Kasino zu verlassen; Sharrow kannte etliche und hatte welche gekannt, die dergleichen taten … Viele von ihnen waren inzwischen auch tot.

»Hör mal her«, verlangte Miz. »Ich hole dich allmählich ein. Ich passe meine Geschwindigkeit deiner Maschine an. Du wirst von mir geborgen. Es muß doch möglich sein, dich …«

»Miz«, unterbrach Sharrow ihn. »Nein.« Sie gab ein gedehntes, heiseres Ächzen von sich. »Ich bin eingeklemmt. Man müßte mich herausschneiden.«

»Ach, Scheiße«, stöhnte Miz.

Aufgrund der Weise, wie er es sagte, war Sharrow klar, daß die Bemerkung irgend etwas anderem galt. »Was ist?« fragte sie.

»Es braucht gar nicht soviel, um dich im richtigen Winkel in die Atmosphäre zu befördern«, erklärte Miz. »Nur einen kleinen Anstoß, ein paar Sekunden Schub … He!« Plötzlich klang seine Stimme nach neuem Optimismus. »*Ich* stoße dich an. Ich gehe längsseits und …«

»Erzähl keinen Quatsch. Damit demolierst du nur die eigene Maschine.«

»Hör zu, wenn wir uns nicht bald was ausdenken …«

»Warte mal«, sagte Sharrow.

»Warum?«

Sharrow nahm Einblick ins Leitungssystem des Jabos, fand keine Anzeige für die betreffenden Rohre, sondern nur über geschlossene Ventile …

»Sag, erinnerst du dich daran, daß ich den Schub erst zur verkehrten Seite gelenkt habe?« fragte sie. »Das Trudeln verstärkt?«

»Ja. Na und?«

»Ich war durcheinander, versehentlich wollte ich schon vorher das Wasser gegen die Richtung der Trudelbewegung einspritzen.«

»So?«

»Also könnte in dem Abschnitt, der jetzt durch Ventile verschlossen ist, noch Wasser sein.«

»Melden die Anzeigen nichts?«

»Keinen Deut.«

»Verflucht«, schalt Miz. »Aber es ist *möglich,* daß noch was drin ist.«

»Ja, aber vielleicht ist es gefroren«, wandte Sharrow ein, tat einen Blick auf die äußerst buntscheckige Thermografik des Jabos.

»Einen Moment«, sagte Miz. »Ich rechne die Sache mal durch …« Er verstummte. Wieder war Sharrow für ein Weilchen allein.

Immer hatte sie erwartet, in einer solchen Lage noch einmal ihr ganzes Leben sich vor ihr abspulen zu sehen, doch anscheinend geschah nichts derartiges. Ihr war kalt, sie fühlte sich zermartert und müde. Diese Kampfeinsätze hatten in ihrem Leben nur ein kleines, exotisches Abenteuer sein sollen, eine Episode, die man im Alter den Leuten erzählen konnte. Nie hatte es zu dieser Bredouille kommen, ihr Zwischenspiel als Pilotin Konsequenzen von dermaßen allesentscheidender Wichtigkeit und Bedeutung haben, es so scheußlich und hoffnungslos enden sollen. Auf *keinen* Fall hatte sie die Möglichkeit einbezogen, dabei ihr Ende zu finden. Es *konnte* doch nicht einfach alles aus sein, oder?

Doch, es kann, dachte sie. Aus irgendeinem Grund hatte sie bisher nie ernsthafte Gedanken daran verschwendet, aber ja: natürlich konnte es sein. Es verhielt sich nicht so, daß sie sich lediglich damit abfand: jetzt war es ihr *klar.* Sie hatte sich den übelsten Zeitpunkt ausgesucht, um diese Lektion zu lernen.

»Jawohl!« johlte Miz. »Falls Wasser da ists, reicht die Menge aus.«

»Na, das wissen wir erst«, gab Sharrow zu bedenken, »wenn wir es probieren.«

»Aber du hast Reaktionsmasse«, schnauzte Miz sie an. »Du kannst es hinbiegen.«

»Vor zwei Minuten hast du behauptet, es wäre verrückt, jetzt hältst du es auf einmal für eine großartige Idee.«

»Es ist 'ne Chance, Mädchen«, konstatierte Miz in wieder ruhigem Ton. In seiner Stimme schwang irgend etwas mit; sie hörte sich an, als versteckte er mit einer Hand hinter dem Rücken eine Überraschung und hätte ein verschmitztes Lächeln im Gesicht.

»Und wie stehen die Aussichten?« fragte Sharrow.

»Eben habe ich Berechnungen der nötigen Steuerungsmaßnahmen in der Atmosphäre von Nachtels Geists durchgeführt.«

»Und dank deiner erstaunlichen Künste in der Laseranwendung wirst du an meiner Maschine ein Paar primitiver, aber flugtauglicher Tragflächen zurechtschneiden, die …«

»Sei still, Klugscheißerin. Nimm dir die Zivilkomponenten des Jabos vor.«

»Verzeihung? Ach so. Na schön.« Sharrow vertiefte sich in das Basisbetriebssystem des Netzrechners und überblickte auf dieser Ebene das komplette Sortiment an Display-Ikons. Wie sollte dieser ganze Zivilkram ihr helfen können? Hatte Miz etwa bloß vor, sie abzulenken?

»Siehst du die Gyros?«

»*Gyros?* Nein.«

»Die Kennziffern lauten FTU eins und zwei. Gyrostabilisatoren zur Präzisionssteuerung.«

»Aha, ja, da«, antwortete Sharrow. »Na, jedenfalls die Buginstallation. Mensch, ich dachte, das hätte man alles entfernt, als die Maschinen für militärische Zwecke umgebaut wurden.«

»Dazu war gar keine Zeit mehr«, stellte Miz klar. »Wie ist es, funktioniert diese Installation?«

»Ja. Aber wäre es nicht besser, ich ...«

»Nein, es ist egal, wenn du beim Einflug in die Atmosphäre trudelst, solange du im richtigen Augenblick Schub gibst, und du brauchst die Leistungskraft der Gyros dringend zum Manövrieren.«

»Gut, gut, ist ja gut«, brummelte Sharrow. »Ich habe sie aktiviert.«

»Ausgezeichnet«, rief Miz. »Wir kalkulieren die Daten neu durch, sobald wir näher dran sind. Nun versuche ich, meine Geschwindigkeit anzupassen, dadurch werden die Berechnungen akkurater. Mach dich auf eine geradezu *unglaubliche* Manövrierakrobatik des Tech-Kaisers gefaßt, und anschließend, wenn ich längsseits bin, liest du mir Unmassen hochinteressanter Zahlen vor, außer du kriegst deine Datenübertragung wieder hin.«

»Ich kann's kaum erwarten«, sagte Sharrow. In ihrem Körper kribbelte die Müdigkeit. Sie wünschte sich nur noch Schlaf. Für eine Sekunde vergaß sie den linken Arm und wollte sich räkeln.

Sie erstickte ihren Schmerzensschrei, so schnell sie es konnte.

»Was denn?« fragte Miz hastig nach.

Mehrere Male atmete Sharrow gründlich durch.

»Mir ist bloß gerade in den Sinn gekommen«, log sie, »daß ich gestern im Kasino meine Rechnung bezahlt habe.«

»Oho ...!« Miz lachte. »Du forderst das Schicksal *wirklich* heraus, was?«

»Ja«, gestand Sharrow. »Es muß wohl ein Mann sein.«

»So gefällst du mir besser«, gab Miz zur Antwort. »Also, dann will ich mal zusehen, ob ich's schaffe, daß diese Kiste genauso trudelt und kreiselt wie dein Schrottklumpen ...«

»Es ist soweit«, sagte Miz, und Sharrow hörte seiner Stimme Furcht an. »Nun geht's zur Sache, Mädchen.«

Im Laufe der vergangenen halben Stunde hatten sie alles ausführlich durchdiskutiert; Sharrow nannte ihm sämtliche Daten, die ihr verfügbar waren, und bei Dutzenden von Malen, die er die Werte von seinem Netzrechner taxieren ließ, kam stets nur ein *Vielleicht* heraus. Sharrow hatte die Gyrostabilisatoren auf volle Touren gebracht und dann der Reihe nach heruntergeschaltet, und der InterplanetJabo hatte in seinem Flugverhalten darauf angesprochen. Dabei klügelte sie ein Verfahren aus, wie sie mittels der Gyros den Jabo während des Sinkflugs durch die Atmosphäre von Nachtels Geist in der Gewalt behalten konnte.

Eine Zehntelsekunde lang hatte Sharrow Wasser in die Reaktionskammer gespritzt und Schubkraft erzeugen können; im Leitungsrohr war tatsächlich noch Wasser vorhanden und nicht gefroren. Über Dloan, der Cenuijs zerschossenen Jabo heim zum Stützpunkt eskortierte, war Sharrow von dort eine aktuelle Karte der Gletscher auf Nachtels Geist zugeleitet worden. Gemeinsam mit Miz entschied sie sich für einen ausgedehnten Gletscher am Äquator. Miz zeigte ihr die Aufnahmen, die er von ihrer Maschine erhielt, zu der er inzwischen exakt parallel flog, deren Bewegungen er samt und sonders mitvollzog, während sich um sie beide das Sonnensystem drehte. Sharrow äußerte ein Kompliment über seine Geschicklichkeit und versuchte, die Beschädigungen ihres Jabos nicht allzu genau zu beachten.

Nun jedoch mußte er auf Abstand gehen, sie dagegen ein letztes Mal Schub geben und hoffen, daß die Wassermenge im Rohr genügte, es in einem anderen Abschnitt nicht doch gefroren war, die Pumpe funktionierte, der Energiepegel nicht abfiel oder schwankte.

»Nun kümmere dich endlich um dich«, sagte Sharrow.

»Keine Sorge«, lautete seine Antwort. »Noch dreißig Sekunden.«

»Ich und mir Sorgen machen?« fragte Sharrow, bemühte sich darum, ihren Tonfall frei von Furcht und Schmerz zu halten. Mittlerweile kostete es sie immer größere Anstrengung. Sie hätte Miz gerne erzählt, daß ihre Absicht, auf einem Gletscher notzulanden, in ihrem Leben eine Vorgeschichte hatte, sie einmal, im Alter von fünf Jahren, ein Sturz in den Schnee vor dem Tod gerettet hatte, doch sie war nie dazu imstande gewesen, die ganze Geschichte vor ihm auszubreiten, und er hatte sie nie dazu gedrängt. Sie wollte ihm sagen, daß sie ihn liebte und von ihm schwanger war, aber auch davon brachte sie kein Wörtchen über die Lippen.

»Ähm ... Hör zu, Mädchen«, stammelte Miz (Sharrow sah es geradezu vor sich, wie er jetzt Grimassen zog, und wäre nicht der Raumhelm auf seinem Kopf gewesen, hätte er sich an der Schläfe gekratzt), »ich weiß, es ist ... Du weißt ja selbst, daß ... In den letzten Monaten haben wir uns manches zu wenig gesagt. Ich meine, seit du und ich, du weißt schon ... äh ... seit wir zusammen sind, und ...«

»Du redest jetzt totalen Scheiß, Miz«, rügte Sharrow ihn mit sachlicher Stimme, während sich ihre Augen mit Tränen füllten. »Halt erst einmal die Klappe. Komm mir später mit diesen Sachen. Noch zehn Sekunden.«

Sechs Sekunden lang schwieg Miz.

»Viel Glück, Sharrow«, sagte er in der siebten Sekunde.

Sie überlegte, was sie antworten könnte, während sie

das Ventil öffnete, wie aus der Ferne setzte das Röhren des Antriebs ein, doch mußte sie unverzüglich ihre Aufmerksamkeit voll und ganz auf die Höhen- und Kursanzeigen verlegen. Außensicht lieferte ihr allein die kleine Normalbildkamera vorn im Bug.

Der Trabant schien ihr entgegenzuschwellen wie eine gewölbte, weiße Wand. Rasch drang der Interplanet-Jabo in die oberen atmosphärischen Schichten vor. Sharrow lauschte ins Funkgerät und empfing Störgeräusche. »Miz?« rief sie.

»… kaum noch hö …«

»Wenn es schiefgeht und ich einen Krater schlage«, schrie Sharrow, »möchte ich, daß er nach *mir* benannt wird!«

Falls er etwas antwortete, hörte sie es nicht.

Mit immer lauter werdendem Heulen raste der Jabo tiefer in die Atmosphäre hinab und geriet bald ins Rütteln und Schütteln.

Zu fünft saßen sie auf der Terrasse einer kleinen Taverne knapp außerhalb von Pharpechs Stadtrand, und Sharrow hing ihren Erinnerungen nach.

Die anderen beobachteten den riesigen Stom, der einen Kilometer östlich der Taverne überm Tiefland kreiste und kurvte, sich zu den mittleren Schichten der Entraxrln-Membranen emporschwang, von denen er einige Zeit zuvor heruntergeschwebt war. Ein Schwarm Affenwürger-Säbelschwäne belästigte ihn, fielen zuhauf über ihn her, hackten ihn auf Kopf und Rücken, wichen da- und dorthin aus, flogen auf unberechenbare Weise im Zickzack, die Schwingen, mit denen sie die Luft zerteilten, ähnelten von fern krummen Nägeln. Der Stom, der viermal so groß war wie ein Affenwürger-Säbelschwan, kreuzte dort in der Höhe mit schwerfälliger Anmut, die an eine gewisse Würde grenzte, hielt den wuchtigen Reptilienkopf gesenkt und wich den Bedrängern, so gut er es fertigbrachte, mit nahezu gemächlich-sinnlicher Umständlichkeit aus.

»Na los doch, Junge«, sagte Zefla. Sharrow hatte ihr das Fernglas gereicht. Miz beobachtete das Geschehen durch einen zweiten Feldstecher.

»Nun gib dir mal 'n bißchen Mühe«, nörgelte Miz.

Sharrow sah Dloan an, der ebenfalls hinaufblinzelte. Seine Fäuste umklammerten die Borkenbrüstung der Terrasse, lockerten sich unbewußt und packten geradeso unbewußt wieder zu.

Sharrow behielt den Stom im Auge, während er sich in immer größere Höhen schwang, unablässig verfolgt von den Silhouetten des rauflustigen Mobs der Affenwürger-Säbelschwäne.

Einer von ihnen stürzte.

Nach einem Tag der Stadtbesichtigung suchten sie zu viert am Stadtrand zum Essen einen Gasthof auf, der den Namen *Zum gezogenen Nagel* trug. Seit sie sich am Vorabend am Portal des Klosterhospiz von Cenuij verabschiedet hatten, war er noch nicht mit ihnen in Verbindung getreten; er sollte sich um eine Audienz beim König bemühen. Eine eventuelle Nachricht wollte er ihnen im Hotel hinterlegen.

Bei Tageslicht hatte Pharpech gar nicht so übel ausgesehen. Die Bewohner benahmen sich recht freundlich, nur war ihre Mundart schwer verständlich, und nach einem halben Tag hatte das Grüppchen beschlossen, sich am nächsten Morgen Kleidung in lokaler Mode zu kaufen; in den eigenen Klamotten sahen sie als Golterer zu auffällig aus, und die Leute fragten sie gerne – mit ihrem sonderbaren Akzent und einer Andeutung der Ungläubigkeit –, was denn in sie gefahren wäre, daß sie an einen Ort wie Pharpech reisten.

Einer der Umstände, an den sich zu gewöhnen Sharrow schwerfiel, war die Mühseligkeit, mit der sie an Informationen gelangten. Eigentlich beschränkte der Aufwand sich meistens darauf, daß man etwas Naheliegendes tun und Einheimische nach dem Weg oder nach Aufschluß über ein bestimmtes Gebäude fragen mußte; dennoch nervte sie diese Erfordernis, trotz aller ihr stets beigemessenen Erwachsenenreife und Aristokratinnenbildung hatte sie das störende Gefühl, wieder Kind zu sein, in einer unbegreiflichen Welt rätselhafter Bestrebungen und geheimer Bedeutungen zu leben, ewig darauf angewiesen zu sein, darüber Mutmaßungen anzustellen, wie alles ablief, ohne daß ihr je die richtigen Fragen in den Sinn kamen.

Als erstes nach der Ankunft hatten sie auf Anraten ihrer zwei Führer, die sich noch am selben Morgen auf den Rückweg zur Grenze machten, ihre Jemer zu einem Mietstall in den städtischen Vororten gebracht und die Reittiere – nach heftigem Feilschen Miz' – dort für etwas mehr Geld verkauft, als sie vorher hatten bezahlen müssen. Anschließend wurden sie für den restlichen Tag zu Touristen.

Bei Tage hatten sie den großen Marktplatz besichtigt, den die niedrigen, überwiegend dachfreien Häuser rings um die gepflasterte, abschüssige Marktfläche umstanden wie eine seltsam im Viereck angeordnete Menschenmenge, ausnahmslos Schulter an Schulter zusammengedrängt, grimmig entschlossen, sich nichts entgehen zu lassen, was auf dem Platz geschah (allerdings waren die meisten in frohen Farben gestrichen, hatten leuchtend-bunte, bis fast auf den Boden ausrollbare Markisen, unter denen sich kleine Werkstätten und Läden verbargen, von denen man auf den ersten Blick kaum mehr sah als von glänzenden Schuhen, die unter einem Vorhang hervorschauten).

Auch die Menschen hatten sie als ziemlich faszinierend empfunden. Manche ritten Jemer, doch die Mehrheit ging, so wie sie, zu Fuß; die Masse war schlicht, aber in allen Farben gekleidet, zeigte allerdings – abgesehen von der nahezu unweigerlich bläßlichen Haut – eine weit vielfältigere äußere Verschiedenheit, als Golterer sie gewohnt waren: es gab sehr dicke Menschen, krankhaft dürre Personen, Deformierte, Leute in Lumpen …

Das Schloß hatten sie sich von außen angesehen. Drei steinerne Etagen erweckten einen planmäßig gebauten, annähernd symmetrischen Eindruck, darüber jedoch erhob sich ein wackliger Aufbau aus Entraxrln-Holz, wie zu einem Blockhaus gestapelt und zusammengenagelt, aufgetürmt und abgestützt, gefügt zu einem regelrechten Irrgarten von Zimmern, Fluren und gelegentlich einem irgendwie widerwilligen Zugeständnis ans Verteidigungsbedürfnis in Form ungeschickt angelegter, klappriger Wehrtürme sowie deplaziert wirkender Zinnenkränze, alles in willkürlicher Verteilung übersät mit Fenstern und Erkern, gekrönt von ein paar schiefen Giebeltürmchen, die unsicher zu den Membranschichten aufragten, als hätten sie an die Höhe einfältige Fragen zu richten.

Im übrigen hatte sich die Stadt als gleichförmig, aber auch verwirrend und bisweilen krawallreich entpuppt. Der Dom war klein und eine Enttäuschung; sogar seine Glocken, die jede Stunde läuteten, klangen hohl. Die einzig wirklich interessante Besonderheit des Doms gab eine davor zu besichtigende Steindarstellung des Gottes Pharpechs ab, dem kleine Gestalten, wohl Pharpecher, mit bösem Grinsen sowie diversen landwirtschaftlichen Geräten und richtigen Folterwerkzeugen allerhand Gemeinheiten antaten.

Sie waren durch die engen Straßen geschlendert, nicht übermäßig breite Hauptstraßen hinauf- und hinabgezogen und durch gewundene Gassen spaziert, aus Obergeschoßfenstern herabgeschüttetem Wasser ausgewichen, in verfaultes Gemüse und Schlimmeres getreten, etliche Male an ihren Ausgangspunkt zurückgelangt und öfters von Kinderscharen – sehr vielen

Kindern – und gelegentlich sogar von Erwachsenen, von denen sie nicht wenige anscheinend nach Hause einzuladen oder ihnen die Stadt persönlich zu zeigen wünschten, verfolgt worden. Zefla lächelte den hartnäckigeren Möchtegern-Fremdenführern großmütig zu und unterhielt sich mit ihnen in schnellem Juristen-Hochcaltaspisch, wonach sie zwar zumeist nicht aufgaben, wodurch sie aber in selig-heitere Laune gerieten.

Um die Mittagszeit hatten sie Ermüdung verspürt. Sie kehrten in den Gasthof um, und am Nachmittag sahen sie sich die umliegenden Stadtviertel an, kamen an den hohen Mauern mehrerer Klöster und Gefängnisse, einer Schule und eines Hospitals vorüber. Das Klosterhospiz, in dem Cenuij eine Übernachtungsmöglichkeit gefunden hatte, sah von außen geschlossen und menschenleer aus, doch glaubten sie über die Mauer leise Verfluchungslitaneien zu hören.

Sie entdeckten den Königlichen Zoologischen Garten: eine traurige Ansammlung von Holzkäfigen und Gruben, wo deprimierte Tiere hin- und herstapften oder sich knurrend gegen im Feuer gehärtete Gitterstangen warfen. Im Winkel einer mit einem Netz abgedeckten Grube hockte ein Rudel Flugaffen, die Flughäute, die ihre Glieder säumten, um sich geschlungen wie Mäntel, und lugte aus großen Augen ängstlich herauf. In einem schmalen Käfig tappte gesenkten Kopfs ein Gehegezahnbär auf und ab, die Bewegungen des ausgezehrten Körpers vermittelten nur noch den Abklatsch eines Eindrucks von der natürlichen Kraft und Geschmeidigkeit des Tiers. Ein großer, jedoch völlig kahler Käfig diente einem ausgewachsenen Stom als Behausung, er saß niedergekauert an der Wand, Holzschienen an die Schwingen gebunden, die Beine und das Schnabelmaul vernarbt und zerschrammt. Während sie ihn betrachteten, entsetzt über die beklagenswerte Unzulänglichkeit und Schäbigkeit der Unterbringung im Vergleich zur Größe des Tiers, hob es den einen Meter langen Schädel und drosch ihn einige Male gegen die Wand und bespritzte sich dabei mit eigenem, dunkelrotem Blut.

»Weshalb sind die Flügel geschient?« erkundigte sich Zefla bei einem Zoowärter.

»Geschient sind sie nicht, gnädigste Dame, sondern gefesselt«, lautete die Auskunft des Wärters. Er hatte einen Eimer dabei, in dem etwas Blutiges leicht dampfte. Sharrow rümpfte die Nase und entfernte sich gegen den Wind. Mit ernster Miene schüttelte der Wärter den Kopf. »Sehen Sie, 's ist so, wenn man die Flügel nicht verschnürt, schlägt das Stom-Weibchen den ganzen Tag damit gegen das Gitter und brüllt.«

Sie blieben nur kurz im Königlichen Zoologischen Garten.

Ziemlich plötzlich grenzte Ackerland an die Stadt, die Straßen zwischen den verschiedenerlei ummauerten Institutionen führten geradewegs zu Feldern hinaus, deren ordentlich angeordnete, langgestreckte, mit Membranfasermatten ausgelegte Flächen wie Furchen frischer Wunden weithin übers Land reichten und auf denen die Gewächse der sekundären oder tertiären Entraxrln-Ökosphäre in Reih und Glied aus der Scholle wuchsen. Ein Feldhüter empfahl der Gruppe das Restaurant, das rund einen Kilometer weiter an der erhöhtem Narbengewebe ähnlichen Landstraße stand.

Sie hatten auf der Terrasse des *Gezogenen Nagels* überraschend fein zubereitetes Fleisch mit Gemüse verzehrt; dann deutete Dloan auf den Stom, der im zunehmend trüberen Abendlicht durch eine in der Ferne sichtbare Lücke in der obersten Membranschicht herabgeflogen kam. Das Geschöpf zog Kreise, durchpflügte die Lüfte, schwebte auf einen Entraxrln-Stamm und eine als Pünktchen unterscheidbare Horde Flugaffen zu. Aber die Affenwürger-Säbelschwäne, die weiter oben im Geäst saßen, hatten das Reptil erspäht und sich abwärts geschwungen, ihr Geschrei, als sie den einzelnen schwarzen Riesen angriffen, war nur gedämpft zu hören, ihnen die Wut aber deutlich anzumerken gewesen. Der Stom hatte umgedreht, in seinem wohlbemessenen Aufsteigen, den nahezu zeitlupenhaften Bewegungsabläufen, war Resignation, allerdings auch eine gewisse Belustigung erkennbar gewesen, Ausdruck eines festen Kerns stoischen Gleichmuts gegenüber dem hektischen Umherschwirren der Affenwürger-Säbelschwäne, die um ihn herumsausten wie Elektronen um ihren schweren Kern.

Sharrow vermutete, daß die Menschen in den Stom so etwas wie einen Tieradel sahen, deren sichtliche Autorität ein wenig schon in der Tatsache Ausdruck fand, daß sie zu den paar Spezies der Fauna Miykenns' zählten, die noch heute einen original miykennischen Namen trugen und keine spätere golterische Bezeichnung hatten.

Sie spürte, daß ihre Teamkameraden wünschten, der Stom möge unversehrt entweichen, und damit war zweifellos auch zu rechnen; aber nur sie, glaubte Sharrow, hatte die kleckswinzige, graugrüne Gestalt eines Affenwürger-Säbelschwans gesehen, die sich dem Schädel des Stoms zu nahe wagte. Da hatte sie durch Zeflas Fernglas beobachtet, wie der Vogel vorwitzig dicht den Riesenkopf streifte und ein flüchtiges Schnappen der Kiefer bemerkt, das ihn verletzte, dann hatte ein Schwingenschlag ihn zur Seite geschleudert, ehe er wie ein graugrünes Tüpfelchen fortflatterte und dann in die Tiefe stürzte.

Er fiel noch immer.

Inzwischen konnte Sharrow ihn mit bloßem Auge erkennen.

Zügig schraubte er sich herab, war von der Höhe, in der ihn der Stom erwischt hatte, um mittlerweile fünfhundert Meter heruntergetaumelt, versuchte zu fliegen, brachte jedoch lediglich einen halb abgebremsten, spiraligen Sturzflug zustande.

Und über ihm, knapp dahinter, hatte sich ein zweiter Vogel dem würde- und hoffnungslosen, verzweifelten Hinabtrudeln auf besser gesteuertem, eleganterem Spiralkurs angeschlossen, verfolgte das Schicksal des Gefährten, weigerte sich, ihn im Stich zu lassen.

Sharrow behielt beide im Auge. Bald verschwanden die zwei Pünktchen in der Ferne inmitten der gewellten Membranfasermatten-Landschaft. Als sie den Blick wieder nach oben richtete, hatte einen Kilometer höher der Stom den Weg zurück durch die Lücke im Membranbaldachin gefunden. Die übrigen Affenwürger-Säbelschwäne gaben ihr Treiben auf. Miz, Zefla und Dloan brummten Laute der Anerkennung, setzten sich wieder ans Essen.

Nach einer Weile nahm auch Sharrow erneut Platz.

Sie aß ihre Mahlzeit langsam, ohne sich am Gespräch zu beteiligen, schaute oft in die Richtung der Gegend, in der die zwei Vögel außer Sicht geraten waren; und sie trank erst einen Schluck Wein, als einer der Vögel sich langsam, als wäre er erschöpft, auf den Rückflug nach oben machte, sich mit mühevollem Flügelschlag aufwärtsschwang, allein zu seinem Zuhause umkehrte, der Nistkolonie droben am Entraxrln-Stamm.

13

Am Hof der nutzlosen Könige

Seine Majestät König Tard der Siebzehnte, vierundsiebzigster der Nutzlosen Könige, Meister der Gotteslästerung, Reichsverweser von Pharpech und Herr seiner Länder, Städte, Unterklassen, Tiere und Weiber, Erster Hasser Gottes des Großen Infernalischen Hexers, Schatzmeister der Leeren Kasse und Hüter der Kaiserlichen Charta, saß im Schloß auf dem Stom-Thron des Thronsaals und maß verkniffenen Blicks mißtrauisch das magere, verdächtig gerissen aussehende Mönchlein, das vor ihm auf den Thronstufen kniete.

Der Thronsaal glich einer finsteren, verräucherten Höhle. Ihm fehlten Fenster, so daß Gott nicht hereinspähen konnte, und stank nach atemberaubenden Gerüchen aus Räuchergefäßen, die Seine ruhelose Seele vom Einschleichen abschreckten. An der Rückseite des Saals stand der Thron; die Minister und Höflinge des Königs, rund ein Dutzend, belegten niedrige, auf den Stufen der rechteckigen Empore des Throns verteilte Sitze, und wie hoch auf den Stufen oder wie nahe sie beim König sitzen durften, zeigte an, welchen Rang oder welche Bedeutung sie einnahmen.

Der Stom-Thron war in Form eines der großen Flugreptilien gemeißelt worden – die Schwingen bildeten am Thronsitz die Seiten, der Rücken gab den Sitz ab, und der Nacken des gestreckten Kopfs diente als Fußstütze – und hing an Drahtseilen von der qualmgeschwärzten Tonnengewölbedecke des Saals bis nur wenige Zentimeter über den altersstumpfen, fadenscheinigen Teppich herab, der obenauf die Empore bedeckte.

Die Höflinge vertraten die Darstellung, der Thron sei aufgehängt, um die Obergewalt und Hoheit des Königs über die gemeine Volksmasse zu symbolisieren, aber in Wirklichkeit gefiel es ihm einfach, daß man den Thron, wenn man sich kräftig genug hin- und herbewegte, zum Schaukeln bringen konnte. Zwei überdurchschnittlich hochgewachsene, ruhig-gelassene Mitglieder der Königlichen Leibwache standen am breiten Schwanz des steinernen Stoms, bewaffnet mit als Musketen getarnten Laserkarabinern. Manchmal erlaubte ihnen der König, mit ihm zusammen auf dem Thron zu schaukeln. Kniete jemand nahe vor dem Thron und er fing zu schaukeln an, während sie daherfaselten, war es möglich, demjenigen mit dem wuchtigen Schnabel des Steinstoms einen Stoß gegen die Brust oder den Kopf zu versetzen, so daß er von der Treppe fiel oder flüchtete, und wer nicht auf der Treppe kniete, dem brauchte er gemäß offizieller Regelung gar nicht zuzuhören. Momentan erwog er, genau auf die Weise mit diesem Mönch zu verfahren.

Es mußte als ungewöhnlich gelten, daß man ihm diese Art von Mensch überhaupt vorstellte. Immer wenn seine Höflinge etwas unternahmen, was nicht zu ihrem sonstigen Verhalten paßte, empfand er gegen sie Mißtrauen. Er wußte, daß sie ihn – wie es natürlich auch zu sein hatte – fürchteten und achteten, bisweilen jedoch betrachtete er es nicht als ausgeschlossen, daß sie hinterrücks unvorteilhaft über ihn redeten oder sogar eigene Plänchen verfolgten.

So oder so mißfiel ihm das Gesicht des Mönchs. Zu schmal war es, wirkte zu gewitzt, sein Blick zu durchdringend, und seiner Miene ließen sich eine gewisse Belustigung und Geringschätzung anmerken, die den Schluß erlaubten, er hielt den König oder sein Königreich für etwas Lächerliches. Der König brachte dem Mönch gefühlsmäßigen Argwohn entgegen. Es hatten schon Menschen für Geringeres sterben müssen. Für erheblich geringeres.

Ein Höfling tuschelte ihm das Anliegen des Mönchs ins Ohr. Es überraschte den König gelinde, doch zerstreute es keineswegs seine Vorbehalte.

»So«, sagte er zu dem Mönch, »du gehörst einem Orden an, der den Großen Infernalischen Hexer verabscheut.«

»Das ist der Fall, allergnädigste Majestät«, antwortete der Kerl, die Augen unterwürfig auf den Teppich gesenkt. Wenigstens klang sein Ton nach Respekt. »Es ist unser Glaube, ein vom hiesigen, ehrwürdigeren und weiter verbreiteten Glaubensbekenntnis vielleicht durchaus nicht allzu verschiedenes Credo, daß Gott ein Wahnsinniger Gelehrter ist und wir Produkte Seiner Experimente sind, auf ewig dazu verurteilt, durch das Labyrinth des Lebens zu irren, für wertlose, schäbige Belohnungen scheinbar willkürliche, ungerechte Leiden erdulden zu müssen, ohne daß es dafür einen ersichtlichen anderen Grund gibt als Seine Bosheit.«

König Tard starrte das dürre Mönchlein an. Es hatte einen abstoßenden Akzent und schwafelte kompliziertes Zeug; dennoch hatte der König mit einem Mal den seltsamen Eindruck, daß er noch zu einem willkommenen Gast werden könnte. Der König beugte sich vor; sein Thron schaukelte leicht.

»Auch ihr haßt Gott?« erkundigte er sich, indem er, die Nase gerümpft, eine Grimasse des Widerwillens schnitt.

Der hagere Mönch, der eine schwarze Kutte trug und als Ornat nur ein kleines Metallkästchen, das ihm an einer Schnur um den Hals hing, lächelte reichlich sonderbar. »Jawohl, Eure Majestät. Wir hassen Ihn mit tiefster Inbrunst.«

»Gut«, sagte der König. Er lehnte sich zurück und musterte den dünnen Ordensbruder. Der Bruder sah den Höfling an, der den König informiert hatte, aber der Hofschranze schüttelte den Kopf. Niemand sprach zum König, ehe die Majestät ihn anredete.

Der König maß sich sehr wohl die Tugend einiger Staatsgewandtheit zu; er wußte, wie wichtig Verbündete sein mochten, obwohl das Königreich weitgehend autonom existierte und sich keiner unmittelbaren äußeren Gefahr gegenübersah. Selbstverständlich trieben im Tiefland Rebellen und Banditen ihr Unwesen, geradeso wie immer, überall im Königreich und sogar bei Hofe heckten verborgene Reformer ihre abstrusen Bestrebungen aus, doch kannte sich der König damit aus, wie man sie abfertigte: er befahl einem Höfling nachzuprüfen, wie man sie früher unschädlich gemacht hatte, und traf dann die gleichen Maßnahmen. Außerhalb des Reiches allerdings, auch wenn derlei innerhalb der Grenzen ausblieb, wechselten die Zeiten, und es konnte überhaupt nicht schaden, andernorts in der Welt Leute zu haben, die mit Pharpech sympathisierten, zumal es den König seit eh und je verdrossen hatte, daß auswärts anscheinend nur wenige Menschen etwas von seinem Reich erfuhren.

Er mußte den Mönch sorgfältig befragen. »Wie viele seid ihr?«

»Hier in Eurem Reich, Majestät? Nur ich gehöre zum Orden …«

Der König schüttelte den Kopf. »Nein, überall. Wieviel Mitglieder hat eure Ordensgemeinschaft insgesamt?«

Nun zog der Mönch einen kummervollen Gesichtsausdruck. »Gegenwärtig zählen wir nur wenige tausend, Eure Majestät«, bekannte er. »Zwar befinden sich viele von uns in hohen Positionen, müssen deshalb jedoch, wie sich von selbst versteht, ihren Glauben geheimhalten.«

»Hmm«, knurrte der König. »Wer ist euer Oberhaupt?«

»Majestät, wir haben kein Oberhaupt«, gab der Mönch zur Antwort, als ob ihm dieser Umstand Sorge bereitete. »Uns leitet ein Rat, eine Versammlung Gleicher, in der jedes Mitglied sein eigener Hohepriester ist, und darin liegt unser Problem.« Das knochige Mönchlein hob den Blick und lächelte etwas netter. »Und deshalb, Eure Majestät, komme ich im Namen aller meiner Brüder untertänigst mit dem Gesuch zu Euch, unser geistiger Führer zu werden.«

Gesuche, Gesuche, Gesuche … Sämtliche Gesuche hatte der König gründlich satt. Aber dieses Gesuch kam wenigstens von außerhalb des Königreichs, von Leuten, die ihm nichts schuldeten und eigentlich keinen Grund hatten, ihn um irgend etwas zu bitten … Nein, von Menschen, die sich damit an ihn wandten, weil sie ihn achteten und schätzten, was er repräsentierte. Diese Vorstellung war ihm recht angenehm.

»Geistiger Führer?« wiederholte er und versuchte zu vermeiden, daß man seiner Stimme anhörte, wie sehr ihm der Titel gefiel.

»Jawohl, Eure Majestät«, bestätigte der magere Ordensbruder. »Wir ersehnen uns Eurerseits die Billigung unseres demütigen Glaubens, weil Ihr das Oberhaupt eines ähnlichen Bekenntnisses seid, das viele Jahrhunderte überdauert hat und uns deswegen Hoffnung spendet. Wir bitten Euch um Euren Segen und, falls Ihr so gütig seid, uns die Erfüllung unserer Ersuchens zu gewähren, um die größte Gunst, die wir uns denken können, nämlich daß Ihr Euch zum Patriarchen unserer Kirche einsetzt. Niemals würden wir etwas tun, das Eurem Namen mit Schande beschmutzte, hingegen keine Mühe scheuen, um Euren Namen und dem Ansehen des Königreichs Pharpech alle Ehre zu machen.« Der Mönch vermittelte den Eindruck rührender Bescheidenheit. »Glaubt nicht, Majestät, wir wollten nur an Eure weithin bekannte Gutmütigkeit und Großzügigkeit appellieren. Unser von Herzen empfundener Respekt vor Euch ist so groß, der Wunsch, Euch zu unserem geistigen Führer zu haben, so innig, daß wir, obwohl wir unwürdige Kreaturen sein mögen, es als

Vernachlässigung unserer Glaubenspflichten erachtet hätten, uns nicht an Euch zu wenden.«

Jetzt fühlte der König sich verwirrt. Unwürdigen Kreaturen mochte er seinen Segen nicht geben. Von solchen Leuten war er längst in überreicher Zahl umringt.

»Was?« fragte er. »Euer Orden besteht aus ›unwürdigen Kreaturen‹, sagst du?«

Für eine Sekunde wirkte der Mönch verunsichert, dann neigte er den Kopf. »Nur im Vergleich zu Euch, Eure Majestät. Verglichen mit den Ungläubigen sind wir dagegen verdienstvolle Erleuchtete. Nur die Lumpen sind bescheiden, heißt ein Sprichwort, Brave freuen sich der Tat.« Wieder lächelte der hagere Mönch. Seine Augen sahen feucht aus.

Die letzte Bemerkung verstand der König nicht richtig – wahrscheinlich infolge der komischen Mundart des Mönchs –, aber er erkannte, der Dürre glaubte, er hätte eine etwas geistreiche Äußerung von sich gegeben, also stieß der König höflichkeitshalber ein kleines Lachen aus, schaute die Höflinge an und nickte ihnen zu, damit sie ebenfalls lachten und sich gegenseitig zunickten. Auf die Fähigkeit, Leute auf so einfache Weise mit Heiterkeit erfreuen zu können, war der König regelrecht stolz.

»Guter Mönch«, sagte er, wobei er sich auf dem Stom-Thron zurücklehnte und das Tagesgewand um sich raffte, während der Thron leicht pendelte, »ich bin durchaus geneigt, eure fromme Bitte zu erhören.« König Tard schmunzelte. »Ich glaube, darüber unterhalten wir uns noch eingehender.« Er setzte seine Weisheitsmiene auf, und der dünne Ordensbruder wirkte nahezu närrisch beglückt. Mit dem Handrücken wischte er sich die Augen.

Wie rührend, dachte der König nochmals.

Huldvoll winkte er mit der Hand nach der Seite, wodurch im Qualm des Räucherwerks ein Gekräusel entstand. Er deutete auf mehrere Domestiken, die Kissen hielten, auf denen große, flache Gegenstände lagen: verzierte Metallbehälter. »Nun jedoch zu etwas anderem. Mir ist gemeldet worden, du hast *Geschenke* mitgebracht ...«

»So ist es, Eure Majestät«, antwortete der Bruder, blickte sich um, als die Domestiken sich in Richtung Empore in Bewegung setzten. Nebeneinander stellten sie sich an der Seite des Mönchs auf. Der Bruder nahm den Metallkasten vom Kissen des ersten Domestiken und hielt das Geschenk dem König entgegen. Es sah aus wie eine größere Version des Metallkästchens, das der Mönch um den Hals hängen hatte. »Es ist ein Buch, Eure Majestät.« Er fummelte an dem Schloß des Metallkastens.

»Ein *Buch*?« ächzte König Tard. Er beugte sich auf dem Thron vor, klammerte die Fäuste an die Ränder der Stom-Schwingen. Er *haßte* Bücher. »Ein *Buch*?« schnauzte er. Seine Höflinge wußten genau, wie tief ihm Bücher zuwider waren. Wie konnten sie diesen albernen Wicht vorlassen, obwohl sie wußten, daß er *Bücher* anschleppte? Er warf den nächststehenden Höflingen einen wütenden Blick zu. Sofort wechselte ihr Gesichtsausdruck von selbstgefälligem Schmunzeln zu einer Miene der Betroffenheit und Empörung.

»Aber es sind Gottesbücher, Eure Majestät«, winselte das magere Mönchlein, dessen Kinn zitterte, während es sich mit seinen dünnen Händen abmühte, die mit Edelsteinen geschmückten Metallbuchdeckel zu öffnen.

»*Gottes*bücher?!« brüllte der König, indem er aufsprang. Das war ein ... Wie hieß es doch gleich wieder? Ein Sakrileg! Der große, steinerne Stom-Thron schaukelte von einer zur anderen Seite, während der König den glücklosen Mönch mit zornigem Blick maß. »Hast du *Gottesbücher* gesagt?« schrie König Tard. Er hob die Hand, um den Here ... Heri ... den Ketzer hinausschleifen zu lassen.

»Ja, Eure Majestät«, rief der Ordensbruder, klappte

das Buch auf, so daß die Blätter wogten. »Es ist nämlich *leer.*«

Er hielt das Buch vor sich wie einen Schild hoch, das Gesicht vor dem Grimm des Königs abgewandt, während die flattrigen weißen Blätter auseinanderklafften.

Der König sah sich nach den Höflingen um. Sie wirkten ebenso verärgert wie überrascht. König Tard wurde bewußt, daß er aufgerichtet auf dem Thron stand, der ununterbrochen schaukelte, eine Situation, in der ein Geringerer vielleicht einen idiotischen Eindruck erweckt hätte.

Eilig dachte König Tard nach. Da erkannte er, daß man ihm ein ziemlich witziges Geschenk brachte. Er lachte, ließ sich lachend auf dem Thron nieder und blickte seine Höflinge der Reihe nach an, bis auch sie zu lachen anfingen.

»Was, guter Mönch? Die Seiten sind *alle* leer?«

»O ja, Eure Majestät«, beteuerte der hagere Ordensbruder, schluckte, legte das erste Buch beiseite und nahm vom Kissen des zweiten Domestiken das nächste Buch. »Seht da.« Nachdem er es vorgezeigt hatte, legte er es zurück aufs Kissen, zeigte dem Herrscher ein weiteres, ein viertes und ein letztes Buch. »Seht selbst, Eure Majestät, seht, seht, alle Seiten sind leer. Und beachtet folgendes. Die Blätter sind glanzbeschichtet und zu glatt, um darauf zu schreiben, keine Tinte haftet, und sogar Laserstrahlen werden einfach reflektiert. Man kann sie nicht einmal als Notizbuch benutzen. Es sind wahrhaft nutzlose Bücher.«

»Was?« rief der König. Er warf den Kopf in den Nacken und brüllte vor Lachen. »Nutzlos sind sie!« gackerte er, sank rücklings auf den Stom-Thron und lachte so wild, daß ihm schließlich die Körperseiten wehtaten. »Nutzlos!«

Er lachte, bis er husten mußte. Als ein Höfling ihm ein Glas Wein anbot, winkte er jedoch ab, nahm statt dessen wieder in würdevoller Haltung auf dem Thron Platz und lächelte gütig auf das Mönchlein hinab.

»Du bist ein putziger Bursche, kleiner Mönch, und machst deiner Ordensgemeinschaft Ehre. Du darfst als Unser Gast im Schloß bleiben, und wir werden uns noch ausführlicher besprechen.« Zutiefst darüber befriedigt, sein Wohlwollen derartig wortgewaltig formuliert zu haben, schnippte König Tard mit den Fingern; ein Sekretär kam nach vorn gewieselt, Stift und Schreibblock in den Händen, den Kopf gesenkt. »Sorge dafür, daß Unser kleiner Mönch ein freundliches Willkommen genießt«, befahl der König. »Ihm sind gute Gemächer zuzuweisen.«

»Sehr wohl, Eure Majestät.«

Der Sekretär begleitete den erleichterten Mönch hinaus. König Tard blätterte noch für ein Weilchen in den Büchern mit den glänzend-glatten Seiten und lachte dabei vor sich hin; zu guter Letzt erteilte er die Anweisung, sie zu den anderen Nutzlosigkeiten im Trophäensaal des Schlosses einzuordnen.

»Verdammter Mist«, murrte Cenuij, der in Miz' und Dloans Zimmer auf dem Bett hockte und auf den kleinen Sticker-Monitor starrte, den Miz auf der Bettdecke entrollt hatte. Auf der Bildfläche sah man die geisterhaft verschwommene Wiedergabe einer Glasvitrine, die eine Sammlung veralteter Elektrogeräte enthielt.

»Wirkt auf mich wie die Schaufensterdekoration in einem Historienfilm«, meinte Miz. Per Fernsteuerung betätigte er die Rotationsfunktion der als Edelstein getarnten Nachtsichtoptik auf dem Buchdeckel, aber bekam nichts zu sehen als noch mehr alte Küchenapparaturen.

»Ist die Übertragung auch wirklich ungefährlich?« fragte Dloan, der gleichfalls das Monitorbild betrachtete.

Miz hob die Schultern. »Seit der ersten Peilung erfolgt sie quasi-direktionalisiert, und der Sender wechselt häufig die Frequenz. Ich bezweifle, daß sie im Schloß die Möglichkeit haben, so etwas aufzufangen, obwohl sie dort nicht so technikarm sind, wie sie immer vorgeben.«

»Ich hoffe, das Ding hier arbeitete auch nach diesem Prinzip«, sagte Cenuij, hob das Miniaturbuch an, das an der Schnur um seinen Hals hing. Unter seinen Lumpen, nur von ihm übergestreift, um unauffällig das *Gebrochene Genick* aufsuchen zu können, trug er unverändert die schwarze Kutte, die er vor der Einreise ins Königreich Pharpech angezogen hatte.

»Na klar«, lautete Miz' Antwort. »Aber zur Sicherheit solltest du's nur im Notfall verwenden.« Er versuchte es mit dem Ultraschallscanner eines anderen Pseudoedelsteins, der das jetzt im Schloß befindliche Buch schmückte, doch das Ergebnis umfaßte lediglich ein Mono-Holo des Innern einer kleineren Vitrine. Das letzte falsche Juwel, ein Elektrofeldsensor, übertrug gar nichts, nicht einmal irgendwelche Meßwerte aus den elektrischen Geräten der unmittelbaren Umgebung. Falls sie einmal Akkus gehabt hatten, waren sie längst leer.

»Nichts zu machen«, faßte Miz zusammen und desaktivierte den Sticker-Monitor.

»Ich hatte gedacht, er stellt die Schwarten zu dem einzigen Buch, das er schon hat«, sagte Cenuij. Er hob die Schultern. »Nun ja, immerhin bin ich damit ins Schloß gelangt. Und ich habe das Vertrauen Seiner Majestät gewonnen.«

»Geht's dort wenigstens lustig zu?« erkundigte sich Zefla, während sie sich und den anderen etwas zu trinken eingoß.

Mit einem Arm winkte Cenuij ab. »Bis unters Dach wimmelt's dort von Schätzen, Sperrmüll und Kitsch«, erklärte er, »und es strotzt nur so von läppischen Eifersüchteleien, jämmerlichen Intrigen, Aberglauben und Argwohn.«

»Dann mußt du dich ja wie zu Hause fühlen, Cenuij«, frotzelte Sharrow.

»Vollkommen«, stimmte er ihr zu. »Ich vermisse dich kein bißchen.«

»Hast du schon 'ne Gelegenheit gefunden«, fragte Miz, »dich nach dem Buch umzugucken?«

»Etwas Zeit müßt ihr mir schon lassen«, entgegnete Cenuij gereizt. »Ich bin erst seit zwei Tagen dort, deshalb ist es wohl zu früh, um bohrende Fragen nach der Schatzkammer zu stellen. Bisher habe ich einmal mit dem König gesprochen, mit der Königin und ihren *äußerst* unartigen Bälgern schon viel zu oft, außerdem mußte ich mit einigen hirnlosen, aber übelgesonnenen Höflingen und schwachköpfigen Religionsfunktionären herumhängen. Anscheinend beschränkt sich das unselige Dasein in Pharpech hauptsächlich aus extrem frühem Aufstehen, dem Absingen von gottesfeindlichen Flüchen in zugigen Kapellen und zwischendurch absolut faden Mahlzeiten und dem Austausch von Klatsch, mit dessen atemberaubender Kläglichkeit nur seine bösartige Giftigkeit gleichzieht. Was ich bislang über die Schatzgewölbe des Schlosses erfahren habe, ist ihre ungefähre Lage. Ich vermute, sie sind zum Schutz technisch besser ausgestattet als der Rest dieses elenden Barbarei-Abenteuerparks, aber mehr weiß ich ganz einfach noch nicht.« Cenuij trank einen schnellen Zug aus seinem Weinbecher. »So, und was habt ihr Touristen getrieben, während ich mich ungeachtet aller Risiken ins Machtzentrum des Königreichs und ins Vertrauen seines mächtigsten Bewohners eingeschlichen habe?«

»Ach, wir sind nur so rumgelatscht.« Miz grinste.

»Wir haben die Waffen und die übrige Ausrüstung überprüft«, teilte Dloan mit.

»Wir haben endlich die überschüssigen leeren Seiten der nutzlosen Bücher verbrannt«, antwortete Zefla.

»Zwischen diversen Schandtaten hat Miz herausgebracht, wo sich die örtliche Verbrecherbruderschaft trifft«, erzählte Sharrow. »Dloan plant einen Abstecher ins Tiefland, um Verbindung zu den Rebellen aufzunehmen, und Zefla und ich ziehen vorsichtig Erkundigungen über die verschiedenen Zusammenschlüsse der Künstler, Handwerker, Händler und Frauenrechtlerinnen ein.«

»Sieh an, zumindest *beschäftigt* ihr euch ein wenig«, kommentierte Cenuij mit einem Lächeln.

»Es vertreibt uns die Zeit, Cenuij«, sagte Sharrow, »während du die ganze Arbeit erledigst.«

In der Ferne läutete nahezu tonlos die Glocke des Doms. Cenuij leerte den Weinbecher. »Wie schön für euch. Aha, das ist der Ruf zur Abendlitanei, 's ist wieder Zeit, den Gotteshaß hinauszusingen. Dann kehre ich mal lieber um und setze die Arbeit fort, hm?« Er reichte Sharrow den Becher. »Danke für den Wein.«

»Nicht der Rede wert.«

Der Dieb schwang sich durch den dreckigen, bodenlangen Vorhang in die Nische und Miz gegenüber auf die Schragenbank. Das Zufallen des Vorhangs dämpfte den Lärm, der aus der verqualmten Schenke in die Nische drang, nur unzulänglich. Mit gelben Flämmchen brannten zwei Kerzen in der Nische, eine an jeder Wand, flackerten im Luftzug.

Für einen Miykennser war der Dieb klein. Er trug dunkle, schlichte Kleidung, hatte einen Bart und fettiges Haar, und seine blasse Gesichtshaut wies mehrere Narben auf. Die breiten Nasenlöcher seines platten Riechorgans saßen über einem zu ständigem Feixen erstarrten Mund. Seine Augen spähten verstohlen aus tiefen Höhlen.

»Sie wollten sich mit mir unterhalten, Golterei?« Er hatte eine ruhige, heisere Stimme, die sich allerdings durch eine seltsame Weichheit auszeichnete, durch die sie Miz an eine Rasierklinge erinnerte, die in Haut einschnitt: anfangs kerbte sie sich beinahe schmerzlos, fast unbemerkt ins Fleisch.

Miz lehnte sich zurück, die Hand an seinem Krug Torfbier. »Ja«, sagte er. Mit dem Kinn deutete er auf den Tisch. »Möchten Sie was trinken?«

Flüchtig verzogen sich die Lippen des Diebs zu einem normalen Lächeln. »Ich habe schon bestellt. Am besten übernehmen Sie die Rechnung.«

»Einverstanden.« Miz trank ein Schlückchen Bier, gewahrte unterdessen, daß der Dieb ihm mit offener Geringschätzung zusah, öffnete daraufhin die Kehle weit, leerte den halben Krug und stellte ihn mit einem Rums auf die roh geschreinerte Tischplatte. Zum Abschluß wischte er sich mit dem Ärmel den Mund.

Der Mann auf der anderen Seite des Tischs wirkte keineswegs beeindruckt. Jemand schob den Vorhang auf; der Dieb drehte sich zur Seite, erhaschte das Handgelenk der Kellnerin, die eintrat, grinste sie an, während sie eine Flasche und einen Becher auf dem Tisch absetzte. Nervös erwiderte sie sein Grinsen.

Der Dieb wandte sich an Miz. »Also, dann bezahl.«

Miz suchte in der Tasche seiner Strickjacke und gab dem Mädchen ein paar Münzen. Vor Staunen sperrte es Augen und Mund auf, dann schloß es die Hand und wollte sich rasch zum Gehen wenden.

Doch der Dieb hielt es noch am Handgelenk gepackt; nun zerrte er daran so kräftig, daß das Mädchen gegen die Tischkante stieß. Die Kellnerin unterdrückte einen Aufschrei. Gewaltsam bog der Dieb ihr die Finger auseinander und nahm das Geld an sich, mit dem Miz gezahlt hatte. Er sah sich die Münzen mit merklicher Überraschung an. Zwei davon suchte er heraus, hob die Hand und steckte sie der Kellnerin unters Mieder, dann schubste er sie vom Tisch fort, gab ihr einen Klaps aufs Gesäß und scheuchte sie aus der Nische. Er biß auf eine Münze, ehe sie und das restliche Geld in seiner dunklen Tracht verschwanden.

»Sie haben ihr zuviel Trinkgeld gegeben«, sagte er, zerbrach das Siegel der Flasche und schüttete Entraxrln-Schnaps in den kleinen Borkenbecher.

»Anscheinend«, meinte Miz. »Leider kann ich mich nur schlecht wieder auf den überkommenen Umgang umstellen, den sie hierplanets mit Frauen pflegen.«

Während der Dieb trank, beobachtete er Miz über den Becherrand hinweg. Beim Schlucken hüpfte sein Kehlkopf. Unverzüglich füllte er das Trinkgefäß ein zweites Mal. »Ich habe gehört, daß Golterer ihre Schwänze den Frauen, die sie kennen, zum Aufbewahren überlassen.«

»Nur die Glücklichen«, sagte Miz. Der Dieb musterte ihn mit festem Blick. Miz zuckte die Achseln und spreizte die Hände. »Ihnen ist offenbar nicht erzählt worden, *wo* sie sie aufbewahren.«

Der Dieb trank den zweiten Becher Entraxrln-Schnaps aus und träufelte das letzte Tröpfchen auf die Tischplatte. Er spuckte ins Becherchen, rieb es mit dem Saum seiner Lederweste sauber und beugte sich über den Tisch näher, streckte Miz das Trinkgefäß entgegen wie ein Juwel. »Auch 'n Kurzen?« fragte er, langte mit der anderen Hand nach der Flasche.

Miz schob dem Mann den Bierkrug zu, nahm den Borkenbecher und ließ ihn füllen. Mit einem Zug kippte Miz den Entraxrln-Schnaps hinunter. Das Gesöff war teuflisch scharf, so daß es Miz einige Mühe kostete, nicht zu husten. Der Dieb leerte den Bierkrug, dann lehnte er sich an die Wand, steckte den Kopf zum Vorhang hinaus und rief etwas.

Mit einem zweiten Borkenbecher und zwei vollen Bierkrügen fand sich die Kellnerin nochmals ein. Sie schaute den Dieb an, und der Dieb heftete den Blick auf Miz.

»O nein«, sagte Miz, »ich bitte Sie, lassen Sie *mich* zahlen.« Er holte weitere Münzen aus der Strickjacke.

Diesmal gab er dem Mädchen ungefähr das, was der

Dieb der Kellnerin das erste Mal zugestanden hatte. Allem Anschein nach war sie trotzdem zufrieden.

»So.« Offenbar wollte der Dieb zur Sache kommen. »Um was geht's Ihnen denn nun eigentlich?«

Miz trank von seinem Bier. »Ich bin daran interessiert«, antwortete er, »möglicherweise diese oder jene ethnische Antiquität zu exportieren.«

»Wenden Sie sich ans Schloß«, riet ihm der Dieb.

Erneut zuckte Miz die Achseln. »Diese Kunstgegenstände, an denen ich Interesse habe ...« Er neigte den Kopf zur Seite, betrachtete die Decke des Lokals über der oben offenen Nische. »Im Grunde genommen sind sie unverkäuflich. Aber ich würde jedem, der mir dabei hilft, in ihren Besitz zu gelangen, mit einer hohen Summe belohnen.«

Der Dieb ließ in seinem Krug das Bier schwappen. »Von was für Sachen reden Sie? Wo sind diese Gegenstände?«

»Es kommt alles in Frage«, wich Miz aus. »Einige Teile ...« – er ahmte den Dieb nach, brachte das Bier im Krug zum Strudeln – »... befinden sich eventuell im Schloß.«

Der Dieb blickte ihm in die Augen. »Im Schloß?« wiederholte er ausdruckslos.

Miz nickte. »Für wie wahrscheinlich halten Sie's, daß man mir etwas aus dem Schloß beschaffen kann?«

Der Dieb schielte zur Seite und nickte auch. Bedächtig stand er auf, den Bierkrug in der Hand. »Warten Sie hier«, sagte er. »Ich kenne jemanden, der Ihnen vielleicht 'ne Hilfe ist.« Rückwärts entfernte er sich durch den düsteren, schweren Vorhang aus der Nische.

Miz blieb am Tisch allein und trank Bier, sah sich dabei in der schmuddligen Nische um. Es roch nach Schweiß, verschütteten Getränken, unter Umständen Blut und etwas, das, wie Miz vermutete, verdorbenes Bier sein mußte. *Zum Wetzstein* hieß die Kneipe; Miz hatte schon Spelunken mit phantasievolleren Namen gekannt. Das Lokal stand in einem weniger gut beleumundeten Viertel der Stadt Pharpech, das sich am steilen Hügel östlich des Schlosses und um noch einiges weiter ins Umland erstreckte, sich überwiegend aus einer Ansammlung schiefer Bruchbuden zusammensetzte, in denen man stinkige Gerbereien und Knochenmühlen betrieb. Nicht einmal mit einem Schießeisen in der Tasche und einem VibroDolch im Stiefel hatte er sich beim Betreten dieser Kaschemme sicher gefühlt.

Er sah zum Oberrand der Nischenwandung hinauf, der einen Meter über seinem Kopf und einen Meter unter der Decke des Lokals verlief. Er war sich ziemlich sicher, an der Decke kleine, braune Stalaktiten erkennen zu können.

Miz betrachtete die Borkenwand hinter seinem Rücken. Wenn man aufmerksam hinschaute, ließ sich ungefähr in Scheitelhöhe deutlich ein schmieriger, schwärzlicher Streifen unterscheiden, wo im Laufe der Jahre zahllose Köpfe mit vermutlich ungewaschenem und von Kleintierchen bewohntem Haar ihren Abdruck hinterlassen hatten. Angewidert schnalzte Miz und betastete seinen Hinterkopf. Er nahm eine andere, seitliche Sitzhaltung ein, legte die Füße auf die Bank und lehnte den Kopf an die Rückwand der Nische.

Im Lokal war es merkwürdig ruhig geworden. Stirnrunzelnd, blickte Miz in Richtung Vorhang.

Durch den schweren Vorhang fuhr ein Ruck. In die Seitenwand der Nische wumsten drei Armbrustpfeile, bohrten sich im unteren Bereich des schwarzen Schmuddelstreifens, genau an der Stelle, wo sich Sekunden vorher Miz' Kopf befunden hatte, in die Borke.

Miz starrte die Geschosse an. Dann zückte er die Pistole und warf den Bierkrug um, so daß der Inhalt über den Tisch spritzte und auf den dreckigen Fußboden floß; die Pfütze breitete sich unterm Saum des Vorhangs aus, so daß man sie auch außerhalb der Nische sehen konnte.

Hurtig kniete sich Miz auf die Schragenbank, stieg schnell und lautlos auf die Bank an der anderen Seite des Tischs. Die zur Seitenwand gekehrten Füße auf der Bank, setzte er sich auf den Tisch. Inzwischen herrschte in der Schenke fast völlige Stille; nur Flüstern und das Geräusch von ein, zwei Stühlen, die über den unebenen Dielenboden schrammten, waren zu hören. Die Armbrustpfeile hatten drei kleine Löcher in den Vorhang gerissen, durch die dünne Lichtkegel verqualmter Helligkeit eindrangen.

Klopfenden Herzens, die Waffe schußbereit, wartete Miz.

Millimeterweise bewegte sich der Vorhang; etwas verdunkelte eines der drei kleinen Durchschußlöcher.

Den Arm vor sich ausgestreckt, so daß er als erstes durch den Vorhang stieß, sprang Miz aus der Nische, packte die Gestalt, die davor lauerte, im Nacken, duckte sich rücklings an die schmale Borkenwandung, die zwei Nischen teilte, nahm den Mann, der mit dem Hinterteil auf den Fußboden prallte – er war kein anderer als der Dieb, mit dem er eben gesprochen hatte –, fest in den Schwitzkasten. Miz setzte ihm die Waffenmündung knapp unterm rechten Ohr an den Kopf.

So gut wie sämtliche Gäste hatten das Lokal verlassen; nur an der dicken Luft und einer Anzahl noch halbvoller Trinkgefäße ersah man, daß sich hier vor nur wenigen Minuten jede Menge Leute aufgehalten hatten. Drei mit Armbrüsten bewaffnete Männer standen mit dem Rücken an der Theke. Einer hatte schon nachgeladen, einer legte gerade den nächsten Pfeil ein, und der dritte, der soeben wieder die Sehne zu spannen beabsichtigte, hatte bei dieser Verrichtung starr verharrt.

Der Schütze mit der geladenen Armbrust zielte auf Miz. Mit dem Lauf der Laserpistole drückte Miz den Kopf des Diebs zur Seite. Der Dieb roch abstoßend; er wehrte sich schwach, aber Miz schlang den Arm enger um seinen Hals, ohne die Augen von dem Armbrustschützen zu wenden. Endlich verzichtete der Dieb auf weitere Gegenwehr. Er röchelte.

In der Nähe der Tür befanden sich noch zwei Männer im Lokal; beide waren mit Pistolen schweren Aussehens bewaffnet, machten allerdings Anstalten, sich im Rückwärtsgang aus der Kneipe zu entfernen. Miz' Hauptsorge galt der benachbarten Nische. Im Augenwinkel glaubte er zu gewahren, daß sich der Vorhang kaum merklich wellte. In der Hocke rutschte er zur Seite, so daß er den Vorhang der Nische, in der er vorhin mit dem Dieb gesessen hatte, hinter sich bekam.

»Hört mal her, Jungs«, sagte Miz, grinste dem Armbrustschützen zu. »Am besten ziehen wir uns ganz vernünftig aus der Affäre, dann kriegt niemand was ab.« Langsam richtete er sich auf, hielt den Dieb zwischen sich und den drei Männern. »Wie denkt ihr darüber?«

Keiner würdigte ihn einer Antwort. Der Dieb schnaufte im Schwitzkasten vor sich hin. Miz spürte, daß der Mann zu schlucken versuchte, und lockerte die Umklammerung ein wenig. »Vielleicht hat unser gemeinsamer Freund hier etwas Sinnvolles von sich zu geben.«

Die beiden Fremden an der Tür schlüpften aus dem Lokal. Miz bohrte dem Dieb den Pistolenlauf in die Backe. »Na los, sag was Schlaues.«

»Laßt ihn gehen«, keuchte der Dieb. Aber seine Aufforderung fand kein Gehör.

Diese Burschen warten auf etwas, sagte sich Miz. Aus der Nische hinter seinem Rücken drang ein Geräusch. Irgend jemand war aus der Nachbarnische herübergeklettert. Vom Fußboden ertönte ein Quietschen. Miz wirbelte herum und riß den Dieb mit. Durch den Vorhang blitzte eine lange, schmale Klinge, stach dicht unterhalb des Brustbeins in den Leib des Diebs, die glänzende Spitze fuhr durch die Lederweste aus seinem Rücken. Der Mann stieß ein Ächzen aus.

Schon hatte Miz sich flink wieder umgedreht und geduckt, den Kopf eingezogen. Ein Armbrustpfeil traf den Dieb in den Hinterkopf, so daß er vornüber durch den Vorhang taumelnd zusammenbrach und den dahinter versteckten Messerstecher rückwärts auf den Tisch warf.

Miz' Pistole knallte und fauchte. Ein Ruck schüttelte den Mann, der den Pfeil abgeschossen hatte, als die Laserstrahlen sich in seinen Oberkörper brannten, Flämmchen umlohten die Ränder der in seine Jacke gesengten Einschußlöcher. Ihm entfiel die Armbrust, das Kinn sank ihm herab. Einen Moment lang blieb er so stehen, während Miz auf Abstand von der Nische ging, in der sich der Messerstecher noch von der Last der Leiche und aus dem Vorhang zu befreien versuchte. Dann fiel der getroffene Armbrustschütze langsam hintenüber, schlug mit dem Schädel auf die Theke und sackte zu Boden. Blut verzischte in den Flammen, die auf seiner Jacke loderten.

Die beiden anderen Armbrustschützen wechselten einen Blick. Der Mann, der seine Waffe nachgeladen hatte, lächelte Miz nervös zu. Schließlich schluckte er und wies mit dem Kinn auf Miz' Pistole.

»Wir wußten nicht, daß Sie vom Schloß sind«, sagte er und entfernte äußerst vorsichtig den Pfeil aus der Armbrust. Der andere Mann lockerte die Sehne seiner Waffe und stellte sie ab. Dann schauten beide den Toten an, der auf dem Fußboden lag.

Der Messerstecher in der Nische wälzte den Leichnam des Diebs von sich. »Ich wußt's auch nicht, Sir«, rief er hinterm Vorhang hervor. Mit schreckgeweiteten Augen starrte ein bärtiges Gesicht aus der Nische.

Wachsam blickte Miz rundum. Er lächelte den beiden Armbrustschützen und dem Messerstecher zu. »Jungs, ihr werdet nun erleben, wie ich schleunigst aus dieser reichlich rauhen Nachbarschaft verschwinde.« Er sah den Mann in der Nische an. »Geh zur Vordertür hinaus und sag den Helden da draußen, sie sollen dir ihre Pistolen geben.«

Der Bärtige schluckte. Er kam heraus, ließ die Leiche des Diebs auf der Schwelle liegen, halb in, halb vor der Nische, und ging zur Tür. Leise öffnete er sie und rief etwas auf die Straße. Ein Wortwechsel entstand, der rasch hitzig wurde, dann hörte man schnelle Schritte. Der Bärtige grinste Miz auf häßliche Weise an. »Sie haben Reißaus genommen, Sir«, sagte er.

»Und auf was wartest du noch?«

Mehr Nachhilfe brauchte der Mann nicht: binnen eines Augenblicks war er zur Tür hinausgeflitzt. Miz wandte sich an die beiden Armbrustschützen. »Und wir nehmen den Hinterausgang, Freunde.«

Ein zweites Mal wechselten die beiden Männer einen Blick.

Miz schnitt eine finstere Miene. »Es *muß* doch einen Hinterausgang geben.«

»Ja, es ist einer vorhanden, Sir«, bestätigte der eine Mann. »Aber er führt durch die Gerberei.«

Miz schnupperte in der Luft. »Ist *daher* dieser eklige Geruch?« fragte er. »Ich dachte, er stammte von schlechtgewordenem Bier.«

»Du stinkst.«

»Daran trägt die Gerberei Schuld«, sagte Miz, während Zefla sein Haar fönte.

Mit dem Zeh stieß Sharrow gegen einen der in Pharpech erworbenen Stiefel Miz'. »Die Dinger fallen ja auseinander«, stellte sie fest. »Hast du sie nicht erst vor zwei Tagen gekauft?«

Unter dem Handtuch hob Miz die Schultern. Dloan reichte ihm ein Glas Wein. »Doch. Ich weiß auch nicht, in was ich hineingetreten bin.«

»Die hiesige Gaunergilde will also nicht mitspielen«, konstatierte Sharrow. Sie saß in Miz' und Dloans Zimmer in einem bequemen Polstersessel.

»Außer ›Spick den Miz‹ möchten sie nichts spielen, stimmt«, gab Miz zur Antwort. Er sah Sharrow an, während Zefla das Fönen seines Haars beendete. »Ich mache mir Sorgen. Cenuij hat erwähnt, daß der König Spitzel und Informanten beschäftigt. Wenn nun das Schloß von dem Vorfall erfährt?«

Sharrow zuckte die Achseln. »Was sollen wir tun?«

Miz nickte in Dloans Richtung. »Warum begleiten wir morgen nicht alle Dloan ins Tiefland? Wir könnten behaupten, wir unternehmen eine Safari. Wir verziehen uns für ein paar Tage aus der Stadt, campieren irgendwo im näheren Tiefland, und Dloan guckt sich dort um – eventuell gehe ich mit –, bemüht sich, diese Revolutionäre aufzuspüren.«

»Cenuij hält davon nicht viel«, wandte Zefla ein, warf Miz ein Sprayfläschchen zu.

»Danke«, sagte Miz. »Ja, natürlich nicht, ist doch wohl klar, oder? Ich bin der Ansicht, es lohnt sich schon deshalb, weil wir dadurch mal wieder was anderes als dieses Kaff sehen.«

»Bist du tatsächlich der Auffassung«, fragte Sharrow, »daß wir nach dem heutigen Abend in Gefahr schweben?«

»Möglich wär's«, erwiderte Miz, sprühte sich duftiges Deo in die Achselhöhlen.

»Und was wird aus Cenuij?« meinte Dloan.

»Ihm drohen keine Schwierigkeiten.« Sharrow winkte ab. »Wir können beim Wirt eine Nachricht für ihn hinterlegen. Es ist das Risiko nicht wert, den Kommunikator zu benutzen.« Versonnen nickte Sharrow. »Also gut, wir machen den Ausflug gemeinsam.«

»Nächtelanges Campieren im Busch«, sagte Zefla und verdrehte die Augen. »Ach, wir suchen uns wirklich immer die Butterseite des Lebens aus.«

Über dem vom Sonnenschein bestrahlten Dschungel war das Luftschiff wie eine blauweiße Beule durch den nach der Regenzeit blauweißen Himmel geschwebt, der sich überm tropischen Caltasp wölbte. Darunter glitt langsam das Blätterdach vorüber, nur etwa fünf Meter trennten die Wipfel der höchsten Bäume von der Wanne des offenen, wie ein Boot geformten Personenkorbs, in dem Sharrow, Geis, Breyguhn und Geis' Kampflehrer knieten, die langen Läufe der Waffen aufs Geländer gestützt.

Ringsum waren sie von den geheimnisvollen, erregenden und ein wenig furchteinflößenden Gerüchen und Geräuschen des Urwalds umgeben.

»Wir fliegen genau richtig«, sagte Geis, der sich sehr gedämpft mit Sharrow und Breyguhn unterhielt. »Der Wind befördert uns über eines der besten Jagdreviere, und unser Schatten ist hinter uns.« Er schaute den Kampflehrer an, einen kleinwüchsigen, rundlichen Speyrer, der stets lächelte und eher wie ein Kömodiant denn wie ein Meister der Kampfkünste aussah. »Habe ich recht, Meister?«

»Vollkommen, Sir.« Der Kampflehrer lächelte. »Genau richtig.«

Als Geis den Kampflehrer im Obstgarten des Herbstpalais das erste Mal Sharrow und Breyguhn vorstellte, hatte er ihn gebeten, auf ihm beliebige, angebrachte Weise seine Befähigung vorzuführen. Der pummelige Kleine hatte noch breiter gelächelt, plötzlich ein Stilett in der Hand gehabt, es geschwungen und geworfen. Es spießte einen Weißflügel, der in zehn Metern Entfernung an einem Spalier vorüberflatterte, ans Holz. Sharrow war beeindruckt und Geis begeistert gewesen. Breyguhn dagegen hatte sich bestürzt gezeigt. »Warum mußte das sein?« hatte sie gefragt, den Tränen nahe, doch der Kampflehrer hatte nur einen Finger gehoben, war zu dem Spalier gestapft und hatte das Messer mühelos herausgezogen. Der Weißflügel, der lediglich mit einer Schwinge unter die Parierstange des Messers geklemmt gewesen war, war davongeschwirrt …

»Da«, sagte Sharrow, deutete auf den Urwaldboden hinunter.

Von oben erblickten sie eine Lichtung, an deren Rand das Luftschiff entlangglitt. Dort gab es ein Wasserloch, und daneben lag tot, die Innereien ringsum verteilt, ein großes Tier mit glatter, grüner Haut auf dem lehmigen Untergrund. Mitten in den Eingeweiden stand ein anderes Tier – zwar kleiner, aber von kraftvollerem Aussehen –, biß und zerrte in der zerfleischten Bauchhöhle des toten Pflanzenfressers an etwas herum. Das Raubtier hob den Kopf, die gelbrote Schnauze mit grünem Blut verschmiert, und schaute herauf zum Luftschiff.

»Ein *Rox*«, flüsterte Geis. »Prächtig.«

»Bäh«, machte Brexguhn, die am anderen Ende des Personenkorbs die Tiere beobachtete.

Der Kampflehrer holte die Fernsteuerung des Luftschiffs aus der Tasche und drückte eine Taste. Nach einem beinahe unhörbaren Summen stoppte der Flugapparat. Der Rox, dessen breites Maul unentwegt rohes Fleisch kaute, äugte ungerührt nach oben, neigte den Kopf zur Seite.

»Wie wär's, liebe Cousine?« wandte sich Geis an Sharrow.

Sie schüttelte heftig den Kopf. »Nein«, lehnte sie ab. »Du.«

Geis wirkte erfreut. Er rückte sich zurecht und legte die Jagdbüchse an.

Sharrow sah, daß Breyguhn vor Widerwillen das Gesicht verzog; zwar schaute sie übers Korbgeländer hinunter aber was sie sah, bereitete ihr offenkundig kein Vergnügen. Auch Sharrow senkte den Blick wieder hinab.

»Man wird eins mit Waffe, Visierlinie und Ziel«, raunte Geis, während er die Beute aufs Korn nahm (der Kampflehrer nickte dazu fachmännisch). »Verdammt, jetzt hat das Biest den Kopf gesenkt.«

»Juchhu«, sagte Breyguhn, ließ sich am anderen Ende des Personenkorbs auf die Sitzbank plumpsen.

»Nicht wackeln!« fauchte Geis in eindringlichem Tonfall.

Der Kampflehrer legte die Luftschiff-Fernsteuerung beiseite, streckte beide Hände über den Kopf hoch und klatschte laut. Sharrow lachte. Ruckartig hob der Rox den mit frischem Grün besudelten Kopf und spähte nochmals empor.

»Nun erwische ich dich«, sagte Geis leise. Die Büchse knallte. Der Rückstoß warf Geis vom Korbgeländer zurück; im Wind wehte eine Rauchwolke davon. Der Rox hatte das Kauen eingestellt. Dann war er, indem ihm zuerst die vorderen Knie in den Lehm sackten und aus dem Schädel dunkelrotes Blut quoll, schwerfällig zusammengebrochen; einmal noch zappelten die Beine, dann war er reglos geblieben.

»Jawohl!«

»Gut gemacht.«

»Vorzüglicher Schuß, Sir.«

»Igitt ... Ist es endlich vorbei? Hast du ihn erlegt? Ist da viel Blut?«

»Fliegen Sie uns hin, Meister. Ich möchte hinabklettern und mir ein paar Trophäen abschneiden.«

»Ja, Sir.«

»Das arme Tier«, meinte Breyguhn, lugte übers Geländer zu den zwei Kadavern hinab, die Seite an Seite lagen. »Hat es überhaupt irgendeine Chance gehabt?«

»Die Chance nicht gesehen zu werden«, entgegnete Geis zufrieden und deutete ein Achselzucken an.

»Es ging schnell«, sagte Sharrow zu Breyguhn, weil sie sich lieber mit Geis' fortgeschrittener Reife als mit der Kindlichkeit ihrer Schwester assoziieren wollte, der sie vom Alter her zwar näherstand, die aber erst zwölf Jährchen zählte.

»Genau«, unterstützte Geis sie, bereitete die aufgerollte Strickleiter vor, während sein Kampflehrer den Flugapparat durch die warme Luft auf die Lichtung zusteuerte. »Es hat überhaupt nichts gemerkt.«

»Ich finde es trotzdem grausam«, beharrte Breyguhn und verschränkte die Arme.

»Mit Grausamkeit hat das gar nichts zu tun«, erwiderte Geis. »Der Rox hat das Heuskyn getötet, und ich habe den Rox erschossen.«

»Das ist das Gesetz der Wildnis«, sagte Sharrow zu Breyguhn.

Geis lachte. »Und zwar buchstäblich«, unterstrich er Sharrows Äußerung. »Und er hat bestimmt weniger gelitten als das Heuskyn.« Sein Gesicht nahm einen Ausdruck der Ratlosigkeit und Erbostheit an. »Wißt ihr, ich habe mir schon oft gedacht, daß eigentlich das am entscheidendsten ist, das Leiden. Nicht der Tod, nicht das Töten. Wenn du sofort stirbst – wirklich augenblicklich, ohne es zu spüren –, was entgeht dir? Dein weiteres Leben hätte gräßlich werden können, und gestorben wärst du allemal. Natürlich könnte es auch herrlich werden, aber es ist doch so, daß du zu keinem Zeitpunkt des Lebens wirklich verläßlich weißt, wie es künftig wird. Deshalb bin ich der Ansicht, jemanden so umzubringen, daß er sofort tot ist, dürfte nicht strafbar sein.«

»Aber was ist mit den Hinterbliebenen«, gab Breyguhn zu bedenken, »der Familie und den Freunden?«

Geis hatte die Achseln gezuckt, während er übers Geländer hinabschaute und der Kampflehrer das Luftschiff langsam an die richtige Stelle dirigierte. »Das Gesetz nimmt gar nicht für sich in Anspruch, Mord wegen der Auswirkungen auf die Verwandten und sonstigen Lieben eines Ermordeten zu verfolgen.«

Gemeinsam warfen er und der Kampflehrer die Strickleiter übers Geländer.

»Aber wüßten alle Menschen«, sagte Sharrow, »daß sie jederzeit abgemurkst werden können und ihr Mörder ungestraft bleibt, hätte jeder ständig davor Furcht.« Sie spreizte die Hände. »Dann müßten alle längst vorher leiden, egal wen man letzten Endes umbringt.«

Nachdenklich musterte Geis sie. »Hmm«, brummte er, die Lippen zusammengepreßt. »Ja, das ist ein Argument. Daran habe ich nicht gedacht.« Er blickte den Kampflehrer an, der nur lächelte. Geis hob die Schultern und reichte ihm die Büchse. »Na schön«, sagte er, »also haken wir meine Idee als untauglich ab.«

Er zückte das Jagdmesser aus der Scheide, klemmte es zwischen die Zähne, schwang sich übers Korbgeländer und stieg die Strickleiter hinab.

Sharrow schaute ihm beim Hinunterklettern nach. Gleich darauf trat er aus dem Schatten des Luftschiffs; der Sonnenschein glänzte auf dem Messer zwischen seinen Lippen. Sharrow lehnte sich weiter hinaus, zielte mit der Büchse, während er ruckend auf den Waldboden hinabstieg, auf seine Schädeldecke.

»Entschuldigen Sie, Lady.« Mit einem Lächeln des Bedauerns entwand der Kampflehrer ihr die Jagdbüchse.

Sharrow setzte sich auf die Bank. Breyguhn grinste hämisch. Es kostete Sharrow Mühe, nicht zu erröten. »Ich hatte nicht vor, Meister, *wirklich* zu schießen.«

»Ich weiß, Lady Sharrow.« Er nickte, entfernte eine Patrone aus dem Verschluß und gab ihr die Waffe zurück. »Allerdings ist es gefährlich, Schußwaffen auf Menschen zu richten.«

»Ist mir völlig klar«, sagte Sharrow. »Aber die Waffe ist gesichert, und es tut mir leid. Sie verraten Geis doch nichts, oder?« Sie schenkte ihm ihr einnehmendstes Lächeln.

»Ich bezweifle«, antwortete der Kampflehrer, »daß das erforderlich ist.«

»*Er* erzählt es vielleicht nicht ...«, meinte Breyguhn, indem sie zu Sharrow herüberfeixte.

»Ach, er glaubt doch sowieso nichts, was du daherredest, Breyguhn«, behauptete Sharrow, fertigte ihre Halbschwester mit einem Wink ab. Sie lächelte dem Kampflehrer ein zweites Mal zu, der gleichfalls lächelte. Breyguhn verzog böse das Gesicht.

»He, Mädchen«, rief eine leise Stimme in spöttischem Ton aus dem Dschungel herauf. »Möchtet ihr von dem Tier irgendein *besonderes* Teil?«

Sie campierten auf einer flachen Anhöhe am Rand eines Landstrichs, wo Entraxrln anscheinend vor langem eine kleine Kette niedriger, zerklüfteter Hügel überwuchert und enge Schluchten, finstere Höhlen und V-förmig eingeschnittene Hohlwege hinterlassen hatte; hohe, spitze Kegel, die überall ringsum so in der Landschaft aufragten, daß man sie unwillkürlich als geologische Erscheinung statt als Pflanzenwuchs einstufte, waren vermutlich Felssäulen, die Entraxrln in seine schmiegsame Membran gehüllt hatte und heute als Befestigungen für Lianengeschlinge dienten. Das Gelände der Hügel und ihrer Umgebung erwies sich als noch finsterer und unüberschaubarer als die Verhältnisse, die die Gruppe während der drei Tage seit der Abreise aus der Stadt vorgefunden hatte. Ein paar Kleinstädte und Dörfer hatte sie passiert, in der Ferne ein, zwei kleine Burgen gesehen, wohl Wohnsitze geringeren Adels, doch anderen Reisenden begegnete sie kaum.

Leeskever, ihr Führer, ein hagerer, redselig-gutinformierter und auffällig häßlicher Jäger, den das SNA-Team im *Gebrochenen Genick* kennengelernt hatte und der eine Augenklappe trug, die Zefla als umwerfend attraktives Attribut empfand, erklärte unverblümt, wenn die Herrschaften sich gerne mit Wilden oder Gesetzlosen abgeben wollten, könnten sie hier irgendwo welche finden, aber hinzuführen gedächte er sie nicht, sie wären ohnedies schon in einer Räubergegend.

Miz entschied, das wäre das Umfeld, das die Damen

geradezu zum Campieren einlud. Zu Fuß setzte Dloan den Weg allein fort.

Sie ließen die Jemer in der Nähe grasen und brachten die beiden folgenden Tage herum, indem sie Spaziergänge im Umkreis des Lagers machten und mit Hilfe spezieller Klettervorrichtungen weniger steil gespannte Lianen erklommen, während Leeskever von den Abertausenden von Tieren schwadronierte, die er angeblich erlegt hatte, und einem halben Dutzend ums Leben gekommener Kumpel, die Stoms, Gehegezahnbären oder verschiedenen anderen wilden Tieren zum Opfer gefallen waren, und die Konsequenzen der Schwerkraft schilderte, wenn Leute – und solche Unfälle, behauptete er, geschahen natürlich vorzugsweise in solchen Gegenden wie hier – von Lianen abstürzten.

Sharrow schlich sich mehrmals aus dem Lager, ohne daß Leeskever es merkte, und wanderte einen halben Kilometer weit ins Entraxrln-Unterholz hinaus, um sich im Schießen zu üben. Sie benutzte den Schalldämpfer der HandBalliste und schoß auf Blasenbirnen, die sie zu dem Zweck in zehn, zwanzig und vierzig Metern Abstand aufstellte.

Beim zweiten Besuch ihres privaten Schießstands hörte sie, daß sich oben hinter ihr, während sie gerade das Magazin wechselte, irgend etwas rührte; sie rammte das Magazin in die Waffe, wich blitzartig um einen Schritt beiseite und drehte sich um. Sie hatte den Eindruck, daß etwas auf sie zuschnellte, und schoß sofort.

Das eingeführte Magazin enthielt Funklenk-Explosivgeschosse. Als sie nachschaute, fehlten vier Projektile.

Es blieb unklar, wie viele davon das Wesen getroffen hatten, das sich auf sie stürzen wollte, aber jedenfalls zerplatzte es in einem Schwall dunklen Bluts, dem sie ausweichen mußte, um nicht bespritzt zu werden. Als sie näher trat, vorsichtig mit dem Stiefel in den warmen, leicht dampfenden Überresten wühlte, konnte sie nicht mehr feststellen, was es gewesen war, nur noch, daß es keine Haut oder Federn gehabt hatte, sondern Fell. Das größte auffindbare Stück Knochen, das zudem zerschrammt aussah, erreichte nicht einmal die Länge ihres kleinen Fingers.

Sharrow kam zu der Einsicht, daß sie keine weiteren Schießübungen brauchte.

Gehalten durch Sicherheitsseile und in die drei Meter dicke Liane gehauene Hartborke-Kletterhaken saßen sie beisammen und verzehrten eine Mittagsmahlzeit, schauten dabei, umweht von einem lauen, saftig-duftigen Thermikschlauch, über den dreihundert Meter tieferen Untergrund. Die Anhöhe, auf der sie das Camp aufgeschlagen hatten, erhob sich einen Kilometer entfernt hinter einem Abschnitt skurril-pittoresker Entraxrln-Landschaft.

Leeskever bohrte den Zapfhahn in eine aderähnliche Schwellung der Liane. Klare Flüssigkeit sickerte durch den Siphon in den kleinen Becher unterm Griff. Der Führer schnupperte im Luftstrom. »Er bringt uns den Stom des Königs, dieser Wind«, sagte er.

Alle sahen ihn an.

»Es geht um die Flugaffenjagd«, stellte er klar. »Nun kommt die Zeit, in der sich die Stoms für ihren jährlichen Wanderflug sammeln. Es gibt da einen Schwarm beinahe zahmer Männchen. Sie haben ihren Schlafplatz auf dem Entraxrln-Stamm nördlich der Hauptstadt.«

»Es wird doch nicht *tatsächlich* auf den Stom geritten, oder?« fragte Zefla.

Leeskever lachte. »Ach was! Es ist noch nie so gewesen. Glauben Sie nicht, was die Leute quatschen. Eher frißt 'n Stom Sie, als daß er Sie reiten läßt. Diese Geschichten, daß man auf ihnen fliegt, sind reine Märchen.« Er trank Wasser aus dem Becherchen, dann reichte er es Zefla. »Der König und der Hofstaat steigen zu den Männchenschlafplätzen des Nordstamms hinauf, sehen sich die Tiere an, gucken sich jeder eines als Kämpe aus, schleichen sich an, betäuben es mit Schlafgas und besprühen es mit 'ner Markierung. Feige Höflinge und Minister schicken ihre Untergebenen vor, die anderen tun wenigstens so, als hätten sie Mumm.« Leeskever erhielt den Becher von Zefla zurück und hängte ihn wieder unter den Zapfhahn. »Später nehmen die Würdenträger auf der Aussichtsterrasse Platz, schauen zu, wie die Stoms Flugaffen fangen und bejubeln ihren Favoriten. Sehr zivilisierte Veranstaltung.«

»Genauso hört's sich an«, bemerkte Miz.

»Was ist denn *das*?« erkundigte sich Zefla und zeigte nach unten.

»Hä?« machte Leeskever. »Ach so, das ist einer dieser Gehegezahnbären, von denen ich Ihnen erzählt habe.«

»Die Sorte Vieh, die immer solchen Appetit auf Ihre Kollegen hat?« fragte Zefla.

»Soviel ich weiß, könnt's jedesmal dasselbe Tier gewesen sein«, gab Leeskever zur Antwort.

Sie beobachteten, wie der lange, gestreifte Rücken des vierfüßigen Gehegezahnbärs sich eine Ebene tiefer gemächlich durchs urwaldartige Gewirr der Wurzeln, Stengel und langen Bahnen abgesunkener Membranen bewegte.

Sharrow erinnerte sich an den Flug mit dem Luftschiff und den Rox, den Geis erlegt hatte. Als er blutig in den Personenkorb zurückgekehrt war, hatte er ihr und Breyguhn nichts Anzüglicheres oder Schockierenderes als die Ohren des Tiers geschenkt.

Anstandshalber hatte Sharrow den noch warmen Körperteil angenommen. Breyguhn hingegen war das blutverklebte Ohr anzunehmen außerstande gewesen. Aber während Sharrow ihr Ohr an dem Tag fortwarf, als sie das Herbstpalais-Landgut verließen, um zur Schule zurückzukehren, hatte Breyguhn ihre Trophäe jahrelang aufbewahrt.

Am nächsten Morgen kam Dloan mißmutig und erfolglos aus dem Tiefland wieder. Er hatte zwei unfähige Banditen erschießen müssen, außer ihnen war ihm jedoch kein Mensch über den Weg gelaufen. Es mochte im Tiefland durchaus Rebellen und dergleichen geben, doch offenbar waren sie ihm aus dem Weg gegangen.

Den lauen Wind im Rücken, machten sie sich am Nachmittag auf die Rückreise zur Stadt. Einen Kilometer über ihnen flogen mehrere Stom-Schwärme in dieselbe Richtung. Sachkundig nickte Leeskever vor sich hin.

Die Gruppe bezahlte ihn bei einer Rast in demselben Restaurant vor der Stadt, in dem sie am Tag nach der Ankunft gegessen hatten. Allein und in Verkleidung ging Miz in die Stadt voraus. Man hielt ihnen die Hotelzimmer nach wie vor frei; ein Bettler, sagte der Wirt, hätte nach ihnen gefragt, und gab Miz die von dem Mann hinterlegte Nachricht. Sonst hatte sich niemand nach ihnen erkundigt.

»Ein Bett und warmes Wasser«, rief Zefla, sobald sie das Zimmer betrat, das sie und Sharrow sich teilten. »Der reinste Luxus …!«

Anfangs schlief Sharrow gut, dann jedoch erwachte sie mitten in der Nacht und überlegte, was da eigentlich mit ihr geschah: sie hatte das Empfinden, als kröche etwas kaltes Langes an ihrer Kehle über die Haut.

Mit einem Wimmern setzte sie sich auf, zerrte an ihrem Nachthemd, betastete oberhalb der Brüste die Haut, starrte unterdessen, die Hände an der Halsgegend, in die vollständige Dunkelheit, hörte Zefla sich regen und einen gedämpften Laut ausstoßen, dem man anmerkte, daß sie weiterschlief, und da begriff sie, was sich ereignete.

Das war die Methode der Zwillinge, sie spüren zu lassen, daß sie noch immer zu ihr Verbindung hatten.

Sich aus dem Sendebereich der Kommunikationsnetze zu entfernen, hatte nichts genutzt.

Sharrow hatte das Gefühl, ein eisiger Finger striche dicht unter dem Halsansatz über ihre Haut, als zöge ein Henker eine Markierung für seine Axt. Danach folgte noch eine Linie, dann wieder eine und nochmals eine, und jede hatte zur vorherigen einen größeren Abstand.

Bis zum letzten Strang, bis zum letzten Planeten des Sonnensystems wurden ihr die Umrisse des Kronenstern-Gehänges auf die Haut gezeichnet.

Der weitläufige, ellipsenförmige Orbit Prenstelerafs umspannte ihren Hals und die oberen Rundungen der Brüste. Nach einer Weile ließ sich Sharrow, als sonst nichts passierte, im weichen, durchgesackten Bett wieder zurücksinken.

Das letzte Zeichen, das einige Augenblicke später folgte, bereitete ihr eine Überraschung: ein einzelner, starker, jedoch keineswegs schmerzhaft spürbarer Strich zog sich um ihren Kopf, ungefähr in der Höhe, wo der Rand eines Huts oder einer Krone sitzen mochte.

Es ist unmöglich ein Traum, sagte sie sich, ehe sie erneut einschlief.

Aber selbst am Morgen war sie sich noch nicht sicher.

14

Verzögerte Wirkung

»Ich kann gar nicht glauben«, flüsterte Miz, »was ich hier mache.«

Dloan zuckte die Achseln. Er kratzte sich am Kopf, betrachtete den dicken, breiten Schwanz des Stom-Weibchens, der auf dem Boden des stinkigen Käfigs lag. Er hob den Schwanz an, legte ihn ab. »Irgendwie muß er hochgehalten werden«, raunte Dloan.

»Du meinst doch wohl nicht *mich*«, zischelte Miz, der mit einem Gaskanister an der Schnauze des Stoms kauerte. Ein paarmal betätigte er den Pumpengriff und blies dem Tier Gas in die Nüstern, drückte sich dabei hustend ein Tuch aufs Gesicht.

Dloan blickte rundum.

»Beeil dich!« fauchte Miz. »Allmählich schlafe ich *auch* ein.«

Dloan zog das Messer und stellte sich neben den Stom, machte sich daran, die Stricke zu zerschneiden, die die linke Schwinge der Flugechse an den Leib banden.

Miz sperrte die Augen auf. »Dloan! Bist du verrückt?«

Ohne zu antworten, ließ Dloan die Stricke auf den verdreckten Käfigboden fallen. Langsam entfaltete sich der große, schwärzliche Flügel des Stom-Weibchens, als sänke ein Zelt zusammen. Ein wenig regte sich das Tier. Miz schrak zurück, schluckte, huschte wieder an seinen Platz und sprühte dem Tier eilends weiteres Gas ums Maul. »Scht«, zischelte er dem schlafenden Tier zu. »Scht … Ja, ja …«

Dloan nahm eines der Bretter, mit denen die Schwinge geradegehalten worden war, schlich hinter das Tier, stemmte das Brett in den Winkel von Käfigboden und Vergitterung, so daß er den Stom-Schwanz aus dem Schmutz heben und darauf abstützen konnte. Dann schlüpfte er unter den Schwanz.

Miz spähte zur Vorderseite des Käfigs. Selbst durch die Nachtsichtbrille wirkte die Dunkelheit schaurig finster. Zwar hatte Zefla die Hütte des Zoo-Nachtwächters unter Beobachtung; trotzdem fühlte sich Miz in diesem Käfig, nur Zentimeter vom Maul eines Tiers entfernt, das aussah, als könnte es ihn mit einem einzigen Zuschnappen verschlingen, überhaupt nicht wohl in der Haut.

Aber er war sich keinesfalls sicher, daß er gerne mit Dloan getauscht hätte. Er sah die Füße Dloans, der sich tiefer unter den Stom schob, auf dem Boden scharren. Miz wandte den Blick ab.

Statt dessen schaute er hinauf zur Gitterdecke des Käfigs. Von allem, was in seinem Leben anzustellen er sich je hätte ausmalen können, wäre ihm gewiß nicht als erstes eingefallen, er könnte einmal in der hinterwäldlerischsten aller Entraxrln-Siedlungen Miykenns' des Nachts in einem stinkenden Käfig hocken, umgeben von halbverzehrten, halbverwesten Flugaffenkadavern, und ein Tier von der Größe eines leichten Flugzeugs betäubt halten, während sich ein Komplize mit den Genitalien des Ungetüms befaßte.

Der Stom stieß einen dumpfen Schnaufer aus. Miz pumpte noch mehr Gas aus dem Kanister. Dloan wand sich unter dem Rumpf der Flugechse hervor.

»Fertig?« fragte Miz. Dloan nickte. Sachte tätschelte Miz dem Tier die Schnauze. »Armes Vieh. Wahrscheinlich war's das größte Vergnügen, das es seit Jahren hatte, und es hat's verschlafen.«

Einen Holzschaber und ein kleines, verschlossenes Gefäß in den Händen, richtete sich Dloan auf; seine

Hose und die Jacke waren befleckt. Er hatte einen sonderbaren Gesichtsausdruck.

Ehe er gleichfalls aufstand, verpaßte Miz dem Tier eine letzte Gaswolke. »Alles klar. Laß uns abhauen, bevor es sich über Vergewaltigung beklagt.«

»Nein«, widersprach Dloan, trat auf ihn zu.

»Nein?« wiederholte Miz entgeistert, ließ sich vor lauter Verblüffung von Dloan den Kanister aus der Hand nehmen. Dloan legte Schaber und Gefäß beiseite, kniete sich vor den Kopf des Stoms und pumpte ihm das Gas direkt in die Nüstern. »Dloan«, fragte Miz ungläubig, »was *soll* das?«

»Ich will ihn umbringen«, antwortete Dloan. Ohne Unterlaß pumpte und sprühte er drauflos, während Miz den Kopf schüttelte, im Kreis umhertappte und, das Gesicht in den Händen verborgen, vor sich hinmurmelte.

Dloan pumpte sogar noch unentwegt, nachdem der Kanister leer war und wie Tau ein Niederschlag winziger Tröpfchen die Schnauze des Stoms umgab. Nässe rann über das Maul und troff auf den Boden, bildete Kleckse im Dreck. Unterdessen schwankte Dloan, in seine Gnadentodbestrebung verbissen, mittlerweile selbst ein wenig; Miz sprang hin, obwohl das Gas ihm Würgen verursachte, und packte ihn, zerrte an seinen breiten Schultern, konnte ihn schließlich fortziehen. Gemeinsam sackten sie auf den Boden des Käfigs.

»Puuuh …!« ächzte Miz. »Geh von mir runter!«

Unsicher stand Dloan auf, schüttelte den Kopf. Er wankte, warf einen abschließenden Blick auf das reglose Tier, dann raffte er das Gefäß und den Holzschaber an sich und taumelte zur Käfigtür. Miz folgte ihm, verwischte beim Rückzug die im Schmutz hinterlassenen Spuren.

Mit einem Stück gebogenen Drahts schlossen sie die Tür von außen wieder ab und beeilten sich zu der Stelle, wo Zefla die Behausung des Zoo-Nachtwächters im Auge behielt; zu dritt trafen sie sich mit Cenuij, der in einem unbeleuchteten Abschnitt des Schloßgeländes an einer Nebenpforte wartete.

»Du stinkst«, sagte er, als Miz ihm das zugedeckelte Gefäß reichte.

»Ach, halt die Klappe«, entgegnete Miz.

Über dem Hauptplatz der Stadt Pharpech wehten reihenweise aufgehängte Fähnchen und Wimpel; Verkaufsbuden, Händler und Straßenkünstler boten der Menschenmenge Anziehungspunkte, die sich auf dem Markt umherschob und -wimmelte, um die Rückkehr der Stom und die jährliche Flugaffenjagd, vor allem aber die Königliche Schauspieltruppe zu feiern.

Von der schloßwärtigen Seite des Platzes scholl Lärm herüber: eine Anzahl Schauspieler, die als Stom auftraten, tanzten auf einer freien Fläche vor der Herrschertribüne im Kreis. Die Stom-Tänzer hatten die Arme ausgestreckt und auf diese Weise große, aus getrockneter Entraxrln-Membran und biegsamen Borkenstreifen angefertigte, schwarze Schwingen ausgebreitet; sie drehten sich umeinander und kläfften während dieses Reigens wenig überzeugende Stom-Schreie. In Festgewänder gekleidete Priester und Mönche, die die oberen Sitzreihen der Tribüne belegten, sangen zur Beschreibung des Geschehens eine ununterbrochene Litanei.

Neben der Königin saß der König und versuchte nicht einzuschlafen.

Sharrow gönnte sich ein Blasenbirnen-Sorbet, während sie und Miz durchs Gedränge der Menschen schlenderten, andere Speisen sowie Waren, die man ihnen offerierte, allerdings ablehnten.

»Nein, ich glaube, er hat endgültig einen Knacks«, meinte Sharrow. »Vaginalsekret eines Stom-Weibchens, ich bitte dich ...« Sie schüttelte den Kopf. »Wahrscheinlich braucht er das Zeug gar nicht, ich wette, er hat sich nur mit dir und Dloan einen Spaß erlaubt.«

»In seinem Interesse will ich es nicht hoffen«, sagte Miz verkniffen. »Sonst leiste ich mir mal, wenn er pennt, mit *ihm* 'n paar peinliche Späßchen.«

Gewaltiges Geschrei brach aus: als Flugaffen verkleidete Kinder schwärmten in den Auftrittsbereich vor der Herrschertribüne, tummelten sich mit Gekreisch und Gekicher zwischen den großen, schwarzen Gestalten der Stom-Tänzer, die unablässig umhertaumelten.

Der König schrak aus einem Tagtraum. Pflichtgemäß klatschte er Beifall, als die Kinder zum Klang noch lauteren Jubels auf dem gepflasterten Boden vor der Tribüne den Abschluß darboten, wie im Tode zuckten und zappelten.

Tief im Schloß, im Laboratorium des Apothekers, stand auf einem Arbeitstisch eine Ansammlung verbeulter Metallkanister, sämtliche mit abnehmbarem Deckel versehen; in die Deckel waren eine Pumpe und eine Sprühdüse integriert. Zwei lehmbraune Hände mit schlanken Fingern hoben behutsam den am prunkvollsten verzierten Kanister vom Tisch – den mit dem Königswappen –, nahmen den Deckel ab, schmierten ein klares, zähes Gel um die Unterseite des Druckbehälters der Pumpe und setzten den Deckel wieder auf den Kanister.

Der Schlafplatz der Stom-Männchen, in sechshundert Metern Höhe überm Untergrund in einen Entraxrln-Stamm drei Kilometer nördlich der Stadt gehöhlt, glich einer finsteren Höhle voller Mief. Zu ihm hinauf gelangte man über Leitern, die innerhalb des Stamms durch enge, zum Ableiten des Regenwassers bestimmte Röhren emporführten, sowie durch Aufzugkörbe. Dem Stom-Schlafplatz war eine Besichtigungskammer angebaut worden. Dort versammelten sich der König, Mitglieder seiner Familie, Höflinge und ihr Anhang, standen dicht an dicht in dem dunklen, von Fackelschein erhellten, mit einem gut federnden Fußboden ausgestatteten Raum und verständigten sich mit gedämpften Stimmen, während Angehörige der Königlichen Leibgarde darauf achteten, daß die männlichen Stoms an ihrem Schlafplatz ruhig und friedlich blieben, ganz allgemein aussahen, als ließen sie sich für die Nacht nieder.

Es wunderte Cenuij nicht, daß eine angespannte Stimmung herrschte; er spürte, daß sie sogar ihn ansteckte. Die warme Luft roch aufdringlich nach Stom-Männchen und verschwitzten Adeligen. Cenuij bahnte sich einen Weg durch die Abteilung mit Degen und Knarren ausgerüsteter Männer, die die Eimer mit der Markierungsfarbe in ihrer Obhut hatten. Für einen Moment verweilte er hinter dem Erzgottlosen des Königs, während der Hohepriester den Gastkanistern jeden eventuellen göttlichen Einfluß exorzierte. Dann zwängte er sich durch die Anwesenden zu der Sichtwand, der die Besichtigungskammer von der Stom-Schlafhöhle trennte, um sich eine Stelle zu suchen, an der er einen möglichst günstigen Überblick hatte.

Aus der Dämmerung im Freien sickerte noch geringfügige Helligkeit ein. Cenuij ging in die Hocke und spähte durch eine in die Trennwand geschnittene, senkrechte Scharte, umgeben von Stiefeln und Beinen anderer Leute, die durch höher angebrachte Scharten guckten. Er sah nicht mehr, als wäre er blind. Miykennser sollten nachts besser als Golterer sehen können, doch er fragte sich, wie es ihnen möglich war, in dieser Dunkelheit irgend etwas zu unterscheiden.

»Da sind wir«, sagte die kratzige, näselnde Stimme der Königin, und Cenuij spürte, daß jemand gegen ihn rempelte. Er schaute sich um.

Die Königin, eine windige Person mit offensichtlichem Hang zu übertriebenem Make-up, unübersehbarem Nullgeschmack in bezug auf Kleider und anscheinend dazu außerstande morgens zu entscheiden, welchen Schmuck sie anlegen sollte, so daß sie sich grundsätzlich mit ihren sämtlichen Juwelen behängte, schubste ihren ältesten Sohn auf Cenuij zu.

»Vaters neuer Chorknabe kümmert sich um dich«, versprach sie leise und bleckte ein breites Lächeln in Cenuijs Richtung. »Nicht wahr?«

Cenuij sah das Kind an: es war sechs oder sieben, fett, grinste idiotisch und ließ die Unterlippe hängen, hatte Zahnlücken und in der Hand einen Spielzeug-Stom. Ein süßlich riechendes, klebriges Zeug verkleisterte seinen Mund.

Cenuij täuschte der Königin ein Lächeln vor.

»Natürlich«, antwortete er. Der Junge drückte ihm den Spielzeug-Stom in die Hand, kletterte an ihm hoch, beschmierte ihn mit zähen Klümpchen, ließ sich in Cenuijs Schoß plumpsen und entlockte ihm ein Japsen; er mußte das Kind kurz anheben, um es so zurechtzurücken, daß es ihm nicht die Hoden quetschte.

»Sorge dafür, daß er ruhig bleibt«, flüsterte die Königin Cenuij zu.

Das Kind steckte die Nase in die Scharte und wischte sich die Hände an Cenuijs Kutte sauber. Cenuij betrachtete den schmuddligen Hinterkopf des Buben und überlegte sich mehrere Möglichkeiten, um den Willen der Königin zu erfüllen.

Zuerst wagten sich die Adeligen und Höflinge in die Stom-Schlafhöhle, die genug Mumm zu schneller Wahl oder das Pech hatten, sich auf Stom am anderen Ende der Höhle, in der Nähe der schlundähnlichen Einflugsöffnung, festgelegt zu haben. Sie schlichen in der Mitte der in den Entraxrln-Stamm gefressenen Kaverne durch die Schlafgemeinschaft Dutzender von zusammengekauerten Stoms, von denen ein, zwei sie vorbeihuschen sahen und ein dunkles Grunzen ausstießen, die bei ihren Nachbarn leichte Unruhe hervorriefen, doch darüber hinaus erfolgten keine Reaktionen.

Obwohl Cenuijs Augen sich mittlerweile dem Dunkel angepaßt hatten, erwies es sich für ihn, weil er so tief saß und zudem ein fettes Kind auf dem Schoß halten mußte, als schwierig, viel von den Vorgängen zu erkennen, aber er wußte, daß jeder seinem ausgewählten Stom, wenn er ihn erreichte, vorsichtig Schlafgas aufs Maul zu sprühen, dann an den Seiten der Tonnenbrust des Tiers, vor dem Flügelansatz, nur etwas tiefer, je eine Farbmarkierung anzubringen hatte. Anhand des allgemeinen Beifallsgemurmels und der Rückkehr der Tapferen, deren Mienen beachtliche Erleichterung widerspiegelten, zog Cenuij die Schlußfolgerung, daß alles planmäßig verlief.

Schließlich kam der König an die Reihe. Er hatte sich für einen Stom ungefähr in der Höhlenmitte entschieden, ein größeres Tier mittleren Alters, an das er sich anscheinend schon seit mehreren Jahren hintereinander hielt, weil es sich als Flugaffenjäger hervorragend bewährte. Indem er den widerlich süßlichen Geruch des Königssohns mißachtete, beugte sich Cenuij näher an die Scharte, linste über die fettig-schmierigen Haare hinweg ins Innere der Schlafhöhle. Er sah die dunkel gekleidete Gestalt des Herrschers zwischen den Reihen der Tiere, die im Schlaf knurrten und schnarchten, geduckt dahinwieseln.

Der König befand sich jetzt bei seinem auserwählten Stom. Undeutlich gewahrte Cenuij, daß er ein paarmal den Pumpenhebel des Gaskanisters betätigte. Dann richtete er die Düse auf die Schnauze des schlafenden Riesenviehs und versprühte mehrere Sekunden lang Gas.

Im ersten Moment regte sich der Stom nicht. Auf Zehenspitzen, den Gaskanister vor sich ausgestreckt, näherte sich ihm der König.

Unversehens schüttelte sich der Stom, hob den massigen, langen Schädel. König Tard blieben stehen, machte einen Rückwärtsschritt. Rings um Cenuij wurden die Zuschauer plötzlich ganz still. Der Stom riß das

Maul auf und gähnte. Für die Dauer von fünf, nein zehn Sekunden sprühte der Herrscher ihm Gas in den Rachen. Der Stom wackelte mit dem Kopf und stieß ein Brüllen aus. Er stellte sich auf die Hinterbeine, bis sein Rücken fast die Höhlendecke berührte, spreizte die Schwingen, während sein Schrei durch die Kaverne hallte; überall in der Schlafhöhle regten sich Stoms und erwachten, auch an beiden Seiten des Königs kamen Tiere zu sich, ihre Schnabelmäuler wippten in der Luft auf und ab.

Um Cenuij brachen die Zuschauer in Geschrei aus. Der Junge auf seinem Schoß drückte den Scheitel gegen Cenuijs Kinn, weil er besser sehen wollte, doch Cenuij drückte ihm rücksichtslos den Kopf nach unten, preßte die Augen an die Scharte.

»Zurück!« heulten die Umstehenden. »Lauft, Eure Majestät!« Das Stom-Männchen vor dem König schwankte, tappte unsicher vorwärts; der Monarch stemmte den Gaskanister empor und sprühte dem Tier noch mehr Schlafgas entgegen; nun richtete sich der Stom vollends auf, taumelte allerdings noch. Auch die zwei Stoms beiderseits des Königs rappelten sich hoch, rafften sich aus ihren nestartigen Schlafmulden empor, schaukelten auf ihn zu, reckten den Hals, wackelten zur Mitte der Höhle, versperrten dem Hofstaat nebenan die Sicht.

»Wachen!« kreischte irgend jemand. Köstliche Schadenfreude kitzelte Cenuijs Sinne. Der Junge auf seinem Schoß fing zu plärren an. Der vom König gekürte Stom, über den Köpfen der anderen Tiere noch knapp sichtbar, sank langsam vornüber und verschwand aus dem Blickfeld. Aus der Höhlenmitte erscholl ein Aufschrei. Der Fußboden erbebte. Überall rund um Cenuij brüllten und krakeelten Menschen. Der Königssohn wand sich von seinem Schoß und rannte durch den Wald aus Beinen davon.

Königliche Leibgardisten eilten mit Schußwaffen in

die Schlafhöhle. Sie schossen auf die vorderen Tiere, die Waffen knallten und fauchten, Kugeln und Laserstrahlen sausten zwischen die dichtgedrängten Stom-Männchen, hatten versengte Haut, Rauchwolken, Krächzen und Blaffen zur Folge. Die hinteren Stom fuhren herum und griffen die Gardisten an, die zwar weiter tüchtig ballerten, aber zurückweichen mußten. Zwei Stom heulten auf, brachen mit zerschossenen Schädeln zusammen, ihr Blut bespritzte die Umgebung, einer begrub einen Gardisten unter sich; ein anderes verletztes Tier schnappte einen der Männer und schleuderte ihn mit einem Schlackern des Kopfs gegen die gewölbte Wand der Schlafhöhle. Eine ganze Salve von Schüssen zerfetzte dem Stom die Brust, er sackte nieder. Dahinter setzte zunächst ein Schieben der eingeengten Horde in Richtung des Höhlenausgangs ein, steigerte sich dann zu ein regelrechten Ansturm; der Boden erzitterte unter den schweren, dumpfen Schritten der riesigen Tiere, auch bei ihrem erneuten Vordringen erfüllten ihre Schreie und das Knattern der Schußwaffen die Luft.

Die Leute in Cenuijs Umfeld johlten, riefen wirr durcheinander, stampften mit den Füßen. Er drückte das Gesicht an die Scharte und bemühte sich, sein Grinsen zu verbergen.

Immerzu fielen Schüsse, klangen zwischen den weichen Wänden der Schlafhöhle seltsam hohl. Noch drei Stom-Männchen wurden getötet, während sie sich in dem Bestreben, ins Freie zu fliehen, am Höhlenausgang drängten, kreischten und brüllten, und stürzten übereinander.

»Der König!« gellten die Stimmen der Menschen. Die Leibgardisten klommen über die Kadaver der erschossenen Flugechsen zur Höhlenmitte. »Der König!«

»Euer Blödian ist plattgemacht, ihr hirnlosen Speichellecker«, murmelte Cenuij.

Die restlichen Stom-Männchen suchten endlich, soweit sie noch dazu imstande waren, ihr Heil in der

Flucht, schwangen sich vom Rande des Höhlenausgangs hinaus in die abendliche Spätdämmerung. Tote und sterbende Tiere lagen reglos auf dem Höhlenboden in ihrem Blut oder versuchten sich aufzurichten. Die Leibgardisten erreichten die Mitte der Kaverne.

Cenuij verzog das Gesicht zu einem Ausdruck gramvollster Trauer und machte sich darauf gefaßt, sich mit dieser Miene von der Scharte abzuwenden. Er atmete tief durch, schloß für einen Moment die Lider.

»Seht nur«, rief eine Stimme. Cenuij öffnete die Augen.

Abseits der Leibgardisten, an der äußersten Schlafmulde neben der Wand, fast unter der Höhlendecke, rührte sich etwas: eine kleine, nur schwach erkennbare Gestalt winkte.

»Der König«, ertönte eine Stimme. »Hurra!«

Gewaltiger Jubel erscholl.

Entgeistert starrte Cenuij durch die Scharte in die Schlafhöhle.

Das Grabmal bestand aus einem teils unterirdischen Granitwürfel, den man auf Gorkos Geheiß auf einem Hügel außerhalb der Ziergärten der Villa Tzant errichtet hatte.

Sharrow erinnerte sich noch an den Tag, an dem das Grabmal eingeweiht worden war; nach dem offiziellen Zeremoniell hatte ein alter Diener sie noch einmal hinbegleitet, damit sie es sich allein, ohne die Gegenwart anderer Personen, anschauen konnte. Die Duenna hatte ihr mitgeteilt, das Grab wäre von großer Wichtigkeit, und Großvater Gorko hätte gewünscht, daß sie es sich ungestört ansähe. Ein Grund dafür fiel weder der Duenna noch Sharrow ein. Anschließend waren der Diener und sie zum Kuchenessen in die Villa zurückgekehrt.

Die anderen Kinder hatten sich stets vor dem schwarzen Bauwerk gefürchtet, denn an einer Seite be-

im nächsten Jahr verkaufte. Sharrow hoffte, daß man es auch in Zukunft duldete, wo es stand. Voraussichtlich erwarb irgendeine andere Aristokratenfamilie, jemand Reiches oder eine Großfirma das Anwesen, aber Sharrow sah nicht ein, weshalb man etwas dagegen haben sollte, ihren Opa auch in Zukunft friedlich in seinem Grab ruhen und ihn seine liebste Aussicht auskosten zu lassen. Ihr war einsichtig, daß jeder, der in die Villa einzog, sie so umgestaltete, bis ihm das neue Zuhause zusagte, doch konnte wirklich irgend jemand so mißgünstig sein, nicht einmal ein kleines Eckchen des Geländes den Überresten des Mannes vorzubehalten, der die Villa gebaut hatte?

Sie schloß die Augen. Ja, es war vorstellbar. Die Größe des Grabmals und die Tatsache, daß es abseits lag, waren unwesentlich; es war ein Symbol, und die metrischen Abmessungen eines Symbols blieben ohne Belang – den Ausschlag gaben die Gedanken, die es weckte.

Trotz aller Befürchtungen war der Tag bisher nicht allzu übel verlaufen. Sie hatte es geschafft, während der Beisetzung sowohl Geis und Breyguhn aus dem Weg zu gehen; Geis konnte von Glück reden, weil man ihm Sonderurlaub für die Bestattung jemandes genehmigt hatte, der nicht als naher Verwandter eingestuft werden konnte, und war mit Verspätung angekommen, und Breyguhn hatte sich geradeso sorgsam aus Sharrows Nähe ferngehalten, wie Sharrow sie beharrlich übersah.

Seit dem Ball, der über ein Jahr vorher im Siynscener Haus seines Vater stattgefunden hatte, war sie Geis nicht mehr begegnet. Etliche Male hatte er sie seitdem angerufen, besonders nachdem sie zur Universität gegangen war, doch sie hatte immer Ausreden ersonnen, um ein persönliches Treffen mit ihm zu vermeiden. Es wäre zu seinem eigenen Guten, hatte sie sich gesagt; falls er sich auf dem Ball in sie verknallt hatte, dann war es, weil sie keine Neigung zu Weiterungen verspürte, nur vorteilhaft für ihn, wenn sie ihm genug Zeit ließ, um sie zu vergessen und sich jemand anderes auszugucken. Trotzdem errötete sie noch gelegentlich, wenn sie an jene Ballnacht dachte.

Sie bedauerte es nicht, Geis zugestanden zu haben, mit ihr zu tanzen, und sie war unverändert der Überzeugung, daß sie nichts Unrechtes getan hatte, aber bei Augenzeugen mochte der Eindruck aufgekommen sein, sie hätte sich ihrem Vetter an den Hals geworfen, und das konnte sie nur als peinlich empfinden. Und die Möglichkeit, jemand könnte gemerkt haben, daß sie sich ausschließlich mit ihm befaßte, um ihn von Breyguhns begehrlicher Zuwendung abzulenken, war ihr sogar noch viel peinlicher.

Während sie auf dem polierten, schwarzen Stein des Grabmals lag, schabte sich Sharrow am Bein, erinnerte sich an das schockierende Erlebnis, das sie hier in der vorletzten Saison gehabt hatte.

Seit dem Nordwinter und dem Vorfall auf der Eisbahn hatte sie Breyguhn nicht mehr gesehen. Breyguhn war fort gewesen, um die Schule zu Ende zu besuchen, und ihr Vater hatte sich weiterhin unentwegt ins Spielen verbissen, immer tiefer in Verschuldung und Verzweiflung hineingeritten; beide waren für Sharrow Menschen, mit denen sie gerne möglichst wenig zu tun haben mochte.

Die Stimmen waren ihr wie im Traum ans Ohr gedrungen.

Sie gehörten Geis und Breyguhn.

»... bin sicher, daß es nicht zum Krieg kommt«, hatte Geis gemeint. »So etwas wäre einfach für alle Beteiligten zu riskant.«

Von Breyguhns Antwort fing Sharrow nur das letzte Wort auf. »... Sterben?«

Halblaut hatte Geis aufgelacht. »Doch, natürlich«, sagte er. »Davor hat jeder Furcht. Ein bißchen muß man Bammel haben, um sein Bestes geben zu können.«

Die Stimmen kamen von der linken Seite des Grabmals, aus der Richtung des Wegs, der von der Steinbrüstung, die die Ziergärten und Rasenflächen der Villa umsäumte, durch ein kleines Tal voller verwuchertem Grün zu der Erhebung führte, auf der die Grabstätte stand. Lautlos wälzte Sharrow sich auf den Bauch.

»Aber man sollte ... sich immer so *verhalten*«, äußerte Geis, »als hätte man keine Furcht.«

Es folgte ein Geräusch, als schlüge jemand mit der flachen Hand auf Stein.

»Der alte Knabe da ... Opa Gorko. Es könnte sein, er hatte beim Einschlafen jedesmal entsetzliche Furcht vorm Sterben, ausschließen läßt's sich ja nicht, aber er ist immer aufgetreten, als könnte ihn absolut nichts erschrecken. Er wußte, was er wollte, und er hat es angepackt, seinen Willen verwirklicht, und obwohl er sah, wie gefährlich es war, hat er keine Sekunde lang gezögert.« Kurzes Schweigen ergab sich. »Ein bedeutender Mann war er. Ein sehr, sehr großer Mann. Von ihm können wir eine Menge lernen.«

Wieder Schweigen. Dann ging das Gespräch weiter. »Wollen wir uns setzen? Du siehst etwas müde aus.«

»Meinetwegen.«

»Komm, wir setzen uns da drauf.«

Sharrow hörte, wie jemand ein Kleidungsstück ausschüttelte, danach Geraschel. Sharrow hatte überlegt, ob sie sich zu erkennen geben oder zur Kante des Grabmals krauchen und ihren Vetter und die Halbschwester beobachten sollte. Aus Unentschlossenheit blieb sie liegen.

»In letzter Zeit«, plapperte Breyguhn mit leisem Lachen, »siehst du richtig blendend aus.«

»Ach, das liegt bloß an der Uniform.« Geis hatte gleichfalls gelacht.

»Nein, das ist nicht wahr. Ich bin der Ansicht, ein Tölpel bleibt auch in Uniform ein Tölpel.« (Sharrow biß die Zähne zusammen: genau das hatte sie vor einem

Jahr zu Breyguhn gesagt. Aber da hatte Breyguhn ihr natürlich widersprochen.)

Gedämpft mußte Geis nochmals lachen. »Na, du hast insofern recht«, gab er zur Antwort, »als es in unserem Jahrgang Burschen hat, die mit Sicherheit ein wenig Nachhilfe in Bekleidungsfragen gebrauchen könnten. Manche Kerle sehen verlottert aus, kaum daß sie in vollem Wichs zum Appell angetreten sind. Darf ich rauchen?«

»Selbstverständlich. Ist das in der Raummarine üblich?«

»Nun ja ...« Schon wieder lachte Geis. »Eine Vorschrift ist es nicht.«

Als nächstes hörte Sharrow ein Klicken, dann roch sie Shoan-Qualm; in Yadayeypon und anderen Regionen Caltasps war das schwache Rauschgift verboten. Sie selbst hielt wenig von dem Zeug; es hob die Gemütsverfassung kaum und roch für ihren Geschmack allzu süß.

»Was ist das?«

»Das? Shoan. Von Speyr. Harmloses Kraut. Aber es lockert wenigstens ein bißchen die Stimmung.«

»Dürfte ich mal probieren?«

»Also, ich weiß nicht, ob ...«

»Was?«

»Ob du alt genug ...«

»Du wolltest sagen, du weißt nicht, ob Vater es gutheißt, oder?«

»Ja. Eigentlich ja.«

»Na, das ist doch jetzt wohl hinfällig, wie?«

Eine neue Gesprächspause folgte, danach etwas ähnliches wie ein Seufzen oder Schniefen.

»Breyguhn ...«, sagte Geis.

»Ach, gib schon her.«

Nach einem Weilchen hustete Breyguhn, aber nur ein paar Augenblicke lang.

»Ist dir auch wirklich ...«, fing Geis einen Satz an.

Breyguhn hustete noch einmal. »Huuu«, schnaufte sie wenige Sekunden später.

»Geht's dir gut?«

»Bestens.«

»Hör mal, ich hatte noch gar keine Zeit, um dir deutlich zu sagen, wie sehr ich bedauere, daß ...«

»Oh, bloß das nicht, Geis.«

»Ich möchte nur klarstellen ...«

»Nein! Nicht!« Plötzlich schluchzte Breyguhn, anschließend war neues Geraschel zu vernehmen, und Breyguhn sagte irgend etwas, das jedoch dumpf klang und völlig unverständlich blieb.

»Na, na ...«, säuselte Geis so leise, daß Sharrow es kaum hören konnte.

»Ach Geis«, seufzte Breyguhn. »Du bist immer ... Ich bin ... schon ewig ...« Sie verstummte und verfiel wieder ins Schluchzen. Auch dieses Mal klangen die Laute gedämpft.

»Breyguhn«, sagte Geis kaum vernehmlich, »Breyguhn ...«

»O Geis, bitte, bitte ... ich will ... wirklich von Herzen ...«

Was will sie? dachte Sharrow. Sie schob sich bis zur Kante des Grabmals vor, bis sie den Talweg und die Sträucher des Hügels sehen konnte. Dann lugte sie mit aller Vorsicht über den Rand hinab.

Geis und Breyguhn hatten sich umarmt und küßten sich, knieten auf Geis' neben der Grabstätte auf dem Gras ausgebreiteten Fiskusallianz-Raummarinemantel. Vor Sharrows Augen zupften Breyguhns Hände Geis das Hemd aus der Hose und griffen hinein. Mit einer Hand faßte Geis über Breyguhns Rock ihr Bein und strich daran langsam aufwärts, während er sie rücklings auf den Mantel senkte.

Erstaunt starrte Sharrow für eine Sekunde in Breyguhns Gesicht, ehe sie hastig, sobald sie begriff, daß Breyguhn nur die Augen aufzuschlagen brauchte, um sie zu sehen, zu ertappen, von der Kante zurückwich.

Sharrow lag am Rande des schwarzen Kubus und lauschte; Breyguhns und Geis' Atemzüge gingen immer heftiger und angestrengter, man hörte Kleiderstoff über Haut und andere Kleidung gleiten. Die Atmung der beiden klang andauernd lauter und steigerte sich zum Stöhnen. Einmal schrie Breyguhn auf, und Geis murmelte etwas, doch sofort flüsterte Breyguhn im Ton der Beschwichtigung auf ihn ein, und von da an stöhnten sie gemeinsam, während Sharrow auf dem Dach des Grabmals ausgestreckt lag, die Augen aufgerissen, den Mund am rechten Handgelenk, auf das sie biß, um nicht zu lachen oder zu johlen, damit sie sich nicht verriet, und merkte, wie sie wider Willen errötete,

»*Sharrow*«, blökte Geis.

Sie erstarrte und bekam eine Gänsehaut. Die schwarze Oberfläche des Dachs schien mit einem Mal eiskalt zu sein.

Hatte er sie gesehen? Wie konnte er wissen, daß sie …?

Da durchschaute sie, was passiert war, und beruhigte sich.

Sie lächelte, weil sie sich im ersten Moment geschmeichelt fühlte, dann schnitt sie ein böses Gesicht; sie wußte nicht so recht, ob sie den Vorfall als Kompliment oder als Beleidigung auffassen sollte.

»Breyguhn«, faselte Geis schweratmend, »Breyguhn, es tut mir leid … es tut mir echt leid. Ich weiß nicht, was …«

Breyguhn heulte wie ein Tier, so daß es Sharrow regelrecht gruselte, schluchzte etwas, das Sharrow nicht verstand. Dem schloß sich erneutes Geraschel an, das alle Anzeichen überstürzter Hast aufwies.

»Breyguhn, bitte … Ich wollte nicht …«

»Laß mich in Ruhe!« kreischte Breyguhn, dann hörte Sharrow Schritte auf dem grasbewachsenen Weg und einen letzten Klagelaut Geis'. Kurz darauf erschien Sharrows Halbschwester in ihrem Blickfeld, bahnte sich zügig eine Gasse durch die Büsche, die den Talweg zuzuwuchern drohten; für den Fall, daß Breyguhn sich umdrehte und sie womöglich auf dem Dach sah, wich Sharrow von der Dachkante des Grabmals zurück, doch Breyguhn wandte sich kein einziges Mal um, unter ununterbrochenem Schluchzen strebte sie in die Richtung der Villa, entschwand ins Gesträuch.

Noch zehn Minuten lang harrte Sharrow auf dem Dach des Grabmals aus, wagte sich nicht zu rühren. Sie lauschte auf die Geräusche, während Geis die Hosen hochzog, seine Kleidung in Ordnung brachte und den Mantel ausschüttelte und über die Schultern warf; dann roch sie wieder einen Shoan-Zigarillo. Sie glaubte zu hören, daß Geis sich nochmals setzte und leise lachte.

Zuletzt hörte sie, daß er aufstand, und anschließend sah sie ihn gleichfalls den Talweg entlanggehen.

Sharrow wartete noch eine Weile ab, bevor sie zu der Stelle hinabsprang, wo sich die beiden befunden hatten. Sie hatte das Empfinden, daß das zerdrückte Gras neben dem Grab irgendwie unerquicklich aussah. Man konnte durch bloßes Hinsehen genau nachvollziehen, was sich ereignet hatte. Sharrow lächelte, bückte sich und las einen nur halb gerauchten Shoan-Stummel auf; sie schnupperte daran und überlegte, ob sie ihn für später aufbewahren sollte. Aber dann fiel ihr ein, daß Geis ihn zwischen den Lippen gehabt hatte, ebenso Breyguhn, und daß die zwei ihre Lippen aufeinandergepreßt hatten …

»Bah«, machte sie und ließ den Stummel ins Gras fallen.

Sie zog wieder die konservativen grauen Schuhe an und schlang sich das aschgraue Cape um die Schultern. Auf der Rückkehr zur Villa, wo nach dem Begräbnis ihres Vaters angesagte Feierlichkeit in aller Stille ohne sie ihren Lauf nahm, schlug sie einen Bogen, nahm einen gewissen Umweg in Kauf.

»Ach, komm, Cenuij, sei wieder guter Dinge«, empfahl Zefla. Sie schenkte ihm Wein nach.

»Ich denke gar nicht daran«, lallte er.

Am Abend hatte das SNA-Team noch einmal den *Gezogenen Nagel* aufgesucht. Cenuij hatte sich von der Jubelfeier im Schloß fortgestohlen, sobald seine Abwesenheit keinen schlechten Eindruck mehr erregen konnte, und sich zu den anderen gesellt.

Er trank aus dem Becher. »Ich kann einfach nicht glauben, daß diese taube Nuß mit dem Leben davongekommen ist«, sagte er, schüttelte bedächtig den Kopf. »Klettert da die Wand hoch ...! Ich hätte angenommen, jeder Stom von echtem Schrot und Korn pflückt ihn sich da runter wie 'ne Blasenbirne, aber nein ... der blödsinnige Scheißkerl übersteht's.« Nochmals tat er einen tüchtigen Zug aus dem Trinkgefäß. »Verdammt, das ist doch wirklich zum *Lachen*!« schimpfte er.

»Was betrifft diese Bemerkung?« fragte Sharrow, die gerade das gemietete Séparée betreten hatte und am Tisch Platz nahm. »Soll das eine kritische Selbsteinschätzung der Ideen sein, die du in letzter Zeit hattest, Cenuij?«

Er musterte sie aus wäßrigen Augen, deutete mit der Hand, die den Weinbecher hielt, auf Sharrow. »Das ...«, setzte er, die Lider schmal, zu einer Entgegnung an. Als nächstes jedoch gab er einen tiefen Seufzer von sich und wackelte trübselig mit dem Kopf. »Das ist 'ne beinahe gerechtfertigte Frage«, gestand er ein, stellte den Becher ab und stützte den Kopf in die Hände. Er starrte auf die Tischplatte.

»He, komm«, sagte Zefla, tatschte ihm den Rücken. »Du hast's versucht, Cenuij. Zweimal sogar.«

»Zweimal«, rief Cenuij, streckte die Handteller empor und hob den Blick zur Zimmerdecke, als könnte er dort jemanden um Gnade anflehen. »Beim Blute des Propheten, *zweimal* ...!«

»Kein Grund zur Aufregung«, beteuerte Zefla.

»Wir denken uns was anderes aus«, versicherte Miz, schaukelte mit dem Stuhl.

»Schließlich wird's doch noch klappen«, behauptete Dloan und nickte nachdrücklich.

Cenuij widmete Zefla, Miz und Dloan nacheinander einen trostlosen Blick. »Entschuldigung, könntet ihr euch nicht noch *allgemeiner* ausdrücken? Es ist mir zuwider, dermaßen mit konkreten Einzelheiten überhäuft zu werden.«

Miz grinste und schüttelte den Kopf. Dloan bewahrte eine stoische Miene.

»Ach Cenuij ...«, sagte Zefla, legte den Arm um ihn.

»›Ach Cenuij‹«, wiederholte er, versuchte sie nachzuäffen. Er streifte ihren Arm ab und stand auf. »Der Körper verlangt sein Recht«, nuschelte er, wankte zur Tür.

Als er sie öffnete, schwoll der Lärm im Hauptraum des Gasthofs, wo die Pharpecher pflichtgetreu die Rettung des Königs feierten, kurz zu einem Getöse an, sank wieder zu einem Brabbeln ab, kaum daß er die Tür geschlossen hatte.

Miz zuckte die Achseln, griff in seine Jacke und holte einen Inhalator heraus. »Tja, an sich wollte ich das aufheben, bis wir das verdammte Buch haben, aber ...«

»War ein guter Einfall«, lobte Zefla, deren Miene sich geradezu dramatisch aufhellte. »Aber was soll's, hm?«

Miz knackte den Verschluß. Der Reihe nach inhalierten sie jeder ein paarmal.

»Vielleicht verhält es sich ja so«, spekulierte Sharrow, nachdem sie ausgeatmet hatte, »daß die Schatzkammer weniger unzugänglich ist, als Cenuij glaubt.«

»Ja, könnte sein«, sagte Miz, hustete einige Male. »Verflucht, schließlich haben wir uns auch in Schwimmstadt das Kronenstern-Gehänge gekascht. Im

Vergleich dazu müßte alles andere eigentlich 'n Kinderspiel sein.«

»Nur die Beschaffung der erforderlichen Ausrüstung dürfte ein Problem sein«, wandte Dloan ein.

»Genau daran dachte ich auch gerade«, sagte Zefla und grinste breit. Sie reichte den Inhalator Miz zurück, der mit ziemlich düsterer Miene die Tür anstarrte. »Was ist los?« fragte Zefla ihn.

Er nickte in die Richtung der Tür, gleichzeitig glitt seine Hand in die Tasche. »Es ist auf einmal«, antwortete er, »vollkommen ruhig worden.«

Die übrigen Anwesenden lauschten. Tatsächlich war das gedämpfte Gebrabbel unten im Lokal gänzlich verstummt.

Miz schwang sich vom Stuhl, zückte die Pistole. »Aus eigener Erfahrung weiß ich«, erklärte er und ging zur Tür, »daß es verdächtig und ein sehr schlechtes Zeichen ist, wenn es in einem pharpecher Lokal plötzlich still wird.« Er schaute Dloan an und wies mit einer Seitwärtsbewegung des Kopfs auf die Tür. »Dloan, geh du mal nach dem rechten sehen.«

Lautlos verließ Dloan seinen Platz.

Miz grinste. »Mann, war doch bloß 'n Scherz ...«

Dloan hob die Hand. »Nein«, erwiderte er, »ich sehe mich lieber mal um.«

Miz bemerkte den Ausdruck im Gesicht des Hünen. »Ja«, sagte er, »vielleicht ist's wirklich besser.«

Gerade als Dloan die Tür öffnete, ertönte aus dem Erdgeschoß ein Schrei, dann brach ein grauenvolles Heulen und Jammern los. Sharrow blickte in die Mienen der Kameraden. Dloan huschte hinaus. Miz sah ihn zur Treppe eilen, die in den großen Schankraum hinabführte. Das Geheul schwoll zu noch größerer Lautstärke an. Miz schloß die Tür.

»Verdammt«, erkundigte sich Zefla, »was ist denn *jetzt* passiert?«

»Hat Cenuij etwa einen Witz erzählt?« fragte Sharrow. Sie langte in die Jackentasche und brachte die HandBalliste zum Vorschein.

Das Klagegeheul wollte schier kein Ende nehmen. Einige Minuten später kam Dloan wohlbehalten zurück ins Séparée, machte die Tür zu und setzte sich wieder auf seinen Stuhl.

»Na?« ermunterte Sharrow ihn zum Sprechen.

Dloan blickte ihr ins Gesicht. »Der König ist tot«, sagte er.

»*Was?*« rief Miz, kam an den Tisch.

Dloan erzählte, was er erfahren hatte.

Der König hatte den Gästen des Festbanketts zu zeigen beabsichtigt, wie es ihm an dem abenteuerlichen Abend gelungen war, sich vor den wildgewordenen Stom zu retten. Zu diesem Zweck kraxelte er an einem riesigen Wandteppich hinauf, der eine Seite des Festsaals schmückte, stieg zwischen die Deckenbalken und schwenkte das Weinglas, während er seine Kraft, Tapferkeit, Gewandtheit sowie die Sicherheit seiner Füße schilderte. Dann war er abgerutscht und -gestürzt, kopfüber auf die Festtafel geprallt und hatte eine erstaunlich große Menge Gehirn über den zehnten Gang verspritzt, eine Süßspeise.

»Na so was«, kommentierte Zefla; zwar nicht allzu laut, aber sie bedeckte sofort den Mund mit der Hand, schielte verlegen rundum.

Miz saugte nochmals an dem Inhalator. »Der König ist tot«, konstatierte er, reichte den Inhalator an Zefla weiter.

»Kann sein«, meinte Sharrow, »Cenuij wird wenigstens dadurch aufgeheitert.«

Miz wandte den Blick zur Tür. »Ja, aber wo ist er ...?«

Die Tür flog auf, und Cenuij hastete herein. Er sperrte die Tür ab, lief ans Fenster, riß es auf, schob mit dem Fuß einen Stuhl heran, stellte sich auf ihn und spähte nach draußen. Schließlich drehte er sich um und lächelte freudlos in die Runde.

Alle starrten ihn an.

»Cenuij?« fragte Zefla. »Ist mit dir alles klar?«

»Ohne weiteres«, antwortete er mit rauher Stimme. Schweiß schimmerte in seinem Gesicht. Mit dem Kinn deutete er aufs Fenster. »Laßt uns abhauen.«

»Was?!« entfuhr es Miz, der soeben die Pistole einsteckte.

»Halt das Schießeisen bereit, du könntest's benötigen«, riet Cenuij. »Los doch, wir müssen uns verdünnisieren. Legt das Geld für die Zeche einfach auf den Tisch.«

»Cenuij«, sagte Sharrow, »der König ist tot. Hast du's mitgekriegt?«

Schnell und leicht gereizt nickte Cenuij. »Ja, ja, weiß ich«, stieß er hervor. Er zeigte auf die Tür, die er abgeschlossen hatte. »Aber eben ist hier ein Haufen Mönche eingetroffen und hat nach Zimmern gefragt.«

»Na und?« fragte Sharrow.

Cenuij schluckte. »Es sind Huhsz.«

15

Hintertürchen

Miz warf eine Handvoll Münzen auf den Tisch und beeilte sich in den Flur, um sich vom Treppenabsatz aus davon zu überzeugen, daß Cenuij recht hatte. Zefla schnappte sich die zwei erst angebrochenen Flaschen Entraxrln-Wein. Sharrow stopfte den Inhalator in die Handtasche; es überraschte sie, als sie merkte, daß ihre Hände zitterten. Cenuij vertrat die Ansicht, zum Springen läge das Fenster etwas zu hoch; daraufhin hielt Dloan im Flur Umschau und entdeckte eine rückwärtige Treppe ins Freie.

Miz kehrte aus dem Flur der Gaststätte ins Séparée zurück.

»Ja, es stimmt«, teilte er halblaut mit. »Es sind Huhsz.«

Eine Minute später hatten sie sich aus dem Lokal abgesetzt, schlichen durch den Hinterhof und betraten einen schmalen Feldweg, der um einen Acker zu der Landstraße verlief, auf der man zur Stadt gelangte.

Sie hatten Fackelträger gemietet, von denen sie vom Ort zum Gasthof geleitet worden waren, aber sie mochten das Risiko nicht eingehen, die Jugendlichen aus der Küche zu holen, und ebenowenig wollten sie durch Lichter die Aufmerksamkeit der Huhsz erregen. Zum Glück hatten sie jedoch alle ein Nachtglas dabei, mit Ausnahme Zeflas, die sich, während sie zügig zur Landstraße marschierten, an Dloans Hand festhielt. Als sie sich umblickten, sahen sie, daß ein hohes Gefährt, umgeben von dunklen Gestalten, durch das Tor in den Innenhof der Gaststätte rollte.

»Elendes Gesindel«, knirschte Miz. »Ich habe zehn gezählt.« Er wandte sich an Cenuij. »Und du?«

»Zwanzig«, antwortete Cenuij. »Vielleicht sind's sogar mehr.«

»Scheiße«, sagte Miz. Er sah Sharrow an, die wie ein bleiches Gespenst neben ihm ausschritt, dabei unbewußt ihr Hinken kaschierte. »Was nun?«

»Wir verzichten auf das Buch«, schlug Sharrow vor, »und verziehen uns.«

»Ich habe 'ne schlauere Idee«, widersprach Cenuij. Er lächelte Sharrow zu, als sie ihn anschaute. »*Erst* wischen wir den Huhsz eins aus, *dann* suchen wir das Weite.«

»Und wie?« wünschte Sharrow zu erfahren.

»Im Schloß ein Wort ins richtige Ohr zu flüstern, müßte genügen«, erklärte Cenuij. »Ich mache dem Erzgottlosen weis, ich hätte gehört, diese Huhsz seien Gottesanbeter und Republikaner. Das dürfte die Pharpecher Religionsfunktionäre auf die Palme bringen, besonders jetzt.«

»Na, aber nimm dir dafür nicht zuviel Zeit«, mahnte Sharrow. »Wir besorgen uns die flinksten Reittiere, die wir auftreiben können, und verdrücken uns zur Eisenbahn, so schnell es geht.«

»Es wird vorteilhafter sein, wir trennen uns nicht«, sagte Zefla. »Was wäre, falls man von Cenuij erwartet, daß er im Schloß bleibt, um an den Trauerfeierlichkeiten teilzunehmen, oder so was?«

»Tja«, meinte Sharrow und sah Cenuij an, »was dann?«

»Keine Bange«, beruhigte er sie. »Ihr kümmert euch um die Reittiere, ich halte die Huhsz auf und mache mich rechtzeitig davon.«

»Mensch, das fühlt sich ja wie freier Fall an.«

Geis hatte gelächelt. »Gib acht«, sagte er, zog aus seinem Raummarinejackett einen Stift, hielt ihn vor sich hin und ließ ihn los. Langsam fiel der Stift in der Liftkabine bodenwärts. Ungefähr in Höhe seiner auf Hochglanz gewichsten, kniehohen Stiefel fing er den Stift auf und steckte ihn wieder in die Jackentasche.

Sharrow machte einen kleinen Hüpfer und schwebte zur Decke, lachte, stieß sich oben mit den Fingern nach unten ab.

»So etwas darfst du aber nicht tun«, hatte Geis sie spaßhaft gescholten, während er zuschaute, wie sie ihr hochgerutschtes Kleid hinunterschob.

»Jetzt verstehe ich, weshalb du unbedingt wolltest, daß wir erst die Gläser austrinken«, sagte Sharrow, klammerte sich an die Haltegriffe der Kabinenwand. Geis hatte noch beide von der Party mitgenommenen Gläser in der Hand, vor Betreten des Lifts zum Museum jedoch darauf bestanden, daß sie sie leerten.

Die Luft pfiff um die Aufzugkabine wie fernes Geschrei.

Geis warf einen Blick auf den Tiefenmesser. »Wir müßten nun jeden Moment bremsen«, kündete er an. Der Lift zitterte leicht, das Pfeifen wechselte die Tonhöhe, allmählich wurde wieder das normale Gewicht spürbar.

»Was war hier unten denn früher überhaupt?« fragte Sharrow.

»Es ist eine alte Goldmine«, informierte Geis sie. »Aber wir sind sehr tief unten, so tief, daß Kühlung erforderlich ist, um in den Stollen eine angenehme Temperatur beizubehalten.« Sanft hatte die Liftkabine gestoppt, und die Tür war aufgegangen.

»Verdammt, wo *bleibt* er nur?« Sharrow hob den Blick in die Höhe, wo die erste Helligkeit der Morgendämmerung den Membranbaldachin zu schwachem, streifigem Blau verfärbte.

Die Gruppe hatte das *Gebrochene Genick* fast so schnell verlassen wie den *Gezogenen Nagel*. Vom Hotel aus hatte sie den Mietstall aufgesucht, von dem nach der Anreise ihre Jemer gekauft worden waren; es war nicht erforderlich gewesen, ans Tor zu hämmern, um die Besitzer zu wecken, denn wie die meisten Bewohner der Stadt Pharpech hatten sie erst bis in die Nacht gezecht, um die Rettung des Königs zu feiern, und anschließend sein unvermutetes, tragisches Ableben beklagt. Cenuij hatte im Mietstall zu den Kameraden stoßen sollen, doch inzwischen warteten sie schon seit zwei Stunden auf ihn.

Mittlerweile herrschte im Mietstall Ruhe, der Besitzer und seine Familie lagen endlich im Bett. Das Team wartete vor dem Haus auf der Straße auf Cenuij. Zefla schlief zusammengerollt auf dem Gepäck, ihr Kopf ruhte auf einem flachen Borkenkasten voller leerer Bierkrüge, die der Mietstall zum Abholen durch die zuständige Brauerei vors Tor gestellt hatte. Bei ihr hockte Dloan, spähte die Straße hinab, in die Richtung, aus der Cenuij kommen mußte, während Miz auf und ab latschte, Sharrow abwechselnd herumstand und mit dem Fuß tappte oder gleichfalls hin und her stapfte. Am Straßenrand hatten sich schläfrig die neuen Jemer gelagert, fünf Reit- und zwei Packtiere, schnarchten und schnaubten unruhig vor sich hin.

»Ich kontaktiere ihn«, sagte Miz zu Sharrow, kam zu ihr und fuchtelte mit dem Funkgerät.

Sie schüttelte den Kopf. »Bestimmt ruft er uns an, sobald er kann.«

»Na, dann laß mich wenigstens hingehen und nachschauen, was sich abspielt«, verlangte Miz, wies auf die niedrigen, düsteren Umrisse der Stadt, die sich gegen die etwas weniger finstere Dunkelheit der Nacht kaum abzeichneten.

»Nein, Miz«, entgegnete Sharrow.

Miz warf die Arme in einer Gebärde der Verzweiflung empor. »Was sollen wir denn tun? Ewig hier warten? Ihn im Stich lassen?«

»Wir warten, bis er kommt. Wir dulden doch nicht, daß die Huhsz ihn fertigmachen. Außerdem ist er wahrscheinlich der einzige, der sich noch an die Reiseroute zur Eisenbahnlinie erinnert …« Sie verstummte, als das Gerät in Miz' Hand summte.

Miz sah sich nach der dunklen, fensterlosen Außenmauer des Mietstalls um, kehrte dem Gebäude den Rücken zu und schaltete den Kommunikator ein. »Ja?« meldete er sich mit beherrschter Stimme.

»Hallo, Miz.« Cenuijs Stimme drang aus dem Apparat. »Habt ihr die Reittiere?«

»Ja. Für dich haben wir das häßlichste Vieh ausgesucht. Was dauert so lange?«

»Heiligtumschändung. Hör zu, ihr müßt euch so bald wie möglich mit mir hinterm Dom treffen.«

»*Was?*« fragte Miz, heftete den Blick auf Sharrow.

»Hinterm Dom. Kommt in die Stadt und bringt mein Reittier mit. Und irgend etwas, das ungefähr so groß wie das bewußte Buch ist.«

»So groß wie …?« wollte Miz sich vergewissern.

Sharrow ergriff seine Hand. »Cenuij«, fragte sie ins Mikrofon, »was ist mit den Huhsz?«

»Denen hab ich eingeheizt. Ich muß das Gespräch beenden …«

»Cenuij«, sagte Sharrow, »ich möchte gerne etwas Ermutigendes von dir hören.«

»Hä?« Man konnte ihm eine gewisse Ungeduld anmerken. »Aha … Es ist alles bloß 'n Trick der Huhsz, flieht um euer Leben! Zufrieden?«

»Nein«, erwiderte Sharrow. »Mach lieber, daß du dort fortkommst.«

»Auf gar keinen Fall. Wir sehen uns hinterm Dom. Bringt was ähnliches wie 'n Buch mit. Ende.« Einmal läutete der Kommunikator, dann blieb er stumm.

»Ruf ihn zurück«, forderte Sharrow Miz auf.

Miz versuchte es. »Er hat abgeschaltet.« Er hob die Schultern.

Sharrow betrachtete das Apparätchen. »Drecksack«, sagte sie.

Miz steckte das Gerät ein und breitete die Arme aus. »Und was nun?«

Der Stollen, in den man aus dem Lift gelangte, hatte einen Durchmesser von vier Metern und eine schwache Beleuchtung gehabt. Die Luft im Stollen war so warm wie der Abendwind gewesen, den man derzeit auf der Terrasse der Villa hatte spüren können, die fünf Kilometer höher auf dem Rücken eines der Blauen Hügel Piphrams stand. Dort war die Neujahrsparty noch in vollem Gang gewesen.

Geis zeigte Sharrow ein kleines Elektroauto. Aus der Jackentasche zückte er ein Fläschchen und füllte Echirn-Likör in die Gläser. Feierlich stießen sie an, dann setzte er sich an die Lenkung des Wagens, der ruckartig anrollte, so daß ein Likörspritzer Sharrow auf den dottergelben Stoff ihres Kleids traf.

»Iiih«, machte sie und rülpste geziert.

»Hoppla …« Geis grinste und reichte ihr ein Taschentuch. »Verzeihung«, sagte er.

»Schon gut«, antwortete Sharrow, tupfte ihr Kleid ab. Die Leuchtkörper des Stollens flitzten rasch vorüber, während das Elektroauto durch den Stollen sauste und auf eine wuchtige, stahlblaue Tür zuhielt. Sharrow blickte sich in die Richtung des Lifts um. »Hoffentlich vermissen sie dich auf der Party nicht.«

»Sollen sie doch«, meinte Geis. Er holte ein Päckchen Zigarillos aus der Jacke. »Magst du rauchen?« fragte er und verringerte das Tempo, als das Auto sich den Türen näherte.

»Shoan, was?«

»Wie hast du das erraten?«

»Ich bin ein Genie.«

Geis grinste und stoppte das Elektroauto; er sprang vom Sitz, ging zu der Tür, legte die Hand auf eine Scannerfläche und trat um mehrere Schritt zurück. Langsam schwenkte die Türflügel auswärts – sie waren einen Meter dick, bildeten eine regelrechte Panzerpforte –, gaben den Blick in einen zweiten Stollen frei, an dessen Ende man nach kurzer Strecke wieder eine Panzertür sah.

»Geis«, hatte Sharrow gesagt, Schluckauf bekommen, während sie den Zigarillo anzündete, daran paffte, »du sammelst Türen. Deine Kunstsammlung besteht aus mehreren atombombensicheren Panzertüren.«

Geis schwang sich auf den Fahrersitz des Elektroautos und steuerte es durch die Pforte.

»Jetzt da du's erwähnst«, stimmte er zu, »fällt mir auf, daß du recht hast, in gewisser Hinsicht *sind* sie Antiquitäten. Das hatte ich mir noch überhaupt nicht verdeutlicht.«

Sharrow klemmte den Zigarillo zwischen die Lippen und verschaffte sich mit der Hand an Geis Halt, als er vor der zweiten Panzerpforte bremste. »Ich verlange Finderlohn«, sagte sie.

Geis faßte ihre Hand und küßte sie. »Später«, verhieß er. Wieder sprang er ab und ging zur Tür.

Sharrow verzog die Miene, betrachtete ihre Hand; dann wandte sie sich zur ersten Tür um. Sie hatte sich geschlossen.

»He, Zefla.«

»Mmm?«

»Steh auf, Mädchen, wir brauchen dein Kissen.«

»Was?«

Das sogenannte Museum bestand aus einer langgestreckten Höhle, von der kurze Seitenstollen abzweigten, eher Nischen, alle gesichert mit einer eigenen Panzertür; hinter Rohren, Verkabelung und Leitungen blieb die graue Decke nahezu unsichtbar. Geis knipste die komplette Beleuchtung an und öffnete per Schalterdruck sämtliche Stahltüren der Nischen. Jede davon enthielt ein paar Gemälde, Statuen, volle Bücherregale oder ein altes Stück einstiger Technik.

Sharrow trank aus ihrem Glas und rauchte den Shoan-Zigarillo, spazierte mit Geis von einer zur nächsten Nische und besah sich die angesammelten Schätze, von denen manche Geis' Zweig der Familie gehörten, einige Eigentum der Aristokratenfamilie Dascen, aber nicht vom Globalen Tribunal beschlagnahmt worden waren, und andere hatten Firmen, die Geis' Familie betrieben, als Investition erworben.

Sharrow tat so, als schaute sie sich alles genau an. »Als Großvater Gorkos Grab vom Grundbesitz der Villa Tzant entfernt worden ist«, fragte sie und lächelte Geis zu, »hast du es nicht aufgekauft, oder?«

Er schüttelte den Kopf. »Es war nicht möglich. Da hat noch das Globale Tribunal seine Klaue drauf.« Falls Geis bei der Erwähnung der Grabstätte an das amüsante Zwischenspiel mit Breyguhn damals nach der Beisetzung dachte, ließ er sich nichts anmerken. »Wenn ich mich recht entsinne«, fügte er hinzu, »steht es jetzt komplett in 'm Lagerhaus in Vembyr. Natürlich unterbreite ich sofort ein Angebot, sollte es jemals ...« Verwunderung in der Miene, verstummte er. »Warum grinst du so?«

»Nichts«, redete sich Sharrow heraus, blickte fort. »Du glaubst doch nicht *wirklich,* daß diesem ganzen Krempel irgendeine Gefahr droht, oder?« fragte sie, breitete den leichten Schal um die Schultern, während sie den kühlen Luftstrom durchquerten, der aus einem Ventilationsschacht herabwehte.

»Ach, es ist nur zur Vorsicht«, antwortete Geis, musterte sie. »Ist dir kalt?« wollte er wissen. »Hier, zieh meine Jacke über.«

»Sei nicht albern«, entgegnete sie, schob das angebotene Jackett von sich.

Geis legte sich die Jacke über die Schultern. »Ich bezweifle, daß es Krieg gibt. Und wenn doch, ist er voraussichtlich schnell vorbei. Ich dachte mir, solange eine gewisse Gefahr besteht, ist es vernünftiger, diese Sachen sicher einzulagern. Zugegeben, es sieht nach 'ner übertriebenen Reaktion aus, aber es sind eben unermeßlich kostbare, sonst nicht mehr zu beschaffende Gegenstände. Und ich trage für sie die Verantwortung.« Er grinste sie an. »Von einer *Studentin* darf man natürlich für so was kein Verständnis erwarten. Ihr unterstützt sowieso alle die AntiFiskusUnion, stimmt's?«

Sharrow schnaubte. »Wer sich nicht wegen festen Lehrauftrags als Dozent in Abhängigkeit von der Uni befindet, sich nicht zu tief ins Studieren verbissen hat, um sich für andere Angelegenheiten zu interessieren, oder ständig besoffen ist, ja«, erklärte sie.

Geis blieb vor einer Nische stehen, die eine glitzrig polierte Marmorskulptur zweier Liebender enthielt, die sich in den Armen lagen. Er füllte Sharrows Glas nach.

»Nun ja«, bekannte Geis, »ich sympathisiere auch in gewissem Umfang mit der AntiFiskusUnion, aber ...«

»Du bist in der FiskusAllianz-*Raummarine,* lieber Vetter«, rief Sharrow ihm in Erinnerung.

»Nur mit zeitweiligem Offizierspatent und in einer Beschaffungsabteilung der Logistik«, schränkte Geis ein. »Daß ich jemals an 'ner Raumschlacht teilnehmen muß, ist unwahrscheinlich.«

»Na *und*?« fragte Sharrow verächtlich.

»Ich halte es für meine Pflicht, dabei zu sein«, erläuterte Geis. »Es ist einfach am vorteilhaftesten für die Interessen der Familie. Allerdings würde ich ungern in eine Situation geraten, in der ich ...«

»In der du kämpfen müßtest.«

»... Fehler begehen könnte, die Menschenleben kosten«, beendete Geis den Satz mit einem Lächeln.

Unterm Absatz zertrat Sharrow den Stummel des Zigarillos. »Überzeugt mich völlig«, sagte sie.

Sie schlenderte weiter. Auch Geis trat mit dem Stiefel seine Kippe aus.

Zefla blieb mit ihrem Reittier und den beiden Packtieren vor dem Mietstall, während die übrigen Teammitglieder in die Stadt ritten. Sie begegneten Cenuij in einer schmalen, mit Kopfsteinpflaster befestigten Gasse zwischen dem Dom und einem hohen, wackligen Wohnhaus.

Es war noch ziemlich dunkel; deshalb sahen sie Cenuij nicht, bis er aus dem Schatten eines oberen Stockwerks trat, das über einen Erdgeschoßladen auskragte.

Sharrow sprang vom Jemer und packte Cenuij am Vorderteil der Kutte. In der anderen Faust hatte sie die HandBalliste.

»Ich hoffe nur, dein Plan taugt etwas, Mu.«

»Darauf kannst du dich verlassen«, raunte Cenuij, während auch Miz und Dloan absaßen. Mit zittrigem Finger deutete Cenuij auf den Dom. »Dort ist das Buch. In der Kirche. *Jetzt* können wir zuschlagen. Es ist praktisch unbewacht.«

Miz beugte sich vor. »Was heißt für dich ›praktisch?‹«

»Zwei Wächter«, antwortete Cenuij. »Ist das 'n Wort?«

Miz straffte sich und heftete den Blick auf die finstere Silhouette des Kirchenbaus. »Hmm«, brummte er.

»Habt ihr was mitgebracht, das ungefähr die gleichen Maße wie das Buch hat?« fragte Cenuij, als Sharrow die Hand von seiner Kutte nahm.

»Ja«, bestätigte Sharrow.

»Hervorragend.« Cenuij rieb sich die Hände.

»Da wäre beiläufig noch das Problem der Huhsz, Cenuij …«, meinte Sharrow.

Cenuij winkte ab. »Vor über einer Stunde ist ein Trupp Königliche Leibgardisten ausmarschiert und dürfte den Gasthof inzwischen umstellt haben. Die

Huhsz sitzen nun erst mal für einige Zeit in Gewahrsam, mindestens bis der Prinz nächste Woche zum König gekrönt wird.«

»Was macht das Buch im Dom« fragte Miz, »wenn die Krönung erst nächste Woche stattfindet?«

Cenuijs Lächeln leuchtete im Dunkeln. »Das Testament des verstorbenen Königs schreibt vor, daß seine Füße, wenn er im Dom aufgebahrt ist, auf dem Buch liegen sollen, eine Schmähung, die normalerweise den Schädeln bezwungener Feinde und untreuer Mätressen vorbehalten ist. So kommt das Literaturbanausentum Seiner Majestät uns zu Hilfe.« Cenuij zupfte seine Kutte zurecht, richtete sich zu voller Größe auf. »Ich fand«, fügte er affektiert hinzu, »daß die Gelegenheit zu günstig ist, um sie zu verpassen.«

»Wir wollen hoffen, daß du recht behältst, was die Huhsz betrifft«, erwiderte Sharrow. »Und wo steckt die Schwarte genau?«

»Kommt mit.«

»Eigentlich hatte ich gar keine Wahl, Sharrow«, hatte Geis lasch behauptete, während er hinter ihr an den durch weiches Licht erhellten Nischen vorüberschlurfte. »Ich mußte einfach in die Raummarine eintreten, schon aus Selbstachtung und weil man, wenn man eine höhere gesellschaftliche Stellung einnimmt, soviel Verantwortung trägt, keine Wahl hat, wie schwer solche Entschlüsse auch fallen. Man kann es sich nicht leisten, sich zu drücken oder jemand anderes vorzuschicken, man muß Engagement zeigen. Man kann nicht neutral bleiben. Es ist möglich zu *behaupten,* man wäre neutral, und sich so benehmen, als wäre man's, aber in Wahrheit begünstigt Neutralität immer eine Seite stärker als die andere. So verhält's sich nun einmal mit Macht … so funktioniert ihr Einfluß.« Er hob die Schultern. »Auf alle Fälle ist es nur Duckmäuserei, ehrlose Heuchelei sogar, vor einem derartigen Schritt zurückzuschrecken. Eine Partei muß ja mehr im Recht als die andere sein, muß für … für uns besser sein, und es liegt bei jedem selbst herauszufinden, welche es ist und sich anschließend nach den gewonnenen Erkenntnissen zu richten. Man muß sich für die eine oder andere Seite entscheiden.« Versonnen lächelte er. »Ich weiß, man hat's nicht leicht, wenn man unten ist, und vielleicht ist vieles schlimmer, aber oben zu sein, ist auch kein leichtes Schicksal. Man genießt weniger Freiheit, als die Leute denken.«

»Wenn du es sagst …« Sharrow deutete ein Achselzucken an.

Sie gelangten zu einer Nische, in der auf niedrigen Paletten ein riesiges Plastikpaket von mehreren Kubikmetern Größe stand.

»Der letzte Zugang«, erklärte Geis, tätschelte die Verpackung. »Sollen wir's öffnen?«

»Warum nicht?«

Geis hakte die Flanschverschlüsse auf, kippte einen Hebel hoch und trat zurück. Die Vorderseite des Riesenpakets platzte in der Mitte, die Hälften schwangen, ähnlich wie vorhin die großen Panzerpforten aufgeschwenkt waren, nach vorn; aus dem Innern der Verpackung schoß wie ein Wasserfall ein weiße Flut kleiner Schaumstoffwürfel, prasselte auf Geis herab und verschüttete ihn bis zur Hüfte. Ein gedämpfter Aufschrei entfuhr Sharrow, sie sprang zurück, lachte, weil die weiße Brandung sie trotzdem einholte und umwogte, die Würfel kitzelten sie bis in Kniehöhe, bevor die Lawine verebbte.

Geis hatte sich umgedreht und schaute sie an, dann entfernte er lachend die Schaumstoffwürfel aus seinem Haar. Hinter ihm in der Packkiste befand sich, noch mit Gurten befestigt und mit weißen Schaumstoffwürfeln behäuft, eine zweite, lebensgroße Skulptur eines Liebespaars. Das Werk sah aus, als wäre es Teil einer ganzen Reihe solcher Darstellungen. Anscheinend umarmten die Liebenden sich diesmal nicht nur, sondern kopulierten.

Geis spreizte die Hände. »Das ist der wahre Lauf der Welt.« Er lachte. Sharrow lächelte. Durch das Meer aus Schaumstoffwürfel kam Geis auf Sharrow zu, bis er dicht vor ihr stand, betrachtete sie. »Du bist so schön«, meinte er leise.

Er ließ das Jackett von den Schultern gleiten und hinter sich fallen.

»Geis …«, sagte Sharrow.

»Sharrow …« Er schlang eine Hand um ihren Nacken und zog ihr Gesicht näher, küßte sie. Sharrow legte eine Hand auf seine Brust, um ihn zurückzuschieben. Er preßte seine auf ihre Lippen, versuchte die Zunge in ihren Mund zu zwängen. Gleichzeitig rückte er ihr noch enger auf den Leib, umfing mit dem anderen Arm ihre Taille, drückte sie an sich.

Für einen Moment konnte Sharrow das Gesicht abwenden. Sie schluckte. »Geis«, wiederholte sie, lachte nervös.

Er bog ihren Körper hintenüber, küßte sie an Hals und Ohren, aufs Gesicht, faselte Zeug, an das sie sich später nicht mehr erinnern konnte, und während sie noch halb lachte, ihn abzuwehren versuchte, strich er mit den Händen an ihrem Rücken hinab, schob sie zwischen den Schal und ihr dünnes Kleid. Gerade als sie seinen Namen nochmals wiederholen wollte, drückte er wieder die Lippen auf ihre, seine Zunge glitt in ihren Mund. Ihr blieb fast die Luft weg, mühsam bog sie den Kopf zurück, während Geis sie immer weiter nach hinten beugte. Sie ließ das Glas fallen, um sich mit beiden Händen gegen ihn stemmen zu können.

»Ge …«, brachte sie noch heraus, ehe sie rücklings, Geis auf sich, in den Berg weißer Schaumstoffwürfel plumpste.

In der Domsakristei waren zwei Wächter mit dem Auftrag postiert worden, auf das verhaßte, möglicherweise heilige Buch achtzugeben, während man das Mittelschiff des Gebäudes in aller Eile für die Aufbahrung des toten Herrschers vorbereitete, dessen Kopf zur Zeit in der Schloßchirurgie genäht und durch plastische Eingriff äußerlich soweit wiederhergestellt wurde, daß er eventuell schlußendlich auf dem Katafalk doch noch einen akzeptablen Anblick bieten mochte.

Nachdem Cenuij angeklopft hatte, öffnete ein Wächter die Eingangstür.

»Mein Sohn«, erklärte Cenuij dem Mann, »ich komme, um an dem Buch den Exorzismus zu vollführen.«

Der Wächter verzog unwillig das Gesicht, aber hielt Cenuij trotzdem die Tür. Cenuij trat ein. Der Wächter steckte den Kopf aus dem Eingang, um einen Blick in die Arkade vor der Sakristei zu werfen. Sachte setzte Miz ihm die Pistolenmündung unmittelbar hinterm Ohr an den Schädel, und der Mann erstarrte. Auch Cenuij zückte seine Waffe, als der andere Wächter aufsprang und nach dem Karabiner griff.

Geis hatte sich mit bedrängenden Küssen auf Sharrow geworfen, dann auf einmal das Gesicht von ihr gehoben – er atmete schwer –, mit den Händen den Schal auseinandergeschlagen, ihr Kleid, die Brüste und ihren Bauch betastet.

»Es ist alles gut«, schnaufte er atemlos, lächelte auf sie herunter. »So ist's gut.«

Sharrow stieß mit dem Unterleib nach oben, um ihn abzuschütteln; ihre Arme ruderten in der tiefen Masse weißer Schaumstoffwürfel. »Es ist *nicht* gut«, keuchte sie.

Geis riß ihr die Bluse auf, ringsum hagelte es Knöpfe. »Hab keine Bange«, sagte er, raffte um ihre bestrumpften Schenkel das Kleid zusammen und zerrte es hoch.

»Geis!«

Er sank wieder auf sie, bewegte schnell den Kopf von

einer zur anderen Seite, versuchte sie erneut zu küssen, packte schließlich mit den Fäusten ihre Arme, hielt ihr beide Hände mit einer Faust fest und öffnete seine Hose. »Es *ist* gut, Sharrow«, beteuerte er außer Atem.

»Geis!« schrie Sharrow. *»Nicht!«*

»Keine Sorge, ich liebe dich.« Er fummelte an ihrer Unterwäsche.

Sharrow erschlaffte.

»Die Sache ist vollkommen einfach«, versicherte Miz den beiden Wächtern, die inzwischen auf dem Fußboden der Sakristei saßen. An der von innen abgesperrten Tür stand Cenuij. Sharrow und Dloan hoben das Buch aus der Palankin und legten es auf eine längliche, niedrige Kleiderkommode. Mit einem VibroDolch zerschlitzte Dloan vor den aufgerissenen Augen der Wächter die ledernen Schutzhülle des Buchs.

»Wir nehmen diese wirklich vollständig wertlose Schwarte mit«, erklärte Miz, »und tauschen es gegen diesen ziemlich attraktiven Kasten leerer Bierkrüge aus.« Miz zeigte auf den flachen Bierkasten. Die Wächter sahen das Behältnis an, dann wieder Miz. »Und ihr werdet nichts ausplaudern, denn falls ihr redet und man schnappt uns, vernichten wir das Buch. Also müßt ihr euch entscheiden. Schlagt Alarm und gebt zu, daß ihr uns ohne Gegenwehr ermöglicht habt, diesen angeblich unerhört kostbaren Gegenstand wegzuschleppen, oder haltet den Mund.« Wohlwollend lächelte Miz und spreizte die Hände. »Letzteres hat *zudem* den Vorteil, daß ihr in den Genuß dieser wohlbemessenen Beweise unserer Dankbarkeit für euer Verständnis kommt.« Er zählte etliche Silbermünzen ab und steckte sie den Wächtern in die Tasche.

Sharrow hielt die Lederhülle fest, während Dloan das Buch herausnahm. Die Buchdeckel waren aus rostfreiem Stahl, besetzt mit glatten Schmucksteinen – Hyazinth, Sarder, Chrysoberyll und Turmalin – und mit schnörkeligen Einlagen weichen Golds verziert. Dloan sah sich das Schloß an und schmunzelte.

Cenuij drängte ihn beiseite und packte das Buch mit beiden Händen, stellte es vorsichtig hochkant hin. Auf dem Rücken des Metallumschlags befand sich ein einzelnes Schriftzeichen. Es gehörte zu keiner Schrift, die seine Begleiter kannten, aber Cenuijs Miene strahlte, als er es sah, vor Freude.

»Jawohl«, sagte er leise, strich über die Oberfläche des Umschlags.

»Ist es das?« fragte Miz halblaut.

Cenuij blickte lächelnd die zwei Wächter an, dann kehrte er zurück an die Tür.

Sharrow hob den Bierkasten auf die Kleiderkommode. Sie schüttelte die Kiste, so daß die Krüge klirrten; dann ging sie in die Hocke und zog die unterste, zwei Meter breite Schublade der Kommode heraus, entnahm ihr ein prunkvoll besticktes Gewand. Mit dem VibroDolch schnitt sie einen Teil der Schleppe ab, zertrennte ihn in Streifen und stopfte sie zwischen die losen Bierkrüge. Anschließend rüttelte sie ein zweites Mal an der Kiste, stülpte ihr, mit der Ruhigstellung zufrieden, den Deckel über und steckte das Behältnis in die lederne Schutzhülle, schloß gleichzeitig mit dem Fuß die Schublade.

Dloan hatte inzwischen Nadel und Zwirn gezückt. »Bringst du unsichtbare Nähte zustande?« wollte er von Sharrow wissen.

Sie verneinte mit einem Kopfschütteln. »Unsichtbar höchstens insofern, als ich überhaupt nicht nähen kann.«

Dloan zuckte die Achseln. »Dann laß mal mich ran«, sagte er bescheiden, lutschte am Ende des Zwirnfadens.

»Ich liebe dich, ich liebe dich«, brabbelte Geis, versuchte die Hand in Sharrows Slip zu schieben.

Sharrow lag matt da. »Geis«, sagte sie ganz ruhig und unterwürfig.

»Was denn?« keuchte er. Sorgenvoll stierte sein errötetes Gesicht auf Sharrow herab.

»Geh von mir *runter*!« schrie sie, stieß den Kopf aufwärts, um seine Nase zu treffen, während sie ihm ein Knie zwischen die Beine zu rammen versuchte.

Mit dem Knie hatte sie keinen Erfolg, weil Geis' Hose im Weg war, doch ihre Stirn knallte ihm auf Nase und Mund. Er ächzte. Sharrow entwand ihm ihre Hände und wälzte sich zur Seite, drehte sich unter ihm herum, pflügte mit Armen und Beinen durch die hohe Anhäufung von Schaumstoffwürfeln. Sie ertastete darunter den Fußboden, halb kroch sie, halb schwamm sie aus Geis' Nähe, krabbelte zur Wand, raffte sich daran hoch.

Geis saß mitten in einem keilförmigen Gletscher weißen Schaumstoffs. Sein Atem ging mühselig, er befühlte seine Nasenspitze, starrte Sharrow an.

»Das war aber gar nicht nett von dir, liebe Cousine«, beschwerte er sich. Seine Stimme klang dumpf-monoton und nasal. In seinen Augen stand ein Ausdruck räuberischer Anerkennung, bei dem es Sharrow kalt über den Rücken lief. Zum erstenmal im Leben fürchtete sie sich vor einem Mann. Ihre Unterlippe zitterte, also biß sie die Zähne zusammen, hob den Kopf und erwiderte trotzig Geis' Blick. Eine Zeitlang blickten sie sich in die Augen.

Schließlich schaute Geis hinauf zur Decke. »Bis zurück an die Oberfläche ist es ein weiter Weg«, konstatierte er in sachlichem Ton. »Wir sind hier völlig allein.« Er machte Anstalten, durch den Haufen weißen Schaumstoffs auf Sharrow zuzukrauchen.

Sie schluckte. »Laß es sein, Geis«, warnte sie ihn; es erleichterte sie, daß ihre Stimme, obwohl sie so erschrocken war, einen Klang der Gelassenheit und Ruhe hatte. »Rühr mich nur mit einem Finger an, und ich schwöre dir, ich beiße dir deine miese Gurgel durch.« Ob sie die Drohung vollständig ernst meinte, darin war sie sich selbst nicht sicher, aber sie hörte sich in ihren eigenen Ohren reichlich absurd und lächerlich an. Ihr Herz wummerte, sie bekam kaum Luft.

Geis hielt inne. Einen Moment lang betrachtete er Sharrow noch, den Ausdruck räuberischer Berechnung wie eine Maske um die Augen.

Sharrow schnappte nach Luft und versuchte mit trockener Kehle erneut zu schlucken.

Da hatte Geis unterdrückt aufgelacht, seine Haltung sich gelockert, und er wirkte sogar beschämt. Er schniefte, besah seine Finger nach Blut und prüfte, ob die vorderen Schneidezähne noch festsaßen.

»Tja, liebe Cousine«, sagte er, »wenn ich dich richtig verstehe, lautet die Antwort dann wohl nein.« Er rang sich ein Grinsen ab.

Sharrow hatte den Schal wieder um die Schultern geschlungen. »Das war überhaupt nicht komisch, Geis«, stellte sie fest.

Er lachte. »Du solltest es auch gar nicht *komisch* finden«, entgegnete er. »*Spaß* sollte es machen, nicht komisch sein.«

»Egal«, erwiderte Sharrow. »Es war weder das eine noch das andere.« Sie zog einen Schuh an und schaute sich nach dem anderen um. »Such mir meinen fehlenden Schuh und bring mich zurück zur Party.«

»Jawohl, Madame«, hatte Geis mit einem Seufzen geantwortet.

Sie waren mit dem Elektroauto durch die Stollen und dem Lift nach oben auf die Neujahrsparty zurückgekehrt. Geis hatte gescherzt, sich überaus charmant benommen und unumwunden für den Zwischenfall entschuldigt. Er bot ihr nochmals Echirn-Likör und einen neuen Shoan-Zigarillo an; Sharrow hatte die Wand der Liftkabine angestarrt und war einsilbig geblieben. Geis lachte über sie, bezeichnete sie als Spielverderberin.

Wenige Monate später schloß Sharrow sich der Anti-FiskusUnion an.

»Ursprünglich hatte ich niemals vor«, erzählte Miz den Wächtern, schaute dabei auf die Uhr, »mein Leben kriminell zu gestalten.« Seit fünf Minuten waren seine Kameraden fort. Er hatte mit ihnen vereinbart, ihnen zehn Minuten Vorsprung zu verschaffen. Die Wächter saßen noch auf dem Fußboden und sahen ihn an. Miz hatte die Magazine aus ihren Projektilkarabinern entfernt und schlenderte, in einer Faust die Magazine, in der anderen Hand seine Pistole, durch die Sakristei.

Er betrachtete einen hohen Garderobenschrank, heftete den Blick wieder auf die Wächter. »Aber ich bin in meiner Jugend in schlechte Gesellschaft geraten ...« Er stieg auf einen Tisch soliden Aussehens, der neben dem Schrank stand, ohne die Waffenmündung von den zwei Männern zu wenden. »Ich rede von meiner Familie.«

Rasch fiel sein Blick auf die Oberseite des Schranks, dann legte er die Magazine dort ab und sprang vom Tisch. »Natürlich trägt«, faßte er zusammen, »die Gesellschaft die Schuld ...«

Sharrow hatte mit Miz, beide gehüllt in Pelze, hinten auf dem offenen Schlitten gesessen, während das Gefährt zwischen steilen Schneewehen dahinsauste. Der Schlittenfahrer hatte mit der Peitsche über den Köpfen des Sial-Gespanns geknallt, das sich in die mit Glöckchen behängten Zugriemen stemmte; Wind war durch die Baumwipfel gestrichen, hatte Pulverschnee heruntergeweht und die Straßenlaternen an den Drähten zum Pendeln gebracht.

»*Bestimmt* habe ich 'n Senkrechtstarter gesehen«, bekräftigte Miz, als am Seitenhang des Hügels das Hotel in Sicht kam. Das Hotel und die übrigen Häuser der kleinen Ortschaft strahlten von Lichtern, die auf dem Schnee bernsteinfarbenen, gelben und weißen Glanz erzeugten, und hinter dem Hotel, auf dem unüberdachten Handballplatz, schimmerte tatsächlich der schlanke, silberne Rumpf einer Privatdüsenmaschine.

Auf dem Tanzsaal des Hotelgebäudes ertönten die Takte herkömmlicher Tanzmusik, während aus den offenen Fenstern der Bar moderneres Gedudel drang; die Mißklänge, die daraus entstanden, hallten von den Klippen wider, die hinterm Ort aufragten.

Auf der Freitreppe vorm Hoteleingang hockten Leute in Pelz- und Skikleidung, tranken aus Schalen dampfenden Glühwein; aus den Nüstern der Sials stoben große, weiße Wolken ihres Atems, während der Schlitten vorfuhr.

Sharrow betrachtete den schnittigen Rumpf des Privatflugzeugs mit finsterer Miene.

Die Gruppe befand sich fünf Kilometer außerhalb der Stadt an einer Stelle des Geländes, wo die Landstraße eine Anhöhe überquerte und ein Bündel Entraxrln-Wurzelstränge, abgestützt durch ein wuchtiges Borkengestell, quer über die Straße verlief; darunter war gerade soviel Platz, daß ein Reiter passieren konnte, ohne den Kopf ducken zu müssen.

Dloan erklomm eine der Röhrenwurzeln und beobachtete die Straße in Richtung Stadt. Er erspähte einen einzelnen Reiter, der sich von dort näherte. Ihm folgte niemand.

»Alles in Ordnung?« erkundigte sich Sharrow, als Miz den Jemer zügelte.

Miz schüttelte den Kopf. »Ganz im Gegenteil«, antwortete er, rieb sich das Gesäß. »Diese Viecher reißen einem schier den *Arsch* auf, wenn sie galoppieren, findest du nicht?«

»Sharrow, liebste Cousine! Hallo!«

Die Hotelbar war stinkvoll gewesen; nur mit Mühe hatte Geis sich durch die Gäste zu Sharrow vordrängen können, und er hatte brüllen müssen, um sich durchs Dröhnen der Lautsprecher verständlich zu machen. Er trug Shorts und ein leichtes Sommerhemd, sah darin zwischen den Skianzügen und dicken Winterkleidern, in denen alle sonstigen Anwesenden umherliefen, ziemlich sonderbar aus. Er war sonnengebräunt, wirkte sportlicher und proportionierter, als Sharrow ihn in Erinnerung gehabt hatte.

»Hallo, Geis«, sagte sie. »Geis.« Sie drehte den Kopf zwischen ihm und Miz hin und her. »Miz.« Im nächsten Moment sah sie Breyguhn sich im Gedränge der Gäste zu ihnen durchzwängen. »Scheiße«, wisperte sie, sobald sie sich umgedreht hatte, um den Mantel auszuziehen. Zwei Jahre waren seit dem Tag vergangen gewesen, an dem sie Geis in der alten, zum Kunstmuseum umgebauten Goldmine tief unter den Blauen Hügeln Piphrams das letzte Mal gesehen hatte. Breyguhn war sie vor sogar noch längerer Zeit zuletzt begegnet, nämlich auf dem Begräbnis ihres Vaters.

»Mr. Kuma ...«, sagte Geis, lächelte knapp, richtete sich zu voller Körpergröße auf und nickte Miz zu.

»Sehr erfreut«, gab Miz zur Antwort.

»Sharrow«, wandte sich Geis an sie, schob sich zwischen sie und Miz. »Sei von Herzen begrüßt.« Sie ließ sich von ihm, nachdem sie den Mantel abgelegt hatte, auf die Wange küssen. »Großartige Party!« schrie er. »Veranstaltest du sie?«

»Nein«, stellte Sharrow klar. »Das Hotel ist der Veranstalter.«

Geis winkte Breyguhn zu, die sich näher kämpfte, sah wieder Sharrow an. »Wir haben uns ja ewig nicht mehr gesehen«, rief er. »Als wir von deiner Verwundung erfuhren, sind wir krank vor Sorge gewesen. Warum hast du nicht auf meine Anrufe reagiert?«

»Derzeit standen wir auf entgegengesetzten Seiten, Geis«, erinnerte sie ihn.

Er hatte gelacht. »Na, das ist ja inzwischen alles vorbei ...«

»Hallo, Sharrow ...«

»Na hallo, Breyguhn. Wie geht's dir?«

»Bestens. Gefällt's euch hier?« Breyguhn hatte ein dünnes, weißes Sommerkleid getragen; ihr Haar war zu einer kunstvoll gelockten und gesträhnten Turmfrisur hochgesteckt, und außer einem sorgfältigen Make-up war bei ihr ein elegant schmales Gesicht zu bemerken gewesen. Sharrow hatte sich gefragt, ob sie sich einer Schönheitsoperation oder – in der Grauzonenmedizin – einer Genkorrektur unterzogen haben mochte.

»Ja«, antwortete Sharrow. »Wir haben hier ein paar schöne Tage verbracht. Was führt euch in diese Gegend?«

Breyguhn hob die Schultern. »Ach«, sagte sie, »eine Laune.« Sie warf einen Blick auf Geis, der Miz breit zulächelte und dabei in die Richtung des Tresens gestikulierte. »Es war nicht meine Idee«, erklärte Breyguhn. »In Piphram fand eine Familienfeier statt, und Geis kam plötzlich auf den Einfall, es wäre amüsant, einen Abstecher zu dir und deinen Freunden zu machen und euch ein frohes neues Jahr zu wünschen. Sonst wollte ihn niemand begleiten, aber ich dachte mir, ich leiste ihm Gesellschaft.« Sie hob die Schultern. »Die Party dort war *äußerst* langweilig.«

»Aha, in Piphram.« Sharrow nickte. »Deshalb habt ihr Sommerkleidung an.«

»Wie gesagt, es war eine ganz spontane ...«

»Ich habe was zu trinken bestellt«, schrie Geis, fuchtelte mit den Armen, um Sharrow, Breyguhn und Miz in eine bestimmte Ecke der mit Gästen überfüllten Bar zu dirigieren. »Da hinten müßte eine Nische für uns frei sein ...«

Breyguhn maß Sharrow von Kopf bis Fuß, so gut es sich in dem Gedränge vollführen ließ. »Na, jedenfalls siehst du heil und gesund aus. Bist du von deinen Kriegsverletzungen völlig genesen?«

Sharrow hatte genickt. »So gut wie.«

»Und wie läuft der Antiquitätenhandel?« fragte Breyguhn, während sie und Sharrow sich einen Weg durchs warmschwüle Gewühl der fröhlichen Partygäste bahnten.

»Ich kann davon leben, Breyguhn«, versicherte Sharrow. Sie gelangten zu einer Nische, die ein sehr großer Mann in formellem Anzug und mit verspiegelter Nachtsichtbrille auf den Augen für sie freihielt; er verbeugte sich vor Geis und trat beiseite. Miz dankte dem Leibwächter mit einem Wink. Zu viert nahmen sie in der Nische Platz.

»Hier passen ohne weiteres noch drei Leute rein«, sagte Geis. »Deine anderen Teamkameraden sind doch auch da, oder?« fragte er Sharrow, während er aus einer großen Karaffe Wein einschenkte.

»Sie müssen hier irgendwo sein«, bestätigte Sharrow, legte Mantel, Handschuhe und Hut neben sich auf die Sitzbank. »Zefla tanzt wahrscheinlich. Ich gehe sie suchen.«

»Nein, ach was«, meinte Geis. »Es ist wirklich nicht nötig, daß du ...«

Sharrow huschte aus der Nische und an dem Leibwächter vorbei, strebte durch das Geschiebe der Menschen zum Tanzsaal.

»Oh«, machte Sharrow. Sie betrachtete den drei Wörter langen Text unter der Staubschicht.

Miz tat das gleiche. »Sehr lustig«, lautete sein Kommentar. Er stapfte durchs Hotelzimmer zum Getränkekühlschrank, öffnete ihn und besah sich den Inhalt. »Wahrhaftig ausgesprochen lustig, verdammt noch mal.«

Cenuij war totenblaß geworden. In den Haaren auf seiner Oberlippe glitzerte Schweiß. Ihm bebten die Hände, als er zwischen die Buchdeckel griff. »Nein!« flüsterte er mit heiserer Stimme. Seine Hand fuhr in den Papierstaub, er durchpflügte ihn mit den Fingern, als suchte er darin nach verborgenen Resten, dann hob er dieselbe Hand zittrig an die Stirn, starrte die dem glänzenden Edelstahl eingravierten Zeilen an. Er schüttelte den Kopf. Zefla umfaßte seine Schultern, während er zurücktaumelte und in einen Sessel sackte. Starr stierte Cenuij geradeaus. Zefla kauerte sich neben ihn, tatschte ihm den Rücken. Ohne daß sie zu zittern aufhörten, sanken Cenuijs Hände in seinen Schoß. An seiner Schläfe hatte der Staub einen Fleck hinterlassen.

Dloan zuckte die Achseln und packte die Werkzeuge zusammen, mit deren Hilfe Miz das an den Buchdeckeln angebrachte Schloß untersucht und geknackt hatte.

Sharrow blätterte Titelseite und Vorsatzblatt des Buchs um.

Die Universellen Prinzipien,

besagte der in der Altversion des golterischen Standardalphabets in die Titanfolie gravierte Schriftzug.

Auf Anordnung der Kaiserin-Witwe

ECHENESTRIA,

der Gebenedeiten von Jonolri und Golter,
wird zur Höheren Ehre des Wahren Gottes Thrial
in diesem Sonnenjahr 6337 dieses Buch präsentiert,
eine Vollständige Sammlung aller Postulate
der Ersten und Zweiten Postschismatischen
Interdisziplinären Universitätssynode
unter Berücksichtigung ihrer sämtlichen
historischen, philosophischen, theologischen
und kosmologischen Erkenntnisse,
sowie der
Endgültigen Zusammenfassung des Wissens
der Verwunschenen Gottlosen Maschine
PARSEMIUS,
des Elegien-Lebenswerks der Hochverehrten
Imperialen Staatsdichter
Folldar

und
Creeäsunn des Jüngeren
nebst einem Alleingültigen Kommentar der Imperialen Literaturkommission des Kaiserlichen Hofes im Anhang.

Nachfolgend stehen zu lesen, nach besten menschlichem Vermögen gemäß dem Vorbild der Einzigen Gottheit einmalig und ewig festgehalten, die Universellen Prinzipien.

Die Gravuren auf den vier folgenden, aus Diamantfolie hergestellten Seiten zeigten erst eine symmetrisch getüpfelte Darstellung Thrials, zweitens ein Diagramm des kompletten Sonnensystems, dann in Vergrößerung die Wiedergabe eines Sternennebels und als letztes ein Bild dünner, blasenartiger Fasern und Gewebe; reihenweise sprenkelten winzige Kerben die glatte, harte Fläche kalten Diamants. Sharrow strich mit den Fingern über die Kratzer der zweiten Seite.

»Es könnte noch vorhanden sein«, überlegte sie. »Irgendwo … Irgendwie gespeichert.«

Cenuij schwieg.

Miz schüttelte den Kopf und entnahm zugleich dem Kühlschrank eine Flasche. »›Irgendwie‹ bezweifle ich's.«

»Ja …« Sharrow seufzte. »Um ehrlich zu sein«. fügte sie hinzu, schob die Hand zwischen die leeren Buchdeckel und klaubte ein wenig Papierstaub heraus, »ich auch.« Sie ließ den Staub durch die Finger rieseln.

»Was ist mit der Mitteilung, die Gorko in dem Buch versteckt haben soll?« fragte Zefla ruhig, streichelte Cenuijs Schultern. »Ist sie, falls es sie je gegeben hat, ebenfalls futsch?«

Von den Furchen, die ihre Finger im graubraunen Staub hinterlassen hatten, verlegte Sharrow die Aufmerksamkeit auf die darunter erkennbare, eingravierte, drei Wörter umfassende Inschrift.

»O nein, sie ist da«, antwortete Sharrow, las den kurzen Satz noch einmal. »Sie war jederzeit da. Nur war es keine Botschaft, bis Gorko sie an anderer Stelle verewigt hat. Aber ich glaube, jetzt ist mir klar, wohin er uns den Weg weist.«

»So?« meinte Miz, wirkte ebenso überrascht wie erfreut. »Wohin?«

»Nach Vembyr«, sagte Sharrow. »Der Androidenstadt.« Sie ließ den Buchdeckel mit einem Knall zufallen.

Zefla und Dloan hatten sich im Tanzsaal des Hotels einem komplizierten Reigen angeschlossen gehabt, und Sharrow entschied sie nicht fortzuholen. Cenuij fand sie an der Theke und führte ihn zu der Nische.

Während sie sich durch die Leute drängten, stolperte Cenuij und stürzte fast auf einen Tisch. Er lachte roh und maulte die Leute, die dort saßen, grob an: Der Tisch stünde nicht, wo er hingehörte, wie könnten sie es wagen, einen Tisch umzustellen? Wer hätte es ihnen denn erlaubt? Wenn er nun am Boden festgeschraubt gewesen wäre?

Sharrow zerrte ihn weiter. »Du hast dich reichlich schnell betrunken«, rügte sie ihn.

»Wenn du mir einen ausgibst, verrate ich dir das Geheimnis, wie man so was schafft.«

»Denkst du noch daran, daß wir morgen ziemlich früh aufstehen müssen?«

»Genau darum hab ich ja so früh mit dem Trinken angefangen«, entgegnete Cenuij, schwenkte die Arme und warf ein Glas um. »*Schämen* Sie sich eigentlich nicht?« herrschte er die Frau an, die er angerempelt hatte. »Sie wissen wohl nicht, daß Personal hier *putzen* muß.«

»Bitte verzeihen Sie«, sagte Sharrow mit einem Lächeln zu der Betroffenen, schubste Cenuij vorwärts und blieb dicht hinter ihm.

»Besorg mir was zu trinken«, forderte Cenuij.

»Später. Erst kommst du mit und lernst meine gräßliche Verwandtschaft kennen.«

»Du meinst, es gibt noch *schlimmere* Figuren als *dich*?« fragte Cenuij entsetzt.

Sie erreichten die Nische. Sharrow machte Cenuij mit Geis und Breyguhn bekannt.

Förmlich begrüßten sich die beiden Männer; dann wandte Cenuij sich an Breyguhn.

»Miss Dascen«, sagte er mit betont deutlicher Aussprache. Er nahm Breyguhns Hand und küßte sie. Cenuij wußte, daß Breyguhn genau genommen kein vollwertiges Mitglied der Familie Dascen war; daß er sie trotzdem so anredete, beruhte wohl eher, vermutete Sharrow, auf der Absicht sie zu kränken, als es auf Berechnung zurückging, Breyguhn zu schmeicheln.

»Oho, Mr. Mu«, erwiderte Breyguhn, lächelte Cenuij zu und schielte Sharrow an.

Cenuij atmete tief durch und bemühte sich anscheinend um eine gewisse Ernüchterung. »Ihre Schwester hat mir sehr viel über Sie erzählt«, plauderte er. Sharrow mußte die Zähne zusammenbeißen, um sich eine Bemerkung zu verkneifen. »Natürlich habe ich jedes Wort geglaubt«, behauptete Cenuij, »und deshalb schon immer den Wunsch gehabt, Sie kennenzulernen.« Er lächelte, hielt nach wie vor Breyguhns Hand. »Es wäre mir eine Ehre, wenn Sie mir den nächsten Tanz mit Ihnen gestatten.« Fahrig deutete er in die ungefähre Richtung des Tanzsaals.

Breyguhn hatte gelacht und war aufgestanden. »Mit Vergnügen.« Während sie mit Cenuij durchs Gewimmel und Gelächter der Gäste strebte, schmunzelte sie Sharrow zu.

Mit verkniffenen Blick hatte Sharrow den beiden nachgeschaut.

TEXTANFG. DIREKTIONAL. ÜBERMITTLG. OH. QUELL-ADRESSE MIYKENNS/GOLTER ANON./AGENTUR BASTION KOMMERZ. MAXIMALCHIFFRG.

Betr.: Kontrakt # 0083347100232 (Agent. Bastion)

Leider müssen wir Ihnen mitteilen, daß der Vertrag nur zum Teil erfüllt werden konnte. Der gewünschte Gegenstand ist in unserem Besitz, aber nur die Deckel und die altbekannte Widmung sind erhalten geblieben. Auf Papier gedruckt gewesener Resttext ist im Laufe der vergangenen zwölf Jahrhunderte zu Staub zerfallen. Das für die Deckel verwendete Zeitschloß und die chemische Zusammensetzung des Papierstaubs rechtfertigen die Annahme, daß der Zerfall auf Absicht zurückgeht. Nähere Untersuchung der Deckel und des übrigen Inhalts deuten nicht auf das Vorhandensein eines anderen Speichermediums hin. Auf der Innenseite des rückwärtigen Deckels ist (mit bloßem Auge sichtbar) die Schriftzeile »ALLES WIRD ANDERS« eingraviert. Wir glauben, daß die Deckel, die aus Edelstahl mit Gold-, Halbedelstein- und Edelsteinverzierung bestehen, ein spätes Produkt der golterischen Firma Terhama'a AG sind. Ferner enthalten die Deckel vier Diamantfolien-Vorsatzblätter mit Gravuren. Gesamtwert schätzungsweise mindestens 10 Mio. T. Erbitten Bescheid über weitere Verfahrensweise. Antwort per KME mit Einmaldirektionalisierung an Adresse #MS94473.3449.1[1]. TEXTENDE

TEXTANFG. DIREKTIONAL. ÜBERMITTLG. GOLTER/MIYKENNS AGENTUR BASTION/ANON. KOMMERZ. MAXIMAL-CHIFFRG.

Betr.: OHOD #MS94473.3449.1[0]

Lieferbarer Teilgegenstand gemäß Vertragsklausel 37.1 akzeptabel. Bitte schnellstens liefern per Raumschiff »Viktoria«, Flugziel: Bodenfahr-

zeug-Tiefbasis der Mine 7, Äquatorregion NG.
TEXTENDE

TEXTANFG. DIREKTIONAL. ÜBERMITTLG. OH. QUELL-ADRESSE MIYKENNS/GOLTER ANON./TBSB, SEEHAUS (SEIGN. JALISTRE) KOMMERZ. MAXIMALCHIFFRG.
Betr.: Kontrakt # 0083347100232 (Agent. Bastion)
Seigner, bitte nehmen Sie die angehängte Nachricht der Agentur Bastion zur Kenntnis und informieren Sie uns, ob die Antiquität tatsächlich nach Nachtels Geist geliefert werden soll. Antwort per KME mit Einmaldirektionalisierung an Adresse #MS97821.7702.1[1]. TEXTENDE

TEXTANFG. DIREKTIONAL. ÜBERMITTLG. GOLTER/MIYKENNS TBSB, SEEHAUS/ANON. KOMMERZ. MAXIMAL-CHIFFRG.
Betr.: OHQD #MS97821.7702.1[0]
Bestätigen Richtigkeit des genannten Ziels. Bitte liefern Sie, wie mitgeteilt, an die Agentur-Vertretung auf NG. TEXTENDE

Nach Verlassen des Mietbüros durchquerte Sharrow den morgendlichen Stoßverkehr von Zweirädern, Trambahnen und Autos. In den Straßen herrschte reger Betrieb. Im Gegensatz zu Malishu verbot man in Himmelsblick den Individualverkehr keineswegs, obwohl man ihn nicht unbedingt förderte.

Die Stadt stand auf einem Plateau, das einen halben Kilometer hoch über die gewellte Umgebung des Entraxrln-Baldachins aufragte wie eine dicke Warze auf heller Haut. Zwar war sie nur wenige Tausend Kilometer vom Äquator entfernt, aber ein kalter, unwirtlicher Ort, zumal sie keine zweitausend Meter über Meereshöhe lag. Weil ihr die relative Milde fehlte, die die natürliche Klimatisierung durch den Entraxrln-Bewuchs spendete, mußte sich Himmelsblick, was Wärme betraf, ausschließlich auf Thrial verlassen, und auf Miykenns stand die Sonne wesentlich kleiner als auf Golter am Himmel.

Das Mietbüro befand sich in der Nähe der Seilbahnstation, an der die Gruppe vor drei Tagen in der Stadt eingetroffen war; aus dem düsteren Abenddämmern des Entraxrln-Laubdachs hatte sie mit der Seilbahn den Weg empor ins weithin sichtbare, kirschrote Leuchten der Abendsonnenpracht Miykenns genommen. Jetzt ließ sich Sharrow mit Pendlern treiben, die vorhin die gleiche Seilbahnfahrt gemacht hatten, allerdings durch einen frischen, kühlen, wolkenlosen Morgen.

Sharrow hatte die erste Nachricht tags zuvor am frühen Abend versandt und nach dem Abendessen die Antwort erhalten. Schon innerhalb der nächsten Minuten hatte sie beim Seehaus um Bestätigung angefragt, aber nicht darauf gewartet; auf Golter war es früher Morgen, zudem mußte eine Übertragungsverzögerung von drei Stunden berücksichtigt werden. Und daß der Seigneur Frühaufsteher war, bezweifelte sie.

Während sie auf einer Verkehrsinsel stand, las sie zwischen dem Schnurren der Autos und dem Rattern der Trambahnen noch einmal die beiden eingegangenen Antworten. Sie hob das Gesicht in den Sonnenschein, weil sie nach dem wochenlangen Aufenthalt in Pharpechs ununterbrochener Trübnis regelrecht nach Wärme lechzte. Das Sonnenlicht fiel hell in die Straßenschlucht, und die Glasfassaden hoher Gebäude beiderseits reklektierten es, so daß es auf den Verkehrsstrom und die Menge der Passanten herabgloste. *NG*, las sie. *Schnellstens.* Sie stopfte die Folien in die Tasche.

»Warum dorthin?« fragte sie sich laut. Vor ihrem Gesicht bildete der Atem eine Dunstwolke. Sie zog die Handschuhe an und schloß die Jacke, während die Fahrzeuge stoppten und sie inmitten anderer Fußgänger die Straße überquerte.

Hoch oben brummte ein großes Wasserflugzeug

dahin; es kreiste über der Stadt, um in den Landeanflug überzugehen. Der Plateausee mußte noch eisfrei sein. Mit einem Ausdruck im Gesicht, der zwischen Versonnenheit und Bitterkeit schwankte, sah sie das Flugzeug hinter den Häusern verschwinden.

Nachtels Geist. Man wünschte, daß sie das Buch nach Nachtels Geist brachte; hinaus zu den Grenzen des Sonnensystems, nicht hinein, nicht nach Golter, wo das Seehaus stand. Auf dem Weg zum Hotel blieb Sharrow öfters stehen, sah sich Schaufenster an, bummelte in Einkaufszentren durch Läden, überzeugte sich davon, daß niemand ihr folgte. Das in Fenstern erkennbare Spiegelbild ihres Gesichts wirkte spitz und bleich. Wenn sie sich in die Miene blickte, sah sie gleichzeitig wieder die Botschaft unter der Staubschicht vor sich, die als einziges von den *Universellen Prinzipien* übriggeblieben war: ALLES WIRD ANDERS.

Sie zog die Jacke strammer um die Schultern, erinnerte sich ans Grabmal ihres Großvaters, wie sie es gekannt hatte, als es noch auf dem Gelände der Villa Tzant stand, an die kalte Granitoberfläche, und an Nachtels Geists eisige Kälte; und den langen Absturz, an den sie sich während des tödlichen Sturzflugs des Affenwürger-Säbelschwans erinnert hatte. Es schauderte sie.

16

Nachtels Geist

Körperlich stark belastbar, dachte Sharrow, während der Charterraumer *Fliegender Teppich* rüttelnd in die dünne, kalte, in allmählicher Verflüchtigung begriffene Atmosphäre von Nachtels Geist einflog. *Körperlich stark belastbar.*

Die übrigen Teammitglieder waren in Himmelsblick geblieben. Dort beabsichtigen sie zu warten, bis Sharrow die Angelegenheit auf Nachtels Geist erledigt hatte; die Entscheidung, wo sie sich wiedertreffen wollten, stand noch aus. Von Golter gab es Neuigkeiten: sämtliche Konten Miz' waren gesperrt worden, und Schwimmstadt versuchte einen Haftbefehl zu erwirken, um ihn wegen eines nicht näher genannten Verbrechens, verübt innerhalb des Gültigkeitsbereichs der dortigen Gesetze, festnehmen zu können. Miz' Anwälte bemühten sich um Abwehr dieser Bestrebungen und verfügten für den Notfall über Fonds, auf die er zurückgreifen konnte, allerdings nur bei persönlicher Anwesenheit auf Golter. Den Rest des vertraglich vereinbarten Spesengelds hatte Sharrow verbraucht, um das für den Flug direkt von Himmelsblick nach Nachtels Geist erforderliche Privatraumfahrzeug zu mieten; der Klatsch im Kommunikationssystem und auch seriösere Nachrichtensendungen behaupteten zu wissen, daß auf Miykenns' Malishuer Anlandeinsel Huhsz lauerten, und mittlerweile war sie recht lange unter dem Namen Ysul Demri unterwegs gewesen, so daß die Gefahr bestand, die Huhsz kannten ihr Pseudonym.

Seit der Bruchlandung, die sie fast das Leben gekostet und es ihr letztlich doch gerettet hatte, war sie nicht mehr auf Nachtels Geist gewesen. Der irreparabel demolierte Präventivschlag-Jabo war wie ein Meteor durch die mängelbehaftete Lufthülle des kleinen, zur Bewohnbarkeit terraformten Monds gerast, nach und nach, während er hinabratterte, abwärtsschlingerte und -trudelte, langsamer geworden, hatte sich im Verlauf seines in langem Bogen ausgedehnten Niedergehens auf die schneebedeckte Oberfläche des Himmelskörpers zusehends in seine Bestandteile aufgelöst. An alles, was sich ereignete, nachdem sie Miz zugeschrien hatte, sie wünschte einen eventuellen Aufschlagskrater nach sich benannt haben, hatte sie keinerlei Erinnerung. Doch sie war von Miz ohnehin nicht gehört worden.

Im technischen Unfallgutachten stand später zu lesen, wahrscheinlich wäre ihr in rund zehn Kilometern Höhe fürs Gyromanövrieren die Energiezufuhr ausgegangen, während das Raumfahrzeug noch eine Geschwindigkeit von über einem Kilometer pro Sekunde hatte. Danach war es, während es sich ständig überschlug, immer zügiger zerfallen, und nur großes Glück hatte zu Sharrows Rettung beigetragen. Das Jabo-Mittelsegment, das die druckfeste Piloten-Gefechtskanzel, die Lebenserhaltungssysteme sowie den zentralen Plasmareaktor umfaßte, war zwar auf einen annähernd kugelrunden, stark gezackten Überrest geschrumpft gewesen, aber relativ intakt geblieben, und seine Geschwindigkeit hatte, während es unablässig kleine Trümmer ausstreute, die wie glühende Schrapnells durch die Luft sausten, weiter abgenommen.

Von den letzten Minuten der Bruchlandung wußte Sharrow überhaupt nichts, ebensowenig vom Aufschlag, bei dem sich das Wrackstück, in dem sie feststeckte, in eine der Schneewehen gebohrt hatte, die auf

Nachtels Geist zu Tausenden über die äquatorialen Gletscher wanderten wie Wanderdünen durch eine Sandwüste.

Ein mit Vorräten für die Bergwerksbetriebe beladener Raupenschlepper war in nur wenigen Kilometern Entfernung vorbeigefahren. Wenige Minuten bevor es zu spät gewesen wäre, hatte die Fahrzeugbesatzung Sharrow geborgen, die fast zerquetscht und halb zerschmettert in dem dampfend-heißen, strahlenverseuchten Jabo-Wrackteil geklemmt hatte, das zweihundert Meter unter der Schneewehe am Ende eines zusammengebrochenen Stollens aus Eis und Schnee lag.

Die Leute hatten sie mit Schweißbrennern herausholen müssen; von den Ärzten der Zeche Erster Spatenstich waren die körperlichen Verletzungen behandelt worden, während man aus Halden City, der Hauptstadt von Nachtels Geist, derzeit eigentlich vom Kriegsembargo betroffene Spezialapparaturen einflog, um gegen die Strahlenerkrankung vorzugehen, die Sharrow dem Tod noch nähergebracht hatte.

Zwei Monate waren verstrichen, ehe die Mediziner es überhaupt als lohnend erachtet hatten, sie aus der Bewußtlosigkeit zu wecken. Als sie erwachte, war der Krieg seit über einem Monat vorüber gewesen und der ihr als Interface implantierte Militär-Standardmikrochip aus dem Hinterkopf entfernt worden. Die nanotechnischen Reparaturroboter und Zellkloning-Miniaturapparate, die die ihrem Körper von der Strahlung zugefügten Verwüstungen heilten, hatte man erst nach Abschluß der Behandlung aus ihrem Körper geholt. Hingegen war der Effekt des Synchronneuroassoziationsvirus irreversibel geblieben.

Und *vielleicht* hatte man ihr dort an Stelle des Entnommenen etwas anderes eingepflanzt: das Kristallvirus, das im Laufe der Jahre in ihrem Schädel gewachsen und bis vor wenigen Wochen dormant gewesen war, bis zu dem Tag, an dem sie in Schwimmstadt mit den

Kameraden den ausgetrockneten Tank eines alten Öltankers durcheilt hatte.

Ihre Erinnerungen an den Aufenthalt in der Bergwerksklinik waren verschwommen. An das Tenaus-Militärgefängnislazarett erinnerte sie sich besser; dort war sie ganz langsam genesen und hatte das letztendliche Zustandekommen des Friedensabkommens abgewartet, währenddessen vorsichtig ihrem Körper etwas leichte Beanspruchung in der Sporthalle zugemutet, um die verlorene Kondition wiederzugewinnen, und möglichst oft ihr Gehirn angestrengt, sich darum bemüht – mit regelrechter Besessenheit, hatte der Gefängnispsychologe besorgt geäußert –, sich auf jede Einzelheit seit dem fünften Lebensjahr ihres Daseins zu besinnen, die sie aus ihrem Gedächtnis zusammenkratzen konnte; sie hatte nämlich grausige Furcht gehabt, sie könnte durch die Behandlung verändert, durch den Fortfall einiger Erinnerungen zu einem anderen Menschen geworden sein.

Sie wollte sich an alles erinnern, und sie hatte zu beurteilen versucht, ob die Erinnerungen, die ihr kamen, dieselben waren, deren sie sich von früher zu entsinnen vermochte; darin sah sie eine Möglichkeit nachzuprüfen, ob bei ihr Gedächtnisverfälschungen der Art vorlagen, die sie fürchtete, weil der Vorgang des Sichererinnerns einen eigenen Erinnerungseindruck erzeugte, zu dem sich beim erneuten Zurückerinnern jedesmal Vergleiche ziehen ließen.

Letzten Endes gab es in dieser Hinsicht keine völlige Gewißheit, aber sie stieß auf keine offensichtlichen Gedächtnislücken. Nachdem ihr erlaubt worden war, mit der Außenwelt in Verbindung zu treten, sie Post verschickte und erhielt, nahmen die Leute, die ihr schrieben, in der Weise auf ihre Person Bezug, an die auch sie sich entsann. Anscheinend bemerkte kein Mensch bei ihr eine Wandlung; wenigstens erwähnte niemand irgendeine Veränderung.

Man hatte ihr schreiben müssen, weil Besuche untersagt gewesen waren, und die Übertragungsverzögerung bei der Direktkommunikation zwischen Habitat Tenaus und nahezu sämtlichen anderen Orten des Sonnensystems dauerte zu lang für Echtzeitgespräche. Einmal hatte Miz sie angerufen, während er sich gerade im Militärhabitat Etappe befand, also im Orbit um Miykenns. In gewisser Beziehung war es das außergewöhnlichste Telefonat ihres Lebens gewesen; wegen der minutenlangen Verzögerungen, die entstanden, während die Funkwellen die eben gesprochenen Worte zum Gesprächspartner beförderten, mußte man vor dem Bildschirm herumlungern und sein Gegenüber anschauen. Bei anderen Telefonaten dieser Art hatte Sharrow zwischendurch TV geguckt oder gelesen, aber in Miz' Fall hatte sie vor dem Apparat gesessen und nichts als sein Gesicht angeschaut. Eine Stunde hatten sie Zeit gehabt; die eigentliche Unterhaltung war auf zehn Minuten beschränkt gewesen, und sie hatten sie empfunden wie nur eine einzige Minute.

Hatte man ihr das Kristallvirus im Habitat Tenaus untergejubelt? Sie hielt es für erheblich wahrscheinlicher, daß es auf Nachtels Geist geschehen war, während sie zwischen Leben und Tod schwebte, in einem Zustand, der mehr Ähnlichkeit mit dem klinischem Tod als allem anderen gehabt hatte, ohne äußere Reize, ohne Gefühl, ja sogar ohne Träume … Aber unter Umständen war es *doch* auf Tenaus passiert. Weshalb sollte ein steuerneutraler Bergbaukonzern einer bruchgelandeten, fast toten Militärpilotin ein funkempfängliches Virus einpflanzen?

Aber warum, fragte Sharrow sich sofort, sollte irgendwer in einem Militärgefängnislazarett so etwas tun?

Oder wieso überhaupt irgend jemand?

Ein scharfer, kalter Wind fegte aus einem Himmel herab, der die Färbung von Grünspan hatte. Droben schwebte die Sonne wie eine hoffnungslos schwache Glühbirne und spendete nur geringfügige Helligkeit. Leewärts bohrte das finstere Wolkengebirge eines vorübergezogenen Unwetters seine schneeigen Keile bis hoch empor in die flimmrigen Schwaden des Sonnenscheins. Hinter Sharrows Rücken ragte eine Eis- und Schneeklippe auf wie eine riesenhafte Woge, als müßte sie im nächsten Moment auf den steilen, schwarzen Abhang seitlich des Schildvulkans herabdonnern.

Das Raupenfahrzeug, das sie hergebracht hatte, rollte in seinen Spuren rückwärts, kehrte über Schlacke und Halden vom Wind zusammengewehter Asche zum Gletschertunnel um. Sharrow schaute zu, wie der glänzende Metallrumpf, an dessen Bug die Maser Nüstern ähnelten, die Steigung der Klippe hinaufrumpelte, bis das Fahrzeug im Gletschertunnel verschwand.

Sie drehte sich um, blickte durch Dunst- und Dampfschleier am kaum erkennbaren Hang des Vulkans hinauf, bis sie die wirren Ruinen der Gebäude eines einstigen geothermischen Kraftwerks erkennen konnte, eine Anhäufung geborstener Stahlbetonplatten, die wahllos übers dunkel-glitzrige Lavafeld verstreut lagen. Schneebedeckte Mulden deuteten ehemalige Lavatümpel an, und in der Ferne, vielleicht zwanzig Kilometer weiter, verströmte aus den letzten Abzugsschächten des Vulkans weißer Dampf und Qualm an den Himmel. Sharrow hob den Blick ganz nach oben. Dort füllte der halbkugelfömig sichtbare Gasriese Nachtel in hellem Goldgelb und verwaschenem Orangerot ein Viertel des Firmaments aus.

Zum Schutz gegen den schwächlichen, jedoch eiskalten Wind zurrte sie die Kapuze ihrer Jacke fester um den Kopf und trat, das leere Buch an die Brust gedrückt, über das zerklüftete, grau-schwarze Lavafeld den steilen Weg zu den Betonruinen oben am Vulkanhang an.

Sie war außer Atem, als sie die zertrümmerten Bauten erreichte; die Atmosphäre war erbärmlich dünn, zu dünn, obwohl das Gehen in der vergleichsweise geringen Gravitation wenig Kraft erforderte. Bei Besuchern des Monds, die sich ins Freie trauten, kam es regelmäßig zu Agoraphobie-Anfällen; die Luft ließ sich nur dürftig atmen, und Nachtel konnte in der Höhe so kolossal dräuen, daß man unwillkürlich den Eindruck hatte, bei jedem noch so leichten Schritt müßte man ein für allemal von der Oberfläche abheben und in den grünen, gewaltigen Himmel davontreiben.

»Hallo?« rief Sharrow.

Ihre Stimme hallte in den Betonwänden der ersten Ruine wider. Beben hatten die dicken, fensterlosen Mauern gebeugt und gekippt, die Betonflächen, auf denen man sie errichtet hatte, waren geborsten und gerissen, kantige Ecken stachen wie gesplitterte Zähne hervor, überall baumelten zerfetzte, verrostete Stahlgitter heraus wie zersprungene Bettfedern.

Sharrow turnte, das Buch an sich gepreßt, auf den geschrägten Betonplatten von Ruine zu Ruine, mußte sich an Stellen bücken, wo die unwegsame Verwerfung der Trümmer nicht einmal in dieser niedrigen Schwerkraft ein normales Laufen erlaubten, und mit der freien Hand hochziehen.

Das am Abhang zuoberst gelegene Gebäude war das größte in dem zerstörten Komplex. Sharrow stieg über die herabgestürzte Oberschwelle des breiten Eingangs.

Die Außenmauern des Bauwerks standen noch; das Dach hingegen war in der Mitte gesprungen, in zwei Teilen heruntergebrochen und gab jetzt ein flaches V aus Beton ab, dessen Spitze in einem mit Eis umkrusteten Teich stehenden Wassers ruhte, das allerdings, möglicherweise aufgrund einer fortexistierenden Verbindung mit dem früheren Thermalrohrsystem im

Innern des Vulkans, eine hinlänglich warme Temperatur hatte, um in der stillen, unter Null Grad kalten Luft träge Dampfwölkchen zu erzeugen.

Auf der anderen Seite hatte sich in einer Ecke der Ruine schwarze Schlacke angesammelt und an dem Teich eine Art von schmalem Strand gebildet.

Dort befanden sich die zwei Männer. Sharrow kannte sie.

Sie trugen nur Badehosen und fläzten sich augenscheinlich in denselben Liegestühlen, an die sie sich aus dem Öltanker erinnerte. In der schwarzen Halde hinter ihnen steckte in kessem Winkel ein Sonnenschirm mit Blumenmuster, und zwischen den beiden Sitzgelegenheiten stand ein kleiner Klapptisch mit Flaschen und Gläsern.

Der Mann rechts sprang auf und winkte Sharrow zu.

»Wie schön, daß Sie zu uns gefunden haben«, rief er, näherte sich mit ein paar Schritten dem Teich und tauchte mit einem so geschmeidigen Satz hinein, daß kaum ein Spritzer aufschoß. Die Wellen, die sich auf dem Wasserspiegel ausbreiteten, wirkten auf sonderbare Weise steil.

Sharrow schob die Linke in die Jackentasche und strebte rechts an der niedrigen Schräge des eingestürzten Dachs entlang. Der junge, glatzköpfige Mann, der ins Wasser gesprungen war, schwamm ihr entgegen und an ihr vorbei, grinste und winkte. Sein Kumpan trank aus einem hohen Glas. Er sah seinem Zwilling zu, der zum anderen Rand des Teichs schwamm, der Seite mit dem Eingang des Gebäudes, dort drehte und umkehrte.

»Setzen Sie sich doch, Puppe«, sagte der Bursche liebenswürdig, wies auf den von seinem Zwilling verlassenen Liegestuhl. Sharrow betrachtete den Liegestuhl, blickte kurz rundum und nahm Platz. Die linke Hand hielt sie in der Tasche. Das Buch lag auf ihrem Schoß. Sie schob die Kapuze ihrer Jacke in den Nacken.

»Ah, rot«, bemerkte der junge Mann, lächelte ihr zu. »Sehr attraktiv. Steht Ihnen gut.«

Trotz seiner Blässe hatte er einen sportlichen, muskulösen Körper. Sharrow sah nicht die kleinste Andeutung einer Gänsehaut. Die Badehose war aus Optikfaser, zeigte in Abständen jeweils für ein paar Sekunden einen tropischen Strand: goldbraunen Sand, eine einzelne, hoch emporwogende Welle und eine anmutige Surferin, für alle Ewigkeit auf ihr Surfbrett gebannt, das unter dem blauen, gischtigen Überhang der Woge dahinglitt.

Der andere Bursche kam triefnaß aus dem Wasser und schlenderte die Böschung herauf; seine Haut dampfte. Seine Badehose zeigte eine Person beim Heli-Springen: wie sie an einer Felsenküste aus einem Hubschrauber aus beträchtlicher Höhe kopfüber in einen großen Fjord hechtete, gerade als von See eine hohe Schaumwelle in die Mündung schwallte.

Das Bürschlein mit der Surferin-Badehose langte unter den Liegestuhl, holte ein Badetuch hervor und warf es seinem Komplizen zu, der sich damit abtupfte, danach vor Sharrow im Schneidersitz, das Tuch um die Schultern geschlungen, auf die schwarze Schlacke hockte. Er grinste seinem Zwilling zu.

»Ich hoffe, Sie hatten eine gute Anreise, Lady Sharrow?« erkundigte sich der Mann im Liegestuhl.

Sharrow nickte bedächtig. »Erträglich«, gab sie zur Antwort.

»Verzeihung«, sagte er, faßte sich an den Kopf. Er nahm ein Glas vom Tablett auf dem Klapptischchen zwischen den Liegestühlen. »Kann ich Ihnen was zu trinken anbieten?«

»Nein«, lehnte Sharrow ab. »Danke.«

»Darf ich …?« fragte der andere Kerl, beugte sich vor und deutete mit dem Kinn auf das Buch, das auf Sharrows Schoß lag.

Sie ließ das Buch zwischen ihre Knie rutschen, so daß

sie es mit einer handschuhbekleideten Faust packen konnte, und reichte es ihm. Mit gönnerhaftem Schmunzeln nahm er es entgegen.

»Es steht alles bestens, Lady Sharrow«, beteuerte er, öffnete die Buchklappen. »Sie brauchen Ihre Pistole nicht.«

Sharrow ließ die Linke dennoch in der Tasche und um den Griff der HandBalliste geklammert. Der Bursche, der auf der Schlacke kauerte, sah sich kurz das Innere des Buchs an, betrachtete die Titelseite und die Diamantfolienblätter je einige Sekunden lang. Er lächelte, als er den der Innenfläche der hinteren Buchklappe eingravierten Satz las und hielt anschließend das Buch so, daß auch sein Zwilling die drei Wörter umfassende Inschrift sehen konnte. Beide lachten heiter.

»Schrecklich, nicht wahr?« meinte der Jüngling im Liegestuhl zu Sharrow. »Was für ein Verlust. Ach ja ...«

Der junge Mann, der das Buch in Händen hatte, drehte es um, so daß der Papierstaub herausrieselte und auf der schwarzen Schlackenhalde einen vereinzelten, verwirbelten grauen Streifen hinterließ.

»Wir gehen allzu achtlos mit unseren Schätzen um«, sagte er, klappte das Buch zu und legte es beiseite.

»Wir verwechseln das Unbezahlbare mit dem Wertlosen«, stimmte das Bürschchen im Liegestuhl ihm zu, füllte sich aus einer Flasche Entraxrln-Wein das Glas nach.

»Ich habe das Gefühl«, sagte der junge Mann auf der Schlackenhalde, »es erstaunt Sie gar nicht sonderlich, uns hier anzutreffen, Lady Sharrow.« Man hörte ihm Enttäuschung an. Sein Zwilling gab ihm ein Glas; er trank, dann lächelte er Sharrow zu. »Ein bißchen hatten wir uns schon versprochen, Sie überraschen zu können.«

Sharrow hob die Schultern.

»Typisch, nicht wahr?« meinte der Mann im Liegestuhl zum anderen Zwilling. »Gerade dann, wenn man hören möchte, was sie zu sagen haben, halten Frauen den Mund.«

Das andere Kerlchen sah Sharrow an und schüttelte betrübt den Kopf.

»Auf alle Fälle«, sagte der zweite Glatzkopf, »danken wir Ihnen im Namen der Agentur Bastion und ihrer Klienten – der Traurigen Brüder, um genau zu sein – für das Buch. Aber nun wünschen wir, wie Sie sich wahrscheinlich denken können, daß Sie sich, wenn's recht ist, auf die Suche nach der Chaoswaffe machen.«

Sharrow musterte ihn lediglich.

»Keine Fragen?« hakte er nach. Sie verneinte, indem sie den Kopf schüttelte. Amüsiert lachte er auf. »Und wir dachten, Sie hätten jede Menge Fragen. Naja …« Er lächelte breit, schwenkte das Glas. »Ach, haben Sie übrigens unseren Bescheid erhalten? Da unten in …?« Er runzelte die Stirn, guckte seinen Kumpan an.

»Pharpech«, half der junge Mann auf der Schlackenhalde ihm nach.

»Ah ja, Pharpech«, wiederholte sein Zwilling, sprach das Wort mit übertriebener Sorgfalt und etwas ähnlichem wie einem verschwörerischen Grinsen aus. »Ist unser Zeichen angekommen?«

Sharrow überlegte, bevor sie antwortete. »Das Halsband?« fragte sie. »Ja.«

Der junge Mann im Liegestuhl wirkte überaus zufrieden.

»Super«, sagte er. »Wir wollten nur klären, daß wir den Kontakt zu Ihnen nicht verloren hatten, bloß weil sie sich außerhalb des Kommunikationsnetzes befanden.« Er stellte sein Glas ab und lehnte sich im Liegestuhl zurück, verschränkte die Hände am Hinterkopf. Die Unterseiten der Arme waren glatt und kahl. Am ganzen restlichen Körper sahen die Härchen dünn und weißlich aus; ausschließlich die blonden Brauen hatten eine Andeutung von Farbe. Sharrow heftete den Blick auf den Mann am Teich. Auf seiner Schädelwölbung schimmerte Sonnenlicht. Anscheinend kannte auch er keine Gänsehaut.

»Also, wir möchten Sie keineswegs aufhalten, Lady Sharrow«, sagte er und betatschte das Buch. »Vielen Dank für die vertragsgemäße Ablieferung des Buches. Vielleicht bleiben wir mit Ihnen in Kontakt. Vielleicht nicht.«

»Versuchen Sie's so hinzukriegen, daß es nicht zu lange dauert«, empfahl der Bursche im Liegestuhl, genoß ausgestreckt, mit geschlossenen Augen, den spärlichen Sonnenschein.

»Und lassen Sie sich nicht erwischen«, riet ihr der andere.

Langsam stand Sharrow auf. Der Zwilling mit der Surferin auf der Badehose lag mit leicht gespreizten Beinen und geschlossenen Lidern im Liegestuhl, die Hände im kahlen Nacken; sein Ebenbild, das im Schneidersitz am Teich kauerte, beugte sich vor, pfiff vor sich hin, gab sich einige Mühe, um aus schwarzer Schlacke ein Türmchen zu bauen, doch zerfiel es immer wieder.

»Angenehme Reise«, wünschte der Mann im Liegestuhl Sharrow, ohne die Augen aufzuschlagen.

Sie ging fünf Schritte, dann wandte sie sich um. Das Paar bot den gleichen Anblick wie vorhin. Sie zog die HandBalliste und zielte auf den Zwilling mit der Heli-Springer-Szene auf der Badehose, die auf der straffen Rückseite ebenso wie auf der knittrigen Vorderseite ablief.

Fast eine halbe Minute lang stand sie so da. Endlich schaute sich der Bursche um, auf den sie die Waffe gerichtet hatte, merkte was geschah und drehte sich ihr zu.

Mit der Hand beschattete er die Augen, blickte zu Sharrow auf. »Ja, Lady Sharrow?«

Der Zwilling im Liegestuhl öffnete die Lider, blinzelte und wirkte leicht verdutzt.

»Ich habe daran nachgedacht, eventuell auf die harte Tour herauszufinden, ob Sie beide Androiden sind.«

Die zwei jungen Männer sahen sich gegenseitig an. Der Kerl im Liegestuhl zuckte die Achseln. »Androiden?« wiederholte er. »Wieso sollte es von Belang sein, ob überhaupt *irgend* jemand von uns ein Androide ist?«

Sharrow zielte mit der Waffe auf ihn. »Sagen wir mal, vielleicht würde ich es gern aus purer Neugier wissen«, antwortete sie. »Oder vielleicht will ich mich für das rächen, was in dem Öltanker und in Bencil Dornays Haus vorgefallen ist.«

»Aber wir haben Ihnen nur *Schmerzen* zugefügt«, wandte der Zwilling im Liegestuhl ein.

»Ja, und Sie sind auf Stager *so* grob zu uns gewesen«, hielt der Mann, der auf der Schlacke saß, ihr mit verpreßtem Mund und mit vorwurfsvoller Miene entgegen. Er nickte nachdrücklich. »Wir wollten Ihnen ja nur erläutern, daß wir einen Vertrag mit den Traurigen Brüdern haben und Sie sich, sobald das Buch in Ihrem Besitz ist, hier mit uns treffen möchten, aber Sie sind so gemein zu uns gewesen, daß wir es uns gar nicht zu sagen getraut haben.«

Für einen Moment ließ Sharrow die Pistole noch auf den Mann im Liegestuhl gerichtet; dann senkte sie die Waffe.

Sorgfältig zielte sie auf das Buch, kniff dabei ein Auge zusammen.

Der Zwilling am Teich warf sich vor die metallenen Buchklappen; der andere schwang sich aus dem Liegestuhl, streckte die Arme aus, spreizte die Hände. Er stieg über seinen Zwilling hinweg, der sich über das Buch duckte.

»Also wirklich, Lady Sharrow«, sagte er. »Vandalismus ist doch wohl überflüssig.« Er lächelte nervös.

Sharrow atmete tief durch und steckte die Pistole wieder in die Jackentasche.

»Aus Ihnen beiden werde ich einfach nicht schlau«, gab sie zu.

Der Zwilling, der vor ihr stand, während seine Optikfaser-Badehose unablässig die Szene mit der Surferin wiederholte, wirkte geschmeichelt und gleichzeitig ein wenig ratlos. Sharrow machte auf dem Absatz kehrt und schritt längs des blättrig gewordenen Betons zum Ausgang.

Unterwegs kribbelten ihr andauernd Rücken und Nacken, auch dieses Mal wartete sie auf einen Schuß oder den Schmerz, doch als sie sich an der Tür noch einmal umwandte, befanden sich die Zwillinge noch in derselben Haltung: einer nahezu fötal um das Buch geschmiegt, der andere stand davor und blickte ihr hinterher.

Durch die zerborstenen Betonflächen und die Ödnis aus rissiger Lava kletterte sie zurück nach unten, zur Eisklippe und dem Gletschertunnel, in dem das Raupenfahrzeug auf sie wartete.

Das Raupenfahrzeug beförderte Sharrow nach Mine 7 zurück. Erfreulicherweise blieb das Wetter gut genug, so daß sie umgehend nach Halden City fliegen konnte, wo der Charterraumer parkte. Sie benutzte das Computerterminal, um das SNA-Team zu kontaktieren. Direkt konnte sie es nicht erreichen, aber von Zefla war eine Mitteilung eingetroffen und gespeichert worden, die besagte, in Himmelsblick sei alles in Ordnung. Sharrow lancierte einen verschlüsselten Eintrag in die Klatschspalte der KommNetzGazette, dem sich entnehmen ließ, daß sie die Ablieferung des Buchs planmäßig abgewickelt hatte. Da sie sich insofern ohnehin gerade mit kryptischen Botschaften beschäftigte, informierte sie sich über die Tiler Wettrenn-Ergebnisse der vergangenen Woche.

Vor drei Tagen, an dem Tag, als sie von Miykenns abgeflogen war, hatte es einen Sieger namens *Hohles Buch* gegeben.

Sie sah auch die Liste der übrigen erwähnten Tiere durch und fragte sich, ob die Namen alle auf reinem Zufall beruhten. *Schüchterner Tänzer? Wundertier? Klein Resheril ganz groß? Flitzriges Flittchen? Strahlende Abendsonne? Molgarins Kämpe? Der rechte Weg? Rasender Fleischwolf? Sausende Sense? Zisch ab? Bip?* Anscheinend fehlte sämtlichen sonstigen Namen jede hintersinnige Bedeutung. Außer natürlich, *Schüchterner Tänzer* bezog sich auf Bencil Dornay ... *Sausende Sense* mochte eine Anspielung auf die Chaoswaffe sein ... Und ... Aber Sharrow gab das Grübeln bald auf; zermürbte man sich den Kopf lange genug, konnte man hinter jedem und keinem Namen einen tieferen Sinn vermuten, und eine Grenze zu ziehen, blieb unmöglich.

Immer wieder mußte sie an ihre Bruchlandung und den Aufenthalt in der Bergwerksklinik denken. In Halden City versucht sie mit ihren Hackerfähigkeiten die entsprechenden Daten zu melken, doch waren die Aufzeichnungen aus der Kriegszeit von außerhalb des Konzerns, der sie verwahrte, nicht zugänglich. Sie ließ im Charterraumer den Zähler laufen (und der Zweifrauencrew Tenel und Choss Esrup die Fortsetzung des Vergnügens, in Halden Citys Casinos und Spielhöllen noch mehr Geld zu verschleudern), nahm einen U-Express zur Zeche Erster Spatenstich, wo man sie damals, nach der Notlandung, ursprünglich stationär behandelt hatte.

Die Zeche Erster Spatenstich war der erste größere Bergwerksbetrieb gewesen, der auf Nachtels Geist errichtet worden war; allerdings waren die Schwermetallvorkommen in der unmittelbaren Umgebung überwiegend schon vor Jahrtausenden abgebaut worden, und die Großkonzerne hatten ihre Tätigkeit in ergiebigere

Zonen des Sonnensystems verlagert, es kleineren Konzernen überlassen, die noch vorhandenen, schmalen Erzadern abzubauen. Heute stand die unter der lunaren Kruste angelegte Zechensiedlung meistenteils leer: eine Untergrundstadt mit der Bevölkerung eines Kleinstädtchens.

»Ysul Demri«, nannte Sharrow ihren falschen Namen, nahm in dem Sessel Platz, auf den die Angestellte zeigte. »Ich interessiere mich für die Rolle, die Nachtels Geist im Fünfprozentkrieg spielte, und würde gerne die Firmendokumente aus der damaligen Zeit einsehen.«

Die Angestellte, eine hochaufgeschossene Frau mit fleckiger Haut, unterhielt ihr Erster-Spatenstich-Informationsbüro in der Nische eines kleinen, dampfigen Cafés in Querschlag 3, eines der Hauptstraßenstollen des Untergrundlabyrinths. Vor dem Café latschten Passanten vorbei, von denen manche Wägelchen oder Handkarren schoben; in der Straßenmitte summten kleine Autos vorüber, ihre Warnanlagen quäkten. Mit einem Auge sah die Angestellte Sharrow an; das andere Auge war geschlossen, weil sie per Palpreba-Monitor Informationen einholte.

»Im Stadtarchiv sind ausschließlich Quellen und Auswertungen erhältlich«, teilte sie Sharrow mit.

Von den Samowar-Zisternen der Theke verlief eine Batterie aus acht dünnen Rohren längs der Wände des Cafés zu den verschiedenen Nischen und hinab zu den mittig darin aufgestellten Tischen. Die Angestellte hob ihren Trinkbecher unter eine der Leitungen und füllte eine Flüssigkeit mit süßlichem Geruch ein.

»Ich weiß«, sagte Sharrow. Sie hatte sich ebenfalls einen Becher besorgt – gegen Entgelt – und zapfte jetzt dieselbe Leitung wie die Frau an. »Ich hatte gehofft, ich könnte an die Originaldaten gelangen.«

Für mehrere Sekunden schwieg die Angestellte, dann schlürfte sie aus dem Becher. »Deswegen müßten Sie sich ans Institut der Nation wenden«, sagte sie zu Sharrow. »Als die Klinik kurz nach dem Krieg verlegt worden ist, hat es die Datenbanken übernommen. Die Klinik leiht dort aus, was sie braucht, genau wie wir.«

Sharrow trank von der heißen, bittersüßen Brühe. »An welches Institut?« fragte sie.

»Das Institut der Nation«, wiederholte die Frau, öffnete mit verdutzter Miene für eine Sekunde beide Augen. »Des Volks. Haben Sie noch nie davon gehört?«

»Leider nicht«, bekannte Sharrow.

Nun schloß die Angestellte beide Augen für einen Moment. »Ja, wahrscheinlich nicht«, räumte sie ein. »Hier draußen vergessen wir leicht den Rest der Welt.« Sie schlug ein Auge auf. »Tiefetage sieben, Sie können jeden Lift nach unten nehmen. Ich melde Sie an.«

»Herzlichen Dank«, sagte Sharrow.

»Aber gewöhnlich geben sie dort nur bei gut begründetem Interesse Informationen heraus. Viel Glück.«

»... zusammenfassend sagen, daß die Geschichte Golters und des ganzen Sonnensystems eine Geschichte fortwährender Suche nach Stabilität ist. Dieses Streben hat allerdings immer dazu beigetragen, die Verhältnisse, die es schaffen sollte, zu zerstören. Man könnte mit Recht behaupten, daß inzwischen jede erdenkliche Methode der politischen Machtausübung erprobt worden ist und keine als Denkmodell die Probe mit nur dem geringsten Grad an Glaubwürdigkeit überstanden hat. Auch der letzte große Versuch, eine zentrale Autorität in Form der Ladyr-Dynastie zu etablieren, war eher ein rückwärtsgewandter Abklatsch früherer imperialer Epochen, den ernstzunehmen sogar den Teilnehmern schwerfiel, als eine ernsthafte Bemühung, eine dauerhafte Hegemonie über die Machtzentren des Sonnensystems zustandezubringen. Das gegenwärtige Patt zwischen progressiven und konservativen Kräften hat uns siebenhundert Jahre bürokratischer Stasis in Gestalt des Globalen Tribunals und des ihm angeschlossenen, aber weitgehend rein symbolischen Konzils beschert. Heute liegt alle Macht in den Händen der Anwälte. Obwohl sie ursprünglich eine nur regulative Funktion haben, sind sie infolge des geistigen Versagens derjenigen, die den historischen Auftrag zur politischen Führung und darauf den rechtmäßigen Anspruch haben, selbst zur Legislative geworden. Es entspricht der Natur der Sache, wenn sie sicherstellen, daß die Zügel der Macht, die sie einmal in Händen halten, ihnen nicht auf legale Weise entwunden werden können. Darum müssen alle, deren Sorge der Zukunft und der Geschichte unserer Spezies gilt, sich verdeutlichen, daß das Recht lediglich eine Abstraktion der Gerechtigkeit darstellt, den Ausdruck des politischen Willens und der philosophischen Konzeptionen einer Gesellschaft. Wahrheit, Rechtsprechung und Gerechtigkeit sind keine Zustände, sondern haben Prozeßcharakter. Sie verkörpern dynamische Funktionen, die man ausschließlich durch *Handeln* verstehen und vermitteln kann. Und man muß die Frage diskutieren, ob die Zeit zum Handeln nicht zügig heranrückt … Ich bedanke mich für Ihre Aufmerksamkeit.«

Der junge Referent deutete vor dem dicht an dicht besetzten Auditorium eine Verbeugung an und packte seine handgeschriebenen Notizen ein. Sharrow erschrak geradezu, als begeisterter Beifall aufbrandete. Sie stand mit ihrer Handtasche im Hintergrund des Hörsaals, wo sich Ausblick über die rund zweitausend Menschen bot, die sich hineingezwängt hatten. Alle waren aufgesprungen, klatschten und jubelten, stampften mit den Füßen.

An der Uni in Yadayeypon, entsann sie sich, waren die Vorlesungen nie so gewesen. Ein Ring tüchtig aussehender Leibwächter in weißer Tracht, die in der ersten Reihe gesessen hatten, eskortierte den Referenten, einen schlanken, mittelgroßen, jungen Mann mit dunklen Locken und noch dunkleren Augen, vom Podium des Saals zum Ausgang. Seine Leibwächter mußten etwa hundert Menschen von den Türen zurückdrängen, durch die der Referent den Hörsaal verließ; die Menge belagerte den Zugang regelrecht, schwenkte Kameras, Recorder und HandCompus, bestürmte die Leibwächter, die ausdruckslose Mienen bewahrten, um Durchlaß.

Einige Zeit lang verfolgte Sharrow das Geschehen. Gelegentlich rempelten diese oder jene der meistens jungen und sehr höflichen Leute, die aus dem Auditorium strömten, sie versehentlich an. Sie versuchte, sich an einen charismatischeren Redner zu erinnern, doch ihr fiel niemand ein. Während der einen Stunde, die sie noch vom Vortrag mitbekommen hatte, war im Saal durchweg eine überaus aufgewühlte, knisternde Stimmung spürbar gewesen, obwohl die Äußerungen, die der junge Mann von sich gegeben hatte, weder als sonderlich originell oder dramatisch gelten konnten. Dennoch hatte die Erregung sich als ebenso diffus wie ansteckend erwiesen. Sharrow war schon gelegentlich von einem ähnlichen Gefühl der Erregung erfaßt worden – der *Vorahnung* –, wenn sie eine herausragend talentierte neue Band oder einen derartigen Sänger gehört, das Werk eines besonders vielversprechenden Dichters, zum erstenmal einen außerordentlich gelungenen TV-Beitrag oder eine bahnbrechende Theateraufführung gesehen hatte. Diese Empfindungen glichen der ersten, lustbetonten Phase leidenschaftlich-verliebter Hingerissenheit.

Sie unterdrückte die Anwandlung und sah auf die Uhr. In einer Stunde fuhr der nächste U-Express nach Halden City. Sharrow bezweifelte stark, mit dem Wunsch, diesen Menschen sprechen zu dürfen, der allem Anschein nach den Zugriff auf zahlreiche Informationen kontrollierte – darunter auch fünfzehn Jahre alte Klinikdateien –, Erfolg zu haben; aber sie mußte ohnehin noch bei den zuständigen Leuten antanzen, um ihre Pistole zurückzuerhalten, die man ihr bei Betreten des Auditoriums abgenommen hatte.

Das Institut der Nation erweckte den Eindruck, teils Wohltätigkeitsorganisation, teils Alternativuniversität und teils politische Partei zu sein. Es belegte anscheinend weite Bereiche der von Bewohnern überwiegend freien unteren Tiefetagen der Zeche Erster Spatenstich, und der junge Referent, der den Namen Girmeyn trug, wirkte ganz wie das Oberhaupt der Organisation, auch wenn niemand ihn ausdrücklich so nannte.

»Girmeyn wird Sie nun empfangen, Miss Demri«, sagte der Weißgekleidete zu Sharrow.

Sie hatte TV geguckt, während sie gemeinsam mit ungefähr zweihundert weiteren Leuten, die um ein Gespräch mit Girmeyn ersuchten, in der warmen, aber zugigen Kasematte, die als Wartesaal diente, halb döste.

Überrascht hob sie den Blick. Als sie die hohe Zahl der Wartenden sah, hatte sie jede Hoffnung, vorgelassen zu werden, aufgegeben gehabt, und ihr Anliegen aufs Wiedererlangen der HandBalliste beschränkt.

»Tatsächlich?« vergewisserte sie sich. Die Menschen, die in ihrer Nähe saßen, starrten sie an.

»Bitte kommen Sie mit«, forderte der Wachmann sie auf.

Sie folgte dem Weißgekleideten durch den Wartesaal in einen Korridor. Der Korridor mündete in einen langgestreckten, behaglich eingerichteten Raum, der an eine große Höhle grenzte.

Bloßes, schwarzes Muttergestein bildete die Wände der Höhle. Auf dem geglätteten Boden war eine Ansammlung alter, glänzender Maschinen zu sehen, die bis in zwanzig Meter Höhe reichte, fast bis zu den Fenstern des Rundgangs. Die komplizierten, undurchschaubaren Apparaturen, so unklar in ihrer verwickelten Beschaffenheit, daß sie ebensogut Turbinen, Generatoren, nukleare oder chemische Reaktoren wie Gerätschaften für hundert andersartige Verfahren sein mochten, schimmerten in der hellen Deckenbeleuchtung. Aus feuchten Klüften verwitterten Gesteins tränten dicke, bleiche Stalaktiten herab, denen vom Fußboden der Höhle Stalagmiten entgegenwuchsen. Wo Maschinen standen, hatten sich die Ablagerungen zu Säulen vereint, die nirgends einen Durchmesser von unter einem Meter aufwiesen und anheimelnd verschmolzen waren mit den stummen Apparaten.

Mehrere Sekunden lang blickte Sharrow wortlos in die Höhle hinab; ihr schwindelte angesichts der schieren Last der Zeiträume, die sich in der zusammengetröpfelten Szenerie der bläßlich-glitzrigen, mit Technik verquasten Säulen manifestiert hatten.

»Miss Demri?« sprach ein älterer Mann in Weiß sie an.

Sie sah sich um. »Ja?«

»Hier entlang bitte.« Er deutete mit der Hand. Girmeyn saß hinter einem großen Schreibtisch am anderen Ende des Raums, umgeben von etlichen Leuten, die sich an HandCompus, Stirnband-Projektoren, Mosaik-, Knautsch- und, wie der einäugige Blick einiger Personen anzeigte, Palpreba-Monitoren betätigten. Sharrow durfte in einem bequemen Polstersessel seitlich des Schreibtischs Platz nehmen, an einem kleineren Tisch, gegenüber eines gleichen Sessels, und direkt neben den Fenstern, durch die man Aussicht in die Höhle hatte.

Für einen längeren Moment saß sie still da und beobachtete die Vorgänge, die bemerkenswerte Ähnlichkeit mit der Weise hatten, wie ein Fürst die Staatsgeschäfte führte; schließlich stand der junge Mann hinter seinem Schreibtisch auf, verbeugte sich kurz vor den Leuten seiner Umgebung und kam herüber zu Sharrow. Die Männer und Frauen, die seinen Schreibtisch umringten, blieben überwiegend dort stehen; manche setzten sich auf Stühle, andere einfach auf den Fußboden. Sharrow erhob sich, um Girmeyn die Hand zu schütteln. Er hatte einen warmen, kraftvollen Händedruck.

»Miss Demri«, sagte er. Seine Stimme klang tiefer, als sie erwartet hatte. Girmeyn machte vor Sharrow eine Verbeugung, bevor er sich gegenüber in den Sessel setzte. Er trug dieselbe Kleidung wie vor einer halben Stunde im Auditorium, eine konservative schwarze Akademikerkombination. Allerdings war er sogar noch jünger, als Sharrow vermutet hatte, eher Anfang als Mitte zwanzig. Er hatte hellbraune, sorgsam rasierte, glatte, makellose Gesichtshaut sowie mittellanges, hübsch verstrubbeltes, blauschwarzes Haar. Volle, ausdrucksstarke Lippen ergänzten eine lange, schmale Nase. Ein Kinngrübchen betonte die ausgeprägten Kiefer. Er hatte eine förmliche, aber lockere Haltung eingenommen, musterte Sharrow aus schwarzen Augen.

»Es ist sehr nett von Ihnen, daß ich zu Ihnen durfte«, sagte Sharrow, »aber eigentlich wollte ich nur ein paar fünfzehn Jahre alte Klinikunterlagen einsehen.« Sie schaute sich um. »Im Wartesaal sind so viele Leute … Es gibt keinen Grund, um mich zu bevorzugen.«

»Befassen Sie sich mit dem Fünfprozentkrieg, Miss Demri?« fragte Girmeyn. In seiner Stimme schwang eine routinierte Leichtigkeit mit, die mehr zu jemandem mit immensem Erfahrungsschatz und dreifachem Lebensalter paßte. Sharrow fühlte sich von ihrem Klang umschmeichelt.

»Ja«, bestätigte sie, »das könnte man sagen.«

»Darf ich fragen warum?«

»Tja, vor einiger Zeit habe ich die Universität Yadayeypon besucht … Aber heute bin ich selbständig. An sich betreibe ich meine Nachforschungen nur noch als Hobby.«

Girmeyn lächelte und entblößte dabei tadellose Zähne. »Ich muß wohl ein beschaulicheres Leben führen, als ich dachte, Miss Demri, wenn Studentinnen heutzutage ein so schweres Schießeisen mit sich herumschleppen müssen.« Er drehte sich zur Seite und winkte jemanden heran. Der ältere Mann, der Sharrow in dem Raum begrüßt hatte, brachte die HandBalliste herüber.

»Die Waffe ist momentan ungefährlich, Sir«, sagte er, gab die Pistole Girmeyn, der sie sich genauer ansah.

An der Weise, wie er sie in den Händen hielt, merkte Sharrow, daß er wahrscheinlich noch nie im Leben eine Schußwaffe angefaßt hatte.

Der ältere Leibwächter beugte sich zu Sharrow herab; in einer Faust hatte er das Magazin der Waffe, zwischen zwei Fingern der anderen Hand ein Allzweckprojektil. Sharrow warf einen Blick auf das Geschoß, dann ins Gesicht des Leibwächters.

»Sie sollten keine Patrone im Lauf mitführen, Madame«, ermahnte er sie. »So etwas kann ins Auge gehen.«

»Ja, das höre ich immer wieder«, meinte Sharrow mit einem Seufzen. Der Mann entfernte sich; Girmeyn reichte die Pistole Sharrow, die sie in die Tasche schob.

»Vielen Dank«, sagte Sharrow. Anscheinend erwartete Girmeyn von ihr irgend etwas anderes. Sie zuckte die Achseln. »Dieses Jahr herrscht beträchtliche Konkurrenz um Forschungsstipendien.«

Er lächelte. »Glauben Sie, daß diese alten Krankenhausakten Ihnen bei Ihren Recherchen nützlich sein können?«

Allmählich neigte Sharrow zu neuen Überlegungen. Sie hatte das Empfinden – ein irgendwie recht deutliches, gleichzeitig jedoch ziemlich vages Gefühl –, daß sich hier höchst Maßgebliches ereignete, doch was es sein mochte, darauf entdeckte sie keinerlei Hinweise. »Möglicherweise«, antwortete sie. »Aber inzwischen habe ich wirklich den Eindruck, es ist übertrieben, daß wir hier deswegen quasi konferieren … Ich gebe zu, es ist kein besonders wichtiges Ersuchen, und Sie sind ja dermaßen stark in Anspruch genommen ...« Sie fuchtelte mit der Hand.

»Aber auch Einzelheiten entbehren doch nicht der Bedeutung, finden Sie nicht?« entgegnete Girmeyn. »Bisweilen laufen dem Anschein nach völlig folgenlose Handlungen auf ganz enorme Konsequenzen hinaus. Der Zufall verleiht dem Nebensächlichen Wirksamkeit. Es ist der Angelpunkt, auf dem der Hebel des Handlungsvermögens ruht.«

Sharrow stieß ein gedämpftes Lachen aus. »Reden Sie immer in Epigrammen, Mr. Girmeyn?«

Diesmal lächelte er breiter und voller nachgerade strahlender Herzlichkeit. »Ein Berufsrisiko«, konstatierte er, spreizte die Hände. »Erlauben Sie mir, Ihnen meine Bewunderung auszusprechen.«

Sharrow grinste und senkte den Blick. »Ich habe die zweite Hälfte Ihres Vortrags gehört«, sagte sie. »Ich war sehr beeindruckt.«

»Vom Inhalt oder vom Stil?« fragte er, stützte einen Arm auf die Rücklehne des Sessels.

»Von Ihrem Vortragsstil auf jeden Fall«, versicherte Sharrow. »Was den Inhalt betrifft ...« Sie hob die Schultern. »Um eine Redewendung zu benutzen, die Ihnen gefallen könnte ... Darüber steht das endgültige Urteil noch nicht fest.«

»Hmmm«, brummte Girmeyn, schaffte es, gleichzeitig zu schmunzeln und eine grimmige Miene zu ziehen. »Normalerweise lautet die Antwort ›beides.‹«

Sharrows Blick streifte die Leute um Girmeyns Schreibtisch, die allesamt so taten, als ob sie sie und Girmeyn nicht beachteten. »Das kann ich mir denken«, sagte Sharrow.

»Meine Argumente haben Sie also nicht überzeugt?« wollte Girmeyn wissen. Jetzt hatte er einen traurigen Gesichtsausdruck. Flüchtig befiel Sharrow das wie eine Erleuchtung atemberaubende Gefühl, sich mit Leichtigkeit in diesen Mann verlieben zu können, daß es nicht nur Hunderten, sondern vielleicht schon Tausenden von Menschen genauso ergangen war; und daß es wohl noch vielen mehr geschehen sollte.

Sie räusperte sich. »Ich empfinde sie als beunruhigend. Sie klingen genau wie das, was zahlreiche Leute hören möchten, wie das, von dem sie glauben, sie würden es selbst sagen, wenn sie nur redegewandt genug wären.«

»Würde ich auf diese Vorhaltung eingehen«, gab Girmeyn gelassen zur Antwort, »müßte ich mich schuldig bekennen, aber eine Rechtfertigung anschließen, in der ich erläutere, daß ich im Recht bin und das gültige Gesetz im Unrecht.« Er schmunzelte nochmals.

»Ich bin der Ansicht«, sagte Sharrow bedächtig, »daß unter Umständen zu viele Menschen die Dinge so einfach haben möchten, wie sie nicht sind und nie sein können. Sie in diesem Wunsch zu bestärken, ist verlockend und mag sich auszahlen, aber es ist mit Gefahren verbunden.«

Girmeyn lenkte den Blick ein wenig zur Seite, als betrachtete er etwas, das sich weiter entfernt hinter Sharrows linker Schulter befand. Ein paar Sekunden lang nickte er langsam. »Ich glaube«, sinnierte er bedächtig, »mit Macht hat es sich seit jeher so verhalten.«

»Ich habe … eine Verwandte«, erzählte Sharrow, »die in den letzten Jahren, hauptsächlich durch äußere Bedingungen, geistig ziemlich weitgehend wirr geworden ist.« Sie erwiderte Girmeyns Blick, schaute ins Dunkel seiner Augen. »Mir drängt sich der wenig beruhigende Eindruck auf, daß sie keinem Wort, das heute aus Ihrem Mund gekommen ist, widersprochen hätte.«

Mit betonter Langsamkeit hob Girmeyn die Schulter. »Trotzdem brauchen Sie sich meinetwegen keine Sorgen zu machen, Miss Demri«, beteuerte er. »Ich bin bloß ein kleiner Lokalpolitiker. Streng genommen bin ich eigentlich noch Student.« Er lächelte, ohne die Augen von Sharrow zu wenden. »Vor zwei Jahren bin ich gebeten worden, Referate zu halten. Im vergangenen Jahr hat man angefangen, mich mit ›Professor‹ anzureden, und manche Leute … nun ja, überall auf Nachtels Geist … laden mich sogar zu sich ein, um sich beraten zu lassen.« Unverwandt lächelte er. »Aber in Wahrheit bin ich noch Student. Hauptsächlich widme ich mich dem Lernen.«

»Und nächstes Jahr im ganzen Sonnensystem?«

Erst wirkte Girmeyn verdutzt, dann schenkte er ihr abermals ein breites, überwältigend charmantes Lächeln. »Mindestens.« Er lachte.

Unwillkürlich mußte Sharrow auch lachen, ohne daß sie den Blick von ihm hätte wenden können.

Er schaute nicht beiseite. Und sie sah ihn an, obwohl es ihr schien, als müßte sie in seinen Augen versinken.

Irgendwann dachte sie daran, daß sie wohl lieber die Initiative ergreifen und den Blickkontakt beenden sollte, weil sie sonst vielleicht den gesamten restlichen Tag hindurch so hier säßen. In diesem Moment trat wieder der ältere Mann in Weiß näher. Er verharrte neben dem Tisch und hüstelte.

»Ja?« fragte Girmeyn, lachte kurz, als er seine Aufmerksamkeit auf den Leibwächter richtete.

»Entschuldigen Sie, Sir«, sagte der Mann, den Blick auf Sharrow geheftet. »Ich muß Sie an das Essen heute abend erinnern. Der U-Express steht bereit.«

Girmeyn wirkte aufrichtig verdrossen. Er zeigte Sharrow die leeren Handteller vor. »Leider muß ich nun fort, Miss Demri. Kann ich Sie dazu überreden, mich zu begleiten? Oder hier auf mich zu warten? Ich würde gern ausgiebiger mit Ihnen diskutieren.«

»Ich halte es für am besten, wenn ich mich verabschiede«, entgegnete Sharrow. »Ich muß Nachtels Geist in Kürze verlassen.« Eine Stimme in ihr schrie: *Ja! Ja! Sag ja, du Idiotin!* Doch sie hörte nicht hin.

Girmeyn seufzte. »Das ist Pech«, meinte er und stand auf. Sharrow erhob sich gleichfalls. Sie schüttelten sich die Hand. Girmeyn drückte Sharrows Hand länger als üblich. »Ich hoffe«, bekannte er, »wir sehen uns einmal wieder.«

»Ich auch«, antwortete Sharrow, ohne ihre Hand zurückzuziehen, und lächelte. »Ich weiß nicht, warum ich das sage«, fügte sie hinzu und spürte, wie sich ihr dabei Gesicht, Hals und Brustkorb erhitzten, »aber Sie sind der außergewöhnlichste Mensch, dem ich je begegnet bin.«

Girmeyn prustete unterdrückt und senkte schließlich den Blick. Sharrow ließ seine Hand los, und er legte die Hände auf den Rücken. Dann sah er Sharrow wieder ins Gesicht. »Seit zehn Jahren sind Sie die erste Person, die mich dahin bringt, daß ich rot werde.« Formell verbeugte er sich. »Bis zum nächstenmal, Miss Demri«, sagte er.

Sharrow nickte. »Bis zum nächstenmal.«

Er machte Anstalten, sich umzudrehen, verhielt jedoch plötzlich. »Ach ja, die Daten können Sie haben.«

»Dankeschön.«

Er wandte sich ab und tat ein paar Schritte. Dann blieb er ein zweites Mal stehen. Er kehrte sich um, die Hände nach wie vor auf dem Rücken, und schaute Sharrow nochmals an. »Warum sind Sie *wirklich* gekommen, Miss Demri?« fragte er.

Sharrow hob die Schultern. »Mir ging etwas einfach nicht aus dem Kopf«, lautete ihre Antwort.

Girmeyn dachte darüber nach, schüttelte knapp den Kopf und verließ den Raum, gefolgt von seinen Mitarbeitern und Funktionären, durch eine hinter den Tischen befindliche Tür.

Eine Zeitlang stand Sharrow noch da, versuchte ihre Gefühle auszuloten. Endlich kam der ältere Leibwächter, übergab ihr einen Datenchip, das Magazin sowie das einzelne Projektil der HandBalliste; danach führte er sie zum Ausgang. Während Sharrow in Richtung Korridor schritt, blickte sie ein letztes Mal in die stille

Glitzerhöhle hinter den Fensterscheiben des Rundgangs hinab.

Für die Dauer einiger Minuten hatte sie die Höhle völlig vergessen gehabt.

Sharrow nahm den nächsten U-Express nach Halden City; sie saß mit breitem Grinsen auf dem Gesicht im Zug, erfüllt von dem sonderbaren, aber erregenden Gefühl, eben etwas höchst Bedeutsames erlebt zu haben, dessen Sinn sie vorerst nicht erkannte, dessen Wichtigkeit für sie aber noch wuchs. Es forderte ihr einen entschiedenen Willensakt ab, den ihr ausgehändigten Datenchip mittels ihres Armbandmonitors in Augenschein zu nehmen.

Die Akten verhalfen ihr zu keinerlei Klarheit. Falls es mit der Klinik, in der sie damals behandelt worden war, dem dortigen Personal oder den medizinischen Methoden irgend etwas Ungewöhnliches auf sich gehabt hatte, ließ es sich anhand der Unterlagen jedenfalls nicht feststellen. Die Zeche Erster Spatenstich war schlichtweg einer von vielen Bergwerksbetrieben gewesen, die irgendeinem anonymen Konzern gehörten, der die Schachtanlagen und verbliebenen Flöze kleineren Kooperativen, Kombinaten und Unternehmern zur Verwertung vermietete.

Zu guter Letzt ließ Sharrow den Chip einfach Chip sein und saß nur noch ruhig an ihrem Platz, dachte an die riesige Höhle und ihre geheimnisvollen, während vergangener Zeiten umkrusteten Maschinen; die dunkle, tiefgelegene Kaverne, in der sie standen, schien in ihr widerzuklingen wie ein ehrfurchtgebietender Akkord.

Noch am selben Abend holte Sharrow ihre ausschließlich weibliche Charterraumer-Crew aus einem ausschließlich männlichen Sex-Show-Bumslokal und flog nach Golter.

»Hallo, Liebchen, ich will mal schnell deine Nachricht beantworten. Wir waren platt, als wir diese Neuigkeiten hörten. Inzwischen haben wir über die Agentur Bastion einige Nachforschungen angestellt und dabei so gut wie nichts herausgefunden. Anscheinend ist sie völlig neu im Geschäft, es gibt keine Informationen über vorangegangene Aufträge oder Kontrakte … nichts. Sie kann die vorteilhaftesten Empfehlungen vorweisen, die du je gesehen hast, aber es läßt sich überhaupt nichts daraus ableiten. Gerüchten zufolge soll von ihr für den Buch-Kontrakt 'ne freie Ausschreibung vorliegen, auf die die anderen Agenturen sofort angesprungen sein sollen, aber Konkretes war nicht zu erfahren. Die Agentur hat keinen festen Sitz, und es ist unbekannt, wer für sie arbeitet. Wieso die gräßlichen Zwillinge, denen du das erste Mal im Öltanker begegnet bist, für sie tätig sind, können wir nicht klären. Wir wissen keinen Grund, warum du die Traurigen Brüder *nicht* einfach fragen solltest, weshalb sie ausgerechnet diese Agentur beauftragt haben, wie du's vorschlägst, nur habe ich das Gefühl, damit kommst du nicht weit. Die Sache ist von vorn bis hinten oberfaul. Ganz typisch fürs Seehaus, wenn du mich fragst …

Von diesem Girmeyn und dem Institut der Nation hat keiner von uns bisher je irgend was gehört. Die öffentlich zugänglichen Informationen machen 'n völlig harmlosen Eindruck. Ich habe eine juristische Prüfung angeleiert, aber bis jetzt ist sie so öde wie 'ne Milchbar …

Zu diesem Info-Chip, den du erhalten hast. Wenn die Daten so stark komprimiert und unsortiert sind, wissen wir nur einen Ausweg, nämlich Sichtung durch 'ne KI. Also miete eine oder laß dir von deinem Vetter 'n Gefallen tun. Allerdings müßtest du dann verraten, was du suchst, und das könnte unklug sein. Aber das hast du dir vermutlich schon selber gedacht …

Es tut mir leid, daß wir dir so wenig behilflich sein

können. Ähm ... Uns geht's allen gut. Es sieht so aus, als ob sich momentan keine Mönche in unserer Nähe herumtreiben. Wir sehen uns am vereinbarten Treffpunkt. Ich soll dir von allen die herzlichsten Grüße ausrichten. Naja, außer von Cenuij vielleicht ... O je, Scheiße ...«

Verlegen verzog Zefla die Miene, dann schüttelte sie den Kopf.

»Ich bin wirklich Spitze, was Takt betrifft. Ach, was soll's? Ich wünsche dir 'n guten Flug. Bis später, Liebchen.«

Zeflas Abbild im Holo-Monitor verblaßte. Sharow merkte, daß sie sich, während sie sich die Funkübermittlung ansah, ein wenig zusammengekrampft hatte; sie löste die Hände von den Armlehnen, ließ sich im Sessel leicht emporschweben.

Ringsum glommen schwach die Kontroll- und Datensystem-Monitoren des Charterraumers *Fliegender Teppich.* Ebenso wie im Rest des Raumschiffs herrschte auf der Brücke gegenwärtig ungewöhnliche Stille. Kurz zuvor hatte es die Hälfte der Entfernung nach Golter überschritten und blieb jetzt für mehrere Stunden in freiem Fall, bevor es zwecks Einleitung der Bremsphase die Triebwerke reaktivieren mußte. Außerdem trug zu der relativen Ruhe an Bord die Tatsache bei, daß die Zweifrauenbesatzung, die sich am liebsten mit krachlauter Industro-Krawallmusik berieselte, in den Kojen in festem Schlaf lag.

Für eine Weile starrte Sharrow in die irrealen grauen Tiefen des Holo-Monitors; schließlich seufzte sie.

»Bordcomputer?«

»Zu Diensten, Klientin Lady Sharrow«, säuselte der Computer.

»*Du* bist keine KI, oder?«

»Ich bin keine Künstliche Intelligenz. Ich bin ein semi-intelli ...«

»Schon recht. Gut, vielen Dank. Ich bin fertig.«

Dritter Teil

TROPHÄE EINES ALTEN ZWISTS

17

Landpartie

Lauer Regen fiel auf Ikueshleng. Der private Charterraumer *Fliegender Teppich* senkte sich durch die Dunkelheit des Jonolrey-Randgebiets dem fünfzig Kilometer durchmessenden Helligkeitskegel des Sonnenscheins entgegen, der überm Raumhafen strahlte. Das Raumschiff durchstach den Nieselregendunst der Umgebung, der in seidenmattem Rot glänzende Rumpf zog in der düsteren Luft erst einen Dampfschweif hinter sich her, und anschließend, sobald es in das Sonnenlicht einflog, das durch die Kumulusschicht von den Orbitalreflektoren auf die Enklave herabgloste, eine Schliere wäßrig-glitzrigen Goldschimmers.

Stoßweise schossen Gaswolken aus dem Raumflugkörper, während er beim Hinunterschweben Adjustierungsmanöver vollführte und stämmige Landebeine ausfuhr. Er setzte auf dem Flugfeld auf und fuhr eine Betonpiste entlang bis zum Rand des Raumhafens. Dort bremste er und drehte, rollte auf das langsame Blinken eines Hologramms zu, das unablässig abwärtswandernde, waagerechte Linien in Rot und Grün zeigte, die erst zum Stillstand kamen, als er am genauen Mittelpunkt des Holos parkte.

Das Betonquadrat unter dem Raumschiff senkte sich gemächlich ab und beförderte es in die Tiefe unter dem Landeplatz.

»Verdammt«, sagte Tenel, als ihr Blick auf den Monitor neben der Schleusenpforte fiel. »Zollkontrolle.«

Sharrow schaute gleichfalls auf den Monitor. In dem

Hangar, in den der Lift das Raumschiff hinabgesenkt hatte, stand müde ein Raumhafeninspektor im Dienstoverall, in der Hand ein Klemmbrett.

»Ach Mensch, was für 'n penetranter Penetrator«, maulte Choss. »Ich denk ja gar nicht dran, für so 'n Gesöff Zoll zu zahlen.« Sie kramte Flaschen mit Entraxrln-Alkoholika aus ihrer Reisetasche und stellte sie neben der Schleuse im Korridor ab.

Sharrow sah den Inspektor im Hangar gähnen und dann in sein Klemmbrett sprechen; seine Stimme drang aus dem Wandmonitor. »Hallo, Insassinnen des Raumschiffs *Fliegender Teppich*«, sagte er. »Transportstandard- und Zollkontrolle. Bitte halten Sie die Schiffsdokumente und das Gepäck zur Inspektion bereit.«

»Ja, ja«, rief Tenel, den Finger auf die Komunikationstaste gedrückt. »Wir sind schon unterwegs.«

»Bitte verlassen Sie das Raumschiff einzeln«, verlangte der Inspektor in einem Tonfall, der Langeweile bezeugte. »Zuerst die Besatzungsmitglieder.«

Tenel entnahm einem in den Monitor integrierten Ausgabefach einen Datenchip, schüttelte den Kopf und betrat die Schleuse; die Außenpforte öffnete sich. Die Schleuse bestand aus einem standardisierten, eintürigen Rotationszylinder, dessen Konstruktion bedingte, daß Außen- und Innendurchstieg nie beide gleichzeitig zugänglich sein konnten. Die Außenpforte schloß sich, und man hörte den Zylinder mit der Tür gemeinsam rotieren.

Sharrow und Choss beobachteten, daß der Inspektor Tenel zunickte, sobald sie die nach außen geklappte Schleusenrampe verließ; er nahm den Datenchip, schob ihn in einen Scannerschlitz des Klemmbretts, inspizierte danach ihre Reisetasche und bewegte das Klemmbrett mehrere Male an Tenel auf und ab. Zum Schluß tippte er dem Klemmbrett etwas ein. »Die nächste Insassin«, sagte er.

»Mann, was 'n Scheiß«, murrte Choss halblaut. Mit

dem Mund gab sie ein furzähnliches Prusten von sich und schlüpfte in die Schleuse. Sharrow besah sich die HandBalliste und versuchte sich daran zu erinnern, ob Ikueshleng bei Einfuhr von Waffen die Vorlage einer Lizenz vorschrieb. Es fiel ihr nicht ein, doch andererseits lautete ihre Einschätzung, daß es wohl keine gute Idee wäre, die hier bei der Gepäckaufbewahrungsfirma deponierte Waffe abzuholen. Sie zuckte die Achseln. Etwas Schlimmeres, als daß die Waffe konfisziert wurde, konnte nicht passieren. Sie steckte sie in die Handtasche zurück.

»Die nächste Person bitte«, ertönte die Männerstimme aus dem Wandmonitor. Die innere Schleusenpforte glitt auf; Sharrow ging in die Schleusenkammer. Der Zylinder drehte sich durch einen halben Kreis und hielt an.

Sharrow war in der Kammer gefangen, die nur einen Meter Durchmesser hatte. Sie betätigte an der Kontrolltafel Tasten. Ohne Ergebnis. Sie zerrte die Pistole aus der Handtasche, hängte sich die Tasche um den Hals und duckte sich nieder.

Ihr war, als ob sie etwas hörte; im folgenden Augenblick setzte sich die zylinderförmige Schleusenkammer ganz langsam wieder in Bewegung. Am Rande der Türöffnung kam die Innenseite des Raumschiffsrumpfs in Sicht. In diesem Moment stoppte der Zylinder zum zweitenmal. Mit der Waffe zielte Sharrow auf den Türrand.

Plötzlich drehte sich die Schleusenkammer mit einem Ruck weiter, ein zehn Zentimeter breiter Spalt zur Außenwelt klaffte. Sharrow erspähte einen senkrechten Ausschnitt leeren Hangarraums.

Die Gasgranate flog vom Oberende des Türspalts herein, prallte rechterhand Sharrows auf den Fußboden, unmittelbar bevor der Zylinder zurückrotierte und sie in der Schleuse gefangensetzte.

Gepackt von Entsetzen, gelähmt bis zur Handlungsunfähigkeit, starrte Sharrow die Granate an, die über den Boden rollte.

Für einen Augenblick war sie wieder fünf Jahre alt.

Lauer Regen fiel auf Ikueshleng. Raumschiffe trafen ein und starteten ins All. Sie flogen auf Tragflächen an oder verließen sich dabei auf ihre Rumpfform, oder sie landeten unter Düsengeheul im abwärtigen Senkrechtflug. Anderes gelegentliches Röhren stammte vom Start dieser und jener Raumfahrzeuge, während ab und zu ein nahezu unterschwelliges Pulsieren, ein anschließendes gewaltiges Brausen und dann der ferne Zündungsknall eines Raketenantriebs anzeigten, daß eine Induktionsröhre einen Raumflugkörper durch die Atmosphäre emporschleuderte.

Nahe einer der Seiten des künstlich geschaffenen Plateaus, auf dem man den Raumhafen betrieb, führte aus hellerleuchteten unterirdischen Anlagen ein langer Streifen Beton, eine flache Auffahrt, ins umliegende Gelände. Aus den Tiefgeschossen des Raumflughafens walzte auf vier drei Meter hohen Rädern ein hohes, kastenartiges Gefährt auf den regennassen Vorplatz; ihm angekoppelt, folgte dem Fahrzeug ein zweites Vehikel derselben Bauart ins Geniesel, dahinter ein drittes und ein weiteres, und es kamen noch mehr.

Noch ehe die letzten Anhänger ins Freie auf den betonierten Vorplatz rumpelten, schickte der zwanzig Wagen lange Kombipendler sich an, eine Wendung zu vollziehen. Die Vorderräder der Zugmaschine fuhren durch Pfützen auf dem Betonboden, Wogen schwallten aus den Vertiefungen. Das schmutzige Wasser floß zurück in die Mulden, sobald die Räder weiterrollten, aber die nächsten, übernächsten und nachfolgenden Reifen preßten und spritzten es wiederholte Male erneut beiseite, während das Gespann beschleunigte und die Räder der angehängten Wagen genau die Spur ihrer Vorgänger einhielten.

Der Multitransporter erreichte am Rande der Betonfläche einen Abschnitt, wo ein Tor in Ikueshlengs Grundstücksumzäunung Zugang ins karge Strauchland der Umgebung gewährte. An der Ausfahrt war ein steiles Gefälle von mindestens zwei Metern zu überwinden, doch die Zugmaschine verringerte das Tempo nicht. Ihr Bug beschrieb einen eleganten Bogen durch die Luft, während er sich dem feuchten Erdreich entgegensenkte, die Kupplung, die sie mit dem zweiten Wagen verband, starr einrastete, um einen Teil ihres Gewichts mitzutragen. Sobald die Räder aufsetzten, trug die Zugmaschine ihr Gewicht wieder selbst, und die übrigen Wagen folgten über die Böschung nach, jeder von ihnen holperte sie im Rahmen eines kontinuierlichen Bewegungsablaufs sanft hinunter, der die gesamte Zweihundertmeterlänge der Segmente durchlief, als wechselte eine Schlange von einem auf einen anderen Ast. Durch feine Regenschleier rumorte der Multitransporter auf einen trüben, einen Kilometer entfernten Landstrich zu, in dessen Gegend die künstliche Helligkeit des Raumhafens an die Frühdämmerung eines bewölkten Tropenmorgens grenzte.

Sharrow sah zu, wie sich auf der Fensterscheibe, die die mit Plastik überzogenen Gitterstäbe ihrer Zelle gegen Außeneinflüsse schützte, Regen sammelte. Indem die Geschwindigkeit der Fahrzeuge zunahm, dehnten sich die Tropfen zu schrägen Rinnsalen. Außerhalb der dicken Scheibe und des Sickerwassers erstreckte sich eine ebene Landschaft, in der kümmerliche Sträucher und büschelweise Geißelgras wuchsen, die wirkten, als könnten sie die Befeuchtung gebrauchen. Sharrow warf einen Blick auf den Zettel, den ihr der Wärter durch die Essenklappe der Zelle hatte zukommen lassen.

Wir haben gehört, daß Du auch an Bord bist. Die Tribunalspolizei hat uns in Stager verhaftet, mit dem unsinnigen Vorwurf, wir hätten Invigilatoren ermordet. Nächster Halt ist wohl Yadayeypon. Wer hat dich gekascht? Gruß und Kuß, Miz und das Team.

Sharrow hatte nichts zum Schreiben. Sie zerknüllte den Zettel in der Faust. Draußen verschwand das reklektierte Sonnenlicht, als wäre es ausgeschaltet worden. Die Wagen brummten durch die Düsternis.

Die Kopfgeldjäger, die Sharrow geschnappt hatten, waren ein Mutter-Sohn-Duo; der Sohn hatte früher bei Ikueshlengs Raumhafenbehörde gearbeitet und hatte Beziehungen zum Raumflughafen Halden Citys. Die Huhsz hatten den Tip, daß Sharrow unter dem Namen Ysul Demri reiste, einer Datenbank eingespeist, durch die Sicherheitsdienstfirmen, Lizenz-Assassinen, hauptberufliche Leibwächter und professionelle Kopfgeldjäger sich informierten. Zu ermitteln, welches Raumschiff sie benutzte, und sich eine Zollinspektorenuniform zu besorgen, war bestimmt relativ leicht gewesen.

Der Multitransporter, mit dem man Sharrow beförderte, war eines aus einer ganzen Reihe vom Globalen Tribunal genehmigter, sogenannter Kombinierter Gefahrengut- und Häftlingsverfrachtungspendler, die man allerdings im allgemeinen nur kurz als Kombipendler bezeichnete. Dieser Multitransporter namens *Gelernte Lektion* verkehrte mit Gütern und Personen, mit denen die Fluggesellschaften, Eisenbahnbetreiber, Fernstraßenverwaltungen und Versicherungen sich lieber nicht abgaben, zwischen Ikueshleng und Yadayeypon.

Eigentümer des Kombipendlers *Gelernte Lektion* waren die Söhne der Kasteiung, eine Sekte der immer höheren Zahl weltlicher, selbstverstümmlerischer Körperschäden-Orden, offenbar ein Bestandteil einer neuen Modeerscheinung, die überall auf Golters um sich griff. Das Personal des Kombipendlers bestand durchweg aus Leuten, die sich freiwillig hatten taub und stumm machen lassen. Einige Wärter, die Sharrow gesehen hatte, waren noch rigoroser gegen sich selbst, denn ihnen war, unzweifelhaft auf eigenen Wunsch, der Mund zugenäht worden. Sharrow mutmaßte, daß sie sich ausschließlich intravenös oder per Schlauch durch die Nase ernährten.

Manche hatten zusätzlich ein Auge zugenäht, und einem Mann, seiner Kluft nach ein Höherrangiger, waren Mund und beide Augen chirurgisch verschlossen. Ein sehfähiges Personalmitglied mußte ihn durch den Kombipendler führen, und die Verständigung geschah einzig mittels der internen Zeichensprache der Sekte; dabei huschten die Finger des Mitteilenden über den Handrücken des Mitteilungsempfängers wie über eine fleischige Tastatur.

Ein Multitransporter. Sharrow fiel ein, Miz hatte erzählt, daß ihm aus einem Kombipendler Fracht geraubt worden war, allerdings auf Speyr, in einer Region, in der Banditen ihr Unwesen trieben. Hier auf Golter lauerte niemand einem vom Globalen Tribunal genehmigten Kombinierten Gefahrengut- und Häftlingsverfrachtungspendler auf, es sei denn, Selbstmörder oder Verrückte. Jetzt konnte nicht einmal Geis ihr noch aus der Patsche helfen.

Nach Tagesanbruch stattete der Kopfgeldjäger ihr in der vollständig gummigepolsterten Zelle einen Besuch ab. Aus der Nähe gesehen, entpuppte er sich als Individuum mit ungesundem Aussehen und teigigem Gesicht. Er verzog das Gesicht, während er umständlich auf einem Klappsitz an der Wand gegenüber von Sharrows Pritsche Platz nahm. Er hielt eine Stunnerpistole auf Sharrow gerichtet. Sie hockte, bekleidet mit dem *Gelernte-Lektion*-Häftlingsoverall, im Schneidersitz auf der Pritsche. Von dem Gas, das aus der gegen sie angewandten Granate geströmt war, hatte sie noch Kopfschmerzen.

»Ich möchte nur, daß Sie wissen, es besteht meinerseits überhaupt kein bißchen persönliche Abneigung«, erklärte der Mann, grinste matt. Er war mager, sorgfältig rasiert und vielleicht Ende zwanzig.

»Oh, danke«, antwortete Sharrow. Allerdings gab sie sich keinerlei Mühe, um ihre Stimme frei von Verbitterung zu halten.

»Ich weiß alles über Sie«, sagte der Mann und hustete. »Ich informiere mich über sie, so gut ich kann, und ich muß zugeben, irgendwie bewundere ich Sie in Wirklichkeit.«

»Da wird mir aber gleich wohler in der Haut«, behauptete Sharrow. »Wenn Sie mich verdammt so sehr bewundern, lassen Sie mich frei.«

Der Mann schüttelte den Kopf. »Ausgeschlossen«, erwiderte er. »Es steht zuviel auf 'm Spiel. Wir haben den Hushz schon mitgeteilt, daß Sie von uns erwischt worden sind, sie erwarten in Yadayeypon Ihre Übergabe. Bringen wir Sie ihnen nicht, dürften sie voraussichtlich *äußerst* verärgert sein.« Er grinste ein zweites Mal.

Sharrow musterte ihn, hob ein wenig den Kopf an. »Scheren Sie sich raus, Sie Kretin!«

»So sollten Sie mir nicht kommen, Lady«, entgegnete der Mann, und schnitt eine feindselige Miene. »Ich kann hier bleiben und reden, solang und soviel es mir in den Kram paßt.« Er fuchtelte mit dem Stunner. »Ich kann diese Pistole gegen Sie benutzen.« Kurz heftete er den Blick auf die Zellentür, ehe er Sharrow wieder anschaute. »Ich kann Sie noch einmal mit Gas betäuben. *Alles* was ich *will,* könnte ich mit Ihnen machen.«

»Versuchen Sie's nur, Sie blöder Sack«, sagte Sharrow.

Der Mann schnaubte und stand auf. »Tja, Sie sind eben 'ne stolze Aristo, hä?« Er streckte ihr die Hände entgegen; deren Haut war entzündet und voller Blasen. »Ich habe die Freibrief-Pässe in Händen gehabt, Lady, und mir angesehen. Ich weiß, warum Ihnen der Tod droht. Wenn man Sie abmurkst, und zwar langsam, hoffe ich, werde ich an Sie und Ihren Stolz denken.«

Sharrow runzelte die Stirn.

Der Kopfgeldjäger drückte einen Summer. Jemand öffnete die Tür. »Ich wünsche Ihnen eine lange, angenehme Fahrt nach Yadayeypon, *Lady*«, sagte der Kopfgeldjäger zum Abschied.

»Warten Sie«, rief Sharrow und hob die Hand.

Er kümmerte sich nicht darum. »Ihnen bleibt noch reichlich Zeit, um sich auszumalen, was die Huhsz mit Ihnen anstellen, wenn Sie in ihrer Gewalt sind.«

»Warten Sie!« wiederholte Sharrow, als er die Zelle verließ. Sie sprang von der Pritsche. »Haben Sie eben erwähnt, daß Sie ...?«

»Bis später«, sagte der Kopfgeldjäger, während der taubstumme Sohn der Kasteiung, der im Gang stand, die Zellentür schloß.

Den ganzen Tag lang rollte die *Gelernte Lektion* durch die Savanne der Chey-Nar-Halbinsel, nahm die alten Landstraßen zwischen den Gemüsefeldern in nördlicher Richtung. Gegen Abend hatte der Kombipendler das Vorgebirge der Cathrivacian-Berge erreicht, begann den ausgedehnten Umweg zur Umrundung der Berge, der jedoch den Vorteil bot, einen mit Wuchermaut belegten Paß meiden zu können, und durchfuhr die lichten Wälder Undalts und Unter-Tazdecttedys; für die Steigung zum Hochmardener Plateau erhöhte man das Fahrgestell der Wagen, so daß sie mit den Wannen einfach über die kleineren Bäume hinwegstreiften.

Am folgenden Morgen stoppte der Verkehr vor dem Schlagbaum zwischen Shruprov und Takandra, während der Kombipendler die Schranke überquerte, jedes Räderpaar darüber einzeln emporschwenkte und dahinter zum Weiterwalzen auf die Straße zurücksenkte.

Ein Fahrer in der Warteschlange – es fand sich stets wenigstens einer für derlei Irrsinn – entschloß sich zu dem Spaß, das Rotlicht zu überfahren und das Tempo so zu steigern, daß er eine Aussicht hatte, zwischen zwei Räderpaaren unter dem Multitransporter hindurchrasen zu können. Bei dieser Gelegenheit hatte der Fahrer ein Mißgeschick zu verzeichnen; sein Kleinauto schrammte gegen einen Reifen der *Gelernten Lektion*, geriet ins Schleudern, prallte von der Innenseite des nächstfolgenden Rads ab und schlingerte unter die Seitenkante des Kombipendlers; die Reifen der *Gelernten Lektion* walzten es nieder, zermalmten und plätteten es, bis es nur noch aus einem Schrottfladen von einem halben Meter Höhe bestand.

Der Kombipendler hielt nicht, verlangsamte nicht einmal; gegen derlei Vorfälle hatte sich der Orden mit juristisch erwirkten Idemnitäten abgesichert.

Inmitten eines stürmischen Wolkenbruchs setzte der Multitransporter nahe Ca-Blays an einer Furt über den Vounti und drehte nach Südwesten, schlug eine Route ein, die ihn über das Plateau nach Mar Scarp sowie die Niederungen und Täler des Kreises Marden bringen sollte, der an der Grenze zur Provinz Yadayeypon lag.

Man servierte Sharrow das Essen auf Brettchen oder Einmaltellern. Sie versuchte die Wärter zu überreden, ihr Schreibzeug zu beschaffen, jedoch ohne Erfolg; aus Nüssen, die zu einer Mahlzeit gehört hatten, fabrizierte sie ein wenig Tinte und krakelte mit einem abgebissenen Fingernagel ein paar Worte auf die Rückseite des ihr von Miz zugespielten Zettels, den sie anschließend kurz vor Ausgabe der Abendmahlzeit in die Essenklappe legte. Nach Ausgabe des Gerichts war er noch da. Sharrow betätigte den Summer, aber niemand kam. Sie sah sich jeden Winkel der Zelle haargenau an; ohne Hilfe von außen oder irgendwelches Werkzeug daraus zu entfliehen, war anscheinend unmöglich. Nicht einmal ein TV-Apparat war vorhanden. Sie verbrachte viel Zeit damit, einfach aus dem kleinen Fenster zu schauen.

Er hätte die Freibrief-Pässe in Händen gehalten, hatte der Kopfgeldjäger gesagt. Und er hatte krank gewirkt. Sharrow kannte die Symptome einer Strahlenerkrankung seit langem; sie zählten zu den ersten Informationen, die sie nach Eintritt in die Kosmoflottille der AntiFiskusUnion von den Militärärzten erhalten hatte.

Vor Jahrtausenden war es bei den herrschenden Klassen Mode gewesen, Morde durch Plutonium zu verüben – mit Schreibstiften, Ordensmedaillen und Kleidungsstücken als bevorzugten Objekten –, und jahrhundertelang hatte niemand, der irgendeine höhere Machtposition einnahm, je auf einen privaten Strahlungsmesser verzichten können; seitdem war diese Praxis allerdings längst (in dieser Reihenfolge) verpönt, verboten und aufgegeben worden, und nur wenige Großkonzerne, Regierungen und Aristokratenfamilien mit langem Gedächtnis berücksichtigten in dieser Hinsicht noch Vorsichtsmaßnahmen.

Sharrow, Miz oder eines der anderen Teammitglieder hatten nicht im entferntesten daran gedacht, die Huhsz könnten über die Tatsache, daß die Freibrief-Pässe verstrahlt worden waren, schlicht und einfach hinweggehen. Und Shallow war nie eingefallen, irgend jemand davor zu warnen.

Kein Wunder, daß die Hushz-Kommandos so schnell zu handeln imstande gewesen waren; sie hatten sich mit Dekontaminationsmaßnahmen gar nicht aufgehalten, sondern die Freibrief-Pässe bedenkenlos mit sich geführt, als wären sie noch in völlig normalem Zustand, die Ereignishorizont-Löcher, von denen energetische Strahlung ausging, jeden verseuchen lassen, der in die Nähe ihres geballten Erbes uralten Gifts gelangte.

Aber wieso hatte Geis nichts bemerkt? Allem Anschein nach hatte er bisher alles achtsam mitverfolgt, was geschehen war; warum war er darauf nicht aufmerksam geworden? Dieser Umstand blieb Sharrow unverständlich. Er mußte es doch gewußt haben …

Eigentlich jedoch war diese Sonderbarkeit unwesentlich. Gleichwie – die Vergangenheit holte Sharrow ein. Wieder hatte sie es geschafft. Sie hatte einmal den Strahlentod über Menschen gebracht – und jetzt wiederholte sie diese Scheußlichkeit, tat es acht Jahre nach der Selbstvernichtung der Chaoswaffe und der Teilannihilierung Lip Citys ein zweites Mal.

»Ich bin verflucht«, raunte sie bei dieser Erkenntnis; zu leise, glaubte sie – hoffte sie –, als daß die Mikrofone der Gummizelle es auffangen konnten.

Verflucht, dachte sie, schüttelte den Kopf und blickte abermals zum vergitterten Fensterchen hinaus, weigerte sich, den Augenblick der Wahrheit, der ihr vor acht Jahren in dem dämmrig-schummrigen Hotelzimmer widerfuhr, als Wonne für immer durch Schuldgefühle getrübt worden war, in der Erinnerung noch einmal zu erleben.

In Hochmarden, wo das Land überall in begrenzte Liegenschaften aufgeteilt und parzelliert war, es zahlreiche Örtchen und Dörfer gab, kam der Kombipendler langsamer voran, weil diese Ortschaften sowie etliche Güter und Enklaven, die Maut erhoben, ihn zu Umwegen zwangen.

Im Kreis Marden mußte die *Gelernte Lektion* andauernd Mauern überwinden. Waren die Mauern besonders hoch, schwangen die großen Räder unter Sharrows Zelle so hoch empor, daß sie ihr die Aussicht ins Freie versperrten.

Ringsum blieben Dörfer und Weiler zurück; Häuser sprenkelten die grünen Hügel wie weiße und bunte Tupfer. Zweimal folgte der Kombipendler dem Verlauf von Flüssen, rauschte und furchte sich durchs Flußbett, fuhr unter Brücken durch, walzte spritzend durch Untiefen und setzte, indem starr eingerastete Kupplungen die Wagen stützten, über tiefere Stellen hinweg.

Im Abendlicht rollte der Kombipendler an der Küste

der Scoddesee entlang, über kiesiges Geröllgelände und durch weites, freies Weideland, auf dem eine Vielfalt von Tieren, die dort ästen, vor ihm die Flucht ergriff, in Herden, unter Blöken und Meckern, mit Sprüngen und Hüpfern die Wiesenflächen floh. Während der Multitransporter an der Grundstücksmauer eines Gehöfts um die Ecke bog, sah Sharrow die Zugmaschine der *Gelernten Lektion* und erhaschte einen kurzen Blick auf mehrere braune Gestalten, die zwischen den beiden vorderen, riesigen Räderpaaren dahinrasten.

Sie hatte schon gehört, daß Tiere bisweilen stundenlang vor oder unter einem Kombipendler wegzurennen versuchten, bis die Kräfte sie verließen oder das Herz aussetzte, sie zusammenbrachen.

Sie schaute fort.

Als sie das nächste Mal aufstand, hatte der letzte Tag angefangen, den sie in dem Kombipendler zubringen sollte. In Fahrtrichtung kennzeichnete eine Aufreihung weißer Haufenwolken das Airthit-Gebirge; dahinter lag Yadayeypon. Während die *Gelernte Lektion* von neuem in höhere Gefilde vordrang, die Hügellandschaft des Kreises Marden und ihre urbaren Flächen zurückließ, dünnte der Baumbestand immer mehr aus. Mittlerweile hatte Sharrow es aufgegeben, ihrem SNA-Team durch die Wärter Kassiber zuspielen zu wollen; ebensowenig hatte je irgend jemand auf den Türsummer reagiert.

Sie beobachtete, daß immer weniger und zuletzt gar keine Bäume mehr zu sehen waren; sobald der Wind in der Höhe die Wolken zerzauste und zerwehte, enthüllte er in der Ferne spitze, hellweiße Berggipfel. In der Zelle sank die Lufttemperatur, und das Atmen fiel schwerer. Einige Zeit später war der Gebirgspaß überwunden, fuhr der Kombipendler hinab in andere Wälder. Die *Gelernte Lektion* hatte die Provinz Yadayeypon erreicht.

Sharrow kauerte in der infolge der steilen Serpentinen beträchtlich geschrägten Zelle, schluckte und gähnte gelegentlich, um ihre Ohren dem Luftdruck anzupassen, der wieder zunahm, und überlegte, wie sie ihren Freitod bewerkstelligen könnte.

Allerdings sah sie im Selbstmord kein Mittel, mit dem sie ihre Verfolger um den Triumph betrügen könnte; vielmehr empfand sie es als Kapitulation, sich umzubringen. Inzwischen glaubte sie an die alte Kriegerregel, die besagte, daß man, auch wenn alle Handlungsfreiheit und jede sonstige Alternative dahin waren, trotzdem noch die Möglichkeit hatte, durch einen tapferen Tod, egal wie mies man sich dabei fühlte, den Gegner zu beeindrucken. Auf alle Fälle war sie nicht mehr in dermaßen verzweifelter Stimmung gewesen, seit fünfzehn Jahre zuvor ihr InterplanetJabo hilflos auf Nachtels Geist zugetrudelt war; das Abenteuer indes hatte sie überstanden. Vielleicht nicht ohne Schaden, aber sie hatte überlebt.

In der Nacht hatte sie schlecht geschlafen, weil jede Umdrehung der riesigen Räder sie Yadayeypon näher beförderte, in ihrem Gemüt Furcht und Verzweiflung wuchsen. Wie sie es sich angewöhnt hatte, hockte sie im Schneidersitz auf der Pritsche und versuchte bei guter Laune zu bleiben, bis die Aussichtslosigkeit dieser Bemühungen einen bemitleidenswerten Charakter annahmen; danach weinte sie.

Nach einer Weile schlief sie, erschöpft und deprimiert, an die schräge Wand der Zelle hinter der Pritsche gelehnt, wieder ein.

Plötzlich erwachte sie und wagte nicht zu hoffen, daß Wirklichkeit sein könnte, was sie hörte. Eine Explosion erschütterte die Zelle, dröhnte Sharrow bis in die Zahnwurzeln. Binnen einer Sekunde durchlebte sie Furcht, hoffnungsfrohe Erregung und neue Furcht.

Ein Stoß warf sie von der Pritsche, auf allen vieren landete sie auf dem Boden. Sie hörte Schüsse. Die Zelle kippte, wurde kräftig durchgerüttelt, während der Wagen mit Gerassel eine Steigung nahm, warf Sharrow mit allem, was sich außer ihr darin befand, heftig umher. Sie hangelte sich an der schrägen Pritsche hinauf und klammerte sich ans Fenstergitter, versuchte zu erkennen, was draußen geschah.

Der lange Schatten des Multitransporters fiel an einem steilen, grasbewachsenen Abhang auf eine Baumreihe zu, während er anscheinend über staubtrockene Steinmauern hinwegwalzte und -donnerte. Auf einmal schoß unter der Zugmaschine eine Rauchfahne hervor, sauste über einen kleinen Acker und verursachte an einer Mauer eine Detonation, die Erde und Steine emporschleuderte. Ein Rattern erschütterte die Zelle und die Gitterstangen in Sharrows Fäusten, als ein Abschnitt des Kombipendlerschattens, fünf oder sechs Wagen weiter, schlagartig in einer Explosionswolke verschwand. Am einen Ende der Baumreihe blitzte etwas. Im vorderen Nachbarwagen wumste es laut, Trümmer hagelten umher, nochmals schüttelte es die Zelle durch. Aus den Bäumen kam ein leichter Panzer in Splintertarnung zum Vorschein, rasselte den Hang herunter auf die *Gelernte Lektion* zu. Vor ihm spritzten Granateinschläge Erde hoch empor.

Als nächstes erscholl ein fürchterliches Krachen hinter Sharrows Rücken, und sie erhielt flüchtig den Eindruck, daß der Schatten des Kombipendlers sich krümmte wie der Leib einer Schlange, dann feuerte der leichte Panzer erneut, und die Zelle kippte nochmals, drehte sich um Sharrow, warf sie umher wie einen Würfel im Becher.

Der Wagen überschlug sich sechsmal. Sharrow blieb die ganze Zeit hindurch bei Bewußtsein. Sie widerstand dem Drang, sich anzuklammern, ließ sich statt dessen erschlaffen und rundumschleudern – zusammen mit der Pritschenmatratze und dem Schlafsack, die ständig auf sie plumpsten – wie in einem Wäschetrockner.

Dabei fand sie sogar Gelegenheit zu der Erkenntnis, daß in einer solchen Situation eine Gummizelle durchaus etwas für sich hatte, und merkte es jedesmal, wenn die Räder des Multitransporters, weil das Rumsen sich dann etwas anders anfühlte, auf den Untergrund schlugen.

Schließlich endete die Bewegung. Für einen Augenblick war Sharrow gewichtslos, ehe sie auf die gepolsterte Zellentür stürzte und sich die linke Schulter prellte.

Auch diesmal fielen Matratze und Schlafsack genau auf sie.

Ein weiteres Mal wuchtete die Druckwelle einer Detonation durch den gesamten Wagen.

Danach herrschte anhaltende Stille.

Mühselig rappelte Sharrow sich auf, rieb sich die Schulter und betastete den Kopf nach Prellungen oder Blut. Gleich darauf peitschten in einigem Abstand wieder Schüsse.

Sie versuchte die Pritsche zu erklettern, fand dafür jedoch keinen ausreichenden Halt. Mit einem Hochsprung ergrapschte die das Fenstergitter und zog sich daran hinauf, ohne die Beschwerden in ihrer Schulter zu beachten, aber konnte nichts anderes als dunkelblauen Abendhimmel sehen. Sie ließ sich auf den schiefen Boden zurückfallen, zu dem die an den Gang grenzende Wand geworden war, in der sich die Zellentür befand. Abermals knallten Schüsse. Das Gefecht zog sich noch eine Weile lang hin; einige Male erbebte der Wagen wieder unter der Wucht von Explosionen.

Sharrow versuchte es noch einmal mit dem Türsummer, doch offenbar funktionierte er nicht mehr.

Nach einiger Zeit hörte sie außerhalb der Zelle Regungen; das Türschloß surrte. Sharrow entfernte sich von der Tür. Stimmen ertönten.

»Aufsprengen«, befahl ein Mann.

Sharrow suchte Deckung unter der Pritschenmatratze und steckte die Finger in die Ohren. Die Detonation hallte überlaut durch die Zelle und verursachte Sharrow Ohrensausen.

Als sie den Blick hob, sah sie nur grauen Dunst. Die Zellentür war verschwunden. Wegen des beißenden Qualms, den die Sprengung hinterlassen hatte, mußte Sharrow husten. Wo die Tür gewesen war, erschienen der Lauf einer Waffe und ein Gesicht.

Der Mann hatte einen in Lila und Grün mit psychedelischen Mustern bemalten, mit Zusatzpanzerung verstärkten Helm auf dem Kopf. Auf den Augen trug er ein mattschwarzes Spektralsichtgerät, und auf seine Stirn war eine kleine Zielscheibe mit einem Pfeil gepinselt, ergänzt um den Hinweis HIER HINZIELEN. Reichlich verdutzt musterte er Sharrow.

»Kennen wir uns nicht?« fragte er.

Sharrow hustete, dann lachte sie. »Ich habe mich schon gefragt, wer wohl so verdreht ist, einen Kombipendler zu überfallen.«

Ein zweiter Mann gesellte sich zu ihr. Er hatte ein dunkles Mondgesicht und lediglich ein hellgelbes Stirnband um den Kopf gebunden, auf dem mit etwas, das nach geronnenem Blut aussah, das Wort WIRKLICHKEIT geschrieben stand.

Sharrow winkte. »Höflichkeit«, sagte sie.

»Ja, Höflichkeit«, antwortete Elson Roa und nickte.

Bis in den Spätnachmittag blieb die Luft feuchtschwül; sie befanden sich in den Tropen und in knapp fünfhundert Metern Höhe, allerdings sorgten die Winde, die zumeist von den Gletschern in der Mitte des Kontinents herabwehten, für gemäßigte Temperaturen.

Sharrow stand auf der Seite eines umgekippten Zellenwagens der *Gelernten Lektion;* ein zweiter Wagen lag auf dem Dach. Der dünne Häftlingsoverall flatterte in der warmen Brise, und Sharrow fühlte die Luft über ihren Kahlkopf streichen. Sie lächelte vor sich hin, während sie sich ringsum umschaute, Thrial hinter der Bergkette im Westen versinken sah.

Die Segmente des zertrümmerten Multitransporters lagen auf dem Grund eines trockenen, von steilen Abhängen gesäumten Tals verstreut wie Teile eines Spielzeugs, das ein Kind bei einem Wutausbruch durcheinandergeworfen hatte. Mehrere Wagen waren aufs Dach gestürzt, ihre Fahrgestelle ragten ungeschützt empor, die Räder wiesen nachgerade mitleiderregend an den mit Wölkchen getüpfelten Himmel. Rauch und Dampf trieben im Wind durchs Tal.

Überall kletterten Solipsisten in bunten Trachten auf dem zerschmetterten Riesenstrang herum, als der die *Gelernte Lektion* geendet hatte. Beiderseits der Talsohle standen zwei leichte Panzer und fünf Halbkettenfahrzeuge, die Motoren in geräuschvollem Leerlauf, auf den grasbewachsenen Hängen.

Zudem kauerte ein Haufen fassungsloser Söhne der Kasteiung im Gras, die Hände im Nacken, bewacht von zwei Solipsisten, die bis auf ihre Körperbemalung nackt waren; in der Nähe der Wagen, aus denen noch fortgesetzt Qualm drang, lagen Leichen.

Aus einem zerbrochenen Fenster erschien Roas Kopf. Sharrow bückte sich und half ihm heraus. Er hatte ihre Handtasche und einen kleinen Aktenkoffer dabei.

»Das ist Ihre«, sagte er, übergab ihr die Handtasche.

»Danke«, antwortete Sharrow, schlang sich das Täschchen um.

Roa und der andere Solipsist, die Sharrow gemeinsam aus der Zelle befreit hatten, standen einen Moment lang da und betrachteten die Umgebung; schließlich zuckte Roa die Achseln.

»Gehen wir«, meinte er.

Am Fahrgestell kletterten sie den Wagen hinab. Ringsum schwankten jetzt Leute in farbenfroher Kleidung und mit Körperbemalung, schwer mit Beute beladen, vom Wrack des Kombipendlers zu den Fahrzeugen.

Sharrow folgte Roa, der gebückt einen aufwärtsgekrümmten Verbindungsgang zwischen zwei Wagen unterquerte, auf die andere Seite des Wracks, wo ein großes, offenes Halbkettenfahrzeug stand; an einem dünnen Mast kreiste über dem Fahrzeug eine Radarantenne. Während sich Sharrow näherte, grinste vom Heck ein Gesicht mit blondem Schopf herab.

»Ja, Liebchen«, rief Zefla, »jetzt glaube ich dir die Geschichte mit den Solipsisten.«

»He, Mädchen«, johlte Miz und drehte sich um.

»Sind das Ihre Phantome?« erkundigte sich Roa, schwang sich hinter Sharrow ins Halbkettenfahrzeug. Sharrow umarmte Zefla. Auch die Teamkameraden waren in dunkle Häftlingsoveralls gekleidet. Miz warf Sharrow eine Kußhand zu. Cenuij schnalzte mit der Zunge, tupfte sich eine Stirnwunde mit einem Taschentuch ab. Dloan saß nur breit da und grinste Sharrow zu.

Keteo, der Fahrer, der sie und Roa vor einem Monat nach Aïs City kutschiert hatte, hockte auf dem Fahrersitz, die Fäuste am Lenkrad. Er wandte sich um, sah Sharrow und stieß unter seinem magentarot und weiß gestrichenen Stahlhelm ein langgezogenes Summen aus. Er trug eine grellrosa Uniformjacke. Links neben Keteo saß ein bis auf ein Barett nackter, allerdings am ganzen Körper bemalter Solipsist mit einem Mikrofon in der Hand.

»Jawohl«, gab Sharrow, die Arme noch um Zefla geschlungen, zur Antwort. »Das sind meine Phantome.«

»Oh, danke«, grummelte Cenuij.

»Dann nehmen wir sie auch mit«, entschied Roa, die Stirn gerunzelt.

Keteo drehte sich ein zweites Mal um, wirkte plötzlich verärgert.

»Molgarin hat nichts davon gesagt«, setzte er zu einer Widerrede an, »daß …«

Roa drosch ihm auf den Stahlhelm. »Fahr endlich!« befahl er.

Miz erhob sich von der Sitzbank des Halbkettenfahrzeugs, um Sharrow ebenfalls zu umarmen, doch der Ruck, als es anfuhr und über den Grashang davonrumorte, warf ihn zurück auf seinen Platz. Auch Sharrow und Zefla sackten rücklings auf die Sitzbank und lachten. Roa klammerte sich an die mit einem kleinen Holo-Monitor, zwei Maschinengewehren und einem ungeladenen, verrußten Raketenstartgerät ausgestattete Führungsschiene, die ringsum an der Innenwandung des Fahrzeugs entlang verlief.

Das Halbkettenfahrzeug rumpelte und holperte über den unebenen Untergrund, schaukelte durchs Tal auf eine Anzahl von Bäumen zu. Roa behielt den Holo-Monitor im Auge und tippte etwas später dem Solipsisten auf dem Beifahrersitz auf die Schulter.

»Gib allen durch, daß Flugzeuge kommen«, sagte er zu dem Mann, der auf dem Vordersitz tüchtig gerüttelt wurde.

»*Alles* aufgepaßt«, rief der Körperbemalte ins Mikrofon. Er stockte kurz. *»Beobachtet den Himmel!«* schrie er als nächstes, dann duckte er sich auf den Boden nieder, ließ das Mikrofon auf dem Sitz liegen.

Roa schüttelte den Kopf.

Ein in Violett und Lindgrün gekleideter Solipsist, der eine längliche, schwarze Kiste hinter sich herschleifte, rannte auf das Fahrzeug zu, winkte unablässig. Roa verpaßte Keteo nochmals einen Hieb auf den Helm. Das Halbkettenfahrzeug schlitterte, die Raupen schleuderten Erdreich in die Höhe; es hielt so roh an, daß sämtliche Insassen an ihren Sitzplätzen umherrutschten. »Uff!« ächzte Roa, als er gegen die Führungsschiene prallte. Er warf einen zornigen Blick auf Keteos behelmten Hinterkopf, dann griff er über die Bordwand und zerrte die lange, schwarze Kiste herein. Anschließend klopfte er erneut gegen Keteos Helm und verschaffte sich mit grimmigem Gesichtsausdruck eilends Halt, als das Halbkettenfahrzeug von neuem anrollte.

Sharrow umklammerte den Radarmast, der hinter der Sitzbank emporragte, und sah, als sie sich umblickte, die letzten Solipsisten vom Wrack des Multitransporters zu ihren Fahrzeugen rennen und einsteigen. Die zwei leichten Panzer mit dem augenschädlichen Tarnmuster waren schon losgefahren, hatten sich Roas Halbkettenfahrzeug angeschlossen.

»Ist mit dir alles okay?« rief Miz durch das Motorengebrumm Sharrow zu.

»Ja«, beteuerte sie.

In der Luft brauste ein Flugzeug heran. Unwillkürlich zog Sharrow den Kopf ein. Man sah die schlanke, graue Maschine hinter den vom Sonnenschein geröteten Hügel auf der rechten Seite des Tals verschwinden. In größerer Höhe folgten drei weitere Maschinen.

»Ach du liebe Scheiße«, kommentierte Cenuij.

Roa machte das Zwillings-MG feuerbereit.

Vom grasbewachsenen Hang rasselte das Halbkettenfahrzeug auf einen schmalen, von Radspuren zerfurchten Weg, der durch einen kleinen Wald führte. Allerdings wirbelte es unterwegs eine Staubwolke auf.

Wieder hörte man das Jaulen der Düsenflugzeuge, dann reihenweise dumpfes Wumsen. Aus dem Funkgerät des Halbkettenfahrzeugs drangen Quäk- und Quietschgeräusche.

Der Waldweg wurde steiler und nahm nach Überschreiten des Gipfelpunkts, wo er in einen felsigen Hohlweg überging, einen verschlungenen Verlauf. Keteo wich knapp, um höchstens einen Zentimeter, einem klotzigen Felsbrocken aus, der neben dem Weg lag, und das Fahrzeug geriet ins Schleudern, wäre fast an der Böschung umgekippt, doch er riß es zurück in Fahrtrichtung und gab wieder Gas.

Roa drehte sich um und spähte den Waldweg hinauf, dessen Scheitelpunkt soeben, gleichfalls inmitten einer Staubwolke, der vordere leichte Panzer überquerte. Dahinter ertönte eine Folge scharfer Detonationen. Keteo lenkte das Fahrzeug zur Seite auf einen Grasstreifen, um einen toten Vogel, der auf den Weg geplumpst war, nicht zu überfahren.

»Interessanter Fahrstil«, schrie Miz zu Sharrow herüber, nickte beifällig.

Cenuij schloß die Lider. »In dem beschissenen Kombipendler habe ich mich sicherer gefühlt.«

Hinter ihnen quoll Rauch über den Bäumen empor an den kräftig-blauen Himmel. Das Halbkettenfahrzeug verließ das Wäldchen und fuhr an einem weiten, durch Steinmauern parzellierten, zusätzlich von einem Bach, der aus einem kleineren Seitental zufloß, zweigeteilten Wiesental entlang. Bis zum Ende des Tals war es ungefähr einen halben Kilometer.

»O je, o je«, stöhnte Dloan, während er rückwärtsblickte.

Cenuij beäugte argwöhnisch die lange, schwarze Kiste zu Roas Füßen.

Roa streckte den Arm unter der Führungsschiene hindurch und angelte sich das Mikrofon vom Beifahrersitz. »Hallo, *Solo …*«, sagte er.

Ein enormes Röhren scholl herab. Sämtliche Fahrzeuginsassen duckten sich nieder. Sharrow sah den Jagdbomber über sie hinwegrasen. Roa warf das Mikrofon beiseite, sprang ans Zwillings-MG und schickte der binnen Sekunden schon weit entfernten Düsenmaschine ein paar Garben hinterdrein, besäte den hinteren Fahrzeugboden mit heißen Patronenhülsen.

»Wo sind die Raketen?« brüllte Roa.

»Unterm Sitz«, schrie Keteo.

Ein Pfeifen erfüllte die Luft. Sharrow sah Dloan an. Er hatte die Augen mit den Händen bedeckt.

Grell blitzte es hinter dem Halbkettenfahrzeug auf, und halb hörte, halb sah Sharrow, daß etwas neben dem Weg ins Gras fiel. Dann zerfetzte eine Explosion die längliche Motorhaube.

Im ersten Moment schien buchstäblich alles zum

Stillstand zu kommen. Scheinbar lautlos hagelten die Trümmerstücke des Fahrzeugbugs ringsherum herab, während der Rest in einem Aufstieben von Staub und kleinem Geröll durch den Lehm des Talwegs schrammte.

Sharrows Gehör kehrte nur langsam zurück. Als erstes gewahrte sie Ohrensausen. Gerade als das halbierte Halbkettenfahrzeug mit grobem Rucken stehenblieb, dröhnten mehrere weitere Explosionen durch die Wirrnis. Sharrow, die der Länge nach auf den Boden gestürzt war, raffte sich hoch; neben ihr stand Roa, der benommen wirkte, Blut im Gesicht hatte.

Überall wallte Rauch.

Vor Sharrow tauchte Miz auf, er half ihr beim Aufstehen, schrie ihr etwas zu. Dloan war Zefla dabei behilflich, vom Wrack zu klettern. Cenuij kauerte starr da, anscheinend völlig verdutzt, und blinzelte vor sich hin.

Im nächsten Moment stand Sharrow im Gras, torkelte ein wenig und fing zu laufen an. Sie dachte, sie hätte das Handtäschchen verloren, aber es hüpfte an ihrer Hüfte. Sie rannte, Miz neben sich, Dloan und Zefla nach. Oben auf dem Weg brannten die beiden leichten Panzer lichterloh, hell-orangerote Flammen loderten hervor, über denen Rauchsäulen sich himmelwärts türmten.

Wieder heulte über ihnen ein Jagdbomber vorüber. Rundum im Tal schossen Explosionswolken empor. Sharrow hielt den Kopf gesenkt, hörte Schrapnells durch die Luft zischen und ins Gras schlagen.

Sie hasteten auf die niedrige Steinmauer eines Tierpferchs längs des Baches zu. Dloan und Zefla schwangen sich über das Mäuerchen. Auch Cenuij überwand es mit einem Satz. Sharrow sprang hinüber, prallte dahinter ins Gras der runden Wiese. Sie lugte über die Mauerkrone in die Richtung des in Flammen aufgegangenen Halbkettenfahrzeugs. Miz half Keteo beim Schleppen eines langen, offenbar schweren Seesacks.

Sharrow wischte sich Schweiß aus den Augen und hob den Blick zum Himmel.

Über den Hügeln flog eine größere Maschine vor den durch die Sonne angestrahlten, rötlichen Wolken dahin. Aus dem Heck fiel eine Anzahl gleichfalls rot angeleuchteter Gestalten. Sie wurden dunkel, sobald sie in den Schatten der Berge gelangten, und Fallschirme entfalteten sich, bevor sie zwischen den Gipfeln verschwanden.

»Im Kombipendler war es eindeutig sicherer«, nörgelte Cenuij.

»Ausgezeichnete Reaktionszeit«, bemerkte Dloan halblaut.

»Kennst du sie?« fragte Zefla.

»Nein«, antwortete Dloan, während Miz und Keteo – letzterer humpelte stark, und auch sein Gesicht war blutig – den Seesack über die Mauer des Pferchs stemmten und dann auf ihm zusammensanken.

»Wen haben wir denn jetzt am Hals?« fragte Miz, atmete mühevoll.

»Gerade hab ich's gesagt«, erwiderte Dloan. »Kontraktmilitär. Identifizieren konnte ich sie nicht.«

»Wo ist Roa?« wollte Keteo wissen und tupfte sich Blut aus den Augen.

Über das Mäuerchen hinweg spähte Zefla hinüber zum Wrack des Halbkettenfahrzeugs. »Ich sehe ihn nirgends«, gab sie zur Antwort. Sie schaute Keteo an. »Was ist aus dem Funker geworden?« fragte sie.

Keteo schüttelte den Kopf. »Der ist hin«, teilte er mit, kniete nieder und spähte selbst über die Mauerkrone. Während Miz unaufhörlich nach oben und allen Seiten Ausschau hielt, knotete er den Seesack auf.

»Was hat uns eigentlich getroffen?« fragte Sharrow.

»Deckung!« schrie Miz. Beinahe augenblicklich heulte ein Jabo durchs Tal. Der Untergrund erbebte, aus der Ummauerung kollerten einzelne Steine. Das Grüppchen wartete, bis der Dreckhagel beendet war, ehe sie wieder über die Mauer zu spähen wagte. Zwanzig Meter weiter oben war ein Krater ins Bachbett gebombt worden; Wasser strömte in den von Rauch umwallten Trichter, aus dem Dampf aufzischte.

»Scheiße«, knurrte Cenuij, hielt sich das Bein.

»Was abgekriegt?« fragte Zefla, während sie zu ihm robbte.

Cenuij verzog das Gesicht. Er hob das Bein an, bewegte den Fußknöchel. »Ich werd's überleben.«

»Panzerortungssensoren …«, sagte Dloan; er verstummte, als er sah, daß Miz ein klobiges Gewehr aus dem Seesack zog. Keteo hockte sich zu ihm und entnahm dem Sack eine zweite derartige Schußwaffe. Mit großen Augen gesellte Dloan sich zu den beiden.

Sharrow schüttelte den Schmutz ab, mit dem sie behäuft worden war, machte das Handtäschchen auf und entdeckte darin die HandBalliste. Sie packte die Waffe und durchsuchte die Handtasche nach Reservemagazinen. Auch ihre Rothaarperücke befand sich darin, aber sie interessierte sie momentan nicht.

»Scheiße«, rief Cenuij, »da kommt der nächste.«

Der Düsenjäger jaulte heran, raste direkt auf die Gruppe zu. Miz legte das Gewehr an, versuchte zu schießen, aber ohne Erfolg. Sharrow fand das Magazin mit den Duopropellant-Projektilen, jedoch zu spät. Etwas trudelte von der Düsenmaschine herab. Sharrow feuerte trotzdem, während der Jagdbomber über ihre Deckung hinweg- und davonraste, die Waffe rumste in ihrer Faust. Man hörte den abgeworfenen Gegenstand durch die Luft herabpfeifen, unmittelbar bevor das Donnern des Jabos das Geräusch übertönte.

Sharrow preßte sich an den Erdboden. Einschläge donnerten durch Erde und Gras, in der Luft knatterte ein Geräusch wie von einer Million Knallfrösche. Was daraufhin umherschwirrte, hatte einen auffällig metallischen Klang. Sharrow hob als erste den Kopf. Bachabwärts krachten weitere Explosionen.

»Schlecht gezielt«, meinte neben ihr Dloan, während er ebenfalls ein schweres Gewehr zur Hand nahm. Er holte ein Magazin aus dem Seesack, dann ein zweites und drittes.

»Kanisterbomben«, sagte Cenuij und schluckte, während er beobachtete, wie talabwärts mehrere weitere Einschläge blitzten und knallten. »Sind die Dinger nicht *verboten*?«

Mißgelaunt hieb Keteo von der Seite auf seine Waffe ein und murmelte irgend etwas.

»Wenn jemand einen vom Globalen Tribunal lizensierten Kombipendler überfällt«, erklärte Zefla, »ist nichts mehr verboten.«

Sharrow schmiß das leere Magazin hinter sich und rammte das Magazin mit den Duopropellant-Projektilen in die HandBalliste. »Glaubt ihr, das Bombardement wird gleich eingestellt?« fragte sie, kramte in der Handtasche nach dem zweiten Magazin Raketengeschosse. »Die Fallschirmjäger müssen schon ziemlich nah sein.«

Miz untersuchte seine Knarre. »Wir könnten Glück haben«, lautete seine Antwort.

»Diese Munition hat ja ausnahmslos das falsche Kaliber«, konstatierte Dloan, während er im Seesack wühlte. Man merkte ihm Enttäuschung an.

»Da kommen noch zwei«, sagte Zefla, die talauf spähte.

Gegen die restliche, schwache Helligkeit der Abenddämmerung zeichneten sich zwei düstere, spitze Umrisse ab, schienen über den Hügeln zu schweben, obwohl sie stetig an Größe zunahmen.

»Wir hätten uns die Kiste greifen sollen«, behauptete Cenuij. »Diese schwarze Kiste. Das Globale Tribunal …«

»Die *Solo*!« schrie Keteo. Er deutete das Tal hinab.

Sharrow sah zwei Scheinwerfer. Sie leuchteten an Masten über etwas massigem Dunklen. Im nächsten

Moment glommen weitere Lichter, die finsteren Konturen erwiesen sich als ein großes Luftkissenfahrzeug, an dem man erst zwei und dann, als es kurz schlingerte, vier riesige Luftschrauben erkennen konnte.

Keteo johlte.

Dloan starrte dem LKF entgegen. »Wie sind Sie denn *damit* hier *herauf*gelangt?«

»Auf Flüssen«, antwortete Keteo in angeberischem Tonfall.

Sharrow lenkte den Blick zurück in die Richtung der beiden Flugzeuge, die sich herab und näher schwangen, jedes zog von den Tragflächenspitzen zwei dünne Kondensstreifen in der feuchten Abendluft hinterher. Miz versuchte die beiden Maschinen zu beschießen, aber auch sein Gewehr funktionierte nicht.

»Scheiße«, schalt er. »Dem Mistding fehlt der Akku …«

Dloan drehte sich um und legte das nutzlose Gewehr weg; während er die zwei Flugzeuge beobachtete, erschien eine dritte Maschine überm Tal und schwenkte auf den gleichen Anflugkurs ein. Er schüttelte den Kopf.

»Das ist«, entgegnete er leise, »jetzt auch egal.«

Die Maschinen kamen näher. Sharrow hielt die HandBalliste in beiden Fäusten feuerbereit. Unter jeder Tragfläche der Flugzeuge hingen zwei schwarze Behälter. Die Kanisterbomben lösten sich, fielen, trudelten durch die Luft auf den Pferch zu.

»Ach du Schande …«, hörte Sharrow Miz murmeln.

»Lebt wohl«, sagte Dloan leise.

Da verwandelten sich beide vorderen Jagdbomber in kirschrote Feuerbälle. Gleichzeitig verglommen die abgeworfenen Kanisterbomben in grellrosa Glut.

Das Licht war zu hell. Ohne zu verstehen, was geschah, schloß Sharrow die Augen. Dloan brüllte etwas, dann prallte er gegen Sharrow, sank auf sie, verdunkelte das Strahlen. Die Welt pulsierte und bebte, Stoßwellen wummerten in Sharrows schon von Ohrensausen malträtiertes Gehör.

Dloans Gewicht schwand von ihr, sie schlug die Augen auf; er hatte sich aufgerichtet, die Augen aufgerissen, der Mund stand ihm offen.

»Dloan!« schrie Sharrow. »In Deckung!«

Dloan fuhr herum, ohne den Mund zu schließen. Keteo hatte sich neben ihn gestellt, auch er ließ das Kinn hängen. Sharrow rappelte sich an Dloans Seite auf die Knie hoch.

Die zwei Jabos waren gänzlich vernichtet worden. Wie ein bizarrer Funkenregen hagelten winzige, glühende Trümmerstückchen herab, fielen ins Gras und qualmten, zischten im Wasser des Bachs oder klickerten auf das Steinmäuerchen des Tierpferchs. Zefla kreischte auf und streifte sich einen rotglühenden Metallsplitter vom Arm. Echos hallten durchs Tal. In einen Hügelabhang auf der Gegenüberseite des Tals war ein länglicher Krater, aus dem Rauch quoll, geschrammt worden, von einer Vielzahl kleinerer Feuer bachabwärts des Pferchs kräuselte sich weiterer Qualm empor, und aus der talabwärtigen Kluft zwischen den Hügeln wälzte sich von einem Brandherd eine pechschwarze Rauchwolke hinauf an den Himmel, versperrte teilweise den Ausblick in die Richtung der *Solo*.

Die dritte Düsenmaschine brauste über den Pferch, stieg hoch und drehte hart ab. Doch auch sie verwandelte sich in einen grellen Glutball, der Explosionsdruck wuchtete ins Tal herab, die Trümmer, tausend feurige Fetzchen, denen schwarzer Rauch nachkräuselte, fielen nachgerade anmutig auf den Hügel herunter, als hätte sich bei einem Feuerwerk eine Panne ereignet.

Keteo machte einen Luftsprung. »Roa!« johlte er, schwang die unbenutzte Waffe überm Kopf.

Sharrow eilte zum unteren Abschnitt der Steinbrüstung. Es schien, als quöllen buchstäblich überall ringsum Rauchsäulen empor. Ein paar Hundert Meter weiter talabwärts war hinter der Qualmwolke eines der abgestürzten Jagdbomber die *Solo* zu erkennen, ihre Motoren brummten.

In der Düsternis unterhalb des dunklen Hügels brannte noch das Wrack des Halbkettenfahrzeugs. Dahinter gleißte violettes Licht. Sharrow drehte sich um und blickte hinüber zu dem anderen Hügel, auf dem die Trümmer des dritten Jabos glosten. Fern am Himmel loderte aus einem Pünktchen plötzlich Helligkeit.

»Roa!« schrie Keteo noch einmal. Er grinste Sharrow zu, wirkte unversehens verlegen, zuckte jedoch die Achseln. »Nein, aber wirklich«, sagte er. »So was …«

Sharrow schüttelte den Kopf.

»Boooh«, machte Dloan, der sich nach allen Seiten umschaute. »Boooh …«

»*Das* war also in der schwarzen Kiste«, meinte Cenuij in scharfem Ton. Er schnaubte. »Wunder vergessener Technik.«

»Au Mann«, rief Zefla. »Jetzt steckt dieser Typ, dieser Roa, aber bis über die Augen in der Scheiße.«

Oberhalb der glühenden Trümmer des dritten Jagdbombers gaukelten Lichter über die Hügelkuppe. Schüsse peitschten, und vom Steinmäuerchen des Pferchs prallten Querschläger ab.

»Das sind die Fallschirmjäger«, stellte Dloan fest, während alle sich wieder duckten.

»Ich sehe Roa sich verziehen«, sagte Zefla, die durch ein Loch in der Mauer lugte.

Das LKF erwiderte das Feuer, das Belfern der Salven hallte durchs ganze Tal. Vom Hügel herunter überschüttete ein neuer Geschoßhagel den Pferch.

Miz kauerte sich neben Keteo. »Haben Sie zufällig 'n Kommunikator dabei?« fragte er den Jugendlichen.

»Ja sicher«, erhielt Miz zur Antwort.

»Wie wär's, Sie geben Ihren Kumpel in dem LKF Bescheid, daß wir zu ihnen unterwegs sind?«

»Gute Idee«, antwortete Keteo. Er holte ein kleines Gerät aus seiner knallrosa Schlupfjacke. »*Solo?*« rief er hinein.

Im Entengang kam Miz an die Seite Sharrows, die auf die Hügelkuppe zielte. »Verdrücken wir uns durch den Bach?« fragte er.

Aufgeregt verständigte Keteo sich mit jemandem an Bord der *Solo*.

»Ja«, stimmte Sharrow zu, »durch den Bach. Sobald du willst.« Sie richtete sich gerade so weit auf, daß sie den Hügel unter Beschuß nehmen konnte. Ein unvorsichtiger Kontraktmilitär-Söldner zeigte sich gegen den Himmel als Silhouette und fand so den Tod. Sharrow ging wieder in Deckung und wechselte das Magazin.

»Alles klar?« erkundigte Miz sich durch das Geräusch von Kugeln, die rundum in den Erdboden schlugen, bei Keteo.

»Alles klar!« schrie der Jugendliche. »Wir werden erwartet.«

»Dann nichts wie weg«, sagte Miz. »Wir verpissen uns durchs Bachbett.« Mit dem Kinn wies er auf Keteos knallig rosafarbene, sogar im fortgeschrittenen Abenddunkel ziemlich hell sichtbare Jacke. »Sie sollten den Lappen da ausziehen, Junge, darin kann man Sie zu leicht sehen.«

Keteo schaute Miz an, als würde er von einem Irren belästigt.

Sharrow zog das Magazin mit den Duopropellant-Propjektilen aus der Waffe.

Miz sah ihr zu, kratzte sich am Kopf. »Könntest du vielleicht mit dem Herumfummeln aufhören«, fragte er, »und statt dessen mit dem Ballermann *schießen*?«

Sie warf ihm einen unwirschen Blick zu. »Das sind DBP«, erklärte sie. »Gegen Infanterie nicht am besten, und außerdem verraten sie die Stellung.«

»Ach, Entschuldigung«, bat Miz, schaute ihr beim Einschieben eines anderen Magazins zu. Zehn Meter bachaufwärts schleuderte eine schwächere Explosion Erdreich in die Luft.

»Das war 'ne Gewehrgranate«, sagte Dloan.

Endlich war Sharrow feuerbereit. Sie blickte in die Runde.

»Los!« schrie sie, ehe sie zu schießen anfing. Zefla und Dloan sprangen bachseitig über die Mauer des Tierpferchs, Keteo und Cenuij schlossen sich ihnen rasch an.

Erneut duckte Sharrow sich nieder. Nochmals wechselte sie das Magazin, ihr läuteten die Ohren, die Handgelenke schmerzten. Einen Meter neben ihr hockte Miz, das Gesicht im Dunkeln gerade noch erkennbar, und grinste sie an.

»Hau ab!« schrie sie ihm zu.

»Nein, geh du«, widersprach er, streckte die Hand nach der Pistole aus.

»Nein«, entgegnete Sharrow.

Sie wandte sich ab und schoß von neuem. Einige Meter entfernt fiel etwas in den Pferch. Miz sprang hin, grapschte sich die Gewehrgranate und schleuderte sie in die Richtung des Talwegs. Sie explodierte mitten in der Luft.

Sharrow drehte sich um. Granatsplitter klirrten bachseits gegen die Mauer. Kugeln prallten von den Steinen ab, schwirrten umher.

»Verdünnisieren wir uns beide«, schlug Miz vor.

Zu zweit setzten sie über das Mäuerchen hinweg, taumelten die Wiese hinab zu dem flachen Gewässer und wankten hinein, wateten bachabwärts, die Oberkörper gebeugt, glitten auf Steinen des Bachbetts aus, während oben immer neue Kugeln in den Tierpferch einschlugen.

Momentan war die *Solo* in der Mulde des Tals, hinter der Stelle, wo die Trümmer eines der abgeschossenen Jagdbomber niedergegangen waren, nicht mehr zu sehen. Nur der Lichtschein, der von der LKF-Beleuchtung ausging, erhellte den Rauch, der über den Bach wallte, und beiderseits die grasbewachsene Böschung. Plötzlich fuhr eine Stoßwelle durchs Wasser, warf Sharrow und Miz beinahe von den Beinen: in Richtung Pferch erzeugte eine explodierte Granate im Bach einen weißen Schaumberg.

Die beiden erreichten einen niedrigen Wasserfall und klommen dort ans Ufer, flüchteten in die Geländemulde, in der in kleinen Kratern die Wrackteile des Jabos schwelten und die *Solo* wartete, ihnen das steile Heck zugekehrt; der Haupteinstieg war geschlossen, eine schmale Luke, an der eine Strickleiter baumelte, jedoch offen. Soeben kletterte Elson Roa an der Strickleiter die mannshohe Luftkissenwölbung des Fahrzeugs empor; ihm folgten dichtauf die Francks. Keteo stützte Cenuij, der humpelte.

Sharrow und Miz rannten durch den Luftschraubenwind des LKF. »Ich säh's lieber«, keuchte Miz, »sie würden ihre Scheißlichter ausschalten.«

Sie liefen wieder durchs Bachbett. Zefla verschwand in der Luke. Hohe Wasserspritzer zeigten an, daß ringsherum Kugeln in den Bach einschlugen, und an dem Heck des LKF blitzten Funken, aus gezackten Einschußlöchern im Luftkissen winselte es. Dloan packte Keteo und hob den Jungen die halbe Höhe der Leiter hinauf; das restliche Stück bis zur Luke legte der Solipsist selbständig zurück.

Als nächster erkletterte Sprosse um Sprosse Cenuij die Strickleiter.

Sharrow und Miz gelangten zur schwarzen Rundung des Luftkissens. Dloan machte Anstalten, auch Sharrow beim Aufstieg behilflich zu sein, aber sie schickte ihn mit einer Bewegung des Kopfs voraus. Beim Emporklimmen verharrte er kurz, als etwas am dunklen Stoff seines rechten Hosenbeins zu zupfen schien, dann erkletterte er die Luke.

»Ah!« schrie Miz und wirbelte herum. Sharrow wandte den Kopf und sah, wie er eine seiner Hände betrachtete, sie anschließend hinter dem Rücken versteckte. »Ist nichts weiter«, schrie er durch den Motorenlärm und grinste. Hinter ihm tropfte Blut ins Wasser. Er nickte Sharrow zu. »Nach dir«, rief er.

Sharrow nahm den Pistolengriff zwischen die Zähne, packte die Sprossen und stieg nach oben. Unverzüglich schloß Miz sich an.

In der Luke lehnte Cenuij, streckte Sharrow die Hand entgegen. Er sah stinkwütend aus.

»Ist denn so was zu glauben?« wetterte er, indem er Sharrows Hand faßte. »Er hat sie weggeschmissen. Er dachte, sie funktioniert nicht mehr, und da hat er sie *weggeworfen*!«

Cenuij zog Sharrow durch die Luke. Nahebei stand Roa und zeterte in einen Kommunikator. Auf dem Fußboden saß Dloan und hielt sich das Bein. Mit einem Ruck setzte sich das LKF in Bewegung, Kugeln prasselten um die offene Luke.

Sharrow drehte sich um und bückte sich, um Miz hereinzuhelfen.

Erst dachte sie, Cenuij täte das gleiche, aber dann sackte er schwer gegen sie und kippte zur Luke hinaus.

Sie haschte nach ihm, jedoch vergeblich, er fiel an Miz vorbei, prallte auf den Luftkissenwulst des LKF und stürzte schlaff aufs grasbewachsene Ufer des Bachs, seine kraftlosen Gliedmaßen spreizten sich nach den Seiten.

Miz zögerte, schaute abwechselnd nach unten und oben, während unter dem Luftkissen Schaum hervorbrodelte.

Cenuij lag im Gras und starrte aus weit offenen Augen an den Himmel empor, aus beiden Seiten des Schädels sprudelte ihm Blut.

Das LKF nahm Fahrt auf, gewann an Geschwindigkeit, sprühte vor dem Wasserfall Gischtschleier aus der

Mulde in die Höhe und wirbelte mit den Propellern großflächige Strudel in den Qualm der Flugzeugtrümmer, während Feuerschein und Fahrzeuglichter die gesamte Umgebung gespenstisch aufhellten. Roa schnauzte noch immer in den Kommunikator. Fäuste umschlangen Sharrows Schultern.

Sie sah Miz sich anspannen, auf Cenuij hinunterstarren, sich auf einen Sprung von der Leiter vorbereiten.

»Miz!« schrie sie. Er hob den Blick. Die Gischt schoß bis über Miz herauf, als das LKF beschleunigte, die Motoren dröhnten und ratterten.

Reglos ruhte Cenuij im Gras, blieb zehn, bald zwanzig Meter zurück, nach und nach erlosch rings um ihn das Geflacker. Endlich schaltete man auch die letzten Lichter des Luftkissenfahrzeugs ab.

»Miz!« gellte Sharrows Stimme ein zweites Mal hinaus in die Schatten.

Sie langte hinunter, bekam seine Hand zu fassen und zog ihn herauf.

Mit Zeflas Unterstützung zerrte sie Miz zur Luke herein.

In dem kleinen Wasserfall spiegelte sich die im Verdüstern begriffene Schwelglut der Flugzeugtrümmer. Die Mulde verwandelte sich, je weiter sich die *Solo* entfernte, in eine Vertiefung aus Schatten.

Cenuijs stiller Leichnam bildete auf dem Untergrund ein dunkles X, als wäre dort ein der heranrückenden Finsternis darzubringendes Opfer festgepflockt worden.

18

Stadt der Dunkelheit

Durch Schlieren und Wölkchen von Bodennebel überquerte der Android den Hauptplatz der Stadt und schritt in eine von Fassaden hoher, dachloser Gebäude, in denen wäßriger Morgensonnenschein schimmerte, gesäumte Straße. Der Androide hatte eine schlanke Gestalt und eine etwas geringere Größe als ein durchschnittlicher männlicher Golterer; seine Außensubstanz bestand aus Metall und Plastik, und er trug keine Kleidung. Man hatte seinen Körper so geformt, daß er vage einer idealisierten Männererscheinung ähnelte, allerdings ohne Genitalien. Von seinem Brustkasten hieß es gewöhnlich, er erinnerte Leute an den Brustpanzer einer alten Rüstung. An seinem Kopf gab es zwei ohrenförmige Mikrofone, ein Paar Augen, die runden, verspiegelten Sonnenbrillengläsern glichen, eine flache Nase mit zwei Sensorschlitzen anstatt der Löcher sowie einen Lautsprecher, dem man das Aussehen leicht geöffneter Lippen verliehen hatte.

Wo die Gebäude an einen kleinen Park grenzten, bog der Android ab und ging eine weitgeschwungene Wendeltreppe hinunter, auf der er an Arkaden mit ausgeblichenen, zerfransten Markisen vorüberstrebte, zu den Wassern und Nebelschwaden des stillen Hafens gelangte. Auf der Esplanade bog er ein zweites Mal ab und schlug den Weg zu den Gästewohnungen ein. Sonnenschein warf einen langen, schmalen Schatten hinter dem Androiden auf die Steinplatten des Straßenpflasters, die sauber waren und auf denen keinerlei Abfall lag, allerdings Risse und Sprünge aufwiesen.

In einer Hand trug der Android eine schlichte Plastikheftmappe; während mehrerer Schritte flatterte das Plastik, als die leichte Hafenbrise es erfaßte, *klatsch-klatsch* gegen seinen plastiküberzogenen Oberschenkel, bis die hohe Gestalt geringfügig den Arm zur Seite bewegte und den Abstand der Heftmappe vom Bein vergrößerte. Damit verstummte das Geräusch.

Vembyr war eine Stadt mit zahlreichen Hoch- und Turmbauten sowie sehr schönen, alten Gebäuden, die vor den steilen, bewaldeten Hügeln des südwestlichen Jonolreys eine malerische Bucht umstanden. Nachdem weiter abwärts an der Küste, von wo der Wind herwehte, vor fünf Jahrtausenden ein Atomkraftwerk eine schwere Havarie erlitten hatte, war die Stadt von den Menschen verlassen worden. Radioaktiver Niederschlag hatte die Stadt verseucht und ihre Evakuierung erzwungen. Jahrhundertelang war sie leer geblieben, allmählich verfallen, nur gelegentlich von Wissenschaftlern oder ferngesteuerten Forschungsrobotern aufgesucht worden, die das langsame Schwinden der Strahlung maßen, bis die Androiden zu guter Letzt den Prozeß um ihre eingeklagten Bürgerrechte gewannen und sich auf Golter nach einer Heimat umsahen.

Gegen ein kaum mehr als nominelles Entgelt hatte die Androiden-Separistenpartei die komplette Stadt für zehntausend Jahre pachten können.

Am anderen Ende des Hafens verließ der Android die Esplanade und erstieg durch eine Dunstwolke, die sich nach und nach ausbreitete, eine zweite, weithin ausgedehnte Wendeltreppe. Ungefähr auf halber Höhe der Treppe blieb er stehen und beobachtete einen anderen Androiden, der sich in stockender Gangart immerzu auf einer Stufe hin- und herschleppte, ununterbrochen von einer zur anderen Seite tappte. Der Android auf der Stufe passierte ihn in einem Meter Entfernung. Dem Androiden, der sich auf der Stufe umherbewegte, ließ sich nicht ansehen, daß er den Androiden mit der Heftmappe bemerkt hätte; sobald er erneut am Ende der Stufe stand, drehte er sich um und schlich abermals in Gegenrichtung. Der Android mit der Akte sah sich noch einmal an, wie er vorbeiwanderte, dann setzte er das Ersteigen der Treppe fort. In den weißen Marmor der Stufe war eine lange, etwa einen Zentimeter tiefe Furche getreten.

Der Android mit der Plastikheftmappe brachte die verlassenen Arkaden hinter sich, die sich der Treppe anschlossen, und verschwand im lautlosen Wallen des Nebels.

In der Straße, wo sich die Irreguläre Gesandtschaft befand, demontierte ein aus Androidenmodellen verschiedenen Typs zusammengestellter Bautrupp eine schimmernde Metallröhre, die in zehn Metern Höhe, zwischen zwei offenbar erst kürzlich restaurierten, reich mit Stuck verzierten und daher recht schmucken Steinhäusern, über die ganze Straßenbreite führte. In Fahrbahnmitte standen zwei riesige Kipplaster, ausgestattet mit Kränen, die große Teile der ehemaligen Nahverkehrssystem-Transportröhre, sobald sie herausgelöst waren, herunterhievten und auf den Ladeflächen stapelten. Ein Android mit Schweißbrennerarm zerschnitt die glänzende Metallfläche der Röhre, erzeugte dabei einen Wasserfall aus Funken, die durch die leicht diesig-nebelige, goldgelb erhellte Luft der Straße abwärtsstoben und erloschen wie Garben grellen Sonnenscheins.

Der Android betrat die Gesandtschaft. Seine Klientin wartete im Garten des Innenhofs.

Sie saß auf einer kleinen Steinbank neben einem Springbrunnen, aus dem munter Wasser plätscherte. Außer durch künstliche Kahlköpfigkeit sowie eine etwas überdurchschnittliche Körpergröße zeichnete sie sich durch eine aufrechtere Sitzhaltung als die meisten Menschen aus. An Bekleidung trug sie schwere Stiefel, einen dicken, dunkelgrünen Faltenrock, eine weiße Bluse und eine helle Kostümjacke aus Leder. Neben ihr lagen eine Pelzmütze und – auf der Mütze – ein Paar Lederhandschuhe auf dem Stein der Gartenbank.

Sobald der Android sich am Zugang des Innenhofs zeigte, stand sie auf und kam ihm entgegen.

»Lady Sharrow«, sagte der Android. Er gewahrte eine ansatzweise Geste ihres Arms und streckte sittenkonform seinen Arm aus, um der Lady die Hand zu drücken. »Mein Name ist Feril«, stellte er sich vor. »Ich bin mit Ihrer Vertretung beauftragt. Es freut mich, Sie kennenzulernen.«

»Ganz meinerseits.« Die Lady nickte. Sie und der Android nahmen auf der Sitzbank Platz. Der Springbrunnen gab ein ruhiges, durchstrukturiertes Plätschergeräusch von sich. In der dunstigen Helligkeit schien der kleine Garten ringsum zu glosen; die Steinbank stand inmitten einer exakt verteilten Fülle winziger Blümchen mit kräftigen Farben.

»Ich habe Neuigkeiten über Ihre Freunde erfahren«, teilte der Android der Lady mit. »Anscheinend nimmt ihre gerichtliche Anhörung einen günstigen Verlauf.«

Die Lady lächelte. In ihrem Gesicht konnte man Anzeichen kürzlicher Alteration erkennen; in den Augenwinkeln sah man in Bereichen, wo die Haut gestrafft worden war, eine gewisse Tendenz zu Entzündungen, und die Haare der Brauen zeigten den Bruchteil eines Millimeters an schwarz nachgewachsenen Stellen. Als sie vor einer Woche eingetroffen war, hatte der Android im städtischen Nachrichtendienst ein älteres Foto der Lady gesehen, und er hatte den Eindruck, daß auch die Nase eine andere Form hatte.

»So?« meinte sie. »Gut.«

»Ja. Miss Franck ist eine fähige Anwältin, und Mr. Kuma ist erlaubt worden, sein beträchtliches Privatvermögen zwecks Heranziehung hervorragender Strafverteidiger zu verwenden. Ihr größter Vorteil besteht in der Art der Zeugen, glaube ich, weil Gerichte oft Vorbehalte gegen die Aussagen bezahlten Schutzpersonals hegen. Das Verfahren soll nächstes Jahr in Bihelion eröffnet werden.«

Die Frau wirkte überrascht. »Man läßt sich Zeit, wie?«

»Der Grund ist, glaube ich, daß Sie gleichfalls angeklagt werden sollen, aber nicht vor Gericht gestellt werden können, bevor die Gültigkeit der den Huhsz genehmigten Freibrief-Pässe abgelaufen ist.«

Die Lady lachte geringschätzig auf, legte den Kopf in den Nacken und blickte längs des Glitzerns der Dachverkleidung der Gesandtschaft an den diffus-hellen Himmel empor. »Das ist sehr fair von denen.« Sie heftete den Blick wieder auf den Androiden. »Findet der Prozeß in Schwimmstadt oder Yadayeypon statt?«

»Miss Franck bemüht sich darum, den Prozeßort nach Yadayeypon verlegen zu lassen.«

Lady Sharrow schmunzelte. »Steht die Zusammensetzung des Gerichts schon fest?«

»Eine Anzahl Richter ist inzwischen vorgeschlagen worden.«

»Alles ältere Herren?«

»Meines Wissens ja.«

Mit dem Mundwinkel stieß Lady Sharrow ein Schnalzen aus und zwinkerte dem Androiden zu. »Die gute, alte Zefla«, sagte sie.

»Zweifellos wird es ein Gerangel um den Verfahrensort geben, aber Ihre Freunde dürften wohl im Laufe der kommenden vier bis fünf Tage auf freien Fuß gesetzt werden.«

»Gut.« Die Lady seufzte und faltete die Hände im Schoß. »Und wie verhält es sich mit den Freibrief-Pässen?«

»Sie sind in der Quarantänedeponie Ikueshlengs untergebracht und ihrerseits zum Gegenstand eines komplizierten Rechtsstreits um den Tatbestand radioaktiver Kontamination geworden, haben aber ihre Gültigkeit behalten.« Der Android schwieg kurz, um Lady Sharrow Gelegenheit zu einer Äußerung einzuräumen. »Ich kann Ihnen sagen«, fügte er schließlich hinzu, »daß ungefähr vierzehn Tage vergehen werden, bevor die Stadt Vembyr Sie an die Huhsz ausliefern muß.«

»Aber bis dahin kann ich jederzeit fort?« fragte die Lady. Sie sah vom einen ins andere Auge des Androiden, wie Menschen es häufig taten, als ob sie etwas Bestimmtes suchten.

Er nickte. »Ja. Ich habe der Gesandtschaft soeben die erforderlichen Dokumente hinterlegt. Die mit Ihrem Besuchervisum verknüpften Bedingungen verlangen, daß Sie mich über Ihre Bewegungen innerhalb der Stadtgrenzen informieren, aber Sie dürfen die Stadt verlassen, wann immer Sie es wünschen.«

»Hmm ...«, machte die Lady. »Wäre es vielleicht möglich«, erkundigte sie sich danach, »daß ich einige der vom Globalen Tribunal beschlagnahmten Güter besichtige, die hier lagern?« Zunächst schwieg der Android. »Es geht mir um Sachen meines Großvaters Gorko«, erklärte Lady Sharrow, als der Android stumm abwartete. »Ich glaube, hier befinden sich einige davon. Bestünde die Möglichkeit, daß ich sie mir ansehe?«

»O ja, durchaus«, antwortete der Android und nickte. »Wir haben die verwaltungs- und verwahrungstechnische Obhut über diverse Gegenstände, die aus dem Besitz Ihrer Familie stammen. Sobald im Zusammenhang mit diesem Material, für das Golters Globales Tribunal die rechtliche Zuständigkeit hat, gewisse juristische Hindernisse beseitigt worden sind, wird es versteigert. Ich bin der Ansicht, daß ich für Sie, wenn es Ihr Wunsch ist, eine Besichtigung arrangieren kann.«

»Ja, vielen Dank«, antwortete die Lady mit einem Nicken, richtete den Blick zur Seite.

»Bis zur Erteilung der Erlaubnis könnten ein paar Tage verstreichen. Darf ich fragen, wie lange Sie in Vembyr zu bleiben beabsichtigen?«

»Nur ein paar Tage«, lautete Lady Sharrows Auskunft. »Vielleicht wäre es zu empfehlen, mich hier mit meinen Freunden wiederzutreffen. Wären Sie damit einverstanden?«

»Ich unterstelle, man hat Sie darauf aufmerksam gemacht, daß wir Menschen ohnehin davon abraten, sich länger als vierzig Tage in Vembyr aufzuhalten, um eine zu starke radioaktive Strahleneinwirkung zu vermeiden, aber ich bin darüber hinaus gebeten worden, Sie davon in Kenntnis zu setzen, daß die Stadtverwaltung es als undurchführbar erachtet, Ihre ständige Sicherheit zu garantieren, obwohl selbstverständlich alle erdenklichen Schutzvorkehrungen veranlaßt worden sind. Es ist nicht allein die Existenz der Freibrief-Pässe zu berücksichtigen, sondern zusätzlich ist auf Sie ein beachtliches Kopfgeld ausgesetzt worden. Zwar ist es unwahrscheinlich, daß das Streben eines Androiden dem Erlangen eines solchen Blutgelds gilt, aber man muß damit rechnen, daß auswärtige Interessenten Sie zu verschleppen versuchen oder hier überfallen.«

»Na, das wäre nichts Neues.«

»Außerdem möchte ich darauf verweisen, daß wir in vier Tagen unsere monatliche Auktion haben, die jedesmal mit einem größeren Besucherstrom verbunden ist. In diesem Monat umfaßt das Angebot hauptsächlich militärische und Grauzonen-Güter, so daß unter den Gästen, die wir erwarten, sehr wohl Ihnen übelgesonnene Personen sein könnten.«

»Legen Sie mir nahe«, fragte die Frau, »vorher abzureisen?«

Feril war der Meinung, daß ihre Stimme nach Ermüdung klang. »Nicht unbedingt«, gab er zur Antwort. »In der alten Jeraight-Festung im Chinesenviertel sind

Hochsicherheitsunterkünfte vorhanden. Dort könnten Sie sich einquartieren.«

Lady Sharrow erhob sich und schlenderte zum Springbrunnen. Sie betrachtete das Hervorsprudeln des Wassers, blieb stehen, beugte sich vor und tauchte eine Hand ins Naß, schöpfte mit dem Handteller ein wenig Flüssigkeit. Dann schüttelte sie den Kopf.

»Ich weiß«, sagte sie. Sie deutete auf das Gesandtschaftsgebäude. »Man hat sie mir schon gezeigt.« Sie straffte sich wieder zu voller Größe. »Sie ähneln zu sehr einem Gefängnis«, begründete sie ihre Ablehnung, während sie das Wasser von der Hand wischte. »Gibt es kein Hotel? Oder freie Wohnungen?«

»Leider muß ich Ihnen gestehen, daß das City Hotel sich höflich, aber unbeirrbar geweigert hat, Ihnen ein Zimmer zu vermieten.«

Die Lady prustete gedämpft. »Dergleichen kann ich niemandem verübeln«, meinte sie.

»Falls allerdings die Sicherheit für Sie keine absolute Priorität einnimmt, steht Ihnen tatsächlich eine große Zahl leerer Wohnungen zur Auswahl frei«, erläuterte der Android. »Eine solche Wohnung ist auch in dem Haus zu finden, in dem ich wohne. Da ich Ihr Rechtsbeistand und Kustos bin, könnte es Ihnen die Situation vereinfachen, wenn Sie diese Wohnung beziehen.«

Die Lady lächelte auf sonderbare Weise; in der oberen Hälfte tendierte ihr Gesicht zu einer Miene der Skepsis. »Sie hätten dagegen keine Bedenken?« wünschte sie zu erfahren. »Gegenwärtig konzentriert sich auf mich jede Menge unerquicklicher Aufmerksamkeit, Sie haben es ja selbst festgestellt.«

»Ich habe keine Bedenken. Mich interessieren und faszinieren Ihr vergangenes Leben sowie der Charakter, den es offenbart.« Der Android verstummte. Jetzt hatte sich Lady Sharrows Belustigung verstärkt. »Nach unserer ersten Begegnung zu urteilen«, konstatierte der

Android, »verstehen wir uns recht gut.« Er hob die Schultern. »Es wäre mir ein Vergnügen.«

»›Ein Vergnügen‹«, wiederholte die Lady und lächelte breiter. »Also gut, Feril.«

Im Finstern der Nacht war die *Solo* durch das Tal gebraust, hinweg über Grundstücksmauern und Straßen, hatte Gehöfte beschädigt, eine Scheune niedergerissen, mehrere Autounfälle verursacht und Hunderten von Tieren Furcht und Schrecken eingejagt, vor allem denen, die das LKF schlichtweg überfuhr. Es hatte eine Stunde gedauert, den Yallam zu erreichen, von dessen drei oder vier Meter hoher Uferböschung es ohne zu bremsen auf die Wellen hinabklatschte, so daß nur die hohe Geschwindigkeit es davor bewahrt hatte, sich auf den schwarzen Strudeln der Fluten zu überschlagen. Flußabwärts war es weitergerast. Das Radar zeigte einige Flugzeuge an, die ihm folgten, aber keines unterschritt eine Entfernung von zehn Kilometern.

Dloan hatte den Kopf geschüttelt, als Elson Roa gestand, die unerhört effektive Waffe, die mit einer Entladung zwei Jagdbomber und eine bereits abgeworfene Kanisterbombe annihiliert hatte, fortgeworfen zu haben. Der Versuch des Solipsistenführers, sie zuletzt auch gegen die Bodentruppen auf dem Hügel anzuwenden, war gescheitert; daraus hatte er die Schlußfolgerung abgeleitet, es wäre nur eine begrenzte Anzahl von Schüssen möglich gewesen, und er hätte die Waffe leergeschossen.

Dloan verkniff sich die Bemerkung, daß alte Waffen bisweilen intelligenter als die Leute seien, die sie benutzten. So höflich, überlegte Dloan, wäre Cenuij nicht gewesen, und dieser Gedanke schmerzte ihn mehr als die leichte Wunde an seinem Bein.

Obwohl es im Innern des LKF nicht kalt gewesen war, hatte Zefla schier nicht mehr zu schlottern aufhören können. Es hatte nur noch rund zwanzig Solipsisten an Bord. Mehr hatten es nach der Attacke nicht von dem zerstörten Kombipendler bis zur *Solo* geschafft; allerdings nahm man an, daß ein Teil der Vermißten nicht getötet worden, sondern in Gefangenschaft geraten war. Zefla konnte nicht nachvollziehen, wieso sich Roa sowohl in bezug auf die Zerschlagung der Mehrheit seiner Streitkräfte und des absehbaren, unvermeidlichen Verlusts auch der *Solo,* wie ebenso auf die Tatsache, daß er, als er den vom Globalen Tribunal protegierten Kombipendler überfiel und eine verbotene Flugabwehrwaffe einsetzte, nicht nur eine, sondern zwei Handlungen verübt hatte, für die ihn das Globale Tribunal bis ans Ende des Sonnensystems verfolgen und zumindest auf Lebenszeit einsperren würde, dermaßen phlegmatisch verhielt.

Miz saß in der Medizinalkabine des LKF und schaute Sharrow dabei zu, wie sie seine Handverletzung verarztete. Den von einer Kugel durchschlagenen Muskel des Daumenballens konnte er noch mit halber Kraft gebrauchen, und in ungefähr einem Monat mochte er wieder hundertprozentig brauchbar sein. Er hatte die Sorte von Treffer abbekommen, die die Rekruten unpopulärer Kriege als ›Heimatschuß‹ bezeichneten und sich so ersehnten, daß sie dafür eine Million Thrial gezahlt hätten. Anfangs bemühte sich Miz um ein paar diesbezügliche Späßchen, um sich und Sharrow aufzumuntern, doch wenig später entdeckte er Blut in seinem Haar, das wahrscheinlich von Cenuij stammte, und mußte sich sofort übergeben.

In der folgenden Nacht, während das große LKF den Yallam hinabbrauste, erlebte Sharrow noch Hunderte von Malen, wie Cenuijs Körper gegen sie sackte, vor ihren Augen aus der Luke stürzte und auf den Luftkissenwulst der *Solo* prallte.

Das nächste Desaster ereignete sich bei Eph, wo der Fluß längs der Stadt durch eine erheblich verengte Biegung schoß. Seit die Solipsisten vor ein paar Tagen flußaufwärts gefahren waren, hatten schwere Regenfälle am oberen Flußlauf den Wasserstand um mehrere Meter anschwellen lassen, und unter der ersten Eisenbahnbrücke verlor die *Solo* alle vier Luftschrauben.

Von da an war sie den Fluß hinuntergetrieben. Die Motoren hatten unvermindert laut gedröhnt, weil Roas Steuermann mit den Stümpfen der abgebrochenen Propeller eine gewisse Kurssteuerung versuchte, doch die Bemühungen waren vergeblich geblieben. Überall im Umkreis der Stadt hatte die *Solo* Lastkähne, Brückenpfeiler und Piers gerammt, beobachtet von Einwohnern Ephs und verfolgt von einer kleinen Flottille hellerleuchteter, durch ein paar Polizeiboote auf Abstand gehaltener Ausflugsschiffe.

»*Warum?*« hatte Sharrow gefragt, während Roa die Stufen zum von Echos durchhallten Garagendeck des LKF herabgeschwankt kam.

»Warum was?« schrie er durch den Motorenlärm. Er wirkte konfus und ausgelaugt.

»Warum haben Sie den Kombipendler überfallen?« schnauzte Sharrow, stützte sich, weil das Luftkissenfahrzeug schlingerte, an ein Schott. »Was hat Sie dazu bewogen?«

»Wir sind dafür angeworben und bezahlt worden!« hatte Roa gebrüllt und eine abfällige Miene geschnitten, als wäre dieser Rückschluß vollauf naheliegend gewesen.

»Von wem?«

»Keine Ahnung«, antwortete Roa so leise, daß sie die Auskunft weniger hörte, als daß sie sie ihm von den Lippen ablas. Der Solipsistenchef schloß die Lider und fing zu summen an. Nochmals schleuderte das LKF, warf ihn gegen das Schott. Mit einem Arm fing er sich ab. »Entschuldigung«, rief er und kehrte über die Treppe aufs Oberdeck zurück.

Roa hatte sich nicht dagegen geäußert, als ihm vom

SNA-Team angeboten worden war, zwei der Schlauchboote zu erwerben, die in der Garage standen.

Er hatte einen Scheck genommen.

Das Team ging von Bord, während das LKF durch die Lagune der Stramph-Veddick-Zirkusenklave trieb und erreichte das Ufer trotz einer schwarzen, nahezu geräuschlosen und augenscheinlich bewaffneten Heli-Drohne, die aus der Finsternis des Himmels herabschwebte, um den Schlauchbooten, die auf dem Dahinschießen der düsteren Fluten schaukelten und auf die vielgerühmte Lichterpracht des Zirkus zuhielten, längere Aufmerksamkeit zu schenken.

Einsam schwamm die *Solo* davon in die Nacht. Die Solipsisten hatten die Fahrzeugbeleuchtung wieder angeschaltet, und infolgedessen sah das Team das alte LKF zum letztenmal, wie es auf dem Weg flußabwärts unter einigen Bäumen entlangschrammte, durch tiefhängende Äste – dabei ertönte aus der Entfernung heftiges Klirren – auch die Überreste der Luftschrauben verlor.

Miz hatte bei dem Zirkus Geschäftspartner; er schwatzte ihnen etwas Geld ab und buchte fürs Team Plätze in einem Touristen-Charterflugzeug, das am Morgen vor dem zum Zirkus gehörigen Abenteuerpark startete. Nach der Landung in Bo-Chen im südlichen Jonolrey besorgte er neues Geld bei dem Filialleiter einer seiner Firmen und mietete einen Autopilot-Mietwagen. Überwiegend verbrachte das SNA-Team die Fahrt nach Vembyr in unruhigem Schlaf, und als Zefla erwachte, war sie, nachdem sie darüber geschlafen hatte, der Auffassung gewesen, es sei am besten für sie alle – mit Ausnahme Sharrows –, sich freiwillig in Yadayeypon zu stellen und gegen die erhobenen Vorwürfe zu rechtfertigen.

Miz von der Zweckmäßigkeit dieses Vorschlags zu überzeugen, hatte mehrere Tage beansprucht.

»Es tut mir leid, daß Ihr Freund ums Leben gekommen ist«, sagte Feril.

»›Freund?‹« wiederholte Lady Sharrow mit leicht abweisendem Gesichtsausdruck. »Ich bin mir keineswegs sicher, ob Cenuij je ein *Freund* war«, entgegnete sie. »Aber …« In seltsamer Weise lachte sie unterdrückt auf. »Aber wir standen uns ziemlich nah.«

Sharrow stand auf einer alten, mit kleinen, getrockneten Gipsklecksern bespritzten Plane. In der Mitte des Zimmers brannte an der Decke eine einzelne elektrische Glühbirne und verströmte aufdringliches, gelbweißes Licht, das hinter Sharrow einen finsteren Schatten auf den Fußboden warf. Sie überlegte, ob sie einen Spaziergang machen sollte. Dem Androiden bei der Arbeit zuzuschauen, hatte auf sie eine unerklärlich beruhigende Wirkung; gleichzeitig jedoch rief die schroffe Beleuchtung bei ihr ein gewisses Unbehagen hervor.

Die hohen, breiten Fenster boten nur Ausblick in Dunkelheit.

»Haben Sie an ihn viele schöne Erinnerungen?« erkundigte sich Feril. Der Android kauerte auf einer Trittleiter, ein Eimerchen in der einen und einen Spachtel in der anderen Hand.

»Kaum«, antwortete Sharrow, versuchte sich anscheinend zu erinnern. »Naja, ein paar, ja.« Man hörte ihrer Stimme Gereiztheit an. »Häufig hatten wir Auseinandersetzungen … Aber ich habe mich einem überzeugenden Argument noch nie verschlossen.«

»Sie haben erwähnt, er war der Gebildetste Ihres Teams. Wollen Sie sich nach einer Ersatzperson umsehen?«

Sharrow schüttelte den Kopf. »So funktioniert es nicht.«

»Ach so«, äußerte Feril. Er schöpfte mit dem Spachtel einen glänzenden Klumpen Gips aus dem kleinen

Eimer, stellte dann den Eimer auf der obersten Stufe der Leiter ab.

»Darf ich Sie um eine Gefälligkeit bitten?« fragte Sharrow.

»Ja«, sagte Feril. Ein kunstvolles Gipsfries in Form eines mit Blumenornamenten gefüllten Gitterwerks zog sich längs des Winkels zwischen Decke und Wand durch die Hälfte des Zimmers, angefangen in der Ecke neben der Tür bis zu der Stelle, wo der Android auf der Leiter hockte. Sorgfältig ergänzte der Android mit dem Gips das Ende des Fries.

»Ich wüßte gerne, ob in letzter Zeit Androiden Vembyr plötzlich verlassen haben und verschwunden sind, vor allem paarweise. Und besonders Androiden, die auch aus der Nähe mit Menschen verwechselt werden können.«

Mehrere Sekunden lang schwieg der Android, benutzte geduldig den Spachtel, um den an die Wand gedrückten Klumpen Gips festzuhalten. »Nein«, gab er schließlich Auskunft. »Nach unseren Aufzeichnungen hat seit neun Jahren kein Android die Stadt verlassen.«

»Hmm … Und davor?«

Diesmal blieb die Frist bis zur Beantwortung der Frage kaum merklich kurz. »Das Stadtarchiv umfaßt Akten aus fünf Jahrtausenden«, erklärte Feril mit einem Anflug des Bedauerns. »Im Laufe dieser Zeitspanne hat Vembyrs Androidenpopulation stets ungefähr dreiundzwanzigtausend gezählt, und etwa ein Zehntel dieser Menge hat sich freizügig im übrigen Sonnensystem aufgehalten. Nur wenige Hundert Androiden, die als Menschen auftreten könnten, sind je gebaut worden. Gegenwärtig wohnen keine von ihnen in der Stadt, und eine bestimmte Anzahl – rund vierzig – gelten als offiziell vermißt, ihr Verbleib ist unbekannt. Tatsächlich sind die verschwundenen Androiden mehrheitlich Humansimulacren. Es wird angenommen, daß sie, wahrscheinlich durch reiche Individuen, gegen ihren Willen entführt und für … Handlungen mißbraucht worden sind, deren Verübung an Menschen strafbar ist.«

»Das kann ich mir gut vorstellen«, meinte Sharrow. Sie schob eine Hand unter die Achselhöhle und hob die andere Hand an den Mund, tippte mit den Fingerspitzen gegen die Zähne. »*Baut* irgend jemand noch Androiden?«

»Aber nein«, stellte die Maschine klar und wandte den Kopf, um Sharrow anzublicken. »Es ist seit zwölfhundert Jahren verboten. Selbst wir dürfen ausschließlich schon existente Exemplare reparieren, allerdings gehen wir davon aus, daß das Globale Tribunal uns irgendwann vor Ende des nächsten Jahrhunderts die Genehmigung erteilt, aus vorhandenen Ersatzteilen ein Los von etwa einhundert Androiden zu fabrizieren.«

Feril beschäftigte sich wieder mit dem Gips; in den folgenden fünf Minuten, während der Gips hart wurde, arbeitete er die noch weiche Oberfläche des Materials zu einem neuen Abschnitt Hintergrundgitter und der Gestalt einer zierlichen Blume aus.

Irgendwann vor Ende des nächsten Jahrhunderts, dachte Sharrow. Bis dahin waren es zwar nur noch einhundertundein Jahre, trotzdem muteten die zeitlichen Maßstäbe, in denen die Androiden planten, etwas befremdlich an. Es entstand der Eindruck, daß den Androiden aufgrund ihrer Fähigkeit, binnen derselben Zeit, die ein Mensch für einen Gedanken brauchte, tausend Überlegungen anzustellen und dennoch für im Effekt unbegrenzte Dauer zu existieren, das abhanden gekommen war, was die Menschheit normales Zeitempfinden nannte, und statt dessen in dem Rahmen dachte, der für den menschlichen Geist – außer vielleicht den Verstand eines Wissenschaftlers, der es gewohnt war, mit Nanosekunden und Milliardenjahren zu rechnen – die Extreme der Zeitlichkeit absteckte.

Feril verharrte, betrachtete das Ergebnis seiner handwerklichen Betätigung. Er widmete Sharrow einen kurzen Blick, ehe er ein weiteres Mal mit dem Spachtel Gips aus dem Eimer schaufelte und neben dem Fries an die Wand drückte.

»Finden Sie daran wirklich Freude, Feril?« fragte Sharrow.

»An dieser Tätigkeit?« vergewisserte sich der Android, knetete den Gipsklumpen mit den Händen. »An der Restaurierung des Stucks?«

»Am Restaurieren überhaupt.«

»Ja«, beteuerte der Android, »es ist für mich etwas Angenehmes. Ich kann tun, wovon Menschen lediglich sinnbildlich sprechen, Teile meines Verstands abschalten. Aber gelegentlich denke ich, statt so zu verfahren, an etwas anderes. Manchmal rekapituliere ich beim Spachteln alte Abenteuergeschichten der Menschheit, erlebe sie anhand alter Bücher, zweidimensionaler Filmwerke oder modernerer Medien nach.«

»Abenteuergeschichten?« Sharrow grinste.

»Ja genau«, bekräftigte der Android, riffelte mit dem Spachtel den im Trocknen begriffenen Gips so, daß dadurch auf der rauhschaligen, runden Frucht, die er soeben geformt hatte, eine Art von Schuppenmuster entstand. »Es ist außerordentlich befriedigend, Gips zu Stuck zu verarbeiten, Einlegekunst herzustellen oder aus Holz etwas zu schnitzen. Gleichfalls ist es eine Genugtuung, mit einem Auto zu fahren, das man repariert, oder ein Gebäude, das man von einer Ruine wieder zu einer bewohnbaren Behausung restauriert hat, nur anzuschauen. Der Arbeitsprozeß selbst ist allerdings während der Ausführung weniger erbaulich, und sich dabei mit handlungsreichen Abenteuern abzulenken, ist eine nette Methode zu seiner Erleichterung.« Erneut drehte der Android den Kopf und blickte Sharrow an. »Ich bin mir sicher, Lady Sharrow, daß auch Ihr Leben eines Tages das Sujet einer Abenteuergeschichte abgibt. Ich …« Er verstummte, wandte sich geschmeidig ab und setzte die Arbeit fort.

Sharrow furchte die Stirn, dann lächelte sie andeutungsweise und besah sich für einen Moment die Fußbodendielen.

»Nicht alle Menschen mißgönnen den Androiden ihre Langlebigkeit, nur weil wir einsehen mußten, daß wir uns selbst dieses Geschenk nicht machen können, Feril«, stellte sie klar. »Es schmeichelt mir, wenn Sie glauben, mein Leben wird noch Ihre Beachtung wert sein, wenn ich längst nicht mehr bin und Sie noch existieren.«

Der Android verhielt nochmals und wandte sich ihr erneut zu. »Trotzdem bitte ich Sie um Verzeihung, Lady Sharrow«, sagte er. »Wir alle, auch ich, sind nach dem Bilde des Menschen geschaffen worden, und in meiner spontanen Begeisterung habe ich eine Bemerkung von mir gegeben, die mindestens als gedankenlos gelten muß, falls man sie nicht sogar als seelische Grausamkeit bezeichnen kann. Immer haben wir es als unsere Pflicht eingestuft, uns ausschließlich an den höchsten Tugenden der Menschheit zu orientieren, zumal wir eine Schöpfung des menschlichen Intellekts und nicht der Prozesse blinder Evolution sind, wie zweckgerichtet die Natur in ihrer Blindheit auch sein mag, und wie vorzüglich und ausgefeilt ihre Ergebnisse aussehen. Ich habe mich dessen schuldig gemacht, sowohl unter den Standard abgesunken zu sein, den wir selbst uns setzen, wie auch das Niveau unterschritten zu haben, das mit vollem Recht die Menschen von uns erwarten, und darum ersuche ich um Entschuldigung.«

Sharrow musterte die Maschine, die in vollkommener Reglosigkeit, den Körper mit Gipsklümplein bekleckert, auf der Leiter saß. Ihr Gesicht zeigte ein Lächeln. Möglicherweise hatte sie soeben kaum wahrnehmbar den Kopf geschüttelt.

»›So edelmütige Zerknirschung‹«, sagte sie nach kurzem Schweigen, »›braucht zur Rechtfertigung keine Elternschaft des Wehs, und was der Absicht, Kränkung zu lindern, dienen sollte, erregt just ebenso des Angesprochnen Wohlgefallen.‹«

Für einige Augenblicke sah der Android ihr ins Gesicht. »Vitrelian«, nannte er anschließend die Quelle des Zitats. »*Prüfungen eines Duldsamen,* Fünfter Akt, Dritter Aufzug. Ich habe das Aufregende Ihres Lebens bewundert und Sie auf gewisse Weise beneidet, Lady Sharrow, aber jetzt erkenne ich, daß Sie auch eine sehr gebildete Person sind.« Mit ostentativem Nachdruck schüttelte er den Kopf. »Ich gerate außer mir vor Bewunderung.«

Sharrow lachte. »Feril«, entgegnete sie, »es ist nur gut, daß Sie kein Mensch sind. Sie könnten, wenn Sie wollten, tausend Herzen brechen.«

Ausdrucksvoll winkte Feril, während er sich wieder seiner Arbeit zuwandte, mit der Hand ab. »Soviel ich weiß, sind dafür verschiedenerlei Drüsen und Körperfortsätze erforderlich, deren Koordinierung meiner schlichten Persönlichkeit wohl zuviel zumuten müßte.«

»Heuchler«, rügte Sharrow ihn, aber lachte. In der Leere des Zimmers hallten ihre Heiterkeitslaute sonderbar wider.

Sharrow empfand Gewissensbisse, weil sie Cenuijs Tod, wenn auch nur für kurze Zeit, vergessen hatte. Sie streckte und reckte sich, sah ihren Schatten, die Glieder verlängert und vergrößert, durchs Zimmer huschen. »Ich glaube, ich mache einen Spaziergang«, sagte sie.

»Bitte geben Sie auf sich acht«, empfahl der Android, indem er sie abermals anblickte.

»Um mich brauchen Sie keine Bange zu haben«, versicherte Sharrow, tatschte die Jackentasche, in der sie die HandBalliste stecken hatte.

Eine Stunde oder länger wanderte sie durch die dunkle Stadt, spazierte Treidelpfade entlang und durch Tunnels, vorbei an finsteren Ruinen und beleuchteten Häusern, längst verlassenen Straßen und Boulevards sowie über hohe Brücken und Aquädukte. Sie begegnete nur wenigen Androiden und überhaupt keinen Menschen. Eine Gruppe Androiden säuberte im Dunkeln die Fassade eines großen Steingebäudes; ein zweiter Trupp barg im Schein von Flutlichtlampen aus einem Kanal einen alten Schleppkahn, benutzte dazu einen Schiffskran, dessen Eisen und Trossen hörbar knirschten und knarrten.

Im übrigen nahm Sharrow während des Umherwanderns die Stadt kaum zur Kenntnis. Vor ihrem geistigen Auge wiederholten sich immerzu die Zerstörung der *Gelernten Lektion* und die darauffolgenden Ereignisse, an die sie sich in vollem Umfang und allen Einzelheiten zu erinnern versuchte, obwohl sie sicher war, daß es ihr nicht gelang, etwas sehr Bedeutsames geschehen sein mußte, das sie übersah, ihr nicht in den Sinn kam.

Seit dem Anschlag der Solipsisten auf den Kombipendler hatte sie es absichtlich vermieden, sich daran zu erinnern; es war schlimm genug für sie gewesen, daß sie jedesmal, wenn sie schlief, die letzten Sekunden an der Heckluke des Luftkissenfahrzeugs wieder vor sich sah, Cenuijs Zusammensacken spürte, noch einmal erlebte, wie er an ihr vorbei zur Luke hinausstürzte, sie nach ihm grapschte, nach Miz schrie, wie zuletzt Cenuijs Leichnam im orangeroten Geflacker im Gras lag, all das immer noch einmal durchlebte – und durchlitt, obwohl sie wußte, daß sie es träumte; ein anderes Mal war es Miz, der getroffen und tot an ihr vorüber die Luke hinaussackte, oder Miz und Cenuij tauschten irgendwie die Rollen, während der eine am anderen vorbeifiel, und wenn sie nach unten schaute, lag Miz im Gras, obschon sie Cenuij hinabstürzen gesehen hatte. Mehrmals war es scheußlicherweise – gräßlich genug, um sie unfehlbar aus dem Schlaf zu schrecken, so daß sie mit schweißiger Stirn und Herzrasen erwachte – sie selbst gewesen, die als Leiche in dem niedrigen Wasserfall lag, und sie hatte aus dem LKF, während es sich in Bewegung setzte, in ihr eigenes, erschlafftes Gesicht geblickt, das blind und tot in die von Flammen durchloderte Finsternis des Nachthimmels emporstarrte.

Wie aus schwarzen Eingängen zu Bergwerksstollen in der gebirgigen Stadtlandschaft hallten aus Vembyrs Arkaden und Passagen die Echos ihrer Schritte zurück.

Da und dort knipste Sharrow eine kleine Taschenlampe an, um den Weg zu erleuchten. Die ganze Zeit lang mühte sie sich pausenlos ab zu ergründen, was ihr keine Ruhe ließ, an die Einzelheit, den beiläufig beobachteten Vorfall oder die scheinbar belanglose Bemerkung, die ihr seinerzeit nichts besagt hatte, aber seitdem aus Gedächtnisklüften beharrlich und schwerwiegend ihre Aufmerksamkeit zu erringen anstrebte.

Doch sie konnte sich nicht daran erinnern und kehrte so schlau wie zuvor ins Haus zurück, wo ihr Feril, von Kopf bis Fuß mit Gipsklecksen gesprenkelt, kommentarlos eine Nachricht Breyguhns aushändigte.

Die Mitteilung war mit einem Tintendrucker auf ein Blatt Endlospapier gedruckt worden.

MARINABTEI DER TRAURIGEN BRÜDER
VON DER SCHWEREN BÜRDE

Du hast ihn umgebracht. Nun bleibe ich hier.

Breyguhn

Zur Feier ihres fünfzehnten Geburtstags hatte Breyguhns Vater einen Wanderzirkus auf das Parkgrundstück des alten Sommerpalais der Familie in den Zaulter Hügeln bestellt, in denen die wohlhabenderen Angehörigen des Dascen-Clans und ihre Gäste die heiße Jahreszeit zu verleben pflegten, falls sie sich währenddessen zufällig in Golters Nordhemisphäre aufhielten.

Breyguhn hatte gerade das Grundschulcollege abgeschlossen gehabt und sollte im Herbst – vorausgesetzt ihr Vater konnte es sich leisten – ihre Schulausbildung beenden. Sharrow hatte die Auswahl der Institute, die für sie in Frage kamen, ein wenig beschränkt, weil sie aus den drei besten, die sich allesamt in Claäv befanden, hinausgeworfen worden war, und zwar in allen Fällen unter Umständen von dermaßen eklatantem (wiewohl mysteriösem) Charakter, daß diese Einrichtungen es ablehnten, die Annahme eines weiteren Mädchens aus derselben Familie, selbst wenn es nur einen gemeinsamen Elternteil hatte, auch nur in Erwägung zu ziehen.

Weil Breyguhn darin eine beklagenswerte, blamable, ja sogar vorsätzlich-böswillige Beschneidung ihrer Freiheit und Zukunftsaussichten erblickte, hatten diese Vorgänge nicht dazu beigetragen, Sharrow bei ihr beliebter zu machen; dennoch war von beiden an einem tränenreichen Abend – ein paar Wochen, nachdem ihr Vater den letzten Schmuck aus dem Besitz der toten Mutter Sharrows beim Glücksspiel verloren gehabt hatte – gegenseitig geschworen worden, wenigstens während des Aufenthalts bei ihm friedlich miteinander zurechtzukommen.

Bei seiner Rückkehr von dem verhängnisvollen Spiel reichte der Hotelrezeptionist ihm zwei Umschläge; der eine Umschlag enthielt die letzte Aufforderung des Hotels zum Begleichen der Rechnung, der zweite einen Brief von Breyguhns Mutter – von der er damals seit fünf Jahren getrennt gelebt hatte –, in dem es hieß, sie liebte wieder einen Mann und verlangte deshalb die Scheidung.

Er hatte mit einer geladenen Pistole herumgefuchtelt, Tränen vergossen und von Selbstmord geschwafelt, durch diesen Auftritt beide Mädchen hinreichend eingeschüchtert und ihnen die Einwilligung zu seiner Forderung nach familiärem Frieden abgerungen.

Der Aufenthalt im Sommerpalais sollte diesen Pakt zum erstenmal auf eine längere Probe stellen.

Am Monatsanfang hatte ihr Vater in den Casinos einige Male Glück gehabt, und obgleich die Großkotzigkeit, für ein paar Tage einen ganzen Wanderzirkus zu mieten, den Großteil seiner Finanzen aufbrauchte und zur Folge hatte, daß seine Schulden weiter unbezahlt blieben, lautete aufgrund der kürzlichen Gewinnserie seine Einschätzung, er hätte jetzt eine Glückssträhne mit langfristiger Wirkung, und für seine jüngere Tochter so verschwenderisch Geld zu verschleudern, sei absolut keine Extravaganz, sondern eine Investition, die *garantierte*, daß ihm das Glück auch in Zukunft lächelte. Also quasi eine Opfergabe.

Sharrow, die sich noch nur zu deutlich der bedrückenden Umstände ihres fünfzehnten Geburtstags entsann, an dem sie, statt mit Geschenken überhäuft zu werden, nichts als Ausreden und die Bitte zu hören bekommen hatte, ihrem Vater das mit Juwelen geschmückte Kleid aus Platingewebe zu überlassen, den einzigen Gegenstand aus den Hinterlassenschaften ihrer Mutter, der noch nicht verkauft gewesen war oder verpfändet, damit er dringende Spielschulden begleichen konnte, war keineswegs mit großer Begeisterung darauf versessen gewesen, ihrer Halbschwester zum Geburtstag zu gratulieren.

Es tröstete Sharrow ein wenig, daß Breyguhn offensichtlich die Auffassung hegte, einen Zirkus zu mieten sei ein Geschenk für ein viel jüngeres Kind, nicht die Frau, die geworden zu sein sie sich stolz einbildete (indessen war sie – ebenso offenkundig – trotzdem dazu entschlossen, das Gebotene bis zum äußersten zu genießen). Und zudem freute es Sharrow, daß sie nach Breyguhns Geburtstagsfeier nicht mehr allzu lang im Sommerpalais bleiben mußte; sie war von einem jungen Mann, den sie an einem freien Tag während der letzten Schultage kennengelernt hatte, zum Skifahren nach Throsse eingeladen worden.

Er war der Bruder einer Mitschülerin gewesen, der

Sohn des Inhabers einer kommerziellen Söldnerfirma, und Sharrow hatte ihn damals für einen richtig hinreißenden Jungen gehalten. *Fast* hätte sie sofort am ersten Tag ihrer Bekanntschaft mit ihm gebumst; nur daß zwei andere Schülerinnen sie im Schrank entdeckten, hatte die Befriedigung ihrer Lust verhindert. Wahrscheinlich wäre sie auch von diesem Erziehungsinstitut geflogen, hätte sie es anschließend nicht geschafft, die beiden Mädchen erfolgreich zu bestechen. Seitdem hatte sie dem Jungen geschrieben, und er ihr, und sie war geradezu *aus dem Häuschen* vor Wonne gewesen, als die Einladung eintraf, ihn bei seiner Familie im Throsser Chalet zu besuchen.

Eigentlich fand sie am Skifahren kein besonderes Vergnügen, hatte jedoch, solange sie in Claäv gewesen war, Wert darauf gelegt – mit grimmiger Entschlossenheit –, sich in diesem Sport eine gewisse, fortgeschrittene Befähigung anzueignen; aber um mit speziell diesem jungen Mann beisammen sein zu können, hätte sie jede Erschwernis auf sich genommen, jede Härte. Ihr Vater hatte seine Zustimmung zu dem Skiausflug von ihrer Anwesenheit auf Breyguhns Geburtstagsparty abhängig gemacht, doch ein paar Tage lang ihre Halbschwester ertragen zu müssen, hatte Sharrow als harmlose Voraussetzung für die Glückseligkeit betrachtet, die sie in Throsse erwartete. (Im Vergleich dazu schrumpfte sogar das Triumphgefühl, das sie empfand, weil sie im nächsten Semester ein Studium an der Universität Yadayeypon antreten durfte, zur Bedeutungslosigkeit zusammen.)

»Wenn du dich mit Computern so unfaßbar toll auskennst, Sharrow, warum fummelst du dich nicht in eine Bank hinein und machst Vati wieder reich?«

»Weil die Datenspeicher einer Bank praktisch unzugänglich sind, außer man arbeitet dort, deshalb«, hatte

Sharrow verächtlich entgegnet. »Das weiß doch jeder Idiot.«

»Du jedenfalls weißt es.«

»Oh, wie bitte? Soll das etwa witzig sein?«

»Ich glaube dir nicht, daß du in einen ... einen Rechner eindringen kannst.«

»So, nicht? Ach, wie interessant.«

Bläulich erstreckten sich die flachen, vom Sonnenschein bestrahlten Hügel des Anwesens bis an den Horizont; unter dem wolkenlos blauen Himmel riffelte schwacher Wind leicht die grüne und gelbe Vegetation. In der Ferne glitzerten Teiche.

Sharrow und Breyguhn saßen nebeneinander in der Gondel eines Karussells, die mit sanftem Schaukeln um den Mittelpunkt des riesigen Geräts kreiste. In weiteren Gondeln befand sich ein Anzahl der Erwachsenen und Kinder, die in diesem Sommer gleichfalls im Palais wohnten. Rechnete man außer ihnen das Personal und dessen Nachwuchs hinzu – die Breyguhns Vater in fröhlichem Überschwang, allerdings zu Breyguhns insgeheimem Kummer, zur Teilnahme am Fest ermuntert hatte –, ließ sich dem zeitweilig aufgebauten Rummelplatz nachgerade eine gewisse Betriebsamkeit nachsagen.

»Mädels? Heda, Mädels!«

Mit starrem Lächeln in der Miene drehten beide sich zu ihrem Vater um, der in der Gondel hinter ihnen saß. An seiner Seite hatte Skave Platz nehmen müssen, sein Androidbutler, der in der formell-steifen Domestikentracht, auf der ihr Vater bestand, ziemlich unpassend wirkte. Auf dem kahlen Metallschädel hatte er einen runden, schwarzen Butlerhut.

Skave glotzte in die Weite des Umlands, die Metallhände ans Geländer der Gondel geklammert. Das Stahlrohrgeländer sah unter Skaves Fäusten etwas eingebeult aus, allerdings eher ein Hinweis auf eine minimale Disfunktion als ein androidisches Analogon der

Furcht: die Maschine war schon älter, stammte aus der ersten historischen Epoche Golters, in der man es als angebracht erachtet hatte – und auch die Fähigkeit gehabt –, Androiden herzustellen. Wegen der Verschuldung, die auf Breyguhns Vater lastete, war Skave im Verlauf der vergangenen Jahre nicht mehr gewartet worden, und seit einiger Zeit zeigten sich Mängel in seinem Koordinationsvermögen und der Motorik.

»Was denn, Vati?«

»Macht's Spaß?«

»Pardon?«

»Macht's Spaß?«

»O ja.«

»Ja doch, es macht unglaublichen, unerhörten Spaß.«

»Wunderbar. Sie haben ihren Spaß. Ist das nicht prächtig, Skave?«

»Wie wahr, Sir.«

»Erinnert es dich nicht auch an das alte Karussell damals im Tanzsaal, Sharrow?«

Breyguhn stieß Sharrow in die Rippen. Aus Überdruß stöhnte Sharrow laut auf und drehte sich noch einmal nach ihrem Vater um, zeigte auf ihr Ohr und schüttelte den Kopf. »Ich kann nichts verstehen«, schrie sie.

Nachdem die Karussellfahrt geendet hatte, kreiste das Gerät langsam in Gegenrichtung, damit die Leute am Zugangspodest den Gondeln entsteigen konnten; als erste schwangen sich ihr Vater und Skave aus der Gondel auf das Brettergestell, danach waren Sharrow und Breyguhn an der Reihe. Ihr Vater half Breyguhn beim Absteigen; Skave nahm Sharrows Hand.

Sharrow schrie, als die Stahlfaust des Androiden ihre Finger quetschten.

Sofort ließ die alte Maschine ihre Hand los und fing zu schlottern an, als müßte sie jeden Moment vornüberkippen, der Kopf wackelte ihr auf dem Kragen. Sharrow krümmte sich über ihre schmerzenden Finger.

»Du blöder Scheißapparat!« heulte sie. »Du hast mir die Finger gebrochen.«

»Gnädiges Fräulein«, stammelte der Android in kläglichem Ton, »gnädiges Fräulein, gnädiges Fräulein ...« Wie in höchster Verwirrung sah er die eigene Hand an.

Breyguhn trat einen Schritt zurück und schaute dem Geschehen zu.

Ihr Vater schlang den Arm um Sharrows Schultern, ergriff sachte ihre Hand und küßte sie, streckte die verkrampften Finger. »Aber nein«, sagte er, »sie sind nicht gebrochen, meine Liebe. Sie sind heil, siehst du? Du hast gesunde, makellose, schöne Fingerchen. Mmm. Zum Küssen. Mmm. Was für Finger ... Ach, einfach zum Küssen. Siehst du, es ist alles gut. Dieser dumme, alte Skave. Ich muß ihn ölen oder so was. Schau ihn dir nur an, wie er zittert, der alberne, alte Trottel. Skave, sag ihr, daß es dir leid tut.«

»Gnädiges Fräulein«, kam der alte Android augenblicklich der Aufforderung nach, »es tut mir schrecklich leid. Ganz, ganz schrecklich leid.«

Indem sie durch ihren Tränenschleier blinzelte, sah Sharrow, sich dessen bewußt, daß Breyguhn alles beobachtete, die Maschine an. Es kostete sie Mühe, nicht zu schluchzen. »Du *Idiot*!« schimpfte sie den AndroidButler aus.

Erneut verfiel der Android ins Schlottern, ihm bebten die Hände.

»Ach, meine Liebe, mein kleiner Liebling, sei nicht so, unser dusseliger, alter Skave hat es ja nicht absichtlich gemacht. Komm, laß mich noch einmal deine entzückenden Fingerchen küssen ...«

»So«, rief Sharrow, als sie in Breyguhns Zimmer gerauscht kam, während Breyguhn sich gerade vorm Spiegel das lange, braune Haar kämmte. Vor ihren Augen schmiß Sharrow sich aufs Bett und entrollte einen Sticker-Computer schlichteren Modells. Sie warf die

Haare in den Nacken und nahm das Gerät durchs Drücken einiger Tasten in Betrieb. »Du wolltest wissen, ob ich eine tüchtige Hackerin bin, und nun werde ich es dir beweisen.«

Seelenruhig kämmte Breyguhn sich die Haare bis zur Zufriedenheit und band sie zusammen, dann gesellte sie sich zu ihrer älteren Halbschwester aufs Bett. Sie heftete den Blick auf den Monitor. Darauf gab es nichts außer Zahlen und Buchstaben zu sehen.

»Bestimmt sehr aufregend. Was hast du denn vor, Sharrow?«

Sharrows Rechte huschte über die sichtlich abgenutzte Tastatur des Sticker-Computers. Die linke Hand, die wohl noch wehtat, benutzte sie nur gelegentlich zum Tippen einer zusätzlichen Taste.

»Ich pfusche mich auf Skaves Stammplatine. Diesem unfähigen, alten Wrack werde ich einen richtig fiesen Alpdruck einbrocken.«

»Echt?« fragte Breyguhn, wälzte sich so auf dem Bett herum, daß ihr Nachthemd sich um sie wickelte. Der Monitor war noch immer langweilig.

»Jawohl«, bestätigte Sharrow. »Skave ist dermaßen alt, daß er noch ein Schlafäquivalent einprogrammiert hat, damit er verarbeiten kann, was tagsüber vorgeht, und sein Programm entsprechend assimiliert. Der Blechkerl ist ja längst derart alt und routiniert, daß er die Aktualisierung nicht mehr braucht, aber es ist ihm zur Gewohnheit geworden. Und ich pole nun seine Schnarchphase in ein Alptraum-Actionspiel um.« Ihre Finger tanzten auf der Tastatur Ballett.

»Was?« fragte Breyguhn, schaute nun interessiert genauer hin, schob sich auf dem Bettzeug näher. »In so etwas wie diese künstlichen Träume, in die Leute sich versetzen, um herauszufinden, wie lange sie sie aushalten können?«

»Genau darauf will ich hinaus«, antwortete Sharrow, ohne den Blick vom Monitor des Sticker-Computers zu wenden, während die hochgradig verschachtelte Fensterstruktur eines Datenbanksystems erschien, als baute sich ein buntscheckiges Gebirge auf; sie bediente die Funktionen mit den Fingerkuppen, verschob Bestandteile der Systemarchitektur, zischelte vor sich hin, wenn ihre noch empfindliche linke Hand falsche Befehle gab und sie Korrekturen vornehmen mußte. Endlich war sie zufrieden und tippte das HoloModus-Ikon an.

Sofort machte die verschachtelte Programmstruktur der Arbeitsfläche einem Unendlichkorridor Platz, der sich bis in die Tiefe des Monitors erstreckte und dort verschwand. Sharrow schmunzelte und langte mit einer Hand ins Holo, hielt mit einem Daumen die ROLLEN-Taste gedrückt.

»Diese Nacht vergißt das alte Schrottpaket Skave nicht, dafür sorge ich«, behauptete sie, wählte einen bestimmten Abschnitt des im Abrollen befindlichen Korridors aus und stoppte ihn an dieser Stelle. »Nur wird sie für ihn so lang wie tausend Nächte sein, und er kann nicht aufwachen.«

»Wie *tausend* Nächte?« vergewisserte sich Breyguhn, versuchte tiefer ins Holo zu spähen.

Sharrow verdrehte die Augen. »Weil sie tausendmal *schneller* als *wir* denken, deswegen, du Weichhirn«, erklärte Sharrow. Längst hatte sie das Programm des Palais, das zwar Smart-Ware, aber keine KI-Qualitäten umfaßte, in allen Hauptaspekten ergründet und erschlossen; nun aktivierte sie die AUTO-LADEN-Funktion. Symbole schwirrten durch den Holo-Monitor, schnell rollten Zahlentabellen abwärts und erloschen.

»Da«, sagte Sharrow nach einer Weile, sobald das Durcheinander zum Stillstand kam.

»Das war alles?« meinte Breyguhn enttäuscht.

Sharrow blickte ihr ins Gesicht. »Was ich da gerade fertiggebracht habe, meine Kleine, ist die Beeinflussung der internen Systeme eines seit siebentausend Jahren existierenden Androiden.«' Mit einem kräftigen Ruck rollte sie den Sticker-Computer ein. »Gib morgen beim Frühstück auf ihn acht und bestelle dir nichts Heißes, außer du möchtest es von deinem Schoß essen.«

Sie packte Breyguhns Schopf und zauste ihn energisch, schüttelte ihren Kopf hin und her.

Breyguhn hob die Hand und wehrte Sharrows Faust ab.

Ihr Vater geriet außer sich vor Betroffenheit. »Skave«, jammerte er, »Skave ...!« Er hatte noch die Serviette aus dem Hemd baumeln gehabt, während er durchs Frühstückszimmer gestapft war, und die Hände gerungen. »Nach all den Jahren ... Das kann ich mir nicht verzeihen. Ich hätte ihn regelmäßig warten lassen sollen. Es ist alles meine Schuld.«

Er ging wieder ans Fenster. Draußen schlossen soeben zwei wuchtig gebaute, kraftvolle Androiden und ein Mann im Technikeroverall die Hecktüren des Lieferwagens, in dem Skaves regloser Körper abtransportiert werden sollte und der für solche Zwecke eine spezielle Sicherheitsausstattung aufwies.

Der Android war im Technikanlagenkeller entdeckt worden, wo er noch, die Augen weit und stier aufgerissen, während sein Kopf von Seite zu Seite schlotterte, an die Schnittstelle der Palais-Computersysteme angeschlossen gestanden hatte. Ein Diagnosescanning hatte ergeben, daß nicht nur effektiv seine vollständige Persönlichkeit gelöscht worden war, sondern außerdem ein Großteil seiner eigentlichen Programmierung und sogar manche der angeblich festverdrahteten Funktionselemente.

Das Androiden- und KI-Leasingunternehmen, das man zu Hilfe gerufen hatte, vertrat die Auffassung, nur eine unerhört abwegige und unwahrscheinliche nanophysikalische Unregelmäßigkeit könnte – zumal nach so vielen Jahrtausenden – den Defekt verursacht haben;

nach den vorhandenen Erfahrungen sei es indes weit wahrscheinlicher, daß irgendein Hacker in die Datenspeicher des Androiden eingedrungen war und ihm vorsätzlich das überalterte Hirn völlig durcheinandergebracht hatte.

Sharrow saß äußerlich verstört, innerlich jedoch voller grimmig-entschlossener Selbstzufriedenheit dabei, während ihr Vater ununterbrochen die Hände rang und im Zimmer auf und ab lief, sich von seinen Verwandten nicht beruhigen ließ. Zwar verspürte sie Ansätze zu Gewissensbissen, wenn sie daran dachte, was Skave passiert war, doch sie unterdrückte sie mit dem Triumphgefühl über den schrankenlosen Erfolg, den sie dabei erzielt hatte, Breyguhn ihre Hackerinnenfähigkeiten zu beweisen – denn *das* mußte ihr endlich bei ihr enormen Respekt verschaffen –, und mit der herben, aber tröstlichen Vorstellung, daß Skave alt gewesen war und ohnehin immer nutzloser geworden wäre, seine Außerdienststellung – oder was mit veralteten Robotern geschah – längst überfällig gewesen sein mußte.

Sharrow senkte die Hände unter den Tisch und preßte die linke mit der rechten Hand, teils um ihre Gedanken von dem abzulenken, was sie getan hatte, zum Teil, um sich an den Anlaß für ihr Vorgehen zu erinnern. Sie beobachtete ihren Vater beim Hin- und Herschreiten und Händeringen, während ihr Schmerz durch den Arm stach. Sie drückte fester zu, bewahrte dabei eine ruhige Miene, bis ihr die Augen feucht zu werden drohten; danach erst ließ sie es sein.

Breyguhn wirkte wahrhaft schockiert. Sharrow bemerkte bei ihr, während sie beide mit dem Rest der Familie um die Frühstückstafel saßen, dem Gejammer und Gezeter ihres Vaters zuhörten, Blicke wonniger Komplizenschaft, die mit etwas wechselten, das an Grausen grenzte.

»Dahin! Nach so vielen, langen Jahren verloren. Seit

tausend Jahren in der Familie und unter *meiner* Ägide verlustig gegangen! Sozusagen unser letzter Wertgegenstand. Was für eine Schande ...!«

Entschieden nahm Sharrow sich zusammen, schüttelte traurig den Kopf und suchte sich Eisbrot aus dem Tischkühlfach. Breyguhn saß dabei und gaffte sie aus großen Augen an.

Später hatte Sharrow heimlich in die Palais-Computersysteme Einblick genommen und den an ihren Vater adressierten Bericht der Leute gelesen, von denen Skave fortgeschafft worden war; der Bericht sollte auch als Einschreibebrief zugestellt werden, den abzufangen sie keine Möglichkeit wußte.

Doch zu ihrer Erleichterung fand sich darin nichts, das einen irgendwie gearteten Verdacht auf sie oder jemand anderes im Haushalt geworfen hätte. Die Androiden- und KI-Leasingfirma war zu dem Schluß gelangt, ein auswärtiger Hacker müßte in die Palais-Computer eingedrungen sein (und empfahl deshalb dringend dessen Modernisierung, eine Aufgabe, die sie gegen kundenfreundliche Ratenzahlung gerne erledigen würde). Flüchtig erfüllte es Sharrow mit Stolz, die Einschätzung zu lesen, daß der unbekannte Täter durchaus ein versierter Programmierprofi gewesen sein könnte, so gut hätte er seine Spuren verwischt.

Ferner gelangte der Bericht zu dem Resümee, daß der Android ein neues Gehirn brauchte und darum als Totalschaden eingestuft werden mußte, solange keine wesentliche, jedoch sehr unwahrscheinliche Änderung des entsprechenden Gesetzes erfolgte. Da sämtliche als Eigentum von Menschen existenten Androiden unabhängig von ihrem Zustand als äußerst wertvoller Besitz galten, ging die Firma davon aus, als nächste Maßnahme wäre die Stellung eines hohen Schadensersatzanspruchs an den zuständigen Androidenversicherer fällig, und teilte mit, daß sie die Maschine, falls gewünscht, in ihrem Tresor zu deponieren und bereit wäre, sie vom Schadengutachter der Versicherung überprüfen zu lassen.

Als sie das las, hatte Sharrow das Gesicht in den Händen verborgen. Sie wußte, daß ihr Vater schon seit langem keine Versicherung mehr für Skave unterhielt. Warum eine Versicherungsprämie für etwas zahlen, das innerhalb von siebentausend Jahren nie einen Defekt gehabt hatte, wenn man mit demselben Geld eine Million am Spieltisch gewinnen konnte? Das wäre doch wohl Verschwendung gewesen.

Sharrow desaktivierte den Sticker-Computer und ließ ihn sich einrollen.

»Diese blöde Maschine war ein Teil unseres Familienerbes!« fauchte Breyguhn. Sie und Sharrow befanden sich an der Eisbahn, zankten sich beim Warten zwischen zwei Fahrten, während andere Besucher, Erwachsene und Kinder, aus den kleinen Motorschlitten klommen und über die Fläche gepreßten Schnees zu den Seitenbanden gingen, an ihrer Stelle neue Leute einstiegen. Rings um die flache Vertiefung der mittels Kühlanlagen gefrorenen Eisbahn herrschte sonnig-heißes Wetter; gelegentlich wehte leichter, warmer Wind den Duft von Blumen und Grün durch die Kälte des strengen Wintergeruchs, der über dem Eisplatz lag.

Im Laufe der letzten Fahrt hatte es Breyguhn sichtlich großen Spaß gemacht, Sharrows Motorschlitten einige Mal anzurammen. Sharrow hatte es lieber, beim Motorschlittenfahren alle Arten von Kollisionen zu vermeiden, darum war dieser Trick, um sie zu ärgern, wirksamer als die meisten sonstigen Einfälle, die Breyguhn in dieser Hinsicht hatte.

»Ach, na und?« hatte Sharrow erwidert, sich umgeblickt, um sich davon zu überzeugen, daß niemand ihr Gespräch mitanhörte. »Unser doofer Alter hätte Skave sowieso demnächst verkauft und das Geld verjubelt,

ohne daß von dem Zaster etwas an uns geflossen wäre.«

»*Vielleicht* doch«, widersprach Breyguhn halsstarrig, während Leute die letzten Fahrzeuge besetzten und das Warnzeichen ertönte, das ankündete, daß gleich abermals das Funksignal gesendet wurde, mit dem man die Motoren der Schlitten wieder anschaltete.

»Vielleicht ...« Sharrow lachte. »Nie im Leben, Kindchen. Das nächste Mal, wenn er hohe Spielschulden hat, wäre Skave von ihm verpfändet worden. Er verschleudert doch alles, um an Geld fürs Glücksspiel zu kommen. Mensch, er würde sogar *uns* verkaufen, um Geld fürs Spielen zu haben.« Ostentativ blickte Sharrow an ihrer Halbschwester hinunter und hinauf. »Na, für mich erhielte er jedenfalls einen guten Preis.«

»Er hatte Skave *gern*«, entgegnete Breyguhn. »Ihn hätte er niemals zu Geld gemacht.«

»Quatsch«, hatte Sharrow mit ungeheurer Geringschätzung gesagt.

»Du hast doch gar keine Ahnung!«

»Auf alle Fälle weiß ich«, antwortete Sharrow voller Abweisung, während das Warnzeichen gellte und die Motoren aufheulten, »daß du eine gräßliche Nervensäge bist und ich froh bin, wenn ich von hier zum Skifahren« – sie flatterte mit den Brauen und vollführte mit dem Unterleib eine Stoßbewegung – »abhauen kann.«

Schwungvoll drehte sie auf der weißen Fläche ihren Motorschlitten, wich einem plumpen Rammversuch Breyguhns aus und überschüttete, indem sie in Fahrtrichtung der ovalen Eisbahn davonstob, das Gefährt ihrer Halbschwester mit einem Schauer aus Eisflöckchen.

Eine Minute später sprang die linke Kufe von Sharrows Motorschlitten, die breite Metallschiene blieb dahinter liegen wie die Schleppe eines absonderlichen Kleids. Sharrow trat aufs Pedal, aber die Fahrzeugauto-

matik hatte den Motor abgeschaltet. Sie drosch die Hände aufs Steuerrad, ehe sie sie senkte, verzerrte das Gesicht, als aus ihrer empfindlichen Hand Schmerz in den Arm schoß; dann stand sie im Fahrzeug auf und wartete auf eine Lücke im Vorübersausen der übrigen Motorschlitten, in denen fröhliche Leute hockten, johlten und kreischten, und sobald sich eine Gelegenheit bot, stiefelte sie vorsichtig, aber rasch übers weiße Eis zur Seite.

Im Anschluß an den Unfall behauptete Breyguhn, sie hätte ihren Motorschlitten gegen die allgemeine Fahrtrichtung gewendet, um zu schauen, ob sie Sharrow, nachdem sie bemerkt hatte, daß ihr Fahrzeug stand, irgendwie behilflich sein könnte. Gewußt hätte sie, daß sie gegen die Vorschriften verstieß, aber in dem Moment nicht daran gedacht gehabt. Dann hätte ihr Pedal geklemmt, und sie wäre in Panik geraten. Ihr wäre ganz schrecklich zumute gewesen, weil sie Sharrow angefahren, gegen die Bande gedrückt und ihr das Bein gebrochen hatte.

Um so mehr, da es Sharrow daran hinderte, den Skiausflug zu machen.

Einen Berg Kissen im Rücken, saß Sharrow aufrecht im Bett. Ihr Vater hatte die Arme um sie geschlungen und tätschelte ihr die Schulterblätter.

»Ich weiß, ich weiß, mein Liebling. Im Moment sieht es so aus, als wäre alles gegen uns, nicht wahr? Den armen Skave hat man abgeholt, dein böses Bein mußte unbedingt brechen, und die bedauernswerte Breyguhn kann kaum noch schlafen, weil sie sich einredet, es sei ihre Schuld, und ich habe zwei so unglückliche Töchter …!«

Er tatschte Sharrows Nacken, während sie das Kinn auf seine Schulter legte und Breyguhn ansah, die auf einem kleinen Stuhl an der Tür hockte. Breyguhn ver-

drehte die Augen und wandte den Kopf schnell hin und her, als ihr Vater sich über Skave äußerte, verzog den Mund zu einem stummen Schrei und hielt sich den Schenkel, sobald er den Beinbruch erwähnte, und als er auf sie zu sprechen kam, schloß sie die Lider und neigte den Kopf zur Seite, als ob sie in friedlichem Schlummer läge.

»Aber es wird alles wieder gut, das weißt du doch, stimmt's, mein kleiner Liebling? Die Ärzte kriegen das schlimme Bein im Handumdrehen wieder hin, nicht wahr?«

Breyguhn zeigte Sharrow ein schlaffes, krummes Bein, das sich plötzlich straffte, zappelte damit.

»Ja natürlich werden sie's. Nachher wird es wieder sein, als wäre nichts passiert, was? hm? Du wirst das Malheur bald vergessen haben, glaubst du mir?«

Mit einem Finger an der Lippe und einer Reihe gutgespielter Mienen der Ratlosigkeit mimte Breyguhn Vergeßlichkeit.

Sharrow lächelte mit schmalen Lippen, während ihr Vater sie auf die Schultern klopfte. Sie musterte Breyguhn und schüttelte langsam den Kopf.

Breyguhn verschränkte die Arme und feixte spöttisch.

Sharrow vögelte mit einem der jüngeren Ärzte, während sie noch den Gußverband am Bein hatte, und überredete ihn sicherzustellen, daß ihr Bein niemals ganz heilte; fürs Leben sollte ein schwaches Hinken zurückbleiben, damit sie nie vergaß.

Ihr Vater hatte nie verstehen können, wieso seine Tochter nach der Behandlung noch hinkte. Er drohte der Klinik und dem Krankenversicherer an, sie zu verklagen, konnte es sich allerdings nicht im entferntesten leisten.

An der Universität wurde Sharrows Hinken zu

ihrem Merkmal, einer Art von Talisman für sie, ihrem Erkennungszeichen, etwas ähnlichem wie einem vom Duell zurückgebliebenen Schmiß oder einer Augenklappe.

Sie lehnte es immer ab, sich einer neuen Behandlung zu unterziehen.

Ihr Vater vermochte das alles überhaupt nicht zu begreifen.

19

Störfaktor

Die Frau und der Android standen neben einem altmodischen Auto auf einer mit Unkraut bewachsenen Kaimauer der einstigen Hafenanlagen und blickten hinaus aufs Meer. Dann und wann drang ein Zischen aus der Kraftfahrzeugantiquität, und Dampf quoll heraus. Hinter den Fassaden der Lagerhausruinen hob sich unausgesetzt Nebel von den warmen Wassern des Hafenbeckens, stieg fortwährend empor an die eisgraue Weite des leblosen Himmels. Thrial glich einer roten, in Nebelschleier gehüllten Frucht. Entferntere Gebäude flimmerten an der Grenze zur Unerkennbarkeit.

Der Helikopter umrundete die Halbinsel, sein Motor hallte von den Kliffs und Bauwerken, die im Nebel aufragten, wider wie Trommelklang. Als sie die Hafenmole überquerte, verringerte die Maschine das Tempo, dann senkte sie sich herab, landete zügig und mit einer gewissen Eleganz inmitten eines Strudels verwirbelter Nebelschwaden sowie eines Aufstiebens kleiner Steinchen und vom Wind verwehten, morschen Laubs.

Sharrow schwankte auf den Füßen. Der Android blieb unbewegt.

Miz sprang vom Pilotensitz, löste das Kontrollkabel vom Ohr und reichte das Steuerinstrument einem Uniformierten, der daraufhin auf den freigewordenen Platz rutschte. Miz wirkte selbstzufrieden. An der Rechten hatte er einen dünnen Verband. Auf der anderen Seite des Helikopters zeigten sich Dloan und Zefla; Dloan humpelte leicht.

Zefla lächelte, sobald sie Sharrow sah. »Ende nächstes Jahr in Yadayeypon«, sagte sie, während sie und Sharrow sich drückten, »und die Richter sind drei richtige nette, alte Herren.«

»Ich habe es schon gehört. Hallo, Dloan.«

»Gute Landung, hä?«

»Wunderbar, Miz. Das ist Feril, während meines Aufenthalts in Vembyr mein Rechtsbeistand und Kustos.«

»Ich begrüße Sie alle recht herzlich«, sagte der Android. Er deutete auf das uralte Dampfauto, das halblaut vor sich hinzischte, setzte sich die Fahrerbrille auf. »Gestatten Sie mir, Sie zu Lady Sharrows zeitweiligem Wohnsitz zu bringen.«

Miz schaute über die nebelige Stadt aus. Der aus Sandstein errichtete Wohnblock mit seinen pechschwarzen Fassaden stand auf halber Höhe eines bebauten Hügels längs eines alten, durch eine Reihe von Schleusen in Becken unterteilten, abgestuften Kanals, der mit sichtlichem Gefälle vom Seehafen zu den inneren Hafenanlagen der Stadt führte. Sharrows Wohnung lag im Dachgeschoß, ein Stockwerk über den Räumen, die Feril bewohnte. Der Android war erst kürzlich aus der Dachgeschoßwohnung gezogen, nachdem er sie renoviert hatte.

Die Androiden verfolgten die erklärte Absicht, die Stadt Vembyr so weitgehend zu restaurieren, daß ihr Zustand annäherungsweise den Verhältnissen glich, in denen sie sich in der Ära der Lacertidaen-Dynastie befunden hatte, als die Stadt nach allgemein übereinstimmender Einschätzung kulturell am lebendigsten gewesen war und die größte architektonische Geschlossenheit aufwies. Außer daß Feril das alte, dampfbetriebene Auto repariert hatte, mit dem die Ankömmlinge vom Hafen abgeholt worden waren, konnte er die Leistung vorweisen, im Laufe der vergangenen Jahrzehnte schon zwei Wohnblocks vollständig renoviert zu haben; gegenwärtig arbeitete er an seinem dritten Häuserblock.

Samt und sonders hatten die Wohnungen außergewöhnlich große Räume. Von polierten Parkettböden reichten Holztäfelungen mit komplizierten abstrakten Mustern hinauf zu Verkleidungen aus Marmor und Achat, durch weiß getünchte Wandflächen getrennt von unglaublich detailreichen Stuckfriesen, die von Blattwerk, Ranken sowie kleinen Eidechsenköpfen, die daraus hervorlugten, nur so strotzten. Das Zimmer, in dem sich das Team versammelt hatte, war sparsam mit Mobiliar aus schwärzlichem Holz und Leder ausgestattet, das einen sowohl förmlich-strengen wie auch organischen Eindruck erweckte.

»*Wie*viel?« fragte Sharrow.

»Zehn Millionen«, wiederholte Zefla, nickte zur Bekräftigung. Sie stand an einer Wandvertäfelung und strich mit der Hand über das Holz.

Miz kehrte dem Fenster den Rücken zu und spreizte die Arme. Seine Umrisse zeichneten sich gegen die Aussicht ab. »Der Kerl hat nicht mal die Miene verzogen«, rief er.

»Die Richterin sehr wohl«, sagte Zefla, betrachtete aufmerksam die Holzvertäfelung. »Man konnte ihr anmerken, daß sie dachte, es wäre bloß 'ne Formsache, eine dermaßen hohe Kaution festzusetzen. Aber dann mußte sie vor allen Anwesenden die Justiz-KI konsultieren, wahrscheinlich hat sie geprüft, ob sie die Kaution so hoch festlegen könnte, daß *niemand* sie zu bezahlen imstande gewesen wäre, allerdings sprechen die Vorschriften dagegen. Also mußte Roa freigelassen werden.«

»Wer riskiert denn wohl *zehn* Millionen für diesen Irren?« fragte Miz.

»Hinweise gibt es wohl keine, vermute ich?« wollte Sharrow wissen.

Zefla wandte sich von der Vertäfelung ab und nahm neben Sharrow auf einer langen Couch Platz. Sie zuckte die Achseln. »Gezahlt hat eine Kautionsagentur. Binnen einer Stunde lag ein geldwerter Chip vor. Wer dahinter steckt, wissen wir nicht.«

»Vielleicht derselbe Halunke, der gestern in Tile dem Sieger des Mittagsrennens den Namen *Fünf minus eins* gegeben hat«, meinte Miz, stützte wieder die Fäuste aufs Fensterbrett.

»Ach, Miz«, erwiderte Zefla, warf ihm einen skeptischen Blick zu.

»Ja, ich weiß«, antwortete er, »ich bin paranoid.«

Sharrow spürte, wie sich bei ihr von neuem die innere Unruhe einstellte, das Gefühl, daß sie etwas außer acht gelassen hatte, und zwar etwas höchst Wichtiges.

»Miz?« rief sie ihm zu.

»Hmm?«

»Komm bitte vom Fenster weg, ja?«

»Was?« fragte Miz, blickte sich um und runzelte die Stirn. Er trat zurück, nahm sein Körpergewicht von der Glasscheibe, an die er sich gelehnt hatte, entfernte sich vom Fenster.

Sharrow merkte, daß jetzt alle sie anschauten. Miz' Blick schweifte zurück zur Stadt außerhalb des Fensters. Sharrow ertappte sich dabei, sich im Zimmer nach Cenuij umzusehen. Mit dem Arm vollführte sie eine halb gereizte, halb verzweifelte Gebärde. »Entschuldigt«, bat sie. »Ich bin es, die paranoid ist.« Sie wies auf das Fenster. »Ich bin sicher«, sagte sie zu Miz, »daß draußen kein Scharfschütze lauert und du nicht aus dem Fenster fällst.«

Zunächst lächelte Miz unsicher; dann setzte er sich in einen hellen Ledersessel.

»Auf alle Fälle sind wir jetzt da«, konstatierte Dloan, dehnte leicht sein verletztes Bein. »Was ist es denn, das wir uns ansehen sollen?«

»Eine Hinterlassenschaft Gorkos«, erklärte Sharrow. Sie schaute in die Runde und bemerkte, daß irgend etwas nicht stimmte – und erkannte, daß ihr Blick erneut Cenuij suchte, seine Augen. »Heute abend gehen wir in ein Lagerhaus«, fügte sie hinzu.

»Ein Lagerhaus?« wiederholte Miz.

»Auf Veranlassung des Globalen Tribunals«, erklärte Sharrow, »ist hier eine Menge an ehemaligem Familieneigentum eingelagert worden.«

»Die Lagergebühren sind niedrig«, erläuterte Zefla, weil Miz nach wie vor etwas verdutzt wirkte.

»Es geht um Sachen Gorkos«, sagte Sharrow. »Manches konnte bis jetzt nicht verkauft werden, und einiges ist noch umstritten. Das Globale Tribunal behauptet, es gehört ihm, meine Familie beharrt darauf, daß es ihr zusteht.«

»Und in welche Kategorie fällt das«, fragte Zefla, »was wir uns heute ansehen wollen?«

»In letztere«, klärte Sharrow sie auf. »Es ist Gorkos Grab.«

»Sein *Grab*?« vergewisserte sich Miz.

Sharrow nickte.

Jetzt überforderten ihre Andeutungen anscheinend auch Zefla. »Wie hat das Buch dich auf das Grab gebracht?«

Die Augen zusammengekniffen, blickte Sharrow in dem großen, weißen Zimmer umher. »Das erzähle ich euch woanders«, sagte sie.

»Traust du deinem neuen Freund nicht?« fragte Miz.

»Doch, ich vertraue ihm«, beteuerte Sharrow, betrachtete die fein gestalteten Laubbüschel, Stengel, Blattwedel und Blüten der Stuckverzierung im Winkel zwischen Wand und Decke. »Aber wer weiß …?«

Für ein Weilchen herrschte im Zimmer Schweigen. Schließlich klatschte Zefla in die Hände. »Kann ein nettes Mädchen hier irgendwo was zu trinken kriegen?« rief sie.

»Gute Idee«, meinte Sharrow und stand auf. »Probieren wir es im City Hotel. Ihr müßt euch sowieso Zimmer besorgen. Ich darf dort nicht wohnen, aber ich vermute, man verbietet mir nicht den Zutritt zur Hotelbar.«

Das Innere des Lagergebäudes schien bis in unendlich weite Fernen zu reichen, Abteilung um Abteilung, Gang um Gang, Regal um Regal. Gemeinsam mit dem Rest des Teams stand Sharrow am Eingang, während Feril und der Lagerhaus-Aufsichtsandroid an einer großen Schalttafel die Lampen anknipsten, die riesige Halle nach und nach mit Lichtkreisen aus gelber Helligkeit erleuchteten.

»Hui«, staunte Zefla, einen Ellbogen auf Sharrows Schulter gelegt. »Ist das hier Gorkos Kram?«

»Ja«, bestätigte Sharrow.

»Was, *alles*?«

Bedächtig ließ Sharrow den Blick durch die Halle schweifen, während in der Ferne die letzten Leuchtkörper aufflammten. »Das ist nur eines der Häuser«, sagte sie, »in denen seine Sachen lagern.«

»Au Mann«, kommentierte Miz.

»Lady Sharrow«, wandte Feril sich an sie, »Sie haben den Wunsch, sich das Grabmal Ihres Großvaters anzusehen?«

Sie nickte. »Ich bitte darum.«

»Bitte hier entlang.«

Sie schritten durch die verstaubten Überbleibsel aus der Vergangenheit der Familie Sharrows, dahin zwischen gestapelten Frachtkisten und aufgetürmten Packkartons, an verschiedenerlei Behältnisse gehefteten verblichenen Etiketten und Verzeichnissen. Die Gegenstände, die sich nicht in Behältern befanden, hatte man mit durchsichtiger Plastikfolie umwickelt, an der Code-Siegel des Globalen Tribunals hingen.

Nach kurzer Wegstrecke gelangten sie in einen Teil des Lagers, in dem ein großer, mit Plastik umhüllter Würfel von vier Metern Seitenlänge den augenfälligsten Blickfang bildete; er stand, innerhalb der transluzenten Plastikhülle umgeben von Kisten, Kartons und einer Wirrsal von Einzelstücken, auf einer Metallpalette.

»Das ist das Grab«, stellte Feril fest und zeigte auf den dunklen Kubus.

»Aha«, brummelte Miz. Man hörte ihm Enttäuschung an. »Irgendwie hab ich's mir bombastischer ausgemalt.«

»Größer ist es nicht«, sagte Sharrow.

Feril ging auf den Würfel zu; die anderen folgten ihm. »Ich entferne die Umhüllung«, kündete der Android an. Er suchte das Code-Siegel des Globalen Tribunals und legte den Finger auf die Scannerfläche. Die Plastikfolie klaffte auseinander; Feril und Dloan zogen sie herunter, entblößten die spiegelblank geglätteten Granitflächen des Grabmals. Sharrow schob eine Kiste ans Grab, stieg darauf und spähte durch das Rauchglasfenster der schwarzen Außenwand.

Sie hob eine Hand an Wange und Schläfe, um die Helligkeit der Hallenbeleuchtung aus dem Blickfeld fernzuhalten, holte ein Taschenlämpchen aus der Tasche und leuchtete damit in die Grabkammer.

Sie drehte den Kopf und blickte ihre Begleitung an. »Es ist leer«, sagte sie, darum bemüht, ihrer Stimme keine Anklänge der Bestürzung einfließen zu lassen.

»Der Leichnam Ihres Großvaters ist nach Yadayeypon in den Tempel der Aristokratie überführt worden«, erklärte Feril. »Man war der Auffassung, daß ein Lagerhaus kein würdiger Verwahrort für die Überreste eines Menschen ist.«

»Von Yadayeypon könnte man das gleiche behaupten«, murmelte Miz.

»Davon wußte ich gar nichts«, bekannte Sharrow. Sie spähte ein zweites Mal durchs Rauchglasfenster.

»Das Globale Tribunal hat die Überführung der Leiche Ihres Großvaters nicht der Öffentlichkeit bekanntgegeben«, teilte Feril mit.

»Ist sein Motorrad auch nach Yadayeypon gebracht worden?« fragte Sharrow.

»Sein Motorrad?« wiederholte Feril. »Ah, Sie meinen das Zweiradfahrzeug«, schlußfolgerte er dann, »das mit ihm in der Grabkammer gestanden hat. Nein. Es ist … hier.« Der Android wandte sich um und deutete auf ein längliches Paket in transparenter Plastikfolie.

»Ach so …« Sharrow schaltete die Taschenlampe aus und stieg von der Palette. Sie heftete den Blick noch einmal auf das Grabmal. »Tja, ich hätte Opa zu gerne meine Aufwartung gemacht, aber …«

»Es tut mir leid«, sagte Feril. »Ihr Anliegen hätte mir klar sein müssen. Sie haben darum ersucht, das Grab sehen zu dürfen, und …« Ausdruckslos betrachteten seine Spiegelbrillenaugen sie, reflektierten den schwarzen Stein des Grabmals hinter Sharrows Rücken. »Wie dumm von mir. Ich bitte Sie um Verzeihung.«

»Schon gut.« Sharrow seufzte und hob die Schultern, sah sich unterdessen die anderen Behälter an. »Hätten Sie Einwände dagegen, daß ich mir auch die übrigen Gegenstände anschaue? Ich habe mich im Haus der Tzants gut ausgekannt.«

»Ich habe keine Bedenken«, antwortete der Android. Unverzüglich öffnete er die Code-Siegel einer Anzahl benachbarter Kisten und Packen; Dloan und Miz zerrten die Folienhüllen herunter.

»Das genügt«, entschied Sharrow, nachdem der Android ungefähr zwanzig Verpackungen zugänglich gemacht hatte und sogar, anstatt irgendeine Neigung zum Beenden der Tätigkeit zu zeigen, sein Vorgehen beschleunigte.

Sofort richtete Feril, der sich gerade über eine Kiste gebeugt hatte, um auch deren Siegel zu öffnen, sich auf, deutete in Sharrows Richtung eine Verneigung an. »Bitte lassen Sie sich ruhig Zeit«, sagte er. »Falls Sie mich für keine anderen Zwecke brauchen, finden Sie mich am Eingang oder in dessen Nähe.«

»Danke«, rief Sharrow.

Der Android entfernte sich, entschwand zwischen den Stapeln zahlloser Kisten.

»Noch nie habe ich einen Androiden *verlegen* gesehen«, gestand Zefla nach kurzem Schweigen.

»Idiotin«, schalt Miz, der auf einer niedrigen Kommode saß, angefertigt aus Schwarzholz und Seetangstengeln; die Beschläge waren aus mit Opalen geschmücktem, mattiertem Platin.

»Na, eines muß man zugeben«, sagte Dloan. »Ein paar dieser Sachen sehen doch ganz interessant aus.« Sein Blick glitt über die offenen Packen.

»Ich vermute«, überlegte Miz laut, »damit ist der Plan mißlungen.«

»Hmm«, machte Sharrow mit finsterer Miene. Sie strich mit der Hand über einen schweren, silbern gefärbten Pelzmantel mit schwarzem Muster, der über eine große, üppig mit Edelsteinen besetzte, mit Ketten aus Edelmetallen behangene Kristallschale drapiert lag; beides befand sich auf einem Spiegelteppich, den man über eine andere Antiquität gebreitet hatte, einen uralten Holo-Computer.

Zefla schlenderte auf einen riesigen, mit kunstvollen Schnitzereien verzierten Schrank zu und öffnete eine Tür. »Oho, sieh mal an«, entfuhr es ihr. Sie entnahm dem Schrank eine Flasche. »Ein Weinkeller auf Holzbeinen.« Sie schwang sich zu Miz auf die Kommode.

»Schau nur«, sagte sie zu ihm, »was ich da entdeckt habe.«

»Bewundernswert«, antwortete Miz, schüttelte den Kopf und musterte Zefla mit erhöhter Aufmerksamkeit. »Gibt es irgendeine Umgebung, in der du *nichts* Trinkbares findest, Zefla?«

»Ich hoffe wirklich, so was gibt's nicht.« Zefla winkte

mit der staubigen Flasche Sharrow zu. »Sollen wir das Inventar 'n bißchen reduzieren?«

»Ist das statthaft?« fragte Sharrow.

Zefla verneinte mit nachdrücklichem Kopfschütteln. »Kein Gedanke.«

»Na, dann köpfen wir sie«, beschloß Sharrow. Sofort zückte Zefla ein Taschenmesser und machte sich ans Entkorken der Flasche.

»Sollen sie uns doch verklagen«, höhnte Miz.

»Ich kenne eine gute Rechtsanwältin«, beruhigte ihn Zefla.

Sie tranken den Wein aus der Flasche. Dloan besah sich eine Geschenktruhe mit kostbaren Jagdbüchsen. Miz überschlug den für die Kommode erzielbaren Liebhaberpreis. Zefla zog den Pelzmantel an, schleifte die meterlange Schleppe über den verstaubten Lagerhausfußboden.

»Meine Güte, hat der Lappen ein Gewicht«, klagte sie, streifte den Pelzmantel ab und legte ihn zurück auf die wohl für Zeremonien bestimmt gewesene, prunkvolle Kristallschale. »Trägt man solches Zeug *tatsächlich*?« Sie schüttelte den Kopf. »Da spürt man die Last der Tradition.«

Seitlich hockte Sharrow mit düsterer Miene auf dem Sattel des ausgepackten Motorrads.

»He«, wandte sich Zefla an sie, »hast du noch mal was Neues von Breyguhn gehört?«

»Sie ist noch, wo sie war«, gab Sharrow zur Antwort.

»Verrückt«, bemerkte Miz.

Sharrow nickte. »Ich habe angerufen, um mit ihr zu reden. Die Brüder sagten, sie sei jetzt freiwillig bei ihnen, als Gast, und daß sie nichts mit mir zu tun zu haben wünsche.«

Erneut schüttelte Zefla den Kopf. »Glaubst du, das ist die Wahrheit?«

Sharrow hob die Schultern. »Keine Ahnung. Es kann sein, daß sie lügen, aber ebensogut halte ich es für möglich, daß Breyguhn wirklich dort bleiben will. So wie sie sich bei meinem letzten Besuch aufgeführt hat, kann man es überhaupt nicht ausschließen.«

»Denkst du«, fragte Zefla, »die Nachricht von Cenuijs Tod hat sie endgültig um den Verstand gebracht?«

»Falls sie es nicht schon lange gewesen ist«, sagte Sharrow. Sie rutschte vom Motorrad und kehrte zum schwarzen Kubus des Grabmals um, blinzelte daran empor. »Dloan«, fragte sie, »könntest du mir dabei helfen, aufs Dach zu klettern?«

»Sicherlich.« Dloan legte eine Jagdbüchse in die Truhe zurück, stellte sich neben den Riesenwürfel und bildete aus seinen Handflächen einen Steigbügel. Er stemmte Sharrow in die Höhe, so daß sie sich an der Oberkante des Kubus hinaufziehen konnte.

»Sei vorsichtig da oben«, rief Miz ihr zu.

»Ja, natürlich«, versprach Sharrow, betrachtete das Dach des schwarzen Granitwürfels. »Ich überlege, ob wir das Grab irgendwie öff ...« Sie stockte, als ihr Blick von oben auf das Motorrad fiel, auf dem sie eben gehockt hatte.

Zefla furchte die Stirn. »Sharrow?«

Sharrow schaute sich im Lagerhaus um. Dann setzte sie sich auf den Rand des Würfels, schwang sich herum, stützte die Hände auf die Kante und sprang rücklings auf den Fußboden.

Mit sonderbarem Gesichtsausdruck kehrte sie zu dem Motorrad zurück. Die restlichen Teamangehörigen sahen verblüfft zu. Sharrow starrte die Maschine an, eine Hand auf die vordere Verkleidung gesenkt.

Das Motorrad war länglich-geschwungen und flach, hatte hinter dem voluminösen Treibstofftank einen einzelnen Konturensitz sowie einen silberglänzenden V4-Wasserstoffmotor. Die beiden Räder bestanden aus dunklen Flexmetall-Kreisflächen und hatten ein tiefes, gekreuztes Profil.

Über der Rundung der Felge, die das Vorderrad

überspannte, wo normalerweise die Scheinwerfer und das Armaturenbrett eines Motorrads sein sollten, war statt dessen ein wuchtig-bauchiges Gebilde vorhanden, umrahmt mit dünnen, aerodynamisch geformten Stoßabweisern. Zwei mit dunklen, gewölbten Linsen verschlossene Stummelrohre ragten aus dem mattsilbernen Apparatur. Mehrere Stangen mit sonderbar unpraktischem Aussehen garnierten es, ein Gurt ohne ersichtlichen Zweck führte über den Treibstofftank, und die beiden Instrumente an der Rückseite des Kompaßgehäuses wirkten ganz so, als wären sie lediglich angeschraubt.

Sharrow kniete sich vor das zur Seite gedrehte Vorderrad und klopfte hinter den zwei dunklen Linsen das rauhe, silberne Gehäuse ab.

Miz zuckte die Achseln. Dloan behielt seine Miene der Ratlosigkeit bei. Zefla trank noch einen tüchtigen Zug aus der Flasche. Plötzlich wechselte ihr Gesichtsausdruck von Begriffsstutzigkeit zu Erstaunen. Sie verprustete Wein und zeigte auf das Motorrad. »Ist das etwa die Chaoswa …?« Sie hustete, klopfte sich auf die Brust.

»*Was?*« rief Miz überlaut, blickte als nächstes beklommen rundum.

Dloan blieb noch für einen Moment unschlüssig; dann schmunzelte er und nickte bedächtig.

Sharrow schüttelte den Kopf, richtete sich auf und besah sich die Stelle näher, an der die zwei Instrumentenskalen in dem Kompaßgehäuse eingebohrten Löchern steckten. »Nein«, widersprach sie, schob einen Fingernagel in den Zwischenraum und bewegte ihn hin und her. »In die echte Chaoswaffe könnte man keine Löcher bohren.« Sie ging auf einen Schritt Abstand und verschränkte die Arme, sah sich das gesamte Motorrad von oben bis unten genauer an. »Allerdings hat jemand sich ziemlich Mühe gegeben, um dem Ding hier eine gewisse Ähnlichkeit damit zu verleihen.«

Die anderen Teammitglieder scharten sich um das Motorrad.

Aufmerksam musterte Miz die Instrumente. »Vielleicht braucht man nur aufzusitzen, die Maschine anzuwerfen, und sie fährt dich schnurstracks zum Versteck der richtigen Chaoswaffe«, blödelte er.

Zefla nickte. »Wie ein Paar verzauberter Schuhe im Märchen.«

»Vielleicht«, sagte Sharrow.

Dloan beugte sich vor, unterzog die Instrumente einer sorgfältigen Untersuchung. Er tippte mit dem Finger, die Stirn schroff gerunzelt, auf beide Skalen. Es handelte sich um altmodische, elektromechanische Anzeigen mit dünnen Plastikzeigern, die auf dem Rand der Instrumentenblätter aufgedruckte Ziffern wiesen.

»Hmm«, brummelte Dloan, packte die Instrumente, rüttelte sie; sie klapperten in den Löchern des Gehäuses.

»Was ist denn?« fragte Zefla.

»Nach diesen Anzeigen«, antwortete Dloan, »fährt die Kiste gegenwärtig mit fünfzig Sachen und beschleunigt mit sechzig pro Sekunde.«

»Bei einer Chaoswaffe muß man eben mit allem rechnen«, meinte Zefla halblaut.

»Tatsächlich?« sagte Sharrow. »Dann wollen wir mal sehen.« Mit jeder Hand umklammerte sie ein Instrument und riß kräftig daran.

»He, Vorsicht ...«, mahnte Zefla und tat einen Schritt zurück.

Die Instrumente lösten sich aus dem Gehäuse, ließen sich abnehmen. Keine Kabel waren daran zu sehen. Sharrow drehte die Instrumente um; die Flächen aus rostfreiem Stahl hatten keinerlei Kabelanschlüsse.

»Da bewegt sich ein Zeiger«, sagte Dloan mit ruhiger Stimme.

Sharrow hielt die Instrumente vor sich ausgestreckt. Der Tourenzähler ruckte ein wenig, blieb schließlich still. Das Tachometer regte sich nicht. Dloan faßte gleichfalls zu, veränderte die Ausrichtung der beiden Instrumente, bis sie sich in gänzlicher Horizontale befanden; danach drehte er sie um neunzig Grad, während Sharrow sie festhielt, und zurück. Die Nadel des Geschwindigkeitsmessers schwenkte ums Zifferblatt, zeigte auf denselben Punkt wie vorher, auf eine bestimmte Mauer des Lagergebäudes.

Sharrow nickte in die Richtung, in die der Zeiger wies. »Tja, dann gehen wir ganz einfach dorthin, oder nicht?«

Während sie gemeinsam, ganz auf die Instrumente konzentriert, einen Gang hinabschritten, liefen sie Feril in die Arme. Sharrow lächelte verlegen und verbarg die Ziffernblätter der Instrumente an ihrem Busen. Der Android jedoch blieb schlichtweg stehen.

»Kann ich Ihnen irgendwie behilflich sein?« erkundigte er sich.

Sharrow lächelte. »Dürften wir uns wohl für einige Zeit Ihren Wagen leihen?«

»Das Fahrzeug ist etwas launisch in seinem Verhalten«, antwortete Feril in einem Ton, als glaubte er sich dafür entschuldigen zu müssen. »Erlauben Sie mir den Vorschlag, Sie zu fahren, wohin Sie möchten?«

Sharrow und das übrige Team wechselten Blicke. »Ich weiß«, beteuerte Feril, indem er den Blick zur Decke hob, »daß Ihnen dergleichen selbstverständlich nie in den Sinn käme, aber einmal unterstellt, Sie hätten die Absicht, etwas aus dem Lager zu entfernen, dann wäre es unklug, es den Lageraufseher merken zu lassen. Ich stehe zu derlei Angelegenheiten völlig neutral.«

Sharrow öffnete die Jacke und versteckte die rundlichen Instrumente darunter, so gut es ging. »Wir nehmen Ihr Angebot, uns zu fahren, gern an, Feril. Vielen Dank.«

»Ist mir ein Vergnügen«, sagte der Android.

Graue Wellen wogten gegen schwarze Felsklötze; von der Sonne beschienene Gischt schoß empor, wehte in flüchtigen Schwaden grau-rosa gefärbter Nässeschleier über die Klippen, sank und wirbelte in die Rinnen zwischen den Steinbrocken. Feucht und kühl blies der Wind Sharrow kräftig ins Gesicht. Der Sonnenuntergang am Ozeanhorizont glich einem breiten, roten Klecks. Sharrow drehte sich um und blickte hinauf zur grasbewachsenen Böschung der Küstenstraße, wo das Auto stand und gedämpft vor sich hinzischte. Dampfschlieren quollen unter dem Wagen hervor und zerstoben sofort im böigen Wind. Im Heckabteil des Autos brannte Licht, so daß Sharrow darin Miz und Dloan sehen konnte, die sich über einen auf dem Fahrzeugboden entrollten Monitorschirm beugten und etwas betrachteten.

Rund fünfzig Meter entfernt hockten Feril und Zefla neben der Straße auf zwei Felsen, blickten aufs Meer hinaus und unterhielten sich.

Miz stieg aus dem Wagen und kam zu Sharrow. Als er stehenblieb, atmete er die salzige Luft betont tief ein.

»Und?« fragte Sharrow.

»Ich verrat's dir«, entgegnete Miz mit ansatzweisem Schmunzeln, »wenn du mir erzählst, wie du durch das Buch auf das Grab hingewiesen worden bist.«

Sharrow zuckte die Achseln. »Durch den Text hinten im Buchdeckel«, erklärte sie.

»Was?« Kurz furchte Miz die Stirn. »›Alles wird anders?‹«

Sharrow nickte. »Genauso lautet die Inschrift auf Opa Gorkos Grabmal.«

»Aber das Grab ist doch erst … Wie alt ist es?«

»Dreißig Jahre«, antwortete Sharrow. »Und das Buch war zwölfhundert Jahre lang verschollen.« Matt lächelte sie in den Sonnenuntergang. »Gorko muß erfahren haben, was in den Buchdeckel graviert steht, selbst wenn er das Buch selbst nie in Händen gehabt hat. Vielleicht nur dank guter Antiquitätenrecherchen, oder vielleicht hat einer seiner Agenten das Buch zu sehen bekommen. Oder es ist heimlich in Pharpech telegescannt worden. Jedenfalls ist er irgendwie an die Information gelangt, wie die Inschrift im Buchdeckel heißt, und hat veranlaßt, daß sie auf seinem Grabmal wiederholt wird.«

Miz wirkte leicht enttäuscht. »Aha«, lautete sein ganzer Kommentar.

Sharrow schaute Miz an, der nachdenklich nickte. »So«, fragte sie, »und wohin zeigen die Nadeln?«

Miz spitzte die Lippen und wies mit dem Kinn hinaus auf See.

»Aufs Meer und in weite Ferne«, sagte er.

»Nach Caltasp?« fragte Sharrow.

»Ungefähr«, schränkte Miz ein. Er blickte Sharrow ins Gesicht. »Den Embargo-Gebieten«, fügte er hinzu.

Für einen Moment schloß Sharrow die Augen. »Bist du sicher?«

»Komm und sieh's dir selbst an.«

Zusammen kehrten sie zum Auto zurück. Sharrow stellte sich, eine Hand aufs schräge Holzdach des Wagens gestützt, an die offene Tür.

Der auf dem Fahrzeugboden ausgebreitete Monitor zeigte eine zweidimensionale Karte der Südhalbkugel Golters, allerdings in gekippter Projektion, um mit der tatsächlichen Himmelsrichtung übereinzustimmen. Miz und Sharrow sahen zu, während Dloan von einer im südlichen Jonolrey sichtbaren Kompaßrose eine Linie durch Phirar bis in die Region zwischen Caltasp und Lantskaar zog.

»Es hängt davon ab, wie genau diese Skalen sind«, meinte Dloan, tippte Zahlen in das Rechnerfenster neben der Karte. »Und davon, ob die Richtungsanzeige auf geografischer Position oder Magnetismus beruht. Aber wenn der Zeiger des Geschwindigkeitsmessers in die tatsächliche Himmelsrichtung weist und wir die Kilometerangabe des Tourenzählers mit Hundert multiplizieren, dann sind's die Embargo-Gebiete.«

»O Scheiße«, stöhnte Sharrow unterdrückt.

Von Vembyr aus waren sie achtzig Kilometer weit in südlicher und westlicher Richtung die an Schlaglöchern reiche, unbenutzte Küstenautobahn entlanggefahren. Kurz vor dem Richtungswechsel hatten sie in wenigen Kilometern Abstand die einbetonierte Ruine des alten Kernreaktors passiert. Inzwischen befanden sie sich etwa fünfzig Kilometer weiter im Westen, als sie es in der Stadt gewesen waren; die Nadel am falschen Motorradtachometer hatte sich auf dem Ziffernblatt um eine halbe Einteilung gedreht, zeigte jetzt statt der sechzig, die man darauf im Lagerhaus hatte ablesen können, fünfundfünfzigeinhalb Umdrehungen an.

»Mit einer besseren Karte könnten wir eine genauere Messung vornehmen«, sagte Dloan, legte den von Statik steifen Monitor über die Instrumente, schaltete ihn vorübergehend auf Transparenz. »Und auf der Grundlage einer Messung ein Stück weiter nördlich der Stadt ließe sich eventuell eine Triangulation durchführen.«

Miz nickte. »Ich ordere den Helikopter«, wandte er sich an Sharrow.

»Dadurch würde sich der Zielpunkt erheblich eingrenzen«, erläuterte Dloan, tippte neue Zahlen ein und betrachtete die Ergebnisse. »Aber solange wir nach diesen Ergebnissen gehen, muß er, falls er nicht auf dem Meeresgrund oder irgendwo in den Fjords ist, in den Embargo-Gebieten sein.«

Sharrow blickte längs der Autobahn hinüber zu Zefla und Feril. Mittlerweile waren die beiden aufgestanden; Zefla deutete hinaus auf die See, der Wind zerzauste ihr das lange Blondhaar zu Schwaden. Die blanken Metallflächen an Kopf und Körper des Androiden spiegelten roten Sonnenschein.

Eine Bö brachte Sharrow ins Taumeln. Heftig umflatterte das Kleid ihre Stiefel. Sie schob die Hände in die

Jackentaschen, spürte an der linken Hand das kalte Gewicht der Pistole.

Sie sah Zefla zum Wagen herüberschauen und winkte. Die Frau und der Android machten sich auf den Rückweg zum Auto.

In der folgenden Nacht träumte sie nicht von Cenuij, sondern daß ihr Arm abstürbe; ihr linker Arm wurde gelähmt und taub, fing zu verwesen und zu schrumpfen an, behielt aber sonderbarerweise irgendwie dieselbe Größe, die er immer gehabt hatte, aber abgestorben war er unzweifelhaft, darum mußte sie jemanden ausfindig machen, der ihn für sie begrub, und irrte in einer Stadt umher, die bevölkert zu sein schien, wo sie jedoch nur Leute vorfand, die genau wie sie aussahen, ohne sie zu sein, und niemand mochte für sie den Arm bestatten.

Zu guter Letzt zimmerte sie eine Kiste für den Arm, einen Sarg, um ihn darin mitzutragen, allerdings war der Sarg mit einem Arm schwierig herzustellen.

Mitten in der Nacht erwachte sie in dem breiten, weißen Bett inmitten der Schatten des hohen, weißen Zimmers im Wohnblock, dessen Restaurierung sich Feril gegenwärtig widmete. Sie lag auf dem linken, infolgedessen eingeschlafenen Arm. Sie kroch aus dem Bett und setzte sich für einen Weilchen in einen Sessel neben dem Bett, trank ein Glas Wasser und massierte den Arm, der gehörig kribbelte, während Durchblutung und Gefühl sich normalisierten.

Sie rechnete damit, den Rest der Nacht wachzubleiben, aber schlief im Sessel ein, wachte mit steifen, verkaterten Gliedern am Morgen auf; ihre Rechte umklammerte noch den linken Arm, als wollte sie ihn trösten.

Am nächsten Tag fand die Eröffnung der monatlichen Auktion statt. Von ganz Golter trafen Flugzeuge ein, das City Hotel füllte sich mit Söldnerführern, Waffenhändlern, Militariasammlern, Kontraktmilitär-Repräsentanten und einer Vielzahl Journalisten der spezialisierten Fachmedien. Ein früheres Konferenzzentrum, drei Häuserblocks von dem Lagerhaus entfernt, in dem man die Hinterlassenschaften des Tzant-Clans aufbewahrte, diente als Veranstaltungsort der Auktion.

Sharrow hatte es abgelehnt, sich für die Dauer der Versteigerung zu verstecken; folglich saßen sie und Zefla, beide mit Netzhüten und in dunkel-schlichten, unauffälligen Kostümen, jetzt in einer kleinen Getränkebar neben dem Konferenzgebäude, beobachteten das Kommen und Gehen der Leute.

Miz und Dloan hatten die Stadt verlassen und waren mit einem Firmenhelikopter Miz' die Küste hinaufgeflogen, um von günstigerer Stelle aus die Position, auf die die falschen Motorradinstrumente hinwiesen, genauer zu bestimmen. Sollte die Triangulation den Punkt bestätigen, an den die Instrumente allem Anschein nach deuteten, gedachte Dloan den zweiten und letzten Tag der Auktion zu besuchen, um die Art von Ausrüstung zu ersteigern, die er für eine Expedition in die Embargo-Gebiete als erforderlich erachtete.

»Du bist verrückt«, sagte Zefla in sachlichem Ton, hob den Netzschleier an, um aus ihrem Glas zu trinken, während sie sich näher zu Sharrow herüberbeugte. »Eigentlich müßtest du dich wirklich versteckt halten.« Mit dem nächsten Zug leerte sie das Glas. »Ich bin auch blödsinnig, weil ich mich von dir zu so was beschwatzen lasse. Dloan und Miz hätten dich einfach einsperren sollen. Du überredest mich zu den unglaublichsten, übergeschnapptesten Unternehmungen.«

»Ach«, erwiderte Sharrow leise, »hör auf zu jammern und besorg uns neue Getränke.« Mit einem Ruck lehnte sich Zefla zurück, stieß ein Brummen aus und schickte sich an aufzustehen.

Sharrow packte sie am Arm. »Verdammt«, flüsterte sie, »schau nur, wer da ist.«

An der Theke stand Elson Roa. Diesmal trug er Klamotten im nüchternen Stil eines Geschäftsmanns und einen konservativen Hut. Neben ihm hielt eine ähnlich gekleidete junge Frau, die Zefla und Sharrow nicht kannten, einen Aktenkoffer.

»Ich frage mich«, raunte Zefla, »auf was er's hier wohl abgesehen hat.«

Sharrows Hand schlüpfte mit dem Glas unter den Netzschleier, damit sie trinken konnte. »Ja, ich auch.«

Sie verfolgten die Auktion den gesamten Nachmittag lang, wechselten etliche Male zwischen dem Veranstaltungssaal und der Bar, informierten sich, wenn sie in den Lokalen Zerstreuung suchten, anhand der überall installierten Monitoren über das Geschehen.

Der Auktionator bot die verschiedensten Artikel an und schlug sie alle los, und zwar ausnahmslos und ohne Mühe oberhalb der Mindestforderung; das bedeutete – wenigstens nach Aussagen eines Medienmitarbeiters, den sie beim Durchgeben einer Reportage belauschten –, daß die Händler die pessimistischen Vorhersagen größerer Konflikte bestätigten, die eine ganze Reihe von Analytikern in letzter Zeit gemacht hatten. Noch am selben Nachmittag stiegen die Aktien der Waffenindustrie um einen vollen Prozentpunkt.

Offenbar ersteigerte Elson Roa nichts, doch anscheinend beobachteten er und seine Begleiterin sämtliche Vorgänge ebenso aufmerksam wie Sharrow und Zefla.

Am ersten Tag ging die Veranstaltung am späten Abend zu Ende. Sharrow und Zefla spazierten durch den Hafen und hockten sich schließlich auf zwei Poller, um die letzten Sonnenstrahlen zu genießen, schauten zu, während Auktionsbesucher in allerlei Booten zu Jachten übersetzten, die vor der Küste ankerten, oder zu Hotels in benachbarten Landstrichen fuhren, wo die Stärke der Radioaktivität dem entsprach, was auf Golter als normal galt.

Sie sahen Elson Roa und seine Begleiterin sich einem Charter-Senkrechtstarter nähern. Sharrow schüttelte den Kopf.

»Was *treibt* er nur?« fragte sie, wandte sich im folgenden Moment an Zefla. »Gib mir Deckung«, fügte sie hinzu. Ohne Zeflas Warnungen zu beachten, stand sie auf und schritt dem Solipsistenführer entgegen, um ihn abzufangen.

»Höflichkeit«, sprach sie ihn an, indem sie den Netzschleier zurücklegte.

Elson Roa musterte sie mit befremdetem Blick, als erkennte er sie zuerst nicht wieder; dann deutete er eine Verbeugung an. »Ach ja«, antwortete er. »Hallo.«

»Ich gratuliere Ihnen zu der Kaution«, sagte Sharrow, forschte aufmerksam in seiner Miene. Er wirkte leicht verdutzt. »Ich glaube, Sie haben damit einen neuen Rekord aufgestellt. Sie müssen reiche Freunde haben.«

Mit allem Nachdruck schüttelte Roa den Kopf. »Nein, einen starken Willen habe ich«, erwiderte er, sprach lauter, um den Lärm einer Düsenmaschine zu übertönen, die in der Nähe startete. »Ich habe den Eindruck, daß ich allmählich die Realität verändere.«

»So wird es sich wohl verhalten«, ging Sharrow darauf ein. »Gibt es für Ihren Trend der Realitätsbeeinflussung eine Bezeichnung?«

»Ich bezweifle«, entgegnete der Solipsist kaltschnäuzig, »daß er eine braucht.«

»Vielleicht nicht«, konzedierte Sharrow. Sie lächelte. »Und was hat sie zur Auktion gebracht?«

Zunächst hatte es den Anschein, daß Roa zu der Frage nichts einfiel; dann zeigte er auf den Senkrechtstarter. »Das da«, lautete seine Antwort.

Sharrow maß ihn mit festem Blick. Sie konnte sich nicht des deprimierenden Eindrucks erwehren, daß Roa überhaupt nicht klar war, eine Albernheit geäußert zu haben, deren Niveau die meisten Menschen mit der Pubertät überwanden.

Sie schüttelte den Kopf. »Egal.« Ihr Blick streifte Roas Begleiterin. Sicher war Sharrow sich nicht, aber sie war der Ansicht, sie nicht zu kennen. »Wie geht's Keteo? Ich habe ihn hier nicht gesehen.«

Roa schnitt eine abfällige Miene. »Er ist fort. Er war bloß ein zeitweiliges Phantom.«

»So? Was ist denn aus ihm geworden?«

»Anscheinend ist er religiös geworden und hat sich einem dekamillennialistischen Bekenntnis angeschlossen. Ich glaube, er war ein Teil meiner Persönlichkeit, dessen Abtrennung mir nur gut bekommt.«

»Ach«, brummte Sharrow. »Aha.«

Roa sah seine Begleiterin an, danach die Düsenmaschine, die auf ihn wartete. »Ich muß gehen. Alles gut.« Er verbeugte sich ein zweites Mal.

Sharrow hob die Hand. »Angenehmen Flug. Achten Sie auf niedrige Brücken.«

Roa ignorierte die Bemerkung, während er auf das Flugzeug zuging.

Sharrow gesellte sich wieder zu Zefla.

»Hast du was erfahren?« fragte Zefla.

»Nichts«, antwortete Sharrow.

Roas Flugzeug rollte ein Stück weit über das Flugfeld und verschwand wenige Minuten später am Himmel.

Sharrow und Zefla trafen sich mit Miz und Dloan im Hotel und aßen in der Suite zu Abend. Den beiden Männern war es gelungen, die Position, die die falschen Motorradinstrumente anzeigten, auf einen Kreis mit zehn Kilometern Durchmesser einzugrenzen, der am Ende eines neunzig Kilometer langen Fjords weit im Innern der Emargo-Gebiete lag. Die Diskussion drehte sich um Möglichkeiten, sicher in die Embargo-Gebiete hineinzugelangen und sich anschließend von dort wohlbehalten zurückzuziehen.

Später verließ Sharrow das vollauf belegte, geräuschvoll gewordene Hotel auf dem Weg über die Hinter-

treppe und wanderte durch die stille Stadt zu ihrer Behausung. Sie verirrte sich geringfügig, sah aber kurz darauf Ferils Dampfkraftfahrzeug am Bordstein parken, erhellt durch Licht aus dem beleuchteten Foyer des Wohngebäudes. Auch in der Wohnung, die Feril zur Zeit renovierte – direkt über Sharrows Unterkunft –, brannte Licht.

Sharrow pfiff vor sich hin, während sie im Foyer auf den Lift wartete. Einmal glaubte sie, auf der Treppe das typische Klack-klack von Androidenfüßen zu hören, und guckte neben dem Lift um die Ecke ins Treppenhaus hinauf, rechnete damit, daß Feril erschien; doch die Schritte verstummten irgendwo in einem höheren Stockwerk.

Der Lift kam, und Sharrow fuhr zu der Etage hinauf, in der sich ihre Wohnung befand. Gerade wollte sie die Wohnungstür aufschließen, da hörte sie, wie jemand ein Geschoß tiefer eine Tür öffnete.

»Lady Sharrow?« erscholl Ferils Stimme.

Sharrow lugte das Treppenhaus hinab. Seitlich des Liftschachts zeigte sich Ferils Kopf. »Ja, Feril?«

»Ich glaube, jemand wollte Sie besuchen«, sagte der Android. Ihm war eine gewisse Verwunderung anzuhören. »Aber es war sonderbar.«

»Inwiefern?« fragte Sharrow.

»Die Person sah wie ein Android aus, war jedoch in Wirklichkeit ein als Android verkleideter Mensch. Sie hat weder auf Anfunken noch auf ein schlichtes EM-Scanning rea …«

»War jemand in der Wohnung?« unterbrach Sharrow ihn, wies mit dem Daumen in die Richtung ihrer Tür.

»Ich glaube ja«, gab Feril zur Antwort. »Ich dachte, es könnte jemand sein, den Sie kennen.«

Sharrow heftete den Blick auf ihre Wohnungstür. »Warte«, rief sie Feril zu. Sie drückte die Lifttaste, hörte die Aufzugkabine im Schacht rumoren.

»Wenn ich es mir genau überlege«, meinte sie und

schaute wieder zu dem Androiden hinunter, »warten Sie lieber nicht. Es wäre besser, sie verschwinden, um ganz sicher zu sein, aus dem Haus.«

Mit einem fauchen klaffte die Lifttür auf. »Sind Sie der Auffassung …?« hörte Sharrow den Androiden noch zu einer Frage ansetzen, während sie eilends die Aufzugkabine betrat und die Taste fürs erste Stockwerk betätigte. Die Kabine sank abwärts. Sharrow prüfte die Funktionstüchtigkeit der HandBalliste.

Weder entdeckte sie in der ersten Etage irgend jemanden, noch im Foyer. Längs der Wand des Foyers schlich sie sich zum Hauptausgang. Auf die Straße zu gehen, ohne bemerkt zu werden, war ausgeschlossen. Sharrow wich in den Hintergrund des Foyers zurück, huschte durch ein staubiges Büro und gelangte durch einen kurzen Flur in eine finstere Seitenstraße.

Sie eilte zur Ecke des Gebäudes, ohne mit den Stiefelabsätzen aufzutreten, vermied so jedes Geräusch. Vorsichtig spähte sie um die Ecke. Die Helligkeit aus dem Foyer des Wohngebäudes warf an jeder Seite einen halben Häuserblock weit weiches Licht auf die Straße. Nach wenigen Sekunden konnte Sharrow schräg gegenüber eine helle Gestalt in den Schatten unterscheiden, die sich unter dem Vordach eines Hauseingangs verbarg. Die Gestalt – sie hatte tatsächlich Ähnlichkeit mit einem reichlich klobigen Androiden – starrte zu den obersten Etagen des Wohnblocks hinauf und hielt allem Anschein nach irgend etwas in jeder Hand.

Sharrow bemerkte linkerhand Bewegung, am Eingang des Wohnblocks; die Gestalt gegenüber senkte den Blick ruckartig vom Dach des Gebäudes auf die Türen.

Als sie nach links schielte, sah Sharrow aus dem Foyer Feril kommen, zwischen dem Eingang und den stummen Umrissen des steinalten Dampfkraftfahrzeugs stehenbleiben. Über die Straße hinweg betrach-

tete Feril die Gestalt, die drüben geduckt unter dem Vordach lauerte, und hob die Hand.

Die Person riß eine Kurzwaffe hoch und feuerte auf Feril. Blitzartig neigte der Android den Kopf zur Seite, Knattern hallte durch die Straße, während unmittelbar hinter Feril grelles Gluten über die Steinfassade des Gebäudes züngelte. Feril warf sich auf den Bürgersteig. Sharrow zielte mit der HandBalliste auf den Fremden, gerade als er die andere Faust hob und damit eine ruckhafte Bewegung vollführte. Sie schoß auf ihn.

Einen Sekundenbruchteil bevor das Mündungsfeuer aus dem Lauf der Waffe zuckte, flammte hoch über Sharrow ein greller Detonationsblitz. Gleichzeitig mit dem Knall der Waffe erbebte neben Sharrow die Hausmauer. In den Stiefelsohlen spürte sie einen dumpfen Wums, dann grollte ein heftig dröhnender Explosionsdonner und übertönte den Schuß der Pistole.

Halb warf Sharrow sich nieder, halb stieß die Wucht der Druckwelle sie von den Beinen, über den Gehweg wälzte sie sich aufs Gebäude zu, suchte unter einem breiten Fenstersims Schutz, während zahllose Echos der Detonation von den Nachbarhäusern widerhallten, die gleich darauf mit einem gräßlichen Bersten und Krachen verschmolzen. Dicke Brocken des Mauerwerks und große, lange Glasscherben stürzten herab, zerbrachen und zersprangen auf Bürgersteig und Straßenpflaster.

Staub wallte Sharrow in die Nasenlöcher. Das laute Rumpeln und Poltern drang durch anhaltendes, mißtönendes Ohrensausen an ihr Gehör.

Sobald die Geräuschkulisse bis auf das Ohrensausen verstummt war, raffte Sharrow sich hoch, strich Staub und Steinsplitter von Jackett und Rock.

Als sie den Blick hob, sah sie eine von Mondschein aufgehellte, graue Staubwolke. Die obere Hälfte des Wohnblocks war zerstört worden. Ein Großteil der Trümmer war vor dem Gebäude auf die Straße gefallen, blockierte sie vollständig und hatte vorm Foyer den Haupteingang sowie das alte Dampfkraftfahrzeug unter einem zehn Meter hohen, von Staubschwaden umwogten Schutthaufen begraben. Von Feril war nichts zu sehen.

Sharrow wollte auf dem Weg ins Gebäude umkehren, auf dem sie sich hinausgeschlichen hatte, doch erwies der dunkle Korridor zu dem Büro sich als völlig durch Trümmerstücke versperrt, ihre kleine Taschenlampe erzeugte im Wirbeln des trockenen Staubs, der bis in die Kehle vordrang, einen weißlichen Lichtkegel. Sie lief zurück ins Freie, hustete und keuchte, kletterte über den Schutt zu dem Hauseingang, in dem sie die finstere Gestalt gesehen hatte.

Wer derjenige auch sein mochte, ihr Schuß hatte ihn getötet; die Metall- und Plastikbrust hatte ungefähr in der Mitte lediglich ein kleines Einschußloch, aber einen Meter hinter dem Toten, der Stelle, wo er beobachtet worden war, verklebte ein roter Spritzer die Hauswand, und auf dem mit Staub und Trümmerbröckchen bedeckten Boden vor dem Eingang breitete sich langsam eine glänzend-dunkelrote Blutlache aus, schwemmte im Fließen winzige Partikel des Schutts mit, überzog sich auf diese Weise mit einer Staubschicht.

Mit dem Fuß rückte Sharrow Steinbrocken beiseite und zerrte am metallummantelten Kopf der Gestalt.

Nach einer halben Drehbewegung ließ sich der Kopf beziehungsweise Helm leicht abheben.

Ein Mann. Zuerst glaubte sie mit einer merkwürdigen Anwandlung der Erleichterung, daß sie ihn nicht kannte.

Dann aber widmete sie seinem jugendlichen, jetzt jedoch im Tod erschlafften Gesicht einen zweiten Blick, und mit einem Gefühl der Trauer, dem sich sofort Zorn und zuletzt eine Aufwallung der Verzweiflung anschlossen, erkannte sie Keteo.

Sie konnte sich nicht entscheiden, ob sie weinen oder dem Toten ins glatte, jungenhafte Gesicht schlagen sollte. Als sie schließlich Anstalten machte, dem jungen Ex-Solipsisten den Androidenkopfhelm wieder aufzusetzen, sah sie am Kragen des olivgrünen T-Shirts, das er unter der Verkleidung trug, etwas glitzern.

Sie zog ein dünnes Kettchen heraus.

Daran baumelte ein kleiner Planet-und-Mond-Anhänger, das Abzeichen eines Praktikantenstatus-Laiennovizen der Huhsz.

Ein letztes Mal blickte Sharrow dem Jugendlichen in die toten Augen, dann ließ sie den Umhänger auf seine vorgetäuschte Androidenbrust fallen. Sie richtete sich auf und schmiß den hohlen Androidenkopf neben ihm auf den Boden.

Hinter Sharrow fuhr auf der Straße ein großer Lastwagen vor, die Reifen knirschten durch die Schicht des Glas- und Steingebrösels, die den Schuttberg umgab. Die Scheinwerfer des Lasters beleuchteten die in eine Staubwolke gehüllte Ruine des Wohnblocks. Zwei Androiden entstiegen dem Fahrzeug und nahmen den Trümmerhaufen zunächst in Augenschein; dann gingen sie an eine bestimmte Stelle, packten Stück um Stück die Brocken herabgestürzten Mauerwerks und schleuderten sie beiseite, gruben eine Gasse durch den Schutt.

Keteo blieb im Hauseingang liegen, während Sharrow zu den zwei emsigen Androiden schritt, den Trümmern auswich, die sie hinter sich warfen. Am Ende der Straße erschien ein zweiter LKW und rasselte auf den Unglücksort zu. Ein Androide unterbrach seine Tätigkeit, als er Sharrow erblickte.

»Sie müssen Lady Sharrow sein«, sagte er. »Ich habe Feril darüber informiert«, fügte er dann hinzu, »daß Sie leben und anscheinend wohlauf sind.«

»Sie meinen, er hat den Einsturz heil *überstanden*?« fragte Sharrow ungläubig, deutete auf den Schutthügel, während der zweite LKW hielt und ein Halbdutzend mit Bauarbeitswerkzeug ausgerüsteter Androiden ausstieg.

»Ja«, bestätigte der Android, wobei er zur Seite trat, um zwei größeren Androiden Zutritt zu dem Abschnitt zu gewähren, wo er zuvor gearbeitet hatte. »Feril befindet sich unter dem Auto, zwischen den Achsen. Zwar ist er eingeklemmt und leicht verbeult worden, aber er schwebt in keiner ersichtlichen unmittelbaren Untergangsgefahr.«

Durch die in allmählichem Verwehen begriffene Staubwolke zwinkerte Sharrow hinauf zu den Überresten des Wohnblocks; an den dunklen, glaslosen Fenstern war zu erkennen, daß nur noch die Fassade stand. Die obersten vier Stockwerke waren entweder auf die Straße herabgerutscht oder ins Innere des Gebäudes gesackt. Wie zersplitterte Knochen ragten Balken aus der Hausruine. Nahe bei Sharrows Fuß lag ein Klumpen weißen Stucks, das Gitter- und Blumenmuster war rissig und grau verfärbt. Einer der Androiden, die das Wegräumen der Trümmer begonnen hatten, warf etwas beiseite, das aussah, als ob es vom Holzdach des uralten Dampfkraftfahrzeugs stammte. Sharrow schüttelte den Kopf.

»Richten Sie Feril von mir aus«, bat sie den Androiden, der noch vor ihr stand und sie anschaute, »daß ich …« Sie zuckte die Achseln, schüttelte noch einmal den Kopf; dann setzte sie sich auf den staubigen Schutt und bedeckte den Kopf mit zitternden Händen. »Sagen Sie ihm« – halb stöhnte sie – »es tut mir leid …«

»Sharrow! Du lebst, den Göttern sei Dank. Du hast ja gar keine Ahnung, wie schwierig es ist, aus dieser Androidenstadt verläßliche Informationen zu erhalten. Bist du gesund?«

»Putzmunter. Und wie steht es um dich, Geis?«

»Gut.«

»So?« fragte Sharrow. »Du hast mir eine Mitteilung hinterlegen lassen. Um was geht es?«

»Ja, habe ich, und tausend Dank für Deinen Rückruf.« Geis' Konterfei auf dem altmodischen 2D-Wandtelefon in Vembyrs ehemaligem Hauptpostamt winkte ungeduldig ab. »Aber ich mache mir Sorgen um dich, Sharrow, verdammt noch mal. Zum letztenmal, *bitte* gestatte mir, dir zu helfen. Ich stehe dir noch immer zu Diensten.«

»Und ich weiß deine Hilfsbereitschaft nach wie vor zu würdigen, Geis«, behauptete Sharrow, betrachtete die Wände der alten, mit einem Vorhang verschließbaren Telefonnische, um Geis' durchdringendem Blick auszuweichen. »Allerdings habe ich unverändert meine eigenen Vorstellungen, und an die möchte ich mich halten.«

Geis wirkte verunsichert. »Egal welche Pläne du verfolgst, Sharrow, müssen sie denn nicht, wenn du meine Unterstützung annimmst, um so zuverlässiger und besser gelingen?«

Sharrow zuckte die Achseln. »Wer kann das so genau sagen, Geis?«

Ein schmerzlicher Ausdruck verzog sein Gesicht. »Es hat mir Kummer bereitet, das über Cenuij Mu zu hören, aber wenigstens leben die anderen noch. Überleg's dir noch einmal, wenn nicht in deinem, dann zumindest in ihrem Interesse.«

»Wir haben längst alles durchgesprochen, Geis. Wir wissen, was wir tun.«

Mit einem Kopfschütteln lehnte sich Geis zurück. Er seufzte, spielte mit irgend etwas, das vor ihm auf dem Schreibtisch lag. »Also, ich weiß nicht... Und jetzt haben wir zusätzlich das Problem, daß Breyguhn sich weigert, die Marinabtei zu verlassen.« Er hob den Blick. »Wenn du willst, könnte ich mich darum bemühen, daß man sie von dort wegschafft, sie dem Einfluß der Traurigen Brüder entzieht, und irgendwo hinbringt, wo man sich um ihre Rehabilitierung kümmert.« Seine Stimme klang nach Eifer. »Soll ich das Erforderliche in die Wege leiten?«

Sharrow schüttelte den Kopf. »Meinetwegen nicht. Wenn sie dort glücklich ist, soll sie von mir aus bleiben.«

Für einen Moment hätte man meinen können, ihre Antwort amüsierte Geis. »Glücklich?« wiederholte er. »In dem Haus?«

»Ich war schon immer der Auffassung, daß Glück etwas Relatives ist.« Sharrow begleitete die Entgegnung mit einem erneuten Achselzucken. »Und vielleicht hat sie das Gefühl, sie kann sich dort am ehesten mit Cenuijs Tod abfinden. Und auf jeden Fall haben die Traurigen Brüder ihr die Freilassung, wenn ich mich nicht irre, keineswegs als einmaliges Angebot angetragen, sie kann jederzeit gehen.«

»O ja«, stimmte Geis zu, spielte mit einem Stift auf seinem Schreibtisch. »Aber dort herumzusitzen, kann ihr ja wohl kaum gut bekommen.«

»Der Entschluß beruht auf ihrer eigenen Entscheidungsfreiheit, Geis.«

Ein Weilchen lang maß Geis sie unbewegten Blicks. Er sah müde und trübsinnig aus. »Entscheidungsfreiheit«, erwiderte er schwerfällig. Er quälte sich ein knappes Lächeln ab. »Wir bilden uns alle immerzu ein, davon hätten wir soviel, nicht wahr?«

Sharrow schaute kurz zur Seite. »Tja, es ist ein schrecklich überkommener Begriff, was?« Sie blickte auf die Zeitanzeige. »Hör zu, Geis, ich muß aufbrechen. Es ist eine weitere Besprechung mit den anderen anberaumt. Ich weiß dein Angebot wirklich zu schätzen, das ist dir hoffentlich klar, aber laß uns versuchen, die Sache so durchzuziehen, wie wir es am besten verstehen.«

Für einen längeren Moment starrte Geis sie vom Monitor herab an, seine Augen bewegten sich über ihr Abbild, als ob er es sich mit äußerster Naturgetreuheit einzuprägen beabsichtigte. Dann sanken seine Schultern ein, und er nickte. »Ja. Du bist ja seit eh und je so entschieden gewesen, so hart, stimmt's?« Er lächelte und atmete tief durch. »Viel Glück, Sharrow«, wünschte er ihr zum Schluß.

»Danke, Geis. Dir auch.«

Geis klappte den Mund auf, um noch etwas hinzuzufügen, doch verkniff er es sich und beschränkte sich auf ein Nicken. Er streckte die Hand aus. Der Monitor vor Sharrow wurde grau, und sie stand allein in der dunklen Telefonnische.

Als im großen Tanzsaal des Ostflügels der Villa Tzant das Karussell gestanden hatte, war es Winter gewesen. Man hatte es in all seiner kreisrunden Herrlichkeit, mitsamt den schreiend-bunten Farben sowie den Fähnchen und Wimpeln, in der Mitte des ausgedehnten Raums auf dem alten Parkettboden mit dem hölzernen Landkartenmosaik aufgebaut, so daß seine Glitzerpracht mit dem Glanz der außerordentlich kunstvoll geschnitzten, vornehmen, vergoldeten Spiegelrahmen und dem Gleißen der riesigen Kronleuchter des Saals konkurrierte. Den prunkvollsten der Kronleuchter, der normalerweise in der Saalmitte an einer erleuchtbaren, umgedrehten Fontäne aus Kristallglas von der Decke herabhing, hatte man entfernt und in einen Stall gebracht, um für das Karussell Platz zu machen. Das im allgemeinen für den Betrieb auf Rummelplätzen gedachte Fahrgerät funktionierte mit Elektrizität und erzeugte beim Rotieren ein dunkles Summen. Sharrow behagte das Summen mehr als die Orgelmusik, die stets dudelte, wenn sich das Karussell drehte.

Die Bestückung umfaßte achtzig verschiedene Tiere ausnahmslos mythischer oder ausgestorbener Art, allesamt in Lebensgröße dargestellt. Gewöhnlich fuhr

Sharrow auf dem Trafe, einem ausgestorbenen, nahezu drei Meter hohen Laufvogel von wildem Aussehen, der große Krallenfüße und einen Schnabel mit Zackenrändern gehabt hatte.

An dem bewußten Tag hatte sie allein auf dem Karussell gesessen, die Arme um den Hals des Trafes geschlungen gehabt, während es immerfort kreiste und es im Tanzsaal still gewesen war bis auf das Summen des Elektromotors. Sharrow hatte ihr Spiegelbild nacheinander durch jeden der hohen, in Goldrahmen gefaßten Spiegel gleiten sehen. Das Summen des Motors war durch den hölzernen Leib des seit Urzeiten nicht mehr existenten Vogels als Vibration zu spüren gewesen; sie hatte Sharrow intensiv durchdrungen, sie in wohlige Schläfrigkeit gelullt. Manchmal döste sie auf dem Riesenvogel ein und schwebte zwischen den großen Spiegeln an der einen Wand und den geschlossenen Vorhängen der Fenster an der anderen Wand für längere Zeit durch die warme Luft des Tanzsaals.

Sie hatte die Vorhänge lieber geschlossen gehabt, weil es Winter gewesen war, draußen eine weiße, kalte, weiche Schneedecke gelegen hatte.

Der Rücken des Trafes war, wenn das Karussell kreiste, der einzige Sharrow bekannte Ort, an dem sie ruhigen Schlummer finden konnte. Wenn sie träumte, während sie auf dem großen Vogel saß und schlief, hatte sie angenehme Träume, nur Träume von Wärme, Zärtlichkeit und Umarmtwerden; sie träumte davon, daß ihre Mutter sie aus dem Bad hob, sie mit großen, leicht duftigen Handtüchern abtrocknete und zum Bett trug, ihr dabei leise etwas vorsang.

Wenn sie im Bett des großen Zimmers lag, das man ihr gegeben hatte, hatte sie allzu häufig, selbst bei gelöschtem Licht, das Weiß des Bettzeugs und die kühle Leere fühlen können, und nach dem Einschlafen inmitten all des vielen, aufgebauschten Weiß hatte sie stets den Alptraum gehabt, immer wieder den Alptraum vom Sturz durch die Kälte: mit aller Lungenkraft hatte sie geschrien, als sie ihre Mutter auf dem Boden der Seilbahnkabine liegen, das Blut aus ihrem zerschossenen Leib sprudeln, sie ihr den Arm entgegenheben sah, um ihr einen Stoß zu geben, sie ins Kalte und in den Schnee zu schleudern, in den sie dann hinabgefallen war, auch dabei hatte sie fortwährend geschrien, mit aufgerissenen Augen gesehen, wie über ihr, unmittelbar bevor sie in die eisigen Arme des Schnees fiel, der Seilbahnwaggon in einer grellen, lauten Explosion zerbarst.

»Sharrow?«

Sie hatte sich auf dem Laufvogelrücken aufgerichtet und vom anderen Ende des Tanzsaals ihren Vater auf sich zukommen sehen. An der Hand hatte er ein kleines Mädchen gehabt, mehrere Jahre jünger als Sharrow. Das Mädchen war nicht besonders hübsch gewesen und hatte zudem reichlich schüchtern gewirkt. Weil das Karussell sich weiterdrehte, hatte Sharrow den Kopf wenden müssen, aber die beiden trotzdem gleich aus den Augen verloren.

»Skave«, hörte sie ihren Vater rufen. »Schalte das Ding aus!«

Der alte Android, der am Mittelpunkt des Fahrgeräts stand, unterbrach die Stromzufuhr und betätigte die Bremsen.

Sharrow blickte ihrem Vater und dem kleinen Mädchen entgegen, während sie sich näherten, den Landkarten-Parkettfußboden überquerten, über die Seetanggestrüppe der Ozeane Golters und die Wälder der Kontinente schritten.

Langsam gelangte das Karussell zum Stillstand und verstummte. Der Holzvogel, auf dem Sharrow saß, befand sich am Ende auf der von ihrem Vater und dem kleinen Mädchen abgewandten Seite des Geräts. Sharrow wartete, bis sie es umrundet hatten. Als es soweit war, lächelte ihr Vater und senkte den Blick auf das Kind an seiner Hand.

»Schau mal her, mein kleiner Liebling«, sagte er zu Sharrow. »Hier ist die Überraschung, die ich dir versprochen habe. Eine kleine Schwester.«

Sharrow betrachtete das andere Mädchen. Ihr Vater bückte sich, hob das Kind auf die Arme und so weit hoch, daß es über seinen Scheitel hinweggucken konnte.

»Ist sie nicht süß?« fragte er Sharrow. Sein gerötetes Gesicht ragte aufgeregt aus den Röcken der Kleinen hervor. Das Kind wandte sich von Sharrow ab. »Ihr Name ist Breyguhn«, stellte Sharrows Vater es vor. »Breyguhn«, sagte er, senkte es auf seine Kopfhöhe, »das ist Sharrow. Sie ist deine große Schwester.« Er blickte wieder Sharrow an. »Ihr werdet bestimmt die besten Freundinnen, nicht wahr?«

Sharrow sah das andere Kind an; es verbarg das Gesicht hinter dem Kopf ihres Vaters.

»Wo ist ihre Mami?« erkundigte Sharrow sich schließlich.

Erst zog ihr Vater eine Miene der Enttäuschung, dann der Erheiterung. »Ihre Mami wird nun deine *neue* Mami«, erläuterte er. »Sie ist eine langjährige Freundin … deiner Mutter und mir …« Übertrieben breit lächelte er und schluckte. »Sie ist sehr nett. Und Breyguhn auch, stimmt's, Breyguhn? Hmm? Ach, weine doch nicht, was gibt es denn zu weinen? Komm, sag deiner großen Schwester guten Tag. Und du, Sharrow, deiner … Sharrow?«

Sharrow war von dem Trafe geklettert und umrundete das Karussell in Richtung Steuerpult. Sie warf Skave einen bösen Blick zu und schubste ihn beiseite.

»Aber, aber, gnädiges Fräulein …«, sagte der alte Android, trat so ungeschickt zurück, daß er fast gefallen wäre.

Sharrow hatte schon viele Male mitangesehen gehabt, wie der Android die Steuerung bediente. Nun legte sie den Bremshebel um und kippte den Stromschalter. Das Karussell summte und surrte, setzte sich von neuem in Bewegung.

»Sharrow?« rief ihr Vater, kam um das Karussell gelaufen, das verheulte Mädchen noch auf dem Arm.

»Aber, aber, gnädiges Fräulein, ich bitte Sie …«, plapperte Skave, während sie ihn mit wiederholtem Schubsen durch die Vielfalt der Wehrtiere, Ungeheuer und ausgestorbenen Geschöpfe aus Golters tatsächlicher und phantastischer Vergangenheit immer weiter zurückdrängte. Der alte Android fuchtelte, weil Sharrow ihn unablässig stieß, mit beiden Händen vor der Brust. »Nicht doch, gnädiges Fräulein, nicht doch. Also wirklich, also … Ah!«

Skave stolperte vom Karussellrand, drehte sich mit erstaunlicher Behendigkeit um die eigene Achse und landete wohlbehalten mit verdutzter Miene auf allen vieren.

»Sharrow!« schnauzte ihr Vater. »Sharrow! Was machst du denn da? Komm her! Sharrow!«

Das Karussell erreichte seine volle Geschwindigkeit, summte in dunklen Tönen wie eine alte Spindel im Märchen.

»Sharrow! *Sharrow!*«

Sie war zurück auf den Rücken des Trafes geklettert und hatte die Augen geschlossen.

Auf eine Marmorbalustrade gelehnt, stand Sharrow an dem Platz und besah sich das alte, mit Blasensteinkacheln verkleidete Karussell, das die Androiden auf einer tieferen Terrasse zusammengebaut hatten. Die Androiden, die sich mit der Reparatur und Restaurierung des Fahrgeräts beschäftigten, bemühten sich darum, die uralten Hydraulikmotoren zum erstenmal seit Jahrhunderten wieder in Betrieb zu nehmen; im Verlauf dieser Anstrengungen fanden sie heraus, an welchen Stellen die Lecks sowie unzureichend abgedichteten Ventile und Gelenke waren, weil bei jedem Startversuch ein neuer Wasserstrahl aus einem anderen Teil des ungeheuer kompliziert beschaffenen, mit protzigem Kitsch überladenen Rummelplatz-Fahrgerät schoß. Längst hatte Wasser die Terrasse überschwemmt.

Vor Sharrows Augen vollführte das überalterte Karussell unter Quietschen und Knarren nochmals eine halbe Drehung, die damit endete, daß abermals mit einem feuchten Knall eine Fontäne in die Luft emporspritzte.

Sharrow blickte hinüber zu den übrigen Teamangehörigen, die auf der anderen Seite der Piazza gelangweilt vor einem äußerlich vollauf restaurierten, jedoch geschlossenen Straßencafés saßen; dann wandte sie sich an Feril.

»Wir reisen in die Embargo-Gebiete«, eröffnete sie dem Androiden, »um dort zu versuchen, die letzte Chaoswaffe zu finden.«

Feril schaute zu Boden. »Es ist überflüssig, mir das zu erklären.«

»Wahrscheinlich haben Sie es sich schon gedacht.«

»Ich muß zugeben«, bekannte Feril, »daß es sich so verhält.«

Sharrow räusperte sich. »Feril, ich habe darüber mit den anderen gesprochen. Wir möchten, daß Sie uns begleiten, wenn Sie es wünschen.«

Für eine Weile, die sich sehr lang hinzudehnen schien, bewahrte Feril Schweigen. »Ach ja«, sagte er schließlich. Er lenkte den Blick hinunter zu dem alten Karussell auf der tiefergelegenen Terrasse, beobachtete seine Artgenossen, die darauf herumkletterten und Reparaturen ausführten. »Warum?« fragte er.

»Weil wir den Eindruck haben, daß sie eine große

Unterstützung für uns wären«, erklärte Sharrow. »Das Gefühl, einen neuen Gefährten zu brauchen, und der Meinung sind, so ein Erlebnis könnte für Sie aufschlußreich und nützlich sein. Und weil wir ... Sie mögen.« Kurz schaute sie fort. »Allerdings wird es gefährlich sein.« Ihre Brauen rutschten nach oben. »Hätten wir Sie *richtig* gern, wäre es vielleicht das allerletzte, was wir täten, Ihnen vorzuschlagen, uns auf eine Reise mit möglicherweise tödlichem Ausgang zu begleiten.«

Feril deutete ein Achselzucken an. »Falls ich mit Ihnen gehe, bleibt meine gegenwärtige Persönlichkeit hier in der Stadt konserviert«, stellte er klar. »Würde ich vernichtet, wäre dadurch nur die Erinnerung an die Ereignisse nach meiner Abreise verloren. Mein Dasein fände als Entität innerhalb des städtischen KI-Konglomerats seine Fortsetzung, und ich hätte die Garantie, daß ich, sobald das nächste Los Androiden gebaut werden darf, wieder als eigenständiger Android existieren kann.«

Sharrow schwieg und musterte Feril.

»Sind Sie sicher«, wollte er als nächstes wissen, »daß die anderen Mitglieder Ihres SNA-Teams gegen meine Mitreise keine Einwände hegen?«

Ein zweites Mal schaute Sharrow zu Zefla, Dloan und Miz hinüber; Dloan und Zefla unterhielten sich. Miz beobachtete sie und Feril, das Kinn in die unversehrte Hand gestützt.

»Wem ich vertraue, dem vertrauen sie auch«, antwortete Sharrow der Maschine. »Jeder von ihnen hätte sich dagegen aussprechen können. *Wir alle* möchten, daß sie mit uns kommen.«

Mit einem Stahl- und Plastikfinger tippte der Android einige Male auf die Marmorbrüstung; dann nickte er und drehte sich Sharrow zu. »Danke. Ich bin einverstanden. Ich begleite Sie.«

Sharrow reichte der Maschine die Hand. »Ich hoffe,

Sie werden keinen Grund haben, um es zu bereuen«, sagte sie lächelnd.

Behutsam drückte Feril ihre Hand. »Reue kennen nur Menschen«, meinte er.

Sharrow lachte. »Wahrhaftig?«

Die Maschine hob die Schultern und gab ihre Hand frei. »Aber nein. Wir Androiden reden es uns bloß ein.«

20

Stilles Ufer

In dichtem, lückenlosem Durcheinander wuchsen vom Berggipfel bis hinab an den Küstenstreifen Bäume. Die schwarze, reglose Fläche des Ozeans grenzte an das stille Ufer, als hätte der dunkelgrüne Wald ihn einem Bann unterworfen. Parallel zum Land flog gemächlich ein Vogel übers Wasser, glich einem lichten, vom Himmel gefallenen Splitter der hellgrauen Wolken, der einen Weg zurück ans Firmament suchte.

Einen halben Kilometer vor der Fjordmündung strudelte und brodelte die Meeresoberfläche, dann schwollen die Fluten und gaben drei dunkle, bauchige Rümpfe frei.

Das Trimaran-Unterseeboot tauchte kurz auf und schwamm einen Moment lang auf der Stelle, gischtiges Naß strömte von den Leitflossen und dem stämmigen Turm in der Mitte. Dann hallte eine Reihe dumpfer, dröhnender Laute über die Wasser; inmitten eines Aufschwallens und -schäumens rings um die glatten, schwarzen Rumpfseiten bewegten sich Mittel- und Steuerbordsegement langsam achtern davon, und das separierte, mit dem Bug dem Strand zugewandte Backbordsegment blieb allein zurück.

Sobald sich der Doppelrumpf des U-Boots unmittelbar hinter den abgelösten Einzelrumpf gesetzt hatte, nahm er wieder Vorwärtsfahrt auf, benutzte schwachen Turbinenschub, um den abgerundeten Bug ins Heck des Einzelrumpfs zu schieben. Eine breite Heckwelle quoll langsam hinter dem U-Boot seewärts, während es leise auf die Küste zuhielt, den abgelösten Einzelrumpf vorausschob.

Der Einzelrumpf lief in den Untiefen eines schmalen Streifens Sandstrand am Südzipfel der Fjordmündung auf Grund, der halbrund-stumpfe Bug erhob sich aus der Brandung, während der Rumpf, weil er für sie ein Hindernis verkörperte, auf den wenigen Metern Wasserfläche, die ihn noch von der sandhellen Steigung des Strands trennten, eine Gischtwoge verursachte. Beiderseits spülten Wellen hinauf an Sand und Felsen.

»Ich hoffe, Sie haben dafür Verständnis. Ich habe *bestimmt* gründlich nachgedacht, aber letzten Endes muß ich die Sicherheit meines Schiffs und der Besatzung berücksichtigen. Natürlich ist es im Vertrag so vorgesehen ...«

»Allerdings.«

»... nur läßt sich nicht leugnen, Sie weiter hineinzubringen, müßte geradezu Unheil heraufbeschwören. Der Fjord ist ziemlich tief, obwohl es nach unserem Tiefenscanning stellenweise unterseeische Höhenzüge gibt, aber er ist einfach zu *eng,* ein U-Boot in dieser Größe hat darin keinen Spielraum zum Manövrieren. Angesichts der offenkundigen Gefahr feindseliger Handlungen wäre es aberwitzige Tollkühnheit, sich tiefer hineinzuwagen. Wie gesagt, ich muß an das Wohl der Besatzung denken. So, wenn Sie nun hier unterschreiben würden ... Ich meine, viele von den Leuten haben ja Familie ...«

»Vermutlich.«

»Ich bin sehr froh darüber, daß Sie Verständnis haben. Im letzten Geschäftsjahr hat uns von Seiten unserer Aktionäre ein *ganz* kalter Wind ins Gesicht geblasen, das kann ich Ihnen sagen, und schon das Abschalten des Logbuchschreibers dürfte bei ihnen Argwohn hervorrufen. Den Trick kann man nur soundso viele Male anwenden, glauben Sie mir. Ähm … Da und da …«

Der Kapitän streckte Sharrow das Klemmbrett entgegen, damit sie die Verzichtserklärung unterzeichnete. Sie streifte einen Handschuh ab, nahm den Stift zur Hand und kritzelte ihren Namen auf das Dokument. Gekleidet war sie in einen isolierten Kampfanzug und kniehohe Stiefel; auf dem Kopf hatte sie, die Ohrenschützer nach oben geklappt, eine warme, schußsichere Pelzmütze. Sie und der U-Boot-Kapitän standen auf Deck des auf Grund gelaufenen Backbordsegments; vom einzigen, halbrunden Luk war eine Rampe in die Untiefen hinuntergeklappt worden. Das erste der beiden großen Sechsrad-Allterrainfahrzeuge warf den Motor an und rollte langsam zum Rumpf hinaus, die Rampe hinab und durchs flache Wasser an den hellen Sandstrand. Während das Gewicht des Fahrzeugs vom Backbordsegment aufs Land überwechselte, schwankte das Deck unter Sharrow und dem Kapitän.

Kurz waberte die graugrüne Tarnung des ATF unsicher, als es sich der neuen Umgebung anpaßte, verlegte sich zuletzt auf ein ziemlich diffuses Gemisch verschwommener farblicher Nuancen, das genau den Farben des Strands und der Schatten unter den Bäumen entsprach. An einem der zwei Einstiege des Fahrzeugs war eine schwere, kurzrohrige, momentan mit einer Plane abgedeckte Kanone montiert.

Mehrmals blätterte der Kapitän um. »Und hier und hier bitte noch«, verlangte er weitere Unterschriften. Als nächstes schüttelte er den Kopf und schnalzte mit der Zunge. »Wäre der Fjord nur ein *bißchen* breiter.« Verdrossen blickte er hinüber zur Einmündung des Fjords, als wollte er die zerklüfteten Berghänge an beiden Seiten durch schiere Willenskraft zum Zurückweichen von den dunklen Fluten zwingen. Er seufzte, sein Atem bildete in der eiskalten, stillen Luft eine Wolke.

»Ja, sicher«, knurrte Sharrow.

Das zweite Allterrainfahrzeug rumpelte aus der vorderen Hälfte des U-Boot-Segments an Land, brachte es noch einmal zum Schaukeln. Aus einer Dachluke des Gefährts winkte Zefla.

»Und die letzte Unterschrift muß dort hin …« Der Kapitän drehte die Dokumente auf dem Klemmbrett um. Sharrow unterzeichnete nochmals.

»So«, sagte sie.

»Vielen Dank, Lady Sharrow.« Der Kapitän lächelte. Er zog seine Handschuhe an und vollführte eine tiefe Verneigung. Ihm fiel die Sonnenbrille, die er nach dem Auftauchen doch nicht gebraucht hatte, aus einer Tasche seiner Steppjacke. Er bückte sich, um sie aufzuheben; die Handschuhe erschwerten es ihm.

Sharrow lächelte ihm kühl zu, als er sich aufgerichtet hatte, und streckte ihm die Hand hin. Der Kapitän schob sich einen Bügel der Sonnenbrille in den Mundwinkel und das Klemmbrett unter den Arm, zog einen Handschuh wieder aus und drückte Sharrows Hand. »War mir eine Ehre, Lady Sharrow«, beteuerte er. »Und erlauben Sie mir, Ihnen alles Gute und vollen Erfolg zu wünschen« – sein Blick streifte die hohen Berge und stillen Wälder – »bei Ihrem Vorhaben.«

»Besten Dank.«

»Also, dann sehen wir uns in vier Tagen wieder«, meinte der Kapitän grinsend, »außer wir hören von Ihnen das Gegenteil.«

»Genau«, bestätigte Sharrow, wandte sich ab. »Bis dann.«

»Fröhliche Jagd«, rief der Kapitän ihr nach.

Auf einer Leiter aus dünnem Metallrohr klomm Sharrow ins Innere des Backbordrumpfs zurück, wo die zuständigen Leute der Crew sich anschickten, die Rampe einzuholen und das Luk zu schließen; sie überzeugte sich davon, daß keine Teile der Ausrüstung vergessen worden waren, bevor sie die Rampe hinab an den Strand eilte, wo ihre Stiefel in den Sand einsanken.

Gerade als Sharrow sich umwandte, um einen letzten Blick ins noch offene Luk des Segmentrumpfs zu werfen, schoß an der Rückseite des U-Boot-Turms ein weißer Dampfstrahl senkrecht empor. Der schrille Pfiff des Warnsignals gellte an den Strand und verstummte, aber die weiße Dampfwolke blieb sichtbar, verwehte nur ganz allmählich. Die Crewmitglieder im offenen Luk unterbrachen die Arbeit. Von dem Deck über ihnen dröhnte die Stimme des Kapitäns herab, klang nach atemloser Panik. »Fliegeralarm!« drang sie überlaut aus den Bordlautsprechern. »Unbekannte Flugmaschine im Anflug. Ich wiederhole: Fliegeralarm! Auxiliarsegmente versenken! Tauchmanöver einleiten!«

»Scheiße!« fauchte Sharrow, drehte sich auf dem Absatz um.

Die Crew des Backbordrumpfs hastete die Leitern hinauf an Deck. Sharrow stieg in die Fahrerkabine des zweiten ATF. Zefla stand auf ihrem Sitz, reckte Oberkörper und Kopf zur Dachluke hinaus, beobachtete mit einem Hochleistungsfeldstecher den Himmel überm Meer. Am Lenkrad des Fahrzeugs saß einsatzbereit Feril, wirkte im Vergleich zu den reichlich klobigen, nüchtern-praktisch beschaffenen Armaturen geradezu zierlich.

»Verdammt noch mal«, ertönte Miz' Stimme aus dem Bordfunk, »das ging aber schnell. Ich dachte, heutzutage beachtet kaum noch jemand die Satellitendaten.«

»Vielleicht sind wir falsch informiert«, mutmaßte Sharrow, heftete den Blick auf den Androiden, während unter den sechs hohen Reifen des vorderen ATF Sand aufstob, es sich in Bewegung setzte und auf die Felsen zuhielt, die die Schößlinge und das Gras des Waldrands säumten. »Fahr Miz hinterdrein«, sagte sie zu Feril. Der Android nickte und brachte das ATF zum Anrollen.

Mit einem Ruck fuhr das Fahrzeug an, folgte dem vorderen ATF in die Richtung der Bäume. Durchs Seitenfenster sah Sharrow die letzten Crewangehörigen vom an den Strand gelaufenen Rumpfsegment auf den Hauptrumpf des U-Boots flüchten, am Heck des massigen Tauchboots strudelte Gischt, während es beide zusätzlichen Segmente abstieß und sich, umwirbelt von Schaum, in Rückwärtsfahrt vom Ufer der Bucht entfernte. Die kleinen Gestalten der Besatzungsmitglieder rannten den Bootsrumpf entlang und verschwanden unter Deck. Das Unterseeboot steuerte ungefähr auf dem Kurs, auf dem es sich der Küste genähert hatte, zurück auf See, drehte gleichzeitig bei und begann das Tauchmanöver; das gestrandete Backbordsegment schaukelte in der Brandung, während die Wellen den gleichfalls aufgegebenen Steuerbordrumpf hin- und herwälzten, er auf den Wogen auf- und niedertanzte.

»Verdammt, hier gibt's keine Zufahrt in diesen Scheißwald!« schrie Miz.

»Dann *schaff* uns einen«, forderte Sharrow.

»Nein«, hörte man Dloans ruhige Stimme. »Sieh mal dort.«

»Hmm«, brummelte Miz. »Ziemlich schmal ...« Das vordere AFT fuhr nach rechts.

»Zefla?« rief Sharrow, indem sie den Blick hob. »Zefla?« wiederholte sie den Zuruf lauter.

Zefla beugte sich herab und schüttelte den Kopf. Sie hatte das Haar hochgebunden und unter einer Militärschirmmütze versteckt. »Bisher nichts zu sehen«, sagte sie, griff sich ein Kommunikationskabel und klippte es sich, ehe sie wieder zur Luke hinausspähte, ans Ohr.

Das vordere ATF holperte über die Felsen hinweg und rollte durch den Grasstreifen auf den Wald zu, die Reifen drückten tiefe Fahrspuren ins Gras, überschütteten das nachfolgende Fahrzeug mit Erdaufwurf, dann überfuhr es elastische Schößlinge und zwängte sich quasi zwischen die höheren Bäume. Erdbrocken und Steine hagelten und klapperten auf den schrägen Bug und die Windschutzscheibe des zweiten ATF.

Sharrow schaute sich um: vom U-Boot war nur noch der Turm zu erkennen, es sank rasch unters aufgewühlte Wasser, während es zügig bei- und dem Ufer das Heck zudrehte.

Mit verminderter Geschwindigkeit suchten Miz und Dloan ihrem ATF zwischen den Bäumen einen Weg.

»Jetzt seh ich's«, rief Zefla ins Mikrofon der Kommunikationsanlage. »Ein einzelnes Flugzeug. Fliegt tief. Anscheinend 'ne große Mühle ... Ziemlich lahm.«

»Glaubst du, wir sind gesehen worden?« fragte Sharrow, während Feril aufschloß, bis nur noch ein Meter den Bug des ATF vom vorderen Fahrzeug trennte.

»Schwer zu beurteilen«, antwortete Zefla.

Miz lenkte sein ATF auf eine kleine, rechterhand gelegene Lichtung. Je tiefer die Fahrzeuge unter den Ästen in den Wald vordrangen, um so dunkler verfärbte sich ihre Tarnung.

»Irgendworan *merken* kann ich nicht, daß sie uns gesehen hätten ...«, meinte Zefla nachdenklich.

»Weiter fahren wir erst mal nicht«, gab Miz durch. Das vordere Fahrzeug bremste und hielt. Feril stoppte das zweite ATF dicht dahinter. Sharrow langte auf den Fußboden und öffnete den Reißverschluß einer länglichen Tasche, auf die ein krudes Flaksymbol gemalt worden war; sie entnahm ihr einen Raketenwerfer, stellte sich auf den Sitz und klappte die zweite Dachluke auf, schob Kopf und Schultern ins Freie.

Das Flugzeug war als klumpiger schwarzer Fleck tief über der See sichtbar. Wo vorhin das U-Boot getaucht war, konnte man – in erheblichem Abstand von den beiden abgelösten Rumpfsegmenten – nur noch ein schwächeres Strudeln auf dem Wasser feststellen. Im Zielvisier vergrößerte sich das Bild der Maschine, verschwamm kurz, wurde wieder scharf. Sharrow entsicherte die Waffe.

Plötzlich trübte irgend etwas, das sich ganz in der Nähe befinden mußte, mit unscharfen Umrissen das

Bild, verdeckte teils das Flugzeug. Sharrow schnitt eine Miene des Unmuts und nahm die Augen von der Zielvorrichtung. Etliche Schößlinge, die von den zwei ATF niedergedrückt worden waren, hatten sich wiederaufgerichtet und bildeten jetzt ein dünnes Sichthindernis zwischen den Fahrzeugen und dem Ufer.

Ein Auge zusammengekniffen, lugte Sharrow nochmals durchs Zielvisier und beobachtete, wie die Silhouette der Maschine wuchs und sie in Schräglage ging. Es war ein Wasserflugzeug, hatte ungefähr die Größe eines schweren Bombers früherer Zeiten, an den Tragflächenansätzen paarweise angeordnete Düsentriebwerke, V-förmige Schwimmer an den Tragflächenenden sowie unter den Flügeln sechs kleinere Raketen. Langsam, fast gemächlich schwenkte das Flugboot ab. Sharrow behielt es im Visier, bis es hinter den Bäumen entschwand.

Sie sicherte den Flak-Raketenwerfer, aber lauschte vorsichtshalber auf das Düsengeräusch der Maschine, das gedämpft von den Bergen widerhallte.

»Wo ist es hin?« erkundigte sich Miz.

»In den Fjord, glaube ich«, sagte Dloan. Sharrow drehte sich um und sah Dloan in einer Dachluke des vorderen ATF stehen, der mit dem Bug unter dem Blätterdach parkte. Über Sharrow und Zefla hinweg wies das Stummelrohr der Kanone in die Richtung, in der man zuvor das Flugboot hatte sehen können.

»Hast du irgendwelche Markierungen erkannt?« wandte Sharrow sich an Zefla.

Zefla schüttelte den Kopf. »Für mich hat's nicht nach 'ner Maschine der Zollpatrouille ausgesehen.«

»Mir *ist* so ein altes Ding in Quay Beagh aufgefallen«, sagte Dloan, »während wir die Verhandlungen mit dem U-Boot-Kapitän führten.«

»Meinst du, dahinter könnte 'n anderer privater Interessent stecken?« fragte Miz. Man hörte ihn vor sich hingrummeln, während er den vorderen ATF zentimeterweise zurücksetzte, dann wieder vorwärtslenkte. Erneut standen elastische Jungbäume im Weg. »So was nenne ich wahrhaftig Mißachtung der Embargo-Gebiete-Gesetze«, sagte er in einem Ton, als ob er sich amüsierte. »Kommen hier mit 'ner Antiquität angeorgelt, die in 'n Luftfahrtmuseum gehört. Verdammt, schließlich hätten wir auch so rotzfrech sein und Luftkissenfahrzeuge nehmen können.«

»Ist doch egal«, beruhigte ihn Sharrow. »Jedenfalls besteht die Möglichkeit, daß es umkehrt. Laß uns an der Küste entlangfahren und irgendwo einen besseren Unterschlupf suchen.«

»Eigentlich sind wir hier einigermaßen gut versteckt«, meldete sich Zefla zu Wort.

»Aber eben nur ›einigermaßen‹«, hielt Miz ihr entgegen. »Und falls wirklich jemand nach uns ausschaut, macht er bestimmt den Anfang bei diesen beschissenen U-Boot-Rümpfen.«

»Unser tapferer Kapitän«, rief Zefla in Erinnerung, »hat ihre Versenkung befohlen.«

»Ja, aber das Teil, das am Strand liegt, sinkt wohl nicht besonders tief.«

»Zefla, was glaubst du?« fragte Sharrow. »Hat das Flugzeug uns gesehen?«

Zefla hob die Schultern. »Wenn ich mir's genau überlege ... Wahrscheinlich ja.«

»Also nichts wie weg«, sagte Sharrow.

Im Rückwärtsgang bugsierten sie die beiden ATF aus dem Wald. Das Heck des auf Grund gelaufenen Backbordrumpfs war eingesunken; sein schlundartiges, offenes Luk klaffte an dem kleinen Strand wie ein stummer Ausdruck der Überraschung. Während es langsam in der Bucht versank, trieb das separierte Steuerbordsegment auf dem Rücken, schaukelte auf den Wellen.

Die zwei Allterrainfahrzeuge brummten zwischen dem Ufer und den Bäumen den mit Felsen übersäten und mit zerzaustem Gras bewachsenen Übergangsstreifen entlang.

Etwa einhundert Meter über der Mitte des breiten Fjords hatte das Flugboot eine dünne Abgasfahne hinterlassen. Zefla überwachte weiterhin den Luftraum. Sharrow saß in ihren Sitz gelehnt, den Flak-Raketenwerfer auf dem Schoß. Sie schielte Feril an, der das ATF anscheinend gänzlich unbekümmert Miz' und Dloans Fahrzeug hinterdreinlenkte.

»Es tut mir leid«, sagte sie, »daß wir Sie in diese Angelegenheit hineingezogen haben.«

»Ich bitte sie, dazu besteht kein Anlaß«, entgegnete der Android, wandte ihr für einen Moment den Kopf zu. »Es ist ein aufregendes Erlebnis.«

Sharrow lächelte und schüttelte den Kopf. »Wenn wir kein Versteck finden, könnte es noch viel aufregender werden.«

»Ach so«, war Ferils ganze Reaktion; er betrachtete den Fjord und beiderseits die steilen, bewaldeten Berghänge. »Trotzdem ist hier eine sehr schöne Gegend«, meinte er, während seine Hände das Lenkrad drehten, dem Fahrzeug zwischen den Steinen, längs des Ufers einen Weg suchten, »finden Sie nicht?«

Sharrow schmunzelte, schüttelte kurz nochmals den Kopf über den Androiden. Anschließend versuchte sie sich zu entspannen, ließ den Blick über das flüssige Schweigen der stillen, schwärzlichen Fluten des Fjords schweifen, die spitzwipflige Üppigkeit der Wälder und die geriffelte, halb verborgene Schroffheit der vom Baumbewuchs in sanftere Umrisse gehüllten Berge, deren gezackte Gipfel sich reihenweise gegen die fahle Weite des Himmels abzeichneten.

»Ja«, seufzte sie irgendwann und nickte. »Ja, hier ist es schön.«

Sie waren noch keinen Kilometer weit am Fjord entlanggefahren und hatten noch keine Lücke zwischen den Bäumen gefunden, keinen ausreichend großen Felsen, um dahinter in Deckung gehen zu können, da erscholl ein Aufschrei Zeflas.

»Es kommt zurück!«

Aus der Enge des Fjords kam das Flugboot wieder zum Vorschein, hob sich als grauer Fleck gegen das Dunkel der Bergkette ab.

»Verdammt noch mal«, fluchte Miz.

Sharrow beobachtete das Wasserflugzeug, bis feststand, daß es geradewegs auf sie zuflog. Dann schüttelte sie den Kopf. »Das geht nicht gut ...«

»Es schießt!« schrie Zefla. Unter den Tragflächenansätzen des Flugzeugs kräuselten sich zwei Qualmwolken.

»Stop«, rief Sharrow dem Androiden zu. Sie zerrte ihre Handtasche unterm Sitz hervor. »Alle aussteigen!«

»Scheiße«, schimpfte Miz. Beide ATF schlitterten und blieben stehen.

»Ab unter die Bäume«, sagte Zefla halblaut, duckte sich aus der Dachluke herab, vollführte auf dem Sitz eine Drehung und stieß die Seitentür auf. Einen kleinen Rucksack in den Händen, sprang sie aus dem Fahrzeug, gefolgt von Feril. Sharrow verließ es durch die andere Tür. Vom vorderen ATF sprang Miz und rannte ebenfalls auf die Bäume zu.

»Raus, Dloan!« schrie Sharrow. Sie lief auf mehrere größere Felsklötze am Ufer zu, nah am Wasser. Unterwegs entsicherte sie zum zweitenmal den Flak-Raketenwerfer.

Dloan stand in seiner Dachluke des vorderen Fahrzeugs und richtete die Kanone auf das Flugzeug. Die Raketen glichen Leuchtpunkten an der Spitze zweier Rauchschwaden, rasten übers düstere, stille Wasser heran. »Dloan!« wiederholte Sharrow. Sie warf sich zwischen zwei Felsen und brachte den Raketenwerfer in Anschlag.

Die beiden Raketen sausten herab, aber verfehlten die zwei ATF, heulten darüber hinweg, detonierten fünfzig Meter hinter ihnen im Wald. Dloan beschoß mit der Kanone das Flugboot. Sharrow konnte die Flugbahn jeder Achtzentimeter-Leuchtspurgranate verfolgen, die auf den Fjord hinausfegte, fern vom Ufer, aber nur hundert Meter vor dem Flugzeug, in schwach erkennbarem, weißlichem Aufspritzen ins Wasser schlug. Sie feuerte die Flak-Rakete ab; heftig prallte das Abschußrohr gegen ihre Schulter, es blitzte und wumste, als das Projektil zündete, und mit einem Rauschen jagte es davon.

Geradezu gemächlich steuerte das vielleicht zweitausend Meter entfernte Flugzeug durch die Mitte des Fjords; die Flak-Rakete schwenkte auf Abfangkurs ein.

Dloan hatte den Beschuß eingestellt.

Noch einen Kilometer hatte die Flak-Rakete bis zu dem Wasserflugzeug zurückzulegen; dann nur noch fünfhundert Meter.

»Na gut«, murmelte Sharrow vor sich hin. »Wenn ihr sie ignorieren wollt, ihr Arschlöcher, von mir aus.«

Am Bug des Flugboots zuckten Flämmchen.

Die Flak-Rakete explodierte, zerbarst und zerfiel in der Luft, eine dicke, schwarze, bauschige Rauchwolke entstand, aus der Dutzende winziger qualmender Trümmerklümpchen herabhagelten, in einer Vielzahl winziger Spritzer in die Fluten klatschten.

»Scheißbande«, knirschte Sharrow gedämpft. Die Maschine flog ein zweites Mal an.

Dloan nahm sie wieder mit der Kanone unter Beschuß, in hohem Bogen jaulten die Granaten dem Wasserflugzeug entgegen. Die Maschine durchquerte die Rauchschwaden, zu denen sich der Explosionsqualm der abgewehrten Flak-Rakete zerfleddert hatte. Gleich darauf verfeuerte das Flugboot zwei neue Raketen.

Sharrow blickte sich nach dem vorderen ATF um. *»Dloan!«* schrie sie zum drittenmal. Sie sah, daß er sich hinter die Kanone duckte. Er gab noch mehrere Schüsse ab, dann schwang er sich aus der Dachluke, lief übers Fahrzeugdach zum Heck. Sharrow hätte geschworen, daß sie in seinem Gesicht ein breites, heiteres Lächeln bemerkte.

Dloan sprang drei Meter tief auf den Untergrund hinab, rollte sich ab und fand eine knappe halbe Sekunde, ehe die zwei Raketen die ATF trafen und beide zu Schrott zersprengten, nordürftige Deckung.

Sharrow mußte den Kopf eingezogen haben. Als sie ihn hob, erblickte sie Rauch und Feuer. Beide Fahrzeuge waren völlig zerstört worden. Der ATF, in dem sie gesessen hatte, lag auf dem Dach, helle Flammen loderten hervor. Das zweite Fahrzeug stand anscheinend noch richtig herum, doch war die Karosserie wenigstens zur Hälfte abgerissen worden, so daß man zwischen den zerfetzten, brennenden Reifen die drei Motoren sehen konnte. Folgeexplosionen erschütterten das Wrack. Sharrow duckte sich nieder und beobachtete, wie das Flugboot in einem halben Kilometer Abstand vorbeizog und abschwenkte.

Aus einem Steuerbordtriebwerk quoll ein Schweif schwarzen Qualms. Die Maschine verlor an Höhe, gab ein Rattern und Knattern von sich, die unbeschädigten Düsen röhrten lauter als vorher. Unter den Bäumen stieß jemand einen Juchzer aus.

Sharrow besah sich ihre rechte, in den Sand gestützte Hand, die schmerzte. Sie hob sie vors Gesicht, betrachtete das Blut und schüttelte den Sand ab, der die Wunde verkrustete. Ernst sah die Verletzung nicht aus.

»Ju-huuu …!« jauchzte dieselbe Stimme vom Waldrand herüber; Dloans Stimme.

Noch einen Kilometer weit quälte das Flugboot sich durch die Luft, gewann sogar etwas an Höhe; dann sackte es ab, drehte bei, machte kehrt und flog wieder in den Fjord ein, steuerte diesmal schräg auf das gegenüberliegende Ufer zu, während sich der Rauchschweif, den es nachzog, zusehends verdichtete, es immer tiefer dem Wasserspiegel entgegenschwebte.

In den beiden ATF-Wracks erfolgten weitere Detonationen, Krachen und Dröhnen hallte; aus den Fahrzeugüberresten wallte Qualm an den Himmel empor.

»Sharrow?« rief in einem kurzen Augenblick der Stille Miz.

»Hier«, antwortete Sharrow. »Ich bin heil geblieben.«

Das Flugboot sank auf die Wasserfläche, erhob sich in einem zweifachen Schleier aus hochgegischtetem Naß noch einmal ein wenig über sie, setzte endgültig auf, verlor zügig an Geschwindigkeit und vollzog eine Wendung, gelangte fünfzehnhundert Meter entfernt zum Stillstand.

Sharrow schlang die Handtasche um die Schulter und robbte fort von den Uferfelsen, hielt sich im Schutz flacheren Gesteins, bis sie die Nähe der Bäume erreichte; dort sprang sie auf und sprintete gebückt zu der Stelle, wo die übrigen Teamangehörigen Deckung gefunden hatten und beobachteten, wie die ATF ausbrannten und unweit des anderen Ufers das Flugboot im Fjord versank. Die kompliziert konstruierte, verglaste Bugkanzel ragte schon steil in die Luft hinauf, eine Tragfläche in starker Schräge aus dem Wasser; die zweite Tragfläche war schon unter der Oberfläche verschwunden.

Der Länge nach warf sich Sharrow neben den Gefährten auf die Erde.

»Alles klar?« fragte Zefla.

»Ja.« Sharrow wischte sich die blutige Hand an der Kampfanzughose ab. »Gut getroffen, Dloan«, lobte sie.

»Danke.« Dloan grinste. »Mit altmodischen Granaten konnte der supermoderne Antiraketenlaser wohl nicht fertigwerden.« Er seufzte laut vor regelrecht seliger Zufriedenheit.

»Ja, aber was fangen wir nun an?« gab Miz zu bedenken, indem er Sharrow ansah. »Sollen wir die restliche Strecke etwa schwimmen?«

»Oh, schauen Sie nur«, mischte sich Feril ein. »Was für eine unorthodoxe Tarnung.«

Sharrow spähte hinüber zum Flugboot.

Zefla starrte, die Augen verkniffen, in den Feldstecher. Ihr entfuhr ein Aufstöhnen.

»Verdammt, ich glaub's nicht«, sagte sie, reichte das Fernglas Sharrow. »Nein, stimmt nicht.« Vehement schüttelte sie den Kopf. »Ich glaube es.«

Sharrow schaute durchs Fernglas. Der Glaskanzelbug des Wasserflugzeugs wies inzwischen beinahe senkrecht himmelwärts. Aus Luken unmittelbar unter den Trägflächen konnte sie etwa drei Dutzend Gestalten in Wasserfahrzeuge umsteigen sehen, die, wie sie vermutete, aufblasbare Schlauchboote waren. Das Ausbooten wirkte, als verliefe es recht konfus.

Die Gestalten ließen sich leicht unterscheiden, weil sie in Schockpink, Neongrün, Grellrot, Schreiendlila und Knallgelb gekleidet waren, alles Farben, die noch deutlicher auffielen als die orangefarbenen Schlauchboote, die sie bestiegen. Sharrow senkte den Feldstecher.

»Sie sind wirklich vollkommen verrückt«, sagte sie, allerdings mehr im Selbstgespräch als zu den Kameraden. »Das ist Elson Roa mit seiner Horde.«

»*Dieser* Irre?« vergewisserte sich Miz, riß die Augen auf, gestikulierte in Richtung des in raschem Versinken begriffenen Flugboots, dessen Rumpf jetzt vertikal an den Himmel zeigte, abgesoffen war bis über die Tragflächen. Mit bloßem Auge ließen sich gerade noch zwei helle, bunte Farbkleckse erkennen, die sich von der unrettbaren verlorenen Maschine langsam zum dichten, grünen Baumbewuchs des jenseitigen Ufers entfernten. »Er ist es?« fragte Miz. »Schon wieder?«

Bedächtig nickte Sharrow, legte das Fernglas aufs Erdreich. »Ja«, bestätigte sie. »Schon wieder.«

In den brennenden ATF explodierte noch einige Minuten lang die Munition, dann verflackerten die Brände, das Knallen endete. Das Team wagte sich aus dem Wald und durchsuchte die rings um die beiden Wracks verstreuten Trümmer nach noch Brauchbarem, bis es ein leise-dumpfes Knattern hörte und im nahen Wasser Fontänchen aufschießen sah.

»Maschinengewehrfeuer«, konstatierte Dloan, schaute zur anderen Seite des Fjords hinüber, während in der Umgebung Kugeln durch die Luft pfiffen und einschlugen, von den Felsen kleine Staubwölkchen aufstoben. Eilends zog sich das Team in den Wald zurück.

In dem durch Zefla geretteten, kleinen Rucksack hatte es ein leichtes Behelfszelt und Proviantrationen, und in Sharrows Handtasche befanden sich ihre Hand-Balliste, die zwei falschen Instrumente des alten Motorrads sowie ein Erste-Hilfe-Päckchen. Miz hatte noch ein mittelschweres Maschinengewehr und eine einzelne Flak-Rakete mitnehmen können. Beim Durchwühlen der Wracks waren mehrere Kleidungsstücke und weitere Portionen Verpflegung zusammengeklaubt worden. Darüber hinaus stand nur zur Verfügung, was das Grüppchen am Leib trug: Kampfanzug beziehungsweise Wanderkluft, eine Pistole pro Person, zwei Messer, ein Verbandskasten und das, was jeder einzelne zufällig in den Taschen mitführte.

»Ich hätte daran denken müssen«, sagte Sharrow, schlug sich die Handballen an die Schläfen. Sie zuckte zusammen, als ihre Linke anprallte; sie hatte die Verletzung in einem Bach gewaschen und ein Pflaster daraufgeklebt, aber noch schmerzte die Hand. Auch Miz hatte nach wie vor einen kleinen Verband an der Faust, und Dloan hinkte leicht, geradeso wie Sharrow.

Wir werden uns, sinnierte sie, immer ähnlicher.

Sie hatten sich in einer flachen Mulde um ein schwaches, allerdings rauchstarkes Feuerchen geschart, das sie mit einer Laserpistole entzündet hatten. Die hohen Bäume der Umgebung machten den Spätnachmittag so düster, als wäre es schon Abend.

»Ich hätte daran denken müssen«, wiederholte sie. »Wir hätten für den Fall des Ausbootens mehr Material zum Mitnehmen bereitlegen können, während wir nach einem Versteck gesucht haben.« Sie schüttelte den Kopf.

»Hör zu«, meinte Miz. »Wir leben. Wir haben ein Zelt, ein bißchen Verpflegung und Schußwaffen. Zusätzliche Nahrung können wir uns schießen.« Er wies in den Wald ringsherum. »Hier muß es viel Wild geben. Und Fisch.« Er tatschte auf eine der vielen Taschen seiner feschen Wanderjacke. »Ich habe Haken und 'ne Angelschnur dabei. Eine Rute läßt sich schnell basteln.«

Bedenken furchten Sharrows Stirn. »Ja, aber uns bleiben lediglich vier Tage, um vierhundert Kilometer zu marschieren«, hielt sie Miz entgegen, »wenn wir es zum Wiedersehen mit unserem wackeren Kapitän schaffen wollen, zu dem er voraussichtlich gar nicht erscheint.«

»Wir könnten jemanden hier auf Posten zurücklassen«, schlug Zefla vor. In lässigem Schneidersitz, hielt ihre Schirmmütze auf einem Zweig ans Feuer und trocknete sie. Dloan hatte sein lahmes Bein vor sich ausgestreckt. Miz hatte sich zum Sitzen einen Stein herangerollt. Der Android kauerte in der Hocke, wirkte in dieser Haltung skeletthaft eckig und kantig. »Während die anderen zur Spitze des Fjords marschieren«, konkretisierte Zefla ihre Anregung, »wartet einer von uns hier und teilt dem U-Boot mit, daß es später wiederkommen soll.«

»Wir haben nichts, um es zu kontaktieren«, wandte Sharrow ein, holte ihr Telefon aus der Tasche. »Die Funkgeräte waren in den ATF montiert, und mit den Dingern klappt es nicht.«

»Nun ja«, erwiderte Dloan, »technisch gesehen funktionieren sie durchaus, aber hier werden alle Gespräche über die Zollpatrouille geleitet, und sie untersucht immer an Ort und Stelle, wer da eigentlich telefoniert.«

»Ja, Dloan«, sagte Sharrow. »Vielen Dank.«

»Ich könnte das Unterseeboot anfunken«, erklärte Feril. Er tippte sich auf den Brustkasten. »Ich verfüge über einen eingebauten Kommunikator. Die Reichweite ist begrenzt, aber er ist nicht auf die Telefonfrequenzen angewiesen. Wenn das Unterseeboot nur ein paar Kilometer entfernt ist, kann ich sogar mit ihm kommunizieren, wenn es sich unter Wasser aufhält.«

»Wäre es Ihnen möglich«, wollte Miz wissen, »es jetzt zu erreichen?«

»Vermutlich nicht«, gestand der Android.

»Was ist mit den Solipsisten?« fragte Dloan. »Vielleicht ist ihnen nicht klar, wer wir sind.« Er schaute Sharrow an. »Wir könnten versuchen, mit ihnen in Verbindung zu treten.«

Sharrow schüttelte den Kopf. »Irgendwie habe ich das Gefühl, sie wissen genau, wer wir sind«, antwortete sie. »Auf jeden Fall ist der Versuch das Risiko nicht wert.«

»Ach, nun hör aber mal auf«, sagte Miz, stocherte mit einem Ast im Feuer. »*Der* Feuerzauber kann der Zollpatrouille unmöglich entgangen sein.« Mit einem Ruck des Kinns deutete er in die Richtung der ATF-Wracks, die hundert Meter entfernt, in der Nähe des Strands, vor sich hinschwelten. »Wahrscheinlich ist sie schon unterwegs, um uns aufzugreifen.«

»Natürlich besteht auch die Möglichkeit«, spekulierte Dloan, »daß sie uns statt dessen einfach atomisiert.«

Sharrow warf ihm einen mißfälligen Blick zu.

»Also latschen wir vollzählig ans Ende des Fjords, oder was?« fragte Zefla.

Sharrow nickte. »Das ist wohl ratsam, sonst kommen Elson Roa und seine Jungs vor uns dort an.«

Sie holte die beiden falschen Motorradinstrumente aus der Handtasche. »Die Richtungsanzeige ist noch dieselbe, und die Entfernungsangabe hat inzwischen hundert Kilometer unterschritten. Falls die Karten stimmten und diese Messungen richtig sind, ist das, auf was die Zeiger hindeuten, am Ende des Fjords zu finden.« Sie steckte die Instrumente weg. »Oder war es einmal.«

»Eine Schande, daß die Karten dahin sind«, äußerte Dloan, bewegte das Bein.

»Ich habe mir«, sagte Feril, indem er nachgerade schüchtern die Hand hob, »die Karte des hiesigen Gebiets eingeprägt.«

»Wahrhaftig?« Skeptisch musterte Miz den Androiden. »Wie weit ist es denn noch bis zur Spitze des Fjords?«

»Wenn wir uns am Ufer halten, ungefähr neunundachtzig Kilometer«, lautete die Auskunft des Androiden. »Allerdings sind zwei beträchtlich breite Flüsse zu überqueren.«

»Zwei Tage hin«, resümierte Dloan, »zwei zurück.«

»Gestatten Sie mir eine weitere Bemerkung«, bat der Android. Alle blickten ihn an. »Ich wäre eventuell dazu imstande, innerhalb von zwanzig Stunden hin- und zurückzugelangen.« Er schaute in die runde, zuckte dann fast verschämt die Achseln.

»Feril könnte also vorausgehen und die Lage erkunden«, sagte Zefla. »Aber was tun wir, sobald wir anderen dort eintreffen?«

»Sollten wir die Chaoswaffe finden«, gab Sharrow zur Antwort, »führen wir ein Telefongespräch. Wenn die Zollpatrouille kommt, um Nachforschungen anzustellen, schnappen wir uns, was sie benutzen, wahrscheinlich ein Flugzeug.«

»Einfach so?« hakte Zefla nach.

»Wir haben doch die *Chaoswaffe*«, meinte Miz mit einem Grinsen.

»Und falls die Waffe dort nicht zu finden ist?« fragte Feril.

Sharrow sah den Androiden an. »Dann überlegen wir uns etwas anderes.« Sie hob ein Stück Ast auf und warf es in die Glut des Feuers.

Soweit möglich, bewahrten die Teamangehörigen auf dem Marsch Nähe zur Baumgrenze, entfernte sich nicht weiter als etwa zehn Meter vom Ufer. Im Wald herrschte tiefe Stille. Die einzigen Geräusche, die sie im Laufe der ersten Stunden, während ringsherum das frühwinterliche Tageslicht verdämmerte, zu hören bekamen, waren das Plätschern und Rauschen des Wassers der munteren, felsenreichen Bächlein, die sie überquerten, und das Knacken von Reisig, das unter ihren Füßen brach.

Umgestürzte Bäume und morsche Stämme lagen auf dem Waldboden; mancherorts lehnten umgekippte Bäume kreuz und quer aneinander, bildeten eine Art von unwegsamem Verhau, so daß sie umrundet werden mußten. Auf durch niedergebrochene Bäume entstandenen Lichtungen strotzte es zwar schon von neuem Grün, boten jedoch Ausblicke an den dämmerungsbedingt düstergrauen Himmel.

»Irgendwie ziemlich unordentlich, dieser Wald, was?« meinte Miz zu Sharrow, indem er sich unter einem umgefallenen, aber von der Astgabel eines benachbarten Stamms aufgefangenen Baum hindurchbückte. »Ich dachte, in Wäldern gäb's nur Baumstämme und einen schön weichen Bodenbelag von … Scheiße!« Die Kapuze seiner Jacke hatte sich an einem Ast verhakt und ihn fast von den Füßen gerissen. Er befreite die Kapuze vom Ast, warf Sharrow einen mürrischen Blick zu, ehe er den Satz beendete. »Nur Baumstämme und 'n weichen Bodenbelag von Nadeln.«

Sharrow duckte sich unter den Stamm. »Was du gesehen hast, dürfte ein Forst gewesen sein, Miz«, erklärte sie. »Ein planmäßig angepflanzter Wald. Etwas ähnliches wie eine Plantage. Das hier ist Wald. Gewissermaßen das Original.«

»Na, auf alle Fälle irgendwie schmuddlig«, antwortete Miz, strich morsches Holz aus seiner Kapuze. »Erinnert mich an das beschissene Entraxrln.« Er blickte rundum. »Naja, mit den ATF hier durchzufahren, wäre sowieso schwierig gewesen. Wahrscheinlich hätten wir am Ufer bleiben müssen, Satellitenbeobachtung oder nicht.« Er rutschte auf einer unter Laub, Nadeln und Reisig verborgenen Wurzel aus, geriet für ein paar Schritte ins Torkeln. Erbittert schüttelte er den Kopf. »Verfluchte Solipsisten …!«

Sharrow lächelte.

Sie kampierten, als es zu dunkel geworden war, um den Weg fortzusetzen. Zwei Nachtsichtbrillen waren vorhanden, aber zwei Personen hätten sich ohne derartige Hilfe fortbewegen müssen, und darum wären sie ohnehin nicht allzu schnell vorwärtsgelangt. Ohnedies fühlten sie sich, Feril ausgenommen, nach nur zwei Stunden Marsch schon recht ermüdet. Neben einem Bach fanden sie eine ebene Stelle, die vom anderen Ufer des Fjords aus nicht eingesehen werden konnte, und beschlossen dort das Lager aufzubauen.

Sharrow wechselte an der lädierten Linken den Verband. Dloan bemühte sich ums Durchschauen der Gebrauchsanweisung zum Aufschlagen des dünnen Behelfszelts. Zefla sammelte Holz zum Feuermachen. Miz hockte sich auf einen Stein und schnürte seine Stiefel auf; er hatte wundgelaufene Füße und während der letzten halben Stunde stark gelahmt.

Feril schichtete Brennholz in den Kreis aus Steinen, den er schon zurechtgelegt hatte; dann versuchte er Dloan beim Aufbauen des Zelts zu helfen, bis er von ihm weggescheucht wurde. Darauf kam er zu Miz.

»Verdammte Stiefel!« wetterte Miz, der noch immer

an den Schnürsenkeln nestelte. Anscheinend hatten sie sich, nachdem sie feucht geworden waren, fester zusammengezogen. Im Geschäft in Quay Beagh hatten die Stiefel großartig ausgesehen, richtig robust, kräftig und wetterfest, zudem bestanden sie aus echtem Leder und hatten echte Schnürsenkel, ähnlich wie das Schuhzeug auf alten Fotografien; jetzt jedoch wünschte Miz, sich lieber für ein moderneres Paar Stiefel mit speicherfähigem Schaumstoffpolster, Heizelementen und Schnellverschlüssen entschieden zu haben. Aber natürlich waren die Stiefel gar nicht unter dem Gesichtspunkt von ihm ausgewählt worden, wirklich viel darin *marschieren* zu müssen.

»Solche Probleme kennen Sie wahrscheinlich nicht«, knurrte Miz, indem er, während er an den Senkeln zerrte, den Androiden ansah.

»Eigentlich nicht«, bestätigte der Android. »Allerdings habe ich unter meinen Füßen Laufsohlen, die alle paar Jahre erneuert werden müssen.« Er betrachtete seine Füße.

»Was für 'ne erbärmliche, elende Gegend«, murrte Miz halblaut, während sein Blick ums finstere Rund der umstehenden Bäume schweifte.

Feril schaute ebenfalls umher. »Ach, ich weiß nicht«, entgegnete er. »Ich finde diese Art von Natur recht schön.«

»Na, dann ist es wohl so«, sagte Miz, versuchte einen Senkel unter dem anderen hervorzuziehen, »daß wir die Verhältnisse verschieden sehen.«

»Ja, wahrscheinlich«, antwortete der Android. Er beobachtete, wie Zefla neben dem Feuerplatz einen Armvoll Holz auf die Erde warf und Geäst auf das schon im Steinkreis aufgeschichtete Brennholz stapelte. Mit der auf Minimalleistung geschalteten Laserpistole trocknete und entzündete sie die Zweige; sie erzeugten beim Verbrennen starken Rauch.

»He«, wandte sich Miz sichtlich verlegen erneut an

den Androiden, »meine Finger werden kalt. Könnten Sie mir wohl 'n bißchen zur Hand gehen?«

Feril schwieg, während er sich vor Miz kniete und ihm die Stiefel aufschnürte.

Vierhundert Kilometer vom nächsten Orbitalreflektorenlicht, von sämtlicher Autobahnbeleuchtung und allen Straßenlaternen entfernt saß das Grüppchen unter bedecktem Himmel inmitten eines pechschwarzen Walds ums Lagerfeuer und verzehrte militärisch verpackte Verpflegungsrationen. Übrig blieb Proviant für vielleicht noch zwei Tage.

»Morgen jagen wir«, kündete Miz an, kaute auf einem Nahrungsriegel, schaute die Kameraden an, deren Gesichter im orangeroten Feuerschein seltsame Fratzen zu schneiden schienen. Er nickte nachdrücklich. »Morgen schießen wir uns irgendein großes Vieh und bereiten uns ganz frisch 'n richtig leckeren Braten zu.«

»Hoffentlich«, sagte Zefla.

»Bis jetzt haben wir noch kein Großwild gesehen«, gab Sharrow zu bedenken.

»Stimmt, bisher nicht«, pflichtete Miz ihr bei, fuchtelte mit dem halbverzehrten Nahrungsriegel. »Es muß in derartigen Bergen aber jede Menge Großwild leben. Wir werden schon was aufspüren.«

»Entschuldigen Sie«, rief Feril von der mehrere Meter höher gelegenen Böschung des Fjordufers herunter. Sein Metall- und Plastikgesicht blickte zum Lager herab, glänzte im Flackern der Flämmchen. Er hatte sich freiwillig bereiterklärt Wache zu halten, während die anderen das Abendessen einnahmen.

»Ja, Feril?« fragte Sharrow.

»Ich glaube, drüben am Ufer hat soeben ein Schlauchboot abgelegt. Es steuert hier herüber.«

Dloan packte das Maschinengewehr und stand auf, streifte eine Nachtsichtbrille über die Augen.

»Wie weit ist es entfernt?« wollte Sharrow wissen.

»Es hat bislang vom anderen Ufer eine Strecke von etwa einhundert Metern zurückgelegt«, erteilte Feril Auskunft.

»Sehen wir es uns einmal an«, entschied Sharrow.

Zusammen gingen sie zu den Bäumen, die längs des Ufers standen, Dloan führte Zefla, Sharrow führte Miz, der mehrere Male über seine aufgeknüpften Schnürsenkel strauchelte. Sie streckten sich auf dem Untergrund aus. Sharrow und Dloan schalteten die Nachtsichtbrillen auf Infrarotfunktion, so daß sie, wenn auch nur schwach, die Wärmesignatur der Schlauchbootinsassen erkennen konnten.

Dloan suchte einen geeigneten Felsbrocken und stützte das Maschinengewehr auf den Stein; der Lauf wies im Fünfundvierziggradwinkel auf den Fjord.

»Die Schußweite dürfte ungefähr hinhauen«, sagte er. »Es ist besser, ihr zieht euch 'n Stück weit zurück«, empfahl er den Gefährten. »Bloß für den Fall, daß sie irgend was haben, das uns hier erwischen kann.«

Die anderen Teamangehörigen wichen unter etwas weiter vom Ufer entfernte Bäume zurück.

Dloan feuerte ungefähr ein Dutzend Schüsse ab, erfüllte die Nacht mit Lärm und Helligkeit. Sharrow mußte das Gesicht abwenden, unter der Nachtsichtbrille war das Mündungsfeuer zu grell für ihre Augen. Die Munition umfaßte keine Leuchtspurgeschosse, trotzdem sah Sharrow, als sie wieder auf den Fjord blickte, dank der Nachtsichtbrille die Kugeln auf mindestens der Hälfte ihrer Reichweite als winzige Fünkchen übers Wasser fegen, erst unerkennbar werden, wenn sie abkühlten.

»Knapp links über sie hinweg«, rief Feril.

Dloan korrigierte die Schußrichtung und gab eine zweite Garbe ab. Man hörte das Echo der Schüsse von den Bergen und Kliffs widerhallen. Knacken und

Klicken zeigten an, daß Dloan den Munitionskasten wechselte.

»Noch ein wenig zu weit links«, kommentierte Feril.

Dloan schoß erneut. Sharrow bemerkte im verschwommenen Bildausschnitt ihrer Nachtsichtbrille keine Abänderung.

»Ja, so«, sagte Feril.

Dloan stellte das Feuer ein, nahm es jedoch unverzüglich wieder auf. »Rechts«, rief der Android, während Dloan den Gegner unter Beschuß hielt. »Weiter rechts.« Das MG verstummte.

»Ich glaube«, meldete Feril, »jetzt sind sie in Schwierigkeiten.«

Inzwischen gewahrte Sharrow in der verwaschenen Darstellung der Nachtsichtbrille eine Veränderung; das Objekt, das sie wahrnehmen konnte, schrumpfte ein, und wenig später war nur noch die Andeutung mehrerer winzigkleiner Wärmequellen im Wasser zu erkennen.

»Das Schlauchboot ist gesunken«, lautete Ferils Rückschluß. »Offenbar schwimmen die Insassen an Land.«

»Wieder einmal gut geschossen«, meinte Sharrow zu Dloan.

»Hmm«, brummte er auf eine Weise, die nach Befriedigung klang.

Er kehrte vom Ufer um. Sharrow wandte sich gleichfalls zum Gehen, als Dloan an ihr vorüberstapfte, doch da sah sie, daß der Android noch zur anderen Seite des Fjords hinüberstarrte. Sie spähte nochmals durch die Nachsichtbrille in dieselbe Richtung, vermochte aber auch diesmal nicht mehr festzustellen als die diffusen Wärmepünktchen vor dem einheitlich grauen Hintergrund der kalten Fluten des Fjords.

Einige Augenblicke lang beobachtete sie den Androiden. Man hätte meinen können, er wäre sich ihrer Aufmerksamkeit nicht bewußt. »Feril?« sprach sie ihn an.

Er drehte sich nach ihr um. »Ja?«

»Was ist?« fragte Sharrow.

Miz schnalzte mit der Zunge und faßte Zeflas Hand, zog sie nach, während Dloan ihn und sie zum Lagerplatz zurückführte.

»Ach«, sagte der Android nach kaum merklichem Zögern, schaute noch einmal hinaus auf die finsteren Wasser. »Ich habe nur nachgedacht. Angesichts der Tatsache, daß sich anscheinend acht oder neun Personen in dem Schlauchboot befanden und gegenwärtig nur sieben ans Ufer zurückschwimmen, außerdem möglicherweise an der Stelle, wo das Schlauchboot gesunken ist, ein bis zwei Leichen treiben …« – Feril sah wieder Sharrow an –, »… kann ich mich nicht der Schlußfolgerung erwehren, daß ich soeben zum Komplizen eines Mords, eventuell zweier Morde, geworden bin.«

Sharrow schwieg. Erneut lenkte der Android den Blick aufs Wasser, dann heftete er ihn von neuem auf Sharrow.

»Und wie ist Ihnen dabei zumute?« erkundigte sie sich.

Der Android hob die Schultern. »In dieser Hinsicht bin ich mir noch unsicher«, erwiderte er mit einem Anflug von Ratlosigkeit. »Ich muß noch länger darüber nachdenken.«

Sharrow musterte seine Erscheinung durch die Nachtsichtbrille.

Aus der Nähe durch eine Nachtsichtvorrichtung betrachtet, glommen Menschen in augenfälliger, bunter Falschfarbendarstellung. Im Vergleich dazu war der Android, weil sein Körper eine kaum höhere Temperatur als die Umgebung hatte, lediglich als vager, hellerer Umriß sichtbar.

»Tut mir leid«, sagte Sharow schließlich.

»Was?« fragte der Android sie.

»Daß ich Sie in diese Sache verwickelt habe.«

»Ich bin über Ihr Angebot«, erinnerte er sie, »hocherfreut gewesen.«

»Ich weiß«, antwortete Sharrow. »Trotzdem.«

»Bitte bereuen Sie es nicht«, legte der Android ihr nahe. »Das alles ist für mich … außerordentlich interessant. Vieles von dem, was seit kurzem geschieht, zeichne ich in maximal komprimierter Form auf, um es später zu rekapitulieren, am Nacherleben meine Freude zu haben und es zu analysieren. Zu so etwas finde ich selten Gelegenheit. Ich habe meinen Spaß.« Er vollführte eine ausgesprochen menschliche Geste, indem er kurz die Hände mit nach oben gekehrten Handtellern an den Körperseiten in die Höhe hob.

»›Spaß‹«, wiederholte Sharrow und schmunzelte andeutungsweise.

»Gewissermaßen«, sagte Feril.

Sharrow schüttelte den Kopf, senkte den Blick aufs gemächliche Umherwabern der schwachen Wärme des Waldbodens.

»Soll ich meinen Erkundungsgang unternehmen?« fragte der Android. »Ans Ende des Fjords vorausmarschieren?«

»Noch nicht«, beschloß Sharrow. Sie schaute hinüber zur sehr blassen, nahezu durchsichtigen Wärmesignatur der Rauchsäule des dreißig Meter entfernten Lagerfeuers. »Es wäre mir lieber, Sie hielten heute nacht Wache, wenn Sie nichts dagegen haben.«

»Selbstverständlich nicht«, beteuerte der Android. Er wandte den Kopf und blickte wieder auf den Fjord hinaus. »Sie machen sich Sorge, man könnte drüben über ein weiteres Schlauchboot verfügen und damit den mutmaßlichen Angriff wiederholen, den wir vorhin abgewehrt haben.«

»Ganz genau.« Sharrow lächelte. »Gesprochen wie ein Teammitglied.« Belustigt lachte sie auf. »Jedenfalls sozusagen.«

Feril straffte ein wenig seine Haltung. »Danke«, sagte

er, wies die Uferböschung hinauf. »Ich werde dort oben Wache halten, wo ich den Fjord und die unmittelbare Umgebung beobachten kann.«

Beide erstiegen sie die Böschung. An der Stelle, die dem Androiden nach seiner Einschätzung den günstigsten Aussichtspunkt bot, drehte er sich um und ging in die Hocke. »Aha«, meinte er, »sehen Sie dort.«

Sharrow spähte ans andere Ufer.

Auf der anderen Seite des Fjords brannten zwei Feuer, durch die Nachsichtbrille sichtbar als zwei winzige, kräftig-gelbe Flecken, die in der körnigen Finsternis glosten. Als Sharrow die Brille abnahm, konnte sie sie auch mit bloßem Auge gerade noch erkennen.

Sie setzte die Nachtsichtbrille wieder auf. »Sie haben eine längere Strecke als wir zurückgelegt«, konstatierte sie.

»Rund drei Kilometer«, bestätigte Feril.

»Hmm«, machte Sharrow. »Wir haben noch eine Rakete mit Infrarotsensor. Also könnten wir ihnen ein unschönes Gutenachtgeschenk schicken.«

»Das ist richtig«, antwortete Feril. »Allerdings besteht die Möglichkeit, daß die Feuer nur zur Täuschung entfacht worden sind.«

Sharrow behielt die fernen Feuer im Auge. »Wie weit haben sie es von *dort* aus bis zum Ende des Fjords?«

»Einhundertundneun Kilometer«, gab Feril Auskunft. »Auf der Gegenüberseite zweigen jedoch zwei schmalere Nebenfjords ab.«

»Aber wahrscheinlich haben sie noch ein Schlauchboot.«

»Ja, damit können sie die Mündung der Nebenfjords überqueren, sind dabei aber durch MG-Feuer von unserer Seite gefährdet.«

»Hmm«, brummte Sharrow ein zweites Mal, mußte plötzlich gähnen. »Tja, was mich persönlich betrifft, ist es Zeit zum Schlafengehen.« Sie sah in die Mulde hinunter, wo aufgeblasen das kleine Zelt stand. Es sollte bequem für zwei Personen geeignet sein und notfalls Platz für drei bieten. Vier paßten nur hinein, wenn sie zueinander ein wirklich sehr freundschaftliches Verhältnis hatten.

»Ach«, fragte Sharrow, »möchten Sie für die Nachtwache eine Schußwaffe haben?«

»Ich glaube nicht«, gab Feril zur Antwort, während Sharrow noch einmal gähnte. »Gute Nacht, Lady Sharrow«, fügte er hinzu. Es klang sehr förmlich.

»Gute Nacht«, wünschte auch Sharrow.

Cenuij saß im brennenden Fahrzeug, stierte böse und stöhnte unablässig. Dem Anschein nach konnten die Flammen und das Explodieren der Munition ihm nichts anhaben. Er hielt etwas, das in einen Schal gewickelt war, in den Armen. Sharrow kannte den Schal. Ein Neugeborenenschal ihrer Familie war es, sie hatte man nach der Geburt hineingehüllt, davor ihre Mutter, vor ihr wiederum die Großmutter ... Sie fragte sich, woher Cenuij ihn haben mochte, und hatte Sorge, ob das Kind in dem Schal durch den Brand des entflammten Fahrzeugs nicht Schaden nehmen mußte.

Sie rief nach Cenuij, doch anscheinend hörte er sie nicht.

Sharrow lief um das lodernde Fahrzeug, um unter den Schal sehen und feststellen zu können, wer der Säugling war, aber da drehte sich Cenuij zur anderen Seite um, buckelte die Schultern, so daß das Kind hinter ihm verborgen blieb.

Sie warf etwas nach ihm, es prallte von seinem Kopf ab, und er fuhr zornig herum. Mitsamt Inhalt schleuderte er ihr den Schal entgegen, und sie streckte die Arme aus, um ihn aufzufangen, während sich der Schal abwickelte und ins Feuer fiel. Was sie auffing, war die Chaoswaffe.

Lichterloh brannte der Schal im Fahrzeugwrack, dann schwebte er empor und taumelte wie ein von einem Laserschuß getroffener Vogel auf an den Himmel, gloste hell.

Sharrow wiegte die Chaoswaffe in den Armen, sang leise vor sich hin.

Sie erwachte im dumpfigen, halb abstoßenden, halb tröstlichen Mief menschlicher Leiber. Der Traum verflüchtigte sich aus ihrer Erinnerung, während sie sich geruhsam aufsetzte. Sie war noch müde und hatte steife Glieder; in dem scheinbar weichen Erdboden unterm Zelt mußten Steine oder Wurzeln sein, die das Liegen, egal in welcher Stellung, erschwert hatten.

Bei jedem Herumwälzen war sie aufgewacht und hatte wahrscheinlich auch die Kameraden geweckt, die gleichermaßen leicht schliefen, so wie sie durch ähnliche Regungen etliche Male sie aufgeschreckt hatten. Die Körperseite, die zuletzt der Zeltwand zugekehrt gelegen hatte, war kalt; die einzige Decke, mit der sie zu viert hatten zufrieden sein müssen, war ihr schon früh in der Nacht buchstäblich entzogen worden. Sie faßte den Vorsatz, das nächste Mal auf den Vorschlag der beiden Männer einzugehen, die beiden äußeren Positionen einzunehmen. Die mit Pflaster bedeckte Wunde an ihrer linken Hand pochte verhalten.

Sharrow krauchte über die Teamgefährten hinweg und öffnete den Zeltverschluß, spähte hinaus in einen bitterkalten Morgen. Wind rauschte durch die Baumwipfel. Sie räkelte sich und grunzte, spürte Hunger und überlegte gleichzeitig, was sie wohl als Toilettenpapier benutzen sollten. Von seinem Beobachtungspunkt auf der Uferböschung herab winkte Feril ihr zu.

Sie wechselte das Pflaster an ihrer Hand, goß bei dieser Gelegenheit noch einmal ein Antiseptikum auf die Verletzung, war sich dessen bewußt, daß sie die Vorräte des Verbandskastens rascher verbrauchte, als sie es für gut hielt.

Es schien ewig lange zu dauern, bis das ganze Team

sich aufgerappelt, hergerichtet und marschfertig gemacht hatte. Sharrow kam die entmutigende Befürchtung, trotz aller Exzentrizität, die die Solipsisten bei ihrem paramilitärischen Treiben an den Tag legten, könnten sie schon in aller Frühe aufgestanden und längst wieder auf dem Weg sein. In ihrer Phantasie sah sie sie eine Trommel schlagen und Marschlieder grölen.

Endlich hatte die Gruppe das Lager abgebaut und strebte unter dem Brausen und Schwanken der Baumwipfel weiter durch den Wald. Allen außer Feril knurrte der Magen. Pro Person hatte es lediglich einen Viertelnahrungsriegel zum Frühstück gegeben; übrig waren noch sieben der Riegel, die einen faden Geschmack hatten, aber zumindest den Bauch füllten.

Hinter den dunklen Baumstämmen rechterhand des SNA-Teams erstreckte sich der Fjord als graue, vom Wind gekräuselte, bisweilen weißlich aufgepeitschte Wasserfläche.

Sie marschierten den ganzen Tag lang. Einmal regnete es für eine Stunde, durchs Blätterdach sprühten kleine, zerspritzte Tropfen herab. Miz wollte eine Pause einlegen und vor dem Regen Schutz suchen, aber sie setzten den Marsch fort. Abwechselnd wanderte je ein Teammitglied längs der Baumgrenze des Ufers und beobachtete das andere Ufer; doch erspäht wurde nie etwas Auffälliges. Sie bemerkten ein paar Vögel, gewahrten mehrmals auf hohen Ästen Bewegung und hörten des öfteren flinkes, leises Geraschel im Unterholz; größerem Wild dagegen begegneten sie überhaupt nicht.

Zu Mittag gab es für jeden einen halben Verpflegungsriegel und in beliebiger Menge eisiges Wasser aus dem Bach. Trinken mußten sie aus der hohlen Hand; Sharrow spürte, daß ihre Hand schon beim zweiten Mal von der Kälte taub wurde. Nachdem sie genug getrunken hatte, fühlte sie nur noch die Schnittwunde an der Linken, die unvermindert pochte.

Geduldig saß der Android am Bach. Zefla war zum Ufer hinabgegangen. Dloan war ins Gehölz verschwunden. Miz hockte auf einer bloßen Wurzeln, band sich zum soundsovieltenmal an den Stiefeln die Schnürsenkel neu und murrte vor sich hin.

Sharrow setzte sich neben den Androiden. Ihr taten die Füße weh. »Wie weit sind wir vorangekommen, Feril?«

»Siebzehn Kilometer«, erwiderte der Android.

»Dann haben wir noch zweiundsiebzig Kilometer vor uns«, stellte Sharrow matt fest. »Wir sind zu langsam. Wie lange bräuchten Sie nun, um von hier bis zum Ende des Fjords zu gelangen und zu uns zurückzukehren?«

»Schätzungsweise um die sechzehn Stunden«, gab der Android zur Antwort.

Sharrow war schmuddlig, die Haut juckte sie, ihre Füße schmerzten, sie hatte Hunger, und die Handverletzung quälte sie wie Zahnweh. Hingegen sah der Android wie immer aus; gleichzeitig zierlich und stark, geschmeidig und hart. An seinen Waden klebten von Nadelbäumen ein paar abgefallene Nadeln, ansonsten jedoch wirkte seine Metall- und Plastikverkleidung unbeeinträchtigt.

»Am besten nehmen Sie«, empfahl Sharrow, »eine Schußwaffe mit.«

»Wenn Sie es als richtig erachten, ja.«

»Ich halte es für ratsamer.«

»Stehen Sie in der kommenden Nacht selbst Wache?«

»Wir teilen uns in Schichten ein.«

Sharrow hatte noch einmal mit den Gefährten über Ferils Erkundungsgang gesprochen. Miz mochte sich nur widerwillig von einer Waffe trennen und erachtete es zudem als riskant, dem Androiden auch die beiden falschen Motorradinstrumente mitzugeben; trotzdem einigte sich das Team darauf.

»Seien Sie vorsichtig«, ermahnte Sharrow den Androiden, als sie ihm die Instrumente aushändigte. »Wir wissen nicht, was uns voraus erwartet, aber egal was es ist, wahrscheinlich ist mit guter Bewachung zu rechnen.«

»O ja«, stimmte Miz zu. »Alte Automaten werden manchmal ganz schön schießfreudig.«

»Ich werde vorsichtig sein«, versicherte der Android, »glauben Sie mir.«

Sharrow legte ihm die unversehrte Hand auf die Schulter. Das plastiküberzogene Metall fühlte sich kalt an. »Viel Glück.«

»Vielen Dank«, sagte der Android. »Morgen sehen wir uns wieder.« Die zwei Instrumente und eine kleine Laserpistole an die Brust gedrückt, wandte er sich ab und entfernte sich im Laufschritt. Mit eleganter Flinkheit entschwand er zwischen den Baumstämmen, nur die hellen Sohlen unter seinen Füßen konnte man im Düstern des Walds noch etwas länger als matte Flecken erkennen. Dann war er außer Sicht.

»Ich hoffe bloß«, sagte Miz, »wir können diesem Apparat wirklich trauen.«

»Hätte er's gewollt«, hielt Zefla ihm entgegen, »wär's ihm in der vergangenen Nacht möglich gewesen, uns allesamt im Schlaf abzumurksen.«

»So einfach verhält es sich ja wohl auch wieder nicht, oder?« meinte Miz und blickte Sharrow an.

Sie zuckte die Achseln. »Seit die Fahrzeuge zerstört worden sind«, erwiderte sie, »ist alles einfacher geworden. Warten wir ab, bis wir hören, was Feril entdeckt.«

»Falls er überhaupt wiederkommt«, unkte Miz und schnallte sich den kleinen Rucksack um.

»Ach, hör mit dem Gejammer auf«, forderte Sharrow, wandte sich in die Richtung, die zuvor der Android genommen hatte. »Kommt, wir müssen weiter.«

Während ihrer Wache im Verlauf der darauffolgenden Nacht nickte Sharrow ein, schreckte auf aus einem

Traum von Feuer und Tod, in dem sie und Cenuij Hand in Hand durch schauderhaft stilles Pechschwarz gewandelt waren, erwachte bei Donnergrollen und Blitzeflackern, die zwischen den Berggipfeln und Wolken auf der Gegenüberseite des Fjords tosten.

Kühler Regen, den sie im Traum als warmes Blut empfunden hatte, rieselte ihr ins Gesicht. Der Baum, an dem sie lehnte, knarrte und ächzte im Wind, der kraftvoll und frisch durchs Blätterdach fuhr. Zwischen den Baumstämmen war der Fjord als stürmisch aufgewühlter Wasserspiegel zu erkennen. Wenigstens machte das Wetter einen neuen Versuch der Solipsisten, zu einem Angriff über den Fjord zu setzen, reichlich unwahrscheinlich.

Das Zelt, das hinter ihr in der kleinen Bodenmulde aufgeschlagen worden war, glomm von Innenwärme in weichem Glanz. Sharrow aktivierte das Zeitdisplay der Nachtsichtbrille. Noch eine Stunde mußte verstreichen, ehe sie Miz wecken und ihren Platz zwischen den anderen Schlafenden belegen durfte.

Sie spazierte ein wenig umher, um wach und warm zu bleiben. Aus der geschwollenen Hand pochte regelmäßig Schmerz den Arm herauf. Der Regen prasselte in wahren Schwaden durchs Geäst herunter, klatschte ihr auf Mütze und Schultern, sprühte ihr ins Gesicht. Zwar zeichneten die Tarnanzüge sich durch Wasserdichtheit aus, doch waren ihr Rinnsale, wahrscheinlich während des Schläfchens, unter den Kragen gesickert; sie spürte, wie sie auf ihrem Rücken und zwischen ihren Brüsten mit kalter, unwillkommener Aufdringlichkeit einen Weg nach unten suchten.

Sharrow setzte sich auf einen umgefallenen Baumstamm, blickte auf die von Regen und Gischt zerwühlte Wasseroberfläche des Fjords und lauschte dem Wind, der durch die wolkenverhangene, finstere Nacht jagte. Für eine Weile ließ der Regen nach, so daß Sharrow wieder Einzelheiten auf der anderen Seite des

Fjords unterscheiden konnte; sie spähte hinüber zu dem Uferabschnitt, wo abends die Lagerfeuer der Solipsisten gebrannt hatten. Die beiden hellen Leuchtkleckse, als die man sie durch die Nachtsichtbrille sah, hatten den ganzen Abend hindurch wie ein bedrohliches Augenpaar gefunkelt – so wie man es gelegentlich in alten, mythischen Sagen beschrieb –, und trotz der Tatsache, daß das Ufer, an dem die Solipsisten marschierten, bei Tag zerklüfteter und unwegsamer als diese Seite des Fjords ausgesehen hatte, waren ihre Feuer noch weiter voraus als am Vorabend zu beobachten gewesen.

Starke Böen schüttelten über Sharrow die Bäume, schleuderten ihr dicke Tropfen ins Gesicht. Mit dem Handballen der unverletzten Rechten wischte sie sie von den Gläsern der Nachtsichtbrille.

Wo vor dem Hintergrund der steilen, stockfinsteren Bewaldung die Feuerstellen der Solipsisten gebrannt hatten, waren nur noch schwache Überreste der Glut zu sehen, bildeten inmitten des lauten Umfelds der Nacht eine letzte, im Vergehen begriffene Erinnerung an heiße Flammen, als schlössen sich in dem Maße, wie sein Leben erlosch, die Lider eines Sterbenden.

Sharrow behielt das verwaschen-undeutliche Wärmebild im Auge und wünschte – obwohl sie eine Hinterlassenschaft von Menschen sah, die aus keinem nachvollziehbaren Grund ihre Feinde geworden waren, und die auch als eine Art von Symbol für diese Leute stand –, sie könnte mittels reiner Willenskraft bewirken, daß die entfernte Glutasche, ein Abklatsch des vorherigen behaglichen Feuers, sich gegen das schleichende Vordringen der Kälte behauptete, die ihr Beschwerden in den Zähnen verursachte und ihren Körper zum Bibbern brachte, gegen die Gesetzmäßigkeiten, die das Universum, das Sonnensystem, den Planeten beherrschten, jedes Etwas und jede Kreatur, die in ihrem Rahmen existierten, ja sogar gegen die Gesetze des Verfalls, der Verwesung, der Erschöpfung und des Todes.

Später kehrte der Regen verstärkt wieder, wehte in riesigen Nässeschleiern den Fjord herein, und sein gebieterisches Herabrauschen löschte, wenn nicht die Glutreste selbst, so doch auf jeden Fall in Sharrows Sicht das künstlich erzeugte Nachbild der Feuer.

21

Kurzer Spaziergang

»Aber wie *ist* er denn?«

»Ähm … Attraktiv, würde ich sagen.«

»Und in welcher Hinsicht? Ist er groß? Ein dunkler Typ? Gutaussehend? Ein herrliches Mannsbild?«

»Alles in einem. Na, ›herrliches Mannsbild‹ vielleicht nicht … Aber darauf kommt es nicht an. Ausschlaggebend ist … seine Art. Wenn man ihm zuhört, klingt alles, was er redet, wie eine Mischung aus Philosophie und Politik, und selbst wenn man mit seinen Darlegungen nicht konform geht, ist man unweigerlich von der Weise beeindruckt, wie er sie unterbreitet. Man hat das Gefühl, er weiß mehr, als er sagt, als ob er alles wüßte, bräuchte aber noch deine Zustimmung, deine Billigung, ehe er wahrhaftig allwissend wird, und man könnte nicht anders, als sie ihm zu erteilen. In seiner Gegenwart fühlt man sich umworben, privilegiert … verführt. Es hatte den Anschein, als wäre rund um seine Person eine große, aber lockere Organisation entstanden, quasi organisch rings um ihn gewachsen. Sicher, die meisten Leute, die ich gesehen habe, waren jung, aber viele ältere Menschen waren auch anwesend, ich hatte den Eindruck, daß er zur Elite von Nachtels Geist sprach, aber vielleicht gleichzeitig zu einem weit größeren Interessentenkreis. Auf alle Fälle ist er eine höchst bemerkenswerte Persönlichkeit.«

»Offensichtlich«, sagte Zefla, lächelte Sharrow während des Marschierens zu.

Es war kalt. Kurz vor der Morgendämmerung hatte das Wetter umgeschlagen, die dicken Regenwolken waren einem klaren, eisigen Himmel gewichen, von dem Mondschein und spärlich verteiltes Schrottlicht auf die bewaldeten Berge des Fjords herableuchteten, sie in lautloses Silber hüllten. Dann war Thrial aufgegangen, hatte prächtigen Glanz, der rosig eingefärbtem Goldschimmer glich, in den Fjord gestrahlt.

Nach einem kläglich kargen Frühstück, das alle hungrig beendeten – und nur ein Viertelnahrungsriegel je Person blieb übrig –, entschlossen Miz und Dloan sich zu einer ernsthaften Anstrengung, um fürs Mittagessen etwas Eßbares zu schießen. Sobald das Lager abgebaut worden war, hatten sich die beiden Männer in der Hoffnung, in den höheren Bereichen des Walds Wild zu finden, bergaufwärts entfernt.

Inzwischen marschierten Sharrow und Zefla durch eine Waldlandschaft, in der es weithin gefrorene Lachen und mit brüchigen Krusten von dünnem, glasklarem Eis überzogene Pfützen gab. Der Atem dampfte in der Luft.

Sharrow war leicht duselig und benommen zumute, sie hatte ein Gefühl der Unwirklichkeit; immer wieder fröstelte es sie, obwohl sie eigentlich nicht fror. Die Ursache sah sie im ungenügenden Essen. Sie schämte sich dafür, so verweichlicht geworden zu sein; ihr war nicht klar gewesen, wieviel so einfache Alltagsgebrauchsgegenstände wie Toilettenpapier und Zahnbürste ihr bedeuteten, und es verdroß sie, daß ihr Fehlen sie dermaßen störte.

Im Handschuh pochte dumpf die verletzte Linke. Sharrow hatte Schmerztabletten genommen. Sie hatte das Pflaster am Morgen nicht erneuert, weil die Hand im Laufe der Nacht geschwollen und der Versuch, den Handschuh auszuziehen, zu schmerzhaft gewesen war; deshalb hatte sie beschlossen, davon die Finger zu lassen, und hoffte, daß die Hand sich von allein besserte.

»Wahrscheinlich wird zum Schluß aus ihm so ein selbstsüchtiger Kultguru«, vermutete Zefla, während sie und Sharrow eine kahle Waldfläche betraten, wo ein Brand Tausende von kahlen, senkrechten Stämmen hinterlassen hatte, um deren schwarzes Gepfähl sich schon schlanke Jungbäumchen zum Himmel emporreckten. »Du weißt, einer dieser Typen, die nur irgendeinen abwegigen Mischmasch wiedergekäuten Quatschs daherlabern und in einem Palast wohnen, aber ihre Anhänger pennen in Schlafsälen, latschen die Straßen ab und lächeln bloß geistlos, wenn man ihnen sagt, wo sie sich ihre Schriften hinstecken sollen.«

»Nein«, erwiderte Sharrow und schüttelte den Kopf (dabei erlitt sie einen Schwindelanfall und stolperte über einen geschwärzten, weiß überkrusteten Ast). »Nein, das bezweifle ich sehr. Mit dem Mann wird es nicht dahin kommen, glaube ich.«

Sorgenvoll beobachtete Zefla beim Gehen Sharrow von der Seite. »Bist du wohlauf?« fragte Zefla.

»Ich habe Hunger.« Sharrow lachte. Zur Bekräftigung nickte sie, atmete tief kühle Luft ein, blickte hoch an die blaue Weite des Himmels. »Und du?«

»Habe mich nie wohler gefühlt«, antwortete Zefla, kratzte sich unterm hochgebundenen Haar die Kopfhaut, die gehörig juckte. »Nur könnte ich 'ne Dusche vertragen.« Sie musterte Sharrow, als sie ein zweites Mal taumelte, noch einmal. »Vielleicht sollten wir bald wieder 'ne Rast einlegen.«

»Ja«, sagte Sharrow, schüttelte kurz den Kopf, als müßte sie sich um Klarheit der Sinne bemühen. »Warum nicht?«

Seite an Seite wanderten sie zwischen verbrannten toten und frischen jungen Bäumen dahin.

Sharrow und Zefla rasteten auf einer kleinen Lichtung in Ufernähe, um ihre letzten Verpflegungsrationen zu verzehren sowie Miz und Dloans Eintreffen abzuwarten. Sharrow leugnete hartnäckig, daß mit ihr etwas nicht stimmte, aber schlief, an einen Baumstamm gelehnt, rasch ein. Zefla empfand ernste Besorgnis; nach ihrer Meinung sah Sharrow krank aus. Ihr graues, verhärmtes Gesicht zuckte, während Zefla sie im Schlaf beobachtete, und sie bewegte die Lippen.

Zefla spähte bergauf. Es wunderte sie, bisher keine Schüsse gehört zu haben. Ohne Sharrow zu wecken, ging sie zum kiesigen Strand und stellte dort den Rucksack ab, damit die beiden Männer sie nicht unwissentlich überholten. Anschließend hockte sie sich zu Sharrow.

Eine Stunde später kehrten die Männer zurück. Beide hinkten, Dloan aufgrund der Schußverletzung, die er an dem Abend, als Cenuij umgekommen war, erhalten hatte, Miz infolge der unseligen Kombination weicher Füße und harter Stiefel.

Sie fanden sich mit leeren Händen ein. Zuerst hatte Zefla gedacht, sie brächten Beute mit, doch es war lediglich der am Strand zurückgelassene Rucksack. Mit den Laserpistolen hatten sie auf ein paar Vögel geschossen und einen Vogel erlegt, aber bei näherer Betrachtung hatte das Tier von Parasiten gewimmelt und war von den Männern als zum Verzehr ungeeignet eingeschätzt worden. Großwild hatten sie, obwohl aus noch höheren Bergregionen eindrucksvolles Röhren zu hören gewesen war, noch immer nicht gesehen.

»Fisch«, sagte Miz, während er und Dloan den Rest der Verpflegungsriegel verschlangen. Schläfrig blickte Sharrow, die Stirn gerunzelt, sie an, rieb sich die linke Hand. »Wir angeln.« Er grinste in die Runde. »Jawohl, Fisch. Heute abend braten wir uns Fisch.« Er patschte an seiner modischen Wanderjacke auf die Tasche, die das Angelzeug enthielt.

Gerade als sie den Marsch wiederaufnahmen, hallte durch den Fjord Getöse, das ganz nach verzerrten Schüssen klang, ein durch die Entfernung gedämpftes Knattern, das offenbar aus der Richtung ertönte, in die sie marschierten.

Sie eilten ans Ufer, blieben dort stehen, blickten den Fjord hinauf.

»Scheiße«, grummelte Miz. »Was hat denn *das* wohl zu bedeuten?«

Niemand sprach eine Vermutung aus.

Sie waren ungefähr eine weitere Stunde lang unterwegs gewesen, als sie Feril sahen, der ihnen im Laufschritt unter den Bäumen entgegenkam.

»Willkommen zur Rückkehr in den Kreis der Lieben«, begrüßte Zefla den Androiden. Sharrow stand nur da und lächelte ihm zu.

»Besten Dank«, sagte Feril. Er befand sich noch im Besitz des Lasers und der Instrumente, die ihm mitgegeben worden waren; er reichte die Gegenstände Zefla.

»Und?« wandte sich Miz an den Androiden.

»Ich bin am Ende des Fjords gewesen«, erklärte Feril.

»Ziehen wir weiter, während Sie uns alles erzählen, ja?« schlug Zefla vor.

Sie setzten den Weg fort; Feril ging rückwärts voran, ohne nur ein einzigen unsicheren Schritt zu tun, eine Leistung, die etwas irritierte, gleichzeitig jedoch beeindruckte.

»Das Gelände zwischen der hiesigen Gegend und dem Endbereich des Fjords unterscheidet sich nicht von dem Gebiet, durch das Sie schon marschiert sind«, unterrichtete der Android das SNA-Team. »Es sind zwei Bäche von beträchtlicher Breite zu überwinden, deren einer allerdings von einem umgestürzten Baum überbrückt wird und darum ohne größere Mühe überquert werden kann, wogegen der andere insofern erhöhte Schwierigkeiten verursacht, als er durchwatet werden muß. Es gibt eine Stelle, wo Sie entweder einen freien Strand entlangwandern müssen, der nur einen Kilometer von einer Landzunge des anderen Ufers entfernt ist, oder zwecks Umrundung mehrerer Felsenkliffs einen Umweg von vier bis fünf Kilometern zu veranschlagen haben.«

»Und wofür haben Sie sich entschieden?« erkundigte sich Zefla.

»Auf dem Hinmarsch konnte ich ohne Zwischenfälle den Strandabschnitt benutzen«, antwortete Feril. »Auf dem Rückweg habe ich ihn anfangs gleichfalls genommen, aber dann ist auf mich gefeuert worden.« Er vollzog, ohne anzuhalten, mit dem Oberkörper eine Vierteldrehung, um an der Schulter eine durch eine Kugel hervorgerufene Schramme vorzuzeigen. »Ich habe mit der Laserpistole zurückgeschossen, gelangte allerdings zu der Erkenntnis, daß ich ein zu leichtes Ziel abgab, und deshalb bin ich ins Wasser ausgewichen. Diese Strecke des Rückmarschs ist durch mich bewältigt worden, indem ich dicht unter der Wasseroberfläche des Fjords am Strand entlanggekrochen bin.«

Zefla schmunzelte. Miz schüttelte den Kopf. Dloan wirkte auf vage Weise beeindruckt. »Hmm«, machte Sharrow und blinzelte.

»Wo ist dieser Strandabschnitt?« fragte Dloan.

»In rund zehn Kilometern Entfernung.«

Dloan nickte. »Wir haben die Schüsse gehört.«

»So weit sind die Solipsisten uns voraus?« lautete Zeflas nächste Frage.

»Meines Erachtens ist an der Landzunge des anderen Ufers nur ein Einzelschütze postiert worden«, erläuterte Feril. »Ich glaube, den Haupttrupp der Solipsisten hatte ich schon vor diesem Vorfall beobachtet, noch etwa drei Kilometer weiter fjordaufwärts, während sie mit einem Schlauchboot über die Mündung eines Nebenfjords setzten. Ich habe das Schlauchboot zu beschießen versucht, aber der Abstand betrug schätzungsweise vier Kilometer, so daß ich keine Wirkung feststellen konnte.«

Verständnisvoll nickte Dloan ein zweites Mal.

»So, und was«, fragte Miz, »erwartet uns am Ziel, wenn wir einmal davon absehen, daß die Solipsisten als erste dort anlangen?«

»Hinter dem erwähnten Gesteinskliffs müssen keine erheblichen Geländehindernisse mehr überwunden werden. Es ist lediglich noch eine niedrige Anhöhe zu ersteigen, um einen Felsen zu meiden, der fjordseitig senkrecht zum Gewässer abfällt. Angefangen ungefähr zehn Kilometer vor dem Ende des Fjords befinden sich bis dorthin zahlreiche Felsbrocken und kleine Inseln im Wasser. Diese Eigentümlichkeit halte ich für den Grund, warum das Flugboot nicht direkt dort gewassert hat. Der Fjord endet recht plötzlich, eine signifikante Verengung ist nicht vorhanden, nur die vorgelagerten Inseln und ein ebener Sumpf, der aussieht, als wäre er das Ergebnis planmäßiger Landgewinnung, säumen ein Ufer mit mehr oder weniger geradem Verlauf. Am Ufer steht ein aus Stein, wie ich glaube, errichteter Turm, in dem eine Laserkanone montiert ist. Dieser Turm ist schätzungsweise fünfzehn Meter hoch und sieben Meter im Durchmesser. Eine schwarze Halbkuppel aus unbestimmbarem Material bildet das Dach. Der Turm nimmt die Mitte eines steinernen Sockels von etwa fünfzig Metern Seitenlänge ein. Ferner befindet sich darauf eine kreisförmig angelegte, einen halben Meter hohe Mauer, die an den Ecken des Steinsockels je eine Steinsäule von einem Meter Höhe aufweist. Auf der anderen Seite grenzt ein kleines Flußdelta an das Steinbauwerk. An dieser Seite wächst ein Feld hoher Binsen. Zahlreiche menschliche Leichname, Ausrüstungsgegenstände und Trümmerstücke umgeben den Turm, die überwiegend innerhalb der Ringmauer liegen. Nach dem unterschiedlichen Zustand der Verwesung beziehungsweise des Verfalls beurteilt, unterstelle ich, daß eine Anzahl der Leichen und sonstigen Überbleibsel sich schon seit Jahrzehnten dort befinden. Bezüglich der beiden frischsten Leichen im Umfeld des Turms, zwei junge Männer, bin ich wegen der Bekleidung der Auffassung, daß es sich um Solipsisten handelt. Beide Tote tragen noch geöffnete Fallschirme. Einer lehnt an der Innenseite der Ringmauer, und der Fallschirm hat sich in einem niedrigen Baum unmittelbar vor der Mauer verfangen. Der andere Fallschirmspringer ist anscheinend eine gewisse Strecke weit durch die Binsen geschwebt, ehe er an Steinen bremsen konnte, und es ist mir festzustellen gelungen, daß er durch Laserfeuer getötet wurde, das ihn enthauptete. Ferner hatte er Schußwunden in Brustkorb und Unterleib, die auf einen Sechzigmillimeter-Laserstrahl zurückzuführen sein dürften. Daraus zog ich den Schluß, daß in der Kuppel oben auf dem Turm eine derartige Waffe installiert ist, wahrscheinlich zusammen mit den dafür erforderlichen Erfassungs- und Zielvorrichtungen.«

»Bemerkenswerte Schlußfolgerung«, murmelte Miz. Er sah Sharrow an, doch sie wirkte, als hätte sie ihn nicht gehört.

»Mir fiel auf«, erzählte Feril weiter, »daß die wenigen Vögel, die das Bauwerk überflogen, von dem Turm beachtlichen Abstand hielten, und rund um ihn fanden sich außer vielen Kadavern verschiedenartiger Kleintiere auch die Überreste von Fluggetier diverser Gattungen. Dagegen werden Insekten offenbar geduldet. Ich habe ein kurzes Experiment mit Holzstrünken durchgeführt und dadurch ermittelt, daß alles, was sich im Umkreis von fünfundzwanzig Metern rings um den Turm bewegt und eine Körperfläche von über zwei Quadratzentimetern hat, durch die Abwehranlagen des Turms unter Beschuß genommen wird. Nach meiner Ansicht ist die Kanone ein starker Röntgenlaser, allerdings waren die Strahlen, die gegen die Holzstücke, die ich ins Schußfeld geworfen habe, eingesetzt worden sind, wesentlich schwächer als die Strahlschüsse, die die beiden Solipsisten-Fallschirmspringer das Leben kosteten. Außerdem ist mir aufgefallen, daß auf den toten Fallschirmspringer an der Ringmauer, als er sich bewegte, weil ein Windstoß in den Fallschirm fuhr, ein sehr dünner und schwacher Laserschuß abgefeuert worden ist, offenbar nachdem der Turm schon bei vorherigen derartigen Anlässen scheinbarer Aktivität Schüsse auf ihn abgegeben hatte.«

»Tja«, meinte Sharrow, »das klingt nach guten und gleicherweise schlechten Neuigkeiten.« Sie machte einen zerstreuten Eindruck, verzog das Gesicht, während sie die Linke rieb. »Nehmen wir also einmal an, daß das ... was in dem Turm steckt, intakt ist, aber ...«

»Aber wie, verdammt noch mal, gelangen wir hinein, wenn bisher niemand es geschafft hat?« unterbrach Miz sie, beförderte mit einem Fußtritt einen verrotteten, morschen Ast beiseite.

»Oh, dazu kann ich etwas sagen«, versicherte der Android. Er hob einen Finger. »Wie Sie sich gewiß entsinnen, habe ich steinerne Pfosten an den Ecken des Steinsockels erwähnt.«

»Ja und?« hakte Zefla nach.

»Auf der Oberseite jedes dieser Pfosten ist unter einem Deckel eine Scannerplatte eingebaut«, sagte Feril, »eine Idenfikationsgerät in Form einer Hand mit zwei Daumen. Anhand der Konstruktion bin ich der Meinung, sie sind so konzipiert, daß sie statt auf das übliche Handabdruckmuster auf eine chemische oder genetische Signatur reagieren. Wenigstens zwei dieser Apparaturen funktionieren anscheinend noch, zwei sind teildemontiert worden. Alle vier sind mit dem Hinweis ›Nur weibliche Linie‹ beschriftet.«

Sharrow blieb stehen; alle anderen taten das gleiche.

Zefla schaute Sharrow an. »Das paßt ganz zu deinem Opa Gorko«, bemerkte sie. »Könnte sein, du kannst die Kanone einfach abschalten, was, Liebchen?«

Sharrow betrachtete ihre Füße. Schließlich hob sie den Blick in Zeflas Miene. Es hatte den Anschein, daß sie wieder zitterte; aber sie lächelte und nickte. »Ja«, stimmte sie zu, besah sich die täppisch von sich gestreckte linke Hand. »Ja, vielleicht hast du recht.«

»Das heißt«, überlegte Miz laut, »selbst wenn die Solipsisten vor uns am Ziel eintreffen, erreichen können sie nichts.«

»Ja, richtig«, pflichtete Zefla ihm bei. »Aber wenn sie vor uns dort sind, haben sie die Gelegenheit dafür zu sorgen, daß wir genausowenig erreichen.«

Sharrow schwankte, blinzelte krampfhaft, versuchte nachzudenken. Es galt noch etwas zu beachten. Das Denken fiel ihr ungeheuer schwer.

Zefla heftete den Blick auf Feril. »Wann müssen Sie aufbrechen, um sich pünktlich mit dem U-Boot zu treffen?«

(Ja, dachte Sharrow, das ist es.)

»In zirka dreißig Stunden«, antwortete Feril.

Zefla nickte, sah wieder Sharrow an. »Weiter?« fragte sie.

Sharrow schluckte. »Weiter«, gab sie zur Antwort.

Ihre Hand schmerzte. Zudem hatte Sharrow Hunger und litt gleichzeitig an Übelkeit. Ihr fiel ein, daß Miz vom Fischessen gesprochen hatte, und unversehens lief ihr das Wasser im Mund zusammen, als sie sich an den Geschmack in Gewürzkruste braungebackenen Fischs erinnerte. In Tile hatte sie ihn vor etlichen Jahren gegessen gehabt, in Shouxaine. Gemeinsam mit den anderen hatte sie unter Laternen, Lichtersträngen und Lampions an rohen Holztischen gehockt. Sie hatten Fisch verzehrt, der am Nachmittag frisch aus dem See gefangen worden war, und eine Menge Wein getrunken. Anschließend gingen Sharrow und Miz ins Bett, und wieder hatten, während sie bumsten, Feuerwerkskörper geknallt, Sharrow erneut in das Hotel in Malishu zurückversetzt, auf das Bett mit dem Spiegel davor, das Bett unter dem Dach aus Entraxrln-Membran, und als sie sich dessen entsann, riß irgend etwas sie zur gleichen Zeit noch weiter zurück in die Vergangenheit, in das beschauliche Hotel in den Bergen, das Hotel mit der Aussicht auf die Gebirgslandschaft, wo das Fenster offen gewesen war, um den kühlen Wind einzulassen, der die weißen Spitzengardinen lautlos gebauscht, auf Sharrows Haut gekribbelt, ihren Schweiß getrocknet und Miz Gänsehaut verursacht hatte, er von ihren Händen gestreichelt worden war, ihren Fingern, die über seinen Rücken, die Körperseiten und Schultern, das Gesäß und den Brustkorb strichen, ihn erhitzten und hinhielten, ihn kneteten, er hatte über ihr im ersten Dämmern des Morgenlichts einer wunderschönen grauen Erscheinung geglichen, einer Gestalt, die ihr den Leib mit langsamem Pulsieren erfüllte, einem weich-harten Geschaukel, das sie einem Rand immer näher rückte, der mit der durch die Schleier der Gardinen sichtbaren Balkonbrüstung aus grau-rosa Stein übereinzustimmen schien, sie schob, drückte und drängte, ihre und seine Atmung hatten wie das Geräusch einer Brandung geklungen, so daß sie sich unwillkürlich daran erinnerte, als Kind am Strand oft Sandburgen gebaut zu haben.

Breyguhn und sie, beide hatten sie einmal eine Sandburg errichtet, so hoch und stark aufgetürmt, wie sie es nur zustandebrachten, eine neben der anderen, und auf den obersten Söller der Burg eine Papierfahne gesteckt; und anschließend abgewartet, um zu sehen, wessen Burg zuerst zusammenbrach. Stark und schnell war die Zweimondeflut hereingewogt, die Wellen schwallten gegen die Mauern der Sandburgen, und Sharrow hatte sehen können, daß ihre Burg an den Außenmauern abbröckelte, aber gewußt, ihr Bau war fester und besser, und eigentlich war ihr Augenmerk überwiegend auf Breyguhns Sandburg gerichtet gewesen, und die Brandung rollte gegen die seewärtige Mauer, als ob sie Sharrows Wunsch gehorchte, Welle um Welle um Welle sah sie gegen den Sand schäumen, die Mauer bis fast zum Einsturz unterhöhlen, aber nie genug, nicht vollends, und mit der Zeit hatten sich ihr in Brust und Bauch ein beispielloses Gefühl angespannter Erwartung und zermürbender Enttäuschung angestaut, vermischt mit Wut darüber, daß das Meer, als Andrängen und Kraft der Wogen für ein paar kurze Momente abebbten und neuer Schaden ausblieb, ihr den Triumph dermaßen verlockend vor Augen führte und doch vorenthielt, und allmählich hatte sie geglaubt, es würde nichts mehr passieren, keine der beiden Burgen einstürzen, aber danach gewannen die Wellen wieder an Stärke, umgischteten und umstrudelten die Mauern, hatten an ihnen genagt, und dann endlich, endlich, endlich war an Breyguhns Sandburg, indem ein Heranbrodeln von Meeresflut – von Wellen, die nach verrichtetem Zerstörungswerk, nach Entscheidung des Wettstreits, weiter den Strand heraufrauschten und erst später im Sand verliefen – sie mit voller Wucht traf, die gesamte Außenmauer eingesackt und weggeschwemmt worden, sie kippte, Brösel flogen durch die Luft, Brocken zerfielen im Naß, der Sand trübte die Brandung goldbraun, während sie sich über die Trümmer breitete und gegen die körnige Brüchigkeit der übrigen Burgbauten prallte, einiges davon abtrug, zurückfloß, erneut vorwärtssprudelte, nochmals etwas niederriß, wieder abfloß, abermals heranschwappte und Sand ablöste, immer wieder, immerzu, zum Schluß auch Breyguhns höchsten Turm zerstörte und mitsamt der Fahne ins Meer spülte.

Aber da war, gleichzeitig schön und schaurig, erhaben und schauderhaft, das Licht aufgeflammt, hatte Küste und Berge überstrahlt, während der glänzende, jedoch zerschossene Interplanet-Jabo unter beständigem Trudeln dem eisigen Mond entgegenstürzte, wo sie, eine Schneeflocke inmitten des Schneetreibens, auf ewig, ewig fiel und fiel.

ich habe, mit mir, falls es zu meinen Lebzeiten nicht gelingt, das System des Globalen Tribunals zu stürzen, in den Untergang zu reißen.« Er tippte sich gegen die Schläfe. »Wenn ich sterbe, spürt das Kristallvirusgespinst mein Ableben und sendet ein verschlüsseltes Funksignal aus, das alles zerstört, was mein ist oder von mir stammt, alles, es ist ausnahmslos an mein Leben gekoppelt, Asteroiden, Raumschiffe, Bergwerke, Gebäude, Fahrzeuge, sogar die Schreibstifte in den Taschen gewisser Politiker und Firmenbonzen. Das alles explodiert, sobald ich sterbe. Verstehst du? Selbst wenn ich scheitere, wenn das Globale Tribunal mich eliminiert, kann als Resultat ein Krieg ausbrechen. Schon allein die Ansprüche an die Versicherungen und der wirtschaftliche Schaden könnten den Zusammenbruch des politischen und ökonomischen Systems auslösen. Erkennst du jetzt, wie bedeutsam eine einzige Person sein kann? Begreifst du die Angelegenheit jetzt?«

Unter dem Klebeband auf ihrem Mund gab Sharrow ein gedämpftes Wimmern von sich. Geis hob die Hand und entfernte das Klebeband mit aller Behutsamkeit; unangenehm war das Abziehen trotzdem.

»Ja, ich begreife«, antwortete sie; ihre Stimme klang undeutlich. Sofort wirkte Geis erfreut. »Ich begreife, lieber Vetter«, erklärte Sharrow, »daß du genauso unwiderruflich übergeschnappt bist wie Breyguhn.«

Sie seufzte und schaute zur Seite, rechnete damit, eine Ohrfeige oder einen Nasenstüber zu erhalten. Ihr Blick fiel auf den Steintisch. Dort lag noch die Chaoswaffe. Mittlerweile sah sie anders aus. Das Schloß fehlte. Geis hatte den Schlüssel gehabt. Natürlich hatte er ihn gehabt.

Einen Meter neben der Chaoswaffe regte sich etwas auf dem Tisch. Sharrow wollte die Augen verkneifen, um es eventuell besser erkennen zu können, doch in dieser Sekunde packte Geis mit einer Faust ihr Kinn

und pappte ihr mit der anderen Hand das Klebeband wieder auf den Mund.

»Nein, Sharrow«, widersprach Geis. »Nein, nicht übergeschnappt. Nur weitsichtig. Schon seit langer Zeit treffe ich meine Vorbereitungen, seit langem bereite ich deine Rolle bei alldem vor.« Geis schwieg. Seine Miene drückte jetzt strenge Ernsthaftigkeit aus. Sharrow hatte den Eindruck, daß er überlegte, ob er ihr etwas eminent Wichtiges mitteilen sollte. Langsam schüttelte sie, als versuchte sie dadurch die Klarheit der Sinne zurückzuerlangen, den Kopf.

Es bewegte sich *tatsächlich* etwas auf dem Steintisch hinter Geis.

Er faßte sie an den Knien. »Wir verkörpern die Vergangenheit, Sharrow«, sagte er. »Soviel sehe auch ich. All das …« Er schaute rundum, und Sharrow befürchtete, daß er die Bewegung auf dem Tisch bemerkte, doch sie endete im selben Augenblick, als Geis den Kopf drehte. »Es wird eine Hilfe bei meinen Vorbereitungen sein, als Anziehungspunkt für Gleichgesinnte, durch seinen Symbolwert sozusagen als Banner, oder zur Bestechung, zu Ablenkungsmanövern … Eben zu diesem und jenem. Aber nur eine neue Ordnung kann unseren armen, alten Golter retten, ausschließlich eine neue Heilsbotschaft kann Herz und Hirn der Menschen gewinnen. Alles was du hier siehst, egal wie kostbar es ist, muß vielleicht geopfert werden. Es mag ja sein, wir *müssen* reinen Tisch, einen völlig neuen Anfang machen. Möglicherweise besteht darin unsere einzige Hoffnung.« Er sprach jetzt in ruhigem Tonfall. Das Klingen in Sharrows Ohren war abgeebbt, inzwischen fühlte sie sich etwas kräftiger und weniger benommen. Ihre Augen konnten jetzt unterscheiden, was sich dort auf dem Steintisch rührte.

Unglaublich – es war die Hand des Androiden!

Der Unterarm, den ihm Geis mit demselben Schwertstreich, der ihn köpfte, abgehackt hatte; der Arm war

auf den Tisch gefallen, und dort befand er sich noch, kroch mittels der Finger ganz langsam und völlig lautlos über die Tischplatte.

Sharrow merkte, daß sie unwillkürlich die Augen aufsperrte, münzte ihren Gesichtsausdruck sofort in eine Miene um, die, wie sie hoffte, von Geis als eine neue Bemühung gedeutet wurde, sich in die Wirklichkeit zurückzufinden.

Plötzlich wirkte Geis besorgt. »Sharrow«, meinte er in freundlichem Ton, »es ist alles ziemlich viel für dich, um es gleich zu verstehen, aber du mußt mir glauben, ich habe sichergestellt, daß dein Name ewig unvergessen bleibt.« Er grinste geheimnistuerisch. »Nicht so, wie du's dir vielleicht ausgemalt hast, aber ...«

Bei allen Göttern, der Arm krabbelte auf die Chaoswaffe zu! Sharrow starrte Geis an und zog eine Fratze.

»... auf eine Weise, sagen wir mal, auf die du sehr stolz sein wirst, auch wenn du selbst wohl nie an so etwas gedacht hast.«

Sharrow schielte nach Ferils Kopf umher. Er lag nicht mehr unter dem Tisch, wohin er gefallen war; ebensowenig sah sie noch die Hälften seines Körpers auf dem Fußboden liegen. Gleich darauf jedoch entdeckte ihr Blick die Teile wieder: die Körperhälften lehnten in einer Ecke des Saals, unweit der Tür, durch die Breyguhn eingetreten war, an einem Wandschrank, das einem großen Elektro-Abzweigkasten ähnelte. Und der Kopf ...

Der Kopf, Ferils Kopf, war auf einen Seitenpfosten des aus dem Turm am Fjord hergeschafften Waffenregals, das mitten auf dem enormen Steintisch stand, gesetzt worden. Von dieser Stelle herab hatte er – davon ausgegangen, daß der Androidenkopf noch imstande war zum Sehen – einen hervorragenden Überblick auf die Chaoswaffe und die Hand, die jetzt nur noch ein halber Meter vom ungesperrten Auslöser der Waffe trennte.

Geis schwatzte unentwegt drauflos.

»… mich für das verabscheust, was ich getan habe, jedenfalls anfangs, aber ich weiß, ich weiß ganz ohne Zweifel, daß du letzten Endes, wenn alles so geworden ist, wie es gemäß meiner Planung kommen soll, doch erkennst, es waren die richtigen Handlungen.«

Wovon quatschte dieser Idiot? Sharrow versuchte, sich auf die Visage ihres Vetters zu konzentrieren und die Androidenhand, die über die steinerne Tischplatte aufs polierte Gehäuse der Chaoswaffe zukrauchte, nicht zu beachten.

Was konnte die Hand bewirken, wenn sie die Waffe erreichte? Normalerweise war die Auslösertaste nicht allzu schwer zu bedienen, aber wie stand es ums Zielen? Hatte der einen halben Meter lange Arm genug Kraft, um die Chaoswaffe zu schwenken, selbst wenn Feril mit seinem drei Meter entfernten Kopf fähig war zu zielen? Wie war das Zielvisier justiert? Wie groß das Schußfeld? Feril mußte die Waffe auf Geis richten. Gegenwärtig wiesen die Läufe auf … auf die Buchdeckel der *Universellen Prinzipien.*

Sharrow starrte Geis an, ohne ihm zuzuhören.

Verdammt, dachte sie. Selbst wenn Geis die Buchdeckel der *Universellen Prinzipien* als entbehrlich erachtete, das gleiche galt wohl kaum für das sogenannte Kronenstern-Gehänge und seinen albernen Kronenstern-Diamanten.

Wahrhaftig, es mochte sein, daß sie sich doch noch aus diesem Schlamassel wand. Sie spürte, daß ihr die Tränen kamen, und wurde auf sich wütend. Bisweilen fühlte sich Hoffnung schrecklicher als Verzweiflung an.

»Ach, Sharrow«, sagte Geis geradezu zärtlich, »weine nicht.« In seiner Miene stand Mitleid. Sharrow schloß nicht aus, daß er jeden Moment selbst in Tränen ausbrach. Ekelhaft. Wenigstens zog die Situation seine Aufmerksamkeit auf sie und lenkte sie vom Tisch ab. »… kann ja noch alles gut werden«, versicherte er

ihr. »Du siehst ja, wir sind jetzt zusammen. Das ist doch ein vielversprechender Anfang …«

Arm und Hand, die über den Tisch krochen, hatten den Auslöser der Chaoswaffe fast erreicht. In den Augenwinkeln versuchte Sharrow den Arm zu beobachten, während sie Geis aus großen Augen ins Gesicht stierte, gemartert von der abstrusen Furcht, genau die Starre ihres Blicks könnte ihm verraten, daß sie seinem Geplapper in Wahrheit gar nicht zuhörte.

»… und ich bin froh, daß du hier bist, du diesen Wohnsitz kennenlernst. Nein, wirklich. Hier ist nämlich mein liebster Aufenthaltsort, mein Sanktum, der Ort, wo ich wahrhaftig ich bin, wo mich keine Speichellecker umgeben, keine Jasager und …«

Unvermittelt beschäftigte Sharrow die Frage, wo Ferils Hirn stecken mochte, ob im Kopf oder in einem anderen Teil des Körpers. Sie nahm an, daß die Augen im Kopf das Umfeld sahen und der Android dem Arm per Funkverbindung mitteilten, was er tun sollte, aber von wo aus? Schluß, Schluß, Schluß, ermahnte sie sich. Das ist doch völlig belanglos.

»… werden wir alle wieder glücklich«, kündete Geis an. »Wir werden alle wieder glücklich und zufrieden. Wir haben es selbst in der Hand, es dahin zu bringen, also richten wir beide, du und ich, es uns so ein. Sogar dieser Kriminelle, von dem du eine so hohe Meinung hattest, sogar ihn soll man in besserer Erinnerung behalten, als er's verdient hat. Denn wir haben ja alle eine kriminelle Vergangenheit, stimmt's, Sharrow? Seit zehntausend Jahren hat unser armer, alter Golter ein schwer beladenes Gewissen, nicht wahr? Wegen des ersten Kriegs und der Milliarden, die darin ihr Leben verloren haben. Nach zwanzigtausend Jahren Zivilisation folgte auf einmal das Jahr Null. Das ist es doch, was wir niemals vergessen können, oder? Aber unsere Strafe ist bald ausgestanden, Sharrow. Das Dekamillenium ist nah. Im Grunde genommen wird es ein Tag

wie jeder andere sein, das ist uns allen klar. Aber diese Symbole zählen doch, oder etwa nicht? Darum hat's sich doch von Anfang an gedreht, um Symbole. Habe ich recht?«

Geis hatte sich in Erregung hineingesteigert. Er hob die Hand wieder ans Klebeband auf Sharrows Lippen, aber zögerte. »Ach, Sharrow«, seufzte er nochmals. »Sag doch einfach, daß du es verstehst, daß du mich nicht nur haßt. Willst du das tun? Bitte!« Seiner Miene war anzusehen, daß er nicht wußte, ob er ihr trauen oder mißtrauen sollte.

Ein paarmal nickte Sharrow knapp und stieß ein unterdrücktes Wimmern aus.

Geis kniff die Augen zu, dann langte er hin und entfernte das Stück Klebeband zum zweitenmal von Sharrows Mund.

»Und nun nimm mir auch die übrigen Klebstreifen ab«, verlangte sie, »oder der Android vernichtet den Kronenstern-Diamanten, das Kronenstern-Gehänge und obendrein die Buchdeckel der *Universellen Prinzipien.*«

Völlig unverständig glotzte Geis sie an. Er lachte.

»Wie bitte?« fragte er.

»Du hast es doch gehört«, antwortete Sharrow. »Dreh dich ganz langsam um und schau zum Tisch hinüber. Der Android hat die Hand am Auslöser der Chaoswaffe.« Sie lächelte. »Es ist mein Ernst, Geis.«

Langsam drehte er sich um.

Ein Finger der Androidenhand, die den Abzugsbügel der Chaoswaffe hielt, streckte sich für einen Moment und vollführte eine Zappelbewegung, eine Art von Wink. Geis erstarrte zur Reglosigkeit.

»Graf Geis«, flüsterte eine leise Stimme – Ferils Stimme – durch die Stille des Saals, »ich bedaure außerordentlich, aber ich habe vollauf die Bereitschaft, so zu verfahren, wie Lady Sharrow es beschrieben hat.« Der unheimlichen, gerade noch hörbaren Stimme, die aus

dem Kopf auf dem Waffenregal drang, ließ sich tatsächlich Bedauern anhören.

Geis befand sich noch vor Sharrow in der Hocke. Er wandte sich Sharrow wieder zu, blickte sie an, schluckte.

»Am besten sagst du gar nichts, Geis«, empfahl Sharrow. »Tu einfach, was ich will.«

Bedächtig langte Geis hinter sie und machte sich daran, die Klebestreifen von ihren Armen zu ziehen. Sharrow betrachtete Ferils Kopf, der hoch überm Tisch auf dem Seitenpfosten des Waffenregals ruhte.

»Ich hatte gar keine Ahnung, daß Ihnen eine dermaßen hohe Überlebensfähigkeit eingebaut ist, Feril«, bemerkte Sharrow, als sie eine Hand frei hatte.

»Bisher war diese Eigenschaft nicht relevant«, raunte der Android; das Reißgeräusch, das man hörte, während Geis das Klebeband von einem Fuß Sharrows entfernte, übertönte beinahe Ferils Stimme.

Geis unterbrach seine Tätigkeit. Inzwischen hatte Sharrow eine Hand und ein Bein frei. Mit dem Knie schubste sie Geis' Schulter an. »Weiter«, forderte sie.

Geis richtete sich auf und schüttelte den Kopf. »Nein«, sagte er. »Nein.«

Er umrundete Sharrows Stuhl.

»Was?« sagte Sharrow scharf, schaute zu Ferils Kopf hinauf. »Geis …«

Jetzt stand er hinter ihr und hatte einen Vibro-Dolch in der Faust; die andere Hand klammerte er an die Rücklehne des Stuhls. »Also, ich bezweifle, daß der Android so weit geht, aber falls doch …« Er packte Sharrow am Kragen und setzte ihr den Dolch an die Kehle.

»Geis …«, wiederholte Sharrow.

»Breyguhn«, rief er, zerrte Sharrow mitsamt dem Stuhl, dessen Beine über den Fliesenboden schrammten, zur Tür. Mit der freien Hand ergriff sie den Arm, der den Dolch hielt, jedoch fehlte es ihr an Kraft, um

ihn Geis zu entwinden. Mehr als umfassen konnte sie Geis' Handgelenk nicht. »Breyguhn!« schrie er ein zweites Mal.

»Geis ...«, sagte Sharrow. Sie hörte, daß auch Feril irgend etwas äußerte, verstand es infolge der Geräusche und Geis' Geblöke aber nicht.

»Breyguhn! Ich weiß, daß du in der Nähe bist. Laß das Schmollen und komm her! Breyguhn!« Geis erreichte die Tür. Sharrows Aufmerksamkeit galt dem Tisch. Zwar konnte Ferils Kopf sie und Geis nicht mehr sehen, doch Unterarm und Hand des Androiden, die sich der Chaoswaffe bemächtigt hatten, ruckten rückwärts, schnellten dann vorwärts wie ein Schlange, wiederholten diesen Vorgang unablässig, kehrten auf diese Weise den Doppellauf nach und nach in Sharrows und Geis' Richtung. »Breyguhn!« brüllte Geis.

Hinter der Tür erklang Geklimper. Gleichzeitig straffte sich mit einem Ruck eine der Körperhälften Ferils, die in der Ecke lehnten, so daß sie seitwärts an dem Elektro-Abzweigkasten abrutschte und vor Geis' Füßen auf den Fußboden klapperte. Er stieß einen Schreckensschrei aus, gerade als Breyguhn, tatsächlich mit einer Schmollmiene, die Pistole noch in der Hand, zur Tür hereinkam.

Geis fuhr zurück, ließ Sharrows Stuhl auf die Seite kippen, stach mit dem VibroDolch auf die Überreste des Androiden ein, die sich vor ihm auf den Fliesen wanden, warf schließlich den Dolch fort und sprang zum Steintisch, grapschte sich das große Schwert, das er zuvor gegen Feril benutzt hatte, und hieb damit auf die ihm lästig gewordene Körperhälfte ein.

Die Hand am Auslöser der Chaoswaffe krampfte sich zusammen. Aus dem Elektro-Abzweigkasten hinter Geis flammte mit einem Knall ein Blitz. Die Lampen des Saals gleißten grell auf und erloschen. Als nächstes sah man das schwache Glimmen von Notbeleuchtung. Erbittert hackte Geis mit dem langen Schwert auf die

Androidenhälfte ein, die auf dem Fußboden zuckte, zerdrosch Metall und Plastik, hieb Kerben in die Fliesen. Breyguhn kreischte. Mit Hilfe des freien linken Arms schob sich Sharrow unter den Steintisch, versuchte sich herumzuwälzen, riß an dem Klebeband, das sie noch an den Stuhl fesselte, und sah sich nach dem VibroDolch um, den Geis weggeworfen hatte.

Sie hörte Schüsse und weiteres Geschrei, dann erstrahlte grelle Helligkeit, gefolgt von einem Donnerschlag und einem Bersten, als ob eine Million Fensterscheiben zersprängen.

»Mach ihn kaputt!« gellte laut und schrill Breyguhns Stimme. »Schlag ihn kaputt!«

»Ich versuch's ja«, kollerte Geis.

Ein wuchtiges Rumsen brachte den Fußboden unter Sharrow ins Beben, während sie sich des letzten Klebestreifens entledigte und geduckt vom Tisch forthastete.

Ihre Füße verursachten Geplätscher. Sie blickte erst nach unten, dann nach oben. Durch ein Loch, das wohl einen halben Meter durchmaß, strömte Wasser in den trüb erhellten Saal. Geis hackte weiter auf die widerspenstige Körperhälfte des Androiden ein. Breyguhn umklammerte mit beiden Händen ihre Pistole und versuchte auf den Androidenkopf zu zielen. In andauernder, anscheinend willkürlicher Folge ballte sich die Faust an der Chaoswaffe, verschob sie ungefähr jede Sekunde und schoß. Eine der zwei Blattdiamant-Ikonen war zerschmettert worden, zwischen der Tür und dem Elektro-Abzweigkasten glitzerte ein Scherbenhaufen. Molgarin alias Chrolleser war offensichtlich tot, nach hinten gekrümmt hing er auf dem Stuhl, seine Augen stierten zur Decke empor, wie ein Fangeisen hatten sich zwei riesige, nackte Kieferknochen um seinen Hals geschlossen, Blut war herabgeronnen, wo sich die gebogenen Zähne in die Gurgel des Schauspielers gebohrt hatten. Und da verschwanden die Kiefer vor Sharrows Augen.

Das Wasser, das aus dem Mauerloch floß, reichte Sharrow schon bis zu den Fußknöcheln. Sie grapschte nach der erstbesten Waffe, die sie auf dem Tisch liegen sah: der HandBalliste.

Breyguhn feuerte noch einmal mit ihrer Pistole. Der Treffer versetzte Ferils Kopf auf dem Pfosten ins Kreiseln. Auch die Chaoswaffe drehte sich, als der Arm, der sie hielt, gegen die Buchdeckel der *Universellen Prinzipien* prallte. Mit einem Mal wiesen die Läufe direkt auf Sharrow. Sie suchte Deckung unterm Tisch, warf sich ins Wasser. Ein wahrhaft titanisches Pulsieren von Schallwellen erschütterte die Luft, ein überlautes Krachen und Poltern schloß sich an. Von der Mauer quoll eine Rauchwolke herüber, ihr folgte eine Woge schmutzigen Wassers, die Sharrow hinter den Tisch zurückdrängte. Sie geriet ins Schwimmen, stieß sich den Kopf an der Unterseite der Tischplatte. Während das Getöse abschwoll, kämpfte sie sich vorwärts, spähte unterm Tisch hindurch, versuchte Breyguhns Beine am anderen Ende des Saals zu erkennen, den langsam, aber sicher Wassermassen durchfluteten, doch zuviel Staub wehte durch die Luft.

Auf der Seite war ein Aufglühen zu sehen, und ein riesiges Gemälde, das fast die ganze Wand bedeckte, fing an zu brennen. Der staubdurchwogte Raum hatte sich verkleinert. Etwa die Hälfte, unter anderem auch der Eingang und die Galerie, wo Sharrow und Feril kurz zuvor Geis begegnet waren, hatte sich in eine Trümmerhalde verwandelt, Schutt war von den Zwischenetagen und höheren Stockwerken heruntergeprasselt, und statt der Decke erstreckte sich über dem Saal nichts anderes mehr als ausgedehnte Finsternis, aus der Funken sprühten, Wasser herabrieselte. Das entzündete Gemälde warf gelbliches, unruhig glosendes Licht in den von Staub durchwirbelten Saal. Noch immer konnte Sharrow weder Breyguhn noch Geis sehen. Die auf den Tisch gehäuften, übrigen Antiquitäten ver-

sperrten ihr die Sicht auf die Chaoswaffe. Das Waffenregal mitsamt Ferils Kopf war verschwunden.

Etwas rauschte aus der Höhe herunter. Sharrow hechtete zur Seite und ins inzwischen hüfthohe Wasser, während ein umfangreicher Brocken Mauerwerk herabsauste und auf den Steintisch donnerte, ihn zersplitterte und alles, was darauf lag, in die Luft emporschleuderte. Wasser schwallte auf sie zu, die Welle trieb sie zu der schmalen Tür unter der übriggebliebenen Blattdiamant-Ikone.

Ein schauderhaftes Summen und Schwingen durchzitterte Sharrows Beine, als das Wasser gegen den Elektro-Schaltkasten schwappte, aus dem ein Zischen drang.

Sharrow watete durch die Überschwemmung, ihre Füße glitten auf der Halde Diamantscherben aus; gegen den zähen Druck der Fluten stemmte sie die Tür auf und stolperte durchnäßt einen dunklen Korridor hinauf, der eine ungewöhnliche Steigung aufwies. Unterwegs checkte sie die HandBalliste, weil sie den Eindruck hatte, die Waffe fühlte sich falsch an, und fluchte, als sie feststellte, die Waffe enthielt kein Magazin. Trotzdem steckte sie sie in die Tasche.

Hinter ihr erscholl erneut ein erschütterungsstarkes Dröhnen, und aus dem Saal schoß mit der Wucht einer Riesenfaust eine große, finstere Rauchwolke, quoll über Sharrows Kopf an der Decke des Korridors entlang.

Dank der Steigung des Korridors sank das Wasser um Sharrows Beine. Von der Decke baumelnde Stromleitungen, die gegen die Wände, gegen Metallkästen pendelten, aus denen summende Geräusche ertönten, und Kabelrohre nötigten Sharrow zu ständigem Ausweichen. Rauch war ihr durch den schattendüsteren Korridor vorausgezogen, als sie schließlich mehrere Stufen hinaufwatete und aus dem Wasser gelangte.

Gebeugt unterquerte sie in einem Dunstschleier beißend-scharfen Qualms, inmitten des Gestanks ver-

schmorter Isolation und von Funkengarben, die aus dem abgerissenen Endes eines Elektrokabels prasselten, das auf den nassen Fliesen hin- und herschwuppte, ein von Summen erfülltes Gewirr herabhängender Leitungen.

Als sie sich hinter dem Durcheinander aufrichtete, sah sie fünf Meter voraus Breyguhn stehen, die Rechte an die Wand gekettet, in der anderen Hand die Pistole. Sie blutete aus einer Kopfverletzung. Im schwachen, fahlgelben Licht wirkte sie totenblaß.

Breyguhn zielte mit der Schußwaffe auf Sharrow. »Er ist weg, Sharrow«, sagte sie in kummervollem Ton. »Er hat sein albernes Schwert genommen und ist abgehauen.« Sie hob die Schultern. »Er hatte Bammel, daß die Chaoswaffe irgend etwas Unverantwortliches mit ihm anstellt...« Breyguhn lächelte trostlos.

Sie tat einen Schritt auf Sharrow zu, die um einen Schritt zurückwich, dann jedoch zusammenzuckte, als sie im Rücken die Leitungen hängen spürte. Das Stromkabel zu ihren Füßen knisterte und verstob Funken.

»Sein doofes Schwert hat er sich genommen und ist verduftet...«, leierte Breyguhn mit kindlicher Singsangstimme. Die Mündung der Pistole wies auf Sharrows Gesicht. Breyguhns Kette quietschte.

Sharrow duckte sich, als der Schuß peitschte. Sie packte das zerrissene Kabel und rammte die Bruchstelle in die Führungsschiene an der Mauer.

Breyguhn schrie. Die Elektrizität schüttelte sie von Kopf bis Fuß durch, ihr Handgelenk qualmte, die Waffe entleerte die restliche Munition an die Wand.

Sobald die Pistole nicht mehr schoß, zog Sharow das Kabel aus der Wandschiene.

Breyguhn brach zusammen wie ein Bündel Lumpen, nur ihr rechter Arm, dessen Handgelenk noch rauchte, blieb aufgrund der Kette an der Mauer lehnen.

Obwohl der Gestank des verbrannten Fleischs Sharrow Brechreiz verursachte, schwankte sie vorwärts. Sie

drehte das Gesicht ihrer Halbschwester in den Lichtschein, tastete nach dem Puls. Reglos starrten Breyguhns Augen in den Korridor. Sharrow schüttelte den Kopf und ließ dem Arm der Toten sinken.

Eine neue Explosion im Saal warf sie von den Beinen und der Länge nach zu Boden.

Sie raffte sich auf und suchte im Laufschritt das Weite.

Sharrow passierte eine weitere Tür, an der die Führungsschiene endete; sie beachtete sie nicht, sondern hinkte, so schnell es ging, wobei sie, im Schädel ein Pochen, mühevoll atmete, durch eine Art von Tunnel. Er mündete in eine ausgedehnte Halle, von oben – und aus einem steilen Abwärtsgang gegenüber – erhellt durch graues Tageslicht. Es roch geradezu abstoßend scheußlich; Stroh bedeckte den Steinboden. Beiderseits sah Sharrow geräumige Tierboxen; an den Wänden hingen Geschirre, Zügel und große Sättel. In den Boxen waren jedoch keine Tiere. Das graue Licht vor Sharrow kam aus einem weiteren kurzen Stollen mit hohem Deckengewölbe.

Sharrow humpelte den abschüssigen Stollen hinab, gelangte unter den spitzen Pfählen zweier riesiger Fallgatter hinweg ins Freie und in kalten Nieselregen.

Sie stand an einem von Tang schlüpfrigem Abhang, der vom Fuß der schier himmelhohen Mauern der Marinabtei bis zum sand- und kieselbedeckten Watt der Bucht hinabreichte. Das Meer glich einem dünnen Strich in der Ferne, zeichnete sich hellgrau gegen dunkleres Grau ab. Eine breite, steinerne Rampe führte hinunter zu den Tidentümpeln und Kiesbänken, die die Ebbe freigelegt hatte. Fernab wich das Wasser noch weiter zurück, wälzte sich fort, schäumte hinaus auf See. Am Horizont war kein Land sichtbar.

Hinter einer Sandbank, auf der es flache, nässegefüllte Fußabdrücke hinterlassen hatte, trug ein großes

Tier einen einzelnen Reiter den Strand entlang, stapfte zwischen Untiefen voller Kiesel längs des Watts davon. Als der Reiter sich umblickte, verfing sich der Wind in seinem Reitumhang und blähte ihn zur Seite.

Sharrow rannte den Hang hinunter, rutschte auf Tang aus und klatschte unten in die erste der sandigen Pfützen. Seitlich des finsteren Gemäuers der Marinabtei war in beträchtlichem Abstand ein Abschnitt Sanddünen des Festlands zu erkennen.

Zunächst lief Sharrow weiter; aber dann blieb sie plötzlich stehen.

Was tat sie da eigentlich?

Das Bandamyion bäumte sich auf und wendete, tappte zwischen den Kiesbänken achtsam vorwärts, bis es wieder vergleichsweise festen Sand unter den Füßen spürte.

Du Idiotin, schalt sich Sharrow. Du hast nichts als eine leere Pistole in der Tasche. Was willst du denn damit anfangen? Sie ihm an die Rübe schmeißen? Du hättest in Gegenrichtung laufen müssen, an der Mauer entlang zu dem Abflußkanal, das Gyromobil holen und *damit* auf dieses Arschloch mit seinem blöden Reittier Jagd machen sollen.

Geis trieb das Bandamyion heran. Rund dreißig Meter war er entfernt. Er zügelte das Tier. Es verharrte und schüttelte den breiten, lohbraunen Schädel. Geis beugte sich nach vorn über den Sattel und musterte Sharrow.

»Zufrieden, Sharrow?« rief er ihr zu. Im kalten, salzigen Wind hatte seine Stimme einen schwächlichen, piepsigen Klang. »Weißt du eigentlich, was du angerichtet hast?«

Während sie abwartete, überlegte Sharrow, was sie sonst tun könnte. Eisiges Wasser sickerte ihr in die Schuhe.

»*Weißt* du's?« schrie Geis.

Sharrow blickte sich zum Seehaus um. Es stand noch

da, so gewaltig und kolossal wie immer. Auch wenn die Chaoswaffe vielleicht drinnen weitere Beschädigungen verursachte, das gesamte Bauwerk hatte sie bisher nicht zerstört.

Sharrow zuckte die Achseln und heftete den Blick wieder auf Geis.

»Und ich habe einmal geglaubt, daß ich dich liebe«, sagte Geis, schüttelte den Kopf. Diesmal sprach er so leise, daß sie ihn kaum verstehen konnte.

Geis zog das mit Edelsteinen geschmückte Schwert aus der Sattelscheide und aktivierte es; wieder umzüngelte rosarote Glut die Klinge. »Ich werde dich zur Mutter eines Gottes erheben, Sharrow«, verhieß Geis, trieb das Bandamyion um ein, zwei Schritte vorwärts.

Sharrow war sich nicht sicher, richtig gehört zu haben.

»Girmeyn«, rief Geis. »Girmeyn, auf Nachtels Geist. Er wird den Messias abgeben, die neue Stimme eines neuen Zeitalters, den Schlußpunkt hinter all dem, was wir in den vergangenen zehntausend Jahren verbrochen haben, und eine neue Hoffnung für die bevorstehenden zehntausend Jahre. Er ist mein Geschöpf. Ich habe ihn aufziehen lassen. Sein Leben und sein gesamtes Sein lagen in meiner Hand.« Geis streckte die Faust in die Höhe, die die Zügel des Bandamyions hielt.

»Ich habe dafür gesorgt, daß er aufwachsen durfte, ihn unterrichten und ihm Bildung vermitteln lassen«, schwadronierte Geis. »All das hast du heute hier« – er deutete mit einem Nicken auf die Marinabtei hinter Sharrows Rücken – »zunichte gemacht, sein gesamtes Erbe, mein letztes Geschenk an ihn. Du hast es ihm genommen. Er ist gegenwärtig auf einem Asteroiden, wo sich eine Stiftung befindet, einem meiner Asteroiden. Dort hält sich Girmeyn auf, Sharrow, und er ist dein Sohn.«

Sohn? dachte Sharrow.

Das Bandamyion trabte vorwärts.

»Jawohl, dein Sohn«, schrie Geis. »Dein und dieses Diebs Sohn. Nach deiner Bruchlandung auf Nachtels Geist ist er aus deiner Gebärmutter entfernt und gekühlt aufbewahrt worden, bis meine Ärzte eine Methode ersonnen hatten, um sein Überleben zu sichern, dann hat man ihn wie einen Klon heranwachsen lassen. Praktisch fand seine Geburt vor zehn Jahren statt, er wurde aber schon im Bruttank artifiziell gealtert, und eine ausschließlich mit dieser Aufgabe befaßte KI hat ihm das Wissen von zehn Jahrtausenden und dazu eine Anzahl für meine Absichten perfekt geeigneter, optimierter Stimuli eingetrichtert, alles ganz genau nach meiner Planung. Darum ist er vielleicht mehr mein Geschöpf als irgendeines anderen Menschen. Aber biologisch stammt er von dir ab, Sharrow. Daran besteht keinerlei Zweifel.«

Mein Sohn? dachte Sharrow. Girmeyn?

Allmählich lenkte Geis das Bandmyion näher, die schweren Pfoten des Tiers platschten durch Wasserlachen.

»Aber auch das würdest du verderben, nicht wahr, Sharrow?« fragte Geis, ritt auf sie zu. »Du würdest meinen Plan vereiteln, so wie du alles übrige sabotiert hast, habe ich recht?«

Wer, ich? überlegte Sharrow.

Inzwischen konnte sie die Einzelheiten der dunklen Augen des Bandamyions unterscheiden, die im grauen Licht stumpfglänzenden Blinkern ähnelten. Sie trat um einen, dann einen zweiten Schritt zurück. Sie hätte wirklich das Gyromobil holen sollen.

»Ich will dich zur Mutter eines Messias machen, der Mutter eines Gottes, aber du pfeifst darauf, stimmt's, Sharrow?« Geis trat das Bandamyion in die Flanken. Die Sporenelektroden knisterten, das Tier bewegte sich schneller vorwärts, wiegte den massigen Schädel. Sharrow wich weiter zurück.

Das Schwert in Geis' Faust gab ein Summen von sich,

die Tropfen des Nieselregens zischten und spritzten, wenn sie auf die rosa umloderten Kanten der Klinge fielen, erzeugten winzige Dampfwölkchen. Auch die Nüstern des Bandamyions dampften, wenn es beim Ausatmen Körperwärme an die kühle Umgebung abführte.

»Wir stehen an der Schwelle zu durch und durch entscheidenden Veränderungen, Sharrow«, postulierte Geis mit etwas lauterer Stimme. »Siehst du's nicht selbst? Es liegt in der Luft. Man kann's regelrecht riechen.« Er schnupperte in der Brise. »Wir gehen dem Umschwung zu Besserem, Neuem, einem *Frühling* entgegen, und alle meine Maßnahmen hatten nur den Sinn, ihm den Weg zu bereiten, seine Geburt zu erleichtern. Aber du kennst nichts als Quertreiberei, was, Sharrow? Aus purer Eitelkeit, aus Stolz, ausschließlich wegen deines kleingeistigen Rachedursts stellst du dich einer lichteren Zukunft für alle Menschen in den Weg, wie?«

Ja, dachte Sharrow, ja. Ich bin egoistisch; ich bin immer egoistisch gewesen. Und wenn dieser Dussel recht hat, und es erwartet uns wirklich eine neue Welt? Es ist ein altes Lied, dauernd glauben wir, hinter der nächsten Ecke kommt etwas Besseres auf uns zu, und jedesmal werden wir enttäuscht, aber irgendwann müssen wir doch einmal recht haben, oder?

»So etwas darf nicht passieren«, sagte Geis mit beherrschter, ruhiger Stimme, war dafür inzwischen nahe genug heran. Bedächtig nickte er. »Du bist unbewaffnet«, fügte er hinzu. »Darüber muß ich wohl verdammt froh sein. Ich bin mir nicht einmal sicher, ob das Wissen, daß Girmeyn dein Sohn ist und gemeinsam mit all den anderen sterben müßte, dich von weiteren Dummheiten zurückhielte, hm?«

Von der wuchtigen, breiten Schnauze des Bandamyions hob Sharrow den Blick in Geis' Augen. Ach ja, er redete über das Kristallvirus, von dem er behauptete,

er hätte ihn sich zur Verübung seiner letzten Trotzhandlung implantieren lassen. Sie wußte nicht, ob er in dieser Beziehung die Wahrheit sprach oder log, aber seine Äußerungen erregten einen hinreichend psychotischen Eindruck, so daß dergleichen sehr wohl zu seinen Verrücktheiten zählen mochte.

Und Girmeyn. Girmeyn befand sich also jetzt in einem der Weltraumhabitate Geis'. Selbst wenn er nicht ihr Sohn war, wie konnte sie ihn einfach umbringen?

Ganz leicht, dachte sie, während sie vor dem Bandamyion und Geis stand, ihre Füße in den wäßrigen Sand einsanken und der von stinkigen Gerüchen beladene Wind sie umwehte. Sie konnte jeden ganz leicht umbringen.

Wie viele Tyrannen waren am Anfang ihrer Karriere charmante, überzeugende und attraktive Persönlichkeiten gewesen? Trotzdem war letzten Endes aus ihnen allen das gleiche geworden.

Wir sind eine Spezies mit dem Hang, Ungeheuer zu zeugen, dachte Sharrow. Welche Art von Welt, was für ein Übergang zum Guten konnte denn schon aus all dem hervorgehen, was sich hier ereignet hatte?

Noch einmal sah sie sie alle sterben: verkrümmt lag Miz aufgespießt im Schnee, Zefla bleich in dem elenden, kleinen Zelt im Sterben; an einem eisigen Abhang brach Dloan durchsiebt zusammen; Cenuij stürzte an ihr vorbei hinaus in die Nacht (und Feril war zerhauen und zerschossen worden, in Stücke gehackt, auch wenn bald eine um eine Woche jüngere Kopie existieren sollte); auch Breyguhn war Geis' Plänen zum Opfer gefallen, und das gleiche galt für noch mehr Menschen: Keteo und Lebmellin, König Tard, Chrolleser, Bencil Dornay, für Roa und wer weiß wie viele andere Solipsisten, für Huhsz-Mönche und unbekannte Helfershelfer, alle hatten sie gelitten, seit Sharrow mit Geis an Issiers Glasufer diskutiert hatte, und den Tod gefunden.

Und ihre Mutter, fiel Sharrow ein, als irgend etwas in

ihrem Innersten unter dem Druck der Erinnerung an so viele Tode nachgab, und mit einem Mal schien sie wieder fünf Jahre alt zu sein, in der durchlöcherten Seilbahngondel zu stehen, inmitten von Rauch, Blut und Glassplittern, wo sie aus Verwirrung und Entsetzen schrie und weinte, während sich ihre Mutter hochstemmte, den Leib zerschossen und aufgerissen, die Hand ausstreckte – um sie zur Beschwichtigung zu berühren, hatte Sharrow geglaubt, zu trösten, zu streicheln, völlig sicher war sie sich gewesen – und sie im nächsten Moment zur Tür hinausstieß, hinab in den Abgrund eiskalten Graus.

Sharrow entsann sich der Frau in ihrem Traum, die gesichtslose Frau im Rollstuhl, den kleinen Bahnhof in der Schneelandschaft, wo der Zug gewartet und *Puff-puff-puff* gemacht, jedes senkrechte Ablassen von Qualm und Dampf einem Atemausstoßen geglichen hatte, einer Explosion.

Schüsse. Eigentlich betraf ihre älteste Erinnerung Schüsse, das furchteinflößende, erschreckende Knallen, während die Seilbahngondel gewackelt und eine Kugel dem Leibwächter den Schädel zerschmettert hatte. Sie hatte das Empfinden, als hätte damals erst ihr Leben begonnen, wäre es nie anders gewesen. Sie hatte vage Schemen einer Mutter im Gedächtnis, von Wärme und Sicherheit, doch ihr war zumute, als wären es Erinnerungen an die Kindheit einer Fremden; der Mensch, als den sie sich selbst kannte, war geboren worden, um andere Menschen sterben zu sehen, zu erleben, wie Wuchtgeschosse die eigene Mutter zerfetzten und sie die Hand hob, um ihr Kind eine Sekunde vor der Detonation der Granate von sich und ins Freie zu stoßen.

Darum beruhte alles, was ich jemals gewesen bin, auf Waffen und Tod.

Unbewaffnet, dachte sie. Unbewaffnet. *Ich* bin die Chaoswaffe, verdammt noch mal, und ich bin wahrhaf-

tig unbewaffnet, habe nur diese nutzlose, leere Pistole bei mir …

Sie schob die Hand in die Tasche. Ihre Finger umschlossen die HandBalliste, fühlten die ungewohnte Leichtigkeit der Waffe und die weite, hohle Öffnung im Griff, wo das Magazin hätte stecken müssen.

Natürlich mochte eine Patrone im Lauf sein.

Eine Patrone im Lauf, dachte Sharrow.

Sie konnte sich nicht darauf besinnen, ob sie den Hahn der Waffe gespannt hatte. Das Magazin war nicht in der Pistole gewesen, als sie sie Molgarin alias Chrolleser überließ, um Geis zu überlisten, allerdings hatte sie es in die Waffe zurückgesteckt, während Geis durch die Galerie zu der Tür kam, aber hatte sie bei der Gelegenheit an der HandBalliste den Hahn gespannt? Hatte sie eine Patrone in den Lauf geschoben?

Sie wußte es nicht. Selbst wenn sie es getan hatte, blieb sie doch darüber im unklaren, ob die Person, durch die das Magazin wieder entfernt worden war, auch das Projektil aus der Kammer genommen hatte.

Und was wird, wenn es mir gelingt, Geis zu erschießen? Wenn eine Kugel im Lauf ist? Wie viele Menschen müssen außer ihm sterben, falls er die Wahrheit gesagt hat?

»Es tut mir wirklich leid, Sharrow«, sagte Geis und schüttelte den Kopf. Wieder knatterten die Sporenelektroden; das Bandamyion kam näher.

Leid? Natürlich tat es ihm leid. Es tat den Leuten immer leid. Was sie angerichtet hatten, tat ihnen leid, ihnen tat leid, was sie gerade anstellten, und ebenso tat ihnen schon im voraus leid, was sie in Zukunft verbrachen; aber sie ließen sich nie davon abhalten. Daß es ihnen leid tat, hinderte sie nie an irgend etwas, es kitzelte sie dadurch nur um so gruseliger. Das wohlige Selbstmitleid nahm überhaupt kein Ende. Verdammt, wie habe ich das alles satt!

Erneut trieb Geis das Bandamyion an, und das Tier

trabte auf Sharrow zu. Geis hob das Schwert, holte aus.

Zur Hölle mit dem verlogenen Bedauern und all deinen Plänen. Zur Hölle mit den Rechtgläubigen, den Engagierten, den Besserwissern, den Selbstgerechten und Unbeirrbaren, die jeden zertraten und töteten, der ihnen in die Quere geriet, zur Hölle mit jedem Anliegen, das mit Mord und weinenden Kindern endete.

Sharrow wandte sich ab und lief fort.

In der Tasche umfaßte ihre Hand den Griff der Pistole.

Möglicherweise war eine Patrone im Lauf. Wie könnte sie diese Chance außer acht lassen?

Sobald sie das Getrampel des Bandamyions dicht hinter sich hörte, sprang sie zur Seite, ging aufs Knie.

Sie riß die HandBalliste heraus, legte an und drückte ab.

Das Bandamyion drehte sich gerade in ihre Richtung. Unter dem gebieterischen Handlungszwang des Augenblicks merkte Sharrow gar nicht, auf was sie eigentlich zielte, gewahrte nur, daß sie hinkniete und schoß. Die Pistole knallte, ruckte einmal in Sharrows Hand, und schon wich sie mit einem zweiten Satz aus, warf gleichzeitig die Waffe weg, fiel in den Sand und wälzte sich davon, kniff die Lider zu, indem sie sich einrollte.

Ein kurzes, scharfes Reißen ertönte.

Etwas rammte Sharrow. Schmerz durchwütete ihren gesamten Körper, so daß sie aufschrie. Sie klatschte in einen flachen Tümpel.

Das Wasser war kalt. Körper und Gesicht waren zur Hälfte taub geworden. Sharrow hob den Kopf an und versuchte sich aufzuraffen.

Der Schmerz kehrte zurück, entrang ihr ein Ächzen. Sie krümmte sich zusammen, blieb in der Hocke, wandte sich in der sandigen Pfütze um; die Beschwerden klangen ab.

Sie hatte mindestens eine Rippe gebrochen; sie kannte den Schmerz aus Kindheit und Pubertät.

Mit äußerster Vorsicht setzte sie sich auf, zitterte am ganzen Körper, schaute hinüber zur Marinabtei. Das Bandamyion saß am Eingang zu dem Stallgewölbe, leckte Blut von einem Unterschenkel. Der halb abgerissene Sattel hing schief an seiner Hüfte.

Sharrow blickte sich um und sah ein paar Meter weiter, in der Richtung, in die sich sein Reittier entfernt hatte, Geis liegen. Sie rappelte sich hoch, obwohl die Schmerzen ihr einen Aufschrei entlockten. Vorsichtshalber schlang sie die Arme um den Brustkorb, wartete ab, bis ihr nicht mehr vor Augen flimmerte; dann schleppte sie sich zu Geis.

Nahebei lag auch das Schwert im Sand. Es war inaktiv, die rosafarbene Glut erloschen, die die Kanten der Klinge umloht hatte. Den Spuren zufolge, die Sharrow ringsum im Schlick bemerkte, mußte das Bandamyion gestürzt sein. Sie besah sich an der wehen Körperseite die Jacke; der Stoff war unbeschädigt. Offenbar hatte der Schwertstreich sie verfehlt, aber eine Pranke des Bandamyions sie getroffen. Sie verspürte erhebliche Beschwerden, die sich nach mehr als einem Rippenbruch anfühlten. Trotzdem unterstellte sie, daß sie beträchtliches Glück gehabt hatte.

Durch Blutlachen humpelte Sharrow zu Geis.

Er lag mit dem Gesicht in flachem Wasser, der nasse Reitumhang hatte sich über seine Schultern und den Kopf gebreitet, klebte an seinem Oberkörper. Sharrow zog den Reitumhang beiseite; das Wasser im Tümpel trübte sich rot. Das Allzweckprojektil hatte Geis den Hals zum Großteil weggerissen.

Sein Gesicht hing unter Wasser. Sharrow zerrte an ihm, wälzte ihn herum. Aus dem faustgroßen Loch in seinem Hals rann Blut. Sein Kopf baumelte nur noch schlaff auf den Schultern. Die Augen waren halb geschlossen, rosig verfärbtes Wasser sickerte ihm aus dem

Mund. Sharrow schleifte ihn aus der Pfütze auf den Sand und streckte ihn neben dem mit Rot vermischten Wasser aus.

Vom Seehaus tönte eine gedämpfte Explosion herüber. Sharrow drehte sich um; vor dem Eingang zu den Ställen bockte und hüpfte das Bandamyion, an seinem Hinterleib stand etwas in Flammen. Als das Tier sich nochmals aufbäumte und schüttelte, flog der Sattel durch die Luft, zog eine Rauchfahne nach. Das Bandamyion drehte den Schädel und leckte sich eine Stelle versengten Fells.

Aus der Marinabtei erscholl eine weitere, dann eine dritte und vierte Detonation. Nach einem Knall sah Sharrow von mehreren entfernteren Türmen Mauerwerk herabbrechen, und an einem Dutzend verschiedener Stellen stieg Qualm aus dem riesig ausgedehnten Gebäude empor.

Sharrow senkte den Blick zurück in Geis' schlaffes, lebloses Gesicht.

Ein Beben erschütterte den Sand unter ihren Füßen. Das Bandamyion, das soeben Anstalten gemacht hatte, sich wieder hinzuhocken, fuhr erschrocken auf, glotzte von Seite zu Seite, stieß ein beunruhigtes Knurren aus.

Sharrow schloß die Augen und wartete auf den thermonuklearen Abschiedsgruß der Chaoswaffe.

Einige Sekunden lang war ein nahezu unhörbares Grollen wahrzunehmen, unterschwelligen Schallwellen ähnlich, die man in den Knochen, im Wasser, in den Gefäßen des Herzens und Gehirns spürte.

Dann nichts mehr.

Als Sharrow die Augen öffnete, stand das Seehaus noch da. Eine Anzahl finsterer Rauchsäulen verwehten über dem Bauwerk. Eine graubraune Staub- und Qualmwolke quoll aus dem Zugang der Ställe und trieb im Wind davon. Das Bandamyion, das sich wieder hingekauert hatte, wirkte verdrossen, weil es wegen

dieser Belästigung erneut aufstehen mußte. Es stapfte an der mit Tang bedeckten Böschung unterhalb der hohen Granitmauern entlang und schüttelte schnaubend den Kopf.

Für eine Weile blieb Sharrow trotz des übelriechenden Winds und klamm-feuchten Geniesels neben dem Toten im kühlen Sand sitzen.

Schließlich jedoch richtete sie sich langsam auf, hielt sich die verletzte Körperseite.

Sie schaute rundum. In der Ferne, auf halber Länge der Seeseite der Marinabtei, an deren Mauern es dahintrottete, konnte man das Bandamyion als gelbbraunen Fleck erkennen. Über den im großen und ganzen unveränderten Silhouetten der Seehaus-Bauten kräuselten sich noch einige Rauchschwaden. Grau wellten sich auf dem Meer am Horizont die Wogen der bevorstehenden Flut.

Sonst sah Sharrow nichts sich regen.

Sie hinkte zu dem Schwert, das nach wie vor im Sand lag. Die stumpfe Klinge zeigte keine Reaktion, als sie es zu aktivieren versuchte. Sharrow warf es zurück in den Uferschlamm.

Sie hob die Augen in den Nieselregen und das Grau des Abends, starrte hinauf an die verwaschene Weite des düster-trüben Himmels, als ob sie auf irgend etwas lauschte.

Schließlich senkte sie den Kopf und stand für ein Weilchen still da. Von dem Sand zu ihren Füßen schweifte ihr Blick durch die Tidentümpel zu den Kiesbänken, über das Tanggewirr und die blasige Feuchtigkeit dazwischen, dann höher zu den grauen Schichten aus Steinen und dem mit Strandgewächsen überwucherten Sand, der schließlich zu hohen Dünen anstieg.

Sie schüttelte den Kopf und hinkte durch den Sand zu der HandBalliste. Sie hob die Waffe auf, drehte sie in der unversehrten Hand hin und her, pustete sie von Sand frei und schob sie in die Jackentasche.

Dann trat sie den Rückweg an, kehrte in den eigenen Fußstapfen zu den gleichgültigen Granitmauern der Marinabtei um.

Unterwegs zupfte sie ein Taschentuch aus der Brusttasche und band es sich, indem sie nur eine Hand benutzte, vor Nase und Mund; ihr halblautes Schimpfen, das diese mühevolle Verrichtung begleitete, wehte ihr der aufgefrischte Wind von den Lippen.

Wenig später rollte das Gyromobil rückwärts aus dem Abwasserkanal, vollführte wie ein dressiertes Reittier eine Drehung um die eigene Achse, surrte die schlüpfrige Steinböschung am Fuß der Seehaus-Außenmauer hinunter, wich Schüssen aus, die von einem benachbarten Turm herabknatterten, und sauste, indem es zügig beschleunigte, durch den Sand der Küste davon, gegen die die neue Flut anbrandete.

Die Zukunft in Gefahr

Iain Banks

Die Spur der toten Sonne

Roman

559 Seiten. Gebunden

ISBN 3-453-12901-1

Vor zweieinhalb Jahrtausenden tauchte in einem entlegenen Sektor des Raums eine riesige schwarze Kugel auf, die eine uralte Sonne umkreiste. Messungen ergaben, daß dieses Gestirn über tausend Milliarden Jahre alt sein mußte, also mindestens fünfzigmal älter war als unser bekanntes Universum.
Ein fulminanter Roman, der bis an die Grenzen des sprachlich Ausdrückbaren vorstößt.

HEYNE

Auch in der nachfolgenden Nacht schlief Sharrow schlecht, versuchte sich um ihre verletzte Hand zu schmiegen, drückte sie an sich wie einen behütenswerten Schatz, bot alle Willenskraft gegen den Schmerz auf, als könnte sie ihn auf diese Weise dämpfen, damit er sie endlich schlafen ließe; und zu guter Letzt sank sie aus Erschöpfung in eine Art von Betäubungsschlummer, einen Halbschlaf, in dem sie von den Helligkeitsfünkchen der beiden Feuer am anderen Ufer des Fjords träumte, inzwischen so weit voraus, daß man sie mit bloßem Auge, wenn sie zwischen den Bäumen glommen, kaum noch erkennen konnte. Sie dachte, aus dem Wald Cenuij rufen zu hören, aber wenigstens erschien er ihr nicht auch im Traum.

Der neue Tag, als sie und die Gefährten erwacht waren, bescherte eisige Kälte, der graue, flache Wasserspiegel des Fjords unten und die stumpfgraue Wolkendecke oben schienen durch Ketten des Schlafs aneinandergeschmiedet zu sein, und wenn zwischen Hagelschauern und Schneeregen das Wetter aufklarte, war zu sehen, daß die Berggipfel jetzt weiße Kuppen hatten.

Sharrow marschierte weiter, redete mit den Kameraden und sich selbst, spürte immer ärgeren Hunger, dachte dauernd an Essen, sie wünschte, die Hand hörte zu schmerzen auf, und beteuerte den anderen, obwohl das Gegenteil zutraf, mit ihr stünde alles bestens. An den Kliffs nahm das Team den vom Androiden erkundeten Weg längs des Strands, obwohl es sich dabei der Landzunge des anderen Ufers näherte, und überquerte danach den ersten der zwei breiteren Bäche, die Feril angekündet hatte, indem es auf dem umgestürzten Baum hinüberbalancierte. Miz schnitt mit dem Laser Äste zum Abstützen von Bäumen, um den Überweg zu erleichtern; trotzdem fiel Sharrow um ein Haar ins Wasser.

Im Wald war es kalt, düster und feucht, alles darin widerte Sharrow an. Sie ärgerte sich über ihre Hand, weil sie schmerzte, ihren Bauch wegen seiner Leere, ihren Kopf, weil er so schwer war und zudem ihr ständig schwindelte, über Anus und Vagina, die juckten, ihre Augen, die nicht mehr deutlich zu sehen imstande waren, und ebenso ihr Gehirn, das nicht richtig arbeiten mochte.

Über den zweiten Bach trug sie der Android, das eiskalte Wasser gluckerte um seinen Brustkasten.

Während des weiteren Marschs klarte der Himmel ein wenig auf, aber danach sank die Temperatur noch tiefer, und in der Richtung, woher der Wind blies, ballten sich dunkle, hohe Wolkengebirge und rückten näher. Irgendwann um diese Zeit vergaß Sharrow nach und nach, welcher Tag heute war, wo sie sich eigentlich umhertrieben, was sie hier suchten und aus welchem Grund.

Sich überhaupt noch vorwärts schleppen zu können, wurde für sie zum ein und alles; ihr Geist schrumpfte auf die Wahrnehmung des Ein- und Ausströmen ihres Atems, das Geräusch der Füße, die endlos, Schritt um Schritt, über den Untergrund stapften, sowie das Heben und Senken, Heben und Senken der Beine, das durch ihren gesamten Körper Erschütterungen sandte, die sie aus weiter Ferne und in Zeitlupe zu durchlaufen schienen. Sogar die eigene Stimme klang, als käme sie von fern und gehörte nicht ihr. Sie lauschte auf ihre Worte, wenn sie Fragen beantwortete, die ihr die Kameraden stellten, aber wußte eigentlich nicht, was sie redete, und es blieb ihr einerlei; ausschließlich das Vorankommen zählte, nur das langsame Tapp-tapp ihrer Füße und das Bumm-bumm des Herzschlags, das schmerzhafte Pochen ihrer entzündeten Handverletzung.

Sie war allein. Vollständig allein war sie. Mitten im Nirgendwo wanderte sie ein frostiges Ufer entlang, und nur die Einsamkeit leistete ihr Gesellschaft, so daß sie sich allmählich fragte, ob sie in Wahrheit Solipsistin sein mochte, eine Verräterin dieser Kreise.

Ein Hirn im Körper; eine Zellansammlung innerhalb einer Zellansammlung, die sich in einer Menagerie anderer Zellanhäufungen bewegte, tierischer und pflanzlicher Art, die allesamt auf derselben, grob runden Kugel umherzogen, alle mit eigenem Gewicht und Ballast an Mineralien, Chemikalien und Flüssigkeiten, beisammengehalten in dieser Zellhülle und zur gleichen Zeit darin gefangen – jedenfalls vorübergehend –, immer davon ein Teil, aber stets allein.

Wie Golter. Der arme, arme Golter.

Er war allein geblieben, hatte sich zwar so weit ausgebreitet, wie es ihm möglich gewesen war, und befand sich dennoch allseits am Rande zum Nichts.

Seine Bewohner waren – hätten sie es nur geahnt! – in einem einzigen Zimmer eines leerstehenden Hauses herangewachsen. Als sie erkannten, daß sie in einem Haus lebten, hatten sie geglaubt, in der Nähe müßte es noch mehr Häuser geben, sich gedacht, ihre Heimat läge vielleicht in einem Vorort oder einem etwas randseitigen Viertel einer Großstadt; doch nachdem im Haus die übrigen Zimmer bezogen worden waren, hatten sie zum äußersten Fenster und zum höchsten Oberlicht hinausgeblickt und zu ihrem Erschrecken – einem Schrecken, dessen Tiefe sie infolge ihrer gestiegenen Erkenntnisfähigkeit in vollem Ausmaß empfanden – feststellen müssen, in Wirklichkeit waren sie allein.

Sie konnten die fernen, schönen Sternennebel locken sehen, sie begriffen, daß diese entlegenen Galaxien sich aus fremden Sonnen zusammensetzten, Sonnen wie Thrial, und schlußfolgern, daß eventuell Planeten manche dieser Sterne umkreisten … aber sie hielten vergeblich nach Sternen in ihrer Nachbarschaft Ausschau.

Der Himmel hing voller Finsternis. Schwach leuchteten Planeten und Monde sowie die kleinen, zerfaserten Schwaden der stellaren Nebel am Firmament, und die Menschen selbst hatten es zusätzlich mit Metallsatelliten, den Lichtern des Raumflugverkehrs und den Emblemen tausend verschiedener Sprachen gespickt, den Nachthimmel eines Planeten jedoch, der seinen angestammten Platz im Innern einer Galaxis hatte, vermochten sie nicht nachzuahmen, und genausowenig bestand im Rahmen irgendeiner vorstellbaren Wahrscheinlichkeit die Hoffnung, je irgendwohin außerhalb des heimatlichen Sonnensystems reisen oder nur in den überall gleichermaßen bedeutungslosen Abgrund des Alls vorstoßen zu können, der ihr in dieser völligen Vereinzelung außerordentlich ungewöhnliches Muttergestirn umgab.

In einem Umkreis, der nirgends eine Entfernung von einer Million Lichtjahre unterschritt, existierte Thrial ungeachtet der Ausdehnung des Sonnensystems, aller Fülle an Strahl- und Lebenskraft sowie einer überaus fruchtbaren Ablegerschaft von Planeten und sonstigen Trabanten, als Waise.

Da stand eine Mauer. Langsam näherte sich Sharrow dieser senkrechten Mauer. Die Mauer hatte eine weißgraue Farbe und war verziert mit regelmäßig angeordneten, kleinen, runden Steinen; seitlich ruhte ein größerer Felsen in Form eines riesigen Türknaufs. Sharrow befaßte sich mit der Frage, ob die Mauer in Wahrheit eine Tür sein könnte. Aus irgendeinem Grund hegte sie fest die Überzeugung, daß dahinter Cenuij wartete. Eis und Reif sah sie daran. Immer näher kam die Mauer; anscheinend war sie sehr hoch. Sharrow bezweifelte, daß sie die Mauerkrone überhaupt sehen konnte. Obwohl sie sicher war, stehengeblieben zu sein, rückte die Mauer stetig heran. Für länger, als sich Sharrow zurückzuerinnern vermochte, hatte sie sich völlig aufs Marschieren konzentriert; es war ihr komplettes Universum gewesen, ihre Wesensart, ihr gesamter Daseinsgrund, aber dann hatte sie schließlich angehalten, und trotzdem bewegte sich diese Mauer unverwandt auf sie zu. Inzwischen war sie sehr nahe, so daß Sharrow zwischen den einzelnen Mauersteinen gefrorene Wasserrinnsale unterschied, ferner etwas, das nach unter Reif erstarrten, winzigen Pflänzchen aussah. Sie achtete darauf, ob sich da oder dort Cenuijs Auge bemerken ließ, das sie zweifellos von der Rückseite aus beobachtete. Auch jemand anderes mußte jetzt die Mauer gesehen haben, denn Sharrow hörte von irgendwo fernab einen Zuruf.

Die Mauer rammte sie. Es hatte den Anschein, daß zur Sicherheit davor ein Geländer verlief, trotzdem knallte Sharrows Kopf gegen die Mauer, und sofort umhüllte sie Finsternis.

Im selben Augenblick, als Miz' Ausruf erscholl, sah der Android Sharrow zusammensacken und sprang vor. Sie noch regelrecht auffangen zu können, hatte er keine Aussicht, aber er war nahe genug, um ein Bein waagerecht anzuheben und einen Fuß unter ihren Oberkörper zu strecken, dadurch ihren Sturz zu verlangsamen, ehe sie infolge des eigenen Gewichts aufs steinige Ufer sank und reglos liegen blieb, das Gesicht im Kies.

Feril, der aus der Balance geraten war, vollführte einen Hüpfer, kniete sich dann zu den Teamgefährten, die sich unverzüglich um Sharrow scharten.

»Ist sie verletzt?« fragte Miz, während Zefla und Dloan die Niedergesunkene behutsam auf den Rücken wälzten. Ihre Wange und die Stirn hatten je eine kleine Schramme abbekommen. Sharrows Gesicht wirkte gealtert und aufgedunsen. Schlaff stand der Mund offen. Miz streifte ihr den rechten Handschuh ab und massierte die Hand. Feril betastete ihre Linke.

»Sie liegt im Nassen«, sagte Zefla. »Wir schaffen sie lieber unter die Bäume.«

Das Grüppchen trug Sharrow in den Wald und streckte sie auf der Erde aus. Feril strich nochmals mit den Fingern über den ungewöhnlich straffen linken Handschuh. »Anscheinend liegt eine Beeinträchtigung der linken Hand vor«, meinte der Android.

Nun warfen auch die anderen einen Blick auf den Handschuh. »Vor ein paar Tagen hat sie sich die Hand aufgeschlitzt«, entsann sich Zefla. Dloan versuchte den Handschuh herunterzuziehen.

Schließlich mußten sie ihn aufschneiden. Die Hand war geschwollen und blaurot verfärbt; die Verletzung eiterte unter einem kleinen, gänzlich durchnäßten Pflaster. Miz schnitt eine Grimasse.

Zefla atmete tief durch. »Ach, ach«, seufzte sie. »Ach, du dummes Ding ...« Sie berührte die verquollene Haut. Sharrow stöhnte.

Dloan zückte die Laserpistole, klappte den Griff auf und adjustierte die Grundeinstellungen.

»Was willst du damit?« fragte Miz, während er die Waffe anstarrte.

Dloan schloß den Griff, wandte sich zur Seite und gab einen Laserschuß in den Nadelteppich des Waldbodens ab; ein winziges Pünktchen roter Glut glomm auf. Offenbar war Dloan zufrieden, er desaktivierte die Waffe.

»Das ist 'ne Vergiftung«, stellte er fest, nahm Sharrows Hand und legte sie so flach wie möglich auf den Untergrund. »Habt ihr ein Antiseptikum? Und Verbandszeug?«

Zefla kramte in Sharrows Handtasche. »Hier«, sagte sie.

»Kann sein, sie wird davon wach«, meinte Dloan, kniete so hin, daß er Sharrows Linke gut im Griff hatte. »Wollt ihr sie lieber festhalten?«

»Scheiße«, nuschelte Miz, umfaßte Sharrows Füße. Feril packte ihre andere Hand und drückte ihre Schultern nieder. Zefla breitete eine Hand über Sharrows Stirn.

Dloan zielte mit der Laserpistole auf die Handverletzung und betätigte den Auslöser. Erst rötete sich das Fleisch, dann wurde es schwarz und platzte, klaffte auf wie die Haut einer fauligen Frucht. Sharrow stöhnte und wand sich, während Eiter herausquoll, in der Hitze des Lasers köchelte und dampfte. Miz wandte den Blick ab.

Zefla schaukelte vor und zurück, streichelte Sharrows Stirn und Wangen. Zwar verzog Dloan die Miene und verdrehte die Augen, als ihm die Dämpfe, die aus der Wunde aufstiegen, in die Nase drangen, ließ jedoch den Laser auf Sharrows Hand gerichtet, verlängerte den eingebrannten Schnitt. Fasziniert schaute der Android zu, während die Frau unter seinen Armen stöhnte und sich schwächlich regte.

Das Team entfachte ein Lagerfeuer. Zefla hatte noch ein letztes, von ihr aufbewahrtes Eckchen eines Verpflegungsriegels. Nachdem Dloan es mit dem Laser erwärmt hatte, versuchte Zefla die Besinnungslose damit zu füttern. Sie erhitzten in der Vertiefung eines Steins etwas Wasser, tauchten ein Halstuch hinein und träufelten Sharrow Flüssigkeit ein. Ihr Gesicht schwoll ein wenig ab, und nach einem Weilchen atmete sie langsamer und tiefer. Aus der Bewußtlosigkeit dämmerte sie hinüber in etwas ähnliches wie Schlaf. Am Lagerplatz verbreitete sich der Geruch des Antiseptikums.

Seit Verlassen des vorherigen Lagers hatte die Gruppe lediglich zehn Kilometer zurückgelegt. Bis zu dem Turm am Ende des Fjords mußten noch dreißig Kilometer bewältigt werden. Ferils Ansicht lautete, die Geländebeschaffenheit auf der Gegenüberseite des Fjords müßte die Solipsisten erheblich aufhalten; trotzdem war ein knapper Ausgang des Wettmarschs abzusehen, zumal der Android zwar die Ohnmächtige bis zur nächsten Marschpause tragen konnte, aber kurz nach Anbruch der Dunkelheit mußte er, wollte er rechtzeitig an der Fjordmündung eintreffen, um mit dem U-Boot Kontakt aufzunehmen, den Rückweg antreten.

»Ich glaube, wir haben keine große Wahl«, sagte Miz. Ihm war vom Zuschauen bei der Operation, die sie an

Sharrows vereiterter Hand vorgenommen hatten, noch flau im Magen. Außerdem schmerzten ihn die Füße, und sein Magen fühlte sich an, als fräße er sich selbst. Vor Hunger schwindelte und fröstelte es Miz. Er konnte an nichts anderes als Essen mehr denken. Doch wenigstens lenkten die Beschwerden, die er beim Gehen auszustehen hatte, ihn in gewissem Maße von seinem leeren Bauch ab.

»Sind Sie sicher, daß Sie Sharrow ohne irgendwelche Nachteile so weit tragen können?« fragte Zefla den Androiden.

»Ja.«

»Ich kann Sie ablösen«, sagte Dloan.

Feril schwieg kurz. »Danke«, gab er schließlich zur Antwort.

»Na gut«, meinte Zefla. Sie schlang sich Sharrows Handtasche um. »Also vorwärts!«

Die kleine Personengruppe marschierte unter einem düsteren, tiefverhangenen Himmel das kalte, graue Ufer entlang. Leichtfüßig, ja sogar mit einer gewissen Anmut schritt die vorderste Gestalt voran; die zweite Person wirkte eigentlich zu zierlich, um die Last, die sie auf den Armen trug, derartig mühelos, wie sie es anscheinend schaffte, befördern zu können; die beiden letzten Leute hinkten.

Über ihnen schüttete der eisengraue Himmel die ersten winzigen Schneeflöckchen herab.

Von der Höhe einer Steilklippe aus beobachtete Elson Roa das Grüppchen durch einen Hochleistungsfeldstecher. Er sah, wie die erste Person der auf der anderen Seite des Fjords befindlichen Gruppe einer Tasche einen Gegenstand entnahm, für einen Moment anhielt und ihn betrachtete; dann schob sie den Gegenstand zurück in die Tasche.

Roa schaltete die Stabilisatoren des Feldstechers ab, lauschte auf ihr Surren, das langsam verklang, während sich der Himmel über dem Fjord allmählich mit Schnee füllte, ein lautloses, grauweißes Wirbeln ihm zusehends die Sicht verwehrte. Die Scharfschützin an seiner Seite blickte nochmals auf die Entfernungsangabe ihres Gewehrs schüttelte den Kopf und schnalzte mit der Zunge.

Roa schaute sich in die Richtung um, wo voller Tatendrang seine kernige Truppe stand und wartete. Von der trüben Wolkendecke zwischen den Bergen des Fjords trieben Schneeflocken herunter, senkten sich sachte auf ihre verschmutzten, aber unverändert farbenfreudigen Uniformen.

Das Team schleppte sich durch eine begrenzte Welt; die Sicht beschränkte sich auf einen Umkreis von etwa zehn Metern, in dem es nichts als Waldrand, steiniges Ufer und flaches Wasser zu sehen gab. Ununterbrochen sprenkelten im Fjord weiße Flocken den schwärzlichen Ausschnitt des Wasserspiegels, der sich jeweils im Blickfeld befand, und verschwanden in derselben Sekunde, in der sie das Dunkel der von keinen Wellen mehr gekräuselten Fluten berührten. Wo die Schneeflocken auf den Untergrund fielen, lagen sie nur einen Moment lang unversehrt zwischen Steinen und Kieseln, bevor sie schmolzen. Das Blau des Himmels war gänzlich unsichtbar geworden; statt dessen lastete in unbestimmbarer Höhe, wo das Gestöber des gräulichweißen Schnees aus einer geschlossenen, geballten, in ständigem, chaotischem Wallen und Brodeln begriffenen Dunstschicht herabrieselte, eine durchgehende Wolkendecke auf dem Fjord.

Feril folgte Zefla Franck, indem er seine Füße in ihre Fußstapfen setzte. Lady Sharrow, die er auf den Armen trug, bedeutete für ihn ein nur geringes Gewicht; es verlangte ihm kaum mehr ab, als sich beim Gehen ein wenig nach hinten zu lehnen, um den Schwerpunkt in der Mitte zu behalten, und der Android hätte, wäre es nötig geworden, ohne zeitliche Beschränkung so weitermarschieren können. Obwohl es nicht viel zu sehen gab, beobachtete er die Umgebung. Ebenfalls erhielt er die Audioüberwachung aufrecht und lauschte auf etwaige sonderbare Geräusche.

Vor dem Weitermarsch war Lady Sharrow die Kapuze ihrer Jacke übers Gesicht gelegt worden; als Feril einmal die Verletzte anschaute, sah er jedoch, daß die Kapuze mittlerweile zur Seite gerutscht war und der Schlafenden Schneeflocken ins Gesicht fielen. Sobald die sanften, weißen Kristallgebilde sich auf ihre Wangen gesenkt hatten, verwandelten sie sich in winzige Nässetropfen. Blieben sie allerdings in ihren Wimpern hängen, bewahrten sie ihren Zustand immerhin so lange, daß der Android die Umrisse der einzelnen Kristalle unterscheiden konnte, ehe die Körperwärme auch sie schmolz und die Feuchtigkeit in die Hautfalten der Augen sickerte, als glitzerten dort Tränen.

Feril betrachtete Lady Sharrow einen Moment lang, dann breitete er ihr die Kapuze zum Schutz wieder übers Gesicht.

Nun hinterließ Zefla Franck im Schnee Fußabdrücke; inzwischen verteilte sich das Weiß, das vom bedeckten, wolkenverhangenen Himmel herabschneite, auf dem Untergrund, sammelte sich Flöckchen um Flöckchen auf Steinen, Kieseln sowie der groben Rinde der Bäume des Waldrands, schlug über gefrorene Rinnsale und Bodenspalten kleine, pulverige Brückchen, die aus Flaum zu bestehen schienen.

Allmählich wurde das Ufer zu steil und der Schneefall zu stark; das Team kehrte in den Wald zurück, zog unter den Bäumen weiter, die zumindest einen Teil des Flockengestöbers fernhielten, doch wie zur Abwechslung plumpsten dafür ab und zu dickere Schneeklumpen aus dem Blätterdach durchs Geäst herab auf den Waldboden.

Mit dem Laser bahnte Zefla Franck eine Gasse

durchs Gewirr aus Unterholz und herabgestürzten Ästen, hinterließ mit einer Wolke aus Qualm und Dampf auch den beißenden Geruch nach verbranntem Holz.

Gelegentlich stieß Lady Sharrow ein leises Wimmern aus und krümmte sich auf Ferils Armen.

Sie marschierten, bis es fürs bloße menschliche Augenlicht zum Sehen zu dunkel geworden war, dann legten sie die nächste Rast ein. Lady Sharrow schlief noch, Zefla Franck saß still da, Miz Gattse Kuma klagte über seine Füße, und Dloan Franck wiederholte sein Angebot, Lady Sharrow zu tragen. Feril erklärte, das sei überflüssig. Einige Zeit später setzten sie, da alle außer Dloan Franck über Nachtsichtinstrumente verfügten, den Marsch von neuem fort. Er hielt sich dicht hinter Miz Gattse Kuma. Das Schneetreiben ebbte etwas ab, gewann aber bald wieder an Stärke.

Feril beobachtete, daß Zefla Francks bisher ausbalancierte, geschmeidige Gangart immer wackeliger und unsicherer wurde und hinter ihm Miz Gattse Kuma zunehmend mühsamer und röchelnder atmete. Dloan Franck rutschte zweimal aus und fiel hin. Nur noch neun Kilometer trennten sie vom Ende des Fjords, führten allerdings durch rauhes Gelände mit spürbaren Steigungen. Der Android schlug vor, den Marsch für heute zu beenden und das Lager aufzubauen.

Ausgelaugt hockte sich das SNA-Team auf einen umgestürzten Baumstamm. Lady Sharrow lag quer auf den Knien der Gruppe, ihr Kopf ruhte in Zefla Francks Armen. Feril sammelte Holz und entzündete mit einer Laserpistole ein Feuer. Anschließend errichtete er das Zelt. Lady Sharrow wurde hineingebracht; Zefla Franck hüllte sie in die Decke. Miz Gattse Kuma und Dloan Franck kauerten sich ans Lagerfeuer.

»Ich könnte die letzten neuntausend Meter mit Lady Sharrow vorauseilen«, unterbreitete Feril einen neuen

Vorschlag, sobald auch er am Feuer Platz genommen hatte. »Auch wenn sie bis zur Ankunft nicht erwacht, besteht doch die Aussicht, daß ihr Handteller, lege ich ihn auf eine der Scannerflächen in den Steinpfosten, uns zum Turm Zutritt verschafft.«

Zunächst erregten die Menschen den Eindruck, als hätte keiner von ihnen noch die Kraft zum Antworten; sie starrten nur in die Flammen der Feuerstelle. Schneeflocken wehten auf die Glut herab, gerieten in die aufsteigende Warmluft und stoben fort. Anscheinend ließ der Schneefall wieder nach.

»Eine Alternative wäre«, fügte Feril hinzu, »daß ich zur Küste umkehre und das U-Boot anfunke. Dann müßte ich allerdings nun aufbrechen.«

»Oder du hältst hier Wache«, sagte Zefla Franck, die im Zelt Lady Sharrow die Handtasche als Kissen unter den Nacken schob.

»Oder er läuft noch einmal zum Turm voraus«, regte Dloan Franck an. »Mit einer Waffe könnte es ihm gelingen, die Solipsisten für eine Weile aufzuhalten.«

»Ich bin noch immer der Meinung,«, erklärte Miz Gattse Kuma, »wir sollten Verbindung nach außen aufnehmen. Das U-Boot soll uns Luftunterstützung verschaffen. Verdammt noch mal, die Zollpatrouille hat sich um Roas riesiges Flugboot nicht geschert, und wir bräuchten als Hilfe nur ein einziges Scheißbombenflugzeug.«

»Kein Mensch, der bei Verstand ist, würd's fliegen«, erwiderte Zefla Franck, die sich davon überzeugt hatte, daß Lady Sharrow bequem lag. Sie setzte sich auf die andere Seite des Lagerfeuers; nun klang ihre Stimme, weil die Säule aus erhitzter Luft, die zwischen ihr und Feril emporstieg, sie verzerrte, als käme sie aus der Ferne. »Also, es wäre vorteilhaft, mit der Außenwelt in Kontakt zu treten, es wäre gut, in der Nacht eine Wache zu haben, und wir müssen die Solipsisten vom Turm fernhalten, damit Roa uns nicht zuvorkommt.«

»Jede dieser Erwägungen ist durchführbar«, versicherte Feril. »Welche davon soll ich verwirklichen?«

Die Menschen musterten einander; dann blickte jeder von ihnen hinüber zu Lady Sharrow, die eingewickelt wie ein Bündel im Zelt schlief.

»Stimmen wir doch ab«, empfahl Zefla Franck. »Ich sage ... Ach, laßt uns den Turm schützen.«

Dloan nickte. »Ich bin auch dafür.«

Miz Gattse Kuma gab ein Zischen von sich und schaute zur Seite.

»Feril?« fragte Zefla Franck.

»Ja?« Feril sah sie an.

»Was ist mit Ihnen?«

»Was ...? Ach so. Ich enthalte mich.«

Zefla Franck warf erneut einen Blick auf das Zelt. »Also wird der Turm vor den Solipsisten geschützt.«

Die Gruppe händigte dem Androiden eine Laserpistole aus. Es schneite nicht mehr, und der Himmel neigte zum Aufklaren.

Der Wasserspiegel des Fjords wirkte pechschwarz. Hellerhur verstrahlte lichten, blauen Glanz, die gewölbte Scheibe des Mondes schimmerte jetzt zwischen den Wolken, warf geisterhaft silbrigen Schein auf die Berge und Dutzende von kleinen, schneebedeckten Inselchen. Am nördlichen Himmel, in der Richtung des Äquators, glitzerte Schrottlicht. Am anderen Ufer des Wassers ließen sich keine Feuer erkennen.

Schnell und lautlos lief der Android durch den Wald zum Turm.

22

Turm des Schweigens

Mitten in der Nacht erwachte Zefla mit voller Blase. Sie hatte den Hunger zu unterdrücken versucht, indem sie erhebliche Mengen aus geschmolzenem Schnee gewonnener Flüssigkeit trank. Miz hatte davon geredet, ein Loch in die Eisdecke eines zugefrorenen Bachs zu hacken und zu angeln, war jedoch eingeschlafen.

Weil es zwischen Dloan und Sharrow behaglich warm war, verspürte Zefla keine Lust zum Verlassen des Zelts, aber sie wußte, daß ihr keine Wahl blieb. Sie sah nach Sharrow, die ruhig atmete, dann ging sie behutsam, auf allen vieren, von den beiden auf Abstand, raffte sich so rücksichtsvoll auf, wie es sich in der Enge durchführen ließ, und schlüpfte zum Zelt hinaus. Hinter ihr brabbelte jemand etwas, wahrscheinlich Miz, der mit dem Maschinengewehr im Arm schlief. »Entschuldigung«, flüsterte Zefla.

Noch glühte das Lagerfeuer, spendete genügend Helligkeit, so daß sich Zefla ohne Nachtsichtbrille orientieren konnte. Die Schneedecke dämpfte ihre Schritte, während sie ein Gefälle hinabtappte und sich in Ufernähe zum Urinieren zwischen die Bäume hockte. Still, kalt und klar war die Nacht. In der Umgebung hörte Zefla eine Reihe dumpfer Geräusche, von denen sie vermutete, daß sie durch Schnee entstanden, der von Ästen fiel.

Sie stand auf und schloß ihre Wanderkluft. Im Mondschein gerade noch sichtbarer Dampf stieg unter ihr empor. Groß und silbern stand Hellerhur über den Bergen auf der Gegenüberseite des Fjords, mußte jedoch bald untergehen. Einige Augenblicke lang betrachtete Zefla den Mond, dachte daran, wie schön es hier war, und wünschte, die fortdauernden Muskelbeschwerden, der ständige Hunger und die unablässige Furcht, die das Gefühl in ihrem Magen noch mulmiger machte, verschwänden, damit sie die Schönheit der hiesigen Natur genießen könnte.

Schließlich wandte sie sich ab und kehrte zum Lagerplatz um.

Sie sah die zwei Gestalten ungefähr zwanzig Meter vom Zelt entfernt. Sie trugen mattschwarze Kleidung, die auch das Gesicht bedeckte, und hatten jeder eine leichte Schußwaffe. Langsam schlichen sie aus der Richtung, in der das Ende des Fjords lag, über eine flache Geländewelle auf das Zelt zu.

Zeflas Gedanken rasten. Ihre Waffe hatte sie im Zelt gelassen. Noch hatten die beiden Gestalten nicht geschossen, aber sie befanden sich unzweifelhaft in Schußweite und mußten schon gesehen haben, daß niemand Wache hielt. Dagegen hatten sie Zefla offenbar nicht bemerkt. Aber falls sie einfach einen Warnruf ausstieß, um Miz und Dloan zu wecken, konnte die Folge sein, daß die Fremden kurzerhand das Zelt gänzlich durchsiebten.

Zefla wich zurück, lief geduckt hangabwärts und schlug einen Bogen, um hinter sie zu gelangen. Sie versuchte möglichst leise zu sein, stolperte zwar zweimal über halb freiliegende Wurzeln, verursachte jedoch kein nennenswertes Geräusch. Gleich darauf erreichte sie die Rückseite der Geländewelle und eilte gebückt die Steigung hinauf.

Unmittelbar vor ihr lauerten die zwei Schwarzvermummten, näherten sich unvermindert verstohlen dem Zelt. Einen Moment lang wartete Zefla ab, wo sie stand, um Atem zu schöpfen, atmete mit weit geöffnetem Mund, um hörbares Keuchen und Schnaufen zu vermeiden.

Die zwei Gestalten trennten sich; die eine blieb stehen und ging, die Waffe auf das Zelt gerichtet, ins Knie, während die andere im Bogen weiter aufs Zelt zuhielt.

Zefla streifte beide Handschuhe ab, legte sie in den Schnee und bewegte sich hangabwärts, die Hände vor sich ausgestreckt, auf den Knienden zu. Ihre Kehle kratzte, wahrscheinlich infolge des angestrengten Atmens. Verdammt, Mädchen, ermahnte sie sich, jetzt ist kein günstiger Zeitpunkt, um zu husten, zu niesen oder Schluckauf zu bekommen … Als sie fünf Meter hinter dem Hingeknieten war, fielen in der Restglut des Lagerfeuers verkohlte Zweige mit einem Knacken zusammen, und ein Schwarm orangeroter Funken stob in die Luft.

Augenblicklich erstarrte Zefla. Das gleiche tat die Person, die zum Zelt huschte. Falls sie sich umdrehte, um zu dem Niedergeknieten vor Zefla herüberzuschauen, mußte sie zwangsläufig auch sie sehen. Um sich auf den Knieenden stürzen zu können, war Zefla ihm noch nicht nahe genug. Pochenden Herzens beobachtete sie die Gestalt, die unterwegs war zum Zelt.

Zum Glück blieb deren Blick auf das Zelt gerichtet, während sie langsam vorwärtsschlich. Zefla empfand gelinde Erleichterung, bewegte sich wieder vorsichtig, indem sie lautlos Atem holte, auf den hinteren Schwarzgekleideten zu. Inzwischen war das Kratzen in ihrem Hals erträglich. Nur noch vier Meter. Sie konnte diesen Bewaffneten erreichen, ehe der andere zum Zelt gelangte. Drei Meter.

Ohne Vorwarnung plumpste direkt hinter ihrem Rücken Schnee von einem Baum.

Sie hörte es, straffte sich ruckartig, weil sie im ersten Schreck glaubte, hinter ihr wäre ein dritter Angreifer aufgekreuzt, aber dann, sobald sie die Wahrheit erkannte – und wußte, es war zu spät –, sprang sie mit einem Kampfschrei auf den vor ihr befindlichen Gegner zu, der herumwirbelte, die Waffe hochriß und, während er sich zur Seite warf, auf sie schoß.

Miz erwachte aus einem Traum. Er hatte gespürt, daß jemand das Zelt verließ. Seine Gliedmaßen waren steif, er fühlte sich völlig zerschlagen und hatte unglaublichen Hunger. Selbst im Schlaf hatte er das Maschinengewehr im Arm behalten. Soeben wollte er Schultern und Arme in eine andere Stellung legen, da hörte er ein Rauschen und Plumpsen, dem sofort ein Schrei und zwei Schüsse folgten. Er zerrte den Zeltverschluß auf und sah unmittelbar davor eine Gestalt in Schwarz, die gerade zur Seite blickte, in der nächsten Sekunde jedoch den Kopf drehte und mit der Waffe auf den Zelteingang zielte.

Beim Einschlafen hatte er von genau so einer Situation geträumt; sein Daumen kippte den Sicherungshebel einen Sekundenbruchteil, bevor er den Abzug drückte. Das MG bebte und belferte in seinen Armen, der Rückstoß drängte ihn rückwärts, aber die Geschoßgarbe schleuderte den Angreifer hintenüber, sein Schuß fuhr in die Baumwipfel.

Miz schwang sich aus dem Zelt. Er merkte, daß sich Dloan anschloß.

Außer dem Niedergeschossenen lag eine zweite Gestalt im Schnee, ferner gewahrte Miz Bewegung in Richtung Ufer. Er eilte dem Fliehenden nach. Der Schwarzgekleidete ließ seine Schußwaffe fallen, sprang ins Wasser und schwamm einige Sekunden lang, dann tauchte er, verschwand in einem schwärzlichen Strudeln vom Mondschein aufgehellten Wassers.

Mit dem Maschinengewehr legte Miz auf die Stelle an, wo die schwarze Erscheinung verschwunden war, hob die Waffe geringfügig an. Sekunden später entstand leicht seitlich der Richtung, in die er zielte, in den Fluten eine leichte Turbulenz; er schwenkte den Lauf und feuerte, beschrieb mit der Waffe einen kleinen

Kreis, als wäre es seine Absicht, im Wasser zu rühren, aus dem Fontänen aufspritzten. Er schoß den angehängten Munitionskasten leer, und das MG verstummte.

Miz entsann sich der Nachtsichtbrille und schob sie über die Augen. Der Körper im Wasser verströmte dunkle, verwaschene Wärme.

Miz schmiß das Maschinengewehr zu Boden, nahm es aber wieder an sich und kehrte zum Zelt um, bebte am ganzen Leib. Im Moment zuvor war ihm eingefallen, daß die Gestalt, die er im Schnee liegen gesehen hatte, Wanderkleidung trug, und Zefla war nicht im Zelt gewesen.

Mit einem flauen Gefühl im Magen, das schlimmer war als der Hunger, lief er erst, dann rannte er die Erhebung hinauf, hinter der das Zelt stand.

Der Lärm hatte auch Sharrow geweckt. Zunächst blieb sie noch ziemlich beduselt; da sah sie Zeflas fahle, in der Bewußtlosigkeit erschlaffte Gesichtszüge, das Blut, das aus den Wunden an Brust und Kopf rann.

Inzwischen hatten sie die Rolle getauscht. Jetzt kniete Sharrow im Zelt und kümmerte sich um Zefla, die stoßweise atmete und merklich zitterte. Dloan schaute zu, schlotterte stärker als seine Schwester. Er hielt ihre Hand und starrte ihr aus aufgerissenen, schreckerfüllten Augen ins Gesicht.

»Du mußt Hilfe anfordern«, sagte Sharrow zu Miz.

»Was?« fragte er verdutzt.

»Natürlich«, rief Dloan. Plötzlich glänzten seine Augen. »Die Zollpatrouille. Wir müssen die Zollpatrouille rufen.«

»Aber ...«, setzte Miz zu einem Einwand an, ehe er den Blick von Sharrow auf Zefla heftete. Er schüttelte den Kopf. »O verdammt«, stöhnte er, holte das Telefon aus der Tasche, klappte es auf. Nachdem er mehrere Tasten gedrückt hatte, verdüsterte sich seine Miene.

Dloan bemerkte seinen Gesichtsausdruck und suchte mit geweiteten Augen das eigene TaschenFon heraus. Sharrow entnahm ihr Gerät der Handtasche und wühlte nach Zeflas Apparat.

Keines der Telefone funktionierte; man hätte meinen können, sie wären von der Welt abgeschnitten worden.

Für Zefla konnten sie kaum etwas tun. Eine Kugel hatte ihren Brustkorb durchschlagen und eine Lunge durchbohrt; aus der Einschußwunde an der Körpervorderseite blubberten bei jedem Atemzug blutige Blasen. Das Geschoß, von dem ihr Kopf getroffen worden war, hatte an der Schläfe eine lange, einen Zentimeter tiefe Kerbe hinterlassen, deren Ränder winzige Knochensplitter säumten. Mit bloßem Auge ließ sich nicht feststellen, ob die Kugel in den Schädel eingedrungen war oder ihn nur gestreift hatte. Sie sprühten Antiseptikum auf die Verletzungen und verbanden sie.

Zwanzig Minuten später kehrte Feril an den Lagerplatz zurück. Noch in der Nachbarschaft des Turms hatte er die Schüsse hören können. Mit seiner eingebauten Funkanlage sandte er einen Not- und Hilferuf ab, doch gab es wenig Aussicht, daß jemand ihn auffing, außer irgendwer horchte zur Zeit absichtlich die Gegend des Fjords über einen Observationssatelliten ab.

Mit äußerster Behutsamkeit legte er die Hände um Zefla Francks Kopf und befühlte ihn sorgfältig; die Untersuchung befähigte ihn zu der Aussage, daß im Bereich des Hinterkopfs eine Kugel im Schädel stak.

Anschließend schlug der Android vor, nun Wache zu stehen. Miz Gattse Kuma überließ ihm das Maschinengewehr. Feril schloß das Zelt, in dem die übriggebliebenen SNA-Teamangehörigen sich um die Schwerverletzte kümmerten, so gut es ging, von außen.

Jetzt sah er ein, er hätte zuvor, als ein Entschluß erforderlich gewesen war, doch seine Meinung aussprechen, darauf dringen sollen, daß man ihn als Wache am

Lager beließ; aber er hatte das Empfinden gehabt, es sei nicht seine Sache, die Entscheidungen dieser Menschen zu beeinflussen. Sie hatten schon ihre Erfahrungen mit derartigen Aktionen, setzten ihr Leben vollständiger als er aufs Spiel, und er hatte nicht anmaßend oder besserwisserisch wirken mögen.

Narr, schalt er sich nun, indem er das MG entsicherte. Narr. Du bist ein Narr, Feril, ein Narr.

Knapp unterhalb der Höhe der niedrigen Geländewelle, die an den Lagerplatz grenzte, kauerte er sich in einen Haufen frisch gefallenen Schnees, hielt die Waffe schußbereit, bis bitterkalt die Morgendämmerung anbrach.

In aller Morgenfrühe, kurz nach dem Hellwerden, wurde der Marsch erneut aufgenommen, allerdings blieb Dloan bei Zefla im Zelt zurück. Zefla atmete nach wie vor sehr flach. Der Brustverband war in nasses Rot getränkt. Man mußte ihren Kopf ständig zur Seite drehen, damit sie Blut aushusten konnte, ohne daran zu ersticken. Dloan saß mit weiten, kindlich-furchtsamen Augen bei ihr, redete leise auf Zefla ein und streichelte ihre Hände.

»Sie erholt sich, gar keine Frage«, beteuerte Sharrow ihrem Bruder, ohne es zu glauben; aber sie sah keine andere Möglichkeit, um seine Verzweiflung zu lindern. In dieser Situation wirkte der hünenhafte Mann, als wäre er gerade einmal fünf Jahre alt.

Dloan schwieg, sah Sharrow nur an, ein schwaches, zittriges Lächeln im Gesicht, streichelte unablässig Zeflas Hände. Sharrow strich mit der Rechten über Zeflas bleiches, heißes Gesicht und die Wangen.

»Du hältst uns durch, hm, Mädchen?« meinte Sharrow, bemühte sich zu vermeiden, daß ihre Stimme erstickt klang; danach verließ sie das Zelt und ging – noch leicht tatterig – zu Miz und Feril, die nahebei im Freien warteten.

Sie zögerte, trat dann sie zu dem Leichnam, der direkt gegenüber des Zelteingangs am Hang der Geländewelle lag. MG-Garben hatten die Person beinahe entzweigesägt. Sharrow zog, wobei sie sich an Keteo erinnerte, der Leiche die schwarze Maske vom Gesicht. Sie blickte ins Gesicht einer Frau.

Auch diesmal dachte sie zuerst, sie nicht zu kennen; da jedoch fiel ihr die Frau ein, die sie in Vembyr, während der Auktion und im Hafen, an Roas Seite gesehen hatte. Es war dieselbe Frau. Sharrow ließ die Maske über das Gesicht zurückrutschen, gesellte sich zu Miz und Feril.

»Gehen wir«, sagte sie.

Unter einem milchig-diesigen Himmel marschierten sie weiter durch den stillen Wald, in dem die Schneemassen jeden Laut, jedes Geräusch dämpften.

Auf seinem Erkundungsgang hatte Feril den schnellsten Weg zum Turm herausgefunden. Trotz der Steigung des Geländes behielt das Trio durch die rauhe Umgebung aus im Frost geborstenen Felsen und vom Wind gezausten, entstellten Bäumen das zügigste Marschtempo bei. Lady Sharrow verkraftete die Strapaze, bis der Android sie taumeln und um Atem ringen sah; daraufhin bot er ihr an, sie zu tragen.

Im ersten Moment gab die Lady keine Antwort. Sie stand da und atmete schwer, die verbundene Linke baumelte an ihrer Körperseite. Zunächst schien es, sie hätte seinen Vorschlag mißverstanden, doch dann nickte sie.

Mühelos hob Feril sie auf die Arme und schritt voraus. Miz Gattse Kuma konnte nur mit Mühe mithalten; die kalte Luft rasselte regelrecht durch seine Kehle, ihm bebten vor Hunger und Müdigkeit die geschwächten Beine.

Bis zum Turm waren es noch fünfzehnhundert Meter, als sie mit einem Mal voraus das Getöse eines Feuergefechts hörten.

Kurz hielt das Trio an. Lady Sharrow schwang sich von den Armen des Androiden hinunter. Maschinenwaffen hämmerten, Laserschüsse prasselten. Dumpfe Explosionen dröhnten, die von Hand- oder Mörsergranaten stammen mochten, dazu krachte reihenweise scharfes Geknatter, möglicherweise von Kanistergeschossen. Ringsum brachten die Erschütterungen die Bäume zum Zittern, pulveriger Schnee stäubte herab.

»Was ist denn«, schnaufte Miz Gattse Kuma, »auf einmal *das*?« Vor seinem Gesicht kondensierte der Atem. »Die Solipsisten können doch nicht … plötzlich *so* ein Arsenal … zur Verfügung haben, oder?«

»Ich glaube«, antwortete Feril, »ich habe Düsentriebwerke gehört.«

Die Schießerei und Detonationen verstummten, die Echos verhallten langsam, bis zwischen den Bergen wieder Stille herrschte.

Eine Weile lang lauschten die drei noch, aber schließlich zuckte Lady Sharrow die Achseln. »Es gibt wohl nur eine Möglichkeit, um zu erfahren, was sich dort abgespielt hat.« Sie schaute sich in die Richtung um, aus der sie kamen, als versuchte sie das Zelt zu erspähen. Als Feril ihr die Hände entgegenstreckte, ließ sie sich wieder auf seine Arme heben.

Wenige Augenblicke später sah man voraus hinter den Bäumen Rauch aufsteigen, lautlos an den ruhig gewordenen Himmel emporquellen, sich ausbreiten und wie ein gewaltiger Fächer die glänzende Weite über den Berggipfeln verdüstern.

Eine Stunde später erreichten sie den Standort des Turms.

Vierhundert Meter vor dem Turm endete der Wald; ein Abhang führte in eine mit einem Meer von Binsen bewucherte Sumpffläche hinab. Das Bauwerk, der stämmige Turm auf einem mit einer niedrigen Brüstung ummauerten Sockel, sah genauso aus, wie es der

Android beschrieben hatte, stand am geradlinigen Innenufer des Fjords, auf der anderen Seite gesäumt von einer verzweigten Flußmündung.

Vom Waldrand aus bot sich ein Anblick der Vernichtung. Brandherde, Leichen und zerstörte Fahrzeuge übersäten das gesamte Gebiet rund um den Turm. Neben ihren Spiegelbildern auf der ebenen Wasserfläche des Fjords ruhten die verrotteten Aufbauten mehrerer Boote.

Zuerst bereitete es Schwierigkeiten, alte Wracks von den Überresten des neuen Gefechts zu unterscheiden, doch der Android wies zur Verdeutlichung auf eine lange Reihe Toter, die von einer Lücke zwischen den Bäumen auf der anderen Seite des Flußdeltas bis an den Turm verlief. Aus mehreren Leichnamen wallte noch Qualm.

»Sind das die Solipsisten?« fragte Miz den Androiden. Die Mehrzahl der erst vor einer Stunde Umgekommenen war viel zu schwarz verkohlt, als daß sich noch Kleidung hätte erkennen lassen.

Es dauerte einen Moment, bevor Feril antwortete.

»Ja«, sagte er schließlich.

Die beiden abgesetzten Solipsisten-Fallschirmspringer waren ebenfalls – abermals – unter Beschuß genommen worden, denn auch ihre Leichen qualmten, doch waren sie anhand der Schilderung des Androiden noch kenntlich. Im Wind roch Sharrow den Gestank der vereinzelten Totenfeuer und verspürte Brechreiz. An der nahegelegensten Ecke des Steinunterbaus, auf dem der Turm stand, war ein einzelner Toter mit noch grellbunter Kluft zu sehen.

»Wer hat das *angerichtet*?« fragte Sharrow. »Ausschließlich die Abwehr des Turms?«

Der Android streckte eine Hand aus und zeigte auf den Waldabschnitt hinter dem Turmgrundstück, doch mit einem Mal neigte sein Arm zum Absinken.

»Ich glaube ...«, fing er mit ungewohnt leiser Stimme

an, dann fiel er schlaff vornüber, prallte ins Gras und rollte, indem seine Glieder umherschlugen, ein Stück weit hangabwärts.

»Was ...?« entfuhr es Miz, der mit Sharrow zu dem Androiden sprang.

Sie hoben Ferils Kopf an.

»Verdammt«, rief Sharrow. »Wie weckt man so jemanden auf?«

»Schalter sehe ich keine«, antwortete Miz. »Hältst du das für normal? Ich meine, könnte es vielleicht 'n androidentechnischer Defekt sein? Nicht?«

Sharrow ließ den Blick über die schweigenden Berge schweifen, die Niederung und das Flußdelta. »Nein«, meinte sie. »Nein, ich glaube nicht.«

Sie und Miz sahen sich an. Miz' Gesicht wirkte grau und zeugte von tiefer Zermürbung. Noch nie hatte Sharrow ihn in einem Zustand solcher Entkräftung erlebt, nie zuvor hatte er so gealtert gewirkt. Am liebsten hätte sie nun seinen Kopf zwischen ihre Hände genommen und sein armes Gesicht geküßt, bis er sich wieder wohler fühlte.

»Die Lage gefällt mir überhaupt nicht, Mädchen«, gab er zu. »Es steht nicht gut.« Sein Blick streifte den Turm, während er die Wanderjacke um seine Schultern straffte. »Das ist hier 'ne ganz üble Gegend.«

Sharrow schlang dem Androiden das Maschinengewehr von der Schulter, stemmte es hoch und reichte es Miz.

»Ich weiß, was du meinst«, sagte sie. »Aber sonst können wir nirgendwo hin, oder?« Erneut schaute sie hinüber zum Turm. »Anders haben wir keine Aussicht, Zefla jemals von hier fortzuschaffen.«

Miz nahm das MG zur Hand und überprüfte es. Er schüttelte den Kopf. »Mir wird immer mulmig zumute, wenn du recht hast.«

Die HandBalliste unbeholfen in der Rechten, machte Sharrow die Waffe schußfertig; dann ließ sie Feril liegen, wo er hingesunken war, und stapfte zu dem Steinsockel, auf den Turm zu: einen Turm aus groben Steinquadern und obenauf mit schwarzer Kuppel.

Sie passierten ausgebrannte Panzer, verrostete Allterrainfahrzeuge und Motorräder, Hubschrauberwracks und die Rümpfe kleinerer Luftkissenboote. Die überwiegende Mehrheit der Toten waren längst verwest, zusammengeschrumpft auf bleiches Gebein und verblichene Lumpen, zu Fetzen zerfallenen Kleidungsstücken und Uniformen.

In dem Sumpfgelände, das es zu durchqueren galt, reichten ihnen die Binsen bis unters Kinn, die Stiefel knarrten bei jedem Schritt durch flache, eistrockene Tümpel. In der Nähe der ersten Ecke des Steingrundstücks zog sich Miz auf das längs der Mauer abgestufte Sims; mit einem Arm langte er herab und half Sharrow hinauf.

Durch eine dünne Schneeschicht gingen sie zu dem kleinen Steinpfosten an der Ecke; er ähnelte, da er eine Walzenform mit schwarzer, halbkugeliger Kuppe hatte, einer Miniaturausgabe des großen Turms in der Mitte.

Vor dem Pfosten lag mit dem Gesicht nach unten, die Gliedmaßen gespreizt, eine in völlig willkürlich zusammengestellte, grellbunt gefärbte Uniformstücke gekleidete Leiche; den Schnee sprenkelten Löcher mit mittig in den Steinplatten sichtbaren, flachen, geschwärzten Schußkerben. Sicherheitshalber die Waffe auf den Leichnam gerichtet, drehte Miz sie mit dem Fuß um.

Elson Roas tote Augen stierten empor an den Himmel. Ein Laserstrahl hatte ihm die Brust zerschossen und verkohlt. Seine Miene spiegelte Verblüffung wider.

Miz warf Sharrow einen Blick zu; sie schüttelte den Kopf.

Miz stieß Roas Leiche vom Steinsims in die Binsen hinab.

Der zerschrammte Metalldeckel des Steinpfostens

konnte dank einer Federklappvorrichtung mühelos geöffnet werden. Mit der verbundenen Hand hielt Sharrow den Deckel beiseite. Darunter befand sich, wie Feril es geschildert hatte, die für beide Handteller geeignete Scannerfläche.

Sharrow übergab Miz die HandBalliste, zupfte mit den Zähnen den Handschuh von der Rechten und senkte sie – nach einem kurzen Blick auf den zweidaumigen Handumriß und den rätselhaften Schriftzug – aufs glatte, kalte Plastik der vorgeformten Plastikmulde.

Einige Augenblicke lang geschah nichts. Dann erhellte sich das Plastikmaterial unter Sharrows Hand, glomm in weichem Licht; in einem rechteckigen Feld über ihrem Mittelfinger erschien ein acht mal fünf Zentimeter großes Raster aus kleinen Lichtpunkten, die nun nacheinander erloschen, einer pro Sekunde.

Miz und Sharrow fühlten sich ungeschützt, wechselten einen Blick, ehe sie gemeinsam den Turmplatz beobachteten. Aus dem Tal wehte Wind herauf, streifte durch die Baumwipfel und verstreute Schnee.

Die letzten Punkte erloschen.

Knirschen ertönte; vor Sharrows und Miz' Augen schoben sich zwei Metallblenden aus dem Turm, überdeckten langsam die schwarze Kuppel, die das Dach des gedrungenen Gebäudes bildete, und schlossen sich auf dem Scheitelpunkt mit hohlem Dröhnen.

Ein zweites Knirschen erklang von der dem Fjord abgewandten Seite des Turms. Sharrow nahm den Handschuh aus den Zähnen und warf ihn auf die niedrige Steinmauer auf den runden Platz. Unbeschädigt fiel der Handschuh in den Schnee. Sie zuckte die Achseln, stieg über das nur kniehohe Mäuerchen und näherte sich dem Turm.

Unverzüglich folgte Miz ihr über die Mauer.

Talseitig war am Turm eine Tür senkrecht in den Boden gesunken und hatte den Blick auf eine zweite

Tür aus geschwärztem Glas freigegeben. Hinter der schwarzen Glastür befand sich ein kleiner, vom Tageslicht so gut wie gar nicht aufgehellter Raum. Plastikgeruch drang aus dem Turmeingang. Im selben Moment, als Sharrow und Miz in den Turm lugten, flammte drinnen Beleuchtung auf; in der Mitte des Raums lag und glänzte auf einem Podest die Chaoswaffe.

»Ja, wir haben sie«, flüsterte Miz.

Sharrow trat vor; auf der Außenfläche der schwarzen Glastür zeigte sich nochmals der Umriß einer Hand. Sie legte den Handteller dagegen, und schon nach kaum merklicher Verzögerung sank auch diese Tür in den Fußboden.

Sharrow schaute Miz ins Gesicht. Er nickte ihr zu. »Geh du hinein. Ich warte hier.«

Sharrow betrat das Innere des Turms, überquerte rasch die Schwelle der in den Boden gesunkenen Glastür und ging zu der Chaoswaffe. Sie sah echt aus. Sharrow nahm die Waffe vom Podest und drehte sie in den Händen. Sie war massig, aber leicht, und sie zu berühren vermittelte ein Gefühl fremdartiger Erregung, als wäre sie ein sonst nur aus Träumen bekannter Gegenstand.

Sie war also echt. Dies war die achte und letzte Chaoswaffe. Sharrows Sicht verschwamm, ihr schwindelte. Sie legte die Chaoswaffe zurück aufs Podest und wankte zu einem Niedergang im Fußboden; ein abschüssiger, breiter Laufsteg führte unter den Turm.

Sie tappte nur den halben Weg ins Tiefgeschoß hinab. Unten lag ein zwielichtig erleuchteter Keller von ungefähr der halben Größe des Steinsockels, auf dem sich der Turm erhob. Er enthielt hundert verschiedenerlei Gerätschaften sowie Kisten und Kästen, in denen nochmals hundert sein mochten, vielleicht sogar Millionen, da viele Kleinteile dazu zählten. Am Fuß des Laufstegs parkte auf lediglich einem einzelnen, schrägmontierten Rad ein sonderbares Gefährt, die einsitzige Kabine aufgeklappt. Nahe dabei stand etwas, das einer phantastischen Supertechnik-Ritterrüstung ähnelte. Neben einer Konstruktion, die aussah, als hätte man eine Anzahl schwarzer Satelliten so zusammengefügt, daß sie einem Karussell glichen, war in einem Regal eine Sammlung verwirrend komplizierter Schußwaffen aufgereiht. Eine veraltete Radarantenne ragte vom Dach eines Fahrzeugs auf, bei dem es sich wahrscheinlich um ein kleines LKF handelte.

Sharrow suchte noch nach etwas, das zumindest entfernt mit einer Kommunikationsapparatur Ähnlichkeit hatte, da hörte sie Schüsse.

Miz sah Sharrow in den Turm gehen. Er war nervös; für seinen Geschmack lagen hier einfach zu viele Tote herum. Selbst der Android war schon einen halben Kilometer vor dem Turm glattweg umgefallen.

Böen fauchten durch die Umgebung, bliesen von den Bäumen des Walds, der sich hinter dem Turm erstreckte, Schnee herunter, fegten auch auf den Turmplatz welchen in die Luft, so daß weißes Gestöber heran und Miz in die Augen wehte. Er zwinkerte.

Miz hörte hinter seinem Rücken etwas ähnliches wie Hufschlag sich nähern. Er drehte sich um und spähte verkniffen in die Wolke emporgewirbelten Schnees.

Mit gesenktem Schädel stürmte ein großes, schwarzes, vierbeiniges Tier auf ihn zu, an dem Kopf glänzte etwas. Entgeistert starrte Miz ihm entgegen. Das Vieh war dreißig Meter entfernt. Ein Sial, ein Geschöpf der Art, die in Tile Rennen liefen, wo man im Laufe des vergangenen Halbjahrs – oder schon seit länger – Tiere nach seinen Pleiten und Pannen benannte.

Miz blinzelte. Das war unmöglich. Aber das Tier kam näher. Heißer Atem fuhr aus seinen schwarzen Nüstern und wallte in der Luft davon. Miz hob das Maschinengewehr und feuerte.

Das Tier verschwand spurlos. Eine Sekunde später verstummte auch das Hufgeklapper, erklang einen Moment darauf jedoch von neuem, wieder hinter Miz' Rücken.

Er wandte sich um, sah einen zweiten nachtschwarzen Sial mit etwas Glänzendem am Schädel. Miz nahm ihn ins Visier. Als das Vieh nur noch rund zehn Meter entfernt war, hätte er schwören können, jeden wuchtigen Hufschlag in den Steinplatten unter seinen Stiefeln spüren zu können, deutlich zu sehen, daß ein schimmernder Harnisch mitsamt einem langen, silbrigen Horn, das von der Stirn abstand, den Schädel umschloß, schoß er ein zweites Mal. Geradeso als erlöschte ein Hologramm, verschwand auch dieses Tier von einer zur anderen Sekunde vollständig.

Das Hufklappern endete, fing hinter Miz von neuem an. Wieder drehte er sich um: jetzt galoppierten zwei Tiere mit gesenktem Kopf auf ihn zu. Er bemerkte Bewegung am Turmeingang, erkannte Sharrow. Sie sank seitwärts gegen den Türrahmen, dann sackte sie vornüber in den Schnee.

»*Verfluchte Tücke!*« brüllte Miz.

Sein Blick ruckte zurück zu den beiden Tieren, die durch den Schnee auf ihn zusprengten, deren Hufe hinter ihnen Wolken von Pulverschnee aufwarfen. Er feuerte, sah die Geschöpfe verflimmern und drehte sich sofort auf dem Absatz in Gegenrichtung, aus der tatsächlich wieder zwei Sials auf ihn zurannten. Er schoß auch auf sie, bis der Munitionskasten leer war, und lief zum Turmeingang.

Verspätet fiel ihm auf, daß er nur das erste Sialpaar verschwinden gesehen hatte, und gewahrte, daß von rechts etwas auf ihn zujagte. Er vollführte einen Schwenk, drehte das Maschinengewehr, um es als Keule zu verwenden, und grapschte mit einer Hand nach der Laserpistole in seiner Tasche.

Eine zweite Garbe von Schüssen hämmerte, noch bevor Sharrow vom Niedergang zur Tür gelangte. Sobald sie sie erreichte, sah sie Miz in ein diesiges Stöbern vom Wind hochgewehten Schnees feuern. Sie öffnete den Mund zu einem Zuruf, da durchstach brennendheißer Schmerz ihren Körper. Ziemlich plötzlich verebbte der Schmerz schon einen Moment später und wich einer scheußlichen Taubheit, als hätte jemand eine Waffe, die aufs Nervensystem wirkte, gegen sie benutzt. Der Arm, dessen Faust die HandBalliste hielt, gehorchte nicht mehr. Die Beine knickten unter ihr ein, sie kippte gegen den Türrahmen, stürzte von da aus nach vorn in den Schnee.

Sie konnte die Augen bewegen, blinzeln und schlucken; sonst nichts. Die Blase lief ihr leer, und hätte sie während der letzten Tage Essen in nennenswerten Mengen zu sich genommen, hätte sich auch ihr Darm entleert. Das Herz schlug krampfartig, zu schnell und ungleichmäßig. Ihre Atmung ging zu flach, aber sie hatte darauf keinerlei Einfluß mehr. Im Blickfeld hatte sie die schneebedeckte Fläche des Turmplatzes, einen Abschnitt der niedrigen Brüstung und dahinter die Weiß-auf-Schwarz-Wirrnis eines verschneiten, bewaldeten Bergs.

Sie spürte, daß die Steinplatten unter kraftvollem Hufschlag dröhnten wie ein Trommelfell und nahm im Augenwinkel Bewegungsabläufe wahr.

Ein Aufschrei und ein gräßliches Ratschen erschollen, dann stampften große Hufe vorüber, ein Paar Beine in einer Tarnhose zappelten und strampelten vor den Hufen in der Luft, der Schrei erstickte in einem Gurgeln.

Sharrow schloß die Lider.

Einige Meter entfernt ertönten ein kurzer, lauter Ausruf und ein vom Wind verzerrter Knall. Sharrow schlug die Augen auf, sah den schwarzen Rücken und die Hinterbeine eines großen Tiers wuchtig in den Schnee prallen. Hinter dem Kopf der Kreatur plumpste ein einzelner, bekleideter Arm auf den verschneiten Steinboden.

Ein Sial. Ein Tier der Sorte, die man in Tile, nachdem man ihnen Verbrecherhirne implantiert hatte, für Wettrennen einspannte. Sharrow starrte den Arm an, der locker im Schnee lag, sich noch regte. Sie sah, daß die Finger sich verkrampften, dann langsam lockerten und erschlafften.

Das Fell des Sial dampfte leicht in der kühlen Luft. An der Stelle, wo das Tier vorübergaloppiert war, erkannte Sharrow Blut.

Sie wartete. Die Lähmung hielt an. Gleich darauf hörte sie Quietschen und Knarren, die Geräusche von jemand, der durch den Schnee auf sie zukam. Zwei Paar Füße.

Zwei Paar gleichartiger Stiefel erschienen in Sharrows Sicht. Eine Person stapfte zu dem gefällten Sial. Sharrow konnte sie, als sie neben Miz' reglosem Arm verharrte, ungefähr bis zu mittlerer Schenkelhöhe erkennen. Der Kolben einer schweren Jagdbüchse wurde in den Schnee gestützt. Zwar hörte Sharrow noch mehr Schritte, aber momentan waren für sie nur diese zwei Paar Stiefel sichtbar. Die Stiefel vor Sharrows Augen knickten an den Fußknöcheln ein, als die Person, die sie trug, in die Hocke ging. Sharrow sah Knie, zwei vor einer Uniformjacke in der Farbe geronnenen Bluts, garniert mit ihr unbekannten Insignien, gefaltete Hände; schließlich einen Kopf.

Der junge Mann schob die Mütze aus dem Gesicht – er hatte blonde Brauen sowie glänzende Backen – und entblößte einen Kahlkopf. Er schenkte Sharrow ein außerordentlich breites Lächeln.

»Na hallo, Lady Sharrow«, rief er. »Was für ein Zufall, Sie hier anzutreffen.« Er schaute zu seinem Zwilling hinüber, der sich, die Jagdbüchse noch in der Hand, unterdessen gleichfalls hingekauert hatte, und sich das tote Tier besah.

Der Zwilling mit der Büchse spürte Sharrows Blick, hob den Kopf und winkte fröhlich. Er hob den Arm an, der vor ihm im Schnee lag, und winkte auch damit.

Miz' Hand schlackerte auf und nieder. Tränen füllten Sharrows Augen.

»Ja, und Sie haben einige Ihrer kleinen Freunde mitgebracht«, sagte der junge Bursche, der vor ihr hockte. »Richtig nett. Wie schade, daß Mr. Kuma sich anscheinend unsere Kritik allzu negativ zu Herzen genommen hat.«

Er lachte, und Sharrow spürte, daß er sie unter den Achselhöhlen hochstemmte, bis sie mit den Schultern an seinen Knien lehnte. Der junge Mann stand hinter ihr, stützte sie.

»Huch je«, meinte er, »Ihr Zustand ist ja eine Schande.« Er kitzelte sie unter den Armen. »*Trotzdem,* Molgarin wird sich freuen.«

Molgarin, dachte Sharrow benommen. Molgarin. Der Name bedeutete etwas, hing mit dem zusammen, an das sie sich schon die ganze Zeit hindurch zu erinnern bemühte. Molgarin ...

Sie blickte hinüber zu dem großen Kadaver des Sials, der noch dampfte; von dem Tier aufgespießt, lag Miz davor mit ausgebreiteten Gliedmaßen im Schnee.

Mittels eines Harnischs, der Hals und Schädel umschloß, war dem Sial etwas ähnliches wie eine lange, spitze Metallstange auf der Stirn befestigt worden. Die Stange war etwa anderthalb Meter lang und am Ansatz vielleicht zehn Zentimeter dick. Das künstliche Horn hatte Miz' Brustkorb durchbohrt, ragte beinahe um einen Meter aus dem Rücken seiner Wanderjacke. Rings um ihn rötete Blut den Schnee. Sein letzter Gesichtsausdruck ähnelte der Miene des toten Roa, drückte gelinde Überraschung aus.

Tränen rannen Sharrow übers Gesicht. Der junge Kerl senkte sie auf den Steinboden und streckte sie rücklings aus. Währenddessen hatte sie Gelegenheit, eine Anzahl Männer in Tarnkleidung zu sehen, die aus der Tür des Turms kamen, Gewehre um die Schulter geschlungen, und Kisten herausschleppten, sowie zwei dunkle, dickliche und doch aereodynamische Konturen zu erkennen, die vom Himmel ins Tal herabschwebten. Sie verringerten das Tempo, leiteten Landemanöver ein. Sharrow hörte ihre Düsen jaulen.

Sobald sie auf dem Rücken im Schnee lag, rutschte ihr die Zunge in den Rachen, doch der junge Mann rollte sie unverzüglich auf die Seite, so daß sie wieder zu atmen vermochte.

»Laufen Sie uns ja nicht weg«, ermahnte er sie. Seine Schritte knirschten auf der Schneedecke, entfernten sich und verklangen irgendwo.

Er hatte sie so hingelegt, daß sie Miz' Gesicht sehen konnte. Das war ihr recht; sie wollte es noch einige Augenblicke lang betrachten.

Plötzlich zückte der Zwilling, der bei Miz kniete, ein Messer mit langer Vibratorklinge und setzte es an den Hals des Toten. Sharrow schloß die Augen.

Als das Surren zu Ende und ein paar Sekunden verstrichen waren, öffnete sie die Augen und sah den Burschen mit einem Beutel an ihr vorbeigehen.

Unvermittelt lärmten die Düsenflugzeuge in unmittelbarer Nähe. Ihre Triebwerke heulten, und eine ausgedehnte Wolke aus pulverigen Weiß wälzte sich über den Steinplatz.

Aus Miz' enthaupteter Leiche sickerte Blut in den Schnee.

Auch Sharrows Tränen flossen ins Weiß des Schnees. Die Lähmung hatte zur Folge, daß sie nicht schluchzen konnte.

Man bettete sie auf eine Tragbahre und beförderte sie – zusammen mit der Beute aus dem Turm und dem ebenso wehrlosen Feril – zum Bombenschacht eines der beiden Senkrechtstarter, zweier schwerer Bombenflugzeuge.

Sie lag noch auf der Seite, während man sie über den Turmplatz trug; darum war sie die erste, die unweit der Stelle, wo vor einer Viertelstunde sie, Miz und der Android den Wald verlassen hatten, Dloan am Waldrand sitzen sah.

Unversteckt beobachtete Dloan, ohne weiteres erkennbar und dem Anschein nach unbewaffnet, das Geschehen. Selbst aus der Entfernung glaubte sie seiner Haltung und seinem Verhalten Anzeichen des Grauens, der Vereinsamung und Hoffnungslosigkeit anzumerken.

Sie sah, daß er alles beobachtete, ohne daß sie noch Tränen zu vergießen gehabt hätte.

Irgend jemand erspähte Dloan. Sharrow hörte Rufe. Waffen schwenkten in Dloans Richtung. Er stand so langsam auf, als wäre er unsäglich müde. Er entnahm etwas seiner Tasche und richtete es bedächtig auf den Turmplatz, die Leute.

Er brauchte nicht zu schießen. Sharrow hörte ringsherum Projektil- und Laserwaffen rattern und fauchen, sah Dloan zucken, durchgeschüttelt werden, in einem Aufwallen emporgepeitschten Pulverschnees zusammenbrechen.

Gleich darauf wurde das Feuer eingestellt. Dloan lag reglos da.

Man trug Sharrow in den dunklen Rumpf des großen Flugzeugs.

23

Alle Schlösser sind auf Sand gebaut

»Ich persönlich – aber ich denke mir, ich kann für uns beide sprechen – hatte natürlich überhaupt nichts gegen Mr. Kuma. Aber Sie wissen, wie es ist, Befehl ist Befehl, hm? Um diese komischen Solipsisten ist es auch schade, aber so ist das Leben. Sie hatten die Nase tiefer in die Angelegenheit hineingesteckt, als sie sollten. Sie waren nur angeheuert worden, um den Kombipendler zu überfallen, aber auf einmal fingen sie an zu spinnen und hatten die Idee, Ihnen die Chaoswaffe selbst abzujagen. Sie hätten die Finger von der Sache lassen sollen, als es ihnen empfohlen wurde. Huch, ich rede schon viel zuviel, eigentlich möchte ich dem, was Molgarin Ihnen erzählen will, lieber nicht vorgreifen. Zu ihm fliegen wir nämlich jetzt, geschätzte Lady, wir sind zu Molgarins Zitadelle in der Kälteödnis hinter den Embargo-Gebieten unterwegs, nach *Lantskaar*.« Der Zwilling sprach den Namen mit einer Art von übertriebener Genüßlichkeit aus. »Richtig aufregend, nicht wahr?«

An den Wänden im umgebauten, hellerleuchteten Bombenschacht des ersten Bombenflugzeugs lehnten in Schalensitzen, fest angeschnallt, insgesamt sechzehn Personen: Sharrow, Feril, die beiden sich so ähnlichen, jungen Agenten in ihren feschen, rotbraunen Uniformen sowie zwölf in ihrer Kleidung wirksam anonymisierte Männer in Tarnanzügen, überwiegend mit Laser- und kleinen Leichtgewehren bewaffnet. Nur einer hatte ein Stunnergewehr; vermutlich war es das, womit man Sharrow außer Gefecht gesetzt hatte. Sie konnte nur deshalb alles so gut überblicken, weil sie sehr stramm festgeschnallt war, Gurte auch ihren Kopf an die Wand preßten. Darin mußte allerdings keine speziell gegen sie gerichtete Sicherheitsmaßnahme gesehen werden; alle Mitfliegenden waren auf die gleiche Weise angegurtet. Aber ausschließlich Sharrow und Feril hatten keinen Schnellöffnungshebel greifbar.

Sämtliche aus dem Turm geholte Beute war in der Mitte des ehemaligen Bombenschachts gebündelt, aufgehängt und verzurrt worden. Die Kisten und verschiedenerlei undurchschaubare Gerätschaften schaukelten und wackelten in der Befestigung, während ringsum der Flugzeugrumpf schwankte, ruckte, auf- und niederschwebte, begleitet von überlautem Heulen und Dröhnen.

Infolgedessen mußte der junge Agent schreien, um sich durch das Tosen verständlich zu machen. »Haben Sie keine Bange, wir könnten von den Streitkräften der Rebellenstaaten oder der Zollpatrouille abgefangen werden, mit ersteren haben wir ein Abkommen getroffen, und letztere sind außerstande, uns zu orten.« Er verdrehte die Augen, um auf das Flugzeug hinzuweisen. »Momentan fliegen wir mit dreifacher Schallgeschwindigkeit knapp über Baumhöhe. Mir ist erklärt worden, daß das Fliegen so dicht überm Boden mit solcher Geschwindigkeit für Piloten etwas dermaßen Schreckliches ist – und die Chance, einen Fehler der Terrainfolgeautomatiken zu korrigieren, so minimal –, daß sie es in der Pilotenkanzel als wohltuender empfinden, die Sicht völlig abzublenden.«

Für einen Moment schwieg er, lachte dann auf, als ein besonders brutales Flugmanöver ihn und Sharrow heftig gegen die Metallwand wuchtete. Die Beute schien direkt über ihr und dem jungen Agenten zu schweben, sie sah, wie die Seile, die das Sammelsurium hielten, sich gehörig strafften und dehnten. »Huijuijui«, sagte der Jüngling, dessen Stimme, weil er sich beim Sprechen gegen den enormen Andruck behaupten mußte, verpreßt klang. Zudem übertönte jetzt ein Brausen in Sharrows Ohren, das die Bombertriebwerke an Lautstärke übertraf, seine Worte. »Hoffen wir, das Zeug ist gut befestigt, was, Lady Sharrow? Sonst bleibt von uns zweien bloß Brotaufstrich übrig.«

Sharrow überlegte noch, ob diese Bemerkung zu bedeuten hatte, daß er tatsächlich kein Android war, oder nur ein neuer Versuch zu ihrer Irreführung, da schwanden ihr die Sinne.

Sie erwachte an frischer Luft und spürte das Kribbeln, mit dem allmählich das Gefühl in ihren Körper zurückkehrte; es fühlte sich an, als erhielte sie gleichzeitig eine Million winziger Nadelstiche. Sogar die Zähne taten ihr weh. Zwei Söldner trugen sie, einer unter den Armen, einer an den Knien. Neben ihr schritt einer der beiden jungen Agenten aus, atmete tief und klopfte sich wiederholt auf die Brust, rieb anschließend die Hände.

Die Männer brachten Sharrow aus dem Schatten des Bombers. Das Flugzeug war in einer grießig-staubigen Wüste gelandet; die Luft knochentrocken und bitterkalt. In etlichen Kilometern Entfernung standen flache, aschgraue Berge, bildeten eine Art von Ringwall um die schlackedunkle Ebene des Talkessels, in der es nichts zu sehen gab als die beiden aerodynamischen, schwarzen Flugzeuge sowie ein paar Lastwagen und sonstige Fahrzeuge. Sharrow erkannte andere, kleinere Flugapparate, die über den umliegenden Bergketten am düstergrauen Himmel kreisten.

Der Agent merkte, daß sie den Kopf zu wenden versuchte, und grinste sie breit an, während die beiden Söldner sie in einen offenen Kleinwagen hoben.

»Wieder unter uns, Lady Sharrow?« Er streckte die Arme aus und drehte sich um seine Achse, beide Absätze knirschten im körnigen Staub. »Willkommen in Lantskaar«, rief er, beugte sich über die Seite des Wagens. »Und in Molgarins Zitadelle.«

Er bemerkte, daß sie sich bemühte, sich in der kargen Einöde inmitten der kahlen Berghöhen umzuschauen, und lachte. »Sie liegt vollständig unterirdisch«, erklärte er, schwang sich in den Wagen und an Sharrows Seite. Sie sah, daß ein Söldnerquartett Feril aus dem Bombenschacht des Flugzeugs schleppte. »Allerdings sind hier mehrere unglaublich alte Kraftfeld-Projektoranlagen vorhanden«, fügte der junge Agent hinzu, indem er schelmisch die Brauen hob, »die im Fall eines Angriffs dem Ahnungslosen übel mitspielen können.« Das Auto ruckte an und rollte los, steuerte auf eine länglich-rechteckige Einfahrt in den Untergrund der Wüste zu. »Glauben Sie mir«, schwafelte der junge Mann, »in der Nähe so eines Dings stehen Sie *lieber nicht,* wenn es aktiv wird, das kann ich Ihnen sagen.«

Abermals lachte er vor sich hin, während das Auto auf einer Abfahrt in einen trüb erleuchteten Stollen hinabfuhr. Der Stollen nahm einen spiraligen, kurvenreichen Verlauf in die Tiefe; auf der Fahrt öffnete sich vor dem Wagen eine ganze Reihe von meterdicken Pforten mit Türen oder Irisblenden. Der Fahrzeugmotor winselte; von hinten hörte Sharrow das tiefere Brummen weiterer Motoren, vermutlich der Lastwagen. Nach einer Weile fielen ihr die Ohren zu. Der junge Agent fing an zu pfeifen.

Der Stollen mündete in eine weiträumige, hallende Parketage voller Autos, Laster, leichtgepanzerter Transportfahrzeuge sowie Panzer. Man trug Sharrow in einen Lift, der sie in einen Raum hinunterbeförderte, der an ein Hotelfoyer erinnerte. Noch immer kribbelte ihre Haut, und die Muskeln waren weich wie Gummi. Sie wurde in einen Rollstuhl gesetzt, angegurtet und durch einen Korridor mit angenehmer Beleuchtung in Räume geschoben, die nach Klinik rochen.

Ein Pfleger stand von einem Stuhl auf und nickte

dem Agenten zu, der Sharrows Kopf tätschelte. »Ich übergebe sie Ihnen, Kumpel.«

Als nächstes fuhr man Sharrow in eine Chirurgie. Ihr Herz wummerte, als sie hinter einer Glaswand einen Operationstisch sah. Eine Ärztin und zwei Krankenschwestern erschienen, zogen Handschuhe an.

Die Ärztin hielt etwas Kaltes an Sharrows Nacken, murmelte etwas, kam anschließend vor den Rollstuhl und ging in die Hocke. »Ich glaube, Sie können mich hören«, sagte sie ziemlich laut. »Wir waschen und säubern Sie erst einmal, untersuchen Sie gründlich und lassen Sie danach ausschlafen. Alles klar?«

Sharrow starrte die Frau an: sie war mittleren Alters, etwas pummelig, zum Knoten gebundenes Haar, braune Augen. Ob das, was sie ihr soeben angekündigt hatte, Wahrheit oder Lüge war, konnte sie nicht beurteilen.

Die zwei Krankenschwestern entkleideten Sharrow, wickelten den Verband von ihrer verletzten Hand, reinigten die Wunde und klebten zum zeitweiligen Schutz ein Pflaster darauf, ehe sie sie in einer Wanne mit warmem Wasser wuschen. Abgetrocknet wurde sie mit Badetüchern; ausschließlich effizient, weder übervorsichtig noch grob. Danach halfen die Schwestern ihr beim Aufstehen, streiften ihr ein schlichtes, weißes Nachthemd über den Kopf, ließen sie ein paar Schrittchen gehen und geleiteten sie zu einer Liege. Dort fand sich wieder die Ärztin ein, die sie in Empfang genommen hatte, führte mehrere Nervenreaktionstests durch, die kribbelten, aber keine Schmerzen verursachten. Die Handverletzung wurde neu verbunden; ferner entnahm man Sharrow eine kleine Blutprobe, steckte das Reagenzglas mit dem Blut in einen Analysator. Zum Schluß forderte die Ärztin Sharrow auf, etwas zu sagen; sie versuchte es, brachte jedoch keinen Ton hervor. Die Medizinerin tatschte sie am Arm.

»Macht nichts. Morgen früh sind sie wieder die Alte.« Nachdem sie eine Injektionsspritze vorbereitet hatte, setzte sie sie an Sharrows Hals.

Das letzte, an was sich Sharrow später erinnerte, war das sanfte Geruckel des Rollstuhls, in dem man sie, als ihr schon die Lider herabgesunken waren, durch einen scheinbar endlosen Flur schob.

Diesmal erwachte sie in einem behaglichen Bett. Im Dunkeln sah sie ein Zeitdisplay, das besagte, es war früher Abend. Ein Leuchtfleckchen daneben erwies sich als Lichtschalter.

Sie befand sich in einem kleinen Zimmer, dessen Ausstattung Ähnlichkeit mit einer Schiffskabine aufwies. Zusammengekrümmt lag sie auf der Seite im Bett einer Wandnische, vor der man ein Rollo aus flachen Holzstäben bis zur Hälfte herabgelassen hatte. Sie trug noch das in der Chirurgie erhaltene Nachthemd. Behutsam erprobte sie Arme und Beine, schwang nach kurzem Verschnaufen die Beine über die Bettkante, stützte sich beim Aufstehen an der Wand.

Das Zimmer hatte einen üppigen, weichen Teppichboden. Die Luft war warm. Außerdem gab es im Zimmer ein Einbauregal mit Buchreproduktionen, einen Tisch, einen Stuhl, einen TV-Apparat, der nicht funktionierte, und einen Kleiderschrank voller Kleidungsstücke, die allesamt ihre Größe hatten. Nebenan lag ein Bad mit einem umfangreichen Sortiment an Toilettenartikeln, darunter jedoch nichts, das sich zum Schneiden eignete.

Fenster fehlten; die Luftzufuhr erfolgte lautlos durch poröse Deckenkacheln. Im Zimmer war es so still, daß Sharrow ihr Herz schlagen hören konnte. In einer der oberen Zimmerecken war eine schwarze Glaslinse von der Größe eines menschlichen Augapfels zu erkennen, hatte von dort auf alles Ausblick außer ins Bad.

Sharrow versuchte die Tür zu öffnen; sie war abgesperrt. Inzwischen fühlte Sharrow sich wieder müde und setzte sich aufs Bett; schon wenig später streckte sie sich aus und schlief erneut ein.

In ihren Träumen kam die Chaoswaffe zu ihr. Die Chaoswaffe sah wie ein Mann aus, aber Sharrow wußte, sie war es. Sie saßen in dem kleinen Zimmer in Molgarins Zitadelle, in dem Sharrow schlief.

Hallo.

Hallo.

Also, was möchtest du wissen? fragte die Chaoswaffe.

Was meinst du damit?

Was möchtest du wissen? wiederholte die Chaoswaffe geduldig.

Sharrow blickte rundum. Wo ist Cenuij? fragte sie die Chaoswaffe.

Tot natürlich, gab die Chaoswaffe zur Antwort. Was sonst?

Und die anderen?

Sie sind auch tot.

Ich weiß, aber wo sind sie?

Die Toten sind nirgendwo. Außer in der Vergangenheit.

Sehe ich sie nie wieder?

Nur in deinen Träumen. Oder in Bildaufzeichnungen.

Sharrow fing an zu weinen.

Du bist die letzte, sagte die Chaoswaffe.

Wie?

Du bist die letzte. Du bist die letzte von acht. Du bist so wie ich, ich bin auch die letzte von acht. Du bist ich, und ich bin du. Wir sind eins.

Nein, bin ich nicht, ich bin ich.

Ja, du bist du, stimmte die Chaoswaffe zu. Aber du bist auch ich. Und ich bin du.

Sharrow weinte, sie wußte nicht, was sie sagen sollte. Sie wollte aufwachen, aber wußte nicht wie.

Hör zu, wandte sich die Chaoswaffe von neuem an sie. Kann ich irgend etwas für dich tun?

Was?

Kann ich irgend etwas für dich tun? Du brauchst es mir nur zu sagen.

Was *kannst* du denn?

Vernichten. Ich kann nur vernichten. Das ist das einzige, wofür ich gut bin. Möchtest du, daß ich etwas vernichte?

Ich will, daß du alles vernichtest! schrie Sharrow. Den ganzen Scheiß! Alle schlechten Kerle und das gesamte fügsame Weiberpack, sämtliche Armeen und Konzerne, Kulte, Religionen und Orden, mitsamt den blöden Menschen, die ihnen angehören. Samt und sonders! *Alles!*

Alles kann ich nicht vernichten, aber sehr vieles.

Du bist auch blöd.

Das bin ich nicht. Ich kann sehr viele Dinge und Menschen vernichten, aber unmöglich alles und jeden.

Du bist verrückt, warf Sharrow, die jetzt wirklich zu gern aufgewacht wäre, der Chaoswaffe vor.

Keiner von uns beiden ist verrückt, Lady Sharrow, widersprach die Chaoswaffe.

Der Mann stand auf, um das Zimmer zu verlassen.

Na, auf alle Fälle werden wir sehen, was wir tun können.

Was soll das heißen? erkundigte sich Sharrow.

Hinsichtlich der Vernichtung von allem. Wir werden sehen, was sich machen läßt.

Sharrow ballte die verletzte Faust, um sich durch den Schmerz zu wecken, aber die Beschwerden blieben zu schwach.

Wer oder was *bist* du? fragte sie.

Inzwischen stand der Mann an der Tür. Ich bin du, antwortete die Chaoswaffe. Ich bin die letzte der acht.

Die Chaoswaffe zwinkerte ihr zu.

Wir werden sehen, was wir tun können. Und nun leg dich schlafen.

Das nächste Mal wachte sie durch Essensgeruch auf und sah als erstes ein volles Tablett auf dem Tisch stehen. Wer es gebracht hatte, entging ihr knapp: genau in diesem Moment schloß sich die Tür mit einem kraftvoll-dumpfen Knacken, ihre Gummierung saugte sich fest.

Sharrow lag da und dachte an den Traum, den sie gehabt hatte; es schauderte ihr. Dann lockte der Duft, den das Tablett verbreitete, sie in die Wirklichkeit zurück.

Auf dem Tablett hatte man ihr ein Frühstück serviert, das für zwei ausgehungerte Personen gereicht hätte; sie verzehrte alles. Es war später Morgen. Der TV-Apparat funktionierte jetzt, also schaute sie sich die Nachrichten an.

Die Huhsz hatten beachtlichen Ärger, weil durch ihre verstrahlten Freibrief-Pässe auf Golter, Miykenns und Nachtels Geist höhere Beamte verseucht worden waren; das Globale Tribunal stand unter starkem Druck, es sollte den sterbenskranken Bürokraten die Behandlung mittels normalerweise nur Kriegszeiten vorbehaltener Medizintechnik genehmigen. Das Globale Tribunal wiederum verlangte mit allem Nachdruck von den Huhsz öffentliche Entschuldigungen, Sündenböcke, finanzielle Entschädigung und Garantien für künftig anständiges Benehmen, doch zeigte der Huhsz-Orden sich anscheinend verstockt und vollauf abgeneigt, auch nur im mindesten einzulenken. Mittlerweile stand der Hushz-Weltschrein buchstäblich unter Belagerung, man sprach offen über etwaige Gewaltanwendung. Deswegen hatten die Hushz ihre Kantonverteidigung sowie im ganzen Sonnensystem die Laiensöldner-Reserven mobilisiert.

Neuigkeiten aus den Embargo-Gebieten oder Verlautbarungen der Zollpatrouille gab es keine, doch erwähnte man Gerüchte über einen eventuellen stattgefundenen Luftkampf zwischen Zollpatrouillen- und Rebellenstaatenfliegern. Im äußersten Süden Caltasps war der Reiseverkehr behördlich eingeschränkt worden.

Allem Anschein nach herrschte noch lebhaftes Gerede – einschließlich zahlreicher Kommentare – über den mißlungenen Mordanschlag auf einen neuen Philosophenguru namens Girmeyn auf Nachtels Geist, einen Vorfall, den man dort hatte live im TV sehen können, und gegenwärtig wiederholten sämtliche Sender im ganzen Sonnensystem die Aufnahmen immerzu.

Sharrow setzte sich vor den Apparat, wählte das Medienarchiv an und fand die Datei unter dem Material der ein paar Tage vorher gespeicherten Nachrichtensendungen: ein TV-Studio, eine Live-Debatte, Politiker und Religionsfunktionäre argumentierten gegen Girmeyn, er übertrumpfte sie charmant, aber einwandfrei überlegen.

Girmeyn sah genauso aus, wie Sharrow ihn im Gedächtnis behalten hatte, schwarzes Haar, dunkle Augen, eine auffällige Ausstrahlung auf innere Kraft gestützter Gelassenheit. Plötzlich sprang unter den Zuschauern jemand auf und über einen Tisch, schwang etwas. Wirrwarr, Geschrei, eine Reihe kurzer, konfuser Bilder, bei denen meistens Leute vor der Kamera umherwimmelten, die Aufnahme eines gefährlich aussehenden Dolchs, der blutig auf einem Tisch lag, im Hintergrund fuchtelte Wachpersonal mit Schußwaffen. Girmeyn blutete aus einer Kopfwunde, bedeckte sie mit der Hand, winkte mit der anderen Hand eigene Mitarbeiter und andere Leute beiseite, sprach mit dem von etlichen Männern niedergehaltenen Attentäter.

Danach folgte eine stumme Aufnahme: Girmeyn, einen diskreten Verband am Kopf, redete mit dem Attentäter in einem Zimmer hinter einer Glasscheibe, nur sie beide befanden sich dort, saßen sich auf kleinen

Stühlen gegenüber und sprachen miteinander, und schließlich klappte der Attentäter zusammen, stützte den Kopf in die Hände, während Girmeyn zunächst zögerte, dann jedoch die Hand hob und sie dem Mann auf die Schulter legte.

Sharrow sah sich die Aufzeichnung ein zweites und ein drittes Mal an. Die letzte Erwähnung Girmeyns besagte, er hätte sich zur Klausur in ein Asteroidenhabitat zurückgezogen.

Noch einmal widmete Sharrow ihre Aufmerksamkeit den aktuellen Nachrichten. Die Meldungen und Berichte befaßten sich wie gewohnt mit den üblichen kleineren Kriegen, zivilen Konflikten, kleinen und größeren Katastrophen, und wie üblich brachte man gelegentlich etwas fürs Herz.

Sharrow lehnte sich zurück und schaute sich die wichtigsten Meldungen nochmals an. Sie fühlte sich benommen, so wie zu dem Zeitpunkt, als sie unter dem Steinturm den Lagerkeller voller alter Kostbarkeiten und die Chaoswaffe erblickt hatte.

Nach einer Weile schüttelte sie den Kopf und schaltete den TV-Apparat aus.

Sie duschte, und während sie sich abtrocknete, bemerkte sie hinter ihrem Rücken den mannshohen Wandspiegel im Bad. Sie stellte sich davor und betrachtete sich. Ihr bot sich der Anblick einer Frau anfang des mittleren Lebensabschnitts. Künstlich enthaarter Kopf. Verbundene Hand. Dunkle Tränensäcke unter den Augen. Ein in letzter Zeit gealtertes Gesicht.

Allein, dachte sie. Allein.

Sie fragte sich, was hinter dem Spiegel sein, sie dort beobachten mochte.

Zum Anziehen suchte sie sich einen dunklen Hosenanzug sowie ein Paar schwerer, praktischer Schuhe heraus. Im Verlauf des Ankleidens durchsuchte sie achtsam das ganze Zimmer, entdeckte aber nichts, das als Waffe hätte dienen können.

Zu guter Letzt setzte sie sich wieder hin und guckte TV, einen älteren, handlungsreichen Klamaukfilm, der sie daran hinderte, zuviel nachzudenken. Eine halbe Stunde später standen die beiden jungen, fesch uniformierten Agenten vor der Tür und luden sie zu einer Audienz bei Molgarin ein.

Die zwei jungen Männer hielten sich an Sharrows Seiten. Mehrere Schritte hinter ihnen folgten zwei Wächter. Mit einem Lift fuhren sie noch tiefer hinab; dann und wann stoppte die Kabine, und es ertönte gedämpftes Surren und Rumsen, wahrscheinlich durch das Öffnen und Schließen von Druckpforten.

Zum Schluß gelangten sie durch einen kurzen, von Schiebetüren gesäumten Korridor zu einem Aufgang, der mit flacher Steigung nach oben ins Dunkel führte. Vor dem Aufgang blieben die Wächter zurück. Zwischen den beiden jungen Agenten strebte Sharrow hinauf; jeder von ihnen hatte fest, aber ohne roh zu sein, einen ihrer Arme im Griff. Ein Rumpeln erklang hinter ihnen dreien, die Helligkeit aus dem Korridor verschwand.

Der Raum, den sie betraten, erinnerte an ein riesiges, rundes Bunkergewölbe, in dem pechschwarze Finsternis herrschte, ausgenommen das Leuchten einer in regelmäßigen Abständen an den Wänden verteilten Aufreihung länglicher, sehr schmaler Projektionen, anscheinend ein Panorama der kalten, grauen Wüste und ihres Rings aus aschgrauen Bergen, die Sharrow am Vortag gesehen hatte. Sie fragte sich, ob die Projektionen Aufzeichnungen waren, vermutete jedoch, daß es sich um Echtzeitbilder handelte. Der Himmel über den Bergen sah klar, blau und nach dünner Luft aus.

In diesen Lichtverhältnissen ließen Maße sich schwer schätzen, doch auf dem Weg zur Mitte des Bunkerraums zog Sharrow den Rückschluß, daß er nicht weniger als vierzig Meter Durchmesser haben konnte. Infolge der Dunkelheit wirkten die Bilder des Wüstenumlands derartig hell, daß sie ihren Augen Beschwerden verursachten.

Die beiden Agenten blieben stehen; Sharrow tat das gleiche, und die Zwillinge ließen ihre Arme los.

Deckenlampen strahlten Punktbeleuchtung herab, erhellten eine schwarze, runde Empore, deren Stufen mit knapper Not erkennbar waren als düstere Schattierungen. Auf der Empore stand ein hoher, schlichter Thronsitz aus glänzend-schwarzem Material, das Glas, Pech oder eventuell auf Hochglanz gebrachtes Holz sein mochte.

Der Mann, der auf dem Thron saß, trug ein Gewand in vielen Farben, unter denen allerdings Purpurrot und Goldgelb überwogen. Das dicke Kleidungsstück verbarg seinen Körperbau; er konnte alles zwischen durchschnittlicher und korpulenter Gestalt haben. Sein Gesicht hatte ein rundliches, aber gesundes Aussehen; er war säuberlich rasiert und hatte auf dem unbedeckten Kopf kurze, schwarze Locken, allerdings mindestens einen Ring an jedem Finger, dazu zwei Paar Ohrringe sowie zwei edelsteingeschmückte Nasenmanschetten; ferner glitzerte über seinem rechten Auge eine Brauenbrosche.

Seine Finger gleißten prächtig, als er locker die Hände faltete und lächelte.

»Lady Sharrow«, sagte er, »mein Name ist Molgarin. Vor langem sind wir uns einmal begegnet, ich erwarte aber nicht, daß Sie sich daran erinnern. Sie waren damals noch sehr jung.«

Seine Stimme klang gleichmäßig und ruhig; sie machte ihn älter, als er aussah.

»Nein, ich erinnere mich nicht«, bekannte Sharrow. Sie hatte den Eindruck, daß sich ihre Stimme ausdruckslos anhörte. »Weshalb haben Sie Miz einfach umbringen lassen?«

Molgarin wedelte abschätzig mit der Hand. »Er hatte

mich vor vielen Jahren um etwas betrogen, das rechtmäßig mir zustand. Eine der Fähigkeiten, die man im Laufe eines langen Lebens erwirbt, ist die Gabe, Rache zu genießen, Planungen vorzunehmen und Handlungen auszuführen, die diese Befähigung lohnend machen.« Er schmunzelte. »Aber die Wahrheit lautete letzten Endes, daß ich ihn habe töten lassen, damit Sie zu leiden haben.« Das Schmunzeln wich aus seiner Miene. »Bitte setzen Sie sich.«

Die beiden jungen Agenten packten Sharrow wieder an den Armen und drängten sie nach vorn; zu dritt hockten sie sich, den Körper leicht gedreht, so daß sie Molgarin sehen konnten, auf die erste Stufe der Empore. Bedächtig streckte Molgarin die Arme nach den Seiten aus.

»Ich hatte das Empfinden, daß Sie meine jungen Beauftragten beleidigt haben«, meinte er. (Selbstgefällig feixten die zwei Lümmel Sharrow an.) »Und infolgedessen, weil sie quasi als meine Stellvertreter agierten, auch mich«, fügte Molgarin hinzu. »Darum habe ich Sie bestraft. Ich lege stets großen Wert darauf, alle zu bestrafen, die mich beleidigen.«

»Wahrhaftig«, sagte der Agent, der vor Sharrow kauerte. »Sie sollten mal sehen, was wir uns für Ihren *Vetter* ausgedacht haben.«

Molgarin räusperte sich, und der junge Mann schaute zu ihm hinauf, dann sah er mit geheimnistuerischem Grinsen wieder Sharrow an. Auf seiner Glatze spiegelte sich die Punktbeleuchtung.

»Einerlei«, sagte Molgarin, »der Lump ist tot. Aber bitte bilden Sie sich nicht ein, daß alles, was geschehen ist, ausschließlich getan wurde, nur um Sie aus der Ruhe zu bringen, oder aus Vergeltung an Kuma. Ich verfolge vielmehr ganz erheblich weitergehende Ziele.«

Molgarin lehnte sich in den Thronsitz und faltete erneut die Hände. »Sie sind, wie Sie zweifellos inzwischen begriffen haben, benutzt worden, Lady Sharrow.

Benutzt allerdings zur Erstrebung von wesentlich bedeutsamerem als persönliche Vorteile oder individuellen Ruhm. Die Personenkreise, die ich vertrete, und ich selbst verirren uns nicht auf die Holzwege des Machtwahns. Unsere Sorge gilt dem Heil Golters und des gesamten Sonnensystems, dem Wohlergehen unserer Spezies.«

»Sie sind nicht auch bloß so ein aufgeblasener Machtbesessener?« fragte Sharrow in sachlichem Tonfall. »Na, dann ist es ja gut.«

Molgarin schüttelte den Kopf. »Ach nein«, seufzte er. »Etwas Schlimmeres als Zynismus muß die Moral zerfressen, wenn nicht einmal unsere Aristokratie noch zu glauben imstande ist, daß die Reichen und Mächtigen auch andere Motive kennen können als immer nur lediglich die Gier nach noch mehr Geld und noch größerem Einfluß.« Er neigte den Kopf zur Seite, als fühlte er sich wirklich ratlos. »Verstehen Sie denn nicht, Lady Sharrow? Sobald man von beidem über genug verfügt, interessiert man sich für Hobbys, schöne Künste oder Philosophie. Manche Leute werden Förderer der Kunst oder hilfsbereite, spendenfreudige Wohltäter. Anderen muß man leider nachsagen, daß sie bei der Lebensführung ihrem Ruf gerecht werden, tatsächlich leben, wie die einfältige Masse sich vorstellt, so würde *sie* es treiben, hätte sie dazu die Gelegenheit. Einige von uns dagegen versuchen unsere Geschichte nicht nur zu verstehen, sondern bemühen sich darüber hinaus, sinnvollen Einfluß auf die Gestaltung der Zukunft auszuüben. Ich für meinen Teil räume ein, daß ich, zumal ich außerhalb der Jurisdiktion des Krebsgeschwürs stehe, das man Globales Tribunal nennt, ein höheres persönliches Interesse als die meisten Menschen an der Zukunft habe, weil ich davon ausgehe, sie zu erleben, aber ...« Molgarin stutzte, hatte anscheinend an dieser Stelle mit einer Reaktion gerechnet, die jedoch ausblieb. »Ja«, erklärte er ungefragt, »ich bin, was man als Unsterblichen bezeichnet. Ich bin es seit vierhundert Jahren und erwarte, daß ich es noch bedeutend länger bleibe ... Aber ich sehe, das beeindruckt Sie nicht. Wahrscheinlich weil Sie mir nicht glauben.« Er winkte ab. »Egal.«

»Wissen Sie«, flüsterte der Agent hinter Sharrow, »es *stimmt*.«

»Romantische Kindsköpfe wie Ihr Vetter«, dozierte Molgarin, »möchten zu gerne zurück in ein Goldenes Zeitalter, das in dieser Form nie existiert hat, in eine Welt, in der das Volk die Aristokratie respektierte und die Macht fest in Händen weniger Einzelner lag. Meine Freunde und ich sind der Ansicht, es ist eine tatendurstigere, gemeinschaftsbetontere Regierungsform erforderlich, die den natürlichen Einfallsreichtum und den unternehmerischen Geist der Menschheit freisetzt, sie von der bedrückenden Gängelei des Globalen Tribunals und seinen elenden, alleslähmenden Restriktionen erlöst. Deswegen haben wir es, so wie Ihr Vetter, für richtig gehalten, so viele der Schätze und Errungenschaften, die uns aus früheren, fortschrittlicheren Zeitaltern vererbt worden sind, zu sammeln, wie wir konnten, um so mehr angesichts der unverkennbar fiebrigen Stimmungslage, die das Herannahen des Dekamilleniums immer deutlich hervorruft. In unserem Fall geht dieser plötzliche Ausbruch von Kauffreudigkeit allerdings ebenso auf den Wunsch zurück, vorsorglich zu verhindern, daß die Artefakte in falsche Hände fallen, beispielsweise an Unbesonnene wie Ihren Vetter, wie auf die Absicht, die Verwirklichung unserer Pläne zu fördern, bei der es günstiger ist, wir brauchen uns nicht auf Leute mit solchen Charakterschwächen zu verlassen ...«

Molgarin hob die Schultern. »Eigentlich ist es eine Schande. Ursprünglich dachten wir, Ihr Vetter könnte jemand sein, der mit unseren Auffassungen einig geht. Wir haben ihm sogar vorgeschlagen, sich uns anzuschließen, aber wie sich gezeigt hat, wollte er lieber bei seinen albernen, eitel-aufgeblasenen Ideen bleiben. Offen gestanden, er hat uns viel Ärger verursacht.« Nochmals zuckte Molgarin die Achseln. »Aber was soll's. Da jetzt wir all das haben, zu dem Sie uns freundlicherweise verholfen haben, ist es uns möglich, mit ihm nach Gutdünken zu verfahren. Diese ... Sachen werden auf jeden Fall als Köder dienen.« Molgarin deutete ein Lächeln an. »Ihr Freund Elson Roa hat merken müssen, was geschieht, wenn jemand erst mit uns zusammenarbeitet und sich anschließend gegen uns stellt. Ihrem Vetter werden wir eine ähnlich harte Lektion erteilen, nur habe ich vor, die Belehrung bei ihm etwas länger hinzuziehen. Umgekehrt werden alle, die uns unterstützen – so wie Seigneur Jalistre, den Sie aus dem Seehaus kennen, glaube ich –, reichlich belohnt. Ich denke daran, ihm aus diesem Sortiment etwas als Geschenk zu überlassen.«

Molgarin lenkte den Blick zur Seite. Weitere Deckenleuchten flammten auf und warfen Licht auf Feril, der in zehn Metern Entfernung stand, um den Hals eine Art von schwerem Kragen. In seiner Nähe lag die Chaoswaffe auf einer dicken Säule aus klarem Glas; daneben sah Sharrow das seltsame Fahrzeug mit dem einzelnen, schräg installierten Rad, das sie gleichfalls unter dem Turm bemerkt hatte, ferner rund ein Dutzend sonstiger Gerätschaften und Apparaturen anscheinend sehr alter, quasi exotischer Technik, deren Zweck sie nicht durchschaute.

»Nennen Sie mich ruhig sentimental«, sagte Melgarin, »aber ich habe es als angebracht betrachtet, alles zu bergen, was sich im und unter dem Turm finden ließ, obwohl im Vergleich zur Chaoswaffe alles übrige natürlich Plunder ist. Sehen Sie nur, wir haben sogar Ihren kleinen Androidenfreund mitgenommen.« Molgarin sprach etwas lauter. »Du darfst ihr zuwinken, Maschine.«

Steif hob Feril eine Hand und winkte.

»Er macht sich Sorgen wegen des Subjugators«, erklärte Molgarin, lächelnd. »Es droht ihm aber keine Gefahr, solange er sich nicht weiter als einen Schritt von der Stelle bewegt.«

Molgarin verließ seinen Thronsitz und schritt zu der Chaoswaffe. Er war etwas weniger stämmig und erheblich größer, als Sharrow vermutet hatte. Mit der Hand betatschte er das glänzende, polierte Silbergehäuse der Chaoswaffe. Sharrow fiel auf, daß man auch daran irgendeine Vorrichtung befestigt hatte; eine dickere, gebogene Metallstange, gesichert mit einem Schloß, umgab den rechten Griff, verwehrte die Benutzung des Auslösers.

»Diese Waffe wird uns beizeiten das Dasein bedeutend erleichtern«, meinte Molgarin. Er drehte sich um und lächelte Sharrow zu. »Im Grunde genommen hat Ihre Familie, obwohl sie praktisch bei jeder Gelegenheit gegen uns gewesen ist, für unser Anliegen soviel getan, daß ich mich wegen all dessen, was ich zu tun hatte, weil es sein mußte, beinahe gemein fühle.« Er ging von der Chaoswaffe auf Abstand, aber kam nicht zur Empore zurück. »Ganz von dem zu schweigen, was es noch zu tun gilt.«

Noch eine Deckenlampe leuchtete auf und warf einen Lichtkegel auf eine Gestalt an Molgarins Seite. Sie war Sharrow.

Sharrow erblickte sich selbst. Ihr Ebenbild blinzelte in den hellen Lampenschein, schaute Molgarin mit einem Blick an, in dem sich Furcht und Verwirrung mischten.

Die zweite Sharrow hatte noch die langen, schwarzen, lockigen Haare und war in einen konservativen, dunklen Hosenanzug schmalen Schnitts gekleidet, der völlig dem ähnelte, den Sharrow sich aus dem Kleiderschrank herausgesucht hatte und momentan trug.

Molgarin streckte der zweiten Sharrow die Hand entgegen; die Frau reichte ihm die Linke. Molgarin umschloß die dargebotene Hand mit der Faust.

Sharrow spürte, wie sich in den Fingern ihrer Linken Schmerz regte. Sie wollte aufstehen, doch der junge Mann, der hinter ihr kauerte, schlang ihr einen Arm um den Hals, während der andere Bursche ihre Füße umklammerte.

Als Molgarin die Hand ihres Abbilds zusammendrückte, schrie es, unmittelbar bevor Sharrow selbst aufschrie.

Schlagartig endete der Schmerz. Sharrow sah, daß ihr Ebenbild weinte und mit der Rechten die mißhandelte Hand umfaßte.

Molgarin schüttelte den Kopf und schenkte der echten Sharrow ein breites Lächeln. »Wenn Sie nur ahnten, welche Zurückhaltung ich mir beim Umgang mit diesem Spielzeug auferlegen mußte«, faselte er, wandte sich seitwärts und streichelte der Frau die Wange. Es schien, als ob sie es gar nicht spürte. »Aber natürlich habe ich mit ihr meinen Spaß gehabt«, ergänzte Molgarin seine Äußerung. Sein Blick fiel erneut auf Sharrow. »Vollkommen hohl«, behauptete er, wies mit dem Kopf auf ihre Doppelgängerin. »Ihr Geist ist völlig leer.« Er schmunzelte übers ganze Gesicht. »So wie's sich gehört.«

Er zog etwas aus dem Gewand. Es war eine Hand-Balliste. »Gestatten Sie mir, Ihnen Ihren Klon vorzustellen, Lady Sharrow«, sagte er, richtete die Waffe aufs Gesicht der Frau. »Sharrows Klon«, sagte er halblaut, »das ist Sharrows HandBalliste.«

Verständnislos guckte die Frau in die Mündung der Schußwaffe.

Sharrow bäumte sich gegen die Umklammerung der beiden Agenten auf. »Mieser *Scheißkerl*!« schrie sie.

Der Klon sah sie an, als sie laut wurde, doch wandte den Blick sofort ab. Man konnte ihm durch nichts anmerken, daß er in Sharrow sein Ebenbild erkannt hätte.

»Ach, leider muß ich Ihnen gestehen, daß wir uns die Mühe gespart haben, ihr das Sprechen beizubringen, Lady Sharrow«, gab Molgarin zu. »Wir haben sie auch nie in den Spiegel sehen lassen«, fügte er zerstreut hinzu. Er hielt die Waffe direkt ans linke Auge der Frau. Sie neigte den Kopf ein wenig zurück.

»Sie ist wirklich süß, meine kleine Eintagsfliege, nicht wahr?« fragte Molgarin, schwenkte die Handfeuerwaffe vom linken zum anderen Auge der Frau. Ihr Blick folgte der Bewegung der Waffe.

»Ich habe sie jetzt seit gut zwei Jahren«, erzählte Molgarin im Plauderton. »Ich bedauere sehr, daß wir die erforderlichen Zellen nicht schon damals in der Bergwerksklinik auf Nachtels Geist an uns gebracht hatten, während man Ihnen auf meine Veranlassung das Kristallvirus einpflanzte.«

Immer wieder bewegte Molgarin die Waffe von Seite zu Seite. »Ja, ich habe gut und gern zwei Jahre lang an ihr mein Vergnügen gefunden«, bekräftigte er. »Aber jetzt habe ich ja das Original.«

Er schoß der Frau ins rechte Auge.

Sharrow fuhr zusammen, unterdrückte einen erneuten Aufschrei, verkniff die Lider, als der Kopf der Frau in einer roten Explosion auseinanderspritzte und der Schuß ihren Körper rücklings ins Dunkel schleuderte. Sie ließ die Augen geschlossen, während sie spürte, daß sie vor sich hinschlotterte; vergeblich versuchte sie, das Zittern zu unterbinden.

Der junge Mann hinter ihrem Rücken rüttelte an Sharrow. »Hach, na so was«, bemerke er leise.

Sharrow öffnete, obwohl sie unvermindert zitterte, die Augen, ihre Brust wogte. Sie unterdrückte das Schluchzen, das sich ihr entringen wollte, lauschte auf die eigenen Atemzüge, während sie durch einen Tränenschleier Molgarin auf sich zukommen sah.

»Ach, sparen Sie sich das Jammern, Lady Sharrow«, empfahl er, schob die Pistole zurück unters Gewand, während allmählich ein finsterer Ausdruck das Lächeln aus seiner Miene verdrängte. »Sie war eine Null«, sagte er, spreizte die Hände. »Ein Nichts. Kaum als Mensch zu bezeichnen.« Er lachte belustigt. »Was ja auch wenig wert wäre.«

Einen Moment lang verharrte er vor Sharrow und blickte auf sie herab; dann wandte er sich ab und kehrte auf die Empore zu seinem Thron zurück. Er setzte sich und schlug die Beine übereinander.

»Was denn, Lady Sharrow?« fragte er nach kurzem Schweigen. »Keine Beleidigungen, nichts an Drohungen, keine Schmähungen? Keinerlei heldenmütige Auflehnung?« Er schüttelte den Kopf. »Ich warne Sie, ich bin nicht zufrieden, bis Sie mir eine häßliche Beschimpfung an den Kopf geworfen – zu der zweifelsfrei das anstößige Wort ›Scheiß‹ gehören dürfte – *und* einen ebenso unwahrscheinlichen wie drakonischen Racheakt angedroht haben, dessen Ausführung Sie sich nur wünschen können, während ich dagegen die Mittel habe, um das gleiche Ihnen zuzufügen – und wie Sie sich denken werden, auch die Absicht.« Es gelang ihm so auszusehen, als amüsierte er sich köstlich über sich selbst.

Sharrow atmete unverändert mühevoll, bezwang ihr Entsetzen, versuchte irgendwie, aus irgendeiner Quelle, Kraft zu schöpfen. Sie starrte Molgarin an, blieb dazu unfähig, auch nur ein wenig von dem, was sie empfand, in Worte zu fassen.

Molgarin musterte sie mit einer Miene herablassend-belustigter Geduld.

Urplötzlich wechselte sein Gesichtsausdruck. Er furchte die Stirn und hob den Blick zu dem Panorama länglich-schmaler Wiedergaben der Wüstenlandschaft, die in weitem Kreis das Bunkergewölbe umgab.

»Was?« fragte er. Etwas lenkte ihn gänzlich von Sharrow ab. Er betrachtete die Bildflächen, drehte sich um, damit er auch die Außenübertragungen hinter dem

Thron sehen konnte. »*Was?*« wiederholte er, berührte mit der Hand einen Ohrring. »Wieso?«

Sharrow schaute auf. Die rechteckigen Ausblicke in die Wüstenei waren keine ereignislosen Abschnitte eines friedlichen Panoramas mehr. An drei Seiten des Tals tanzten Punkte über den Bergen. Auf zweien der Bildschirme sah man etwas, das an eine Kavallerieattacke erinnerte. Zitadellenwächter ergriffen vor den Reitern die Flucht und schmissen die Waffen von sich.

»Na, dann los«, schnauzte Molgarin, ohne Sharrow anzusehen, eine Hand noch am Ohr, »und zwar sofort! Leiten Sie alles Nötige ein!«

Sharrow merkte, daß der Zwilling vor ihr den anderen, der hinter ihr hockte und ihre Arme festhielt, besorgt ansah. Als nächstes nahm der Agent an ihren Füßen die Fäuste fort und zückte eine kleine Laserpistole aus der Uniformjacke.

Bewegung zuckte auf mehreren Bildflächen. Nachgerade gemächlich wallte eine Reihe gewaltiger, grauer Explosionswolken vom ebenen Wüstenboden des Talkessels hoch, dehnten sich immer weiter aus, türmten sich stets höher empor. Sie erregten einen dermaßen immensen Eindruck, daß Sharrow unwillkürlich erwartete, die Detonationen hören zu können, ganz gleich, in welcher Tiefe das Bunkergewölbe liegen mochte, doch schließlich sanken die Qualm- und Staubwolken in völliger Lautlosigkeit zusammen.

Molgarin wandte sich um. Er schaute die beiden Agenten an, dann lächelte er zittrig zu Sharrow herüber. »Anscheinend werden wir ...«, fing er einen Satz an.

Der Fußboden erbebte, und schlagartig erlosch ein ganzes Drittel der Bildschirme. Feril beobachtete die wirren Ereignisse, die man auf den restlichen Monitoren sehen konnte, mit höchster Aufmerksamkeit. Molgarins Blick streifte die erloschenen Bildschirme. Auch der Agent mit der Laserpistole starrte die dunklen Flächen an.

»Anscheinend werden wir angegriffen, Lady Sharrow«, teilte Molgarin ihr mit. »Möglicherweise von Ihrem lästigen Vetter.« Offenbar fiel ihm das Schlucken schwer. »Ich schwöre Ihnen, teure Lady, das ist sein letzter romantisch-melodramatischer Streich. Dafür soll er mir büßen, und Sie werden dabei sein, wenn er seine Strafe erleidet.« Molgarin heftete den Blick auf die beiden Agenten. »Geben Sie auf sie acht«, befahl er, legte den Kopf an die Rückenlehne des Throns und krampfte die Fäuste fest um die Armlehnen.

Die Oberseite der Empore bewegte sich plötzlich nach oben, beförderte den Thron, während es unter dem Bunkergewölbe hörbar rumorte, mit spürbarer Luftverdrängung nach oben; zehn Meter höher verschwand der Thron in der Decke, so daß danach in der Mitte des runden Bunkerraums eine einzelne, massive, schwarze Säule aufragte.

Ehe die beiden Agenten irgend welche weiteren Maßnahmen ergreifen konnten, erzitterte das gesamte Gewölbe, auch sämtliche übrigen Monitoren fielen aus, und die Beleuchtung erlosch. Sie waren in vollkommener Finsternis.

Sharrow zerrte an einem Arm des Agenten, der sie festhielt, drehte daran und duckte sich, kippte den Burschen, der vor Schauer aufheulte, über ihren Rücken weg. »Nicht!« kreischte er.

Ein plötzliches Fauchen ertönte, kurz prasselte abgehackte, grelle Helligkeit, die dann erscholl, während Sharrow sich beiseite warf und der Agent fortrollte, ein Schrei, der in Gurgeln und Röcheln erstickte. Lautlos preßte sich Sharrow an die Treppe der Empore. Gestank verkohlten Fleischs wehte ihr in die Nase.

»Bruder?« fragte eine stockende, zittrige Stimme. Ihr antwortete nur ein Ächzen. Vorsichtig wagte Sharrow sich zu regen. »Bruder?« wiederholte die Stimme, jetzt mit Anklängen der Panik. Noch ein Krächzen und Würgen. Sharrow kroch näher, korrigierte die Richtung, lauschte nach vorn. Erschütterungen durchbebten den Bunker; an einer Seite erklang ein fürchterliches Bersten, gefolgt von Krachen und Klirren. »Bruder!« schrie die Stimme.

Dies letzte, bange Aufheulen genügte Sharrow zur Orientierung. Geräuschlos richtete sie sich auf, schloß die Lider und trat zu.

»Bru ... Uff ...!« Die Stimme verstummte.

Sharrow wich einen großen Schritt zur Seite. Ein weißlicher Laserstrahl zuckte zu der Stelle, wo sie gerade noch gestanden hatte, erhellte ihr Umfeld genug, um ihr beide Zwillinge erkennbar zu machen, als wäre ein Blitz aufgeflammt. Der eine Bursche, der sie von hinten im Griff gehabt hatte, lag der Länge nach am Fuß der Treppe unterhalb der schwarzen Säule, während der zweite Agent vor ihr, zur Seite gelehnt, auf dem Fußboden kauerte, in die Richtung der Treppe stierte, in einer Faust den Laser, die andere Hand auf den unteren Bereich der Brust gedrückt.

Mit dem linken Fuß trat Sharrow nach seinem Schädel. Der schwere, wirklich praktische Schuh traf den Kopf des Zwillings mit einer Wucht, die ihr das ganze Bein prellte. Sie stürzte zu Boden.

Aus mehreren Metern Abstand hörte sie nochmals das Röcheln, dann in geringerer Entfernung Laute, die Schnarchen ähnelten. Ein zweites Mal rüttelten Erschütterungen den Bunker durch, und Geräusche hallten, die nach Trümmern klangen, die irgendwo herabhagelten.

»Lady Sharrow?« rief eine entferntere Stimme. Ferils Stimme.

Sharrow gab keine Antwort. »Lady Sharrow«, sprach Feril sie mit ruhiger Stimme ein zweites Mal an, »ich kann Sie sehen. Die Laserpistole, die der Mann, den Sie eben getreten haben, in der Hand hatte, ist ihm entfallen und liegt jetzt ungefähr sieben Meter rechts von Ihnen.« Kurz schwieg Feril. »Meine Einschätzung lautet«, erklärte er als nächstes, »gegenwärtig wird keiner der beiden jungen Männer Ihnen Schwierigkeiten bereiten.«

Sharrow stand auf und schlich zügig – noch immer, ohne ein Wort zu äußern – nach rechts.

»Noch zwei Schritte«, half Feril nach. »Halt. Jetzt liegt die Pistole einen Meter links von Ihnen.«

Sharrow hob die Waffe auf. »Ich habe sie«, rief sie dem Androiden zu.

»Ich glaube, einer der beiden jungen Männer, die Sie vorhin handlungsunfähig gemacht haben, hat den Elektronikschlüssel zu dem sprengstoffgefüllten Subjugator bei sich, den ich trage«, erläuterte Feril. »Das heißt«, meinte er nahezu im Tonfall einer Entschuldigung, »falls Sie die Absicht haben, ihn mir zu entfernen.«

Sharrow vollführte eine Drehung und strebte durch die vollständige Finsternis. »Gehe ich in die richtige Richtung?«

»Halt«, sagte Feril zum zweitenmal. »Ja. Sie sind nur noch einen Schritt von dem jungen Mann entfernt, den Sie getreten haben.«

Mit der Hand tastete Sharrow bodenwärts. »Also sind sie keine Androiden«, schlußfolgerte sie.

»Nein, ich nehme an, daß sie Klone sind«, antwortete Feril, »aber davon abgesehen, sind sie völlig normale Menschen.« Er schwieg.

Der Bursche zu Sharrows Füßen atmete flach. Sie zielte mit der Waffe auf die Stelle, woher das Atemgeräusch kam, und befühlte die Uniformjacke. »Das hier könnte ein Elektronikschlüssel sein.«

Mit weiteren mündlichen Anweisungen dirigierte der Android sie zu seinem Standort. »Das Schloß befindet sich an der Rückseite«, klärte er sie auf.

Mit einem Klicken glitt der Schlüssel hinein, beunruhigend summte der Subjugator, dann blinkte ein weißes Lichtchen, und knackend öffnete sich die kragenartige Vorrichtung. Sharrow hob sie von Ferils Schultern und legte sie auf den Fußboden, durch den genau in diesem Moment erneut Erschütterungen bebten. In einiger Entfernung erklangen von neuem Bersten und Splittern.

»Wo geht es zur Chaoswaffe?« fragte Sharrow.

»Möchten Sie mir Ihre Hand reichen?« stellte Feril eine Gegenfrage. Es schauderte Sharrow, als sie den Arm ins Dunkel streckte, sie biß die Zähne zusammen. Sachte ergriff Feril ihre verbundene Hand; gemeinsam gingen sie vorwärts. »Da ist sie«, konstatierte der Android schließlich.

Sharrow ertastete die Wunderwaffe und nahm sie vom Podest. »Großartig«, sagte sie. »Nun müssen wir nur noch versuchen, einen Fluchtweg aus diesem Erdloch zu finden.«

»Erlauben Sie mir, einen Vorschlag zu machen«, bat Feril mit unverändert ruhiger Stimme. »An meinem vorherigen Standort hatte ich die Gelegenheit, das aus dem Turm herbeförderte Gyromobil einem Scanning zu unterziehen. Offensichtlich ist es fahrbereit.«

»Hmm«, brummte Sharrow. »Oder wir warten hier einfach, bis mein Vetter aufkreuzt.«

»Leider muß ich dagegen einwenden«, entgegnete Feril bedächtig, »daß nicht fest mit der Ankunft Ihres Vetters zu rechnen ist.«

»Nicht?«

»Anhand der in die Mauern integrierten, hochauflösungsfähigen Monitoren war ich dazu imstande, die Geschehnisse zu beobachten, die sich in der hiesigen Wüste und den benachbarten Bergen ereigneten. Die erste, übrigens vergleichsweise leicht bewaffnete Welle der Angreifer ließ sich nicht identifizieren. Bei der zweiten Welle, die allem Anschein nach sowohl gegen die Verteidiger der Zitadelle wie auch die erste Welle das Gefecht aufgenommen hat, handelt es sich nahezu mit Gewißheit um Huhsz-Truppen.«

»*Huhsz?!*« rief Sharrow in die Dunkelheit.

»Ich glaube ja. Ich konnte bestimmte Markierungen an den Tragflächen der Flugzeuge erkennen, die …«

»Sind Sie sicher?« fragte Sharrow.

»Ich bin mir über das sicher«, versetzte Feril vorsichtig, »was ich auf den Monitoren gesehen habe.«

»Verdammt«, fluchte Sharrow. »Aber wenn Geis hirnverbrannt genug ist«, sinnierte sie anschließend, »um die Embargo-Gebiete zu durchqueren, dann sind es die Huhsz erst recht.« Sie hob die Chaoswaffe an die Hüfte, als trüge sie ein Kind. »Wo steht das Gyromobil?«

»Hier entlang.«

Unter ihnen rumste und grollte es durch den Fußboden, warf sie beinahe von den Füßen. Aus entlegenen Bereichen der Bunkeranlagen erscholl neues, offenbar durch weitere verheerende Beschädigungen verursachtes Krachen.

Der Android half Sharrow beim Einsteigen in die offene Fahrzeugkabine des Gyromobils. Sharrow legte die Chaoswaffe neben zwei Bedienungselementen, die sich wie Hängepedale anfühlten, auf den Innenboden. Unmittelbar hinter der Kabine war ein kleiner Stauraum vorhanden; Feril kletterte aufs Gyromobil und stellte die Beine in diesen Stauraum, hockte sich knapp vor dem geneigten Einzelrad aufs Heck des Wagens. Kaum merklich wackelte das Gefährt, nahezu unhörbares Surren drang heraus.

»Und was nun?« wünschte Sharrow zu erfahren, mußte schreien, weil irgendwo vorn in der Dunkelheit Donner rumpelte. Ein Schwall erhitzter Luft wallte ihnen entgegen, wehte Sharrow Staub ins Gesicht. Sie kniff die Augen zu.

»Versuchen Sie es damit«, riet Feril. »Verzeihen Sie.«

Sharrow spürte, daß der Android sich vorbeugte; es knackte, und Licht erglühte. Der Android rückte nach hinten zurück. Sharrow drehte sich um; die grünliche Helligkeit, die den Monitoren und Instrumenten des Einradfahrzeugs entströmte, warf weichen Glanz auf Ferils Gesicht.

»Vielleicht sollten Sie fahren«, meinte Sharrow.

»An dieser Stelle ist man ziemlich ungeschützt«, wandte der Android ein. »Gestatten Sie mir, Sie lieber bei der Wegfindung zu unterstützen.«

»Na gut.« Sharrow richtete den Blick nach vorn und besah sich die Lenkung; es gab zwei Fußpedale, einen zweiteiligen Steuer- und Schalthebel mit verschiedenerlei Tasten, diverse Anzeigen, Monitoren sowie Hologramme mit Sensor-Ikonen, ferner ein Head-up-Display, das vor ihr mitten in der Luft zu schweben schien.

Sie trat auf ein Pedal; daraufhin senkte sich der Bug des Gyromobils. Das Bedienen des zweiten Pedals brachte es in die vorherige Stellung zurück. Mit beiden Fäusten packte Sharrow den Steuerhebel, drückte die Handgriffe; die Linke war steif und schmerzte noch leicht, doch blieben die Beschwerden erträglich. Die Instrumente piepsten. Sonst geschah nichts, bis Sharrow die Hand vom linken Griff nahm. Da sauste das Gyromobil vorwärts, so daß ihr Hinterkopf am Sitz gegen die Kopfstütze wumste.

»Halt«, rief Feril.

Sharrow senkte die Hand vom rechten Griff, und das Fahrzeug blieb recht schnell stehen. Sie merkte, wie der Android hinter ihr sich umwandte.

»Nun ja«, sagte Feril und kehrte sich wieder nach vorn. »Ich glaube, Sie hatten ohnehin kein allzu gutes Verhältnis zu diesem jungen Mann.«

»Tot?« fragte Sharrow.

»Vollständig«, bestätigte Feril.

Sharrow entdeckte die Schalter für die Fahrzeuglampen und ein zweites Holo-Display, das zwischen Radar,

Ultraschall und passiver elektromagnetischer Ortung variiert werden konnte. »Sieh an«, bemerkte sie, »so ein Gerät hatte ich auch einmal am Motorrad.« Sie justierte das Display auf optimale EM-Darstellung.

Ihr wurde bewußt, daß sie auf den Sicherheitsgurten saß. Sie hob das Gesäß an, zog die Gurte heraus und schnallte sich an. Das Holo-Display zeigte ihr den gesamten vor dem Fahrzeug befindlichen Teil des Bunkergewölbes in feinen Grauabstufungen. An wenigstens zwei Stellen war die Decke eingestürzt. Der Zugang, durch den Sharrow hereingebracht worden war, lag links.

Von oben erklang ein dumpfes Grollen, dem wieder eine Hitzewelle folgte.

»Ich bin der Auffassung«, sagte Feril, »wir sollten diesen Bau ziemlich bald verlassen.«

»Ich auch«, stimmte Sharrow zu. »Fertig zum Abfahren?«

»Fertig. Mein Vorschlag lautet, den Niedergang zu benutzen.«

»Genau meine Meinung.« Vorsichtig drückte Sharrow den rechten Lenkergriff, so daß das Gyromobil mit einem Summen vorwärtsrollte, dann kippte sie das Rad zur Gegenseite, und das Fahrzeug machte kehrt. Ihr Blick streifte den zermalmten Leichnam des jungen Agenten, den sie erst mit einem Fußtritt gefällt und anschließend überfahren hatte. Offenbar hatte das Gyromobil ein beträchtliches Gewicht.

Der andere Agent lag noch am Fuß der Säule. Seine Brust, der Hals und das Gesicht befanden sich noch im Erkalten. Sharrow war, als könnte sie ihn stöhnen hören.

Sie zückte den Laser aus dem Jackett, zielte damit über die Wagenseite und schoß ihn zweimal in den Kopf.

Neben dem dritten, ebenfalls noch im Abkühlen begriffenen Leichnam stoppte sie kurz; dann ließ sie ihr

Abbild hinter sich zurück und steuerte das Gyromobil den Niedergang hinab.

Eine geschlossene Tür versperrte den weiteren Weg.

»Einen Moment«, bat Feril. »Allem Anschein nach ist hier zum Öffnen lediglich ein relativ schlichter Funksignalcode erforderlich.«

Gleich darauf rollte die Tür beiseite, gab den Blick in den kurzen, von Schiebetüren gesäumten Korridor frei.

»Gut gemacht«, lobte Sharrow, ließ das Gyromobil erneut anfahren.

»Gern geschehen.« Abermals hallte donnerähnliches Grollen durch die Räume, wellte sich auf der linken Seite des Korridors die zweite Schiebetür. »Ich glaube, durch die Tür gegenüber können wir ins Freie gelangen«, rief Feril. »Zu ihrer Durchquerung dürfte allerdings der Einsatz der Bordkanone unumgänglich sein.«

»Bordkanone?« wiederholte Sharrow, blickte sich kurz nach dem Androiden um.

Er nickte. »Meines Erachtens handelt es sich bei diesem Fahrzeug um einen alten RoboTank-Panzerjäger, ein Sportfahrzeug eines Modells, das die Vrosal-Moguls benutzten, die nach ...«

Eine zweite Druckwelle schüttelte die Schiebetür.

»Wo sind die Ziel- und Feuerkontrollen?« erkundigte Sharrow sich hastig.

»Man zielt mit dem ganzen Fahrzeug«, erläuterte Feril. »Mit den Pedalen verstellt man den Winkel des Fahrzeugbugs, der rote Punkt im Head-up-Display ist die Zielmarkierung, und der rote Knopf am linken Lenkergriff dient zum Feuern.«

Sharrow schoß auf die Tür; unterm Rumpf des Gyromobils blitzte es auf, ein ohrenbetäubender Knall dröhnte, und in der Schiebetür entstand ein kleines Loch. Im nächsten Augenblick wölbte sich die Tür auswärts, als dahinter die Granate explodierte.

Fetzen flogen an Sharrow und Feril vorüber. Sharrow zog den Kopf ein, schaute sich nach Feril um, der anscheinend keinen Schaden genommen hatte, und lenkte das Gyromobil über die Trümmer der Tür. Mit geradezu unheimlicher Leichtigkeit rollte das Fahrzeug in einen gekurvten Stollen, durch den doppelt gezahnte Metallschienen verliefen. Auf den Schienen standen Flachwagen; hinter den Wagen schraubte sich der Stollen in Spiralenform in die Höhe.

»Auf diesem Weg bin ich hinunterbefördert worden«, sagte Feril. »Soviel ich weiß, führt er in einen Raum dicht unter der Oberfläche.«

»Kann ja sein, aber wie gelangen wir über diese Flachwagen hinweg?«

»Ich glaube, dieses Fahrzeug ist für die heutigen Verhältnisse ein außerordentlich ausgereiftes Modell. Ich schlage vor, sie einfach zu befahren.«

»Wie Sie wollen«, antwortete Sharrow. Langsam lenkte sie das Gyromobil vorwärts. Es überquerte die Flachwagen, als gäbe es sie gar nicht. Sharrow blickte sich um, zuckte die Achseln und beschleunigte das Gyromobil, jagte es in den gewundenen Stollen.

Zwar waren Druckpforten vorhanden, doch standen sie alle offen.

Mehrere Minuten lang summte das Gyromobil ohne Zwischenfälle den verschlungenen Stollen hinauf, fuhr schließlich in einen unterirdischen Rangierbahnhof. Aus der ferneren Umgebung hörte Sharrow Feuer aus Waffen schweren Kalibers, Aufblitzen erhellte den gerippten, grauen Beton der Decke.

»Dort entlang, glaube ich«, empfahl Feril, deutete in Gegenrichtung des Gefechts, zwischen einigen Stützpfeilern hindurch auf einen von Rauchwolken durchwehten Teil des Rangierbahnhofs.

Das Gyromobil befuhr das Schienengewirr mit vollkommen stabiler Fahrweise, raste auf einer Brücke über einen tieferen, völlig verqualmten Bereich des Rangierbahnhofs hinweg; hinter den Rauchschwaden lagen die Leichen eines Zitadellenverteidigers und eines Angreifers der ersten Welle. Die Fäuste des Zitadellenwächters umklammerten in krampfhafter Starre sein Gewehr. Er war enthauptet worden, höchstwahrscheinlich mit dem blutigen Säbel, der dank des Fangriemens noch an der Hand des zweiten Toten hing, der am Geländer der Bahnhofsbrücke lehnte; durch die Granatexplosion, die ihn getötet hatte, war ihm fast sämtliche Kleidung vom Leib gerissen worden.

Im Vorbeifahren betrachtete Sharrow, indem sie das Tempo verringerte, um besser sehen zu können, den nackten rechten Arm des Toten.

Sie schüttelte den Kopf und nahm wieder Geschwindigkeit auf. Voraus klaffte der schwarze Rachen eines weiteren Stollens, schien gleich darauf das schnelle Gyromobil zu verschlingen.

Die Taktische Kommandoeinheit-Vorausabteilung war durch eine Dachöffnung in die Tiefzitadelle eingedrungen. Staub bedeckte die Männer, und sie stanken nach Rauch. Zwei waren leicht verletzt worden, doch im großen und ganzen hatte der Stoßtrupp nahezu keinen Widerstand zu brechen gehabt. Offenbar war die Besatzung der Zitadelle durch die ersten Angreifer, obwohl sie über keine schweren Waffen verfügten, schon im wesentlichen niedergekämpft worden.

Die Gruppe hatte ein Mitglied der Zitadellenbesatzung gefangengenommen und zu entgegenkommendem Verhalten bewogen; der Mann hatte sie zum Thronsaal geführt.

Dort war der Thron nicht mehr zu sehen, sondern offenkundig in der Decke verschwunden; Tech-Experten bemühten sich darum, zu den maximalgeschützten Gängen in den beiden oberen Tiefetagen durchzustoßen. Vermutlich war der Herr und Meister dieses unterirdischen Labyrinths unter Mitnahme der Beute geflohen. Zahlreiche Stollen und Fluchttunnel mündeten in die Wüste und die benachbarten Berge, und man

nicht zu den anderen Figuren. Sie sind unwichtig, immer unwichtig gewesen. Ich vergebe dir den Umgang mit ihnen. Ich habe für dich Verständnis. Aber *du* mußt mir auch Verständnis entgegenbringen. Was sich ereignet hat, ist nicht durch mich allein geschehen, es waren Personen beteiligt, die dachten, sie täten, was ich wollte, aber in Wirklichkeit waren sie irregeleitet. Gelegentlich wußte nicht einmal *ich,* was passierte. Menschen können auch *übertrieben* treu sein, weißt du das, Sharrow? Genau so hat's sich zugetragen, ich schwör's dir.«

Geis warf dem Mann, der neben Sharrow noch immer gefesselt auf dem Stuhl saß, einen Blick zu, dem Schauspieler, der nicht Molgarin hieß, dessen Namen sie jedoch inzwischen vergessen hatte. Er sah aus, als wäre er tot.

»Hilfskräfte wie er sind für so manches verantwortlich«, beteuerte Geis. »Sie haben über die Stränge geschlagen, ich will's keineswegs leugnen. Aber sie meinten es gut. So wie mit dem Kristallvirus. Er ist dir auf Nachtels Geist implantiert worden, selbstverständlich aber nicht zu dem Zweck, für den man ihn später mißbraucht hat. Damals konnte ich doch nicht ahnen, daß Molgarin einmal selbst den Ehrgeiz entwickelt, zur Macht aufzusteigen, und dich für seine Bestrebungen einspannt. Daß man das Kristallimplantat benutzt, um dich zu malträtieren, war mir einfach unbekannt.« Geis hatte eine gequälte Miene aufgesetzt. Er hatte, bemerkte Sharrow, wieder die Joppe angezogen. »Ich wußte nur eines«, ergänzte er, lächelte dabei verwegen, »nämlich daß es ungefährlich ist. Ich habe selbst so ein Kristallvirus in den Kopf eingepflanzt, wußtest du das?«

Sharrow schüttelte den Kopf. Natürlich hatte sie darüber nicht Bescheid gewußt.

»Ja, es ist so«, bekräftigte Geis, indem er nickte. »Und zwar als Rückversicherung, als Möglichkeit, alles was

»Geh mir *bloß* von der Pelle! Du bist geblieben, weil du's wolltest, nicht meinetwegen oder der Familie zuliebe. Du hängst doch mehr an der Kette als an mir.«

Sharrow hörte Breyguhn vernehmlich nach Luft schnappen. Am liebsten hätte sie jetzt gelacht, konnte aber nicht den Kopf bewegen. Ach Geis, dachte sie, du hast seit jeher immer alles zu wörtlich genommen.

»Wie kannst du's *wagen*, so mit mir zu reden! Du hast bloß Bammel. Na gut, ich *zeige* dir, wie's gemacht wird.«

»Breyguhn! Nicht! Leg die ...!«

Geräusche eines Handgemenges. Ein Schuß peitschte; dann hörte Sharrow nahebei einen Querschläger vorüberpfeifen. Ein Hieb klatschte. Schweigen, danach ein Aufheulen, längeres Geflenne, schließlich ein paar infolge Schluchzen unverständliche Äußerungen.

»Breyguhn ...«

»Also gut, von mir aus sollst du sie haben!« keifte Breyguhn. »Du wolltest ja sowieso immer nur sie. Meinetwegen tu doch, was dir *paßt*!«

Ihre Kette rasselte, und dem Klirren folgte das Zuschlagen einer Tür. Einer Tür, wo es gar keine Türen geben sollte. Doch heute hatte Sharrow hier jede Menge Türen gesehen. Viele, viele Türen ... Von neuem verschwamm ihre Wahrnehmung.

Auf einmal befand sich ein Gegenstand dicht unter ihrer Nase, sie atmete etwas ein, das scharf und ungesund roch, ihr jedoch merklich den Kopf klärte. Von irgendwoher schien ein seltsames Klingen zu ertönen.

Vor ihr kauerte Geis.

»Sharrow?« fragte er.

Sie hob den Kopf und verzog die Stirn.

»Sharrow«, sagte Geis, »ich möchte nochmals betonen, daß ich dich stets geliebt habe, nie etwas anderes als dein Glück im Sinn hatte, mir immer wünschte, daß du ein vollwertiges, angesehenes Familienmitglied bist. Du gehörst zu mir, nicht diesem Kriminellen Kuma,

beband verschloß ihr den Mund. Ihr Kopf hing vornüber und schmerzte. Sie hätte den beiden gerne nochmals zugeschrien, doch endlich still zu sein, aber sah davon ab. Statt dessen hob sie den Kopf und sah hinüber zu Geis und Breyguhn.

Sie trugen ihre Streitigkeit in der Nähe des Tisches aus. Breyguhn war nach wie vor an die Wand gekettet. Ihre Ankettung blieb Sharrow unklar; irgendwo im Kettensystem mußte es eine Stelle geben, wo Breyguhn von den Standardschienen auf eine Art von Luxusschiene überwechseln konnte. Zudem hatte sie anstatt der eisernen eine Kette aus Edelstahl erhalten, wahrscheinlich ein wirklich großzügiges Zugeständnis der Marinabtei ...

Sharrows Kopf verursachte ihr solche Beschwerden, daß sie ihn wieder senken mußte. Offenbar war ihr kurzer Blick den beiden entgangen. Erneut wurde vor Sharrows Augen alles grau. Hören jedoch konnte sie weiterhin.

»Töte sie, Geis. Bitte laß bei dieser Sache deine persönlichen Gefühle aus dem Spiel. Es muß sein, weil ...«

»*Meine* persönlichen Gefühle soll ich aus dem Spiel lassen? Na, das ist ja wahrlich stark, ausgerechnet du mußt mir mit so etwas kommen!«

»Ich bin für dich *hier* im Seehaus geblieben. Verdammt noch mal, deinetwegen bin ich erst *hinein*gegangen! Wer hat dir diesen Unterschlupf *gesucht*? Und ich hätte gehen können. Aber für dich ich bin geblieben, für dich und die Familie. Ich lasse nicht zu, daß *sie* uns wieder alles verdirbt. Dir ist doch klar, Geis, daß sie's wieder dahin bringt, du weißt doch selbst, wie sie ist. Sie verzeiht nicht, sie *kann* nicht verzeihen. Geis, ich bitte dich, liquidiere sie. Für mich. Bitte. Bitte ...«

»Ich habe dich nicht gebeten, hier in der Marinabtei zu bleiben, du hast's selbst so gewollt.«

»Ich weiß, aber trotzdem, tu's für mich, bitte ... Ach, Geis ...«

Nein, ich will nicht.
Wach *auf*!
Nein, ich wi …
Du wirst sofort wach!
Nein.
Sof …!

Leute stritten. Da zankten Leute, obwohl Sharrow der Kopf wehtat. Es war ihr zuwider, wenn Menschen herumzeterten. Sie schrie sie an, forderte sie auf, den Mund zu halten. Daß die Chaoswaffe ihr keine Ruhe gönnte, war mies genug. Allerdings verschlimmerte das Schreien den Kopfschmerz. Und anscheinend hörten die Leute sie ohnehin nicht.

»Du *mußt* sie umbringen.«

»Nein, es ist nicht nötig. Ich hatte sie fast überzeugt, bevor du hereingeplatzt bist.«

»Ach, jetzt ist alles wohl meine Schuld, wie? Ich rette dich aus der Patsche, und du …«

»Das habe ich *nicht* gesagt. So habe ich's überhaupt nicht gemeint.«

»Bring sie um. Mach sie kalt. Wenn du dich nicht dazu imstande fühlst, tu ich's.«

»Wie kannst du so daherreden?! Sie ist deine Schwester.«

Halbschwester, dachte Sharrow.

»Weil ich weiß, wie sie *ist*, darum.«

Seid still! schrie Sharrow. *Seid still, seid still!*

»Sie kommt zu sich. Ich glaube, sie hat da was gelallt.«

»Nein, du irrst dich. Schau sie dir doch an. Ein Glück, daß du sie nicht ins Gehirn getroffen hast.«

»Genau das war aber meine Absicht.«

»Na, jedenfalls werde ich's nicht dulden.«

Sharrow war gefesselt. An einen Stuhl, ähnlich wie vorher Geis. Hände und Füße waren ihr verschnürt worden; nein, mit Klebeband umwickelt. Ein Stück Kle-

hatte nicht alle ausfindig machen können innerhalb der kurzen Frist, die zwischen der Genehmigung des Angriffs und seiner Einleitung gelegen hatte, der dann zudem das Auftreten der leichtbewaffneten Streitmacht mit den kuriosen Reittieren vorangegangen war, die die Zitadelle als erste gestürmt hatte.

Unter Verwendung von Nachtsichtbrillen durchsuchten die Männer den stark beschädigten, runden Saal.

Wie Geister, dachte der Priester-Oberst. *Wir huschen umher wie Geister.*

Sie befanden sich beinahe einen Kilometer unter der Oberfläche, und man mußte, nachdem der Mann, der in dieser unterirdischen Festung geherrscht hatte, geflohen war, ihre völlige Vernichtung befürchten.

»Sir«, rief ein Annovize von der anderen Seite der schwarzen Säule herüber, die in der Mitte des stockfinsteren Thronsaals emporragte.

Der Priester-Oberst und seine Ajutanten näherten sich dem Annovizen, der mit zittriger Hand eine Schußwaffe auf eine auf dem Fußboden ausgestreckte Leiche gerichtet hielt.

Alle sahen sich die Tote für eine Weile an.

Mehrere Männer weinten vor Ergriffenheit; viele andere sprachen leise Dankgebete.

»Sie ist es«, sagte jemand.

»Ich ordne trotzdem eine genanalytische Untersuchung des Leichnams an«, befahl der Priester-Oberst. Ein Adjutant kauerte sich neben die Leiche und schnallte eine sperrige Apparatur von seinem Rucksack. »Übermitteln Sie die Resultate direkt an den Weltschrein«, ergänzte der Priester-Oberst seine Anweisung. Ein zweiter Adjutant kniete hin und hakte ein leistungsfähiges Funkgerät von der Uniform.

Der Priester-Oberst kniete gleichfalls nieder und streifte einen seiner Panzerhandschuhe ab. Er berührte die bleiche, kalte Hand der Toten.

»Außerdem sind dem Weltschrein unverzüglich Gewebeproben zuzustellen«, ordnete er als nächstes an. Der erste Adjutant brachte aus seiner Uniform eine kleine Phiole zum Vorschein und trennte neben der Stelle, wo das rechte Auge gesessen hatte, einen Streifen Fleisch aus dem Gesicht der Toten. Er schob die Gewebeprobe in die Phiole, verschloß den Glasbehälter und übergab ihn einem anderen Rechtgläubigen, dem jungen Annovizen, der die Leiche entdeckt hatte.

»Nimm meine Maschine«, sagte der Priester-Oberst zu ihm, zog einen Ring vom Finger und reichte ihn dem Annovizen. »Fliege geradewegs zum Weltschrein. Gott mit dir.«

Der Annovize salutierte und eilte im Laufschritt davon.

Während der Genanalyseapparat summte und klickte, besah sich der Priester-Oberst die auf dem Boden hingestreckte Tote.

Das stattgefundene Gefecht hatte sich auf ein größeres Gebiet ausgedehnt. Die Truppe von Bandamyion-Reitern war aus den Transportflugzeugen geströmt, hatte sich zur Attacke bereitgestellt und nach der elektronischen Störung der Verteidigungsanlagen der Zitadelle den Ansturm gerade begonnen gehabt, da war sie auch schon ihrerseits von den Huhsz-Streitkräften angegriffen und in ernste Bedrängnis gebracht worden, weil ihre Leichtgeschütze, Laserkarabiner, Pistolen und Säbel gegen die Wuchtgeschosse, Smartware-Raketen, Pionier-Pulsationssprengmittel und luftgestützten Röntgenlaser der Huhsz eine unzulängliche Bewaffnung blieben.

Durch die zerschmetterte Irisblende einer Pforte in den unteren Ausläufern der den Bergen vorgelagerten Hügel sauste das Gyromobil hinaus in die Wüste, drehte dann zügig um und raste mit erhöhter Geschwindigkeit hügelan, jede Bodenwelle und jeder Steinklotz, über die es fuhr, verursachte lediglich, wenn das Rad über das Hindernis rollte oder das Fahrzeug insgesamt darüber hinwegflog, eine schwache Erschütterung, wirbelte eine nur unbedeutende Staubfahne auf, während die Aktivtarnung der Karosserie in ununterbrochenem Wechsel der entsprechenden farblichen Nuancen ein veränderliches Braun- und Graumuster erzeugte. Luft umbrauste das Gyromobil; automatisch schloß sich das Verdeck aus transparent-flüssigem Material und wehrte den Fahrtwind ab.

Sharrow drückte etwas kräftiger auf den rechten, zur Beschleunigung bestimmten Lenkergriff; sofort surrte das Gefährt noch schneller den Hügel hinauf, preßte ihren Nacken in die Kopfstütze. Sie ließ den Griff los; das Gyromobil schnurrte empor zum Grat des Höhenzugs.

Am linken Griff bremste Sharrow das Fahrzeug. Mit unterschwelligem Sirren rollte es aus und hielt, stand dann vollkommen still und stumm auf seinem geneigten Einzelrad.

Die Frau und der Android spähten in den Talkessel hinab. In der Mitte der Talsenke war das Gefecht als große, breite, träge Wolke aus Staub und Qualm zu erkennen. Ungefähr ein Dutzend Krater waren in die Ebene gebombt worden, jeder etwa einhundert Meter im Durchmesser und halb so tief; aus dreien der Riesentrichter quoll Rauch in die Höhe.

Während die beiden hinunterblickten, erhob sich aus einem der anderen Krater rasch eine graue Flugmaschine, wendete in der Luft und flog davon, gewann in nordöstlicher Richtung zügig an Höhe und nahm unterwegs die Färbung des Himmels an. Im Vergleich zu dem pausenlosen Rumsen und Donnern der Schüsse im Tal hatte ihr Überschnallknall einen nahezu weichen Klang.

Sharrow schaute dem Flugapparat nach, dessen nur

halb unterscheidbare Umrisse über den in rosiges Licht getauchten Berggipfeln entschwanden, wandte sich schließlich ab und spähte verkniffenen Blicks hinab ins Tal. Sie nahm die Chaoswaffe zur Hand, stützte sie auf die Seitenwand des Fahrzeugs, legte die Augen an die Zielvorrichtung.

In kleineren Gruppen lagen vielleicht um die hundertzwanzig Bandamyions in der Wüste verteilt. Etliche ihrer Reiter erwiderten noch das Feuer, manche benutzten die Kadaver ihrer toten Tiere als unzulängliche Deckung gegen den Beschuß seitens der gepanzerten Hushz-Truppen.

Als Sharrow den Blick hob, sah sie eine Waffenträger-Plattform der Huhsz über dem Gefechtsfeld kreisen, nachgerade lässig Monobrisanzeffekt-Binärraketen und Kanistergeschosse ins Durcheinander verfeuern; jede Explosion verwandelte ein paar tote Bandamyions in Hackfleisch und tötete ein, zwei Reiter.

In großer Höhe kreisten zwei pfeilspitzenförmige Flugkörper, zeichneten sich schwarz gegen das Blau des Himmels ab. Im Süden, hinter einem feinen Gespinst aus Kondensstreifen, flackerte gelegentlich der Horizont. Weitere Details zeigte das Zielvisier der Chaoswaffe nicht.

Sharrow lenkte das Gyromobil auf dem Höhenrücken fünfzig Meter weiter, zu der Stelle, wo ein toter Bandamyion-Reiter halb unter seinem zusammengesackten Tier lag.

Mit grimmiger Miene betrachtete sie seinen ausgestreckten Arm.

»Offenbar ist die Gegenseite *besser* bewaffnet«, konstatierte Feril.

Sharrow drehte den Kopf und erspähte ein letztes Grüppchen Reiter auf dem Rückzug, nur erkennbar, weil vier oder fünf Kilometer entfernt, als eine Handvoll schwarzer Punkte auf dem Aschgrau der Vorberge. Im Umkreis der Reiter detonierte eine Waffenträger-

Plattform der Huhsz mitten in der Luft und stürzte brennend zwischen die Hügelkuppen.

Nochmals blickte Sharrow durchs Zielvisier der Chaoswaffe. Wie Gespenster hoben sich die Bandamyion-Reiter vom verwackelten Hintergrund der kahlen Berghänge ab. In scharfem Ritt erreichte das Trüppchen Reiter einen Gebirgspaß und hielt dort an. Ein Reiter richtete sich im Sattel auf; ein zweiter legte etwas an die Schulter. Ein rosarotes Flämmchen zuckte, so daß im Zielvisier der Chaoswaffe die Sicht vorübergehend verschwamm. Sharrow nahm die Augen von der Zielvorrichtung und blinzelte an den Himmel, sah erst den einen, dann auch den zweiten pfeilspitzenförmigen Flugkörper inmitten des Blaus feurig aufglühen, dann abstürzen.

Von neuem schaute Sharrow durchs Zielvisier.

Der Reiter, der in den Steigbügeln stand – seine Gestalt wirkte gegen den Hintergrund des Sonnenuntergangs, im verwaschenen, pastellfarbenen Abendlicht, dünn wie ein Strichmännchen – spähte anscheinend hinunter ins Tal.

Sharrow hatte den Eindruck, daß er den Kopf schüttelte, war jedoch wegen des zittrigen Bilds nicht sicher.

»Vielleicht ist das Ihr Vetter«, sagte Feril in ruhigem Ton. »Es könnte mir gelingen, mit ihm in Funkverbindung zu treten, wenn Sie es wünschen.«

Sharrow sah den Androiden an, dann ein zweites Mal den gefallenen Reiter unter seinem toten Tier.

»Nein«, sagte sie und senkte die Chaoswaffe. »Lieber nicht.« Die kleine Reiterschar auf dem fernen Gebirgspaß ließ sich nur noch als kaum sichtbare Ansammlung von Pünktchen erkennen, als winziger, dunkler Fleck im fahlen Abendschein der nahen Dämmerung. »Einen Moment«, fügte Sharrow hinzu.

Das Gyromobil schaukelte millimeterweise und gab ein kaum vernehmliches Surren von sich, als Sharrow ausstieg. Sie trat zu dem Toten, dessen Arm unterm lohgelben Fell des Bandamyion-Kadavers hervorragte und im Staub lag. Nahebei fand sich das Gewehr des Reiters.

Sharrow hob die kalte, graue Hand des Toten an; der Ärmel rutschte am Unterarm hinab. Sie besah sich das Mal am Handgelenk.

»Was sehen Sie da, Feril?« fragte sie.

»Ich sehe einen Striemen leicht abgeschabter, schwieliger Haut, der um das Handgelenk dieses Toten einen schätzungsweise zwei Zentimeter breiten Streifen bildet«, antwortete Feril. »Dicht neben seinen Seiten erkenne ich zwei weitere, parallele Streifen, die den Eindruck erwecken, als wären sie in der Vergangenheit die Ränder einer breiteren Fläche verhornter Haut gewesen.«

»Jawohl«, bestätigte Sharrow. »Genau, was ich auch sehe.«

Sharrow ließ die Hand des Toten in den Staub sinken und nahm den ihm entfallenen Laserkarabiner an sich.

Sie umrundete das Bandamyion, um sich nach sonstigen aufschlußreichen Dingen umzuschauen, und entdeckte die Leiche eines Zitadellenwächters, die halb in, halb auf dem Rand einer flachen Geländerinne mit hangabwärtigem Verlauf lehnte. Sie wälzte den Leichnam herum. Der Mann war mit einer leichten Laserwaffe erschossen worden.

Sie versuchte aus dem Gewehr des toten Zitadellenwächters einen Schuß abzugeben, aber nur ein Klicken ertönte.

Sharrows Blick schweifte in die Ferne. »Der Mentalbomben-Trick«, sagte sie halblaut.

Sie kehrte zur anderen Seite des Tierkadavers zurück und blickte ans im Dunkeln begriffene, noch blaue Himmelsgewölbe empor, schaute anschließend den Androiden an, der geduldig hinter der Fahrerkabine auf dem Heck des Gyromobils saß, das vollkommen reglos auf der Stelle stand. Hinter Ferils schlanker Gestalt kurvte sich die Scheibe des schrägmontierten Einzelrads, als hätte er eine halbrunde Flosse.

»Haben Sie eine ungefähre Vorstellung davon«, fragte Sharrow, »wo wir sind?«

»Leider kann ich unseren Aufenthaltsort nicht genauer als bis auf zirka ein- bis zweihundert Kilometer eingrenzen«, bekannte Feril im Tonfall des Bedauerns.

»Das dürfte genügen«, meinte Sharrow. »Glauben Sie, mit dieser gloriosen Schaukel schaffe ich es bis nach Udeste?« Sie klopfte sich, während sie zum Gyromobil umkehrte, Staub von den Händen.

»*Udeste?*« Der Kopf des Androiden ruckte minimal rückwärts.

»Ja, nach Udeste«, bekräftigte Sharrow. »Ich habe mir überlegt, in Richtung Sonnenuntergang zu fahren und am Meer nach rechts abzubiegen, aber vielleicht kennen Sie eine kürzere Route. Vorausgesetzt natürlich, die Kiste hat dafür die Reichweite.«

»Nun ja, ich unterstelle, daß ich Sie in dieser Frage hilfreich beraten kann«, sagte Feril, »und ich gehe davon aus, daß das Gyromobil über die erforderlichen technischen Eigenschaften verfügt. Aber gibt es zwischen hier und Udeste nicht Kräfte, die versuchen könnten, uns am Erreichen des Ziels zu hindern?«

»Damit werden Sie wohl recht haben«, räumte Sharrow ein und schwang sich ins Fahrzeug. »Aber falls wir von dieser Superknarre das Schloß entfernen können« – sie klopfte auf das Gehäuse der Chaoswaffe – »wird es niemandem *gelingen*.«

»Ich bin mir nicht sicher, ob es sich so einfach verhält«, wandte Feril ein. »Und sollte es uns unmöglich sein, die Waffe einsatzbereit zu machen …?«

Sharrow schaute in die Sonnenbrillengläsern ähnlichen Augen der Maschine, erblickte ihr zweifaches Spiegelbild. Sie sah ihre winzigkleinen, verzerrten Abbilder die Schultern heben.

»Wenn sie uns schnappen, haben sie auch die Chaoswaffe, und dann folgt als nächstes ein großer Knall, den keiner überlebt.« Sie legte die Chaoswaffe auf den Fahrzeugboden, rückte sich im Sitz zurecht und schloß die Gurte. »Um ehrlich zu sein, Feril«, sagte sie, »inzwischen ist es mir einerlei.« Sie hob den Blick ins Gesicht des Androiden. »Aber Sie müssen nicht mitkommen. Es genügt völlig, wenn Sie mir bei der Orientierung helfen. Ich setze Sie ab, wo Sie wollen. Dann können Sie nach Hause zurückkehren und behaupten, Sie wären entführt worden.«

Eine Sekunde lang schwieg Feril. »Nein«, entgegnete er dann, »ich begleite Sie, wenn Sie nichts dagegen haben. In Anbetracht der Tatsache, daß Sie Ihr Leben zu wagen bereit sind, wäre es meinerseits würdelos, nicht den Verlust einer Woche an Erinnerungen zu riskieren.«

Ein zweites Mal zuckte Sharrow die Achseln, dann spähte sie in den Sonnenuntergang, hinüber zu dem Gebirgspaß.

Die Reiter waren fort. Kurz bevor Sharrow den Blick abwandte, stieg hinter den Bergen ein einzelnes, großes Flugzeug an den Himmel auf, ging auf Kurs nach Nordwesten, querte beim steilen Steigflug mit seiner Pfeilform das Lohen der Abendsonne, als wäre es nur ein Nachbild.

Das Gyromobil wendete und walzte die Rückseite des Höhenzugs hinab, beschleunigte abwärts in Richtung eines trockenen Tals und sauste, indem es eine Wolke kalten Staubs aufwirbelte, immer schneller davon in die Ferne.

24

Finale am Meer

Der Abend wurde zusehends dunkler, während das Gyromobil rasant durch eine Reihe flacher Schiefertäler, in denen es sowohl an Schnee, Vegetation wie auch an irgendwelchen Hindernissen fehlte, auf eine Bergkette zuschnurrte und schließlich an einen ausgedehnten Einschnitt zwischen zerklüfteten Gipfeln gelangte, auf deren schneebedeckten Kuppen noch ein rosiger Hauch des Sonnenuntergangs glomm. Sharrow und Feril fanden eine breite Landschaftsstufe aus Sand und Kies vor, die längs des tiefen Abgrunds einen kahlen Rand bildete, und schlugen diesen Weg ein; nach mehreren Kilometern bedeckte eine Pulverschneeschicht den Untergrund und nahm mit der Zeit an Dicke zu. Die Baumgrenze verlief fünfzig Meter tiefer.

»Soll das eine Straße sein?« fragte Sharrow verwundert, während sie ein langgezogenes Seitental verließen, dessen Durchquerung sie sich, als sie hineinfuhren, leichter vorgestellt hatte.

»Ich glaube, man nennt so etwas einen Moränengraben«, lautete Ferils Antwort. »Diese Geländeformationen sind durch das Wasser eines inzwischen seit langem ausgetrockneten Sees entstanden, der wiederum durch das Abtauen eines Gletschers …«

Feril verstummte und bewahrte für einen Augenblick Schweigen. »Ich messe elektromagnetische Impulse«, sagte er unvermittelt.

»Was?«

Die Bergkuppen auf der Gegenüberseite des weiträumigen Tals gleißten plötzlich in grellem, blendendhellem Lichtschein.

Sharrow stoppte das Gyromobil.

Sie und Feril drehten sich um und spähten in die Richtung, aus der sie geflohen waren; doch die verschneiten Gipfel der Berge, die sie hinter sich gelassen hatten, versperrten ihnen die Sicht.

»Ich vermute«, sagte Feril, »die Zitadelle ist durch einen thermonuklearen Sprengkörper vernichtet worden.«

Sharrow beobachtete noch einen Moment lang, wie fedrige Wolken hoch am Himmel langsam wieder zu gelblich-weißem Schimmern verblaßten; dann startete sie das Gyromobil erneut und befuhr weiter den Sand- und Kiesweg.

Etwas später erbebte der Erdboden. Das Gyromobil absorbierte die Erschütterung mühelos, obwohl man rundherum den zugeschneiten Untergrund wackeln sah.

Sharrow und Feril hoben den Blick zu den weißen Berghängen an der rechten Seite, an denen regelrecht gemächlich ebenso weiße Wolken aufwallten, sich langsam vergrößerten und verbreiterten.

»Ach du Scheiße.«

»Diese Erscheinungen sind meines Erachtens Lawinen.«

»Das ist ganz meine Meinung. Halten Sie sich gut fest.«

Sie rasten am schneeweißen, ehemaligen Strand entlang in die Deckung eines Felsüberhangs. Die Lawinen erzeugten ein Dröhnen, das gleichmäßig anschwoll und in einen Schwall eiskalter Luft und eine plötzliche Verfinsterung der spätabendlichen Resthelligkeit mündete; über dem Felsüberhang verschwand schlagartig weit und breit der Himmel. Lückenloses Dunkelgrau umstob, umfetzte den Felsen, unter dem das Paar Schutz gesucht hatte, und durch das düstere Brüllen der Lawinen gellte ein Pfeifen. Mit einem Mal umwirbelte sie dichtes Schneetreiben.

Ein Rumpeln wie von Donner hallte vom Hang herauf, sobald die gewaltigen Schnee- und Eismassen auf den Wald trafen.

Als das Brüllen verstummt war und ringsum die letzten Schneeflocken sich auf die Gegend gesenkt hatten, klopften Sharrow und Feril sich den Pulverschnee vom Körper und fuhren vorsichtig durch trüben, weißlichen Dunst und die nunmehr mit Eisbrocken gespickte Schneedecke. Sharrow fand die Taste für die Innenheizung des Gyromobils und schaltete sie ein.

Feril beugte sich seitwärts über die Karosserie des Fahrzeugs und lugte nach unten, während es durch die beinahe haushohen Schneehalden walzte.

»Beeindruckend«, sagte der Android. Sharrow schaute sich um. »Unten nimmt das Rad eine solche Breite an«, erklärte Feril, hielt die Hände einen halben Meter weit auseinander. »Und wo es Bodenberührung hat, wächst ihm anscheinend ein Nagelprofil.« Dagegen war der Teil des schrägen Rads, der hinter Feril aufragte, dünn wie ein Messer geworden.

»Aha, so«, antwortete Sharrow, wandte sich wieder nach vorn. »Aber beugen Sie sich lieber nicht zu weit hinunter.«

Schnee, Eisbrocken und mitgerissene, verstreute Felsklötze hatten den Moränengraben fast gänzlich verschüttet. Hangabwärts war hinter weißlichem Dunst ein Großteil des Walds unter den Schneemassen der Lawinen verschwunden, wirr stachen zerschmetterte Baumstämme daraus hervor wie geborstene Knochen.

Sharrow hielt das Gyromobil in einer Fahrtrichtung, die sie gefühlsmäßig als richtig empfand, bis sie eine breitflächige Eis- und Schneeschneise bemerkte, die wie eine Skipiste durch den verwüsteten Wald auf die ebene Talsohle hinunterführte. Sie lenkte das Gefährt auf die Schneise und hinab, während am Himmel das letzte Tageslicht erlosch.

Eine Stunde lang folgten sie in vom Mondschein aufgehelltem Nachtdunkel dem Verlauf des ausgetrockneten, eis- und schneeverkrusteten Flußbetts; dann erst hielt Sharrow an.

Seitlich der weißen Straße, die das alte Flußbett abgab, parkte sie das Fahrzeug in einer von verschneiten Bäumen überragten, grob C-förmigen Anhäufung von Felsen. Feril untersuchte das Schloß an der Chaoswaffe, während Sharrow die Beine streckte und sich das Gyromobil ansah, so genau der Mondschein es erlaubte.

Das Einzelrad nahm von der Vertikalen einen Winkel von etwa dreißig Grad ein; es wirkte, als wäre es massiv, konnte es aber unmöglich sein. Sie erinnerte sich an das Motorrad, das in dem Lagerhaus in Vembyr stand, doch nicht einmal Flex-Metall war zu dem geeignet, was anscheinend dieses Material leistete. Statt sich lediglich zu drehen, erregte das Rad den Eindruck des Fließens. Es hatte die Farbe stumpf gewordenen Quecksilbers; aufgrund des ausgeprägten, nur leicht verschlissenen Zickzackprofils ähnelte es einem großen Zahnrad.

Die Kanonenmündung war in Mittellinie in den Fahrzeugbug integriert. Bei den glänzenden Rohren am Heck, die Sharrow für Auspuffrohre gehalten hatte, handelte es sich in Wirklichkeit um die Rauchabzüge der rückstoßfreien Waffe. Feril überprüfte an einem Monitor den Waffenstatus und stellte fest, es waren noch einunddreißig Granaten unterschiedlichen Typs vorhanden.

»Bedauerlicherweise bleibt die Bordkanone unsere stärkste Waffe«, sagte Feril betrübt, legte die Chaoswaffe ab und tippte mit dem Finger auf das Schloß, das den Auslöser sperrte. »Das ist ein kryptogenetisches Code-Schloß. Ohne den passenden Schlüssel mit der richtigen Basissequenz kann es unmöglich geöffnet werden.«

»Na, macht nichts«, meinte Sharrow. »Darauf zu bauen, war reine Spekulation.«

»Es tut mir leid, daß ich Ihnen keine günstigere Auskunft geben kann«, beteuerte Feril. »Aber ich glaube, inzwischen habe ich den Zusammenhang zwischen dem Mal am Handgelenk des Toten, den Sie sich angeschaut haben, und der Veranlassung ergründet, die Sie sehen, um die Provinz Udeste aufzusuchen.«

Sharrow stieg wieder ins Fahrzeug. »Dafür haben Sie aber ein Weilchen gebraucht«, antwortete sie und gähnte.

»Ja«, bekannte Feril nachdenklich. »Ich bin selbst ein wenig von mir enttäuscht.«

»Nun, Sie können sich ja bewähren«, bot Sharrow ihm an, »indem Sie die Nachtschicht übernehmen. Ich bin nämlich müde.«

»Ich werde mit aller angebrachten Vor- und Umsicht fahren.«

»Um so besser«, sagte Sharrow, hockte sich auf den Fahrzeugboden und gähnte noch einmal. »In Lantskaar schätzt man rücksichtsvolle Fahrer.«

Sie verstauten die Chaoswaffe im Gepäckraum hinter der Fahrerkabine. Feril nahm so auf dem Fahrersitz Platz, daß seine Beine gebeugt an dessen Seiten standen. Nach einigen Versuchen fand Sharrow auf dem Fahrzeugboden eine einigermaßen behagliche Lage, wogegen der Android sich in einer Haltung zur Steuerung vorbeugen mußte, die für einen Menschen fürchterlich unbequem gewesen wäre, ihm jedoch, wie er versicherte, keinerlei Probleme verursachte.

Sharrow schlief, während Feril das Gyromobil durch die Nacht lenkte.

So weit, so gut.

Hm? Was?

Ich sagte, so weit, so gut.

Der Mann, der in Wirklichkeit die Chaoswaffe war, saß neben Sharrow in der Fahrerkabine des Gyromobils. Eigentlich fehlte es für ihn an Platz, aber er war trotzdem da.

Was willst du denn jetzt schon wieder? fragte Sharrow die Chaoswaffe. Ich möchte schlafen.

Verzeihung. Gut gemacht, wollte ich nur sagen. Tut mir leid, daß ich im Moment gar nichts vernichten kann, aber wie erwähnt, wir werden sehen, was sich machen läßt …

Ja, ja, und nun hau ab, entgegnete Sharrow. Ich bin müde.

Ganz nach Wunsch. Gute Nacht, Lady Sharrow.

Gute … Verdammt, das ist ja nicht zu glauben. Ich sage meinem eigenen Unterbewußtsein gute Nacht.

Natürlich, antwortete die Chaoswaffe. Warum denn nicht? Und nun schlaf.

Warme Luft umschmeichelte Sharrow inmitten der allgegenwärtigen Kälte, während sie dahinsauste. Am Steuer kauerte der Android. Unter ihr surrte die Fahrzeug-Antiquität, beförderte sie durch ein Flirren von Spiegelungen.

Im Traum umarmte sie den dicken Hals des Trafes.

Der Himmel strahlte in herrlichem Blau. Endlos raste längs der Planetenkrümmung Land dem Einzelrad des Gyromobils entgegen und rollte sich dahinter an einem in ständiger Erweiterung begriffenen Horizont ab. Die Berge schmolzen zu mit Schnee überpulverten Hügeln zusammen, denen sich Tundra anschloß. Sharrow und Feril fuhren zwischen Gebirgen durch eine Ebene voller zugefrorener Seen, fanden auf den Höhenzügen alte Pfade, umrundeten die sumpfige Steppe, bis sie zu einer alten Fernstraße gelangten, deren Metallbeschichtung rissig war wie die Farbschichten eines alten Gemäldes und fleckig durch die geplatzten Blasen von Frostschäden.

Sie wichen Ansiedlungen aus; eine gewisse Strecke weit befuhren sie einen besser instandgehaltenen Abschnitt der Steppenstraße, der zu einer für militärische Nachschubzwecke benutzten Paßstraße führte, bemerkten sonst allerdings keine Spuren menschlicher Tätigkeit. Ferils festgespeicherte Kenntnisse der Geografie Golters umfaßten keine umfangreichen Details von Nord-Lantskaar und der Embargo-Gebiete, und das Gyromobil hatte offenbar kein strategisches Navigationssystem im Bordcomputer, doch der Android war, wie er sich ausdrückte, ›ziemlich sicher‹, daß sie sich mittlerweile ungefähr in der Mitte der Embargo-Gebiete aufhielten, etwa tausend Kilometer westlich des Fjords, in dem sie die Chaoswaffe aufgespürt hatten. Seit dem Verlassen der Zitadelle hatten sie rund siebzehnhundert Kilometer zurückgelegt.

Am Himmel bemerkten sie zahlreiche Kondensstreifen, und bei einer Gelegenheit, während sie in einem Wald niedriger Bäume einen langgezogenen See passierten, hörten sie, ohne sie zu sehen, tieffliegende Düsenflugzeuge.

Das Gyromobil absorbierte alle Stöße, die Schlaglöcher und Steine hervorriefen, übersprang breitere Vertiefungen und verformte das Rad, um Flüsse zu durchqueren, zu einem breiten Ellipsoiden. Einmal, während Sharrow mit hohem Tempo an einem flachen Hang auf eine lange Brücke zufuhr, die allerdings zum überwiegenden Teil in einen Hohlweg gestürzt war, sie eben erst die voraus erkennbare Kante des abgebrochenen Betons entdeckte und ans Bremsen dachte, kam das Fahrzeug mit einem starken Ruck zum Stehen.

Sie drehte sich nach Feril um.

»Haben Sie das gemacht?«

»Nein«, gab der Android zur Antwort. »Es ist wohl davon auszugehen, daß das Fahrzeug über Eigenschaften verfügt, die man in der heutigen Zeit der sogenannten Smartware zuspricht. Intelligent ist es natürlich nicht.«

»Natürlich nicht.«

»Ich wollte Ihnen gerade empfehlen zu bremsen.«

»Zurecht«, sagte Sharrow. Sie hielt nach einer Möglichkeit zum Hinabfahren in den Hohlweg Umschau, aber wendete schließlich das Gyromobil und lenkte es auf die abschüssige Haarnadelkurve einer Nebenstraße zu, die in den Wald mündete.

Sharrow spazierte zwischen niedrigen Hügeln, die, wie Feril vermutete, zu den nordwestlichen Grenzbereichen der Embargo-Gebiete gehörten, an einem Wasserfall entlang und ruderte mit steifen Armen. Der Android stand in dem See am Fuß des Wasserfalls, Wellen schwappten um seine Schenkel. Sharrow hatte den festen Vorsatz gefaßt, ihn nicht nach dem Sinn seines Verhaltens zu fragen.

»Hoppla«, rief sie, als ihr Blick aufs Fahrzeugheck fiel. »Da ist ja eine Delle, eine Beule oder so was.« Sie sah den Androiden an. »Wollten Sie nicht vorsichtig fahren?«

»Oh«, machte Feril, schaute übers Wasser aus. »Das dürfte eine Kugelschramme sein.«

»Eine *Kugel*schramme?« wiederholte Sharrow.

Feril nickte, ohne die Augen vom Wasserspiegel zu heben. »Sie ist uns in der vergangenen Nacht an der lantskaarischen Grenze beigebracht worden.« Kurz blickte er auf, sein Kopf drehte sich geschmeidig hin und her. »Es ging alles sehr schnell«, fügte er in beschwichtigendem Ton hinzu. »Als sich die Gelegenheit ergab, Sie zu wecken, waren wir schon außer Gefahr. Deshalb erachtete ich es als am vernünftigsten, Sie schlafen zu lassen.« Seine Stimme klang verhalten sanft.

Was sie darauf antworten sollte, wußte Sharrow nicht.

Feril bückte sich plötzlich, seine Hand huschte ins Wasser; dann richtete er sich auf und kam zu Sharrow, in seinen Fäusten zappelte kräftig ein einen halben Meter langer Fisch.

Sharrow musterte den Androiden.

»Sie haben angedeutet, daß Sie hungrig sind«, erklärte Feril. »Ich schlage vor, diesen Fisch unter Verwendung des Lasers zu braten.«

Sharrow nickte sprachlos, fragte sich, weshalb niemand daran gedacht hatte, den Androiden um Hilfe zu bitten, während sie am Ufer des Fjords tagelang gehungert hatten.

»Danke, Feril«, sagte sie. Zwar verspürte sie momentan keinen Hunger mehr, doch hielt sie es für ratsam, endlich etwas zu essen. »Ich hole das Gewehr.«

Am Nachmittag erreichten sie den Demarkationsstreifen der Zollpatrouille und überquerten mehrere Militärstraßen, die in die bewaldeten Berge führten, während Feril mittels seines internen Funkgeräts zwecks besserer Information Kommunikations- und Ortungsfrequenzen anzapfte. Dadurch konnten sie sich von den am stärksten befahrenen Routen und den Zonen fernhalten, in denen sich die meisten elektronischen Anlagen ballten, statt dessen weniger benutzte Straßen und Waldwege nehmen, zu guter Letzt durch den mit moosbewachsenen Felsbrocken durchsetzten Wald fahren, dessen Boden eine hohe Schicht fauligen Schuppenlaubs bedeckte.

Irgendwann gelangten sie, wie sie mutmaßten, über die Grenze nach Caltasp, indem sie das Gyromobil durch einen vergammelten Elektrozaun und dahinter einen Bach mit starker Strömung steuerten; an einer Stelle des Bachbetts reduzierte das Fahrzeug den Raddurchmesser fast auf Null, in einem anderen Teil dagegen, einem düsteren Teich unter immergrünen Bäumen, bildete es das Rad zu einer Art von dickem Schwimmer um, das ihm Auftrieb gab. Sogar unter diesen Umständen blieb es auch im Wasser in völlig stabiler, gleichmäßiger Lage. Leise hörte man das ständige Surren der Gyromechanismen. Am Armaturenbrett blinkte ein Licht, und Feril schlug vor, auf die Leuchtfläche zu drücken; kaum hatte Sharrow den Rat befolgt, da flitzte das Gyromobil unter Erzeugung einer gischtigen Bugwelle regelrecht durchs Wasser.

Als Sharrow das Fahrzeug aus dem Bach lenkte, schnurrte es ohne Schwierigkeiten die schlammige Böschung hinauf und zurück in den Wald.

»Tolle Maschine«, äußerte Sharrow.

»Allerdings.«

Wie durch konzentrisch angeordnete Schichten einer an Bodenverkehr reichen Zivilisation kehrten sie auf Waldwege, Nebenstraßen, dann eine gewundene, metallbeschichtete Fernverkehrsstraße zurück, die durchs Vorgebirge führte, und gelangten auf eine schmale Landstraße, die schnurgerade durch Pflanzungen mit niedrigen Obstgärten verlief. Wieder zogen Kondensstreifen ein verqueres Karomuster über den blauen Himmel, und noch zweimal hörten sie tieffliegende Düsenmaschinen.

Bald darauf jagte ein dritter Schwarm Düsenflieger über sie hinweg; diesmal warnte kein Anschwellen von Triebwerksgeheul sie vor, nur die Schatten der Flugzeuge schossen als dunkler Klecks über den Straßenbelag, danach erst dröhnte ein ohrenbetäubendes, furchtbares Röhren herab, und im nächsten Moment verhallte das Lärmen der Turbinen nach allen Seiten gleichzeitig, während beiderseits der Straße die Bäume im plötzlichen Stürmen Schuppenblätter, Zweige und ganze Äste verloren. Das Gyromobil reagierte auf die Böen, indem es sich als Ganzes ein Stück weit absenkte, doch setzte es ansonsten die Fahrt völlig gleichmäßig fort.

Und weiter surrten sie des Wegs.

Noch nie hatte Sharrow in Caltasp eine so verlassene Landstraße gesehen.

»Wo sind denn alle *hin*?«

»Die Situation ist ein wenig besorgniserregend«, rief Feril ins Geräusch des Fahrtwinds. »Ich habe die öffentlichen Sender abgehört, und eine ganze Anzahl davon spielt anscheinend nur noch Aufnahmen von etwas, das man, glaube ich, Militärmusik nennt. Andere wiederholen ausschließlich alte Unterhaltungssendungen. Außerdem habe ich in der vergangenen Stunde zwei schwächere EM-Eruptionen gemessen.«

Sharrow drehte sich um und blickte ihm ins Gesicht. »Von Atomexplosionen, meinen Sie?« erkundigte sie sich.

»Vielleicht nicht. Sie könnten durch Waffen entstanden sein, die geladene Partikel verschießen.«

Sharrow schaute wieder nach vorn; an beiden Straßenseiten huschten Bäume vorüber.

»Entweder das eine«, sagte sie, »oder das andere.«

Sie wichen zwei Militärkolonnen aus, indem sie das erste Mal in den Wald, das zweite Mal in die hügelige Tundra abbogen. An Ortschaften und Siedlungen führte die mitten in Obstpflanzungen gelegene Landstraße ohnehin nicht vorbei.

Aus der Steppe gerieten sie bei der Rückkehr auf die Landstraße in eine Ebene ausgedehnter Getreidefelder.

Um einer Straßensperre zu entgehen, pflügten sie einmal mitten durch ein großflächiges Kornfeld; später fegten sie mit hoher Geschwindigkeit eine gewöhnliche, vollkommen gerade Straße entlang, um einen Helikopter abzuhängen, der sie allem Anschein nach zu verfolgen versuchte.

Unmittelbar danach wechselten sie mehrere Male die Straße, hielten sich im trüber gewordenen Licht des kühlen Nachmittags stets in nördlicher oder westlicher Richtung.

Schließlich jedoch wurde der militärische Straßenverkehr zu dicht, und das Paar verzichtete vollends darauf, die ausgebauten, metallbeschichteten Straßen zu benutzen. Statt dessen befuhren sie Feldwege, Brandschneisen in Waldgebieten, alte Vieh- sowie an Kanälen Treidelpfade. Sie passierten Hügeldörfer, im Dunkeln liegende Kleinstädte, alte Obstgärten und ummauerte Anwesen; das Gyromobil stob, indem es auf- und abschaukelte, sich steil in Kurven legte, ständig die Geschwindigkeit den Gegebenheiten anpaßte, durch die Abenddämmerung.

Während sie ein halb ausgetrocknetes Flußbett hinabfuhren, durch Sandbänke, Wasserpflanzengeschlinge und durch Tümpel, die zwischen schlammigen Erhebungen im winterlichen Zwielicht hell und klar schimmerten, glaubte Sharrow einen bestimmten Geruch wahrzunehmen. Der Fluß verbreiterte, zergliederte sich, während sein Bett an Tiefe zunahm, zu einem dreistromigen Delta. Das Gyromobil rollte ans Ufer und auf die Kuppe einer Düne.

Sie hatten das Meer erreicht.

Nachdem Sharrow sich wieder auf dem Fahrzeugboden schlafengelegt hatte, lenkte Feril das Gyromobil durch die Nacht. An der kühlen Küste waren sie schnell weitergelangt, hatten im Süden und Osten am Himmel verschiedenfarbige Leuchterscheinungen flackern und wabern sehen können. Feril empfing offiziell abgesegnete Nahrichtensendungen, denen zufolge bewaffnete Zusammenstöße zwischen Verbänden der Zollpatrouille – unterstützt durch Einheiten vom Globalen Tribunal lizensierten Kontraktmilitärs – und den Streitkräften Lantskaars stattfanden, weil letztere Aggressionsakte verübt und Invasionsunternehmen durchgeführt hätten; doch wie es hieß, bliebe der Konflikt auf alle Fälle streng begrenzt, und es bestünde kein Anlaß zur Sorge. Eine nochmalige, dieses Mal stärkere elektromagnetische Eruption unterbrach und beendete die Ausstrahlung.